J. H. DACANAL

30 Romances Brasileiros

1ª edição / Porto Alegre-RS / 2016

Coordenação editorial: Maitê Cena
Capa e projeto gráfico: Marco Cena
Revisão: do Autor
Produção editorial: Bruna Dali e Maiara Morbene
Produção gráfica: André Luis Alt

Dados Internacionais de Catalogação na Publicação (CIP)

D117t Dacanal, José Hildebrando
30 romances brasileiros. / José Hildebrando Dacanal. – Porto Alegre: BesouroBox, 2016.
576 p.; 16 x 23 cm

ISBN: 978-85-5527-036-9

1. Literatura brasileira. 2. Crítica literária. 3. Romantismo. I. Título.

CDU 821.134.3(81)-31.09

Bibliotecária responsável Kátia Rosi Possobon CRB10/1782

Edições BesouroBox Ltda.
Rua Brito Peixoto, 224 - CEP: 91030-400
Passo D'Areia - Porto Alegre - RS
Fone: (51) 3337.5620
www.besourobox.com.br

Impresso no Brasil
Novembro de 2016

Sumário

Ao leitor

1 – Esta obra não substitui os textos originais. Pelo contrário, seu objetivo é ser um *guia de leitura* que possa aprofundar a compreensão e a análise dos mesmos.

2 – As divisões adotadas — Romantismo, Realismo etc —, teórica e tecnicamente problemáticas, seguem as dos manuais tradicionais de Literatura Brasileira, à parte a última — Nova narrativa épica —, que é uma sugestão minha.

3 – O título não é exato, pois são 31 as obras analisadas. Contudo, foi assim estabelecido porque *O alienista* não pode ser qualificado como *romance*, sendo considerado *conto* por alguns e *novela* por outros. Controvérsia, aliás, que a nosso ver não tem qualquer importância.

4 – Produzidas ao longo de cerca de trinta anos de magistério, as análises incluídas nesta obra são resultado, em grande parte, de injunções burocráticas e pedagógicas. Sua escolha, portanto, não teve e não tem qualquer pretensão de ser critério de valor ou norma impositiva. Assim, estes comentários devem ser considerados simplesmente pelo que são: *guias de leitura* nascidos de minha atividade como professor de Literatura Brasileira.

Porto Alegre, novembro de 2016.

J. H. D.

PRIMEIRA PARTE
ROMANTISMO

Contexto histórico

Industrialização e política burguesa na Europa

Ao longo da última metade do século XVIII, a Europa – em particular a Inglaterra e a França – passou por profundas e decisivas transformações, cujas consequências se estenderiam por cerca de dois séculos e abrangeriam praticamente o planeta inteiro. A invenção e a crescente utilização da máquina a vapor determinaram, a partir desta época, o fim de um estágio – a manufatura – no desenvolvimento das forças produtivas e a passagem para um novo patamar: a industrialização e a consequente produção em massa.

Evidentemente, tal fato repercutiu intensamente e teve enormes consequências em todos os setores da vida dos povos, tanto na Europa quanto fora dela, pois a expansão industrial impunha, necessariamente, a ampliação tanto das fontes de matérias-primas quanto de mercados consumidores. Na França, por exemplo, cuja estrutura política estava defasada se comparada com a estrutura econômica, a Revolução de 1789 determinou a eliminação desta defasagem: o poder da aristocracia parasitária foi eliminado e o controle político do país passou, aos poucos, às mãos da burguesia industrial e financeira, que há muito tempo detinha o poder econômico. No rastro da convulsão e das violências revolucionárias,

Napoleão Bonaparte assumiu o comando do país e de seu exército e iniciou uma série de guerras de conquista que levariam a França a dominar praticamente a Europa inteira, beneficiando-se tanto do apoio político resultante da eliminação dos governos aristocráticos como das amplas possibilidades de obtenção de matérias-primas e de expansão do mercado comprador de produtos franceses.

De acordo com seus interesses de potências industriais e capitalistas emergentes, a França e a Inglaterra passaram a defender o liberalismo político e econômico. Internamente isto representava a consolidação do poder da burguesia, baseado na posse do capital industrial e financeiro e não mais na posse da terra e das rendas advindas de concessões a grupos mercantis monopolistas. Externamente, isto é, na relação com as outras nações, a doutrinação liberal procurava assestar simultaneamente dois golpes decisivos nas potências coloniais ibéricas: de um lado, dava apoio ao desejo das classes dirigentes das colônias de se tornarem politicamente independentes e, de outro, procurava garantir que no futuro os novos países seriam compradores diretos de seus produtos, eliminando assim o comércio triangular feito através das metrópoles ibéricas, e fornecedores de matérias-primas.

Estas ideias liberais vinham ao encontro dos desejos de autonomia das elites coloniais do continente americano, que começavam a ver na recente independência (1776) das próprias colônias inglesas do Norte um exemplo a ser seguido. No Brasil, a Inconfidência Mineira – apesar de ser um movimento restrito e localizado – prenunciava as mudanças políticas que se aproximavam e que desembocariam na independência – pelo menos no plano político e administrativo – da maior parte das colônias do continente nas primeiras décadas do século XIX.

A Corte portuguesa no Rio de Janeiro

Dando sequência a seus planos de dominar a Europa, expandir seus mercados e eliminar a influência de sua grande rival, a Inglaterra, a França decretou o Bloqueio Continental. Esta medida tinha por objetivo isolar completamente a Inglaterra, impedindo qualquer contato comercial desta tanto com as nações continentais europeias quanto com as colônias que estas porventura possuíssem em outros pontos do globo. Para obrigar os países renitentes a aderirem ao bloqueio, Napoleão usava a força de seus exércitos. Numa destas expedições punitivas, os exércitos napoleônicos invadiram a Espanha e ameaçaram ocupar Portugal, um país extremamente importante para a Inglaterra, já que por seus portos passavam as mercadorias inglesas que tinham por destino regiões sobre as quais a França pretendia manter o controle total.

Portugal, nesta época, já era uma nação em plena decadência. Desde o tempo em que, ainda no século XVII, o império ultramarino começara a ruir, o país entrara em um processo de crescente endividamento externo e de perda de poder econômico e político. Há muito que sua economia não tinha qualquer capacidade de competir com a das emergentes burguesias mercantis e industriais da Inglaterra, França e Holanda. Ao ser informado de que as forças francesas tinham atravessado a fronteira espanhola e rumavam para Lisboa, o então monarca português, D. João VI, tratou de fugir apressadamente, acompanhado de toda a nobreza do reino, para aquela que era, já há longo tempo, a colônia mais promissora, o Brasil. Um detalhe curioso e ao mesmo tempo revelador da situação econômica em que se encontrava Portugal é que a viagem teve que ser feita em navios ingleses, escoltados por belonaves também inglesas.

Se o povo português assistiu atônito à apressada fuga de toda a nobreza, que carregava consigo tudo o que era possível, na cidade do Rio de Janeiro, então sede do governo da colônia, a chegada do soberano e de seus acompanhantes não provocou espanto menor. De uma hora para outra a cidade passou a ter o número de seus habitantes aumentado em mais de uma dezena de milhares, todos os prédios habitáveis foram requisitados e seus donos, expulsos, tiveram que se arranjar da melhor forma possível. Afinal, a nobreza tinha seus direitos na colônia. De qualquer forma, as mudanças provocadas pelos acontecimentos decorrentes das guerras napoleônicas foram profundas. O Brasil foi elevado à categoria de Reino Unido, em igualdade de condições com Portugal e Algarves, os portos foram abertos a navios de qualquer origem e, em consequência, a Inglaterra pôde aqui descarregar grande parte de seus estoques de produtos manufaturados que não encontravam consumidores na Europa em virtude do Bloqueio Continental.

Em 1810 foram assinados tratados de comércio entre o Brasil e a Inglaterra que garantiam aos produtos ingleses taxas alfandegárias mais baixas do que as pagas até por mercadorias de origem portuguesa. Em resumo, com isto solidificou-se definitivamente a influência inglesa, eliminou-se a intermediação portuguesa até então existente e, em termos práticos, Londres passou a substituir a Lisboa como metrópole.

O 7 de Setembro

Os anos que se sucederam à chegada da Corte ao Rio de Janeiro foram de intensa movimentação política. Uma facção, formada principalmente por latifundiários, comerciantes brasileiros e setores burocrático-administrativos, desejava que o Brasil se tornasse independente de Portugal o mais breve possível. De outro lado, a grande burguesia mercantil portuguesa, que via nesta independência a eliminação definitiva de seu papel de intermediadora comercial e financeira, era, obviamente, de opinião contrária, exigindo a manutenção dos laços de natureza colonial e até mesmo a derrogação de medidas tomadas anos antes sob pressão inglesa.

Em 1820 um fato ocorrido em Portugal serviu para precipitar os acontecimentos. Neste ano explodiu a chamada Revolução do Porto, na cidade do mesmo nome, sede da burguesia industrial portuguesa (fundamentalmente, os industriais do setor vinícola). Os líderes do movimento exigiam o retorno imediato de D. João VI a Portugal para fortalecer o sistema monárquico diante da onda liberal-republicana que varria a Europa desde a Revolução Francesa. Tal exigência, que à primeira vista é um paradoxo inexplicável, tinha suas causas na fragilidade da burguesia portuguesa, que via na monarquia um instrumento capaz de garantir sua posição, cujo futuro se desenhava incerto diante da agitação republicana. Diante destes fatos, D. João VI retornou então a Portugal, deixando aqui, na função de príncipe-regente, seu filho, D. Pedro I. Este não resistiu por muito tempo às pretensões emancipacionistas das camadas dirigentes locais. Assim, em setembro de 1822, ao retornar de um período de descanso na residência da Marquesa de Santos, sua amante, o príncipe-regente foi informado de que as Cortes (o Parlamento português) exigiam que viajasse imediatamente a

Lisboa. Indignado, proclamou a independência do Brasil, determinando que a partir de então deixavam de existir quaisquer laços da colônia com a metrópole portuguesa.

Na verdade, o ato do então príncipe-regente era apenas o reconhecimento oficial de uma situação de fato, já que desde a consolidação da influência inglesa sobre o Brasil, efetivada com as medidas tomadas por D. João VI logo depois da chegada da Corte ao Rio de Janeiro, as relações entre a colônia e a metrópole tinham se reduzido muito em importância. Tanto é que os esforços subsequentes destinados a obter o reconhecimento do Brasil como nação independente tiveram intensa participação inglesa. Ao final, Portugal aceitou reconhecer sua ex-colônia como país independente e, em troca, o Brasil assumiu perante a Inglaterra, a título de indenização pela independência, uma enorme dívida do governo de Lisboa. Para tanto, D. Pedro I fez um empréstimo de soma correspondente junto aos bancos ingleses, dando, assim, início à história da dívida externa brasileira.

O café do Vale do Paraíba do Sul: um novo ciclo econômico

De uma forma geral, é possível afirmar que a economia brasileira evoluiu – pelo menos até iniciar-se o processo de industrialização intensiva, na primeira metade do século XX – na forma de *ciclos* mais ou menos sucessivos. Isto significa que, ao longo do tempo, as forças produtivas concentravam-se, quase que exclusivamente, durante determinado período, nas atividades destinadas a obter um produto específico. De acordo com as circunstâncias, os esforços destinados à obtenção de tal produto podiam passar a segundo plano ou eram simplesmente abandonados e as forças produtivas reorientavam-se, de maneira mais ou menos brusca, e passavam a atuar em outro setor, ou seja, na produção de outro produto. E assim sucessivamente, caracterizando os ciclos. Estes ciclos, como facilmente se pode deduzir, em primeiro lugar não nasciam ou desapareciam aleatoriamente, por força do acaso. Em segundo, apresentavam características específicas, ora assemelhando-se uns aos outros, ora diferenciando-se claramente entre si. No que diz respeito à sua origem, tais ciclos – como todos os ciclos econômicos – nasciam da existência de uma demanda real ou virtual, isto é, de um mercado consumidor disposto a comprar este ou aquele produto. Este mercado consumidor localizava-se fundamentalmente na Europa. Quanto às características dos ciclos, elas se definiam a partir das forças produtivas disponíveis no espaço colonial e a partir do próprio produto, isto é, dos processos necessários à sua obtenção. Partindo destas premissas é fácil referir, de forma resumida, os três grandes ciclos econômicos que caracterizaram o Brasil-colônia.

No primeiro destes ciclos, o do *pau-brasil*, os colonizadores portugueses, percebendo que a nova terra não possuía produtos mais nobres, como metais preciosos, que pudessem ser comercializados na Europa, dedicaram-se à exploração de um corante vegetal, o pau-brasil, árvore então abundante na mata atlântica do nordeste brasileiro. A extração desta madeira era uma simples atividade extrativa, feita pelos índios, que permaneciam em regime de trabalho livre, entregando o produto aos portugueses em troca de quinquilharias.

No segundo ciclo, o da *cana-de-açúcar*, os portugueses orientaram seus esforços na montagem de uma verdadeira empresa colonial para a obtenção do açúcar, um produto de grande procura no mercado europeu. A exploração deste produto foi organizada segundo o esquema de *plantation* – isto é, o latifúndio monocultor escravista –, na qual grandes extensões de terra eram de propriedade de um só dono, que utilizava como meio de produção o escravo, do qual também era proprietário. Inicialmente o índio chegou a ser utilizado como escravo. Em épocas posteriores, contudo, por razões diversas, esta função passou a ser executada por negros trazidos da África.

No ciclo da *mineração*, a partir da descoberta de ouro na região do atual estado de Minas Gerais, no século XVIII, a atividade econômica caracterizou-se, em termos gerais, pela simples coleta – já que não existiam propriamente empresas de mineração na época – com a participação tanto do trabalho livre como do trabalho escravo e sob controle administrativo da metrópole, disposta a impedir por todos os meios a evasão, através do contrabando, do valioso metal.

O ciclo do *café*, produto que representou a base do Império e que liderou mais de um século a economia brasileira, surgiu logo em seguida à decadência da mineração aurífera, provocada pelo esgotamento do metal, explorado então segundo técnicas rudimentares. Espalhando-se, a partir das primeiras décadas do século XIX, pelo então fértil Vale do Paraíba do Sul (estado do Rio), o café cresceu rapidamente em importância no contexto da produção brasileira, tanto que em 1840 já era o primeiro item da pauta de exportações. Utilizando o mesmo sistema de produção que caracterizara o ciclo da cana-de-açúcar – o latifúndio monocultor escravista – e beneficiando-se tanto da expansão da demanda na Europa e nos Estados Unidos como da quase inexistência de concorrentes, os produtores de café do Vale do Paraíba do Sul puderam acumular grandes fortunas, tornando-se em pouco tempo o segmento mais importante das classes dirigentes brasileiras da época e passando a determinar a política do Império segundo seus interesses. O poder de pressão dos produtores de café tornava-se ainda maior em virtude da proximidade do Rio de Janeiro, que, superando a importância circunstancial de sede do governo e de antigo porto de escoamento da produção aurífera de Minas Gerais, passou a ser o centro para o qual se dirigia toda a produção cafeeira e tornou-se, assim, a capital do país também em termos econômicos.

A centralização político-administrativa

Ultrapassada a fase inicial de transição da esfera do domínio da Coroa portuguesa para a esfera de influência das emergentes potências industriais e capitalistas europeias, a elite dirigente sediada no Rio de Janeiro dedicou-se à organização política e à centralização administrativa do país. Integrado por aristocratas e comerciantes portugueses que haviam feito parte da comitiva de D. João VI e pela nascente oligarquia cafeeira do Vale do Paraíba do Sul, o grupo que aos poucos assumira o poder enfrentava dois problemas fundamentais: a necessidade de legitimar, de uma ou de outra forma, sua posição de mando e a resistência das oligarquias das demais regiões do país, que não estavam dispostas a submeter-se pacificamente à hegemonia da Corte.

A legitimação jurídica do poder imperial foi obtida sem grandes traumas, apesar dos resultados serem, obviamente, pouco ortodoxos. De fato, a Constituição promulgada em 1824 baseava-se fundamentalmente nas Cartas Magnas das nações da Europa burguesa e consagrava os princípios do liberalismo clássico (direitos e deveres iguais para todos). Se tais princípios igualitários representavam, em termos da realidade prática, uma ficção legal na própria Europa capitalista, como bem o demonstram as análises dos ideólogos socialistas do século XIX, pode-se imaginar a profundidade das contradições geradas quando aplicadas a uma sociedade escravocrata e agrária nos trópicos. Contudo, como a rigor não havia grupos capazes de contestar seriamente o poder das oligarquias encravadas nas várias regiões do litoral, pouco importava que a Constituição fosse letra morta desde o início.

Este panorama alterou-se profundamente, porém, quando a legitimidade jurídica montada pela elite dirigente do Rio de Janeiro começou a adquirir forma no processo de centralização administrativa e na consequente tendência daquela em governar o país segundo seus interesses específicos, sem levar em conta os dos demais grupos oligárquicos regionais. As últimas décadas da primeira metade de século foram agitadas e em determinados momentos a precária unidade territorial do país chegou a ser ameaçada, como no caso da revolta dos estancieiros do Rio Grande do Sul (1835-45), que pegaram em armas, inconformados com o fato de que sua principal riqueza, o charque, já não encontrava mercado no sudeste e centro-norte do país. De fato, interessada em ter um alimento barato para sua escravaria, a oligarquia cafeeira do Vale do Paraíba do Sul conseguira eliminar as taxas alfandegárias impostas à importação do produto platino, que assim podia entrar no país a preço inferior a seu similar do Rio Grande do Sul.

Contudo, alterando habilmente a negociação política com a repressão feroz, foi possível ao recém-criado Exército Imperial esmagar esta e outras revoltas (como as do Maranhão, Pará e Bahia) e consolidar definitivamente o poder central e a hegemonia da oligarquia do Vale do Paraíba do Sul. Começava o período áureo da púrpura e das senzalas nos trópicos, com os barões do café dando os cartas.

Escravos, senhores-de-escravos e homens livres

O extraordinário crescimento econômico do Vale do Paraíba do Sul, numa época em que a região aurífera de Minas e o nordeste açucareiro já não mais existiam como zonas importantes da produção de bens, fez com que o Rio de Janeiro adquirisse rapidamente tal importância que a Corte – a cidade do Rio – em pouco tempo se tornou o centro do país em todos os setores, posição que viria perder somente cerca de um século depois. Contudo, apesar da modernização e da expansão resultantes do desenvolvimento econômico e da acumulação de riquezas, a estrutura social não sofreu transformações profundas. Nem poderia ser diferente, pois, como foi visto, todo o sistema de produção do café estava assentado sobre a mão-de-obra escrava. Desta forma, a sociedade dividia-se essencialmente em dois grandes grupos: os escravos – a força de trabalho – e os proprietários de escravos – a classe dirigente. Esta realidade, aliás, foi a própria base de todo o período imperial, em todo o país.

Contudo, dadas as peculiaridades do escravismo brasileiro – racial e, portanto, bastante diverso do escravismo do mundo antigo – e da própria situação da cidade do Rio de Janeiro na época, o segmento dos *homens livres* assumia grande importância. Nem proprietários de escravos, nem escravos, geralmente brancos ou mulatos, e desempenhando funções as mais diversas, principalmente no setor de serviços de vários tipos, os *homens livres* representavam um grupo numeroso, indefinido e heterogêneo. Do feitor à dama de companhia, do barbeiro à prostituta, do cocheiro ao preceptor, do músico ao policial, do artesão ao moleque de recados, o que caracterizava os *homens livres* era a instabilidade de sua situação, pois raramente dispunham de uma fonte de renda segura e constante, vivendo às margens das famílias dos aristocratas e grandes proprietários, aos quais sempre se ligavam, de uma ou de outra forma, e de cujos favores dependiam. Não raro passavam a integrar, em segundo plano, o próprio círculo familiar, na condição de *agregados*, uma figura muito comum naquela época.

Afinal, excetuado o trabalho dos escravos nas fazendas do Vale do Paraíba do Sul, nas primeiras décadas do século XIX e praticamente ao longo de todo o Império não existia na região qualquer atividade produtiva digna deste nome e quase tudo era importado, evidentemente com a renda obtida através da exportação do café.

À medida que a cidade crescia e se desenvolvia, porém, os *homens livres* iam sendo integrados em atividades de caráter estável, geralmente ligadas ao aparelho do Estado. É daí que nasceu, à parte o exagero folclórico e a desconsideração da existência de segmentos sociais muito diversos, a imagem, mantida até recentemente, do Rio de Janeiro como uma cidade de parasitas e desocupados.

Arte e literatura: do espaço colonial aos primórdios de uma nação dependente

A passagem da esfera de dominação ibérica para a esfera de influência do capitalismo anglo-francês representou uma profunda mudança também no plano ideológico-cultural, não só no Brasil como também em toda a América Latina.

Se até então o espaço colonial era e considerava-se uma parte integrante do espaço ibérico como um todo, a partir dos inícios do século XIX – marcadamente a partir das várias independências – as nações que se formam no continente tornaram-se formalmente e consideraram-se realmente autônomas e as elites identificavam suas congêneres da Europa burguesa e capitalista como o ideal a ser atingido. Não interessava que o mundo em que viviam fosse totalmente outro e, até, no caso do Brasil, que se tratasse de um Império escravocrata. Mais ainda, exatamente o fato do mundo ser outro que aquele em que viviam as elites urbanas e capitalistas europeias fazia com que elas, as elites latino-americanas da era pós-ibérica, se considerassem mais ou menos como exiladas de sua verdadeira pátria.

Iniciava-se o ciclo da América Latina semicolonial e da dependência ideológico-cultural, fruto, é claro, da posição secundária e complementar das unidades nacionais do continente em relação às grandes nações capitalistas europeias em expansão.

Nada melhor para caracterizar e comprovar tais afirmações do que a vinda ao Brasil, em 1816, da Missão Francesa. Este episódio pode ser considerado, nas artes em geral, como o ato que encerra simbolicamente o ciclo ideológico-cultural e artístico colonial/ibérico e inicia o ciclo burguês/capitalista. As elites locais refinavam-se e procuravam desligar-se de um passado que, ao longo dos séculos, pela força das circunstâncias, tendera, no campo das artes plásticas, por exemplo, a adquirir uma inegável autonomia, ficando indelevelmente marcado pela visão de mundo de mestiços e autodidatas responsáveis por uma surpreendente simbiose entre as influências ibéricas e as condições e concepções locais (a escultura, a arquitetura e mesmo a pintura religiosas em todo o continente são o melhor exemplo disto).

Era preciso romper com este passado, por demais ligado a formas populares e "impuras" de expressão artística, próprias, não raro, de artesãos autodidatas, mestiços e, às vezes, até analfabetos. A nova arte tinha que corresponder ao refinamento e à visão de mundo das novas elites, cujo objetivo supremo era a europeização.

No Brasil, à Missão Francesa foi atribuída a tarefa de "dignificar" as formas artísticas, adequando-as à visão neoclássica, racionalista e simétrica da Europa capitalista. Evidentemente, o projeto não era tão simples de ser implementado, tendo surgido problemas de vários tipos, tanto de caráter meramente técnico (falta de profissionais treinados em arquitetura e escultura, ausência de materiais adequados, como o mármore, por exemplo etc.) quanto até político (diz-se que o consulado francês no Rio de Janeiro não apreciou muito a vinda da Missão por serem, alguns de seus integrantes, notórios partidários de Napoleão, já então derrotado).

De qualquer forma, é inegável que a Missão Francesa, símbolo de um novo período nas artes plásticas brasileiras, firmou as bases do que seria, por muito tempo, considerado padrão e modelo no setor, além de, por natural consequência, determinar também que o Rio de Janeiro fosse, a partir de então, considerado o centro artístico do país.

No que se refere especificamente à produção artística dos integrantes da Missão, o que de mais significativo restou foi a obra de Debret, um gravurista que parece não ter dado muita importância às teorias de seus próprios companheiros, deixando-se levar pela força do meio e criando uma obra que pode não ser genial mas que é um extraordinário documento da vida do Rio de Janeiro – e, por extensão, do Brasil – do I Império.

No campo da literatura, a produção é extremamente heterogênea e diversificada, revelando os problemas e as contradições de uma época em que o Brasil era principalmente o Rio de Janeiro, onde as elites de uma ordem escravocrata provenientes da era colonial portuguesa ou aqui aportadas com D. João VI buscavam tanto formar uma nação quanto legitimar seu próprio poder. E com os olhos firmemente postos em uma Europa branca, capitalista e imperialista.

Neste contexto, a literatura, mais do que qualquer outro tipo de expressão artística, assumiu a função de refletir de forma ampla o momento histórico, função esta que continuaria desempenhando a partir de então ao longo da evolução da sociedade brasileira.

A vinda da Corte portuguesa, que transforma o Rio de Janeiro em capital política e administrativa do país, o rápido desenvolvimento da cafeicultura no Vale do Paraíba do Sul, o consequente afluxo de dinheiro, o relativo desenvolvimento do ensino e das artes, o nascimento da imprensa, a intensificação do comércio e das relações sociais, as agitações políticas e a própria implementação do projeto das elites de organizar e centralizar a nação, tudo isto favoreceu extraordinariamente o desenvolvimento da produção literária.

No caso de alguns nomes e em algumas obras – nos romances de Azevedo, por exemplo – é possível comprovar a existência de influências diretas de correntes específicas da literatura europeia de então. Tais casos, contudo, não refletem a tendência geral, que, pelo contrário, é a de usar temas e criar situações tipicamente locais. Obviamente, as perspectivas adotadas são as mais variadas e não raro surpreendentemente diversas até na produção de um mesmo autor.

Em todo o caso, o que de mais expressivo se produziu e que, segundo tudo indica, sobreviverá por longo tempo ainda, está ligado ao que os manuais chamam de *romance* ou *teatro de costumes*, isto é, obras que fixam, fundamentalmente e de maneira direta, as formas de comportamento na esfera das relações pessoais e/ou familiares, ignorando completamente ou, pelo menos, tendendo a não dar muita importância ao sentido que as mesmas possuam no contexto da sociedade como um todo. Pela qual, como é evidente, em última instância são determinadas.

Joaquim Manuel de Macedo, por exemplo, fornece uma visão paradisíaca da vida, um mundo sem conflitos, restrito ao círculo de uma classe branca, rica, ociosa e feliz, num país escravocrata! Ele é, sem dúvida, o cronista do mundo elegante da época. Martins

Pena e Manuel Antônio de Almeida, indiscutivelmente os grandes criadores do período, fixam, por sua parte, preponderantemente o segmento dos *homens livres*, numa perspectiva às vezes ingênua e, em particular no caso do primeiro, às vezes bastante crítica. De qualquer maneira, ambos conservam até hoje uma surpreendente e extraordinária atualidade. O que não se pode dizer do próprio Macedo, dos romances urbanos de José de Alencar (com exceção dos contraditórios *Lucíola* e *Senhora*), de boa parte das obras de Bernardo Guimarães e dos líricos em geral.

Castro Alves, em seus poemas/discursos de caráter abolicionista, e Bernardo Guimarães, em *A escrava Isaura* e *O seminarista*, produziram o que se poderia chamar de obras de combate ou de tese. Mas é muito interessante observar, por exemplo, que Isaura é branca e casa com um grande proprietário de terras! E que *O seminarista*, que pretende ser um ataque do Autor ao celibato eclesiástico, se vê prejudicado pelo inegável melodramatismo do enredo e acaba se transformando num interessante documento sobre a importância da estrutura eclesiástica durante o período imperial como via de ascensão social para os filhos varões dos proprietários rurais menos aquinhoados.

Em termos individuais, destaca-se, sem dúvida, a multifacetada personalidade de Alencar, ensaísta, romancista, dramaturgo e político. Sua obra literária é abundante, heterogênea e desigual e dela pouco resistiu verdadeiramente ao tempo, excetuando o belíssimo poema em prosa que é *Iracema* e *Lucíola* e *Senhora*, estes exatamente pelo conflito entre os problemas levantados e as soluções fornecidas. Mesmo assim, não se pode negar a importância de Alencar em termos histórico-literários. E seu projeto de mapear literariamente o país – *O gaúcho*, *O sertanejo*, *Minas de Prata* – é, mesmo fracassado, um extraordinário documento daquela era em que uma aristocracia agrária, branca, europeizada e escravista procurava consolidar seu poder e organizar uma nação. Na qual, obviamente, apesar de representar a maioria absoluta da população, o negro não poderia existir efetivamente. A não ser como moleque de recados em *O demônio familiar* – um título mais do que expressivo – ou preto velho em *O tronco do Ipê*.

Joaquim Manuel de Macedo

A Moreninha

Vida e obra

Joaquim Manuel de Macedo nasceu em São João do Itaboraí, na então província do Rio de Janeiro, no dia 24 de junho de 1820, sendo filho de uma família de posses da região. Formando-se em Medicina pela Faculdade do Rio de Janeiro em 1844, mas não chegou a exercer a profissão, pois a publicação, no mesmo ano, de *A Moreninha* e o êxito obtido pelo romance fizeram com que seguisse a carreira de escritor e jornalista. Paralelamente, dedicou-se ao magistério e à vida política, tendo sido deputado em várias legislaturas pelo Partido Liberal. Em 1851 passou a integrar o Instituto Histórico Brasileiro. Como professor, foi membro do corpo docente do Colégio Pedro II e preceptor dos filhos da princesa Isabel. Sua fama foi enorme ainda em vida, sendo, ao lado de José de Alencar, o escritor mais conhecido do público leitor da época, além de desfrutar de extraordinário prestígio nos círculos intelectuais e políticos do país. Macedo faleceu no dia 4 de abril de 1882.

Sua obra é de considerável extensão, e dela fazem parte nada menos que 18 romances e 15 peças de teatro, além de poesias, crônicas, livros didáticos e pesquisas, num total de quase meia centena de volumes.

Apesar da extensão, pouco de sua obra, na opinião mais ou menos unânime da crítica e dos leitores, resistiu ao tempo, salvando-se alguns de seus romances, entre os quais desponta, a grande distância dos demais, *A Moreninha*, seguida de *O moço loiro*, *A luneta mágica*, *As mulheres de mantilha* e *Dois amores*. Paradoxalmente, o ininterrupto sucesso de seus romances – em particular do primeiro – entre os leitores brasileiros foi, sem dúvida, o responsável pelo fato de Macedo ser visto até hoje como simples contador de lacrimejantes e ridículas histórias de amor, obscurecendo sua indiscutível importância como um dos iniciadores da tradição narrativa brasileira e como grande cronista, não raro um tanto irônico, da sociedade brasileira da era imperial.

A MORENINHA

Enredo

Numa segunda-feira, 20 de julho de 18..., no Rio de Janeiro, quatro estudantes de Medicina – Augusto, Filipe, Fabrício e Leopoldo – conversam e discutem em altos brados, fazendo brincadeiras uns com os outros e falando sobre o amor, no qual Augusto, que tem cerca de 20 anos, afirma ser completamente inconstante, jamais se prendendo a uma única mulher. Em certo momento, Filipe convida os demais para um baile no domingo seguinte, dia onomástico de sua avó, Ana, que reside em uma pequena ilha inominada, nas imediações da cidade. Augusto, que faz o curso de Medicina, mostra-se pouco disposto a ir, pois tem que estudar. Contudo, depois de saber que Filipe tem duas primas – Joaquina, de 17 anos, e Joana, de 16 – e uma irmã – Carolina, conhecida por Moreninha, de 15 incompletos –, aceita o convite mas imediatamente garante que não se apaixonará por nenhuma das três. Então ambos, tendo por testemunhas Fabrício e Leopoldo, fazem uma aposta válida por um mês: Augusto assegura que não se apaixonará por mulher alguma e Filipe sustenta o contrário. Fica acertado que quem perder a aposta escreverá um romance.

Sexta-feira à noite, depois dos demais já terem partido, Augusto recebe uma carta de Fabrício pedindo-lhe ajuda para livrar-se de Joana, que dele se apaixonara perdidamente depois do rapaz ter começado com ela um namorico inconsequente. Sábado pela manhã Augusto também chega à ilha, travando conhecimento com Joaquina, Joana e Carolina, que está sob os cuidados de sua avó, porque ambos, ela e Filipe, são órfãos. Logo na chegada, Fabrício volta à carga, retomando o assunto da carta, sendo que Augusto se recusa a ajudá-lo. À noite, no jantar, irritado com esta decisão, Fabrício o ataca diante de todos, mostrando-o como volúvel e inconstante no amor. Augusto tenta defender-se dizendo que transforma sua inconstância em constância porque, não podendo fixar-se em nenhuma mulher, ama a todas.

Terminado o jantar, o grupo sai a passear pelo jardim, aos pares, com exceção de Carolina, que recusa qualquer companhia, e de Augusto, ao qual nenhuma das senhoras dá atenção, como que castigando-o por suas ideias. Finalmente, D. Ana apieda-se dele e ambos entram em uma gruta, sentam-se em um banco aí existente e começam a conversar. A avó de Carolina o repreende pela forma com que se comporta no amor, argumentando que se todos assim o fizessem as famílias não teriam mais sossego. Augusto revela-lhe então ser bem diferente do que fizera crer durante a discussão ao jantar, pois ama alguém, motivo pelo qual se mostra inconstante com todas as demais. E em seguida relata sua história.

Sete anos antes, seu pai, juntamente com toda a família, viera da fazenda para a Corte, a negócios. Durante a estada na cidade Augusto tivera ocasião de conhecer, certo dia, na praia, uma bela e travessa menina, de uns sete anos de idade, com a qual fizera camaradagem depois de tê-la salvo do perigo de afogar-se ao tentar retirar uma concha do mar. Em determinado momento, ambos são interrompidos em suas brincadeiras por um menino que os leva a um miserável casebre onde o pai deste agonizava. Augusto e a menina dão à mulher do moribundo uma moeda e uma nota. Este, em reconhecimento, depois de profetizar que ambos seriam no futuro marido e mulher, entrega às duas crianças dois breves, um branco e outro verde, ao qual são cosidos um alfinete de camafeu, de Augusto, e um botão de esmeralda, da menina, procedendo-se a troca. Antes de partirem para suas casas, as duas crianças fazem uma jura de amor e se separam em seguida. No dia seguinte o velho do casebre morre e sua família é socorrida pelo pai de Augusto, que nunca mais teria notícias de sua companheira de algumas horas de brincadeiras junto à praia. Contudo, jamais a esquecera, a ponto de referir-se a ela sempre como sua mulher. E como, ao tornar-se mancebo, fora pouco feliz em seus primeiros amores, desiludira-se de tudo e passara a ser namorador e inconstante, mantendo-se, porém, em seu íntimo, fiel à menina com quem jurara casar-se um dia.

Terminado o relato, Augusto, por sua parte, ouve de D. Ana a narração da lenda indígena do guerreiro tamoio Aoitin e da virgem Ahy, de cujas lágrimas de amor se originara a fonte existente na gruta em que se encontram. Desta forma, entre conversas, brincadeiras, jogos e incidentes sem maior importância, termina o dia de sábado na bela ilha inominada, indo todos, finalmente, repousar. E Augusto, cujo coração fora tocado pelos encantos de Carolina, começa a sonhar com ela tão logo adormece.

O domingo transcorre sem maiores novidades e à noite há um grande sarau, com a participação de novos convidados chegados à ilha. O sarau se prolonga até quase o amanhecer. Augusto, antes de partir, fica sabendo pela própria Carolina que esta ouvira a conversa que ele tivera com D. Ana na gruta, estando a par, portanto, de toda sua vida passada, inclusive da fidelidade que guarda à menina que conhecera sete anos antes. Sem poder mais conter sua paixão, o estudante começa a fazer uma declaração de amor mas Carolina foge. Logo a seguir, porém, o acompanha até tomar o barco que o leva, e aos outros, de volta à cidade.

Retornando a seus estudos, Augusto começa a mudar, não conseguindo mais estudar. Contudo, tenta resistir, dizendo a Leopoldo que não terá que escrever romance nenhum, pois antes de um mês mudará pelo menos três vezes de amores e, em consequência, não perderá a aposta feita com Filipe logo no início. Por sua parte, na ilha, Carolina também se transforma. Deixa de ser a menina travessa que era, esquece suas bonecas, faz passeios solitários e às vezes suspira. Está apaixonada por Augusto.

No domingo seguinte, Augusto retorna à ilha, onde já se encontra Filipe, que chegara no dia anterior. Carolina esperava ansiosa a vinda de Augusto. Este dispõe-se a aprender a bordar, sob sua orientação, o que é uma artimanha de ambos para namorar sem serem incomodados. Na segunda-feira o estudante volta novamente a seus estudos, tornando-se evidente, contudo, que está completamente apaixonado por Carolina, pois não lembra mais nem da aposta feita com Filipe nem das juras de amor à menina que encontrara sete anos antes. Terminada a semana, viaja mais uma vez à ilha. Durante um longo passeio, finalmente, os dois namorados declaram seu amor um pelo outro. Ao voltar à cidade, Augusto tem, desta vez, uma surpresa, pois aí encontra seu pai, o qual, já informado a respeito de seus amores, o repreende por seu desleixo nos estudos, proíbe-o de ir ver a namorada no domingo subsequente e tranca-o no quarto. Em consequência, o estudante adoece e, como não há remédio que resolva, o pai envia um emissário à ilha para falar com D. Ana sobre o casamento. Como era de se esperar, esta medida se revela um excelente remédio para a saúde de Augusto, que melhora imediatamente.

Na ilha, Carolina passara um triste fim de semana em virtude da ausência de Augusto. Contudo, com a chegada, na sexta-feira, do emissário, recupera a esperança. Finalmente, domingo pela manhã chegam Augusto e o pai. E na gruta, junto à fonte que nascera das lágrimas de Ahy, Carolina revela a Augusto, ao entregar-lhe o alfinete de camafeu cosido no breve, ser ela a menina com quem jurara casar-se. Desta forma, soluciona-se o conflito entre a promessa feita sete anos antes pelo estudante e sua paixão por Carolina, nada mais havendo que impeça o casamento e a felicidade de ambos. Mais tarde, ao chegar em companhia de Fabrício e Leopoldo, Filipe exige de Augusto o romance, segundo fora apostado. E Augusto o informa que a obra já fora escrita, tendo por título *A Moreninha.*

Personagens principais

Em consonância com o caráter global da obra, cujo enredo central lembra o modelo das fábulas ou dos contos de fadas, as personagens de *A Moreninha* não possuem qualquer complexidade, caracterizando-se por serem simplificações levadas ao extremo mais absoluto e por encarnarem tipos sociais ultra-estereotipados. Em consequência, dada a própria limitação temática do romance e sua coerente execução, as personagens jamais ultrapassam os limites do evidente projeto do Autor, para o qual elas não são mais que representações de modelos fixos e imutáveis – exatamente à maneira dos contos de fadas.

Estrutura narrativa

Composto de 23 capítulos seguidos de um breve epílogo e atendo-se rigorosamente ao modelo clássico da narrativa realista/naturalista ocidental e à decorrente verossimilhança dos eventos a partir de uma perspectiva lógico-racional, *A Moreninha* apresenta, do ponto de vista da estrutura narrativa, algumas particularidades interessantes. Em primeiro lugar, a existência de relatos dentro do relato – como ocorre nas conversas entre Augusto e D. Ana – indica um domínio relativamente sofisticado das técnicas narrativas. Em segundo, há uma curiosa identificação entre Macedo/autor, o narrador onisciente em terceira pessoa e Augusto, o protagonista, o que se evidencia pelo fato de o romance escrito por este, o perdedor da aposta, também intitular-se *A Moreninha.* Em terceiro, o narrador onisciente não raro abandona a isenção que normalmente caracteriza tal função para assumir o papel de moralista e juiz de suas personagens. Finalmente, em quarto lugar, ao pretender fazer uma rigorosa marcação do tempo – os eventos devem desenrolar-se durante os 30 dias pelos quais a aposta era válida –, Macedo comete um evidente lapso de estrutura. A aposta é feita no dia 20 de julho, uma segunda-feira (cap. I e II). Ora, supondo-se que este dia não seja contado, a aposta, pelo calendário gregoriano, venceria no dia 19 de agosto, uma terça-feira, e não no dia 23, que é o quinto domingo subsequente ao dia da aposta: no primeiro há o sarau; no segundo Augusto aprende a bordar; no terceiro ocorre a cena de ciúmes de Carolina envolvendo o lenço; no quarto o protagonista fica trancado em casa, prisioneiro do pai, e, finalmente, no quinto viaja novamente à ilha, acertando-se o casamento entre os namorados. Este quinto domingo cai, necessariamente, no dia 23, não no dia 20 de agosto. Ao Filipe cobrar o preço da aposta haviam se passado, pois, 34 e não 30 dias desde que a mesma fora feita. Mas este equívoco é compreensível: o Autor só podia fazer os estudantes passearem até a ilha nos sábados e domingos. Nos demais dias da semana eles tinham que estudar!

Quanto ao espaço em que se desenrola a ação, a questão é tão transparente que dispensa comentários. Por outro lado, no que diz respeito à época, torna-se claro, pela referência de D. Violante ao orçamento financeiro de 44/45 (cap. XIV), que transcorre o ano de 1844, o que é mais uma particularidade interessante que remete à identificação, referida anteriormente, entre Macedo/autor, o narrador onisciente e Augusto, o protagonista/romancista. Pois *A Moreninha* foi publicada em 1844!

Comentário crítico

Defendido e admirado por uns, que se deixam cativar pelo seu charme de conto de fadas, atacado e detestado por outros, que consideram sua leitura o maior dos suplícios enfrentado nos bancos do 2º Grau por todo o brasileiro escolarizado, *A Moreninha* é uma das mais singulares obras do século XIX e, talvez, de toda a ficção brasileira. Por vários motivos.

Além de ser o primeiro, o melhor e o mais lido dos romances de Macedo, pode ser considerado ainda, na prática, como a obra que funda a história da narrativa brasileira. É verdade que o *Compêndio narrativo do peregrino da América*, de Nuno Marques Pereira, o antecede por mais de um século e que Teixeira e Souza e alguns outros publicaram romances e novelas antes que *A Moreninha* viesse à luz. Contudo, de todos foi Macedo o primeiro que sobreviveu ao tempo e é o primeiro em que estão presentes, até com certa sofisticação técnica (v. estrutura narrativa), os elementos essenciais da grande tradição narrativa europeia pós-Cervantes, então transplantada definitivamente para o espaço colonial dos trópicos. A tudo isto deve-se acrescentar ainda o fato de *A Moreninha* ter sido, e ainda ser, considerada na visão tradicional da historiografia literária brasileira como o mais acabado exemplo do estilo do *romantismo*. Catalogação, diga-se de passagem, nada funcional e pouco lógica, pois que, em assim sendo, as peças de teatro de Martins Pena, *Memórias de um sargento de milícias*, de Manuel Antonio de Almeida, e *Lucíola* e *Senhora*, de Alencar, não poderiam ser consideradas obras *românticas*, ao contrário do que ocorre dentro dos parâmetros teóricos da referida visão, hoje ultrapassada.

Tematicamente, *A Moreninha* é, à primeira vista, de uma simplicidade, de uma superficialidade e de um primarismo que bem podem ser considerados quase desoladores, em parte, sem dúvida, responsáveis pelo extraordinário número de leitores que a obra sempre teve, desde sua publicação, principalmente entre as mulheres, em consonância com o papel social que as mesmas desempenhavam no Brasil pré-industrial. Em tempos mais recentes a situação alterou-se de forma considerável, sendo fácil entender o porquê. Como qualquer criança pode perceber, *A Moreninha* é um verdadeiro panegírico à *constância no amor*, em outras palavras, ao casamento tal como este era entendido no passado pelas elites do Brasil agrário, pré-industrial e patriarcal, no qual esta instituição funcionava, pelas injunções históricas, como verdadeira operação comercial, envolvendo a herança, entre as famílias cujos filhos se uniam pelo pacto matrimonial em cartório. A industrialização, a consequente urbanização, a inserção da mulher e de seu trabalho no sistema de produção, a decorrente modernização dos costumes e a virtual liquidação do casamento como vínculo jurídico, via instituição do divórcio, alteraram rápida e drasticamente esta realidade. Em consequência, para o leitor médio brasileiro, homem ou mulher, em particular nos estratos sociais médio e superior, *A Moreninha* tornou-se, a partir das décadas de 1960/70, algo como uma peça de museu em termos temáticos. De fato, não resta mais, como é natural, qualquer possibilidade de identificação, ainda que restrita, entre os leitores atuais e as personagens de Macedo.

Contudo, uma leitura um pouco mais aprofundada, apoiada em parte na história brasileira do século XIX, permite compreender por que, ao contrário de tantas outras, incluindo todas as demais do próprio Macedo, esta obra possui um certo encanto e se mantém pelos tempos afora como um clássico da ficção brasileira.

De um lado, a quase fantasiosa história de amor de dois adolescentes numa paradisíaca ilha tropical tem o encanto de um verdadeiro conto de fadas. Imperceptivelmente o leitor é levado a desligar-se da realidade imediata e a *entrar no jogo* do Autor, que o conduz ao espaço da lenda e do sonho, onde tudo é possível e onde o tempo, o sofrimento e o trabalho parecem não existir. De outro lado, porém, este conto de fadas se desenrola num espaço geográfico, social e histórico definido, apresentado de forma ingênua mas nem por isto menos rigorosa. Em acordo com o clima paradisíaco, as personagens não trabalham – no máximo os rapazes estudam –, mas cá e lá emerge, como que casualmente, um que outro representante do séquito de escravos e de serviçais. As privações não existem e a riqueza e a fartura parecem ser produto de um *a priori* lógico e incontestável, o que não impede a presença de uma cena quase inexplicável de sarcasmo, aparentemente deslocado e extemporâneo no conjunto da obra ("...fome! Pois também morre-se de fome?..." – cap. VII).

As convenções e as aparências reinam soberanas e se impõem de forma total mas as farpas do narrador onisciente e o comportamento inconveniente do alemão Kleberc e, mais ainda, da dama que responde pelo sugestivo nome de D. Violante perturbam um pouco esta tranquilidade absoluta, claro que sem nunca a colocarem em questão.

É muito fácil e, também, pouco esclarecedor dizer simplesmente que o pequeno mundo convencional de Macedo tem como origem a necessidade de buscar a benevolência e a aceitação do público leitor da época. A questão parece ser um pouco mais profunda. Navegando circunspecta e rasamente – mesmo que nem sempre ingenuamente – entre o conto de fadas de um novelesco amor adolescente e a limitada realidade social na qual o insere, Macedo cativa o leitor pela perícia com que sabe movimentar-se, encarnando e – como todo o artista – perenizando a essência de uma elite provinciana, culturalmente colonizada e pedestre, sem a perspectiva do passar do tempo e insciente de si como fenômeno histórico resultante da expansão da Europa capitalista nos trópicos escravocratas. Sob este ângulo, *A Moreninha* é insuperável, adquirindo, por isto, inegável importância não só no contexto da obra de Macedo – da qual se destaca como a melhor realização deste cronista dos primórdios do Império – como também no amplo panorama da ficção brasileira do século XIX.

Exercícios

Revisão de leitura

1. Qual o tipo de relação existente entre Fabrício, Filipe e Augusto?
2. Como transcorre o primeiro encontro entre Augusto e Carolina ainda crianças?
3. Qual a explicação de Augusto para seu comportamento baseado na "inconstância no amor"?
4. Qual o grupo social que frequenta a ilha e quais seus hábitos?
5. O que torna Kleberc e D. Violante diferentes dos demais?
6. Qual o papel desempenhado pelas mulheres?
7. Como é visto o casamento?
8. Quem trabalha em *A Moreninha*? O que fazem eles?
9. Resumir em breves palavras a lenda indígena relatada no texto.
10. Assinalar algumas passagens que indicam a época histórica na qual se desenvolve a ação do romance.

Temas para dissertação

1. A língua de Macedo e o português atual.
2. A curiosa estrutura narrativa de *A Moreninha*.
3. As personagens principais da obra e os *tipos* que elas representam.
4. A mulher e o casamento.
5. Casamento: um negócio entre famílias?
6. Homens e mulheres: comportamentos idênticos ou diversos?
7. *A Moreninha*: a vida é uma festa. Para quem?
8. Augusto e Carolina: realidade, possibilidade ou conto de fadas?
9. A estrutura econômica e o escravismo no Império.
10. A fuga pela ficção: de *A Moreninha* às novelas de televisão.

José de Alencar

Iracema
Senhora
Lucíola

Vida e obra

José Martiniano de Alencar nasceu em Mecejana, proximidades da cidade de Fortaleza, Ceará, no dia 19 de março de 1829, sendo filho do senador e posteriormente presidente da província José Martiniano de Alencar e de Ana Josefina de Alencar. Sua família, de posses e com projeção política, sempre comemorou o aniversário do filho no dia 19 de maio, diversamente do que registra a certidão de batismo. Em 1838 acompanha a família em viagem à Bahia e, posteriormente, ao Rio de Janeiro, onde completa seus primeiros estudos. Em 1846, depois de feitos os preparatórios, entra para a Faculdade de Direito de São Paulo, concluindo seu curso em 1850, depois de breve estadia em Olinda, em cuja Faculdade de Direito cursara o terceiro ano. Já como estudante, participa de atividades literárias, fundando a revista *Ensaios literários*, na qual estreia com um artigo intitulado "Questões de estilo". Em 1854, inicia no Rio de Janeiro, como redator do folhetim literário do *Correio Mercantil*, sua carreira de jornalista e de ativista político. Em 1856, já redator-chefe do *Diário do Rio de Janeiro*, critica o poema *A confederação dos Tamoios*, de Gonçalves de Magalhães, e envolve-se em grande polêmica de caráter literário, da qual participa o próprio D. Pedro II.

No mesmo ano, com a publicação de *Cinco minutos*, em folhetins, no mesmo jornal, revela sua vocação de romancista, a que dá continuidade, com enorme repercussão, um ano depois ao lançar *O Guarani*. De 1861, quando é eleito pela primeira vez deputado pelo Ceará, a 1870, ano em que abandona a vida pública, desenvolve grande atividade política, tendo chegado, em 1868, a ministro da Justiça, no gabinete conservador. Em 1877, atacado de tuberculose, vai à Europa em tratamento de saúde, retornando em seguida ao Rio de Janeiro e falecendo a 12 de dezembro do mesmo ano.

Como ficcionista, dramaturgo (ou comediógrafo), poeta, ensaísta e político, Alencar é, ao lado de Machado de Assis, a mais importante figura do mundo intelectual e artístico do século XIX, apesar de pagar evidente preço às limitações próprias da sociedade brasileira da época, provinciana, colonizada e com reduzida percepção histórica. Mesmo deixada à parte sua produção como ensaísta político, a obra de Alencar é relativamente vasta e, principalmente, heterogênea, tanto temática quanto qualitativamente, apesar de jamais, mesmo em seus melhores momentos, conseguir sobrepor-se às limitações antes citadas. Na ficção, na qual, segundo opinião unânime da crítica, se encontra o melhor do que produziu, atinge seu ponto mais alto com *Lucíola* (1862), o mais importante de todos os seus romances de temática urbana, e *Iracema* (1865), um poema em prosa, como há muito foi chamado, de surpreendente beleza e que se eleva muito acima dos demais títulos de temática indianista – *O Guarani* (1857) e *Ubirajara* (1874). Devem destacar-se ainda, por sua importância, o romance-tese *Senhora* (1872), muito interessante, a exemplo de *Lucíola,* pelas contradições entre o objetivo teórico e o resultado prático, e as obras resultantes da pretensão alencariana de mapear histórica e literariamente o país, na transposição para a arte dos intuitos de criação de uma identidade nacional e de centralização político-administrativa das elites dirigentes da época imperial após o rompimento com a metrópole ibérica. Estas obras são *As minas de prata* (1862), *O gaúcho* (1870), *A guerra dos mascates* (1872-74) e *O sertanejo* (1875), podendo-se acrescentar também a peça *O jesuíta* (1873). Além, é óbvio, de seus três romances de temática indianista, nos quais, na impossibilidade de usar exclusivamente o português colonizador e, muito menos, o negro escravo, entrega a índios de salão o papel de parceiros ideais do branco na fundação da raça brasílica.

O teatro alencariano é bastante pobre, mas não raro interessante, como é o caso de *O demônio familiar* (1857), seja pela presença de um negro – que é, evidentemente, o *demônio* do título – seja pelo roçar de um tema de grande futuro: o conflito entre a cultura importada e a local. Na ensaística literária, adquire importância para a historiografia literária brasileira seu ensaio autobiográfico intitulado "Como e por que sou romancista", publicado postumamente em 1893.

IRACEMA

Enredo

Iracema, "a virgem dos lábios de mel", a filha de Araquem, pajé da tribo dos tabajaras, nasceu "muito além daquela serra, que ainda azula no horizonte...", na região do Ipu, no Ceará. Um dia, depois do banho, ela repousava numa clareira da floresta quando, advertida por um ruído suspeito, levanta o olhar e vê um guerreiro branco. Rápida, ela o atinge na face com uma flecha. E logo se arrepende. O guerreiro "sofre mais d'alma que da ferida". E sorri, perguntando a Iracema, na língua da indígena: "Quebras comigo a flecha da paz?", propondo assim uma trégua. E Iracema, depois de perguntar pela origem dele, dá ao guerreiro branco as boas vindas.

"Quando o sol descambou sobre a crista dos montes", Iracema e o estrangeiro chegam, através da floresta, à grande taba dos tabajaras. Recebido como hóspede, em sua cabana, por Araquem, o guerreiro branco dá-se a conhecer como Martim, integrante de uma expedição (de portugueses) que havia se estabelecido "às margens do Jaguaribe, perto do mar..." Os demais já tinham partido de volta para as margens do Paraíba, de onde tinham vindo. Só ele, Martim, ficara, por ter se tornado amigo de Poti, irmão de Jacaúna, chefe da tribo dos pitiguaras – que habitavam as regiões mais próximas do mar e eram inimigos dos tabajaras. Tendo saído a caçar com Poti, ambos se haviam perdido na floresta.

À noite, Martim quer que Iracema fique com ele, mas ela diz não poder, por ser filha do pajé e serva de Tupã e, portanto, guardiã do segredo da jurema (árvore com propriedades alucinógenas). Martim deixa então a taba, triste, pois já se tomara de amores por Iracema. Esta o segue e o convence a voltar. Martim dorme em paz, "ouvindo o mavioso canto da virgem indiana". Na manhã seguinte, Irapuã, cacique dos tabajaras, convoca sua tribo à luta contra os pitiguaras. Andira, irmão do pajé, se opõe. Encolerizado, Irapuã o chama de "velho morcego". Ao entardecer, no bosque sagrado de Tupã que cerca a taba, Iracema observa a tristeza no rosto de Martim, que afirma estar com saudades da pátria. Iracema pergunta: "Uma noiva te espera?" Martim se esquiva de responder diretamente. Ela lhe dá então um estranho licor para beber e ele, em inesperado delírio, suspira: "Iracema! Iracema!..." Em doce idílio, ela está para entregar os lábios a Martim, quando um rumor a assusta. É Irapuã, apaixonado pela filha do pajé, que a procura, furioso, por saber que estava em sua companhia um branco. Mas Iracema, como sempre, o repele. Irapuã, dominado pela cólera, quer matar Martim, mas Iracema o detém, de arco em punho. Ele se retira jurando vingança, Iracema retorna para junto de Martim, que dorme. Na manhã seguinte, Martim acorda sem nada lembrar do que acontecera. Na saída do bosque encontra Iracema, triste e abatida. Abraçam-se, mas ela logo se afasta, dizendo que, por ser filha do pajé, quem a possuir morrerá. Ambos decidem então que Martim deve partir. Um clamor reboa pela selva. É Caubi, único irmão de Iracema, que volta da caça. Retornando à cabana do pajé, Iracema entrega a Martim sua rede, como presente. Depois, ao entardecer, Martim parte, guiado por Caubi através da floresta. Na despedida, Iracema deixa que Martim a beije nos lábios e abraça-se em seguida ao tronco de uma palmeira para não cair desfalecida. Logo depois de voltar à cabana de Araquem, Iracema ouve o grito de guerra de Caubi e sai em desabalada corrida pela mata. Junto a uma campina encontra Irapuã, à frente de cem guerreiros, exigindo que Caubi lhe entregue o estrangeiro. Caubi nega-se. Martim e Irapuã começam a lutar, mas, de repente, ouve-se o som da inúbia dos pitiguaras prontos para o combate. Os tabajaras correm de volta à taba. Martim e Iracema ficam sós.

Os pitiguaras, porém, não aparecem. Irapuã suspeita tratar-se de um ardil de Iracema com o objetivo de salvar Martim e vai à cabana de Araquem, onde os encontra juntos. Furioso, quer matar Martim. Araquem se opõe, por ser ele seu hóspede, e Irapuã o ameaça. Mas Araquem, para espanto de Martim e júbilo de Iracema, faz a terra fender-se no centro da cabana, ouvindo-se então um rumor tremendo, a voz irada de Tupã. Irapuã, momentaneamente vencido, retira-se. Ao anoitecer, ouve-se ao longe o pio da gaivota. Martim diz a Iracema que este é o grito de guerra de seu amigo Poti, com o qual se perdera na floresta e que agora está a rondar a taba dos tabajaras. Martim quer deixar a cabana, mas Iracema, temendo a fúria de Irapuã, o impede, decidindo ir ela própria falar com o pitiguara. Iracema parte. Em seguida encontra Poti e lhe relata o que acontecera na taba dos tabajaras desde que Martim chegara. Poti manda Iracema retornar. Logo depois dela voltar à cabana de Araquem, chega Caubi, informando que Irapuã e os guerreiros, ébrios de cauim, estão prontos para atacar a cabana. Irapuã aparece logo e, diante da porta fechada, discute com Caubi. Ao avançarem contra a porta, ouve-se de novo o rumor tremendo e Irapuã e os guerreiros, assustados, retiram-se, enquanto Iracema e Martim somem terra adentro, na fenda aberta no centro da taba, depois dela pedir a Caubi que levantasse a pedra que a fechava. Logo em seguida (ao final do caminho pela caverna), Iracema e Martim encontram Poti, que informa ter seguido sozinho os rastros do amigo. Fora ele, Poti, que fizera soar a inúbia, o canto de guerra dos pitiguaras, e salvara Martim quando Irapuã o atacara. Mas a situação continua delicada e tanto Martim quanto Poti estão ainda em perigo, sendo difícil fugir da fúria e dos espiões de Irapuã. Disposta a salvar a ambos, Iracema apresenta um plano: daí a dois dias os tabajaras estariam em festa no bosque sagrado. Então seria o momento de ambos partirem, iludindo a vigilância do cacique e de seus guerreiros. Poti aceita o plano. Martim e Iracema tornam à cabana (pela caverna). Ali, ela se insinua para Martim, que, angustiado, a repele. Não conseguindo dormir, ele pede a Iracema que busque um pouco de licor de jurema. Iracema atende ao pedido e, tão logo Martim ingere a bebida, cai no sono e em sonhos abraça Iracema. Esta, contudo, ao ouvi-lo murmurar seu nome, deita com ele na rede e a ele se entrega: "Tupã já não tinha mais virgem na terra dos tabajaras".

Dois dias depois, enquanto no bosque sagrado o pajé distribuía aos guerreiros o licor de jurema, Iracema leva novamente Martim até Poti. Após guiá-los por um longo trecho do caminho, Martim diz a Iracema que ela deve voltar. E ela lhe revela então que já é sua esposa. Aturdido, Martim não sabe o que fazer. Ao anoitecer, Iracema e Martim, agora lúcido, se entregam: "Era a festa do amor e o canto do himeneu." Pela manhã, Poti os desperta: os tabajaras os perseguem. Os três continuam a fuga. Mas os tabajaras, guiados por Irapuã, logo aparecem. Neste momento ouve-se o latido de um cão. Poti sabe: é seu cão, que ele enviara até a taba dos pitiguaras e que agora retorna guiando o chefe e irmão Jacaúna com seus guerreiros para socorrê-lo. Logo se trava a luta entre tabajaras e pitiguaras. Irapuã luta com Martim. Quando a espada deste se quebra, Iracema o salva, interpondo-se entre os dois. Os tabajaras são derrotados e Iracema chora vendo o campo de batalha coberto de cadáveres de seus irmãos.

Os pitiguaras deixam atrás de si a região dos tabajaras e voltam para sua taba. Martim e Iracema são hóspedes de Jacaúna. Iracema mantém-se triste por estar na taba dos inimigos de seu povo. Martim decide partir junto com Iracema. Guiados por Poti, chegam às praias de Potengi. Depois, auxiliados pela tribo dos pitiguaras pescadores e caçadores, os viajantes alcançam Mocoripe. Passando além, encontram a embocadura de um rio, lugar em que Martim decide ficar. Poti concorda e em pouco tempo os três levantam uma cabana. Na manhã seguinte, Poti conta a história de sua família e manifesta o desejo de ir à serra do Maranguape, para onde se retirara, há muito tempo, o grande chefe Baturité, seu avô e pai de Jatobá, seu pai. Este já morrera, mas Baturité continuava firme em sua cabana na serra. Poti parte, acompanhado de Martim e Iracema. Ao encontrarem Baturité, este diz: "Tupã quis que estes olhos vissem, antes de se apagar, o gavião branco junto da narceja", prenunciando a destruição de seu povo pelos invasores portugueses. Em seguida morre. Depois de enterrado Baturité, os três retornam. Passa-se o tempo. E um dia, para grande felicidade de Martim, Iracema anuncia estar grávida. Logo depois, em cerimônia na qual pinta o corpo, como faziam os guerreiros da tribo de Poti, Martim integra-se à nação pitiguara e recebe o nome de Coatiabo. Contudo, decorrido mais algum tempo, Martim começa a sentir saudade de sua gente. Quando um dia um mensageiro de Jacaúna pede a Poti para voltar a fim de ajudar na luta contra os brancos tapuias (franceses) que haviam se aliado aos tabajaras, Martim também resolve partir, deixando Iracema sozinha. Pouco depois, derrotados os brancos tapuias e os tabajaras, os dois retornam. Contudo, a saudade não abandona a alma de Martim e ele se torna cada vez mais silencioso e retraído, desinteressando-se de Iracema, que, tomada pela tristeza, sente-se abandonada e se convence de que Martim anseia por uma mulher que o espera entre os seus. Para vingar-se da derrota, os tapuias brancos, aliados agora aos tupinambás, voltam, mas desta vez pelo mar. Novamente derrotados pelos pitiguaras comandados por Martim e Poti, retiram-se. E enquanto no campo de batalha soa o canto de vitória dos pitiguaras, na cabana, longe dali, Iracema dá à luz um menino, ao qual dá o nome de Moacir, "o nascido do meu sofrimento". Ali, sozinha junto ao filho, a encontra o irmão Caubi, que vem visitá-la. Ele quer ficar para esperar Martim mas Iracema pede que ele parta para cuidar de Araquem, que só tem a ele em sua velhice. Iracema cada vez mais sente faltarem-lhe o leite e as forças para criar o filho. E quando, finalmente, Poti e Martim retornam, Iracema ergue os braços pela última vez, para entregar o filho ao pai. Em seguida morre. Martim a enterra junto a um coqueiro e depois parte em uma jangada, levando o filho e o cão que Poti lhe dera de presente.

Quatro anos depois, Martim retorna à região para fundar uma cidade, o que faz com sucesso, auxiliado por Poti, que se converte ao cristianismo, e por Jacaúna, que vem estabelecer-se nas proximidades. A aldeia prospera. Nascia o Ceará, a terra de Iracema.

Personagens principais

Construídas como estereótipos e, se tal não bastasse, marcadas ainda pela aura irreal de todas as lendas, as personagens de *Iracema* são tão simples e rasas quanto as ideias que personificam.

Iracema – A bela virgem indiana, ingênua e pura, corajosa e leal até a morte, é a encarnação mais completa do mito rousseauano do *bom selvagem*, não manchado pela marca corruptora da civilização. É também, por outro lado, o ideal masculino da mulher que se submete, se resigna e se anula em função da missão superior do homem.

Martim – Retirado das páginas de *El Cid*, de Corneille, Martim é o herói sem temor nem mácula ("*gentilhomme sans peur et sans reproche*"), o fidalgo generoso e nobre que, com grandeza d'alma, aceita o fardo de sua missão civilizatória. O fato de tal missão exigir a anulação e o abandono da *boa selvagem* lhe traz alguma perturbação, mas não o desvia de seu caminho.

Os demais – Desenhados também segundo o modelo do *bom selvagem*, Caubi é o irmão dedicado e amoroso e Poti e Jacaúna são os amigos leais, prontos a seguir Martim ao menor aceno, inclusive, como é o caso do primeiro, renunciando às próprias crenças. Como indefectível contraponto, Irapuã é o vilão, amigo dos franceses e mau-caráter.

Estrutura narrativa

Composta de trinta e oito capítulos de tamanho variável, construída segundo o esquema clássico do narrador onisciente em terceira pessoa e apresentando marcação bastante precisa de tempo e espaço, *Iracema* é uma obra de estrutura à primeira vista muito simples. Uma série de elementos, no entanto, desmentem esta aparente simplicidade.

Em primeiro lugar, o primeiro e último capítulos funcionam como uma espécie de "moldura" para a narração da *lenda de Iracema* propriamente dita. De um lado, o primeiro é, na verdade, uma antecipação e se transforma, assim, na estrutura da obra, em penúltimo (Martim deixa o Ceará levando o filho). Além disso, o

Autor nele se introduz explicitamente ("Uma história que me contaram..."), daí resultando a confusão/identificação entre Autor e narrador, o que provoca no leitor uma estranha sensação de distanciamento (É como se o Autor, intrometendo-se no enredo, dissesse: "Eu lavo as mãos. O que se segue é produto exclusivo da imaginação"). De outro, o último refere alguns eventos que não são parte da *lenda de Iracema* mas dados históricos e por isto deveriam, segundo o transparente plano da obra, fazer parte das notas. Em segundo, em perfeita consonância com a intromissão do Autor no primeiro capítulo, fazem parte, a rigor, da estrutura da obra tanto as notas quanto as duas cartas (prefácio e posfácio) "ao dr. Jaguaribe", podendo-se dizer o mesmo até da dedicatória ("À terra natal, um filho ausente"). É tal a interpenetração entre estes elementos e a *lenda de Iracema* em si que, sem eles, esta ficaria incompleta e em parte até incompreensível. Ao leitor resta a impressão – a mesma que brota da leitura de *Lucíola* e *Senhora* – de que o Autor, inseguro, se cerca de todas as precauções para não ser mal entendido (v. comentário crítico). Mais explicitamente, o Autor parece com isto querer insistir no seguinte: *Iracema*, absolutamente, *não é mais que uma lenda!*

No que diz respeito ao espaço e ao tempo em que se desenvolve a ação, os dados fornecidos são perfeitamente claros: a *lenda de Iracema* é uma lenda cearense, tendo por palco, basicamente, parte das terras costeiras e do interior (a serra de Ibiapaba), e se desenrola ao longo de aproximadamente um ano (Martim chega à taba dos tabajaras – Moacir nasce – Iracema morre – Martim parte). Ou de cinco, se o arco de tempo abarcar o retorno de Martim narrado no último capítulo. Há ainda, na estrutura da obra, um pequeno detalhe que merece ser comentado: a furna ou caverna na cabana de Araquem, através da qual ribomba a voz de Tupã. Não deixa de ser surpreendente e paradigmático que o Autor se sinta obrigado a explicar cientificamente (a ação do vento) o fenômeno sobre o qual parece basear-se o poder do pajé. Quer dizer, mesmo numa obra que é produto exacerbado da mais desbragada imaginação, o princípio basilar da narrativa real-naturalista impõe seu império: todos os eventos narrados na obra são compreensíveis para a visão de mundo lógico-racional...

Comentário crítico

Obra emblemática do período (dito *romântico* pelos manuais tradicionais) em que nasce e se consolida a grande tradição literária brasileira e insuperável exemplo da mais exacerbada e delirante imaginação do Autor e de toda a geração da qual fazia parte, *Iracema* não apenas sobreviveu ao tempo e continua deslumbrando e comovendo os leitores – nas escolas e fora delas – como também transformou-se em marco definitivo da ficção do século XIX em âmbito brasileiro e até mesmo ocidental. São várias as razões deste ininterrupto sucesso ao longo de um século e meio.

Em primeiro lugar, *Iracema* é um esplêndido monumento da língua portuguesa, monumento que revela suas formas deslumbrantes no léxico, na sintaxe e no estilo. No léxico e na sintaxe a obra é um extenso e inestimável repositório de vocábulos em boa parte da língua indígena – e de regências, dos quais, sem ela, não restaria memória. No estilo, que é o uso funcional dos recursos que a estrutura de uma língua coloca à disposição de quem a utiliza, com *Iracema* José de Alencar conquistou um lugar entre os mestres da língua portuguesa. Por sobre um século e meio de violentas e rápidas transformações históricas e do fugaz reinado de modismos e tolices, o brilho e a força de suas frases deslumbra, comove e arrasta. E talvez não seja exagero dizer que enquanto houver memória da língua de Camões e Fernando Pessoa, dela não estará ausente José de Alencar, e isto graças à obra que ele próprio chamou de "poema em prosa". Pois que estudante da língua portuguesa e da literatura brasileira não lembrará para sempre dos "verdes mares bravios de minha terra natal, onde canta a jandaia nas frondes da carnaúba" e de tantos outros trechos antológicos?

Em segundo lugar, *Iracema* é uma delicada e comovente história de amor e rejeição, tema recorrente em todas as culturas, das mais primitivas às mais avançadas, desde que a espécie cruzou os umbrais da civilização. A *lenda de Iracema* é a eterna história do conflito entre o dever e a paixão. Entre a paixão avassaladora da donzela núbil que se entrega de corpo e alma ao seu amado e o dever (a guerra, o clã, a viagem) que a este é imposto. Entre o feminino e o masculino, como diriam os charlatães da psicanálise, com a desmedida ignorância e a ingênua convicção própria de quem descobre a pólvora no limiar do terceiro milênio... Deste paradigmático conflito civilizatório nasce a tragédia chã do amor não correspondido, da dor e da morte, quando a mulher se anula e é sacrificada em aras da missão superior reservada ao homem (Dido, Ximena, Maria Deodorina e tantos outros exemplos incontáveis). Na perspectiva do ignorante feminismo classe-média – a confundir causas com consequências –, que nas periferias guincha com simiesca estridência *slogans* da subcultura *yankee*, este é um fenômeno de um período histórico já ultrapassado. Evidentemente, tão ultrapassado, aliás, quanto a mulher exigir privilégios de várias ordens na sociedade industrial moderna, na qual sua força de trabalho e seus direitos de cidadã se equiparam aos dos homens. Como sempre, todo o processo civilizatório tem seu preço. E neste caso a ignorância é seu preço. Mas não é este o ponto. O que importa é que *Iracema* comove. E comove porque seu núcleo, ainda que em roupagens exóticas, faz vibrar as cordas atávicas da espécie por construir-se sobre o conflito entre paixão e dever, entre o feminino e o masculino, entre o privado e o público. E é surpreendente que Alencar – nosso "pequeno Balzac", como o chamou Antônio Cândido –, integrante de uma provinciana cidade dos trópicos escravistas, tenha transformado a ingênua *lenda de Iracema* em um relato de natureza mítica à altura das grandes obras que o gênero produziu na tradição literária ocidental.

Em terceiro lugar, do ponto de vista da história literária, *Iracema* é um título fundamental tanto da obra do Autor quanto do contexto da ficção brasileira do século XIX. Mais do que isto, transcendendo o campo restrito da arte literária, *Iracema* possui inegável importância na história cultural e política do país. Com efeito, Alencar, como um "pequeno Balzac", elaborou na teoria e executou na prática um projeto de mapeamento do Brasil em óbvia e funda concordância com a necessidade do jovem país que nascia nos trópicos e carecia então de uma identidade que pudesse exibir ao mundo no contexto do efervescente caldeirão de nacionalidades em que se transformara a Europa pós-napoleônica. Foi assim que, além de *Iracema*, nasceram *O sertanejo*, *Minas de prata*, *Ubirajara*, *O gaúcho* etc. Para sua sobrevivência e para justificar seu poder, era imprescindível à elite que, *pari passu* com a nação, então se gestava encontrar e iluminar *o berço da nacionalidade*, como afirma José de Alencar com todas as letras no antológico prefácio a *Ubirajara*, ali revelando-se um radical precursor da *revisão histórica*. E argumentando *pro domo sua*, bem entendido... Mas que berço? O de aventureiros de duvidoso e obscuro passado? O de burocratas impiedosos a serviço da ganância insaciável da aristocracia ultramarina decadente? O de broncos mestiços marcados pela exclusão, pela indolência autodefensiva e pelas doenças dos trópicos? Ou – supremo horror! – o de negros e mulatos brutalizados pela escravidão e pela ignorância? Diante deste rosário de ignomínia e degradação que o passado oferecia, à nova classe dirigente impunha-se, com a urgência da sobrevivência, a necessidade de forjar uma estirpe, um tronco ancestral em cujas veias corresse o impoluto ainda que bárbaro sangue da honra e da dignidade. Afinal, como diz Alencar – com, para a época, inaudita mas obviamente conveniente coragem – no citado prefácio, os antigos europeus não eram também todos bárbaros? E eis que então, emersos de um passado mítico forjado segundo as necessidades do presente e marcados pelo sinete indelével do *bom selvagem* afanado às pressas de Rousseau e Chateaubriand, eis que então nascem Iracema e Ubirajara, gentis e seminus – anunciando o carnaval de um século e meio depois! – a passear deslumbrados pelos salões iluminados do II Império, sob o olhar atônito dos fidalgos de fancaria a dançar valsas e minuetos. As tribos do litoral, já há muito extintas, jamais seriam informadas do espantoso evento, mas foi apenas naquele momento que elas passaram realmente a fazer parte da história do país, prenunciando simbolicamente, a contragosto da elite ariana e arianizante, a – pelo menos em parte – nação de mestiços que adentraria o terceiro milênio. Como se vê, o conjunto da obra de Alencar tem uma importância que vai muito além de seu valor artístico propriamente dito, ainda que este não possa ser desprezado. Como, aliás, bem o prova *Iracema*, que os séculos transformaram em monumento literário e marco da nacionalidade propugnada pelos, na visão de hoje, ingênuos *pais da pátria* do século XIX. Em *Iracema* há, contudo, um tom de desconforto que perpassa a obra inteira. Por um lado, o arcabouço (v. estrutura narrativa) que envolve a narração da *lenda de Iracema* revela insegurança do Autor e funciona como uma espécie de anteparo a eventuais críticas, diante das quais ele poderia dizer: "É apenas uma lenda cearense; é um preito de gratidão à minha terra natal; tanto entre brancos como entre índios há bons e maus; a lenda tem algum fundamento histórico" etc. Por outro, as crises de consciência de Martim em relação à forma como trata Iracema e a contundente declaração do velho Baturité deixam entrever a dúvida do Autor em relação ao "papel civilizador" do europeu nas plagas americanas. Como em *Lucíola* e *Senhora,* também em *Iracema* as contradições internas revelam que Alencar era menos ingênuo do que sua ficção faz crer à primeira vista. Ainda que leve, ou levíssimo, pode-se perceber nela um prenúncio da corrosiva prosa machadiana.

Exercícios

Revisão de leitura

1. Como e por que Martim chega à aldeia dos tabajaras?
2. Quem acompanha Martim na jangada em que parte do Ceará depois da morte de Iracema?
3. Como os índios, segundo Alencar, contavam os anos de vida de uma pessoa?
4. O que é e para que serve a *inúbia*?
5. Que idade tem Baturité e quem são seus filhos?
6. Por que Irapuã chama Andira de "velho morcego"?
7. Quais os dois principais instrumentos de poder utilizados por Araquem para controlar os tabajaras?
8. O que significa *Coatiabo,* quem recebe tal nome e em que ocasião?
9. Qual o nome do rafeiro que Martim recebe de presente de Poti?
10. O que faz Iracema para conseguir amamentar o filho?

Temas para dissertação

1. Localize no mapa do Ceará e procure nas notas o sentido do nome de algumas localidades que aparecem em *Iracema*.

2. Liste cinquenta palavras, entre portuguesas e indígenas, que aparecem em *Iracema* e são pouco ou simplesmente não usadas atualmente. Comente.

3. Decore e recite alguns dos primeiros parágrafos do primeiro capítulo da obra. Comente.

4. Leia atentamente e discuta as ideias do Autor na "Carta ao dr. Jaguaribe" (pós-fácio).

5. Os índios em *Iracema* e a verdade histórica segundo a história do Brasil.

6. Por que Alencar toma os índios e não os negros como o principal grupo que se mestiçou com os portugueses no Brasil?

7. Quem era Jean-Jacques Rousseau? O que diz o mito do *bom selvagem*?

8. As origens dos índios brasileiros e seu destino depois da colonização portuguesa.

9. A conquista espanhola no México e no Peru e a conquista portuguesa no Brasil. Diferenças e semelhanças.

10. Descubra no texto de *Iracema*, e comente, as razões pelas quais Martim decide abandonar Iracema.

SENHORA

Enredo

Em certa ocasião, raiou na sociedade do Rio de Janeiro a estrela de Aurélia Camargo, então com 18 anos. Órfã, vivia no Bairro das Laranjeiras em companhia de uma velha parente viúva, D. Firmina Mascarenhas, e tinha um tutor que, segundo parecia, pouca influência exercia sobre ela. Rica e formosa, Aurélia não apenas se comportava de maneira voluntariosa e autônoma como ainda demonstrava ter plena consciência de que a legião de seus admiradores só se interessava pela enorme fortuna que, por esta época, herdara inesperadamente de um avô. Por isto os desprezava a todos e costumava julgar o valor de seus pretendentes segundo uma escala traduzida em contos de réis (a moeda da época). Tais modos desenvoltos, não muito bem vistos pelas senhoras que possuíam filhas moças, escondiam um grande drama íntimo, que decidiu posteriormente seu destino.

Passaram-se mais ou menos seis meses desde que a esfuziante estrela de Aurélia começara a brilhar quando D. Firmina percebe que algo está acontecendo com sua protegida. Com efeito, Aurélia manda chamar o sr. Lemos, um velhinho gorducho e simpático que era seu tio e tutor, e lhe informa ter decidido casar-se. Nem bem Lemos se recuperara do susto quando Aurélia o encarrega de oferecer 50 contos de réis ao pai de Adelaide Amaral para que ela se case com o bacharel Torquato Ribeiro, um jovem pobre que a amava apaixonadamente. Para tanto Adelaide teria que romper imediatamente o noivado com outro pretendente. Além disso, Lemos deveria procurar este pretendente e oferecer-lhe uma quantia entre 100 e 200 contos de réis para que ele, por sua vez, aceitasse um contrato de casamento, com separação de bens, com outra moça, cuja identidade permaneceria oculta – e que era a própria Aurélia. Atordoado, mas seguro de que a missão, se desempenhada com sucesso, lhe renderia um bom retorno pecuniário, Lemos sai a campo para cumpri-la.

Fernando Rodrigues de Seixas – este era o nome do noivo de Adelaide Amaral, ao qual Aurélia pretendia comprar – era filho de um funcionário público que o deixara órfão aos 18 anos, o que o obrigara a abandonar a Faculdade de Direito em São Paulo e seguir a profissão do pai para sustentar-se, já que os parcos recursos da mãe, D. Camila, não podiam suportar a mesada que até então lhe permitira estudar. Conformado – e não aceitando a oferta de alguma ajuda de seu amigo Torquato Ribeiro –, Seixas abandonara a Faculdade e vivia com a mãe e as duas irmãs, Mariquinhas e Nicota, na Rua do Hospício, em uma casinha que não condizia com o luxo que ele ostentava quase todas as noites nos salões da moda e na redação de um jornal diário, no qual começara a trabalhar também, tornando-se em pouco tempo um dos escritores mais brilhantes da Corte. E enquanto Seixas frequentava as altas rodas, a mãe e as duas irmãs viviam modestamente em sua casinha, desdobrando-se no trabalho até altas horas da noite para poder sobreviver. Como se isto não bastasse, elas ingenuamente lamentavam não poder dar mais ajuda ao filho e irmão, a quem adoravam. Seixas tomara consciência da injustiça da situação mas se tranquilizava pensando que tinha que atingir seus objetivos: primeiro fazer uma boa carreira social, arranjar um casamento vantajoso e talvez entrar na política. Só então poderia, sem riscos de permanecer pobre para sempre, dar conforto à mãe e casar bem as duas irmãs, das quais Mariquinhas, mais velha que ele, já passara dos 30 anos. Se assim não fizesse, ele próprio se condenaria desde já a uma vida obscura.

É na modesta residência familiar que Lemos, disfarçando-se sob o nome de Ramos e usando óculos verdes, encontra Seixas a brincar alegremente com as irmãs, recém-chegado de uma viagem a Pernambuco, para onde fora oito meses antes em missão oficial de sua secretaria. O tio e tutor de Aurélia lhe faz imediatamente a proposta do contrato de casamento em troca de 100 contos de réis, seguindo à risca as instruções da sobrinha. Seixas recusa, argumentando que sua consciência não lhe permitia aceitar tal transação, que considerava odiosa. Lemos parte, mas não sem antes deixar seu endereço, para o caso dele mudar de ideia. Na mesma noite Seixas vai à ópera e encontra um amigo, Alfredo Moreira, deslumbrado com Aurélia, que também estava presente. Moreira lhe pergunta qual sua opinião a respeito da belíssima jovem, ao que Seixas lhe responde que sua beleza era a de um espectro que lhe lembrava uma mulher a quem amara e que morrera para ele. Quanto a Lemos, nem um pouco abalado com o fracasso inicial de sua primeira negociação, vai à casa de Amaral para levar a termo a segunda, que, se bem-sucedida, garantiria o êxito da primeira. Três dias depois Seixas o procura e pede informações mais detalhadas da proposta – incluído o item que impunha o anonimato da noiva – e aceita fazer o negócio, mas exige 20 contos de réis à vista e imediatamente. Lemos, sem instruções para tal caso, se atrapalha um pouco mas reage rapidamente quando vê Seixas indo embora. Em seguida fecha a transação, prometendo levar-lhe o dinheiro no dia seguinte. De fato, com a anuência de Aurélia, cumpre o trato, exigindo um recibo pelo qual Seixas se compromete a casar, no prazo de três meses, com a mulher por ele indicada. No ato da assinatura, Lemos lhe entrega 19 contos e novecentos e oitenta mil réis, descontando-lhe 20 mil réis do selo do contrato...

O que acontecera é que na noite anterior, tentando distrair-se das dificuldades financeiras resultantes de sua vida de luxo e ostentação, Seixas fora a um baile, sendo ali alvo do escárnio de Aurélia. Além disso, D. Camila lhe pedira que retirasse dinheiro do pecúlio da Caixa Econômica para fazer o enxoval de Nicota, que fora pedida em casamento. Ocorre que ele, há tempos, para cobrir suas despesas crescentes, começara a sacar sobre o pecúlio da mãe e das irmãs, pouco ou nada restando dele. Desesperado e apavorado diante da ameaça da pobreza e do fim de sua vida nas rodas elegantes, Seixas não encontra outra saída que não a de aceitar a proposta feita por Lemos. Este, quatro dias depois, vai buscá-lo, a fim de apresentá-lo a quem o comprara. Em sua casa, Aurélia surge coberta de joias e esplêndida em sua beleza. Seixas fica estupefacto e Lemos, sempre brincalhão, lhe pergunta se está satisfeito com o negócio e lhe revela, junto com o verdadeiro nome, sua identidade de tio e tutor de Aurélia. Ao falar com ela, Seixas lhe pergunta se, em sua riqueza, não lembra tempos passados. Aurélia retruca dizendo que o passado deve ser esquecido. A partir daí os noivos passam a encontrar-se com frequência e Seixas, apesar da má consciência pelo negócio que fizera, tenta, através de demonstrações de amor, conquistar Aurélia, que permanece fria e distante. Logo a seguir, sempre com a assistência de Lemos, fica acertado o casamento, o que provoca grande assombro na sociedade, pois era inimaginável que Aurélia, a resplendente estrela dos salões da Corte, tivesse o mau gosto de se casar com um "escrevinhador de folhetins"... Segundo o combinado, realiza-se o casamento, em cerimônia simples, na casa de Aurélia, com a presença de algumas pessoas amigas. Na mesma ocasião Aurélia assina, diante do tabelião e testemunhas, seu testamento, dizendo a todos ser esta sua última excentricidade. Ao entardecer todos se retiram e o casal fica a sós. Aurélia então permite que Seixas entre na câmara nupcial mas não que a toque, deixando friamente claro que tudo não passara de mera transação de compra e venda, movida, pelo lado dela, pela necessidade social de ter um marido e, pelo lado dele, pela necessidade do dinheiro. Ela o comprara, ele se vendera. Insultado, Seixas fica atônito, pensando no que deveria fazer: "Matá-la a ela, matar-se a si ou matar a ambos". Aurélia, porém, não perde tempo e, demonstrando desprezo, manda que ele se sente e a ouça sem interrompê-la. Estranhamente fascinado, Seixas senta e a ouve.

Cerca de dois anos antes, Aurélia e sua mãe, D. Emília Lemos Camargo, residiam à Rua Santa Teresa. D. Emília fora casada secretamente – já que nenhuma das duas famílias havia dado seu consentimento para a realização do enlace – com Pedro de Souza Camargo, estudante e filho, ilegítimo e único, de Lourenço de Souza Camargo, um grande fazendeiro de Minas. Da união nascera Emílio, um rapaz de poucos dotes intelectuais, e Aurélia. A partir da união com o estudante, a família de D. Emília a considerara uma mulher perdida e dela se afastara. Quanto ao pai de Pedro, ele nunca soubera de nada até que D. Emília, depois da morte do marido, o informasse da situação e da existência dos netos. O fazendeiro, apesar de furioso por ter sido enganado pelo filho, mandara entregar um conto de réis à viúva e nunca mais dera notícias. Com alguma dificuldade, D. Emília e seus filhos iam vivendo, em parte graças a três contos de réis deixados pelo marido. Era natural, portanto, que D. Emília – principalmente depois do inesperado falecimento do irmão de Aurélia – passasse a insistir com esta para que procurasse um marido, mostrando-se à janela, como era costume à época. Aurélia detestava fazer isto, mas, afinal, teve que ceder às exigências da mãe. Poucos resultados obteve, a não ser o cerco constante de importunos dispostos a uma aventura sem compromisso e a reaproximação do tio, o Lemos, que, com o maior descaramento, lhe propôs servir de intermediário para colocar na praça sua beleza (e assim arranjar um bom dote). Os primeiros debandaram tão logo souberam que Aurélia fizera um deles entrar para conhecer a mãe. Quanto ao segundo, não foi mais recebido, se bem que isto não o desanimasse, pois julgava que suas investidas haviam sido apenas um pouco prematuras. Correu o tempo e a beleza da menina da Rua Santa Teresa já não era a mais recente novidade da praça quando Seixas, que estivera ocupado em galanteios mais aristocráticos, veio a conhecê-la, iniciando-se imediatamente um namoro firme, pois Aurélia apaixonara-se por ele. Depois de algum tempo, Seixas, impressionado por ter Aurélia, por amor a ele, recusado Eduardo Abreu, um pretendente muito rico que desejava ardentemente desposá-la, pediu-a em casamento. Sendo Seixas muito pobre, Lemos sentiu-se derrotado em seus planos de obter vantagens com o casamento da sobrinha e manobrou de tal forma que este, que já se sentia um tanto assustado por ter pedido a mão de uma jovem tão pobre quanto ele, afastou-se de Aurélia, que, por amá-lo apaixonadamente, tomara a iniciativa de liberá-lo do compromisso assumido. E certa noite, encorajado mais pelo champanhe do que pela verdadeira afeição, cai na armadilha que Lemos lhe preparara e aceita a intempestiva proposta do pai de Adelaide Amaral, que lhe oferecera a filha com um dote de 30 contos de réis. Torquato Ribeiro, que de fato amava Adelaide, já se retirara anteriormente da casa de Amaral ao perceber que Seixas começara a frequentá-la assiduamente.

Acabado o projeto de casamento, Aurélia manteve-se solitária, alimentando sua paixão e tendo às vezes que consolar Torquato Ribeiro, que começara a visitá-la, oportunidade em que exprobrava Adelaide, que, segundo ele, o trocara por Seixas por julgar ser este último muito rico. Diante disso, Aurélia começara a perguntar-se se não teria sido o dote de 30 contos de réis que levara seu antigo pretendente para Adelaide. Suas dúvidas se desfizeram ao receber uma carta anônima, presumivelmente de autoria de Lemos, a qual dizia que Seixas de fato a deixara pelo dote da filha do Amaral. Sabedor destes fatos, Eduardo Abreu tornou a procurar Aurélia, mas esta o desiludiu, confessando-lhe estar apaixonada por Seixas. Para esquecê-la, Abreu partira para Paris. Seixas, por sua parte, já começara a ficar assustado novamente com o compromisso assumido com Adelaide. Em consequência, decidira ganhar tempo e, começando também a pensar em fazer política, partira para Pernambuco.

Fora por esta época que o fazendeiro Lourenço de Souza Camargo procurara Aurélia e sua mãe, mostrando-se arrependido de seu comportamento, pois recebera, depois de anos de extravio, a maleta que o filho deixara na estalagem em que morrera. Nela estavam as certidões do casamento com Emília e de batismo dos dois filhos. Interiorano rude mas de caráter íntegro, o fazendeiro deixara, antes de partir para sua terra, uma escritura nas mãos de sua neta. Pouco tempo depois deste fato D. Emília morrera, tendo sido consumidos durante a doença os parcos recursos de que as duas dispunham, incluindo algum dinheiro deixado pelo fazendeiro em sua primeira e única visita. As dificuldades haviam chegado a tal ponto que, como mais tarde Aurélia viria a descobrir, o enterro de D. Emília tivera que ser custeado sigilosamente por Eduardo Abreu. Haviam sido tempos duros para Aurélia, abandonado por todos – com exceção de Torquato Ribeiro – e sem receber notícias do avô, ao qual recorrera em sua aflição. Não sabia ela que o mesmo fora vítima de um ataque ao voltar da Corte e encontrar a fazenda praticamente ocupada por dois sobrinhos e suas famílias, que, tendo sido informados de que o fazendeiro testara em favor de Aurélia, pretendiam fazê-lo mudar de opinião. Furioso, ele expulsara a todos, mas não mais se recuperara do ataque. Enquanto isso, a rogos de Torquato Ribeiro, D. Firmina Mascarenhas, uma parente distante de Aurélia, recebera a órfã em sua casa. Quando, então, à sua frente não se viam senão tristezas e dificuldades, um negociante, correspondente de Pedro de Souza Camargo, procurara Aurélia e lhe dissera para abrir o documento que o avô lhe deixara. Fazendo isto, tornara-se sabedora de que a nomeara herdeira universal de fazendas e outros bens, que alcançavam cerca de mil contos de réis. Ao saber disso, imediatamente a família de D. Emília caíra-lhe em cima e o próprio Lemos fizera nomear-se tutor de Aurélia. Esta, revoltada, pusera a correr todo mundo, mas aceitara a função do tio, ao refletir que seria bom ter um tutor submisso. Isto porque planejava vingar-se da sociedade que a desprezara por ser pobre e agora, nos salões, se curvava diante dela por ser rica. Fora assim que Aurélia começara a brilhar na Corte e a exercer sua vingança, principalmente contra os caçadores de dotes, aos quais tratava como verdadeiros trastes, estabelecendo sua cotação em contos de réis. E quando soube que Torquato Ribeiro estava para se reconciliar com Adelaide, percebera ser o momento propício para dar partida a seu plano em relação a Seixas... Daí a completar-se a transação do casamento fora um passo, facilitado pela subserviência interesseira de Lemos...

Estupefato, Seixas ouvira todo o relato. Mas não era tudo. A seguir Aurélia o acusa de tê-la abandonado em troca de um mesquinho dote de 30 contos de réis e confessa que o ama e ao mesmo tempo o despreza por ter-se deixado comprar, agora por 100 contos... E lhe entrega um cheque do Banco do Brasil no valor dos 80 contos que restavam para integrar o valor dizendo: "Estamos quites e posso chamá-lo meu; meu marido, pois este é o nome de convenção". Seixas reage à fúria de Aurélia aceitando o cheque como conclusão do negócio e, sarcástico, declara estar às suas ordens, pois, de fato, se vendera. Em seguida se retira para seu quarto, aturdido e em crise profunda devido ao golpe, mas também admirado da têmpera de Aurélia e da intensidade da paixão que, como ele se convencera, era o móvel profundo de seus atos. Nos dias seguintes, diante de D. Firmina e dos criados, os dois representam o papel de um casal feliz. Passada cerca de uma semana, Seixas retorna à sua repartição, surpreendendo a todos por sua dedicação ao trabalho e por sua seriedade. Assim, entre diálogos frios e sarcasmos recíprocos, os dias vão passando para os recém-casados, que vivem em quartos separados, sem jamais se encontrarem, a não ser em reuniões sociais. Passa-se um mês e certo dia, alertada pelo falatório dos criados, Aurélia descobre que Seixas não usava nada do que havia em seu toucador, tendo, inclusive, comprado para uso próprio um pente e uma escova de dentes de um vendedor ambulante. Ela o interpela a respeito, o que resulta em contida mas violenta altercação entre ambos, ocasião em que Seixas deixa claro que ela comprara um marido mas não a alma dele e que, portanto, mesmo que os criados o considerassem sovina por trancar a chave sabonetes e outros objetos de uso, não mudaria seus hábitos. Paradoxalmente, a discussão alivia um pouco o ambiente tenso reinante entre os dois desde o casamento, mas a situação não se altera, mesmo quando o casal, obedecendo ao costume, visita famílias amigas, para as quais ambos aparecem como estando perdidamente apaixonados. Contudo, afetada pela violência das paixões que lutam em seu íntimo, Aurélia se torna cada dia mais pálida e irritadiça. Ela percebe, diante da frieza distante de Seixas, que seu plano fracassara, pois não conseguira fazê-lo ver que tudo fizera apenas por amá-lo ao extremo. Sem saída e procurando evitar que a vida de ambos se tornasse um inferno, o que jamais pretendera, Aurélia recua e oferece a Seixas o divórcio. Surpreso com a proposta, Seixas recusa e Aurélia lhe diz então que com tal decisão ele se tornava responsável pelo que viesse a acontecer. As relações entre os dois esfriam ainda mais.

Enquanto isto, casam-se Nicota com seu pretendente – e Seixas vai sozinho à cerimônia, levando de presente uma joia de baixo valor, o que provoca espanto em todos – e Torquato Ribeiro com Adelaide – e Aurélia lhe entrega, para surpresa dele, 50 contos de réis, o valor oferecido por Lemos ao pai de Adelaide para que consentisse em desfazer o noivado dela com Seixas. O tempo continua a passar. Seixas e Aurélia quase não se vêem, a não ser no jantar. Aurélia se torna melancólica e D. Firmina imagina que seja resultado de uma possível gravidez. De um momento para outro, porém, Aurélia muda completamente seu comportamento e começa a fazer constantes passeios e a frequentar assiduamente festas, dizendo a Seixas que o faz para que o mundo a julgue feliz... Certa noite, ao retornar de um baile, Aurélia cria, intencionalmente, um clima de sedução, mas, beijando um retrato de Seixas, que ela própria mandara fazer, lhe diz que sua paixão é pelo homem aí representado, a quem tanto amara no passado. Perturbado e sentindo-se humilhado, Seixas não tem coragem de abraçar Aurélia e retira-se para seu quarto. Em outra ocasião, no teatro, Aurélia protagoniza inesperadamente contida mas forte cena de ciúmes, ao ver a familiaridade inconveniente com que Seixas trata Adelaide, que ali estava com seu marido, Torquato Ribeiro. Pretextando visitar sua madrinha, Aurélia se retira rapidamente, obrigando Seixas a acompanhá-la. E lhe confessa abertamente estar com ciúmes pelo ocorrido, mas acrescenta que o ciúme é fruto do orgulho e não do amor. E lembrando-lhe que Seixas pouco antes dissera jamais ter sentido ciúmes, Aurélia insinua que ele não tem orgulho nem, portanto, dignidade...

A situação se prolonga por mais algum tempo e a problemática relação do casal continua sem grandes novidades, com Aurélia sustentando a situação e Seixas mantendo-se firmemente na posição de agir apenas sob ordens da esposa. Certa ocasião, tendo sido informada de que Eduardo Abreu – que há tempos retornara de Paris, onde dissipara toda sua fortuna – tentara suicidar-se, Aurélia pede a Torquato Ribeiro que o convide para participar das reuniões por ela organizadas em sua casa. Numa destas reuniões, que logo costumavam transformar-se em baile, Aurélia dedica especial atenção ao acabrunhado Eduardo Abreu, o que provoca comentários maldosos de um dos presentes sobre a antiga paixão do jovem por Aurélia. Casualmente, Seixas ouve a conversa e se convence de que ela ama Abreu. Contudo, logo a seguir Aurélia procura o marido e, sob pressão dos convidados, ambos dançam uma valsa, sendo esta a primeira vez que Seixas – já transcorridos mais de seis meses desde o casamento – enlaça a cintura da mulher. Inicialmente discutindo mas em seguida abandonando-se aos poucos às sensações de um ritmo cada vez mais rápido e quase louco, os dois beijam-se levemente e Aurélia desmaia nos braços do marido, que, entre os cochichos provocados pelo incidente, a carrega até o quarto. Ela logo torna a si e o abraça com força. Seixas, porém, se afasta e, de forma indireta mas dura, lembra sua função de escravo efetivamente comprado. Na verdade, seu sentimento de revolta diante do que revelara Aurélia a respeito do casamento vinha cedendo face à beleza dela e de sua oferta de divórcio. Contudo, o incidente que envolvera o nome de Eduardo Abreu reacendera seu orgulho. Além do mais, quando, logo depois do desmaio, arrebatada pela paixão, Aurélia dissera tê-lo comprado por um preço muito caro, o preço de suas lágrimas e ilusões, Seixas nem ouvira a última frase, detendo-se apenas na primeira, logo por ele relacionada aos 100 contos de réis... Assim, sem qualquer alteração entre os dois, Aurélia e Seixas voltam ao salão e continuam a dança, sob o olhar estupefacto dos circundantes. Terminado o baile, Aurélia se retira para seu quarto convencida de que ele a ama. Contudo, não cede à tentação de entregar-se a ele nesta noite, pois julga ser necessário não apenas que ela se convença do amor de Seixas mas também que este se convença de que a ama...

Superada a grande crise, o casal continua a vida de antes, começando, porém, a ocorrer, lenta e progressiva aproximação entre os dois, de tal maneira que tudo parecia encaminhar-se para um final feliz. Certo dia, porém, encontrando inesperadamente o sócio de um investimento feito muito antes do casamento e do qual nem mais se recordava, Seixas deixa a repartição no horário de serviço e vai para casa procurar a cautela que comprovava o valor investido e contra a qual receberia agora um retorno de mais de 15 contos de réis. Para sua surpresa e estupefação, ali encontra Eduardo Abreu a conversar com Aurélia. Perturbando-se até mais do que os dois, Seixas procura nervosamente a cautela, encontra-a e retorna apressadamente à cidade. Aurélia entra nos aposentos de Seixas e encontra, entre os papéis espalhados pelo chão, uma fita de marcar livros em que se entrelaçam as iniciais F, de Fernando (Seixas), e A, de Adelaide (Amaral), lembrança do depois desfeito noivado dos dois. Indignada e furiosa, Aurélia estraçalha a fita e a atira ao chão. Ao retornar em seu horário habitual, Seixas se fecha em seus aposentos, sem perceber o que Aurélia fizera com a fita, e começa uma série de cálculos. Depois da janta, o casal discute asperamente no jardim, quando Seixas, referindo-se à presença de Eduardo Abreu, exige de Aurélia que ela pelo menos mantenha as aparências para que ele não se sinta desonrado. Aurélia replica que ele não tem honra, pois vendeu-se e, além do mais, conservara um presente que lhe fora dado por outra noiva. Seixas, por não ter visto a fita estraçalhada, não entende a alusão e pede explicações. Mas neste momento retorna Eduardo Abreu. Seixas proíbe Aurélia de recebê-lo, dizendo-lhe que, depois do incidente pela tarde, o encontrara na rua e lhe negara cumprimento. Aurélia afirma ser este mais um motivo para recebê-lo e vai, com o marido, ao encontro dele. Eduardo Abreu vinha exatamente para esclarecer o incidente e revelar a Seixas o motivo de sua presença e da conversa com Aurélia. Esta o proíbe de falar e diz que Seixas não lhe negara cumprimento, simplesmente não o vira. Seixas, que se acalmara, diz ser verdadeira a explicação da mulher e Abreu se tranquiliza.

À noite, durante uma das tradicionais reuniões, Seixas mostra-se calmo e alegre, o que, em contrapartida, deixa Aurélia preocupada.

Na manhã seguinte ele vai, como de costume, à repartição, mas retorna apenas na hora do jantar, ao contrário do que costumava. Terminada a refeição, pede a Aurélia para lhe falar em particular e o encontro é marcado para as 10h da noite. Pressentindo que então se decidiria "seu destino e sua vida", Aurélia veste um roupão de cetim verde, o mesmo que usara onze meses antes, na noite do casamento. Na hora aprazada, Aurélia abre, pela primeira vez, a porta que ligava seu quarto ao de Seixas e o avisa estar pronta para o encontro. Seixas entra informando que viera negociar seu resgate e, diante de uma Aurélia no limite da tensão mas apesar de tudo controlada, lhe entrega o cheque do Banco do Brasil no valor de 80 contos de réis e mais 21:084$710 contos, que correspondiam ao adiantamento de 20 contos pedidos a Lemos por ocasião do fechamento do negócio acrescidos de juros de 6% ao ano. E para não deixar dúvidas. Seixas explica que a maior parte do dinheiro era resultado de um investimento feito *antes do casamento* – e lhe mostra as provas –, sendo o restante procedente de seu salário e do empenho de alguns bens e trastes. Aurélia lhe pergunta se quer um recibo. Seixas lhe responde que apenas deseja de volta o documento que assinara ao vender-se. Aurélia, que estava sentada e temia que, caso levantasse, sua comoção se tornasse evidente, pede a Seixas que o procure em uma gaveta. Encontrado o documento, Seixas o toma nas mãos e declara ter reassumido sua liberdade, dando por terminado o casamento, não sem antes explicar por que pedira os 20 contos adiantados. Em seguida, culpa as exigências sociais por seu comportamento dissipador e irresponsável, que o levara, inclusive, a apropriar-se do pecúlio da mãe e das irmãs, e afirma que agora não mais faria tal coisa, pois Aurélia o regenerara através dos 100 contos de réis – isto é, como fica subentendido, através de um ato que lhe mostrara de forma brutal como a sociedade funciona. Aurélia também não quer deixar qualquer dúvida sobre seu comportamento e explica a natureza de sua relação com Eduardo Abreu – que a socorrera em um momento difícil e a quem agora desejava salvar da perdição e da tentação do suicídio, insinuando a seguir que talvez os mesmos 100 contos que haviam regenerado Seixas talvez servissem agora para recuperar Abreu...

Encerrado o negócio e esclarecidos os possíveis malentendidos, Seixas sugere que Aurélia viaje à Europa, dando como desculpa uma prescrição médica qualquer. Assim se evitariam os falatórios sobre a separação e dentro de pouco tempo tudo estaria esquecido. Aurélia diz ser melhor fazer logo o que deve ser feito. Seixas então se despede. Contudo, ao atravessar a porta que ligava os dois quartos, ouve Aurélia que o chama de volta e lhe diz: "O passado está extinto. Estes onze meses não fomos nós que os vivemos, mas aqueles que se acabam de separar, e para sempre. Não sou mais sua mulher; o senhor já não é meu marido. Somos dois estranhos. Não é verdade?"

Então Seixas ergue a mulher em seus braços e, "quando os lábios de ambos se uniam já em férvido beijo", a afasta tristemente de si e murmura: "Não, Aurélia. Tua riqueza separou-nos para sempre". Mas Aurélia corre ao toucador e lhe entrega o testamento assinado no dia do casamento. Nele ela confessava "o imenso amor que tinha ao marido e o instituía seu universal herdeiro". Aurélia conta então que resolvera ditá-lo e assiná-lo na ocasião do casamento por pensar que morreria naquela mesma noite. E, diante das lágrimas do marido, implora: "Esta riqueza causa-te horror? Pois faz-me viver, meu Fernando. É o meio de a repelires. Se não for bastante, eu a dissiparei". Em seguida "as cortinas cerraram-se, e as auras da noite, acariciando o seio das flores, cantavam o hino misterioso do santo amor conjugal".

Personagens principais

Aurélia – À parte as implicações que a questão possa ter numa análise totalizante da obra (v. comentário crítico), o que marca profundamente Aurélia como personagem é sua inverossimilhança psicológica. Em outras palavras, o perfil de Aurélia e seu desempenho como protagonista da ação podem ser, e são, coerentes com a economia global do romance, mas a idade que o Autor lhe atribui a transforma em personagem de existência improvável, na sociedade do II Império e em qualquer outra. Com efeito, é difícil e até mesmo impossível admitir que uma jovem de 17/18 anos –

quando decide casar-se mal completara 19 – tenha não apenas uma percepção tão clara dos mecanismos que regem as relações sociais como principalmente a capacidade de movimentar-se dentro delas com tal desenvoltura e tanta eficiência, ainda mais em um contexto histórico-social em que suas atitudes representam exceção e ruptura em relação às normas vigentes. Coerente e bem desenhada tecnicamente como personagem, Aurélia é artificial e improvável como perfil psicossocial, carregando em si a duplicidade intrínseca à própria obra, que, de um lado, parece filiar-se à tradição do realismo clássico, com sua fria e precisa objetividade, e, de outro, não foge às incoerências e aos exageros típicos do folhetim.

Seixas – Inversamente a Aurélia, Seixas se caracteriza como personagem não só coerente como também psicossocialmente verossímil, pois é a encarnação perfeita dos valores da sociedade em que se movimenta. Com cerca de 30 anos e um comportamento não de todo isento da irresponsabilidade da juventude, ele apresenta dois traços marcantes: a ambição e a honestidade. Dobrando-se completamente às exigências do meio social, Seixas tem como objetivo principal e explícito ascender economicamente, enriquecer. Assim, fugindo com horror da pobreza e não tendo se formado advogado nem dispondo de relações que lhe dêem o necessário e decisivo impulso, vê no casamento um instrumento capaz de ajudá-lo a alcançar o que deseja. Por outra parte, é também honesto, além de possuir um caráter altivo, se bem que esta última qualidade estivesse a ponto de naufragar, o que não ocorre apenas devido à *regeneração* patrocinada por Aurélia. E é na difícil conciliação entre ambição e honestidade que Alencar faz ressoar, personificado em Seixas, o velho tema rousseauano da bondade inata do indivíduo, que se degrada pela ação da sociedade. Em outros termos, Seixas é bom, a força do meio social é que ameaça corrompê-lo. *Regenerada* pela ação de Aurélia, a personagem Seixas deixa de ser protótipo social real e perde, portanto, sua função de exemplo, individualizando-se e assumindo traços tipicamente folhetinescos, o que equivale a dizer socialmente inverossímeis.

Lemos – Manuel José Correia Lemos, o *rolho velhinho* com seu “gracioso ar de pipoca”, é uma das personagens mais sólidas e consistentes não apenas de *Senhora* como de toda a ficção alencariana. Apesar de seus traços um tanto forçados, que não raro beiram a caricatura, e do reduzido espaço a ele destinado no romance, o tio de Aurélia surge como verossímil e magistralmente desenhada personificação do *mercador*. Para ele, o mundo é uma quitanda e a sobrinha um mero produto, aliás de boa qualidade, que pode alcançar preço considerável no mercado. Sua concepção da sociedade é brutal: "Os ricos alugam seus capitais; os pobres alugam-se a si, enquanto não se vendem de uma vez..." Frio, objetivo e paciente, encara seu papel de alcoviteiro – de alto nível, sem dúvida – como simples ramo da atividade mercantil. Aceitando a realidade como ela é, a domina e dela extrai todas as vantagens possíveis. Pecuniárias, por suposto...

Os leões – No jogo do amor, são três, à parte Seixas, os representantes do grupo masculino: Torquato Ribeiro, Eduardo Abreu e Alfredo Moreira, todos eles com um perfil bem delineado e firme que os aproxima das personagens-tipo. O primeiro é o cavalheiro perfeito, *sans peur et sans reproche*, sempre pronto a servir às causas justas e carregando no peito, com total fidelidade, a paixão por sua dama, que, afinal, conquista. O segundo, de caráter honesto mas fraco, deixa-se aniquilar por uma paixão não correspondida e tem o perfil clássico do perdedor, à maneira do estereótipo do herói dito *romântico* e inadaptado ao mundo. O terceiro, finalmente, é o típico *leão* – gíria da época para *conquistador* –, predador sempre pronto a lançar-se sobre suas presas, dando preferência àquelas que dispuserem de mais dinheiro. É uma espécie de Seixas de segunda linha, a quem faz natural contraponto.

Estrutura narrativa

Construído rigorosamente segundo o esquema da narrativa realista/naturalista tradicional e composto de quatro partes intituladas O preço, Quitação, Posse e Resgate – que contam, respectivamente, com treze, nove, dez e nove capítulos –, *Senhora* apresenta uma estrutura narrativa que pode ser qualificada de transparente, apesar da complexidade resultante da presença de alguns elementos muito peculiares e bastante significativos.

Em primeiro lugar, em sua edição original (Garnier, 1875) a obra trazia na capa, além do título, o subtítulo *Perfil de mulher* e a observação *Publicado por G. M.*, não constando dela o nome do autor, que aparece apenas em uma nota *Ao leitor*, colocada imediatamente antes do capítulo inicial e assinada por *J. de Al.* A observação *Publicado por G. M.* foi eliminada, ao que consta, de todas as edições posteriores, ao contrário do subtítulo, que não aparece apenas nas mais recentes, e da nota, sempre mantida, em algumas com a assinatura abreviada, seguindo a edição original, em outras com a assinatura por extenso. As iniciais G. M. identificam, segundo informa a nota *Ao autor*, no início de *Lucíola*, uma mulher, apresentada, da mesma forma que em *Diva*, como a verdadeira autora dos relatos – especificamente das cartas, no caso de *Lucíola* –, que teriam sido apenas editados por José de Alencar.

À parte o significado que tais procedimentos possam ter numa análise global da obra (v. *Lucíola* e comentário crítico a seguir), é interessante observar ainda, no referente a este aspecto, que, em sua nota *Ao leitor*, *J. de Al.* diz: "Este livro, como os dois que o precederam, não são...", etc. Se, como é óbvio, ele está se referindo a *Lucíola* e *Diva*, os dois outros *perfis de mulher*, ao usar, sem qualquer adendo, o verbo *precederam*, Alencar pressupõe do leitor conhecimento completo de sua obra, pois os romances publicados imediatamente antes de *Senhora* não são os dois referidos mas *A guerra dos mascates* (1873) e *Ubirajara* (1874).

Em relação à estrutura temporal interna, *Senhora* é construído como um longo *flashback* em que o narrador – a rigor, a narradora, v. acima – remete os fatos a um passado definitivo mas relativamente recente, o que fica explicitado logo na primeira frase ("Há anos raiou...", etc.). Por outro lado, se desconsiderarmos as tratativas que levam à assinatura do contrato de casamento, neste passado a ação se concentra no espaço dos onze meses – ou 330 dias, conforme o cap. IX da quarta parte – que vão do casamento ao desfecho referido na última frase do romance, englobando, portanto, a primeira – com exceção de seu capítulo inicial –, a terceira e a quarta partes. Quanto à segunda parte, com exceção de seu último capítulo (IX), o qual se integra às outras três, ela se apresenta também em *flashback*, como narração dentro da narração, artifício através do qual o suposto *editor* Alencar e a também suposta *narradora* G. M. fazem com que o leitor – e, em parte, o próprio Seixas – tome conhecimento dos eventos que haviam estado na origem da situação ali descrita. Estes eventos não apenas retrocedem aos dois anos anteriores (cap. I da segunda parte) ao casamento de Aurélia e Seixas como ainda extrapolam tais limites, relatando brevemente a vida de D. Emília e de seu marido desde a juventude, além de algumas peripécias do pai deste. É imperativo concluir, portanto, que a estrutura técnica de *Senhora*, no referente ao componente temporal, é bastante complexa, se bem que de maneira alguma possa ser considerada confusa ou impenetrável.

Fazendo uma soma no sentido inverso ao da sequência da narração, temos onze meses de casamento de Aurélia e Seixas, cerca de três meses do período que vai do contrato até a cerimônia do casamento, mais ou menos outros seis meses de vida social de Aurélia, seis meses (cap. VIII da segunda parte) de luto depois da morte de D. Emília e o ano ao longo do qual se desenvolvem os namoros de Aurélia e depois a doença de D. Emília. Isto totaliza 39 meses, ou seja, mais de três anos, sem contar, evidentemente, as duas décadas, aproximadamente, que antecedem e nas quais D. Emília namora, casa, tem os filhos etc. O cálculo acima tem por base a afirmação de Aurélia a Seixas no cap. IV da primeira parte, quando ela diz que, de seus dezenove anos recém-feitos, passara dezoito na miséria. Deduz-se, portanto, que Seixas, ausente por oito meses (cap. VII da primeira parte), partira para Recife cerca de dois meses antes de Aurélia fazer sua entrada triunfal na sociedade fluminense e, ao que se presume, sem ter sido informado sobre a herança que ela recebera (cap. V, primeira parte).

Quanto ao local e à época em que se desenrola a ação, não existem maiores dúvidas. À parte os episódios transcorridos em Minas e que envolvem o pai e o avô de Aurélia, tudo o mais se circunscreve ao espaço da *Corte*, a cidade do Rio de Janeiro, entre 1851 – sabe-se que o Teatro Alcázar, citado no cap. VIII da primeira parte, fora inaugurado neste ano – e 1870, se à palavra/adjetivo *alguns* (anos) for atribuído o valor mínimo de quatro ou cinco, já que *Senhora* foi publicado em 1875. Mesmo que a partir de dados externos à obra – por exemplo, o ano em que a soprano Lagrange interpretou Gilda, de *O rigoletto*, de Verdi, no Rio de Janeiro (cap. VII, primeira parte) – talvez fosse possível determinar de forma mais precisa a época em que transcorrem os fatos, isto pouca importância tem. O evidente, e suficiente, é que a ação se liga claramente aos anos do apogeu do II Império, possivelmente à década de 1860, anos caracterizados pelo fausto e pela modernização – via importação de Paris – dos costumes da afluente sociedade cafeeira fluminense. É neste meio que são gestados tanto o romancista Alencar quanto sua personagem Aurélia, os quais, ainda que embrionária e contraditoriamente (v. comentário crítico), lançam um olhar crítico sobre a realidade social.

Quanto à estrutura narrativa, restam a serem feitas duas observações. A primeira é que a edição original (1875), a única em vida do Autor, trazia ao final uma breve *Nota*, que servia como introdução a uma longa carta de Elisa do Vale a D. Paula de Almeida. Lamentavelmente, esta *Nota* e a carta têm sido eliminadas em todas as edições mais recentes (exceção é a *edição crítica* da LTC, v. bibliografia específica). A carta, supostamente do próprio Alencar, além de ser uma entusiasmada autodefesa, é, também, um dos textos mais importantes da crítica literária do século XIX, apesar de a ela ter sido dada até hoje pouca atenção. A segunda observação diz respeito à referência, no cap. II da quarta parte, a *Diva*, romance lido por Aurélia, cuja curiosidade fora despertada pelos violentos ataques desfechados contra a obra por um crítico... Além disso, o narrador – ou narradora – ali retoma o conteúdo da nota *Ao leitor* e diz que Aurélia não sabia que o autor de *Diva* receberia, mais tarde, *indiretamente* – ou seja, através de G. M. – suas confidências...

Comentário crítico

Estando entre os dois únicos títulos da obra ficcional de José de Alencar que podem ser considerados, pelo menos no que diz respeito à intenção inicial, como portadores de uma concepção crítica das relações sociais apresentadas no enredo, *Senhora* é, sem dúvida, o romance mais ambicioso do Autor, o que certamente deve ter colaborado tanto para sua invejável fortuna crítica quanto para a pouca simpatia geralmente demonstrada pelo grande público, que o considera, e com razão, um tanto chato e de leitura cansativa. É natural que assim seja, pois *Senhora*, de um lado, carrega a expressa intenção de realizar um corte profundo na sociedade do II Império para daí extrair conclusões sobre seu funcionamento e, de outro, ao não conseguir realizar tal intento, apresenta personagens que atuam como marionetes incongruentes e inconsequentes de um projeto fracassado. Mas é precisamente nesta contradição que reside a problemática central da obra. E é nela também que se revela a extraordinária importância do romance, seja no conjunto da produção alencariana, seja no contexto da ficção brasileira do século XIX. A partir desta perspectiva, portanto, o caminho viável para uma análise mais detalhada de *Senhora* talvez seja aquele que se detenha no projeto explicitado na obra, faça depois um balanço do resultado de fato obtido e, finalmente, relacione criticamente ambos.

No referente ao projeto alencariano, apesar de inusitadamente claro, ele pode provocar confusão. Com efeito, em uma leitura pouco atenta, corre-se o risco de concluir que o tema central de *Senhora* é o conflito entre o homem e a mulher. Sob este ângulo, Aurélia assumiria o papel rebelde, em luta contra a posição de submissão da mulher numa sociedade patriarcal, quer dizer, uma sociedade em que o homem detém todo o poder. É evidente que esta questão impregna todo o romance, a tal ponto que, como se verá depois, a solução final dada pelo Autor ao conflito entre Aurélia e Seixas só poderia ser pensada dentro dos limites de uma sociedade dominada pelo patriarcalismo. Não obstante, uma análise um pouco mais acurada deixa claro que reduzir *Senhora* a isto seria não apenas superficial como, antes de tudo, profundamente equivocado. Pois o projeto alencariano, mesmo que à primeira vista se preste a confusões, é inteiramente outro e muito mais abrangente e ambicioso. O que o Autor pretende colocar em jogo na obra não é simplesmente a posição da mulher diante do homem mas a questão do dinheiro, identificado como o instrumento específico de exercício do poder na sociedade. Que a luta pelo poder, embasada na posse do dinheiro, se estabeleça entre uma mulher e um homem genericamente tomados, ou, mais especificamente, entre uma mulher e seu marido, parece, inicialmente, não passar de um mero acidente, o que dá bem a medida da ambiciosa abrangência do projeto. A forma explícita e insistente com que a questão é abordada no texto garante fundamento para tais afirmações e não permite que as mesmas sejam consideradas como exageros ou extrapolação. Mesmo não recorrendo ao instrumento da comprovação textual exaustiva, desnecessária para quem leu atentamente o romance, para demonstrar que o tema do dinheiro e do poder por ele representado pretende ser, pelo menos como intenção, o tema central da obra, basta observar como e a partir de que pressupostos agem os três personagens principais: Aurélia, Seixas e Lemos. Para Aurélia, a posse da inesperada herança significa não apenas a superação da miséria e a redenção social mas principalmente a capacidade de exercer a vingança contra os que a haviam desprezado por ser pobre. Quer dizer, se a ausência de dinheiro fora para ela uma desgraça, sua posse torna-se a arma com a qual, invertendo o vetor da ação, ela pensa atingir a sociedade que a rejeitara. Quanto a Seixas, para ele a riqueza é uma ideia fixa à qual submete tudo, inclusive os sentimentos pessoais e os deveres familiares. Obcecado pela ascensão social, seu horror à pobreza é o condicionante de todos os seus atos e só o risco da virtual escravidão – e, portanto, da anulação social – nas mãos de Aurélia o obriga a voltar atrás, pelo menos momentaneamente, no caminho que traçara para si próprio. Alencar, contudo, não se satisfaz apenas com enredar os dois protagonistas nas teias do vil metal e mostrar que este governa o mundo – e não se satisfaz com razão, pois, afinal, no desfecho inverterá tudo e procurará provar que é o amor que tem tal função... Como que denunciando antecipadamente este blefe, Lemos, a terceira personagem, surge como a voz da razão, fria e distante, não obnubilada pelos sentimentos e pela emoção. Para ele, admirável criação alencariana, não resta espaço para dúvidas ou para a ilusão: o mundo é um mercado e o dinheiro é a instância última a governar as relações socais: "Queria que me dissessem os senhores moralistas o que é esta vida senão uma quitanda? Desde que nasce um pobre diabo até que o leva a breca não faz outra coisa senão comprar e vender. Para nascer é preciso dinheiro, e para morrer ainda mais dinheiro. Os ricos alugam seus capitais; os pobres alugam-se a si, enquanto não se vendem de uma vez, salvo o direito do estelionato" (cap. VIII da primeira parte).

Não deixa de ser surpreendente, considerado o conjunto da obra de Alencar e de seus contemporâneos, esta visão brutal das relações sociais, vistas, sem qualquer véu, como transações mercantis, numa concepção que, com certo cuidado, até poderia ser qualificada de *marxista*. Aliás, é notável, e facilmente captável, o cuidado com que Alencar usa, sempre que necessário, o léxico específico da atividade mercantil, caracterizando assim, também do ponto de vista da linguagem, as relações que envolvem Aurélia, Seixas e o mediador Lemos como verdadeira operação de compra e venda de um produto disponível no mercado.

Diante da clareza meridiana do texto, não há nem pode haver, portanto, qualquer dúvida sobre o projeto alencariano em *Senhora* e sobre o significado das relações que envolvem os protagonistas e seus coadjuvantes. É evidente e óbvio que, para o Autor, elas são um paradigma exemplar da mercantilização que domina e informa todas as relações entre os indivíduos, inclusive aquelas que, supostamente, a ela deveriam estar infensas, como é o caso das que dizem respeito aos sentimentos mais profundos da alma, como simpatia, amor, paixão etc. Em consequência, consideradas a ação das personagens centrais e a transparência inegável do texto, é impossível negar que Alencar, como em *Lucíola*, mas de uma forma muito mais direta e "técnica", propõe-se em *Senhora* a dissecar impiedosamente a sociedade do II Império, trazendo à luz os mecanismos ocultos que a regem. Isto posto e comprovado, o passo seguinte é analisar se e como tal projeto é implementado.

Ao se chegar ao final da leitura de *Senhora* e ao se refletir sobre o sentido das peripécias narradas, duas coisas impressionam: a radicalidade absoluta e a precisão minuciosa com que Alencar desmonta seu próprio projeto crítico, procedendo a uma *regressão conservadora* ao mesmo tempo que tenta encobri-la de todas as formas. Em *Lucíola*, para colocar às claras esta regressão (v. respectivo *Guia de leitura*) é preciso interpretar o enredo, pois o abismo entre o problema proposto e a solução encontrada está na inadequação entre a miséria socioeconômica, apresentada como causa do destino de Lúcia/Maria da Glória, e o desfecho em que a mesma se autopune, absolvendo, portanto, ainda que de maneira indireta, a sociedade que a condenara a tal destino. Em outras palavras, o drama nasce e se extingue no âmbito de um choque, evidente, ainda que não explicitado no texto, entre classes sociais antagônicas. Em *Senhora* a questão é totalmente diversa. Há no romance uma clara e até insistente proposta de exposição conceitual da perversidade dos mecanismos sociais, condenáveis e inaceitáveis, por suposto, a tal ponto que, a partir de algumas passagens mais elaboradas e contundentes, seria até possível tentar construir uma *teoria das relações sociais*. Este é o ponto fundamental. Pois se, a rigor, a *regressão conservadora* não difere substancialmente, em intensidade, daquela encontrada em *Lucíola*, em *Senhora* Alencar avança tão audaciosamente seu projeto crítico que, ao ser obrigado a abandoná-lo, se condena a praticar um blefe nada menos que monumental. Assim, se em *Lucíola*, a *regressão conservadora* gera um resultado que pode ser qualificado de moralmente *infame*, em *Senhora* ele é teórica e ideologicamente desmoralizador, pois o Autor acaba renegando, às claras, tudo aquilo que pregara: não é o dinheiro que move o mundo; é o amor...

Mas através de que artimanhas consegue Alencar construir e sustentar tal blefe sem desmontar tecnicamente a narrativa, expondo-a como desconjuntada e contraditória? Basicamente através de dois artifícios. O primeiro é, como em *Lucíola*, a *folhetinização* dos protagonistas, que aos poucos vão se particularizando e, em consequência, perdendo sua representatividade, sua função de paradigmas sociais reais e verossímeis. Aurélia é a órfã pobre e lindíssima que inesperadamente recebe vultosa herança, o que lhe permite executar sua vingança contra a sociedade que a desprezara. Contudo, apesar da espantosa inteligência e da incrível precocidade que a levam a dissecar com absoluta perfeição, aos 19 anos de idade, a natureza das relações sociais, no meio do caminho ela como que se desvia de seus propósitos e, em vez de praticar a vingança ampla e irrestrita, se contenta com bem menos: compra o noivo que a desprezara... Este, por sua vez, um patife consumado que dissipa em ostentação até os parcos recursos de sua mãe e de suas irmãs e está disposto a leiloar-se, casando-se com quem lhe der maior dote, recupera, repentinamente, sob a ação *regeneradora* dos 100 contos de réis de Aurélia, suas mais do que esquecidas qualidades morais e transmuta-se em caráter altivo e honesto. E culpa a sociedade por tê-lo levado pelo mau caminho... Tardio arrependimento, só possível, aliás, pelo fato de, *por acaso*, ter despertado profunda paixão em uma jovem paupérrima que, *também por acaso*, se transformaria depois em riquíssima herdeira...

Como se vê, se em *Lucíola* é-se tentado a qualificar tal *regressão conservadora* de *infame*, por envolver a miséria física e moral de Lúcia/Maria da Glória, em *Senhora* ela é apenas, ainda que profundamente, irritante, pois pode ser vista como tentativa de engambelar o incauto leitor. Contudo, é exatamente ao individualizar folhetinescamente os dois protagonistas – retirando-lhes a função de representatividade social real e transformando-os em exceções absolutas – que Alencar, eis o segundo artifício, pratica uma sutil mas total reviravolta temática, completando, de forma brilhante e sofisticada, o processo de *regressão conservadora*. Com efeito, o conflito entre Seixas e Aurélia deixa completamente a esfera das relações sociais – e o projeto era dissecá-las em profundidade – e se transfere em definitivo para o plano das relações familiares. O que era uma guerra social se transforma em rusga familiar... Melhor ainda, rusga no contexto de uma família rigorosamente patriarcal, não restando a Aurélia – se quisesse garantir o retorno do investimento que fizera... – outra alternativa que não a de entregar todo o restante de seu dinheiro, e, em consequência, todo o poder, a Seixas. Uma admirável, devastadora e comovente prova da força do amor... Como resultado, sob o manto protetor do *santo amor conjugal*, a paz volta a reinar, dignificando o blefe e afastando o risco de a obra converter-se em virulenta crítica social.

Apesar disso tudo e, principalmente, por tudo isso, *Senhora* é a obra que, de toda a ficção brasileira do século XIX, mais se aproxima do grande romance real/naturalista europeu, constituindo-se assim na mais clara prova da impossibilidade de reproduzir seu conteúdo no brete ideológico-comportamental de uma oligarquia escravocrata nos trópicos americanos, oligarquia que, caso único possivelmente na história do Ocidente, conseguia ser, ao mesmo tempo, tão pseudo-aristocrática quanto pseudo-liberal. Tendo avançado sua audácia crítica até um ponto de não-retorno, Alencar se condena também a não poder ultrapassá-lo. Em consequência, faz recair todo o peso da *regressão conservadora* sobre as duas personagens centrais, transformadas em marionetes cujo papel acaba sendo o de comprovar a total inviabilidade de uma análise fria e coerente das relações sociais no II Império. Contudo, precisamente por revelar-se como gritante fracasso na objetivação do mundo real, *Senhora* adquire, dialeticamente, importância jamais alcançada por qualquer outra obra escrita até então, transformando-se, por negação, numa espécie de vestíbulo necessário e prenunciador da crítica demolidora de Raul Pompéia (*O Ateneu*), de Aluísio Azevedo (*O cortiço* e *O mulato*) e, em particular, de Machado de Assis em suas obras da maturidade. Pois nestes autores o *modelo* do romance realista/naturalista não abriga – ao contrário do que ocorria na Europa – heróis que, com maior ou menor fé na eficácia de sua própria ação, tentam ordenar o mundo à sua volta, mas sim suas contrafações acanalhadas que se limitam, parasitariamente, a pescar nas águas turvas da desordem num contexto em que a racionalidade burguesa europeia se convertera em farsa encenada por aristocratas de fancaria num palco dominado pelas senzalas. Sob esta ótica, *Senhora*, apesar de artisticamente medíocre, assume importância e dimensão insuspeitadas, revelando-se como último instante da vigência da ingenuidade histórica da então elite brasileira do litoral, cuja consciência, em total conflito com a realidade circundante (J. Martí), era marcada fundamente pelo sentimento de exílio em relação à sua pátria ideal, a Europa urbana e burguesa. Sentimento, aliás, próprio de todas as elites congêneres nas sociedades dependentes e semicoloniais do espaço americano, localizadas, por definição, nos aglomerados urbanos da costa do Atlântico e do Pacífico.

Diante deste tema, todos os demais que possam ser levantados em uma análise de *Senhora* perdem importância. Contudo, pelo menos quatro outros poderiam ser lembrados. O primeiro deles, de longe o mais importante, é o verdadeiro *tour de force* praticado por Alencar para isentar-se da responsabilidade pelos fatos relatados, o que o leva à montagem de uma série de artifícios que culminam com a inusitada publicação da obra sob pseudônimo de G. M. Tal procedimento, mais do que mera curiosidade, é resultado, sem dúvida, da tentativa, bastante ingênua na perspectiva atual, de fugir a possíveis ataques de leitores agredidos pela contundência de sua análise, a qual, se pinçados trechos cá e lá, é de fato bastante forte para a época. O segundo tema é a admiração provocada na sociedade fluminense pelo fato de Aurélia ter tido "o mau gosto de enxovalhar-se com um escrevinhador de folhetins". Apesar de termos tão candentes, o tema é apenas introduzido no texto e não recebe desenvolvimento maior, mantendo-se em torno dele uma como que atmosfera de ambiguidade. Independente de qual tenha sido a intenção de Alencar ao fazer de Seixas um jornalista e ficcionista, o certo é que, a crer na passagem referida e na própria situação econômica de Seixas, as atividades citadas não rendiam então nem muito dinheiro nem muito prestígio, pelo menos entre a alta sociedade... O que Alencar, sem dúvida, vê com ironia. Relacionada a isto está a autocitação com *Diva*, que o Autor utiliza para divertir-se com seus críticos, que, com os ataques, promovem a leitura de seus romances...

Os dois outros temas dizem respeito à linguagem. De um lado, deve ser lembrada a perfeição estilística, que faz de *Senhora*, a exemplo de outras obras do próprio Alencar e de alguns contemporâneos seus (Bernardo Guimarães, por exemplo, e Adolfo Caminha, mais tarde, em *Bom-Crioulo*), verdadeiro repositório da língua, especialmente do léxico. De outro, é evidente a intenção de Alencar de polemizar, indiretamente, com os defensores das rígidas normas gramaticais do português de Portugal. Isto pode ser observado no uso de construções sintáticas *erradas*, que é o caso de algumas regências como "Nunca *lhe* vi assim" por "Nunca *o* vi assim" (cap. III da primeira parte) e "Não *lhe* incomoda a fumaça?" por "Não *a* incomoda a fumaça?" (cap. II da terceira parte). Como curiosidade linguística, deve-se recordar ainda a diferenciação fonético-semântica feita por Seixas (cap. III da quarta parte) entre *senhóra* e *senhôra*, diferenciação abstrata e pouco convincente mas que até poucas décadas atrás era assunto para discussões. De qualquer modo, é evidentemente a esta diferenciação que está ligado o título do romance, *senhora*, com o *o* aberto (sinônimo, segundo Seixas, de *dona*, *proprietária*) e não com o *o* fechado, que seria feminino de *senhor* e mera fórmula de cortesia.

Exercícios

Revisão de leitura

1. Quais os argumentos utilizados por Aurélia para obrigar seu tio e tutor a obedecer-lhe?
2. De que ópera é a ária cantada ao piano por Aurélia depois de decidir comprar Seixas?
3. O que era o Alcázar?
4. Qual o vestuário das escravas que o avô de Aurélia pretendia mudar para não escandalizar os visitantes?
5. Quem são os padrinhos de casamento de Aurélia e Seixas?
6. Quem Lemos arranja para serem testemunhas da assinatura do testamento de Aurélia?
7. De que nacionalidade é o vendedor ambulante de quem Seixas compra alguns objetos para seu toucador?
8. Em que Seixas investira o dinheiro cujo retorno lhe permite pagar a dívida com Aurélia?
9. Com que heroína de Shakespeare Aurélia sonha no dia de seu casamento?
10. Quais os dois famosos pintores brasileiros citados no final da terceira parte?

Temas para dissertação

1. O que é o amor?
2. O casamento: origem e função.
3. As formas de família nos vários momentos históricos.
4. Marido e mulher: direitos e deveres.
5. As relações entre pais e filhos.
6. A família nas diversas classes sociais.
7. A família brasileira atual.
8. A família em *Senhora*.
9. Seixas e Aurélia: amor e dinheiro.
10. A família brasileira atual e a família brasileira tal como aparece em *Senhora*.

LUCÍOLA

Enredo

Em cartas que a destinatária, sra. G. M., posteriormente organizaria em livro e faria publicar sob o título de *Lucíola*, Paulo Silva, o protagonista/narrador/missivista, conta a história de seu relacionamento com uma mulher, explicando inicialmente que não o fizera de viva voz em virtude de, na ocasião de uma visita a que alude, estar presente a neta da própria destinatária, uma menina de 16 anos.

Logo após ter chegado ao Rio de Janeiro, procedente de Olinda, em 1855, com cerca de 25 anos, Paulo fora convidado por um amigo, o sr. Sá, a acompanhá-lo à Festa da Glória, quando lhe atraíra a atenção uma jovem e bela mulher que, de início, em sua simplicidade de provinciano adventício, não identificara como cortesã (ou prostituta). Ao ver Lúcia, assim se chamava a mulher, tivera a impressão de já conhecê-la. De fato, à noite lembra-se de que, realmente, já a encontrara no dia mesmo de sua chegada, quando, gentilmente, alcançara-lhe o leque que deixara cair na rua.

Depois da festa, Paulo volta a encontrar Lúcia algumas vezes, tendo a impressão de ser alvo de sua atenção. E certa ocasião, não tendo o que fazer, vai visitá-la, mantendo com ela longa conversa, mas sem se atrever a tocá-la e sentindo-se, por isto, ridículo. No dia seguinte, renova a visita e descobre, entre pasmo e furioso por não entender nada, uma Lúcia dúplice: ora recatada e modesta, ora desenfreada e cínica em seu papel de cortesã. Um dia depois, sábado, encontra-a outra vez, na ópera. Um amigo, que fora amante de Lúcia e a quem Paulo dá o nome de Cunha, informa-o ser ela uma das mais requisitadas cortesãs do Rio de Janeiro, apesar de famosa por sua excentricidade e por suas estranhas atitudes, como a de vender as joias recebidas de presente e a de negar exclusividade a quem quer que fosse. Cada vez mais curioso e atraído por estas revelações, Paulo a procura ao final do espetáculo e pede que o acompanhe. O convite é recusado, pois Lúcia pretendia ir a uma ceia na casa de Sá, à qual também Paulo fora convidado.

A casa de Sá, um libertino de não muitas posses mas dado eventualmente a festas extravagantes e caras, ficava nos arrabaldes da cidade, em um lugar discreto e apropriado a orgias. Ao chegar, por volta da meia-noite, Paulo aí já encontra, além de Sá, Lúcia e mais três mulheres, Couto, um capitalista de idade avançada, e Rochinha, um jovem gasto pelo vício. Logo é servida uma lauta ceia e a ela segue-se uma orgia em que Lúcia, apesar das súplicas de Paulo, sobe a uma mesa e, nua, dá um verdadeiro espetáculo, imitando as cenas eróticas de uma série de quadros que decoravam a parede. Quase sufocado, Paulo sai para o jardim, mas logo depois, já não mais tomado de indignação mas de piedade, retorna e vê Lúcia retirar-se, seguindo-a e tomando-a nos braços quando cai extenuada sobre um banco. Na conversa que se segue, é informado de que tudo fora feito a pedido de Sá e Lúcia promete jamais repetir a cena. A seguir ambos declaram-se apaixonados, entregando-se com ardor sobre a relva do jardim e ali passando a noite. Ao amanhecer, retiram-se, cada um para sua casa.

À tarde, Paulo volta à casa de Lúcia e aí passa a noite. Ao retornar para seu hotel, encontra Sá, que o adverte do perigo de apaixonar-se por Lúcia e comunica-lhe que esta lhe devolvera a quantia devida por sua participação na festa do sábado anterior. Paulo, apesar de confuso e às vezes irritado pelas atitudes contraditórias de Lúcia, não dá atenção às advertências de Sá e praticamente passa a viver na casa dela, perdidamente apaixonado.

Resolvido o problema financeiro de Lúcia, à qual Paulo começa a entregar regularmente uma pequena quantia para as necessidades básicas do dia-a-dia, o casal vive em completa felicidade durante cerca de um mês. Certo dia, porém, Paulo vai a uma festa, na qual encontra – além da sra. G. M. e de sua filha, que depois falece – o dr. Sá. Este o informa de que pela cidade corria um boato segundo o qual ele, Paulo, que sabidamente não tinha grandes posses, estava vivendo às custas de Lúcia. Furioso, deixa a festa e, por acaso, encontra, logo na saída, a própria Lúcia, que de uma casa de cômodos de outro lado da rua fora ingênua e apaixonadamente espiá-lo. Descarrega sobre ela sua raiva e vai dormir em um hotel. Decidido a não ser alvo do riso da sociedade, retorna à casa de

Lúcia no dia seguinte para dizer-lhe que não desejava mais ser seu amante exclusivo. Lúcia sente-se magoada por estar sendo vítima dos preconceitos sociais e, sem saída, reinicia sua vida de antes, aparecendo em público ao lado de Couto. Em consequência, ao voltar à casa de Lúcia à noite, Paulo ali encontra Couto, que pretendia levá-la a um baile, e discute com Lúcia, que, em prantos, não sabe o que fazer. Finalmente, ele impõe-lhe que vá ao baile com Couto. Ali, Paulo extravasa seu ciúme e aproxima-se de Nina, uma das companheiras de Lúcia, combinando com ela ir passar a noite em sua casa. Lúcia sai do baile acompanhada de Couto. Paulo, esquecido do que prometera a Nina, vai dormir em um hotel. No dia seguinte dirige-se à casa da mesma a fim de pedir desculpas pelo esquecimento, mas esta, ao contrário de ofendida, mostra-se muito alegre e agradecida por ter recebido dele uma pulseira de brilhantes. Paulo, confuso, nada entende, até que Nina lhe mostra a joia: era a que ele dera a Lúcia no dia imediato à ceia na casa de Sá. Parte em disparada para a casa de Lúcia e, depois de uma discussão, compreendendo que ela era uma solitária e desejosa de um pouco de carinho e compreensão, reconhece seu ciúme e sua maldade.

Contudo, à medida que os dias passam, os dois apaixonados começam a afastar-se lentamente um do outro e a relação entre ambos não mais volta à situação anterior. Paulo curva-se à pressão da sociedade e de seus interesses, que o compelem ao estudo e ao trabalho, e Lúcia não mais aceita Paulo, mostrando-se arredia, por ter compreendido quão grande era a barreira social que os separava e que impedia a realização de seus sonhos e de seu amor, obrigando-a a retornar à vida antiga, o que, porém, acaba não acontecendo, ao contrário do que Paulo pensava. De qualquer forma, procurando esquecer sua paixão por Lúcia, muda-se do hotel e monta uma nova casa, o que o ajuda a distrair-se. Contudo, não consegue esquecê-la completamente e por isto aprecia conversar com Cunha e Rochinha por que estes lhe davam oportunidade de obter notícias dela.

Passados vários dias, Paulo é surpreendido pela visita de Lúcia, que diz-se disposta a aceitá-lo novamente como seu amante mas pede que o reinício de suas relações seja adiado até o dia posterior.

Em seguida dedica-se a arrumar a casa, como se fosse uma empregada. À noite, Paulo a acompanha de volta até sua residência e ali dorme. No dia seguinte, Lúcia, fria e aparentemente sem qualquer desejo, embriaga-se para, segundo a promessa, entregar-se a ele. Mesmo assim não consegue e Paulo se comove, convencendo-se de que era sincera a recusa de Lúcia em aceitá-lo. A partir de então começa nova fase na relação de ambos e Paulo aceita não tocá-la, passando os dois a viverem como se fossem irmãos. Um dia Lúcia convida Paulo para irem a São Domingos e ali, na praia de Icaraí, lhe mostra a casa – velha e abandonada – em que nascera. Paulo quer ter mais informações sobre sua família mas Lúcia se recusa a fornecê-las, para, segundo diz, não perturbar a paz e a felicidade do momento em que reencontra sua infância pura e feliz. À noitinha partem de São Domingos e às 11h da manhã Paulo a deixa em sua residência. No outro dia, em um intervalo de seus negócios, Paulo passa perto da casa de Lúcia e não resiste a ir vê-la. Ao entrar, se depara com Jacinto – que ali já encontrara e que julgara, pelas informações de Lúcia, ser algo como um criado – e o vê, na alcova desta, junto à cama e aos móveis em desordem, entregar-lhe um maço de notas. Furioso, a injuria e sai desatinado, quando encontra Sá, que, em seu carro, o leva a passear para espairecer, naquele dia e nos seguintes. No terceiro, ao passearem por Santa Teresa, encontram novamente Jacinto, junto a uma modesta residência, que, segundo este informa a Sá, fora comprada por Lúcia, a qual lhe arrendara a casa na cidade e lhe vendera toda a mobília. Paulo, desesperado, compreende a injustiça que cometera e vai procurar imediatamente Lúcia. Esta, apesar de mostrar ter sentido a ofensa, mantém-se calma e o perdoa, narrando-lhe, finalmente, a história de sua vida.

Aos 12 anos deixara São Domingos com sua família para ir ao Rio de Janeiro, onde o pai conseguira um emprego público. Ali haviam passado dois anos felizes. Por esta época Lúcia tinha cerca de 14 anos e usava seu verdadeiro nome, Maria da Glória, pois nascera no dia 15 de agosto (Festa de Nossa Senhora da Glória, ou da Assunção). Foi então que, na epidemia de febre amarela que se abatera sobre a cidade no ano de 1850, seus pais, os dois irmãos, a irmã e uma tia que morava com a família haviam caído doentes e a miséria a que se viram todos reduzidos obrigara Maria da Glória a pedir esmolas. Certo dia, desesperada, explicara sua situação a um vizinho, que lhe pediu que o acompanhasse até a casa, onde lhe mostrou algumas moedas de ouro e tentou beijá-la. Era Couto. Depois de fugir e retornar três vezes, entregara-se ao sedutor, sem mesmo saber, em sua ingenuidade, o que estava fazendo. Com o dinheiro ganho conseguira alimentar sua família, mas os dois irmãos e a tia, não resistindo à doença, haviam morrido. Quando o pai fora tratar dos funerais, Maria da Glória entregara-lhe as últimas moedas que tinha ganho, sendo por ele expulsa de casa, pois julgava que ela tivesse um amante. Sozinha, encontrara Jesuína, alcoviteira de profissão, que a levara para sua casa, a introduzira na prostituição e dedicara alguns cuidados à família, que, aos poucos, voltara a uma situação econômica estável, com a ajuda do dinheiro obtido por Maria da Glória – através de Jacinto – com a venda dos presentes recebidos dos amantes. Daí sua fama de avarenta.

Neste entretempo, Lúcia, uma jovem tísica, fora morar com Maria da Glória na casa de Jesuína, morrendo logo depois. Maria da Glória, que se tornara sua amiga, ao chegar o médico para passar o atestado de óbito, troca os nomes e através dos jornais a família fica sabendo da morte da que julgavam ser sua filha. Logo em seguida, Maria da Glória/Lúcia aceita o convite de alguém que oferecera levá-la à Europa e lá passa um ano. Ao retornar, os pais haviam morrido, restando apenas Ana, sua irmã caçula, que colocara em um colégio interno e da qual pagava a educação. Quanto a Maria da Glória/Lúcia, reiniciara sua vida de grande cortesã, mas sempre dividida entre a jovem pura e virtuosa que fora e a prostituta devassa e elegante que chegara a ser por força das circunstâncias. Disto resultara o comportamento que a deixara famosa e que era consequência de seu drama íntimo, principalmente quando aqueles a quem se vendia conseguiam fazê-la sentir prazer. E foi então que Lúcia encontrara Paulo e por ele se apaixonara, imaginando fazer voltar atrás o tempo e realizar os sonhos da Maria da Glória que fora.

Ao terminar o relato, emocionada, Lúcia/Maria da Glória afirma que, na visão do presente, não mais teria a coragem de sacrificar a virgindade por sua família. E em seguida convida Paulo para irem na manhã seguinte até a casa em Santa Teresa, onde passaria a residir com Ana, que estava deixando o internato. A partir de então as duas irmãs se instalam em sua nova residência e Paulo as visita todas as tardes, desfrutando todos de algumas semanas de completa felicidade. Lúcia/Maria da Glória, como que retomando sua adolescência interrompida, brincava com a irmã como se fosse ela própria uma criança. Nada conseguia perturbar a paz e a tranquilidade de sua alma, nem mesmo o fato de algumas vizinhas terem sido informadas de seu passado por Couto, que um dia por ali aparecera. Logo nos primeiros dias do novo ano, 1856, Lúcia adoece mas recupera-se rapidamente, o que faz com que Paulo passe a alimentar a esperança de voltar a relacionar-se com ela como no tempo em que fora seu amante. Ela, contudo, recusa a aproximação e explica que a única forma de manter-se afastada de seu passado de cortesã era renunciar a tudo, até mesmo ao seu amor. E em seguida propõe-lhe que case com Ana, que seria, então, quem a substituiria no amor com Paulo. Este recusa e, repentinamente, Lúcia/Maria da Glória desmaia, por ter percebido que estava grávida de Paulo. Um médico chamado às pressas diagnostica ameaça de aborto mas procura tranquilizá-la dizendo que o filho ainda vivia. Lúcia/Maria da Glória, contudo, insiste no fato de que o mesmo já morrera. Depois de uma noite de intensa febre acompanhada por delírios, nos quais o único assunto era sua vida com Paulo, pede a este, mais uma vez, que case com Ana. Diante da nova recusa, suplica-lhe que, pelo menos, lhe sirva de pai. O que ele promete. Três dias depois confirma-se a intuição de Lúcia/Maria da Glória e o médico propõe-lhe medicá-la para expelir o feto. Ela, contudo, recusa e, confessando ter amado Paulo desde a primeira vez que o vira e fazendo-o jurar novamente que seria um pai para Ana, morre, depois de receber os confortos da religião.

Ao encerrar a última de suas cartas, Paulo, seis anos depois da morte de Lúcia/Maria da Glória, informa à destinatária que Ana, para a qual servira de pai, segundo a promessa feita, se casara e vivia feliz. E, por julgar não ter conseguido transmitir a imagem da mulher sublime que passara por sua vida, estava anexando às cartas alguns fios de cabelo que cortara de Lúcia/Maria da Glória, esperando que os mesmos pudessem revelar o que ele próprio, protagonista/narrador/missivista, não conseguia exprimir.

Personagens principais

Lúcia/Maria da Glória – Marcada fortemente pelo que se poderia qualificar de *projeto teórico* de Alencar (v. comentário crítico), que determina as linhas essenciais de seu papel na obra, Lúcia/Maria da Glória, como personagem isolada, possui características que permitem defini-la como inverossímil e um tanto artificial. Sua juventude – tem cerca de 19 anos quando morre – e sua relativa sofisticação intelectual, por exemplo, são pouco convincentes. Dificilmente alguém de sua idade teria uma noção tão clara, ainda que um tanto restrita, da realidade social. E, se a tivesse, certamente as cenas finais não seriam tão forçadas e melodramáticas. Contudo, seu drama pessoal faz com que, em alguns momentos, surja como personagem trágica e mesmo comovente. Parece evidente, em última instância, que em Lúcia/Maria da Glória se reflete com todo o vigor a contradição básica da obra, na qual a intenção inicial de uma crítica social contundente não está em consonância com o final forçado e, pelo menos à primeira vista, pouco coerente se levado em conta o ângulo positivo a partir do qual a protagonista é construída como personagem.

Paulo – Jovem e ingênuo, Paulo é o clássico estereótipo do *adventício na Corte* que, através de um comportamento socialmente não aprovado, faz detonar o conflito ao envolver-se emocionalmente com Lúcia/Maria da Glória. Sem maior liberdade de ação, deixa-se levar pelos acontecimentos e tudo termina, para ele, num final feliz, graças à consciente e conveniente autocondenação da vítima, Lúcia/Maria da Glória, que morre para não servir de estorvo à sua ascensão social. Pode ser irônico mas não é uma incoerência nem uma traição ao texto pressupor que, serenada a borrasca e superadas as dramáticas experiências de seus anos de formação na Corte, seu objetivo oculto por trás de escrever as cartas é a neta da sra. G. M. Afinal, o que justificaria tantas e tão longas explicações? Em termos técnicos, é interessante notar como Alencar, ao fazer retroagir o tempo, construindo Paulo como uma personagem do passado, fecha o caminho a qualquer análise crítica dos fatos *a posteriori*, deixando à sra. G. M. – que não parece muito interessada em entender a verdadeira extensão dos problemas que estavam em jogo – o papel de censora benevolente do jovem que se inicia no conhecimento da sociedade e do mundo.

Couto, Sá, Rochinha e Cunha – Muito mais que os dois protagonistas, estas personagens trazem os sinais indeléveis da estereotipia. Couto é o clássico devasso sem qualquer escrúpulo; Sá o *rector elegantiarum*, sempre preocupado com o que é e não é adequado socialmente; Rochinha é o jovem perdido no vício e Cunha, o menos definido dos quatro, assume traços ora de um, ora de outro. Homens livres e de certas posses numa estrutura social escravocrata – que está presente pela ausência, como em boa parte dos romances urbanos do século XIX, nos quais poucas personagens têm uma atividade produtiva –, eles detêm o privilégio da ociosidade, sem precisarem desempenhar funções "indignas" – como Jacinto e Jesuína! Por isso a tímida crítica que é feita a seu comportamento não consegue convencer.

A sra. G. M. – Guardiã, ainda que um tanto progressista, da ordem e dos valores morais da sociedade, a sra. G. M. desempenha o conveniente papel de *alter ego* do Autor (v. comentário crítico) e de compreensiva confessora leiga do protagonista. Tão compreensiva que – restabelecida a ordem com a morte de Lúcia – mostra-se condescendente com as estripulias juvenis do autor das cartas, que conhecera em uma festa de salão e ao qual – o que é extrapolar a letra do texto mas não trair seu espírito –, convencida de seu retorno ao bom caminho, talvez não se negue a entregar a neta. Um partido, aliás, socialmente bem mais interessante do que Ana, a suburbana e estigmatizada irmã de Lúcia/Maria da Glória...

Estrutura narrativa

Com seus 21 capítulos, que correspondem, supostamente, a outras tantas cartas enviadas por Paulo, o protagonista/narrador, a certa sra. G. M. – que, segundo a nota *Ao autor*, aposta ao início da primeira, as reúne em livro –, *Lucíola* é um romance cuja estrutura narrativa é, ao mesmo tempo, simples e complexa. Simples porque facilmente captável. Complexa porque, apesar de ater-se rigidamente à verossimilhança exigida pelo modelo tradicional da ficção realista/naturalista, apresenta determinados elementos que a singularizam e que permitem algumas observações interessantes sobre a causa dos mesmos e sobre sua relação com o conteúdo.

Em primeiro lugar, o espaço temporal da narração é rigorosamente delimitado pelo tempo necessário – não determinado – ao protagonista/narrador/missivista para escrever as cartas, a que se deve ainda acrescentar a *moldura* que as enquadra, a referida nota *Ao autor.* Em segundo, no quadro amplo desta narração está inserida a narração da vida de Lúcia/Maria da Glória, feita por ela própria. Em terceiro, a destinatária das cartas é personagem da obra (v. cap. XI) e ao mesmo tempo organizadora/editora, assumindo, na nota inicial, a posição de advogada do *autor* – das cartas, é claro, mas isto não elimina a ambiguidade do termo. Esta não é apenas a particularidade mais interessante como também o resumo e a razão das demais, pois que através dela o autor real – o romancista Alencar – como que se despersonaliza, distanciando-se da matéria narrada e, se assim se pode dizer, lavando as mãos e diluindo sua responsabilidade em relação à mesma. Há, portanto, no uso deste artifício técnico uma evidente relação com o conteúdo da obra e com a contradição intrínseca que nela é evidente: a pretensão de fazer crítica social e a solução conservadora que destrói tal pretensão.

No referente ao tempo histórico e ao espaço geográfico em que a ação se desenrola não há maiores dificuldades. As supostas cartas são escritas em 1861 – a nota *Ao autor* é, inclusive, datada – e abrangem o período de 15 de agosto de 1855 (Festa de Nossa Senhora da Glória, ou da Assunção) a meados de janeiro de 1856. Quanto à narrativa de Lúcia/Maria da Glória, abarca o período de 1848 a 15 de agosto de 1855, ou pouco antes, se se tomar como limite a data da chegada de Paulo ao Rio e o primeiro encontro do casal em uma rua da cidade. Quanto ao espaço geográfico, em ambas as narrativas, é delimitado pela cidade do Rio de Janeiro, com exceção apenas do passeio a São Domingos (Icaraí).

Quanto ao sentido do título, a referida nota *Ao autor* é suficientemente clara.

Comentário crítico

Não sendo dos mais populares romances de Alencar, *Lucíola*, contudo, é tido geralmente como um dos seus dois melhores – ao lado de *Iracema* – e como o mais profundo de todos eles. Sua fortuna crítica, porém, não faz jus à posição que detém no conjunto da ficção alencariana. É possível que isto provenha do fato de abordar um tema considerado ética e socialmente espinhoso, pelo menos até recentemente, como o da prostituição e de suas causas, ou resulte da relativa complexidade da obra. Seja como for, numa leitura atualizada, *Lucíola* é antes de tudo uma obra cuja importância está na irritante e quase insuportável contradição entre o pressuposto humanista e progressista e a solução conservadora e quase revoltante que dão forma ao enredo.

Posta à parte, como demasiadamente primária, a leitura que visse em *Lucíola* uma história de amor sem final feliz, a tendência geral do leitor é reagir de maneira bastante simplificada: ou se comove com o drama de Lúcia/ Maria da Glória ou se revolta diante do desfecho, infame ou pouco menos. É verdade que quase sempre não é levada em conta a técnica narrativa, através da qual Alencar dá um toque de grande sutileza ao romance ao fazer com que Paulo retroaja ao passado e o reviva. Contudo, em termos gerais, a primeira reação define um leitor socialmente sensível diante das sequelas da miséria e da prostituição mas desprovido de visão histórica. A segunda, ao contrário, identifica um leitor menos ingênuo e com aguda consciência das estruturas sociais e dos fatos históricos. Aquela, ao que se pode deduzir do texto, aí incluída a nota *Ao autor*, seria a reação que Alencar tinha por objetivo consciente despertar. Esta, necessariamente, é a que emerge de uma leitura *moderna*, atualizada. Divergentes, quase opostas, o que impressiona é que ambas estas interpretações estão solidamente calçadas no texto. Para que não se permaneça ao nível das simplificações exageradas, o interessante é tentar analisar de forma mais acurada os artifícios e mecanismos através dos quais Alencar atinge objetivos visados e também, supõe-se, não visados.

Para isto, deixando de lado, por uma questão de método, a problemática do sistema familiar patriarcal – presente como tema central em *Senhora* –, é preciso tomar Lúcia/Maria da Glória como personagem genérica, integrante da macroestrutura social revelada no texto. Nesta perspectiva específica, quem é Lúcia/ Maria da Glória? A história de sua vida não deixa qualquer dúvida. Enfrentando, ainda adolescente, a situação de extrema miséria em que é jogada sua família, Lúcia/Maria da Glória é a jovem que se prostitui para salvar seus pais e irmãos, tornando-se, desta forma, uma vítima da ordem social em que vive. A clareza meridiana com que é exposta a questão da *origem* do drama da personagem não dá margem a qualquer dúvida também quanto à intenção do Autor em deixar evidente tal problema, intenção que transparece ainda na consciência de Lúcia/Maria da Glória a respeito da natureza de seu papel de prostituta e da barreira que ele representa para o estabelecimento de uma relação normal, em termos sociais, com Paulo (cap. XII).

Estes elementos da trama configuram o que se poderia chamar de *projeto crítico* do Autor, projeto que adquire forma, em última instância, na "audácia" do mesmo em elevar uma prostituta a personagem fundamental de um romance, em pleno século XIX no Brasil. Contudo, este projeto crítico não se completa com uma análise social profunda que o justifique mas evolui, paradoxalmente, para um resultado conservador que o destrói radicalmente. Esclarecer como Alencar realiza tal façanha é detectar e organizar os elementos que fazem de *Lucíola*, como já foi dito, uma das mais contraditórias e irritantes obras da ficção brasileira.

Em realidade, se bem pesado, o método alencariano de regredir de uma visão crítica explícita para uma visão claramente conservadora não é – depois que o leitor se dá conta dele, bem entendido – tão estranho assim. Pelo contrário, é a forma clássica e consagrada do que vulgarmente se chama de *ficção folhetinesca*, ou seja, aquela ficção em que a trama ou o enredo apresentam preponderantemente elementos socialmente inverossímeis (a força do acaso, a permeabilidade das classes sociais, a bondade humana, a força invencível do amor etc.). Neste sentido, o que se poderia chamar de *regressão conservadora* de Alencar começa com a individualização rigorosa de Maria da Glória como uma adolescente ingênua e pura, filha de uma boa família momentaneamente vítima de dupla desgraça: a doença e a falta de recursos materiais. Já aqui Maria da Glória não possui qualquer traço de representante de algum grupo ou segmento social mas é apenas ela própria. Isto, porém, é ainda mais acentuado quando se transforma em Lúcia e surge como modelo clássico de folhetinesco: a prostituta arrependida, sensível, de bom coração e até mesmo intelectualizada, *ao contrário das outras*, vulgares, de baixo nível, pouco inteligentes e, além do mais, menos dotadas de beleza... Mas isto não basta, pois na primeira vez que vê Paulo já se apaixona perdidamente por ele. E ele acaba apaixonando-se por ela. Alencar poderia parar a esta altura, já que a individualização da personagem e seus contornos folhetinescos eram mais do que suficientes para anular seu projeto crítico e restabelecer o equilíbrio. Mas não, o crime cometido com o rompimento da ordem – através da crítica materializada na elevação de uma prostituta a personagem da trama – exige a morte de Lúcia/Maria da Glória, pois não há lugar para ela nos limites da ordem social delineada ao longo do texto. Tal, contudo, também não encerra ainda o processo de regressão conservadora, que se fecha com a vítima não apenas decidindo, masoquisticamente, castigar-se pelo prazer que sentia em sua relação com os amantes como, ainda, confessando-se culpada e renegando a única alternativa que tivera para garantir a sua sobrevivência biológica e a de seus familiares. Mais, a vítima exige a própria morte como expiação do mal praticado! Sob este ângulo de análise, a nota *Ao autor* ("Deixe que raivem os moralistas"), já que não pode ser lida como ironia, se transforma em insuperável peça de humor involuntário.

Não há dúvida, o leitor está diante de uma sequência à qual, sem exagero e com total adequação, pode ser aplicado o qualificativo de *infame*. E percebe, a partir daí, que, se o drama de Lúcia/Maria da Glória é comovente em termos pessoais, a função que ele desempenha em termos sociais é revoltante. Ao se equacionar isto, *Lucíola* não mais se apresenta como um romance confuso e contraditório, segundo parece à primeira vista, mas como uma obra coerente e exemplar, que prova a total impossibilidade de construir-se uma crítica da sociedade a partir dos conceitos éticos e ideológicos desta mesma sociedade. Não foi o que fizeram, décadas depois, Aluísio Azevedo (*O cortiço*), Raul Pompéia e Machado de Assis. Nestes, a crítica feroz surge como extensão natural da dissecação impiedosa das estruturas sociais por eles fixadas. Sua época era bem outra e eles, ao contrário de Alencar, já não eram integrantes – e muito menos membros da elite econômica e política dirigente – de uma sociedade escravista, rigidamente estratificada, mentalmente provinciana, colonizada e sem visão histórica. Assim sendo, porém, nesta perspectiva *Lucíola* se desvela, paradoxalmente, como uma das mais significativas obras da ficção brasileira do século XIX, ao fixar de forma indelével para a posteridade a limitada, pobre e rasteira visão de mundo de uma aristocracia de fancaria num Império de senzalas. O que não é pouco.

Na linha de uma análise que levasse mais em conta os elementos formais da narrativa, não é desprezível lembrar que todos parecem reforçar, coerentemente, a regressão conservadora antes mencionada. Em primeiro lugar, o estilo, adequado em algumas partes e insuperavelmente brilhante em outras, assume nas cenas finais – a renúncia e a morte de Lúcia/Maria da Glória – um insuportável tom altissonante e artificial. Em segundo, a estrutura narrativa colabora claramente na diluição do projeto crítico, seja pela utilização quase constante do presente histórico, que dá pouco espaço à análise *a posteriori*, seja pelo artifício das cartas e da *nota* da sra. G. M., artifício pelo qual Alencar parece pretender estabelecer distância entre ele, autor, e os eventos que compõem a obra.

Exercícios

Revisão de leitura

1. Quem é Paulo Silva, de onde vem e qual sua origem social?
2. Resumir a história de Lúcia/Maria da Glória e de sua família.
3. Por que Paulo e Lúcia/Maria da Glória não poderiam casar e ser felizes?
4. Qual o conceito de amor que aparece em *Lucíola*? Ele é idêntico para Lúcia/Maria da Glória e para Paulo?

5. Em que trabalham Couto, Sá, Cunha e Rochinha?

6. Por que Lúcia/Maria da Glória é considerada uma cortesã extravagante? O que está na origem de seu comportamento?

7. Quem são Jesuína e Jacinto e como são vistos na obra?

8. Quem é a sra. G. M. e qual a sua posição social?

9. Definir os grupos sociais que aparecem em *Lucíola* (em termos de dinheiro e importância).

10. O que acontece com a filha da sra. G. M.?

Temas para dissertação

1. Forma e conteúdo: a estrutura narrativa em *Lucíola* e sua coerência em relação à história contada.

2. As causas sociais da prostituição.

3. A família patriarcal e o papel da prostituição.

4. A função e a natureza da prostituição em *Lucíola.*

5. As classes sociais em *Lucíola* e no Brasil atual.

6. O conceito de *amor* de Lúcia/Maria da Glória e a adequação do mesmo à realidade.

7. O papel da mulher no sistema patriarcal do passado e na atualidade.

8. As transformações econômicas e as mudanças no comportamento da mulher.

9. Delinear um *perfil de mulher* da sociedade brasileira atual que seja, aproximadamente, aquele de Lúcia/Maria da Glória no Império.

10.O amor e o casamento entre pobres e ricos: imaginação ou realidade?

Manuel Antônio de Almeida

Memórias de um Sargento de Milícias

Vida e obra

Manuel Antônio de Almeida nasceu no Rio de Janeiro no dia 17 de novembro de 1831, sendo filho do tenente Antônio de Almeida e de Josefina Maria de Almeida, família de posição econômica modesta. Depois de estudar no Colégio São Pedro de Alcântara, frequentou durante certo tempo a Academia de Belas-Artes. Em 1848 matriculou-se na Escola de Medicina, no Largo da Misericórdia. Ainda estudante, em 1851, começa a colaborar na imprensa, publicando poesias e traduções. Por esta época, já órfão de pai há anos, passa a trabalhar, depois do falecimento da mãe, no *Correio Mercantil* a fim de custear seus estudos e sustentar seus irmãos. Em 1852 inicia, em "A Pacotilha", suplemento dominical do referido jornal, a publicação, sob anonimato, dos folhetins do romance que o imortalizou, *Memórias de um sargento de milícias*. Os capítulos da obra despertam grande interesse entre os leitores, o que o leva a republicar a obra em livro e com algumas alterações, entre 1854 e 1855, sob o pseudônimo de "Um brasileiro". Ao contrário do que ocorrera quando publicado em folhetim, o romance em livro não tem maior repercussão.

Em 1855, Manuel Antônio de Almeida ingressa na diretoria da primeira sociedade carnavalesca carioca e no dia 15 de novembro do mesmo ano forma-se em Medicina. Um mês depois defende sua tese de doutoramento mas não exerce a profissão, preferindo continuar como jornalista e tradutor, sempre no *Correio Mercantil*, onde passa a publicar uma coluna de crítica literária.

Em 1857 entra para o serviço público, sendo nomeado administrador da Tipografia Nacional, na qual já então trabalhava como aprendiz de tipógrafo um jovem chamado Machado de Assis. No mesmo ano passa a diretor da Imperial Academia de Música e Ópera Nacional e, posteriormente, escreve o libreto da ópera *Dois amores*, que seria levada ao palco pela primeira vez apenas em 1961. Em 1859 é nomeado segundo oficial da Secretaria da Fazenda. Enfrentando sérios problemas econômicos, é obrigado a deixar o Rio e vai para Nova Friburgo. Na esperança de fazer carreira política e melhorar suas condições econômicas, retorna ao Rio e se candidata a deputado à Assembleia Provincial. Na madrugada de 28 de novembro, o navio *Hermes*, no qual viajava para Campos, afunda com noventa pessoas a bordo, das quais trinta perecem. Entre estas estava Manuel Antônio de Almeida.

MEMÓRIAS DE UM SARGENTO DE MILÍCIAS

Enredo

Leonardo, o futuro sargento de milícias, filho de Leonardo-Pataca e de Maria-da-Hortaliça, é o resultado de pisadelas, beliscões e outros atos similares praticados pelo casal de imigrantes portugueses durante a travessia do Atlântico rumo ao Rio de Janeiro.

Maria-da-Hortaliça sente enjôos logo ao desembarcar e sete meses depois nasce um robusto menino, batizado com o nome do pai. A parteira (comadre) e o barbeiro "de defronte" foram os padrinhos do herói, que passa junto aos pais os primeiros anos da infância. Leonardo-Pataca, que se tornara meirinho, confirma certo dia as suspeitas de que sua mulher não mantinha a mesma fidelidade que durante a viagem. Em consequência, briga com ela, expulsa de casa o garoto com um enérgico pontapé e sai em busca de consolo. Ao retornar à tarde, em companhia do compadre e padrinho do menino, é informado de que Maria-da-Hortaliça, saudosa da pátria, tinha fugido e embarcado novamente, rumo a Portugal, a convite do capitão de um navio que partira pouco antes. Logo a seguir, Leonardo-Pataca vai viver com uma cigana, que, por sua vez, também o abandona.

Enquanto isso, Leonardo, o filho, adotado pelo padrinho, que muito se afeiçoara a ele, vai crescendo e a cada dia se revela mais briguento e travesso, prenunciando futuros envolvimentos com o famoso major Vidigal, que era o terror de todos os malandros e baderneiros da época.

O padrinho, com infinita paciência, tenta encaminhar o menino na prática da religião, para a qual este não revela grandes pendores. Coloca-o na escola e o ensina a ajudar missa. Se na escola se revela um péssimo aluno e colega, na igreja da Sé, onde consegue ser sacristão, vê a melhor oportunidade para grandes travessuras, como o experimenta o mestre-de-cerimônias. Este, um padre de meia idade, virtuoso por fora mas bastante diferente por dentro, envolve-se com uma cigana, a mesma, aliás, com quem Leonardo-Pataca vivera depois da fuga de Maria-da-Hortaliça. O sacristão se vinga das reprimendas que sofre por suas constantes travessuras levando os fiéis a tomarem conhecimento dos fatos, o que faz com que seja expulso e deixe a igreja da Sé.

Para desgosto do padrinho e da madrinha, que queriam encaminhá-lo em uma profissão, Leonardo não demonstra qualquer interesse. Prefere a vida livre da vadiagem e das brincadeiras. Certo dia, em casa de Dona Maria, uma mulher das vizinhanças, conhece a sobrinha desta, Luisinha, sua futura mulher. Até que o casamento se realizasse, porém, muita coisa iria acontecer. Leonardo-Pataca, depois de vencer o mestre-de-cerimônias na disputa pela cigana, é abandonado novamente por esta e passa a viver com a filha da parteira, Chiquinha. Daí nascem uma filha e grandes confusões, pois Chiquinha e Leonardo se detestam e a parteira é chamada continuamente para serenar os ânimos. Por esta época aparece em cena José Manuel, um rival do futuro sargento de milícias em seu amor por Luisinha. Apesar dos esforços da comadre para afastá-lo do caminho, ela não tem sucesso. Além disso, a morte do padrinho e as contínuas brigas com Chiquinha fazem com que Leonardo saia de casa e passe a vagabundear pelos subúrbios da cidade, quando conhece Vidinha, uma mulata sensual, de olhos pretos e lábios úmidos, pela qual se apaixona imediatamente. Como Vidinha tinha outros pretendentes, cria-se grande confusão, o onipresente major Vidigal intervém e Leonardo consegue fugir, deixando-o furioso. Mas a vida continua e, com a proteção da comadre, Leonardo entra para as hostes do major Vidigal, não revelando, naturalmente, grande amor por esta nova profissão e passando boa parte de seu tempo na prisão por indisciplina. Sempre com a proteção da comadre, que recorre à ajuda de Maria Regalada, um antigo amor de Vidigal, Leonardo supera todas as adversidades. chegando ao posto de sargento de milícias.

Assim, o final feliz se aproximava. José Manuel, o rival de Leonardo no amor por Luisinha, revela-se péssimo marido e, além do mais, morre providencialmente, deixando-a viúva e livre para casar com o sargento de milícias. Passado o tempo indispensável do luto, Leonardo, em uniforme da tropa, recebe Luisinha como mulher, na mesma igreja da Sé que fora palco de suas grandes travessuras como sacristão.

Personagens principais

Leonardo – De menino traquinas, sempre pronto para fazer travessuras e vingar-se de quem não o suportava, passa a sargento de milícias, posto de grande responsabilidade, o que caracteriza a trajetória desordenada e contraditória de uma personagem que não controla o meio em que se envolve e vai, pelo contrário, deixando-se levar por ele. Leonardo é, indiscutivelmente, a figura central do enredo, apesar de muitas vezes ser ofuscado pela ação de outras personagens.

Leonardo-Pataca – Tendo conseguido chegar a meirinho, o que lhe garante uma vida de ócio, Leonardo-Pataca é apresentado como o infeliz que é perseguido sempre pela má sorte na vida pessoal, má sorte que, na verdade, é resultado da pouca inteligência e do excesso de sentimentalismo amoroso. Mas a velhice o acalma e, afinal, encontra a paz ao lado de Chiquinha.

A comadre – Como parteira, a comadre faz uso da influência e das informações que obtém no exercício de sua profissão para organizar o mundo segundo seus interesses. Nem sempre é bem-sucedida, mas a sorte a favorece e consegue ver o afilhado bem casado e na posição de sargento de milícias.

O compadre – De bom coração, apesar do famoso *arranjei-me*, o compadre afeiçoa-se a Leonardo, no qual parece identificar-se, pois também fora um menino abandonado que tivera que enfrentar a vida sozinho. Não vive o suficiente para ver o final feliz do afilhado.

Vidigal – O terror dos malandros e vagabundos, "o rei absoluto, o árbitro supremo e o distribuidor dos castigos em uma sociedade em que a polícia ainda não estava organizada, o major é visto de forma simpática, principalmente porque termina sendo uma peça fundamental para que o destino de Leonardo, o herói central, se encerre de forma favorável.

Vidinha – A "mulatinha de 18 a 20 anos... de lábios grossos e úmidos" é a primeira personagem da ficção brasileira que aparece como o estereótipo da *mulata sensual* que enlouquece os homens com sua vida livre e sem compromissos.

Estrutura narrativa

Memórias de um sargento de milícias, a história do filho "da pisadela e do beliscão", é narrado em 48 capítulos por um narrador onisciente que orienta a leitura ao longo de toda a obra, apontando e comentando as intrigas, os sucessos e os fracassos das personagens. Se a estrutura narrativa é frágil e pouco organizada, dados os constantes saltos no tempo e no espaço, os comentários do narrador, ora humorísticos, ora irônicos, lhe dão inegável unidade, em que pesem alguns lapsos, como é o caso da personagem Chiquinha, apresentada às vezes como sobrinha e às vezes como filha da comadre.

Toda a ação do romance se desenvolve no Rio de Janeiro, "no tempo do rei", isto é, entre 1808 e 1821.

Comentário crítico

Esquecido durante muito tempo, reavaliado positivamente a partir de 1920, *Memórias de um sargento de milícias* sempre constituiu um problema para a visão tradicional da crítica literária brasileira, que, quase sempre mais preocupada em rotular e catalogar as obras a partir das concepções idealistas próprias da *periodização por estilos* (romantismo, realismo etc.), sentia-se pouco à vontade diante da irreverência e da desordem próprias de Manuel Antônio de Almeida. Irreverência e desordem que fizeram e fazem de *Memórias de um sargento de milícias* um dos romances mais lidos de toda a ficção brasileira do século XIX.

Como tantos outros romances de sua época, a obra de Manuel Antônio de Almeida foi publicada originalmente em folhetins de jornal. Cada um de seus capítulos, à semelhança das modernas telenovelas, devia provocar no leitor a curiosidade sobre o desenrolar subsequente da história.

Mas as semelhanças entre Manuel Antônio de Almeida e os romancistas brasileiros seus contemporâneos terminam aí. Ao contrário destes, que construíam mundos ideais, impregnados dos valores da classe dominante brasileira da época, Manuel Antônio de Almeida centra sua atenção sobre um grupo social específico que poderia ser identificado, forçando um pouco a expressão, como a classe média do Rio de Janeiro de então.

Eram os *homens livres*, que, não sendo escravos mas também não dispondo de poder econômico e político, viviam, ou sobreviviam, de acordo com suas possibilidades, numa espécie de zona de penumbra na qual os limites entre os valores da *ordem* vigente e da marginalização completa se tornavam bastante tênues.

Por retratar com certa objetividade os costumes e hábitos deste grupo social, o romance de Manuel Antônio de Almeida foi qualificado, ainda no século passado, de precursor do *realismo*. Mais tarde, por volta de 1920, ao ser reavaliado, *Memórias de um sargento de milícias* foi considerado *um romance picaresco* a partir do argumento de que possuía as características das obras de ficção europeias dos séculos XVI e XVII assim denominadas: ausência de critérios morais rígidos, um herói central de origem social pobre, uma visão de mundo ingênua e ao mesmo tempo satírica etc.

Mas a definição não vingou, principalmente porque há uma diferença fundamental entre Leonardo e os heróis do chamado *romance picaresco* europeu: sua vida se limita ao espaço dos *homens livres* do século XIX, sem transitar através de vários grupos sociais. Além disto, ciente da ineficiência dos rótulos e das catalogações da crítica tradicional, a concepção que predomina hoje na análise da obra de Manuel Antônio de Almeida é a que, a partir de uma perspectiva histórica, vê em Leonardo o primeiro grande "malandro" da ficção brasileira.

De fato, "no tempo do rei" a ordem social definia-se a partir de dois pólos extremamente rígidos: o escravo e o senhor-de-escravos. No meio, os *homens livres* sem poder econômico e político representavam um grupo restrito mas, certamente, de alguma importância em termos sociais. Sua ação era definida fundamentalmente a partir da necessidade de sobreviver através de expedientes raramente ligados a uma atividade econômica específica. Caracterizavam-se antes por exercerem ocupações ocasionais, pequenos serviços e alguns cargos burocráticos subalternos: vendeiro, barbeiro, parteira, miliciano, sacristão.

Leonardo, típico representante deste setor, tem como alternativa desempenhar um destes papéis. Não chega, a rigor, a optar por um ou por outro. Vê-se, antes, obrigado pelas circunstâncias, a aceitar ora esta, ora aquela ocupação. Já de início, o compadre e a comadre, seus tutores, desejam para ele uma carreira de mais destaque: advogado, padre ou algo semelhante. Leonardo desaponta-os. Pensa em casar com Luisinha, moça de certas posses. Ela, porém, escolhe alguém de nível social superior. Por fim, o "malandro"

Leonardo vê-se obrigado a entrar para o serviço militar. Não se adapta à nova carreira mas, depois de muita confusão, Vidigal, o terrível major, símbolo da *ordem* constituída, incumbe-se de salvar-lhe a pele e coloca-o no confortável posto de sargento de milícias. Isto não seria estranhável não fosse o fato de que a artífice de tudo é Maria Regalada, a mulher que já fora de "vida fácil", ou seja, uma típica representante da *desordem* social, uma marginal.

Assim é que, entre a *ordem* constituída (representada por Vidigal) e a *desordem* tolerada (Maria Regalada), quem sai beneficiado é Leonardo. E de tudo isto, de acordo com a visão de mundo ingênua e sem conflitos que impregna o romance, não resta qualquer sentimento de culpa, tanto que ao final, em paz, o herói casa, é reformado e desfruta de cinco heranças!

O salto, em termos de enredo, pode ser um tanto brusco, mas o fato é que Leonardo escolhe a *ordem* e suas vantagens. Afinal, não por nada resolve esquecer Vidinha e seus encantos, aos quais faltava o charme da fortuna e do reconhecimento social.

Neste sentido moderno, *Memórias de um sargento de milícias* poderia ser qualificado de *realista*, pois Manuel Antônio de Almeida deixou registrado, tanto na personagem central como nas outras, a regra constitutiva dos valores do grupo social dos *homens livres* do Brasil do século XIX: para eles *ordem* e *desordem* pouco representavam. Sem trabalhar, o que era obrigação dos escravos, e sem estar no poder, como os senhores-de-escravos, Leonardo passeia pelo mundo não levando muito em conta as convenções sociais, a não ser quando funcionam em seu próprio benefício.

Em consequência, sob hipótese alguma é possível aproximar *Memórias de um sargento de milícias* dos romances e novelas que saíram da pena de Bernardo Guimarães, Alencar e Macedo, cujos mundos ideais e quase sempre rigidamente organizados em termos éticos, encarnam e reforçam a *ordem* vigente. A obra de Manuel Antônio de Almeida encontra similar apenas nas peças de Martins Pena, que, com uma visão crítica bem mais contundente que a do criador de Leonardo, também produziu verdadeiros instantâneos do Brasil urbano de meados do século XIX.

Exercícios

Revisão de leitura

1. Na trajetória social de Leonardo, quais as atividades mais significativas que ele exerce?

2. Traçar o perfil de Leonardo-Pataca e resumir suas desventuras pessoais.

3. Em que diferem Vidinha e Luisinha?

4. Qual a visão que o livro oferece sobre o trabalho? E sobre o casamento?

5. Quais os hábitos mais comuns do grupo social descrito na obra?

6. Que tipo de atividade o major Vidigal desempenha?

7. Como é apresentada a figura do mestre-de-cerimônias?

8. Qual é o famoso *arranjei-me* do compadre?

9. Como se explica a atuação de Maria Regalada junto a Vidigal, no final do livro?

10. Quais as atividades principais da comadre?

Temas para dissertação

1. Leonardo, o típico "malandro" brasileiro.

2. Ordem e desordem familiar em *Memórias de um sargento de milícias*.

3. Casamento: relação de amor ou de interesses sociais e econômicos?

4. Vidinha e Luisinha: duas personalidades diferentes.

5. Maria Regalada e a cigana: mulheres de vida nada fácil.

6. Vidigal, um policial simpático? Ou um tirano dos trópicos?

7. Os favores e a ascensão social em *Memórias de um sargento de milícias.*

8. A burocracia dos meirinhos na visão de Manuel Antônio de Almeida.

9. O pátio dos bichos: uma corte nos trópicos.

10. *Memórias de um sargento de milícias*: ordem e desordem no Brasil do I Império.

Bernardo Guimarães

O Garimpeiro
O Seminarista

Vida e obra

Bernardo Joaquim da Silva Guimarães nasceu em Ouro Preto, Minas Gerais, no dia 15 de agosto de 1825, sendo filho do poeta João Joaquim da Silva Guimarães e de Constança Beatriz de Oliveira Guimarães.

Em 1829, acompanhando a família, muda-se para Uberaba, onde faz seus primeiros estudos, entrando em seguida para o seminário de Campo Belo. Aí começa o curso de Humanidades, concluído em Ouro Preto. Em 1847 matriculou-se na Faculdade de Direito de São Paulo, bacharelando-se em 1852. Durante seus estudos jurídicos desenvolve intensa atividade literária, participando de um ativo grupo de escritores e poetas, entre os quais Álvares de Azevedo, fundador da famosa *Sociedade epicureia*.

Em 1852 é nomeado juiz municipal de Catalão, em Goiás, ano em que também aparece *Cantos da solidão*, um volume de poesia. Em 1858 viaja para o Rio de Janeiro, iniciando então sua vida jornalística. Contudo, em 1861 retorna a Catalão, como juiz municipal, ali ficando até 1864, quando volta ao Rio de Janeiro. Ali publica outra obra, intitulada *Poesia*. Em 1866 viaja a Ouro Preto, assumindo o posto de professor de Retórica no

Liceu Mineiro e casando-se com Tereza Maria Gomes. Em 1869 é editado *O ermitão de Muquém*, com o que se inicia sua carreira de romancista e contista, continuada depois com *O seminarista* e *O garimpeiro* (ambos de 1872), *O índio Afonso* (1872), *A escrava Isaura* (1875) etc. Bernardo Guimarães faleceu em 10 de março de 1884 em Ouro Preto, um ano depois de publicar o romance *Rosaura, a enjeitada* e *Folhas de outono*, seu ultimo livro de poesias.

Um dos mais prolíficos escritores brasileiros do séc. XIX, ombreando-se até mesmo com Alencar, Bernardo Guimarães desenvolveu intensa atividade em várias áreas. Contudo, de sua obra, de acordo com a maioria dos críticos, o que de fato possui importância são seus romances, entre os quais sobressaem *O seminarista*, *O garimpeiro* e *A escrava Isaura*. Segundo outros, porém, sua produção poética também teria valor inegável, apesar de quase desconhecida do grande público. Todos concordam, contudo, em afirmar que Bernardo Guimarães, independente do valor artístico de sua obra, é o grande cronista da sociedade mineira do séc. XIX.

O GARIMPEIRO

Enredo

Em certa fazenda, não distante das localidades de Bagagem e Patrocínio, na região de Araxá, no fértil e pitoresco sertão mineiro, vivia o Major... abastado fazendeiro. Boa alma mas um tanto bronco, sua única preocupação era aumentar cada vez mais o dote de suas filhas, Lúcia e Júlia, órfãs de mãe e com dezoito e nove anos de idade, respectivamente. Certo dia por ali passa Elias, um "moço alto, de cabelo preto e anelado", procedente de Uberaba, que pede emprestado ao Major um cavalo para participar das cavalhadas que se realizariam proximamente em Patrocínio, em comemoração ao Dia da Independência. Devido à sua posição de major (da Guarda Nacional), o fazendeiro tinha a obrigação de tomar parte nos festejos. Isto alegra Lúcia, a bela e robusta roceira que, pela primeira vez na vida, sente alvoroçar-se o coração diante do elegante uberabense que ali pedira pousada...

Situada ao topo de uma colina junto a uma serra, a vila de (Nossa Senhora do) Patrocínio preparava-se para a cavalhada. De todos os recantos da região acorriam multidões, o que transformava a linda e aprazível localidade em um buliçoso e alegre formigueiro humano. As famílias, na falta de acomodações nas casas, levantavam seus ranchos e barracas, armando-se da melhor forma possível. Os rapazes exibiam-se em seus fogosos corcéis e as violas, violões e guitarras ressoavam alegres por toda parte. Dois dias antes dos festejos, a atenção de muitos é atraída por uma família que, pela estrada do sertão, entra na vila acompanhada de alguns pajens e mucamas, a cavalo. Era o Major e suas filhas. Lúcia, por sua beleza e galhardia, imediatamente se torna o alvo dos comentários de todos, mas particularmente dos moços corredores de cavalhadas. Entre eles Elias, que se sente um tanto enciumado pelo fato dela ser motivo dos comentários de outros elegantes mancebos. É que desde a noite em que pedira pousada na fazenda do Major seu coração sentira "as primeiras inquietações do amor"...

De fato, o ciúme de Elias tinha razões de ser, pois logo na primeira visita à casa de Lúcia encontra um rival fazendo-lhe a corte, o ex-mascate Azevedo, um fluminense que há pouco tempo se estabelecera na vila como negociante. Típico peralvilho da Corte, dizia ter fortuna, o que o fizera cair nas graças do Major, o qual já o via como genro ideal... Bem falante, pretensioso e zombeteiro, Azevedo, na presença de Elias, passa a ridicularizar as cavalhadas, considerando-as um divertimento antiquado, próprio de roceiros incultos, não tendo nisto a concordância do pai de Lúcia. Elias também se sente atingido e, como possuía certo estudo, revida à altura, defendendo o tradicional divertimento da época e assim recebendo os aplausos do pai e da filha.

No dia 7 de setembro, celebrada a missa e cantado o *Te Deum* pela manhã, realizaram-se os festejos. Logo de início, dada a fogosidade de seu cavalo, um rosilho emprestado pelo Major e que não estava acostumado à música e ao foguetório, Elias quase se acidenta, o que deixa Lúcia apavorada. Trocando de montaria, o uberabense demonstra sua extraordinária habilidade, enquanto Azevedo, no palanque, ao lado do Major, acompanha seus feitos com comentários sarcásticos, o que lhe vale olhares de desprezo de Lúcia. Na hora da realização da cavalhada, Elias volta a montar seu fogoso rosilho, conquista as maiores honras do dia e, segundo as regras, é convidado para um jantar na casa da madrinha que escolhera. Lúcia, é claro.

Terminadas as festas, tudo volta à monotonia de sempre. Em consequência, Elias, o jovem e voluntarioso cavaleiro uberabense, também retorna à condição de moço pobre e sem fortuna, incapaz de fazer frente a Azevedo. Este, apesar de não ter caído nas boas graças de Lúcia, recusa-se a abandonar a luta, pois sabia que o Major jamais entregaria a mão de sua filha a "um pobre coitado que não tinha onde cair morto". Com efeito, o Major jamais poderia imaginar a existência de uma afeição mútua entre o forasteiro e sua filha. Por isto, ao deixar a vila, retirando-se para sua fazenda, o convida para acompanhá-lo. De um lado, simpatizara com o jovem, que lhe fora recomendado por pessoas a quem devia consideração. De outro, ele tinha certa formação, podendo, portanto, servir-lhe de secretário. Elias, que andava triste por ter que separar-se de Lúcia, exulta com o pedido e parte com a família em seu fogoso rosilho... E como entre várias qualidades do uberabense estava também a de ser músico, não raro era visto ensinando os rudimentos da matéria às duas jovens, na varanda da fazenda. Sob as vistas do Major, evidentemente...

Aos poucos, na solidão do sertão, os laços de afeição de Elias e Lúcia vão se estreitando cada vez mais e o moço, afinal, encontra uma forma de, fugindo ao contínuo controle do pai, declarar seu amor a ela, que também se confessa apaixonada. Bronco mas não tolo, o Major percebe o que está acontecendo e, por não ter a mínima intenção de casar sua filha com um pobretão sem eira nem beira, decide acabar com o problema, afastando o pretendente. Começando por eliminar as lições de música, aos poucos deixa claro a Elias que sua presença ali se tornara inoportuna. Este, maldizendo sua pobreza, que o impedia de alcançar a felicidade, jura a si próprio que um dia será rico e decide partir, triste por não pode dar adeus à sua amada... Lúcia, porém, usando os préstimos de Joana, uma escrava, envia-lhe um bilhete, declarando sua paixão. Elias responde com outro, semelhante em conteúdo, prometendo que dentro de dois anos dará notícias suas ou desaparecerá para sempre... No dia seguinte deixa a fazenda, seguindo no rumo do garimpo de Bagagem.

Passado cerca de meio ano desde que deixara a fazenda do Major, Elias, segundo prometera, buscava sua sorte na região diamantífera do ribeirão de Bagagem, no meio da mata derrubada pelos machados e da terra revolvida pelos instrumentos de garimpagem. Acompanhavam o moço alguns trabalhadores, entre os quais o velho Simão, antigo serviçal de seu pai, a quem este, ao falecer, rogava que jamais abandonasse seu filho, que, infelizmente, ficava sem herança, a não ser uma boa educação, ainda que inconclusa. Simão, um magro mas forte descendente de índios com africanos, era um hábil garimpeiro, tendo-se exercitado na profissão desde a juventude, ao lado do pai de Elias, em Diamantina, de onde ambos eram naturais. Quando Elias viajara a Patrocínio, ele ficara na região de Bagagem, onde o jovem novamente o encontrara ao retornar. Durante seis meses haviam perseguido sem sucesso a fortuna que uma cigana, ao ler a sorte de Elias, dissera ser "uma estrela de pedra". Apesar disso, Simão procurava encorajá-lo. Em vão. Desanimado, sem recursos para continuar, o garimpeiro maldiz a sorte e a pobreza, que o condenam a jamais poder voltar a ver Lúcia. E pensa em suicidar-se, expressando sua decisão em voz alta...

Mergulhado em si próprio, Elias não percebe que alguém se aproximara. Era um homem de certa idade, que se encontrava nas imediações e que ouvira o lúgubre monólogo. O estranho, depois de admoestá-lo e incentivá-lo a lutar, informa ser da Bahia e também dedicar-se ao garimpo, na região de Sincorá, onde possuía muitas e ricas lavras. Em seguida lhe oferece o posto do capataz das mesmas. Elias fica em dúvida, pois aceitar a oferta seria afastar-se para muito longe de Lúcia, mas, afinal, decide partir com o desconhecido. Simão, porém, se recusa a acompanhá-lo e diz que permanecerá ali mesmo, na certeza de encontrar a estrela de pedra anunciada pela cigana a seu patrão. Triste mas resoluto, o jovem parte em companhia de seu inesperado protetor, não sem antes, porém, entregar a Simão uma carta destinada a Lúcia, informando-a a respeito da viagem e novamente prometendo voltar na data anteriormente aprazada.

Quase dois anos depois de Elias ter partido do garimpo de Bagagem, este se transformara em verdadeira povoação, com cerca de vinte mil habitantes, todos procedentes dos municípios vizinhos em busca de fortuna nas lavras. O Major também se deixara dominar pelo sonho de enriquecer e agora ali residia, com as filhas e os escravos, em uma bela casinha na encosta de uma colina. Mas não apenas o desejo da riqueza havia levado o Major a ali fixar residência. Pesara em sua decisão também a continua melancolia de Lúcia (que recebera a carta de Elias e ficara ainda mais prostrada). A jovem não melhorara muito com a mudança de ares, mas resignara-se e mostrava-se mais calma, mesmo quando o pai, sempre pensando em casá-la com algum negociante ou fazendeiro rico, lhe apresentava um novo pretendente... Como nenhum dos que haviam pedido a mão de Lúcia era de fato milionário, o Major não se importara com as sucessivas recusas ao final das festas que costumava dar em sua casa para distrair a filha e, também, para atrair os moços mais destacados e ricos que por lá apareciam. Um dia, contudo, surge na povoação um jovem e rico negociante de diamantes chamado Leonel. Natural de Sincorá, o baiano era um moço educado, elegante e afável. Além de ser muito popular por ser músico, o que lhe permitia executar ao violão modinhas e lundus de sua terra. Não tardou muito para que se apaixonasse ardentemente por Lúcia, decidindo possuí-la de qualquer maneira. Em consequência, declara seus sentimentos ao Major e pede a mão da jovem em casamento. O Major não perde tempo e o incentiva, garantido-lhe que sua filha o aceitaria. Lúcia, no entanto, apesar de ver no baiano algumas boas qualidades, resiste e, não apenas por fidelidade a Elias. É que intuição lhe dizia haver algo de estranho no novo pretendente...

Certa noite, o Major, num impulso de franqueza, informa a Leonel que está economicamente arruinado, pois hipotecara não só a fazenda como também todos os demais bens, até o último de seus escravos, perseguindo o sonho da riqueza no garimpo. Leonel não se abala e declara que tal fato não possuía a menor importância. Além do mais, mostra-se sinceramente disposto a socorrer o futuro sogro... Diante disso, vendo no casamento de Lúcia sua própria salvação econômica, o Major aferra-se ainda mais à ideia de casá-la com o baiano... Lúcia, percebendo a situação, fica muito nervosa mas Leonel interpreta a inquietação da jovem como uma prova a mais de que ela se decidira a aceitá-lo como marido.

No dia seguinte, o Major expõe à filha sua situação desesperadora e pede a ela que case com Leonel para salvar a todos, principalmente Júlia, da ruína econômica. Lúcia, desesperada e sem alternativas, aceita enfrentar o martírio, com o que o Major fica muito feliz, pois era por demais bronco para entender a extensão do sacrifício imposto à filha. Neste momento Joana lhe entrega uma carta de Elias, na qual ele anuncia seu breve regresso, já que conseguira, finalmente, fazer fortuna em Sincorá. Lúcia quase desmaia... A carta chegara com uma hora de atraso... E o que antes seria prenúncio de ventura transformava-se agora em "nuvem negra que acabava de escurecer para sempre o horizonte de seu porvir". Marcado o casamento, a população aplaude e deseja felicidades ao jovem par – com exceção, é claro, dos preteridos, entre os quais estava Azevedo, que também se mudara de Patrocínio para Bagagem. Lúcia, resignada, fazia esforços para que seu pai não suspeitasse quão duro lhe fora aceitar o destino.

Estando as coisas neste pé, certa tarde Elias chega à povoação, feliz e disposto, trazendo no bolso dezenas de contos de réis, os quais, segundo imaginava, lhe abririam as portas da felicidade e de um risonho futuro ao lado de Lúcia. Ao conversar com o dono da estalagem em que se hospeda, fica logo sabendo das novidades mais importantes: a ruína econômica do Major e o casamento de Lúcia. Desesperado e perturbado, chega a pensar até em matá-la pela perfídia praticada.

Contudo, se acalma aos poucos e consegue dormir. O dia seguinte amanhece belo e radioso, em contraste com o negro estado de ânimo de Elias, que pela manhã vagueia como que atordoado pela vila, recebendo de amigos e conhecidos a confirmação das notícias que ouvira na véspera. Ao meio dia, retornando à estalagem, dispõe-se a pagar algumas despesas, ocasião em que cai fulminado por nova desgraça: fica sabendo que praticamente todo o dinheiro que trouxera consigo da Bahia era falso! Ruía assim todo o castelo de seus sonhos. A quem recorreria? Nem mesmo o velho Simão pudera localizar, pois ninguém sabia onde se encontrava. Angustiado, Elias abre seu coração ao dono da estalagem, contando-lhe que pouco depois de chegar a Sincorá seu desconhecido protetor falecera de febres. Ameaçado novamente pela miséria, começara a trabalhar para outro gentil e simpático negociante, que comprava todos os diamantes que encontrava, sem discutir muito o preço, fato que, apesar de lhe causar certa estranheza, não o levara a desconfiar de algo mais grave. Favorecido pela alta do preço dos diamantes no mercado europeu, Elias conseguira reunir em pouco tempo avultado pecúlio, que ficava aos cuidados de seu suposto protetor. Ao revelar este sua decisão de retornar a Bagagem, o negociante não levantara qualquer objeção, entregando-lhe imediatamente todo o dinheiro acumulado... Agora caia o véu do mistério! O negociante integrava um grupo falsários que agia na Bahia há algum tempo... Sem dinheiro, sem futuro e sem o afeto de Lúcia, que julga ser uma pérfida, Elias só vê o suicídio como única saída, apesar das admoestações do dono da estalagem, que procura animá-lo, lembrando-lhe sua juventude e seu vigor.

À tardinha de Sábado de Aleluia, encontrava-se reunida na casa do Major, a convite deste, uma pequena multidão para celebrar os esponsais de Lúcia e Leonel, que precediam o casamento propriamente dito, a realizar-se no domingo seguinte. Lúcia, linda e triste, procurava esquecer suas mágoas, envolvendo-se no turbilhão da festa. Enquanto isto, inclinado sobre o parapeito da ponte sobre o ribeirão que atravessa a povoação, Elias, imerso em negros pensamentos, olha as águas revoltas que rugiam em catadupas. Ele tomara a decisão de suicidar-se, mas não antes de ver sua amada pela última vez. Assim, deixa a ponte e, depois de vestir sua melhor roupa, dirige-se à casa do Major. Ao aproximar-se, ouve alguém a cantar e a voz lhe soa familiar. Entrando, mistura-se à multidão e vai até a sala e então fica paralisado: Leonel, o noivo, que acabara de entoar uma canção, era o falsário de Sincorá, o ladrão de sua fortuna e agora também ladrão de sua amada. Controlando-se, aproxima-se do Major, que, apesar de pouco satisfeito com sua presença, o apresenta a Leonel. Este, mesmo perturbado, mostra-se frio e finge não conhecê-lo. Elias o esbofeteia, ele revida brandindo um punhal mas os circunstantes separam os contendores e prendem o agressor, levando-o para a cadeia, enquanto Lúcia, desesperada e apavorada, nada entende. Aterrado com o súbito aparecimento de Elias, o falsário pensa em fugir imediatamente. Contudo, dá-se conta de que isto equivaleria a uma confissão. Habilmente, procura desfazer as desconfianças da população enquanto ganha tempo e espera o casamento para apenas então desaparecer sem deixar suspeitas, pretextando um motivo qualquer.

Na prisão, Elias denuncia Leonel como falsário mas ninguém lhe dá ouvidos. Afinal, não havia qualquer prova contra ele e, além do mais, era evidente que o antigo namorado de Lúcia enlouquecera... Esta, abalada pelos acontecimentos, cai doente e, em delírio, durante uma visita de Leonel, o chama de ladrão e diz a ele que fuja, afirmando ainda que Elias é seu verdadeiro noivo. O falsário fica chocado mas, ao mesmo tempo, vê no episódio o argumento que lhe permitirá romper o noivado e sumir da povoação rapidamente, pretextando ter sido insultado. Pelo mesmo motivo, nem chega a mover ação judicial contra Elias, que, ao sair da prisão, também deixa Bagagem, não sem antes escrever uma carta de despedida a Lúcia. Contudo, depois de ter andado algumas léguas, muda de ideia e retorna a Bagagem, bem a tempo de assistir à prisão de Leonel nas proximidades da casa do Major. Encerravam-se assim as diligências da Justiça, que há tempos andava no encalço dos responsáveis pelo derrame de notas falsas procedentes da Bahia. Em consequência da série de desgraças, Elias também adoece. Ressentido com os habitantes da povoação, não pede ajuda a ninguém e retira-se para um ranchinho afastado, ficando aos cuidados de uma velha senhora, sua conhecida dos tempos de Uberaba. E certo dia, para sua surpresa, a caseira o informa da existência de uns vizinhos, recém chegados e logo identificados como o Major e suas duas filhas. O moço exulta de alegria mas em seguida fica triste, pois a presença da família ali só poderia ser resultado da completa ruína econômica do Major.

De fato, assim era. Dois dias depois, já um pouco recuperado da doença, Elias, um tanto temeroso, se aproxima da casinha do Major, que há pouco saíra, e observa Lúcia lavando roupa no riacho, linda como jamais a vira. Acompanhava-a Joana, que, por ter sido alforriada por Lúcia, escapara de ser entregue aos credores. Tendo outros afazeres, Joana se retira e Lúcia começa a monologar em voz alta, lamentando a ausência de Elias. Rápido, este aproveita a oportunidade e se apresenta, deixando o esconderijo de onde a observava... Entre beijos e juras de amor, os dois apaixonados prometem jamais se separar. Elias, contudo, tenta novamente a sorte no garimpo, sem afastar-se muito da região de Bagagem.

Desta forma, reunindo os últimos e parcos recursos de que ainda dispunha, o jovem se estabelece a cerca de uma légua abaixo da povoação, nas margens do ribeirão. Já quase desanimado, depois de um mês de duro e inútil trabalho, recebe carta de Lúcia, relatando-lhe que o Major, novamente, fazia pressão para que se casasse, desta vez com um negociante que, apesar de não ser tão rico, era do lugar e muito respeitado. Furioso, Elias pensa em começar a matar negociantes mas em seguida se resigna e volta à razão, aceitando sua triste sina de pobre e resolvendo sacrificar seus sentimentos em favor da felicidade de Lúcia. Já que não podia dar-lhe conforto e bem estar, o melhor seria deixá-la em paz. "Como um condenado que lavrara sua própria sentença de morte", expressa tais sentimentos em uma carta à amada, dando-lhe o derradeiro adeus. Em seguida monta a cavalo para entregar a carta à senhora que o assistira em sua enfermidade. No caminho, ao passar junto de uma miserável choupana, ouve gemidos. Apeia e, apesar da resistência feroz de uma velha com aspecto de bruxa, derruba a porta do rancho. Ali reconhece, já agonizante e deitado em um miserável catre, o velho Simão, ouvindo da boca do caboclo e antigo empregado a história de como, depois da partida de Elias para Sincorá, continuara a garimpar na região e encontrara, finalmente, uma rica lavra. E para convencer o moço, que o julga a delirar, entrega-lhe um saquitel de couro cheio de grandes e lindos diamantes... Em seguida, num supremo esforço e depois de muita insistência de Elias, que vê seu sonho quase escapar-lhe das mãos, indica-lhe onde os encontrara. E morre.

Enquanto isto, sob pressão cada vez maior o pai de Lúcia, furioso, exige que ela se case com o negociante de plantão. Lúcia esperava ansiosamente Elias. E aos prantos, tem que ceder, afinal, às exigências do Major. Mas, neste exato momento, ouve-se um tropel de cavalos. Era Elias, que, depois de ter providenciado um enterro decente para Simão, chegava na hora exata para salvar sua amada do infortúnio...

O Major um tanto desconcertado e assombrado, recebe o visitante, que, aliás, tinha sempre o mau hábito de chegar em horas inoportunas... Contudo, diante das explicações do moço e, principalmente, depois de ver os diamantes, concorda com o casamento dos dois. Com razão, pois somente as gemas entregues por Simão a Elias valiam muito mais do que os vinte contos de réis que o negociante possuía, o que se transforma em um argumento definitivo para o Major... Assim, comovido, ele pede aos céus que abençoe o amor dos dois jovens. Em seguida Elias parte em busca da lavra e a descobre, quadruplicando sua fortuna e, ao mesmo tempo, esgotando o veio, que ali parecia ter sido deixado pela Previdência especificamente com o único objetivo de servir de recompensa à virtude dos dois namorados...

Onze dias depois celebrava-se, na capela de Bagagem, o casamento de Elias e Lúcia, os quais, ao final da cerimônia, afastam-se para um local um pouco distante da igrejinha. Ali, junto a uma cova recém aberta e encimada por uma cruz de madeira, descansava o velho Simão. Sobre a sepultura, Lúcia deixa um ramo de sua grinalda e Elias "um ramalhete de perpétuas e saudade. E o povo que, cheio de interesse e admiração, contemplava aquela cena bendizia-os de todo o coração".

Personagens principais

Seguindo à risca os padrões do folhetim clássico, as personagens de *O garimpeiro* são estereótipos levados a tal extremo de simplificação que, às vezes, beiram a caricatura. Neste sentido, o

Major é o bronco de boa alma que só pensa em dinheiro e no que ele julga ser a felicidade das filhas, fazendo delas uma verdadeira mercadoria: Lúcia e Júlia são as jovens órfãs entregues ao arbítrio do pai e aos azares do destino, que, afinal, depois de muitos percalços, afinal lhes é favorável; Elias é o jovem elegante, bem educado, até mesmo instruído, excelente caráter, mas sem qualquer fortuna, do que, aliás, se lamenta tanto que bem poderia se afirmar ser a riqueza a única qualidade de fato por ele desejada Leonel é exatamente seu oposto: o vilão rico e sem escrúpulos, a personificação da maldade e da falta de caráter; e assim por diante. A única personagem da qual talvez se possa dizer que apresenta alguns leves traços de complexidade é Azevedo. Mesmo personificando o "peralvilho da Corte", seus sarcasmos e ironias são tão naturais que o tornam até simpático, deixando em dúvida o leitor a respeito da posição do narrador – e do Autor – em relação a ele. Há em Azevedo uma certa percepção histórica, marcada pela ilustração do mundo urbano do litoral, contraposta, é claro, à estaticidade das tradições do mundo agrário. A defesa desta, pela boca de Elias, parece bem menos convincente do que as irônicas observações do negociante fluminense, que despreza o exílio a que – também por falta de fortuna – fora condenado.

Estrutura narrativa

Composto de 17 capítulos de diversa extensão, *O garimpeiro* se atém, rigorosamente, ao esquema técnico da narrativa realista/naturalista tradicional, com um narrador onisciente em terceira pessoa que, eventualmente, usa o plural majestático (cap. I e II, por exemplo) ou se identifica de forma explícita com o Autor (cap. II). Como característica curiosa deve-se mencionar o uso incidental, pelo mesmo narrador, da 2ª pessoa do plural, como se se dirigisse diretamente ao leitor (cap. I).

A ação se desenrola ao longo de mais de três anos, contados a partir da cavalhada de 7 de setembro em Patrocínio, pois se em novembro (cap. IV) já se haviam passado seis meses que Elias partira da fazenda do Major, ele necessariamente permanecera oito meses (de setembro a maio) como empregado do mesmo. Se a isto se somarem os quase dois anos em Sincorá (final do cap. V) e mais os quatro meses dispendidos na viagem de volta (cap. XI), vê-se que Elias tem razão quando afirma em sua carta a Lúcia (cap. VII) que não poderia cumprir a promessa, feita ao deixar a fazenda, de retornar dentro de dois anos. Sem contar que esta carta é escrita *antes* da atribulada viagem.

Quanto à época histórica, não há no texto qualquer indicação mais precisa, sabendo-se apenas que a ação transcorre em um período posterior à Independência e, por evidência, anterior a 1872 – data em que a obra é publicada. Talvez fosse possível recorrendo-se a informações externas ao texto, como a época da fundação de Bagagem (cap. IV), estabelecer uma data mais aproximada. No que tange aos locais em que se passa a ação, as informações fornecidas são muito claras, sendo dispensáveis, por isto, maiores comentários.

Comentário crítico

Um dos romances mais conhecidos – ao lado de *A escrava Isaura* e *O seminarista* – da extensa obra de Bernardo Guimarães, *O garimpeiro* é também uma espécie de paradigma de determinado tipo de ficção produzida no Brasil no séc. XIX, ficção esta que se caracterizou por seguir – independentemente do tema – um padrão mais ou menos fixo e perfeitamente identificável. Este padrão, que foi e é chamado de *folhetim*, apresenta um certo número de personagens-tipo e situações convencionadas que se repetem ao longo do tempo e das obras. Entre as personagens-tipo podem ser lembradas a donzela ou menina órfã, pobre ou abandonada, quase sempre dotada de grande beleza; o moço sem fortuna, mas honesto; a prostituta de bom coração; o pai dominador; o vilão, rico ou não, mas sempre sem caráter e cheio de maldade; e assim por diante. Entre as situações convencionadas estão, entre outras, a miséria extrema seguida da riqueza rapidamente adquirida, ou vice-versa; a luta entre o bem e o mal, com a indefectível vitória do primeiro sobre o segundo; o sofrimento físico e/ou moral extremados, seguidos da suprema felicidade, ou vice-versa; a morte trágica; o casamento dos protagonistas etc.

Contudo, elencar simplesmente personagens e situações que caracterizam o folhetim não permite entender a mecânica que rege sua natureza. Esta mecânica é determinada por forças irracionais e/ou superiores desvinculadas das leis sociais e históricas, forças estas que podem ser identificadas: o destino, o acaso, a sorte, a intervenção divina etc. Mesmo que tais forças superiores raramente se personifiquem ou intervenham diretamente no enredo – mantendo-se assim, formalmente, a *verossimilhança*, o elemento fundamental da narrativa realista/naturalista tradicional –, a marca identificadora do folhetim é a *inverossimilhança* social, que desemboca na irracionalidade estrutural. Em outros termos, a lógica do folhetim não é a lógica das sociedades concretas em que, supostamente, se movimentam suas personagens. Pelo contrário, muitas vezes é o inverso dela, funcionando como *ersatz* ou compensação para o leitor, que projeta ou satisfaz seus desejos no enredo exatamente por ser a realidade social concreta renitente e impermeável aos mesmos. Em consequência, de acordo com as simplificadas e poucas objetivas leis que regem o mundo do folhetim, a virtude é sempre premiada e a maldade sempre castigada; o amor – seja lá o que esta palavra signifique – é capaz de superar todos os obstáculos; a felicidade independe do dinheiro e, além do mais, é fácil para o pobre tornar-se rico através da sorte ou do casamento; o destino e a sorte sempre intervêm na hora certa, para ajudar os pobres e os fracos, obviamente; e assim por diante.

Considerando o acima dito, *O garimpeiro* pode ser visto como um dos mais clássicos exemplos de folhetim de toda a ficção brasileira, a ponto de, aparentemente, pouco ou nada haver a ser dito sobre a obra, que se torna, além de sempre previsível, quase irritante em virtude do esquematismo extremado e do primarismo desolador. Com efeito, Bernardo Guimarães parece ter orientado todo seu esforço para dispor lado a lado, com paciência didática, todos os clichês e lugares comuns possíveis, construindo uma verdadeira súmula do folhetim, tanto que, mesmo sem muita base concreta para tal, surge a tentação de perguntar se não haveria algo de ironia neste *tour de force* verdadeiramente sem similar na ficção brasileira, tanto mais marcante por ser sua obra vazada em estilo tranquilo, sem rompantes nem descabelamentos. Aliás, é daí que resulta, ao longo da leitura do texto, a sensação de uma certa inadequação técnica. Tal inadequação, e a evidente contradição temática que marca o enredo, parecem ser, por outro lado, como se verá a seguir, os únicos pontos que permitem uma análise que vá além da simples constatação de um primarismo tão contundente quanto resistente a qualquer tentativa de aprofundamento.

Tecnicamente, O garimpeiro segue – no que se refere às personagens e às situações – tão rigorosamente o padrão da ficção folhetinesca que se poderia pensar ter sido escrito especificamente para exemplificá-la. De fato, imaginando que um cataclisma qualquer destruísse todos os folhetins já escritos na ficção ocidental e brasileira, bastaria que alguém salvasse um exemplar de *O garimpeiro* para que os demais não fizessem muita falta. Não apenas as personagens-tipo (personagens principais) alcançam a perfeição de um esquematismo insuperável como também as três ou quatro situações básicas construídas atingem o limite de paradigmas absolutos. Mais do que isto, se sucedem ininterruptamente até o *gran finale* do casamento dos protagonistas, que então atingem a felicidade total e a riqueza almejada, permanecendo assim para sempre na retina do leitor deslumbrado e, por identificação, também feliz e em paz... Tudo começa com uma jovem, órfã e bela, sendo rifada pelo pai e com um jovem pobre e corajoso que surge como seu salvador. O pai se opõe e a felicidade foge das mãos do casal. O jovem parte para enriquecer e superar assim o óbice da pobreza levantado pelo pai da donzela. Não consegue. Parte novamente. Pensa ter enriquecido e, então, mergulha ainda mais no abismo. Enquanto isto, em casa, a jovem é novamente rifada etc. etc. etc. Em resumo, os clichês se amontoam, em sequência infindável, sempre previsíveis e quase cômicos. No entanto, entre esta técnica clássica do folhetim – que trabalha com a inverossimilhança social, as personagens-tipo e as situações convencionadas – e a descrição do meio há uma curiosa e surpreendente clivagem. É que a paisagem física e geográfica em que se movimentam as personagens e se criam as situações é de um convincente e inegável realismo. Tudo se passa como se as personagens e as situações pertencessem de fato a outro mundo, tendo sido introduzidas à força num cenário a elas estranho. Ou, inversamente, como se as personagens e as situações próprias deste cenário ainda não tivessem sido criadas. Em outras palavras, Bernardo Guimarães mostra conhecer a paisagem mas não a alma das personagens que a habitam. Ou, então, ela nem mesmo habitada é, o que obriga o Autor a importar seus habitantes. Ao contrário do que ocorre na ficção de temática rural de José de Alencar e outros, o cenário em Bernardo Guimarães não é de opereta. Apenas os atores o são. Esta esquizofrenia aparece também em alguns ficcionistas brasileiros do séc. XIX, assumindo contornos diversos, como é possível perceber em *Dona Guidinha do Poço*, de Manuel de Oliveira Paiva, e *Luzia-Homem*, de Domingos Olympio, por exemplo (v. respectivos *Guias de Leitura*). Contudo, em *O garimpeiro* e em outras obras de Bernardo Guimarães ela se apresenta em tons tão radicais que se transforma em um dos traços mais marcantes e interessantes de sua ficção, que assim revela a velha e clássica dicotomia entre a costa e o sertão, entre a elite letrada urbana do litoral – da qual a ficção é o espelho e a imagem – e a realidade do interior agrário. Esta dicotomia, como se sabe, seria efetivamente superada apenas mais tarde, de forma parcial no chamado *romance de 30* e de forma profunda e total na chamada *nova narrativa épica*. Quanto a Bernardo Guimarães, em *O garimpeiro*, seu olhar sobre o sertão é o de um turista consciencioso e inteligente que não chega a abalar-se minimamente com o que vê, por não compreendê-lo, é claro. Por isto, em seu mundo ficional esquizoide, as duas partes – meio e personagens – não se tocam, apresentando-se rigorosamente separadas, do que resultam obras formalmente bem elaboradas e sem as tensões que nascem de realidades contraditórias em choque. Precisamente o contrário do que ocorre nos dois romances referidos de Manuel de Oliveira Paiva e Domingos Olympio, nos quais há uma osmose imperfeita entre a consciência das personagens e o meio circundante, daí resultando os conflitos e as tragédias neles narrados.

Tematicamente também há em *O garimpeiro* uma contradição, que, diferentemente do que ocorre no plano técnico, se evidencia de maneira flagrante, não sendo necessária qualquer análise mais elaborada para percebê-la. Esta contradição está referida à valorização ético-social da riqueza. Ou da pobreza, o que dá no mesmo. Com efeito, o dinheiro é visto, de uma lado, como desnecessário à felicidade e à realização dos indivíduos. Mais do que isto, sua posse parece caracterizar indivíduos eticamente inferiores e ou desprezíveis, como Azevedo e Leonel, dele sendo carentes aqueles que sobressaem por um comportamento honesto e ilibado, personificados em Elias e, até certo ponto, em Simão, protótipos de todas as virtudes individuais e sociais. De outro lado, porém, o enredo se apresenta como um longo e insuperável panegírico à riqueza, a tal ponto que a obra, do início ao fim, não parece ter outro objetivo que o de provar que só o dinheiro traz felicidade, invertendo assim todos os conceitos e colocando a fortuna como valor supremo. Ora, se assim é, não há sentido em estabelecer barreiras morais no caminho que leva à sua conquista e quem teria de fato razão seriam Leonel e o Major e não Elias... Como se isto não bastasse, tantos e tão complicados são os golpes de cena necessários à vitória do bem – personificado em Elias – que o leitor é obrigado a se perguntar se tal vitória não é viável apenas na ficção, já que na realidade empírica das relações sociais a regra parece ser exatamente a oposta, pois o bem conta apenas com a sorte e o acaso a seu favor... Pode-se argumentar que esta mecânica das relações entre bem e mal e riqueza e pobreza é um dos traços clássicos do folhetim. Isto, porém, não elimina e nem ameniza a contradição, com o agravante de que em *O garimpeiro* esta é levada ao limite extremo. Tanto que, mais uma vez, surge a tentação de perguntar se a obra não seria um primor de sutil ironia – o que teria como argumento a seu favor o "além de queda, coice", inusitado título dado ao cap. IX. Estaria o autor se divertindo? Tudo indica que não, pois no final, consciente da contradição, Bernardo Guimarães procura explicá-la, em termos sensatos e objetivos, pela boca do Major, que lança sobre a sociedade a culpa de tudo... O que, se não muda o enredo – pois é o dinheiro mesmo que vence tudo, e não o amor nem a bondade – pelo menos dá a garantia de que não se trata de um sarcasmo, refletindo, antes, um certo desarvoramento ingênuo diante do real, para cuja análise o Autor parece não dispor das categorias necessárias. O que não impede que o perceba objetivamente. Neste sentido, a ficção de Bernardo Guimarães, como a de outros romancistas da época, se transforma em símbolo de uma sociedade cuja elite, culturalmente provinciana e intelectualmente limitada, vivia satisfeita e feliz em sua rasa e pedestre mediocridade. É certamente daí, desta descrição de um mundo paradisíaco e de um viver idílico, que provém o inegável encanto que emana de *O garimpeiro*, *A Moreninha* e outras obras da ficção brasileira do período. Muito longe – ainda que próximos cronologicamente – estavam os tempos em que Machado de Assis, Raul Pompéia e Aluízio Azevedo dissecariam impiedosamente as mazelas de uma aristocracia parasitária e colonizada, a viver nos aglomerados urbanos de uma nação escravocrata dos trópicos como se estivesse nas grandes metrópoles da Europa em meio à sua fauna de burgueses e filisteus...

Um último aspecto a ser destacado na obra é o linguístico. Em que pesem as tradicionais críticas feitas a Bernardo Guimarães – acusado de desleixo na linguagem e de repetições desnecessárias –, *O garimpeiro* é um verdadeiro repositório da língua portuguesa, tanto em termos léxicos como estilísticos. No primeiro caso, é verdadeiramente impressionante o inventário vocabular procedido pelo Autor, a tal ponto que – como já foi dito em relação à sucessão dos clichês de *caráter* folhetinesco –, imaginando um acidente qualquer em que fossem destruídos todos os dicionários do português, *O garimpeiro* seria, sem qualquer dúvida uma das obras indispensáveis aos lexicógrafos encarregados de reorganizá-los... No segundo caso, *O garimpeiro* é também um verdadeiro manual de construções estilísticas típicas da língua portuguesa do séc. XIX e utilizadas rotineiramente, pelo menos no Brasil, até as primeiras décadas do séc. XX. É fato que hoje tais construções soam muitas vezes como clichês retóricos, não sendo raros os casos em que frases inteiras podem ser antecipadas pelo leitor, tão previsíveis o são. De qualquer maneira, isto não tira – até pelo contrário, reforça – de *O garimpeiro* o mérito de ser um extraordinário documento linguístico.

Ainda no que tange à língua, é impossível deixar de referir duas curiosidades. A primeira é o uso do verbo *pintar*, no cap. VI, com um sentido semelhante àquele (re)adquirido pelo vocábulo nas décadas de 80/90, como se pode observar na expressão "Isto aqui não pinta", significando "Neste lugar não aparecem diamantes". A segunda é a presença, no cap. IX, da palavra *hóspede* com o significado de *hospedeiro*, hoje desaparecido. O que basta para mostrar que a língua – quando não transformada em obtusos jogos infantis de esotéricos pseudo-linguistas – é, de fato, um fenômeno extraordinariamente interessante...

Exercícios

Revisão de leitura

1 . O que eram as cavalhadas no tempo do Império?

2. Qual a meta a ser atingida neste esporte?

3. Qual era, segundo Bernardo Guimarães, a única missão da Guarda Nacional?

4. De que lado está Elias na cavalhada e qual a madrinha que ele escolhe?

5. Por que Elias se sente atraído pela atividade de garimpeiro?

6. Qual a relação dos demais pretendentes de Lúcia diante do anúncio de seu casamento com Leonel?

7. Qual a função do meirinho e como o Autor descreve o que aparece na obra?

8. O que são *grupiaras*?

9. Por que Elias se revolta contra os negociantes?

10. O que pretendiam as duas velhas com Simão?

Temas para dissertação

1 . A paisagem do sertão mineiro em *O garimpeiro*.

2. A função social das festas religiosas e patrióticas na antiga sociedade agrária brasileira.

3. As cavalhadas na visão de Elias e Azevedo.

4. Azevedo e Elias: a costa e o sertão.

5. O sertão de Bernardo Guimarães: realidade ou idealização?

6. Dinheiro: bem acessório ou essencial na vida?

7. O casamento: união de sentimentos ou de interesses financeiros?

8. Leonel, o perfil do vilão consumado.

9. O Major, mau caráter ou produto da sociedade?

10. A linguagem de *O garimpeiro* comparada com a do Brasil urbano atual.

O SEMINARISTA

Enredo

Numa tarde de janeiro, na bucólica região situada entre as vilas de Tamanduá e Formiga, em Minas Gerais, Eugênio, um rapazinho de uns treze anos, e Margarida, uma menina algo mais jovem, entretinham-se brincando na relva enquanto duas ou três vacas e seus bezerros pastavam tranquilamente nas imediações. Ao recolherem os animais, Eugênio conta a Margarida que dentro de um mês partiria para o seminário a fim de estudar para ser padre, segundo desejo de seus pais. Triste com a próxima separação, ela promete estar presente à sua primeira missa, enquanto o futuro padre lhe garante que ela será a primeira pessoa a ser por ele ouvida em confissão. Depois disto, Margarida dirige-se a uma casinha localizada nas imediações e Eugênio parte correndo a campo afora para a sede de uma fazenda a meia légua de distância.

Na casinha, em companhia de uma escrava, vivia D. Umbelina, viúva e mãe de Margarida, e na sede da fazenda residia o capitão Francisco Antunes, fazendeiro de medianas posses e pai de Eugênio. As duas crianças haviam sido criadas juntas, como irmão e irmã, já que D. Umbelina, quando seu marido, um alferes de cavalaria, morrera nas guerras do Rio Grande do Sul, fora acolhido pelo capitão e sua mulher como agregada, pois Margarida era afilhada deles. A menina deveria ter entre um e dois anos de idade quando ocorrera um incidente que, para a sra. Antunes, muito supersticiosa, representara um sinistro prenúncio. Estando um dia as duas crianças a brincar sob os cuidados de uma escrava, esta distraiu-se e Margarida afastou-se até uma fonte localizada nas imediações. Quando Eugênio a descobriu estava ela a brincar com uma jararaca, que, apesar de enroscar-se em seu corpinho, não chegara a picá-la, parecendo comportar-se de forma semelhante àquela serpente que um dia tentara Eva no paraíso... Por terem crescido lado a lado, a afeição mútua penetrara fundo em seus corações infantis, o que ficara claro quando Eugênio, ao contar cerca de nove anos, fora mandado à vila para iniciar seus estudos. Na hora da partida fora difícil arrancar um dos braços do outro, mesmo que ambos soubessem que se veriam frequentemente, pois Eugênio viria visitar seus pais toda semana. Depois de dois anos Eugênio deixara a escola e, se antes era Margarida que não saía da casa do capitão Antunes, a partir daí passou a ser ele que, apesar das repreensões da mãe, vivia na casinha de D. Umbelina, dedicando-se, inclusive, a ensinar sua amiguinha a ler. De índole calma e pacata, o menino não só a instruía como também fazia o papel de capelão diante de um pequeno oratório, na presença de uns crioulinhos e de Margarida, que lhe servia de sacristão... Daí, aliás, nascera na mente do casal Antunes a ideia de que o filho nascera para ser padre...

No dia anterior à partida para o seminário, foi preciso ir buscá-lo, já quase de noite, no sítio de D. Umbelina. Ali, sob as paineiras, estavam ele e Margarida a chorar desconsoladamente...

No seminário, localizado junto à igreja de Congonhas do Campo, pitoresca localidade situada na região montanhosa de Minas, Eugênio, apesar de estranhar de início o novo ambiente, se habitua em pouco tempo à monotonia e à disciplina. Contudo, não consegue esquecer Margarida, continuamente presente em seus pensamentos. E, não raro, afastando-se de seus companheiros, ele fitava triste o ocidente, direção de sua terra natal... Exemplo de boa vontade e aplicação, Eugênio granjeia rapidamente a simpatia dos padres. No que se refere aos estudos, encontra de início alguma dificuldade, particularmente no caso do latim, ainda mais que frequentemente seus pensamentos estavam a vagar longe do seminário, ocupados com sua Margarida. Daí procedia, sem dúvida, sua tendência ao misticismo e sua grande devoção à Virgem Maria, que parecia atuar como substitutivo de sua amada. Passam-se assim dois anos, nos quais, com o incentivo de seus colegas e mestres e a estima de seus colegas, Eugênio consegue superar todos os obstáculos, moldando-se aos poucos àquele modelo que deveria conformar sua alma destinada ao serviço de Deus. Foi por esta época que ocorre um incidente que quase põe fim à sua promissora careira e ao conceito que granjeara entre seus mestres. Com efeito, certo dia o padre-regente descobre entre os papéis do aplicado seminarista um calhamaço de poemas, alguns dos quais construídos à semelhança dos *Tristes*, de Ovídio, e das *Éclogas*, de Virgílio, e tendo por tema seu amor a Margarida... Ao tomar conhecimento do fato, o padre-diretor o admoesta com rigor e exige que os poemas sejam queimados, além de lhe impor uma semana de jejum e penitência seguida de uma confissão geral. Afinal, pensava, com certa complacência, o padre-diretor, aquelas poesias não eram senão fruto da ignorância e da simplicidade... Um tanto abalado mas decidido a seguir sua carreira sacerdotal, Eugênio cumpre à risca as determinações do seu orientador espiritual, que o exorta a esquecer Margarida, pois ela se tornara um instrumento do demônio, que assim pretendia perturbar-lhe o espírito e colocá-la no caminho da condenação eterna, da mesma forma que a serpente lançara o gérmen da cobiça e da desobediência na alma de Eva, fazendo com que ela e seu companheiro fossem expulsos do paraíso. A esta menção, o jovem estremece, lembrando o episódio da jararaca que se enrolava no pescoço de Margarida... Vagamente apavorado, procura esquecer sua companheira de infância, dedicando todos seus esforços e sua vitalidade ao estudo, às atividades, aos jejuns e às mortificações, para desta forma cansar o corpo. Em consequência, ao final de um ano, perde o viço da juventude e se transforma em um jovem frio e sorumbático, um quase autômato, sem sensibilidade e sem vigor. Contudo, o objetivo fora alcançado: a imagem de Margarida desaparece finalmente de seu espírito, junto com a crença no amor profano e na felicidade terrena.

Passados quatros anos, os padres, pressionados pelos pais, permitem que Eugênio lhes faça uma visita, apesar de recearem o que poderia vir acontecer. Ao chegar à fazenda, ocorre o inevitável reencontro com Margarida, já então quase moça feita e muita bonita. Eugênio, surpreso com a mudança, fica um tanto perturbado, atitude que é interpretada pela mãe como acanhamento típico de seminarista. Na verdade, a origem de sua perturbação era, evidentemente, Margarida, o que vinha a comprovar serem fundados os temores de seus mestres. De fato, rapidamente Eugênio começa a envergonhar-se de querer ser padre, principalmente diante do comportamento alegre e das demonstrações de afeto da linda adolescente, que, em sua ingênua candura, não percebia o que se passava. Aos poucos, o mancebo como que revive, esquecendo rapidamente devoções, rezas e seus projetos sacerdotais e entregando-se à sua antiga afeição. E um dia, ao passearem pelos arredores da casinha de D. Umbelina, pelos prados em que outrora haviam brincado, Eugênio confessa a Margarida ter perdido a vontade ser padre. A seguir, ambos juram que jamais deixarão de se querer bem, com o que a antiga amizade infantil se transforma rapidamente em ardor e paixão. As assíduas visitas de Eugênio a Margarida acabam chamando a atenção da sra. Fernandes, que admoesta o filho. Este, depois de tentar desconversar, confessa-lhe não mais querer seguir a carreira eclesiástica. Surpresa, a mãe o proíbe de visitar a menina, sob pena de solicitar ao pai que o mande de volta para o seminário mesmo antes de terminarem as férias e o obrigue a ficar lá até ordenar-se. Acabrunhado com as repreensões da mãe – que em sua supersticiosa mente continuava vendo em Margarida o demônio decidido a afastar seu filho da santa vocação sacerdotal –, Eugênio se retrai de início. Em seguida, porém, como sempre acontece no caso de afeições contrariadas ou proibidas, contorna a situação e todas as noites foge silenciosamente da fazenda para encontrar-se com Margarida, o que permite aos dois dar vazão à sua ardente paixão, sem testemunhas inoportunas. Inesperadamente, contudo, por ter D. Umbelina organizado um mutirão que duraria vários dias, Eugênio vê-se impedido de continuar suas escapadas noturnas, obrigando-se a ficar, furioso e ressentido, em seu quarto na fazenda. Mas logo encontra uma forma de contornar a situação e, com o pretexto de ir à vila passar uns dias com um amigo, vai certa noite à casa de Margarida, onde já haviam começado os tradicionais folguedos que se seguem à labuta do mutirão. Aí, sem querer envolve-se em um incidente com uns dos muitos admiradores de Margarida, um tropeiro de certas posses e muita empáfia chamado Luciano. Logo depois, na mesma noite, parte apressado para a vila, temendo que o pai viesse a tomar conhecimento do ocorrido e, em consequência, de sua escapada, para a qual não tinha autorização. Dois dias depois, segundo o combinado, o pai vai buscá-lo na casa do amigo e com ele parte para a fazenda, sem fazer qualquer alusão ao incidente. Logo ao chegar, porém, o interpela, furioso, sobre sua desastrada participação nos folguedos do mutirão e o despacha de volta ao seminário com a ordem de voltar só depois de se tornar-se padre, não dando qualquer atenção aos argumentos do filho, que não quer mais retornar a Congonhas. Profundamente abatido, Eugênio procura a mãe, que o consola, mas – sempre lembrando a fatídica cobra que se enovelara em Margarida – deixa claro seu total apoio à decisão do marido. Com profunda dor na alma e proibido até de despedir-se de Margarida, Eugênio consegue, na última noite, fugir até a casa de D. Umbelina. Ali, abraçados, os dois adolescentes trocam juras de amor. Eugênio diz que jamais será padre e promete voltar, como lhe implora Margarida.

Retornando ao seminário, Eugênio volta a ser um jovem tristonho e melancólico. Apesar de ter-se proposto durante a viagem transformar-se em rebelde displicente, de tal maneira que os padres viessem a mandá-lo embora, Eugênio, tão logo chega, é novamente dominado por seu temperamento religioso e místico, limitando-se, assim, a lamentar a própria sorte. Contudo, a paixão por Margarida não apenas se mantém viva como, ainda, se fortalece, transformando-se na tortura de sua vida, apesar dos esforços do padre-diretor, que fora informado pelo capitão Antunes a respeito dos motivos do súbito retorno do filho. Assim passa-se um ano, sem que a situação evolua, pois Eugênio sente-se impotente para vencer suas inclinações. Passando outro ano, o próprio padre-diretor sente-se desanimado, pois seus esforços mostravam-se inúteis, enquanto o jovem afundava cada vez mais na angústia. Sem saber o que fazer, os padres escrevem uma carta para o capitão Antunes, dando conta da situação e aconselhando-o a fazer casar Margarida rapidamente, pois só assim talvez fosse possível salvar Eugênio, uma brilhante promessa para o clero brasileiro, do descaminho em que se encontrava. Satisfeito com os elogios feitos ao filho, o fazendeiro não perde tempo e tenta por todos os meios conseguir que Margarida se case com Luciano, aquele mesmo que protagonizara o incidente na casa de D. Umbelina. Margarida resiste obstinadamente a todos os esforços para fazê-la esquecer Eugênio. Indignado, o capitão Antunes, com integral apoio da esposa, expulsa D. Umbelina e a filha de suas terras, acusando de tentar roubar-lhe o filho...

Enquanto isto, no seminário, Eugênio, já com 19 anos, ia superando aos poucos, com a ajuda do tempo, a tristeza e o desânimo que o tinham acometido. A religiosidade e a inclinação ao misticismo que sempre haviam marcado seu temperamento conseguiam se impor aos poucos, alimentando-se por orações contínuas e pelas leituras dos textos de Santo Agostinho, São Jerônimo, Santa Tereza de Jesus e outros. Por outra parte, os estudos de matemática, filosofia e teologia também lhe ocupavam e lhe robusteciam o espírito. E se não esquecera Margarida completamente, pelo menos a transformara, graças ao ascetismo que cada vez mais lhe marcava os sentimentos, em uma visão ideal e distante, como se ela fosse de fato um anjo através do qual suas contínuas preces alcançavam o Criador. Observando o comportamento do jovem, os padres congratulavam-se com o resultado e já não tinham mais dúvidas de que em breve a vocação sacerdotal triunfaria por completo sobre todas as paixões terrenas. Contudo, Eugênio continuava recusando-se terminantemente a tomar ordens, argumentando que assim o jurara a Margarida, sentindo-se, além disso, responsável por ela, pelo menos como um irmão marcado por profunda e indelével afeição. Confiando sempre ao diretor espiritual os seus sentimentos mais íntimos, Eugênio, já na casa dos 20 anos, recebia dele longas e constantes admoestações para que lutasse com todas as forças contra seus instintos e procurasse, através de orações e penitências, extirpar de uma vez para sempre de sua alma aquela paixão profana. Contudo, por mais que se entregasse com todo o fervor às práticas da oração e do ascetismo, era-lhe impossível abafar a chama que lhe abrasava o peito. E assim porfiavam em luta feroz em seu coração duas paixões: de um lado, a imagem da mulher amada e, de outro, a inegável inclinação à religiosidade e ao misticismo. Era natural que, aos poucos, a primeira fosse, ao longo do tempo, se desvanecendo, enquanto a segunda, continuamente alimentada, se fortalecesse cada vez mais, fazendo prever que sua vitória se aproximava a passos rápidos. Dois episódios colaboraram para que ela se tornasse, afinal, efetiva e completa. O primeiro deles foi um sermão que um famoso pregador, colocado a par da situação de Eugênio, pronunciou certo domingo no seminário de Congonhas, enaltecendo a castidade e comparando a concupiscência da carne à serpente maldita que tentara Eva no paraíso... Impressionado, por lembrar novamente o episódio da jararaca, Eugênio foi dormir e teve um sonho em que um anjo com as feições de Margarida, já morta, descia do céu e lhe apontava o altar da Virgem como o caminho da salvação. O segundo episódio ocorreu no dia seguinte, quando o padre-diretor o chamou para informá-lo de que, segundo carta recebida do capitão Antunes, Margarida se casara. Profundamente abalado e tomado de ciúmes, despeito, vergonha e desespero, Eugênio pensa até em suicidar-se! Tanto fizera para arrancar a imagem dela de seu coração e ela, pérfida, se entregara a outro! Melhor fora que tivesse de fato morrido, vítima da saudade e da mágoa, pois assim sua imagem se conservaria pura e santa em seu coração!... Depois de alguns dias de angústia e noites de quase delírio, em que ora maldizia Margarida, ora acusava-se a si próprio por tê-la abandonado, Eugênio cai em profunda prostração. À violenta tensão segue-se uma calmaria em que Eugênio, afundado em torpor, parece pairar "sobre as ruínas de todas as suas afeições mundanas, de todas as suas aspirações de ideal e celeste misticismo". Para o padre-diretor, esta era a última provação pela qual sua alma, acrisolada no sofrimento, podia enfim cantar vitória sobre o mundo... Enquanto isto, na vila de Tamanduá, para onde se tinham retirado depois de expulsas da fazenda do capitão Antunes, viviam Margarida e a mãe, em miserável casinha que esta ali possuía e dividia com velha parenta, tão ou mais pobre que ela. Em meio a grandes privações, já que a mãe, por sua idade, quase nada mais podia fazer, Margarida se entregava ao duro trabalho de lavar, passar e engomar, conseguindo assim prover à subsistência de todas. Linda e viçosa, fugira dos perigos da prostituição e recusara também a propostas dos bem intencionados, mantendo-se fiel à casta paixão de sua infância. Nestas condições haviam se passados sete anos, quando D. Umbelina vem a falecer e Margarida, que, apesar de sua aparência vigorosa e robusta, sofria do coração, começa a definhar. O que ainda a prendia à vida era a esperança de rever Eugênio. Um dia ela recebe a notícia de que este tomara ordens, o que a deixa definitivamente prostrada. E certa tarde, tomada de terrível pressentimento, pede à velha parenta que mande buscar um padre para confessar-se. Nesta mesma tarde, aliás, em um dos melhores sobrados da vila, os notáveis do lugar vinham cumprimentar um jovem sacerdote recentemente ordenado. Era Eugênio, que no dia anterior pernoitara na fazenda de seu pai e agora, no belo sobrado que este possuía em Tamanduá, recebia os cumprimentos de todos, pois a notícia de sua chegada se espalhara rapidamente. O novel sacerdote viera disposto a fazer uma breve visita a seus pais e dar-lhes a alegria de vê-lo rezando missa. Logo ao chegar, arrepende-se da decisão, pois sente o espírito tomado de terror e apreensão diante das recordações do passado, que o dominam, o que se agrava ainda mais quando vê, na fazenda, a antiga casinha de D. Umbelina, já em ruínas e coberta pelo matagal. Perguntando pelos antigos moradores, o pai informa friamente que D. Umbelina morrera e Margarida se casara, residindo em algum lugar da vila. Eugênio se alarma com a possibilidade de encontrá-la, mas logo se recupera, pensando que, depois de tanta luta, já nada mais restava do passado. Além do mais, Margarida já estava casada e tudo terminara definitivamente. Contudo, para os visitantes que iam cumprimentá-lo no sobrado era vidente que alguma coisa o preocupava, apesar da cortesia e afabilidade que com que tratava a todos.

Já anoitecera há algum tempo e o jovem padre atendia às últimas pessoas que tinham vindo saudá-lo, quando alguém bate à porta. Eugênio manda a visita subir, julgando ser algum retardatário que desejava cumprimentá-lo. No entanto, tratava-se de um rapazinho, que lhe pede para ouvir em confissão uma pessoa que se encontra à morte. Perturbado e tomado por sinistro pressentimento, Eugênio diz estar fadigado e aconselha o jovem a procurar o vigário, sendo informado de que este não se encontrava na vila, retornando apenas daí a três dias. Sem alternativa, Eugênio despede-se das visitas e acompanha o rapazinho, noite adentro, até uma casinha nos limites da vila, onde é recebido por uma velhinha que o introduz no quarto em que se encontrava a pessoa enferma. Ali, em ambiente simples mas asseado, uma jovem se encontrava em um leito coberto por um cortinado cor-de-rosa. Ao vê-la, Eugênio estaca espantado, fazendo menção de sair precipitadamente, pois reconhecera Margarida, que também o reconhece e imediatamente lhe estende os braços. Perturbado, o padre recua e, por vê-la corada e bela, julga ter caído em uma armadilha. Margarida, porém, o informa que não sabia de sua presença na vila e lhe pede que a ouça em confissão pela última vez, acrescentando que o aspecto sadio que apresentava era enganoso, pois, em vista do mal do coração que a retinha ao leito, pouco tempo de vida lhe restava. Por isto, suplica que não a deixe desamparada. Diante de tal pedido, Eugênio pergunta pelo marido e só então toma conhecimento de que fora enganado pelos pais e pelos padres. Margarida, a chorar, lembra o juramento feito na infância por Eugênio, quando prometera seria ela a primeira mulher a quem confessaria. Eugênio senta-se no leito e deixa que ela lhe beije as mãos – e seus lábios até se roçam – mas se recusa a confessá-la. Contudo, vencido pelas súplicas, aceita retornar no dia seguinte e, abalado, se retira apressadamente, como que fugindo de pavorosa visão.

Revoltado contra o embuste de que fora vítima e desesperado por perceber que a antiga paixão começava novamente a subjugá-lo de forma violenta e implacável, Eugênio retorna à casa do pai, passa a noite delirando, chorando e blasfemando e decide não retornar à casa de Margarida. Na manhã seguinte, porém, não resiste e volta, encontrando-a com aparência saudável e bela como jamais a vira. Faz menção de retirar-se mas a jovem lhe assegura estar de fato à beira da morte e lhe suplica que a ouça em confissão e fique com ela para que possa morrer em seus braços. Dominado por violenta emoção, Eugênio não resiste e se entrega completamente à paixão, gritando: "Um momento de suprema felicidade!... depois o inferno!... que me importa!". Convenientemente, a parenta de Margarida tinha saído...

O dia seguinte era domingo e fora preparada uma grande festa, pois Eugênio, para a alegria de todos, em particular de seus pais, rezaria a primeira missa. Na hora em que a celebração deveria começar, a vila inteira esperava o padre, que, em palidez cadavérica, chega demonstrando carregar na consciência o peso de ser infame e sacrílego e lançando, em pensamento, violentas diatribes contra o celibato. Quando se dispõe a dar início aos batizados e casamentos que se realizavam costumeiramente antes da missa, uma pobre velhinha o vem procurar, pedindo-lhe por amor de Deus que encomendasse o corpo de uma defunta que se encontrava já no interior da igreja. Transido de horror e com o suor gelado a correr-lhe pela fronte, Eugênio veste a sobrepeliz e, acompanhado do sacristão, dirige-se até o local em que, em pobre caixão, jazia a defunta, com o rosto coberto por um lenço branco. Quando o sacristão se retira, Eugênio solta um grito rouco e cambaleia, quase caindo por terra. Ali estava Margarida, tendo sobre o peito uma coroa de alvas flores, símbolo da virgindade... De forma quase autômata, Eugênio faz a encomendação, diz ao sacristão que os batizados e casamentos seriam realizados depois da missa e se retira para a sacristia, ali ficando solitário, a delirar e orar. Logo porém, chegam os pais e a turba que os acompanhava rindo e conversando alegremente. Eugênio se veste às pressas para dizer sua primeira missa. Contudo, ao chegar ao altar, quando os fiéis, entre os quais seus pais, esperam que comece o *introito*, ele, o padre, diante da multidão estupefacta, arranca um por um os paramentos e sai correndo da igreja. "Estava louco... louco furioso".

Personagens principais

Aproximando-se ora do folhetim, ora do romance de tese, *O seminarista*, consequentemente, apresenta personagens estereotipadas e pouco profundas, a que não fogem os dois protagonistas. Eugênio, que encarna a tese de que o celibato é uma instituição antinatural que conduz ao desastre, é uma personagem sem vida e sem complexidade, debatendo-se do início ao fim no estreito brete de um dilema existencial artificial e contraditório (v. comentário crítico), pois a ele fora empurrado contra sua vontade. Margarida, por seu lado, é inexpressiva, aparecendo apenas – na visão ignorante da sra. Antunes e dos padres – como a materialização da tentação e do pecado quando bem poderia, com um pouco de esforço, transformar-se numa arrivista ambiciosa e sedutora. Apenas o capitão Antunes e D. Umbelina parecem ter vida própria. O primeiro é autoritário e brutal, tendo consciência do poder que possui como pai e proprietário. A segunda é seu contraponto e, no orgulho ferido e na consciência de sua inferioridade social, surge como personagem de contornos surpreendentemente realistas, se bem que parcamente desenvolvidos.

Estrutura narrativa

Composto de 24 capítulos de tamanho variado e construído de acordo com o esquema clássico da narrativa realista/naturalista tradicional e com um narrador onisciente em terceira pessoa, *O seminarista* possui uma estrutura narrativa mais ou menos transparente, apesar de um tanto descuidada, o que, segundo a crítica, não é raro em Bernardo Guimarães. Em primeiro lugar, em algumas ocasiões o narrador onisciente se manifesta através de um plural majestático (cap. IV) ou assume a função de comentarista extemporâneo, ocorrendo então uma evidente identificação/confusão entre *narrador* e *autor*. Em segundo, o arco do tempo abrangido pela ação não é muito claro, apesar da óbvia pretensão do Autor de marcá-lo de forma rigorosa. Com efeito, se as informações fornecidas nos caps. I, VIII, XIII, XVII e XX forem consideradas em conjunto, Eugênio estuda no seminário cerca de 11 anos, ordenando-se por volta dos 24 anos. Contudo, a marcação do tempo dá-se apenas até os 20 (cap. XVIII), não havendo maiores informações sobre os quatro anos restantes nem sobre a ordenação propriamente dita. Em terceiro, no cap. XXI há um lapso evidente, pois Margarida não poderia saber se ela era de fato a primeira pessoa a confessar-se com Eugênio. Além do mais, seria muito provável que não o fosse, já que, de acordo com o cap. XX, é-se levado a supor que o agravamento de sua doença ocorrera há alguns meses, quando recebera a informação de que seu amigo de infância recebera as ordens. Lapso, contudo, não deixa de ter certa lógica interna, pois o Autor certamente não tinha a intenção de dispensar, mesmo às custas da probabilidade, a concretização do folhetinesco juramento narrado no cap. I.

Quanto ao espaço em que se localiza a ação, o texto é muito claro, estando ele circunscrito à fazenda do capitão Antunes e às vilas de Tamanduá e Congonhas (seminário), sendo dispensáveis maiores comentários.

Comentário crítico

Formando, junto com *O garimpeiro* e *A escrava Isaura*, o grupo dos três romances de Bernardo Guimarães mais conhecidos do grande público, *O seminarista* sempre se manteve em certa evidência, por motivos bastantes óbvios. De um lado, entre setores laicizantes e anticlericais do Brasil pré-industrial, era muito apreciado como obra desmistificadora do celibato e das próprias instituições eclesiásticas. De outro, para a Igreja Católica e seus seguidores, a obra não passava de um panfleto marcado por uma perspectiva facciosa e por cenas imorais e escandalosas. Mesmo que hoje, desde o final do séc. XX, tais opiniões – em vista da perda da influência das instituições religiosas tradicionais e da quase total laicização da sociedade brasileira – possam ser consideradas meras curiosidades arcaicas, é preciso perceber que, durante o II Império, época da publicação de *O seminarista*, vigorava a união entre Igreja e Estado. Além do mais, mesmo com a separação, advinda com a República, a religião católica e suas instituições mantiveram quase intacta a influência que exerciam sobre a sociedade, pelo menos até o evento das comunicações instantâneas, em particular da televisão, o que ocorreu apenas quando já ia avançada a segunda metade do séc. XX. E se é evidente que, em termos de seu conteúdo ideológico e das pretensões doutrinárias que animam o Autor, *O seminarista* não passa de uma peça de museu, tal não significa que não seja interessante. Pelo contrário, é possível dizer até que é precisamente nisto que reside sua importância, e disto também decorre que, embora não sendo tão bem elaborado quanto *O garimpeiro* (v. respectivo *Guia de leitura*), *O seminarista* se revele como uma das melhores produções de Bernardo Guimarães, podendo ser relacionado entre os títulos significativos da ficção brasileira do séc. XIX.

Deixando de lado – por ser um elemento de natureza extratextual – o fato de *O seminarista* ter sido publicado, talvez com senso de oportunidade, nos anos imediatamente seguintes à eclosão da chamada *Questão Religiosa* – um conflito entre a hierarquia eclesiástica e o governo imperial a respeito da participação dos sacerdotes nas atividades das lojas maçônicas –, os aspectos de maior interesse na obra são de natureza temática. O primeiro envolve, obviamente, a questão do celibato e o tratamento, contraditório sob vários pontos de vista, que a ele é dado. O segundo, contraface do primeiro, se liga à presença de um descompasso entre o projeto explícito da obra e o resultado alcançado, componente típica, aliás, de não poucas obras da ficção brasileira da época, se bem que não seja específica delas ou a elas se restrinja.

Quanto ao primeiro aspecto, é indiscutível que *O seminarista* é construído como um romance-tese contra o celibato eclesiástico. Em outras palavras, a intenção do Autor, claramente explicitada no texto, é demonstrar que a proibição de casar, imposta aos sacerdotes católicos, é uma instituição inaceitável e perniciosa, por ser antinatural, ou seja, por ir contra as inclinações naturais do ser humano. E a história de Eugênio, com a tragédia em que desemboca, pretende ser a decorrência desta premissa, constituindo-se em prova supostamente inatacável. Seja ou não o celibato uma imposição intrinsecamente perversa – o que não vem ao caso aqui –, é evidente que a demonstração desta suposta perversidade revela-se falsa ou, quando menos, contraditória. Com efeito, ao mesmo tempo que o Autor pretende atacar o celibato como antinatural, deixa claro que Eugênio não pretendia, sob hipótese alguma, seguir a carreira eclesiástica. Ele queria mesmo casar com Margarida e desfrutar – passe a expressão! – dos prazeres do sexo! Em consequência, o perfil de Eugênio, tal como é desenvolvido ao longo da obra, não se presta, em absoluto, a um ataque ao celibato, servindo antes à comprovação dos malefícios resultantes da prepotência dos pais e do maquiavelismo dos padres, se bem que a estes sirva de atenuante o fato de agirem rigorosamente da acordo com as instruções daqueles. Neste sentido, o máximo que Bernardo Guimarães poderia alcançar através de seu romance-tese seria convencer o leitor de que ninguém deve ser obrigado a ser padre contra vontade. Ou que os métodos usados para levar Eugênio a seguir esta carreira não foram pedagogicamente adequados (cap. X). Mais do que isto: no limite seria válido até inverter a tese do Autor e afirmar que do enredo da obra pode-se concluir a viabilidade do celibato, já que o caso de Eugênio surge como uma exceção no conjunto dos mestres e colegas que o cercam. Muito mais força e consistência lógica teriam as diatribes do Autor contra o celibato se viessem acompanhadas da informação de que, à época, praticamente todo o clero secular, incluindo alguns monsenhores e bispos, viviam em concubinato público, não raro tendo prole numerosa. É provável, contudo, que tal abordagem, por ser demasiado realista, chocasse o público leitor e provocasse reações entre as autoridades eclesiásticas. Não por nada a religião, a própria Igreja como instituição e seus membros não apenas são poupados como, ainda, em várias ocasiões são vistos sob uma ótica positiva e favorável, sendo os ataques reservados especificamente ao claustro e ao celibato.

Seja como for, tudo isto mostra a extrema fragilidade da obra exatamente naquele núcleo temático que, a partir de um projeto ao longo dela explicitado, deveria sustentá-la.

Considerada sua tese central, *O seminarista* não passaria, portanto, de um romance confuso e até certo ponto mal acabado. Ocorre, porém, que há um segundo aspecto a partir do qual a obra pode ser analisada. É que, como frequentemente ocorre na ficção brasileira do séc. XIX – mas não apenas nela –, *O seminarista* extrapola as intenções explícitas do Autor e acaba por revelar a presença de certos elementos dos quais talvez ele próprio não tivesse plena consciência ou aos quais atribuísse pouca importância. No que a isto diz respeito, duas questões devem ser ressaltadas. Em primeiro lugar, o sacerdócio é visto pelo capitão Antunes como algo digno e honroso, do que se conclui que para um "fazendeiro de medianas posses" (cap. II) como ele a carreira e eclesiástica representava uma via de ascensão social. Aliás, os dados históricos sobre a época imperial o confirmam, precisamente no caso dos filhos varões dos proprietários rurais médios, já que o ingresso na política via Faculdade de Direito estava reservado quase que exclusivamente aos filhos da classe dirigente, composta, por definição, pelos grandes latifundiários, fossem eles produtores de gado (sul), produtores de cana-de-açúcar (norte e nordeste) ou, principalmente, cafeicultores (sudeste). Numa sociedade basicamente agrária como a de então, aos demais restavam poucas ou nulas possibilidades de ascensão social, com exceção do ingresso nos quadros da Igreja. Apenas nas duas últimas décadas do séc. XIX a carreira militar se tornaria uma alternativa para os filhos dos membros de pouca expressão ou em decadência das oligarquias periféricas ao centro cafeeiro do sudeste. O drama deste grupo, que se mantinha no perigoso limite entre os estratos dominantes e os segmentos sociais inferiores – já que na sociedade escravocrata pré-industrial inexistiam segmentos sociais intermediários –, pode ser muito bem sentida na fúria do capitão Antunes ao tomar conhecimento de que seu filho estava apaixonado por uma *miserável*, integrante, segundo sua esposa, da *gentalha*... Esta sequência de surpreendente realismo e violência (cap. XIII) permite entrever uma segunda componente da sociedade agrária de então: o conflito entre proprietários e agregados. É quase certo que não estava na intenção do Autor comprová-lo, mas é o que ele acaba fazendo ao referir como o capitão Antunes, furibundo, acusa Umbelina de pretender roubar-lhe o filho e a expulsa intempestivamente de suas terras, condenado-a à miséria.

É exatamente nestas cenas – totalmente alheias ao tema central da obra e à tese a ser supostamente demonstrada – que transparece o vigor narrativo do Autor, seu realismo ingênuo/involuntário e seu profundo conhecimento da paisagem humana e geográfica do interior de Minas Gerais. Se estas são, com efeito, as grandes qualidades de Bernardo Guimarães, reconhecidas por todos e responsáveis – ao lado de um estilo muitas vezes brilhante – pela capacidade de alguns de seus romances sobreviverem ao tempo, é em *O seminarista* que elas se tornam mais evidentes e adquirem maior relevância. Pois frequentemente tem-se a impressão de que a tese central e os consequentes ataques ao celibato não passam de elemento estranho à obra, elementos, aliás, a respeito dos quais o Autor parece não ter suficiente conhecimento para torná-los convincentes. Em consequência, sem errar muito, seria possível afirmar que *O seminarista* sobreviveu ao tempo a despeito de seu tema. Por outra parte, sem ele a obra não existiria e, assim, a ficção brasileira ver-se-ia privada de algumas sequências que, sem exagero, merecem o qualificativo de antológicas. Uma delas é a descrição do mutirão (cap. XI), seguida do baile na casa de D. Umbelina e do incidente provocado por Luciano (cap. XII). A descrição do mutirão é de um sóbrio e convincente realismo enquanto o bate-boca entre Luciano e D. Umbelina apresenta um vivo tom de farsa popular, que se aproxima dos melhores momentos de Manuel Antonio de Almeida em *Memórias de um sargento de milícias*. A outra sequência verdadeiramente memorável é a do reencontro de Eugênio e Margarida. Raríssimas vezes ou, quem sabe, nunca – na ficção brasileira o melodrama alcançou um nível tão espantosamente insuperável quanto no cap. XXIII de *O seminarista*. Talvez apenas na morte de Lucíola, no romance homônimo de José de Alencar, se encontre um termo de comparação, ainda assim um tanto pálido. A consumação da sacrílega e desenfreada paixão carnal de um padre enlouquecido de desejo no leito de uma virgem, jovem e viçosa moribunda é algo que supera toda a imaginação e excede a qualquer qualificação! A tal ponto que o leitor brasileiro do final do séc. XX não consegue fugir da tentação de perguntar – mesmo que o texto, evidentemente, não dê qualquer justificativa para tanto – se a ironia não estaria latente em passagens como esta: "Era uma sede voraz de gozos e volúpias, era uma febre, era um delírio. O demônio da luxúria acendera nas chamas do inferno seu facho furibundo e com ele se aprazia em requeimar o sangue do mísero sacerdote". Ou na imprecação que encerra o referido capítulo: "Um momento de suprema felicidade!... depois o inferno! que importa!..." Realmente, espantoso!

Tematicamente contraditório, estilisticamente desigual e apresentando às vezes um tom exacerbadamente folhetinesco, *O seminarista* tem um lugar garantido entre os mais interessantes romances brasileiros do séc. XIX, seja pelo adequado realismo – que poderia ser chamado de *bucólico* ou *pastoral* – presente nas cenas que descrevem o mundo rural mineiro da época, seja pela apresentação, talvez involuntária, da importância que a carreira eclesiástica possuía para determinados setores da classe dominante na época do Império. Por outro lado, se é inegável que a obra se torna pesada e artificial quando aborda a vida de Eugênio no seminário – revelando o Autor com isto conhecimento pouco profundo do tema –, é fato também que em muitas passagens estão presentes aquelas que são consideradas as grandes qualidades de Bernardo Guimarães: um estilo de brilho não raro surpreendente, secundado por um amplo domínio do léxico português, e uma capacidade descritiva de um vigor que o coloca em posição destacada entre os escritores de sua geração. Esta última qualidade transparece, por exemplo, na inesquecível descrição de Congonhas do Campo e da Igreja do Bom Jesus de Matosinhos, o que também dá ao Autor a oportunidade de recolher a tradição oral sobre a vida de Aleijadinho e transmitir aos pósteros a visão pejorativa que então se tinha sobre o genial escultor mineiro – da qual Bernardo Guimarães, pela boca do narrador, demonstra partilhar, se bem que não totalmente.

Em termos estritamente linguísticos, é interessante registrar a presença da expressão *punir por* (lutar por, defender) – também encontrada em *Luzia-Homem*, de Domingos Olímpio –, expressão empregada, com idêntico sentido, por João Guimarães Rosa em *Grande sertão*: *veredas* e considerada, por muitos leitores urbanos, como mais uma invenção do genial criador de Riobaldo...

Exercícios

Revisão de leitura

1. Quais os nomes das vacas de D. Umbelina?
2. Como são vistos os profetas de Congonhas do Campo, esculpidos por Aleijadinho?
3. A que congregação pertencem os padres do seminário em que Eugênio estuda?
4. Quais os jogos a que se dedicam os estudantes nas horas de recreio?
5. Em suas intervenções, como o narrador vê o celibato?
6. Onde Margarida grava as iniciais de seu nome e as de Eugênio?
7. Segundo a superstição relatada, em que se transforma a mulher do padre nas noites de sexta-feira?
8. Qual o nome completo de Luciano?
9. Quem é o pregador que impressiona Eugênio com sua eloquência?
10. Quem são Agar e Ismael, a quem o Autor compara Umbelina e Margarida?

Temas para dissertação

1. Vocação profissional: tendência pessoal ou destino social?
2. Os métodos autoritários na família.
3. Eugênio: tragédia religiosa ou produto da prepotência dos pais?
4. A carreira eclesiástica como meio de ascensão social.
5. O celibato eclesiástico: origem histórica e objetivos práticos.
6. O que foi a *Questão Religiosa* e quais os bispos que nela se envolveram?
7. A Igreja no Império.
8. As mudanças na Igreja Católica e no cristianismo no séc. XX.
9. Religião e classes sociais.
10. Religião e atividade política.

SEGUNDA PARTE
REALISMO E NATURALISMO

Contexto histórico

Por volta de meados do século XIX, as nações capitalistas europeias – em particular a Inglaterra e a França – entravam na fase de seu apogeu, passando a dominar praticamente o planeta inteiro, fosse através da ocupação militar e administrativa direta, fosse através do controle comercial e financeiro. Tanto no primeiro como no segundo caso, o objetivo primordial desta dominação era o de criar consumidores para os produtos que a expansão da indústria destas nações europeias lançava no mercado em quantidades cada vez maiores. Tais produtos podiam tanto destinar-se diretamente ao uso ou consumo imediatos quanto representar verdadeiros *pacotes* industriais, como navios, estradas de ferro, armamentos etc. Não raro, inclusive, e com intensidade cada vez maior à medida que aumentava o conhecimento tecnológico e se expandia a acumulação de capital, as exportações podiam ser de máquinas e até pequenas plantas industriais, destinadas elas próprias à fabricação de bens ou ao fornecimento de serviços.

Evidentemente, a quantidade e a natureza dos produtos e serviços exportados para a periferia do sistema central europeu variavam de acordo com os interesses das nações vendedoras e com a capacidade de absorção das nações compradoras. A essência do mecanismo, contudo, era simples e sempre idêntica: as nações compradoras tinham que ter consumidores com certa quantidade de *renda monetária*, isto é, dinheiro, de tal forma que a estes consumidores fosse possível comprar os produtos fabricados pela indústria europeia.

Tomando por base tais elementos, é fácil compreender, no caso da América Latina em geral e do Brasil em particular, os eventos que se sucedem a partir de meados, ou pouco antes, do século XIX. Consolidados os processos de independência político-administrativa das várias unidades nacionais do continente e eliminado o entrave que o sistema colonial ibérico significava para os interesses das nações capitalistas europeias, estas, representadas, fundamentalmente, pela Inglaterra e pela França, passaram a exercer uma influência cada vez maior sobre a América Latina. Esta, à época e mesmo muito tempo depois, resumia-se, para os interesses europeus, à costa – do Atlântico ou do Pacífico – e às suas imediações. De fato, era ali que se encontravam localizados tanto os consumidores dos produtos industriais quanto as regiões produtoras de algumas matérias-primas destinadas à exportação e, em consequência, à obtenção da renda monetária a ser aplicada na compra daqueles produtos.

É assim que, à medida que avança a segunda metade do século, pode ser observado em todos os aglomerados urbanos da costa brasileira (e latino-americana) um processo de relativa modernização, processo este baseado no crescimento da produção de bens para exportação e no consequente aumento das importações, na intensificação do comércio, na sofisticação de determinados serviços (transportes, comunicações, imprensa etc.) e até no aparecimento de alguns surtos, limitados, é claro, de industrialização. Paralelamente a isto, como era natural, ocorrem profundas modificações sociais, políticas e culturais, refletindo as tensões e crises de ajustamento das nações e de seus grupos dirigentes no caminho de integração na periferia do sistema capitalista europeu, que então atingia seu ponto culminante.

O Brasil: a crise do escravismo e a arrancada paulista

A consolidação do Império e a centralização administrativa do país a partir do Rio de Janeiro marchara lado a lado com o estabelecimento da hegemonia da oligarquia cafeeira do Vale do Paraíba do Sul sobre as demais oligarquias regionais. E a base desta hegemonia tinha sido, e em meados do século XIX ainda continuava sendo, a mão-de-obra da escravaria negra. A partir desta época, contudo, esta base começou a ser lentamente solapada, passando, em consequência, a minar a hegemonia da oligarquia do Vale do Paraíba do Sul e o próprio Império. Todo o arcabouço econômico-social que se formara rapidamente ao longo das décadas anteriores começava a perder sustentação, tanto externa quanto internamente.

Externamente, a Inglaterra, cujos navios por cerca de dois séculos tinham transportado milhões de negros para o continente americano, há algum tempo vinha usando de todos os meios para liquidar o estatuto escravista. Esta atitude não era fundamentada em princípios humanitários resultantes de alguma inesperada e intempestiva conversão espiritual dos negociantes ingleses, que no passado haviam acumulado enormes somas de capital com o tráfico negreiro. Seu objetivo era bem menos elevado e bastante simples. Tratava-se de eliminar o quanto antes os bolsões escravistas remanescentes no continente, pois eles funcionavam como um entrave à expansão do florescente capitalismo inglês, que buscava mercados cada vez mais amplos para seus produtos. O sistema escravista, por não funcionar segundo as normas do trabalho assalariado, não proporcionava a circulação da renda monetária, fundamental para a formação de consumidores dos produtos ingleses e europeus em geral.

As pressões inglesas contra o escravismo, que em 1850 levaram à promulgação da Lei Eusébio de Queiroz, pela qual era extinto o tráfico, criaram sérios problemas para a oligarquia do Vale do Paraíba do Sul, pois em consequência a mão-de-obra escrava tornou-se cada vez mais rara e mais cara.

Internamente, por outro lado, pressionados pelo rápido empobrecimento das terras provocado pela aplicação do método tradicional de ocupação e produção (desmatamento, queima, esgotamento e abandono), muitos cafeicultores começaram a avançar, a partir de 1860/70, rumo às férteis terras roxas do oeste do estado de São Paulo. Adaptando-se rapidamente aos novos tempos, os cafeicultores paulistas passaram a utilizar a mão-de-obra assalariada. E, favorecidos pela fertilidade da terra, pela expansão dos mercados consumidores de café no exterior e pela entrada de grandes levas de imigrantes, em particular italianos, puderam acumular em pouco tempo enormes lucros, investindo parte dos mesmos em melhorias técnicas da lavoura, em transportes, instalações comerciais e, nas duas últimas décadas do século, até mesmo em fábricas. Começava a arrancada do capitalismo paulista, cuja importância cresceria extraordinariamente a partir do início do século XX.

Diante destas profundas modificações no país, a oligarquia cafeeira do Vale do Paraíba do Sul tendia a perder rapidamente importância.

O abolicionismo, a campanha republicana e o ocaso do Império

Enquanto no plano econômico se enfraquecia em virtude das pressões inglesas, da decadência de sua base no Vale do Paraíba do Sul e do surgimento de um novo pólo de riqueza e poder em São Paulo, no plano político o Império enfrentava o movimento abolicionista, a campanha republicana e o fortalecimento do Exército.

Com a ativa participação da elite intelectualizada e dos grupos sociais intermediários que ao longo do período imperial haviam crescido consideravelmente nas principais cidades da zona litorânea, as campanhas abolicionista e republicana tinham um objetivo comum: o fim do Império. A intelectualidade progressista e os políticos liberais, influenciados pelos ideais das democracias capitalistas da Europa e dos Estados Unidos, exigiam a eliminação do sistema escravista e do antigo regime e contavam, evidentemente, com a simpatia da Inglaterra. Por outro lado, a jovem oligarquia cafeeira do oeste paulista, cuja importância econômica ainda não conseguira refletir-se no plano político, dominado pela oligarquia do Vale do Paraíba do Sul, foi se colocando aos poucos ao lado das forças sociais reformistas. Além disto, a própria oligarquia do Vale do Paraíba do Sul, que sofria as consequências das leis antiescravistas promulgadas sob pressão inglesa, demonstrava pouco entusiasmo na defesa do antigo regime.

Mais tarde, principalmente a partir do término da guerra do Paraguai – praticamente arrasado com a ativa participação e o declarado apoio da Inglaterra, que não via com bons olhos o surgimento de um incipiente pólo de industrialização autônoma no continente – também o Exército começou a desempenhar um importante papel na evolução dos acontecimentos. Organizado a partir da terceira década do século, o Exército desempenhara papel fundamental na manutenção da integridade territorial e administrativa do país, participando com êxito da repressão aos vários levantes regionais ocorridos no final do I Império e adquirindo progressivamente certa importância. Sua consolidação definitiva, contudo, se dá a partir de sua participação no conflito com o Paraguai. Desta forma, era natural que, ao intensificar-se a campanha republicana na década de 1880, o Exército dela participasse de forma cada vez mais ativa, desejoso de ampliar sua influência e seu poder político.

Assim, quando em 1888 foi decretado o fim do estatuto escravista, estava sendo assinado também o atestado de óbito do II Império e de todo o antigo sistema, pois este perdia sua última e já frágil base de sustentação: a insatisfeita e decadente oligarquia do Vale do Paraíba do Sul. Por isto, como dizem os historiadores, a 15 de novembro de 1889, quando foi proclamada a República, o Império acabou simplesmente porque não havia quase mais ninguém interessado em defendê-lo, com exceção da Igreja e da Armada, que já então pouco representavam diante das novas forças sociais emergentes.

Púrpura e senzalas nos trópicos

Com a decadência da economia açucareira e a extinção das atividades de mineração aurífera, o Rio de Janeiro, como caudatário da expansão do café no Vale do Paraíba do Sul, tornara-se o centro do país a partir das primeiras décadas do século XIX. Se a isto se acrescentar o fato de que é também a partir dali que se amplia e se consolida definitivamente o processo de centralização político -administrativa do país, é fácil compreender por que até 1850/60 o Brasil de então se resumia praticamente à própria cidade do Rio de Janeiro e às suas imediações. À medida, porém, que avança a segunda metade do século, a situação tende a modificar-se e o país passa a atingir a dimensão dos núcleos urbanos próximos do litoral e as zonas de produção agrária localizadas nas regiões próximas.

De um lado, o próprio processo de centralização político-administrativa do país e a importância assumida pela oligarquia do Vale do Paraíba do Sul criavam naturalmente um movimento de integração. Inicialmente, a cidade do Rio de Janeiro assumira extraordinária importância a partir do momento que ali se estabelece a Corte de D. João VI e, depois, o governo do Império, tornando-se um verdadeiro ponto de chegada de correntes migratórias internas de todo tipo, atraídas pelo brilho irresistível da Corte. Posteriormente, contudo, o movimento tendeu a inverter-se, fosse diretamente, pelas consequências do processo de centralização político-administrativa, fosse indiretamente, pela influência que a Corte – isto é, a cidade do Rio de Janeiro – passou a exercer sobre os demais centros urbanos do litoral, em todos os sentidos.

De outro, a intensificação e a modernização dos transportes – ferrovias, navegação de cabotagem – e das comunicações, o desenvolvimento da imprensa e do sistema de ensino e o nascimento das Faculdades e Escolas Técnicas colaboravam intensamente para a integração do litoral. Somando-se a isto a progressiva decadência da cafeicultura no Vale do Paraíba do Sul e o surgimento de outros pólos de grande importância econômico-social, como os do oeste paulista e do norte do Maranhão, era inevitável que a Corte e suas imediações fossem perdendo lentamente importância e cedessem lugar ao Brasil litorâneo como um todo. E é este Brasil litorâneo formado ao longo da era imperial e sob a influência das nações capitalistas europeias – em particular da Inglaterra e da França – que sobreviverá mesmo depois da República por cerca de 40 anos ainda.

Em termos estritamente sociais, o Brasil litorâneo da época do II Império – e, depois, das primeiras décadas da República – compunha um quadro muito complexo, no qual conviviam grupos extremamente heterogêneos não só quanto a classes sociais propriamente ditas mas até quanto a estruturas históricas.

Latifundiários escravistas e capitalistas arrivistas, bacharéis, brancos livres, escravos e operários, libertos e imigrantes europeus, garimpeiros e artesãos, camponeses de todo tipo e funcionários também de todo tipo somavam-se a duques, condes, viscondes e barões de fancaria, formando uma verdadeira salada social nos trópicos, que seria a base do Brasil moderno, industrial e capitalista do século XX.

Desta base complexa e heterogênea restariam, entre outros, dois elementos ideológicos característicos, que podem ser considerados verdadeiros estigmas da sociedade brasileira ainda no presente: um forte e mal disfarçado racismo e a conceituação do trabalho manual como algo indigno.

Elementos ideológicos, aliás, estreitamente relacionados. Afinal, durante cerca de três séculos e particularmente durante o período imperial o escravo negro fora os pés e as mãos do Brasil, como disse Joaquim Nabuco.

O romance: retratos do Brasil litorâneo

No plano das manifestações ideológico-culturais e/ou artísticas, o Brasil do II Império e dos inícios da República caracteriza-se, em termos gerais, pela consolidação definitiva e pelo predomínio quase absoluto de uma visão de mundo dependente e colonizada. Através desta, as elites do litoral procuravam de todas as formas identificar-se com suas congêneres das grandes nações capitalistas europeias e tendiam, portanto, a considerar desinteressante e sem valor tudo o que não se enquadrasse nos moldes e valores importados do Velho Mundo. É claro que tal concepção não se limitava a ser uma cópia sem sentido, possuindo, pelo contrário, uma extrema funcionalidade social internamente. Pois era através deste processo de busca da identificação com as elites europeias que a classe dirigente branca do litoral – e em particular do Rio de Janeiro – procurava demonstrar e fortalecer sua superioridade racial, social e econômica – e legitimar seu poder no contexto de uma sociedade escravista, mestiça, quase completamente iletrada e não raro miserável.

Evidentemente, as gritantes contradições tendiam, apesar de todo o esforço em contrário, a aflorar e é surpreendente, por exemplo, ler os discursos e ensaios – um tanto limitados em termos históricos amplos, é claro, mas extremamente frios e objetivos – de Joaquim Nabuco ou o poema *Pedro Ivo*, de Álvares de Azevedo, que é um violento panfleto libertário e antiimperialista. No conjunto, porém, tais manifestações não passavam de exceções à regra geral de uma visão de mundo conservadora, dependente e envernizada pelo brilho da europeização.

O mesmo ocorria no campo das artes como a arquitetura, a escultura, a pintura e a música, cujos parâmetros continuavam sendo as concepções classicizantes da Missão Francesa, acrescidas de um ecletismo não raro desordenado. Se bem que, já na virada do século, a música de Nepomuceno e a pintura de Almeida Júnior demonstrassem, de forma clara, que tais moldes europeizantes não só se haviam esgotado completamente como também eram totalmente inadequados a uma realidade que teimava em resistir ao enquadramento em padrões importados e a ela essencialmente estranhos.

É no âmbito da literatura, contudo, que se pode vislumbrar melhor e de maneira ampla a realidade de um país e de uma sociedade extremamente complexos que não poderiam, à medida que o tempo passasse, ser contidos nos limites estreitos de uma rigidez social ultrapassada e de uma visão de mundo europeizada e deslocada, própria das elites litorâneas.

Se a lírica e o teatro pouco apresentam de realmente importante, a ficção – fundamentalmente o romance – fornece um amplo, rico e diversificado painel do Brasil de então. Apesar da capital continuar sendo o centro mais importante e para onde tudo convergia ou de onde tudo fluía, os temas abordados e os mundos descritos não se limitam ao Rio de Janeiro de Machado de Assis – o genial e demolidor painelista do Brasil Imperial –, de Aluísio Azevedo ou de Raul Pompéia. Muito menos nascem, idealizados, em gabinetes, como acontecera em boa parte com a obra de José de Alencar. Aliás, é possível afirmar que nas últimas décadas do século, num conjunto de romancistas e de romances de tendências e temáticas dispares entre si, finalmente se materializa, de forma natural e pela própria pressão da realidade, o frustrado projeto ideológico-artístico alencariano de mapear literariamente o país.

Como em outras áreas da produção artística, na ficção também podem ser percebidas aqui e ali certas influências de modelos europeus então em voga. Mas tais influências são apenas incidentais, completamente sem importância e geralmente aparecem em obras de escasso valor, como é o caso da questão do determinismo biológico-social em *A carne*, de Júlio Ribeiro, ou em *O missionário*, de Inglês de Souza. Quando surgem em criações de maior vigor, como em *O cortiço*, de Aluísio Azevedo, tais influências, além de incidentais, destoam do conjunto e muitas vezes parecem não ter qualquer função.

De fato, a realidade histórico-social do país de então era suficientemente forte para impor-se autonomamente, fosse nas grandes obras de temática urbana, como as de Machado de Assis, Aluísio Azevedo, Raul Pompéia e Adolfo Caminha, fosse nas vigorosas criações de temática agrária como as de Manuel de Oliveira Paiva e Afonso Arinos. Além de outros, talvez menos importantes mas não menos significativos, como Franklin Távora e Domingos Olympio.

No conjunto, as obras destes ficcionistas do século XIX são instantâneos, sempre interessantes e não raro magistrais, do Brasil litorâneo de então, que apesar de dominado pela maré montante da Europa branca e burguesa, através deles manifestava, em sua inegável diversidade e heterogeneidade, um vigor histórico indiscutível. Certamente não é um dado gratuito que o aluno incendiário de *O Ateneu*, de Raul Pompéia, se chame Américo e que o próprio colégio arrasado seja o símbolo da falsa erudição importada em conflito com a realidade circundante, na expressão do conhecido ensaísta cubano do século XIX, José Marti, em *Nuestra América*.

Machado de Assis

Quincas Borba
Dom Casmurro
O Alienista

Vida e obra

Joaquim Maria Machado de Assis nasceu no Rio de Janeiro no dia 21 de junho de 1839, sendo filho de Francisco José de Assis e Maria Leopoldina Machado de Assis, agregados em uma chácara pertencente a Maria José de Mendonça Barroso, viúva de um general do Exército e senador do Império. Ainda menino, perdeu a mãe e a única irmã, tendo seu pai casado novamente. Em virtude da falta de condições econômicas da família, Machado de Assis não fez cursos regulares, e passou a trabalhar muito cedo como revisor e tipógrafo. Já em 1855 publicava na *Marmota Fluminense* a poesia "Ela", dando o primeiro passo em uma longa carreira de jornalista, iniciada, a rigor, em 1858, quando começou a escrever regularmente para o *Correio Mercantil*. Pouco depois dava continuidade a esta carreira entrando para o *Diário do Rio de Janeiro*. Em 1864 publica seu primeiro livro, *Crisálidas*, uma coletânea de poemas, e três anos depois é nomeado ajudante do diretor do *Diário Oficial*, iniciando sua carreira de funcionário público, na qual chegaria a primeiro oficial da Secretaria (Ministério) da Agricultura, diretor da Diretoria-Geral do Comércio e diretor da Viação, recebendo honrarias como a elevação, por decreto do Imperador, em 1888, a oficial da Ordem da Rosa. Em 1897 é eleito presidente da Academia Brasileira de Letras, que fora fundada no ano anterior. Em 1904, falece sua esposa, Carolina Augusta Xavier de Novais, com a qual casara em 1869. Licenciando-se como funcionário público em 1908, para tratamento de saúde, Machado de Assis morre pouco depois, no dia 29 de setembro do mesmo ano.

Tendo se dedicado a quase todos os gêneros literários, Machado de Assis deixou uma obra extremamente vasta que abrange o romance, o conto, o teatro, a poesia, a crítica, o ensaio e a crônica. Suas grandes criações literárias, contudo, no entender mais ou menos unânime da crítica, são seus romances e contos. Entre os romances destacam-se *Memórias Póstumas de Brás Cubas* (1881), *Quincas Borba* (1891), *Dom Casmurro* (1899) e *Esaú e Jacó* (1904). Não menos conhecido como contista, na longa lista de obras deste gênero há alguns famosos, como *Missa do galo* e *A cartomante*, por exemplo. Independente de seu enquadramento como romance, novela ou conto, *O alienista* está entre o que de melhor Machado de Assis escreveu na área da ficção.

Como dramaturgo e comediógrafo, sua obra também é bastante ampla, se bem que menos conhecida. De suas peças podem ser citadas *Queda que as mulheres têm para os tolos* (1861), *O caminho da porta* (1862), *Os deuses de casaca* (1865), *Tu, só tu, puro amor* (1881), entre outras. Finalmente, dos ensaios críticos de Machado de Assis o mais conhecido, pelo menos entre os que tratam de temas relativos à literatura, é "Notícia da atual literatura brasileira (Instinto de Nacionalidade)", no qual analisa a produção literária brasileira até a época.

QUINCAS BORBA

Enredo

Debruçado a uma janela de sua casa no bairro do Botafogo, no Rio de Janeiro, Rubião medita sobre o destino, que de simples professor em Barbacena, Minas Gerais, elevara-o a capitalista. Uma série de acontecimentos mais ou menos fortuitos preenchera o espaço entre estes dois pontos fundamentais de sua vida.

Quando ainda em Barbacena, Rubião, então professor de uma escola de meninos, possuía uma irmã viúva, Maria da Piedade. Em determinado momento chega à cidade Joaquim Borba dos Santos, mais conhecido como Quincas Borba, estranha figura de "mendigo, herdeiro inopinado e inventor de uma filosofia". Imediatamente, apaixona-se pela irmã de Rubião mas, apesar do completo apoio deste, é recusado pela viúva, que em seguida morre. Rubião torna-se, então, o único amigo de Quincas Borba, que no passado tivera muitos parentes na cidade, entre os quais um tio, o qual ao morrer deixara-lhe todos os bens. Quando Quincas Borba adoece, seu amigo fecha a escola de meninos para tornar-se seu enfermeiro.

Enquanto cuida do enfermo e ouve deste a exposição dos princípios gerais que norteiam a filosofia da *Humanitas*, na mente de Rubião vai se insinuando aos poucos a ideia de uma possível herança. Na verdade, havia motivos para tal esperança, já que Quincas Borba possuía, além de Rubião, como único amigo um cachorro, ao qual fora dado o mesmo nome do dono.

A tensão de Rubião aumenta progressivamente a partir do momento em que, depois de fazer seu testamento, sem revelar-lhe o conteúdo, Quincas Borba decide viajar para o Rio de Janeiro, onde finalmente morre na casa de seu amigo Brás Cubas. Aberto o testamento, Rubião aparece como herdeiro universal dos bens do falecido, sob uma única condição: a de cuidar do cachorro. Como não vê qualquer dificuldade em cumprir a exigência, Rubião empolga-se com a herança e, sentindo-se seguro e rico, escolhe para lema de sua vida a frase "Ao vencedor, as batatas". Esta frase era de seu amigo falecido, que a usava como fecho de uma parábola que, para ele, continha o resumo de todos os princípios básicos da filosofia da *Humanitas*. Na parábola, duas tribos lutam por um campo de batatas, que significa a sobrevivência de quem o ocupar. E Rubião vê na herança recebida o correspondente às batatas da tribo vencedora.

Assim, também vencedor, parte de trem para o Rio de Janeiro, levando em companhia Quincas Borba, o cachorro. Na estação de

Vassouras sobem ao mesmo vagão Cristiano de Almeida Palha e sua mulher Sofia, com os quais Rubião imediatamente trava conhecimento. Já instalado no Rio de Janeiro, Palha começa sutilmente a insinuar-se na vida de Rubião e este passa a sentir-se atraído por Sofia, o que o levaria ao desastre final.

No momento, contudo, debruçado à janela de sua casa no Bairro do Botafogo, Rubião deixa de meditar sobre os estranhos caminhos de seu destino e vai ver como está Quincas Borba, ao qual, cumprindo rigorosamente o testamento, dedica cuidados especiais. Isto não impede, contudo, que, em certa ocasião, prenunciando o descaso a que o relegaria aos poucos, lhe aplique um pontapé, atitude que é símbolo das transformações que começam a afetar o protagonista.

De fato, à medida que o tempo passa, a cidade vai tecendo em volta do ex-professor a teia da qual não poderá mais livrar-se e que o levará à destruição.

Os abalos que atingem Rubião procedem, essencialmente, de dois lados: o amor, personificado na bela Sofia, e o poder, representado por Camacho. A atração que Sofia lhe despertara no primeiro encontro, em Vassouras, permanece gravada em sua alma. A tal ponto que, por ocasião de uma festa na casa de Palha, Rubião, sem medir consequências, vai com ela para o jardim e, sob o luar da noite, declara-lhe seu amor. Sofia adota uma posição ambígua diante do fato inesperado. De um lado fica satisfeita e, de outro, assusta-se, uma vez que pretende manter intacta a imagem de fidelidade ao marido. Logo que pode conta ao marido o acontecido e propõe o rompimento de relações com Rubião – mas sem muita convicção. Palha é invadido por sensações contraditórias. Contudo, seus interesses econômicos acabam prevalecendo. Aos poucos, marido e mulher tornam-se cúmplices com o objetivo comum de explorar Rubião.

Agindo por impulsos, sem qualquer racionalidade, Rubião não tem condições de administrar a grande fortuna que herdara por obra do acaso. Sua casa torna-se um antro de parasitas, entre os quais desponta Camacho, um político fracassado, que edita o jornal *Atalaia*, veículo de promoção pessoal e manipulação da opinião pública. Rubião se deslumbra e começa a sonhar com o poder. Camacho, habilmente, usa tal deslumbramento para obter vantagens e consegue fazer de Rubião um dos sócios de seu jornal.

O amor e o poder tornam-se miragens que espreitam Rubião à margem de um precipício. Sofia apaixona-se por Carlos Maria, figura típica de galanteador, e Rubião passa a ver nele seu rival. Os sonhos de ascensão política com que acenava Camacho terminam obviamente em nada e Palha, depois de aproveitar-se do dinheiro de Rubião, desfaz a sociedade que com ele montara. Enquanto a fortuna herdada de Quincas Borba se evapora e a insanidade começa a tomar conta da mente do protagonista, em torno deste a vida segue seu ritmo. Indiferente à tragédia, Carlos Maria acaba casando com Maria Benedita, uma prima de Sofia. Tonica, a eterna solteirona, que uma vez tentara aproximar-se de Rubião, consegue encontrar um noivo, mas este morre três dias antes do casamento. Os negócios de Palha progridem a olhos vistos, e ele passa a formar, com Sofia, um casal rico e elegante, em cuja casa reúne-se a melhor sociedade da época. E os ministérios sobem e caem, alimentando e fraudando sonhos políticos. O mundo segue seu curso.

Paralelamente, os delírios de Rubião tornam-se cada vez mais graves e prolongados. Certa ocasião, manda vir da França os bustos de Napoleão I e III, passando a identificar-se com o último. Diante da notoriedade adquirida pela loucura do ex-sócio, Palha vê-se obrigado a arranjar-lhe uma casa junto ao mar, na qual Rubião passa a morar em companhia do cachorro e de um empregado. O cachorro – no qual um dia pensara encontrar-se a alma do outro Quincas Borba, o falecido filósofo que lhe legara a herança – permanecera a seu lado, apesar do descaso a que aos poucos fora relegado.

Depois de algum tempo, Rubião é recolhido a uma casa de saúde. Certo dia, manda chamar Palha e lhe comunica, num momento de extrema lucidez, que resolvera deixar o local. Em seguida desaparece, reaparecendo em Barbacena, acompanhado do cachorro e repetindo incansavelmente: "Ao vencedor, as batatas". Faminto e febril, é recolhido, juntamente com o cachorro, por uma sua comadre, em cuja casa vem a falecer. Antes, porém, durante a agonia, "pegou em nada, levantou nada e cingiu nada", para coroar-se imperador e repetir ao meio o aforismo de seu mestre: "Ao vencedor..." Logo a seguir o cachorro adoece também e três dias depois amanhece morto na rua.

Enquanto isto, no alto dos céus, as estrelas continuavam indiferentes ao destino dos homens.

Personagens principais

Rubião – Indiscutível personagem central do romance, apesar do título deste, Rubião pode ser considerado como produto do acaso, do que resultam seu caráter indefinido e obscuro e sua perplexidade diante da realidade. Não tendo noção exata de como funciona o mundo, age por impulsos e sem coordenação, deixando-se levar pelos acontecimentos. Sua passagem fulminante de "professor de meninos" em Barbacena a "capitalista", como ele próprio se denomina, termina tragicamente, pois não tem as mínimas condições necessárias para enfrentar o salto social tornado possível pela riqueza inesperada. Sua ingenuidade, adequada em Barbacena, transforma-se em algo como pretensão descabida na Corte, sendo então envolvido e, finalmente, destruído pelo mundo que o cerca.

A incapacidade básica de Rubião entender o mundo transparece muito claramente no fato de nem chegar a perceber exatamente o sentido do aforismo de seu mestre – "Ao vencedor, as batatas" – e na sua tendência de sonhar com coisas inatingíveis, do que a paixão por Sofia é o melhor exemplo.

Joaquim Borba dos Santos – Quincas Borba, o filósofo, ocupa reduzidíssimo espaço no conjunto da narração mas sua sombra se projeta continuamente sobre todo o romance. Personagem que oscila entre a grandeza e o ridículo, não é afetado, talvez por já ser rico, é claro, pelo desejo de ascensão social e procura explicar o mundo através de sua filosofia, baseada no princípio da *Humanitas*, levando-o ao extremo, a ponto de tratar seu cachorro como se fosse uma pessoa e dar-lhe seu próprio nome. Aliás, a rigor, quem recebe a herança é o cachorro e não Rubião, seu depositário. Diante da morte, não entra em pânico, aceitando-a naturalmente, e diante da incapacidade de Rubião compreender suas teorias, também não se aflige, comportando-se como se sua verdade lhe bastasse.

Sofia – Vista às vezes como uma mulher de grande maldade, capaz de manobrar Rubião e demais pessoas que a cercam, no conjunto da obra Sofia aparece antes como personagem frágil, contraditória e incapaz de manter um comportamento coerente que não seja o de nova rica ansiosa por aparecer socialmente. A idealização de que é alvo por parte de Rubião não tem nada a ver com seu caráter de arrivista deslumbrada, ansiosa pelo reconhecimento da opinião pública e pelo prestígio daí decorrente. Rubião sonha com ela, que, por sua vez, sonha com Carlos Maria. Conhecendo instintivamente as leis sociais, contudo, aceita ser guiada por Palha e, renunciando a qualquer comportamento verdadeiramente autônomo em termos pessoais, chega a liderar a "Comissão das Alagoas", na qual, como "anjo de consolação" ao lado de "estrelas de primeira grandeza", atinge o ápice de sua trajetória social.

Palha – O perfeito homem de negócios. Administra seus bens com inteligência, nunca esquecendo que manter as aparências também é fundamental. Um pequeno capital inicial, um casamento socialmente bem-sucedido e relações influentes são a base a partir da qual opera com sucesso seus negócios mais ou menos honestos. A rigor, não chega a enganar diretamente Rubião. A ingenuidade e a total falta de controle deste é que favorecem inesperadamente seus planos de ascensão social, permitindo que sejam executados muito rapidamente. Um dos traços mais curiosos de seu caráter é o prazer que sente em exibir sua mulher publicamente, talvez como prova de posse, talvez como sinal de um desvio de comportamento sexual, sutil mas claramente insinuado pelo narrador.

Camacho – O mais notável dos parasitas que cercam Rubião, cujas ilusões políticas alimenta, explorando-o sem qualquer disfarce e sem piedade. Encarna, como jornalista e aproveitador sem escrúpulos, o papel manipulador da imprensa da época, que aparece no romance como um veículo privilegiado de promoção pessoal de parasitas habilidosos.

Carlos Maria – Protótipo do tipo urbano que já sedimentou ao longo das gerações sua posição social, faz de seu pedantismo e afetação armas que lhe conquistam admiração e prestígio. Sem uma personalidade forte, guia-se pelo que é correto socialmente e jamais comete erros, como bem o demonstra seu comportamento em relação a Sofia.

Maria Benedita e Tonica – Tipos que caracterizam, por oposição, o papel da mulher casada e da mulher solteira na sociedade do II Império, devendo-se observar, contudo, que são diversas as classes sociais a que pertencem. Maria Benedita, favorecida por suas posses, atinge o ideal social de toda mulher da época ao passo que Tonica amarga a trágica solidão da solteirona num mundo em que o papel da mulher sem grandes posses circunscrevia-se à vida doméstica.

Dona Fernanda – Imponente figura de matrona clássica, limitada ao papel da mulher no mundo em que vive mas capaz de, pelo peso da tradição que representa e pela experiência de vida, surgir como uma espécie de contraponto a Sofia, arrivista, deslumbrada e frágil.

O cachorro – Possivelmente o animal mais famoso de toda a ficção brasileira, Quincas Borba está presente ao longo de toda a obra. Para Rubião, ele representa uma espécie de encarnação do filósofo falecido, o que torna sua presença incômoda. Por outro lado, o animal parece representar os valores que as personagens humanas já perderam: a fidelidade e a constância. Do que é prova sua morte, poucos dias após o falecimento de Rubião, em Barbacena.

Estrutura narrativa

Em 201 capítulos, alguns dos quais não vão além de poucas linhas, *Quincas Borba* apresenta a trajetória geográfica, econômica e social de Rubião, o ingênuo "professor de meninos" de Barbacena (Minas Gerais) que passa a capitalista na Corte (Rio de Janeiro). O romance é narrado em terceira pessoa por um narrador onisciente que a si próprio se identifica como sendo o autor de *Memórias póstumas de Brás Cubas* – isto é, o próprio Machado de Assis – e as ações começam a se desenrolar em Barbacena, a partir de 1867, deslocam-se logo em seguida para o Rio de Janeiro para, finalmente, encerrarem-se alguns anos depois no mesmo local em que se haviam iniciado.

Comentário crítico

Unanimemente considerado como uma das obras-primas da ficção brasileira e colocado em destaque entre as cinco principais obras de Machado de Assis – ao lado de *Memórias póstumas de Brás Cubas*, *Dom Casmurro*, *Esaú e Jacó* e *O alienista Quincas Borba* nunca deixou de estar em evidência ao longo de quase um século de sua publicação, enfrentando, assim, as vicissitudes críticas comuns à obra machadiana.

Diante da inegável importância da ficção de Machado de Assis e de sua *fluidez*, que recusa qualificativos e teorias e, não raro, monta armadilhas para análises que pretendem ser totalizantes, a crítica, ao longo do tempo, reagiu das mais variadas formas. Alguns censuraram em Machado a falta de um compromisso mais direto com a realidade, posição que, de pernas para o ar, acabou na visão, muito em voga até recentemente, segundo a qual sua obra possuía tal *universalidade* que tornava impossível referi-la a um contexto histórico. Outros, numa posição que também fez fortuna, destacaram na obra machadiana a atmosfera de *humour*, nascido de uma fusão de tristeza e enfado diante da vida. Este seria o Machado de Assis *filósofo*.

A visão biografista, aplicada a outros romancistas da época, também atingiu o autor de *Quincas Borba*. Ao tentar explicar a obra a partir da vida do autor, o biografismo, no caso de Machado de Assis, chegou ao extremo de considerar seu *humour*, o já citado desencanto diante da vida que transparece em suas obras, como resultado de sua recusa em assumir a condição de mulato. Neste sentido, a visão de mundo presente na obra machadiana seria o produto de um desejo intenso, frustrado em virtude da barreira representada pela consciência da própria cor, de arianização social e branqueamento ideológico. Como em todos os casos, tal interpretação biografista não vai além de uma observação sobre o *autor* – que pode até ser verdadeira mas que é sempre dispensável – e nada diz especificamente sobre a *obra*.

Nas últimas décadas, a crítica machadiana tendeu a tomar outra direção, orientando-se decididamente no sentido de uma análise profunda da obra em si e dando especial atenção aos elementos históricos e sociais nela contidos. E então não foi difícil perceber que, ao contrário do que faziam supor muitas posições críticas até ali sustentadas, Machado de Assis apresenta com extrema profundidade e de maneira bastante explícita a sociedade carioca das últimas décadas do século XIX, expondo claramente sua estrutura de classes e seus mecanismos de poder.

Nos últimos anos, esta visão histórica da obra machadiana acentuou-se ainda mais. Assim, nesta perspectiva, a incapacidade de ação, o pessimismo existencial, a crise de identidade e mesmo a loucura que caracterizam as personagens mais importantes do mundo ficcional de Machado de Assis seriam o símbolo de um país econômica e culturalmente dependente e dirigido por uma elite colonizada e sem perspectivas históricas diante da maré montante do liberalismo industrial/capitalista europeu, que minara, ao longo da segunda metade do século, a última das grandes formações sociais escravistas do planeta.

Como se pode observar, a própria diversidade das interpretações dá bem a medida daquela que talvez possa ser considerada a mais importante das características do mundo ficcional de Machado de Assis e da galeria de suas grandes personagens: o caráter esquivo e ambíguo que parece exigir e, ao mesmo tempo, repelir todos os enquadramentos teóricos.

No que diz respeito a *Quincas Borba*, as análises mais recentes tendem a centrar sua atenção sobre a trajetória social da personagem central, Rubião, o que possibilita valorizar adequadamente a minuciosa e profunda, se bem que sutil, descrição que Machado de Assis faz da sociedade brasileira do II Império e, de forma mais específica, da sociedade do Rio de Janeiro da segunda metade do século XIX. Deixando de lado ou reduzindo em importância questões que haviam se tornado verdadeiros lugares-comuns em qualquer discussão sobre o romance – como, por exemplo, o *pessimismo* do autor/narrador, os *princípios filosóficos* de Quincas Borba e a *maldade* de Sofia –, modernamente procura-se mostrar que a valorização exacerbada de certos elementos extraídos do contexto geral da obra leva a verdadeiras armadilhas teóricas que se estendem indefinidamente, não dão resultados concretos e, pior, desviam a atenção dos temas verdadeiramente essenciais.

Nesta perspectiva, a descrição da sociedade brasileira – isto é, o Rio de Janeiro – do II Império e a exposição de certos mecanismos que a faziam funcionar não são menos importantes que a história pessoal do protagonista. Pelo contrário, é até possível dizer que a trajetória de Rubião, o professor que, por um golpe de sorte, tornara-se capitalista, é uma espécie de argumento utilizado por Machado de Assis para justificar a necessidade de expor o todo social. De fato, a ingenuidade e o despreparo de Rubião se revelam a partir do momento em que, rico por obra do acaso, decide viver na Corte e tornar-se socialmente tão importante quanto era economicamente. Neste confronto, Rubião é destruído pelos mais hábeis, numa comprovação irônica das teorias de seu grande mestre-filósofo, Joaquim Borba dos Santos. Inversamente, contudo, o protagonista pode ser visto como um vencedor à revelia, pois sua loucura e morte desvelam as leis fundamentais que regem a sociedade que o destrói: a mentira e o parasitismo social e econômico. Leis, aliás, das quais ele próprio é produto e possui certa consciência, pois no momento em que se sabe provável herdeiro de uma grande fortuna mostra-se disposto até a trapacear para não perdê-la.

Como na parábola de seu mestre a respeito das tribos em luta pelo campo de batatas, ele é, simplesmente, o menos hábil. Daí resulta sua destruição.

Exercícios

Revisão de leitura

1. Qual o fato que dá início à trajetória geográfica, econômica e social do protagonista?

2. Qual a teoria filosófica de Joaquim Borba dos Santos e de que forma é ela exposta?

3. Por que Rubião tem medo de que Joaquim Borba dos Santos seja considerado louco?

4. Que diz o testamento a respeito do cachorro?

5. Que aspiração possui Rubião ao deixar Barbacena?

6. Como se desenrola o encontro inicial entre Rubião, Palha e Sofia?

7. Que faz Rubião com o dinheiro da herança? Em que negócios o investe e que resultado obtém?

8. Qual o ato meritório praticado por Rubião e que faz com que ele apareça no jornal?

9. Qual o significado exato, na parábola contada pelo filósofo Quincas Borba, da expressão "Ao vencedor, as batatas"?

10. O que é a famosa "Comissão das Alagoas"?

Temas para dissertação

1. Os princípios fundamentais da doutrina filosófica da *Humanitas*.

2. Quincas Borba, filósofo incompreendido ou louco?

3. A amizade pelos animais: bondade ou necessidade dos solitários?

4. Rubião no Rio de Janeiro: vítima dos mais hábeis.

5. O casamento de Palha e Sofia como um acordo para ascender socialmente.

6. O Rio de Janeiro descrito em *Quincas Borba*.

7. Maria Benedita e Tonica: o destino das mulheres sem profissão fora do lar.

8. Trabalho e parasitismo em *Quincas Borba*.

9. A pequenez do homem diante da imensidão do universo (v. as frases finais do romance).

10. A morte de Rubião.

DOM CASMURRO

Enredo

Vivendo no Engenho Novo, um subúrbio da cidade do Rio de Janeiro, quase recluso em sua casa, construída segundo o molde da que fora a de sua infância, na Rua de Matacavalos, Bento de Albuquerque Santiago, com cerca de 54 anos, conhecido pela alcunha de Dom Casmurro por seu gosto pelo isolamento, decide escrever sua vida.

Alternando a narração dos fatos passados com a reflexão sobre os mesmos no presente, o protagonista/narrador informa ter nascido em 1842 e ser filho de Pedro de Albuquerque Santiago e de D. Maria da Glória Fernandes Santiago. O pai, dono de uma fazendola em Itaguaí, mudara-se para a cidade do Rio de Janeiro por volta de 1844, ao ser eleito deputado. Alguns anos depois falece e a viúva, preferindo ficar na cidade a retornar a Itaguaí, vende a fazendola e os escravos, aplica seu dinheiro em imóveis e apólices e passa a viver de rendas, permanecendo na casa de Matacavalos, onde vivera com o marido desde a mudança para o Rio de Janeiro.

A vida do protagonista/narrador transcorre sem maiores incidentes até a "célebre tarde de novembro" de 1857, quando, ao entrar em casa, ouve pronunciarem seu nome e esconde-se rapidamente atrás da porta. Na conversa entre sua mãe e o agregado José Dias, que morava com a família desde os tempos de Itaguaí, Bentinho, como era então chamado, fica sabendo que sua mãe se mantém firme na intenção de colocá-lo no seminário a fim de seguir a carreira eclesiástica, segundo promessa que fizera a Deus caso tivesse um segundo filho varão, já que o primeiro morrera ao nascer.

Bentinho, que há muito tinha conhecimento das intenções de sua mãe, sofre violento abalo, pois fica sabendo que a reativação da promessa, que parecia esquecida, devia-se ao fato de José Dias ter informado D. Glória a respeito de seu incipiente namoro com Capitolina Pádua, que morava na casa ao lado. Capitu, como era chamada, tinha então catorze anos e era filha de um tal de Pádua, burocrata de uma repartição do Ministério da Guerra. A proximidade, a convivência e a idade haviam feito com que os dois adolescentes criassem afeição um pelo outro. D. Glória, ao saber disto, fica alarmada e decide apressar o cumprimento da promessa. Os planos de Capitu, informada do assunto, e Bentinho para, com a ajuda de José Dias, impedir que D. Glória cumprisse a decisão ou que, pelo menos, a adiasse, fracassam. Como último recurso, o próprio Bentinho revela à mãe não ter vocação, o que também não a faz voltar atrás. Tio Cosme, um viúvo, irmão de D. Glória e advogado aposentado, que vivia na casa desde que seu cunhado falecera, e a prima Justina, também viúva, que, há muitos anos, morava com a mãe de Bentinho, procuram não se envolver no problema. Assim, a última palavra fica com D. Glória, que, com o apoio do padre Cabral, um amigo de Tio Cosme, decide finalmente cumprir a promessa e o envia ao seminário, prometendo, contudo, que se dentro de dois anos não revelasse vocação para o sacerdócio estaria livre para seguir outra carreira. Antes da partida de Bentinho, este e Capitu juram casar-se.

No seminário, Bentinho conhece Ezequiel de Sousa Escobar, filho de um advogado de Curitiba. Os dois tornam-se amigos e confidentes. Em um fim de semana em que Bentinho visita D. Glória, Escobar o acompanha e é apresentado a todos, inclusive a Capitu. Esta, depois da partida de Bentinho, começara a frequentar assiduamente a casa de D. Glória, do que nascera aos poucos grande afeição recíproca, a ponto de D. Glória começar a pensar que se Bentinho se apaixonasse por Capitu e casasse com ela a questão da promessa estaria resolvida a contento de todos, pois Bentinho, que a quebraria, não a fizera, e ela, que a fizera, não a quebraria.

Enquanto isto, Bentinho continuava seus esforços junto a José Dias, que, tendo fracassado em seu plano de fazê-lo estudar medicina na Europa, sugeria agora que ambos fossem a Roma pedir ao Papa a revogação da promessa. A solução definitiva, contudo, partiu de Escobar. Segundo este, D. Glória prometera a Deus dar-lhe um sacerdote, mas isto não queria dizer que o mesmo deveria ser necessariamente seu filho. Sugeriu então que ela adotasse algum órfão e lhe custeasse os estudos. D. Glória consultou o padre Cabral, este foi consultar o bispo e a solução foi considerada satisfatória.

Livre do problema, Bentinho deixa o seminário com cerca de 17 anos e vai a São Paulo estudar, tornando-se, cinco anos depois, o advogado Bento de Albuquerque Santiago. Por sua parte, Escobar, que também saíra do seminário, tornara-se um comerciante bem-sucedido, vindo a casar com Sancha, amiga e colega de escola de Capitu. Em 1865, Bento e Capitu finalmente casam-se, passando a morar no bairro da Glória. O escritório de advocacia progride e a felicidade do casal seria completa não fosse a demora em nascer um filho. Isto faz com que ambos sintam inveja de Escobar e Sancha, que tinham tido uma filha, batizada com o nome de Capitolina. Depois de alguns anos, nasce Ezequiel, assim chamado para retribuir a gentileza do casal de amigos, que dera à filha o nome da amiga de Sancha.

Ezequiel revela-se muito cedo uma criança inquieta e curiosa, tornando-se a alegria dos pais e servindo para estreitar ainda mais as relações de amizade entre os dois casais. A partir do momento em que Escobar e Sancha, que moravam em Andaraí, resolvem fixar residência no Flamengo, a convivência entre as duas famílias torna-se completa e os pais chegam a falar na possibilidade de Ezequiel e Capituzinha, como era chamada a pequena Capitolina, virem a se casar.

Em 1871 Escobar, que gostava de nadar, morre afogado. No enterro, Capitu, que amparava Sancha, olha tão fixamente e com tal expressão para Escobar morto que Bento fica abalado e quase não consegue pronunciar o discurso fúnebre. A perturbação, contudo, desaparece rapidamente. Sancha retira-se em seguida para a casa dos parentes no Paraná, o escritório de Bento continua a progredir e a união entre o casal segue crescendo. Até o momento em que, cerca de um ano depois, advertido pela própria Capitu, Bento começa a perceber as semelhanças de Ezequiel com Escobar. À medida que o menino cresce, estas semelhanças aumentam a tal ponto que em Ezequiel parece ressurgir fisicamente o velho companheiro de seminário. As relações entre Bento e Capitu deterioram-se rapidamente. A solução de colocar Ezequiel num internato não se revela eficaz, já que Bento não suporta mais ver o filho, o qual, por sua vez, se apega a ele cada vez mais, tornando a situação ainda mais crítica.

Num gesto extremo, Bento decide suicidar-se com veneno, colocado numa xícara de café. Interrompido pela chegada de Ezequiel, altera intempestivamente seu plano e decide dar o café envenenado ao filho mas, no último instante, recua e em seguida desabafa, dizendo a Ezequiel que não é seu pai. Neste momento Capitu entra na sala e quer saber o que está acontecendo. Bento repete que não é pai de Ezequiel e Capitu exige que diga por que pensa assim. Apesar de Bento não conseguir expor claramente suas ideias, Capitu diz saber que a origem de tudo é a casualidade da semelhança, argumentando em seguida que tudo se deve à vontade de Deus. Capitu retira-se e vai à missa com o filho. Bento desiste do suicídio.

Bento retira-se para o Engenho Novo. Ali, certo dia, recebe a visita de Ezequiel de Albuquerque Santiago, que era então a imagem perfeita de seu velho colega de seminário. Capitu morrera e fora enterrada na Europa. Ezequiel permanece alguns meses no Rio e depois parte para uma viagem de estudos científicos no Oriente Médio, já que era apaixonado da arqueologia. Onze meses depois morre de uma febre tifoide em Jerusalém e é ali enterrado.

Mortos todos, familiares e velhos conhecidos, Bento/Dom Casmurro fecha-se em si próprio, mas não se isola e encontra muitas amigas que o consolam. Jamais, porém, alguma delas o faz esquecer a primeira amada de seu coração, que o traíra com seu melhor amigo. Assim quisera o destino. E para esquecer tudo, nada melhor que escrever, segundo decide, uma *História dos subúrbios* do Rio de Janeiro.

Personagens principais

Bentinho/Dom Casmurro – Dividido entre a saudade da juventude irrecuperável e a meditação sobre seu caminho existencial, Bento Santiago ora manifesta certa condescendência diante do espetáculo do mundo, apreciando certos prazeres da vida, ora demonstra seu desencanto em reflexões melancólicas sobre a realidade. Este último sentimento, que domina a fase de maturidade do protagonista/narrador, acaba dando o tom a todo o romance. Consciente de sua ingenuidade no passado, não exacerba seu pessimismo e se mantém num equilíbrio filosófico que lhe permite assimilar as lições da vida e viver com certa paz interior. Em termos estritamente pessoais, Bento Santiago é um homem que pagou o preço de sua existência e aparou o suficiente os golpes do destino para poder ordenar a realidade e manter sua identidade. Em termos sociais, é o membro de uma classe superior para quem tudo se resume, na vida, em saber salvar as posses e as aparências, o que, em última instância, é a mesma coisa.

Capitu – Mudando de classe social através das armas da inteligência e da sensualidade, Capitu, com seus "olhos de cigana oblíqua e dissimulada", se perde para o protagonista/narrador em virtude de um autocontrole pouco desenvolvido, isto é, em virtude de não submeter-se aos limites impostos pela condição social a que ascendera. Mostra-se capaz de envolver Bentinho mas incapaz de dominar o mundo em que passa a integrar-se após seu casamento. Seu destino é ser "expurgada" do grupo.

Escobar – Com um perfil pouco desenvolvido no romance, Escobar é, em síntese, um homem de ação, pouco dado a especulações sobre o mundo. Sua carreira de comerciante e seu gosto pelo esporte – que o leva à morte – o contrapõem a Bento Santiago. É uma personagem simples e linear, o que o configura como um perfeito *parceiro de traição.*

Sancha – Mais limitada e menos vital que Capitu, Sancha é seu oposto, como fica claro no fugaz incidente com Bento Santiago, quando ela se recusa a dar o passo que a levaria além dos limites impostos à sua condição de mulher casada.

D. Glória – Uma *boa criatura*, descendente de famílias tradicionais da aristocracia mineira e paulista, D. Glória se atém rigidamente às normas do grupo social e, apesar de ser ainda bela e jovem ao tornar-se viúva, recusa qualquer outro tipo de ligação com homens, dedicando-se às tarefas de administrar os bens, cuidar do lar e educar o filho. Como diz o protagonista/narrador, "teimava em esconder os saldos da juventude, por mais que a natureza quisesse preservá-la da ação do tempo". É a figura clássica da matrona ilibada e inatacável.

José Dias – Amante dos superlativos e da bajulação, as convicções de José Dias oscilam de acordo com os interesses dos membros da família a que se agregara. Nesta personagem, Machado de Assis traça um perfil magistral de um grupo social típico da sociedade escravocrata brasileira do século XIX: o homem livre mas sem posses, que, tanto por seu próprio interesse quanto por interesse da classe proprietária, integra-se em um clã e perde a própria identidade em troca dos favores que o mantêm vivo, livre e desfrutando de certo *status* social.

Padre Cabral – Apesar de ocupar um lugar discreto na obra, o padre Cabral encarna, claramente, a Igreja como instituição, como um núcleo de poder que, em plano secundário mas com certa importância, caracterizava a sociedade brasileira do século XIX, particularmente antes da República, a partir da qual separaram-se Igreja e Estado.

Estrutura narrativa

Em 218 capítulos, geralmente bastante curtos, *Dom Casmurro* é a narração, feita em primeira pessoa pelo próprio protagonista, da vida de Bento de Albuquerque Santiago, o Bentinho. A trajetória existencial recomposta vai do ano de 1857 até meados da década de 1890, quando o narrador, já quinquagenário, se debruça sobre o passado, apresentando-o e, ao mesmo tempo, analisando-o à distância, do que resulta uma estrutura narrativa em que se alternam a narração da ação e a reflexão sobre a mesma, ambas tendo por palco o Rio de Janeiro da segunda metade do século XIX.

Comentário crítico

Unanimemente considerada como uma das obras-primas da ficção brasileira e colocada em destaque entre as cinco principais obras de Machado de Assis – ao lado de *Quincas Borba*, *Memórias Póstumas de Brás Cubas*, *Esaú e Jacó* e *O Alienista* – *Dom Casmurro* nunca deixou de estar em evidência ao longo de quase um século de sua publicação, enfrentando, assim, as vicissitudes críticas comuns à obra machadiana.

Diante da inegável importância da ficção de Machado de Assis e de sua *fluidez*, que recusa qualificativos e teorias, e não raro monta armadilhas para análises que pretendam ser totalizantes, a crítica, ao longo do tempo, reagiu das mais variadas formas. Alguns censuraram em Machado de Assis a falta de um compromisso mais direto com a realidade, posição que, de pernas para o ar, acabou na visão, muito em voga até recentemente, segundo a qual sua obra possuía tal *universalidade* que tornava impossível referi-la a um contexto histórico determinado. Outros, numa posição que também fez fortuna, destacaram na obra machadiana a atmosfera de *humour*, nascido de uma fusão de tristeza e enfado diante da vida. Este seria o Machado de Assis "filósofo".

A visão biografista, aplicada a outros romancistas de sua época, também atingiu o autor de *Quincas Borba*. Ao tentar explicar a obra a partir da vida do autor, o biografismo, no caso de Machado de Assis, chegou ao extremo de considerar seu *humour*, o desencanto diante da vida que transparece em suas obras, como resultado de sua recusa em assumir a condição de mulato. Neste sentido, a visão de mundo presente na obra machadiana seria o produto de um desejo intenso, frustrado em virtude da barreira representada pela consciência da própria cor, de arianização social e branqueamento ideológico.

Como em todos os casos, tal interpretação biografista não vai além de uma observação sobre o *autor*, que pode até ser verdadeira mas que é sempre dispensável – e nada diz especificamente sobre a *obra*.

Nas últimas décadas, a crítica machadiana tendeu a tomar outra direção, orientando-se decididamente no sentido de uma análise profunda da obra em si e dando especial atenção aos elementos históricos nela contidos. E então não foi difícil perceber que, ao contrário do que faziam supor muitas posições críticas até ali sustentadas, Machado de Assis apresenta com extrema profundidade e de maneira bastante explícita a sociedade carioca e brasileira das últimas décadas do século XIX, expondo claramente sua estrutura de classes e seus mecanismos de poder.

Em anos recentes, esta visão histórica da obra machadiana acentuou-se ainda mais. Assim, nesta perspectiva, a incapacidade de ação, o pessimismo existencial, a crise de identidade e mesmo a loucura que caracterizam as personagens mais importantes do mundo ficcional de Machado de Assis seriam o símbolo de um país econômica e culturalmente dependente e dominado por uma elite colonizada e sem perspectivas históricas diante da maré montante do liberalismo industrial/capitalista europeu, que minara, ao longo da segunda metade do século, a última das grandes formações sociais escravistas do planeta.

Como se pode observar, a própria diversidade das interpretações dá bem a medida daquela que talvez possa ser considerada a mais importante das características do mundo ficcional de Machado de Assis e da galeria de suas grandes personagens: o caráter esquivo e ambíguo que parece exigir e, ao mesmo tempo, repelir todos os enquadramentos teóricos.

Se o exposto pode ser considerado verdadeiro no que se refere à obra de Machado de Assis como um todo, o é muito mais ainda em relação a *Dom Casmurro*. De todos os romances do Autor, este é, com certeza, o mais *popular*, seja no sentido de ser, possivelmente, o mais lido, seja no sentido de abordar um *tema popular*, do que deve resultar, aliás, sua capacidade de atingir um universo mais amplo de leitores. De fato, *Dom Casmurro* é a *história de uma traição*. É evidente que a obra é bem mais complexa do que pode fazer supor tal afirmação, mas é inegável também que o núcleo essencial do enredo, isto é, dos fatos narrados, é formado pela existência de um triângulo amoroso e pelas consequências daí resultantes.

Como era natural, além de cair no agrado do grande público leitor, o casal de protagonistas, Bentinho e Capitu, tornou-se, ao longo do tempo, um dos centros de atenção das análises feitas pela crítica a respeito de *Dom Casmurro*, a tal ponto que, em alguns casos, o romance ficou reduzido a uma única questão: Capitu traiu ou não traiu? Sob este ponto de vista, *Dom Casmurro* passou a ser não *a história de uma traição* – afirmação sem dúvida abonada pelo texto – mas a *história da dúvida sobre uma traição*, o que, a partir de uma leitura honesta, é uma evidente e injustificada extrapolação. Para Bento de Albuquerque Santiago, o narrador, não há a mínima dúvida do valor das provas circunstanciais de que dispõe: Ezequiel é filho de Escobar. E o texto não coloca, em momento algum, em questão o valor destas provas circunstanciais, nem de um ponto de vista objetivo – o valor em si das mesmas – nem de um ponto de vista subjetivo – a capacidade de discernimento do protagonista. No texto, Bento de Albuquerque Santiago é antes um ingênuo – por perceber tarde demais o problema – do que um monomaníaco ou um obsessivo. Ele é apresentado, aliás, como um exemplo perfeito de normalidade, segundo se pode deduzir de sua vida posterior à morte dos que o rodeavam. Afirmações como "o texto é uma visão distorcida, pois é a visão de Bentinho" ou "a narrativa de Capitu seria diferente" são hipotéticos absurdos, a não ser que se queira ver *Dom Casmurro* como uma grande armadilha montada por este mestre da narrativa que é Machado de Assis com o objetivo de divertir-se às custas de seus leitores de todas as épocas.

Seja como for, esta discussão acabou sendo muito justamente relegada a um plano sem importância e a crítica prefere hoje salientar elementos cuja presença no texto é inegavelmente sólida. Em primeiro lugar, retomando o velho tema, nunca abandonado nos estudos sobre *Dom Casmurro*, do *humour* machadiano, procura analisá-lo em outro plano, localizando-o historicamente. Nesta perspectiva, a mistura de serenidade e desencanto perante a vida – encarnada por Bento de Albuquerque Santiago mais do que por qualquer outra personagem de Machado de Assis – deixa de ser apenas um genérico olhar de tristeza lançado sobre a condição humana e passa a símbolo da falta de perspectivas e da decadência de uma elite que, sobre uma estrutura escravista, montara uma paródia aristocrática nos trópicos dominados pelo empuxo avassalador do capitalismo industrial anglo-francês. Sereno mas incapaz de ação, conformado mas pessimista, Bento de Albuquerque Santiago carrega em si o fim de um tempo e, em sua lucidez, vinga-se de todos, a todos sobrevivendo e de todos fazendo o necrológio.

Um necrológio, contudo – e este é o segundo ponto em que insistem análises mais recentes – que é um registro minucioso da sociedade do Rio de Janeiro e, por extensão, do Brasil litorâneo da segunda metade do século passado. Do prosaico dia-a-dia da cidade aos valores culturais então dominantes, das formas de namoro às relações de classe, da estrutura do casamento à estrutura econômica e aos caminhos de ascensão social dentro dela – um dos quais era a carreira eclesiástica –, tudo aí está fixado para a posteridade com o rigor de um gravurista. Com o rigor de um mestre da narrativa realista/naturalista do Ocidente, na qual, sem dúvida, *Dom Casmurro* tem um lugar reservado.

Exercícios

Revisão de leitura

1. Qual foi, em síntese, a vida de Bento de Albuquerque Santiago, o Bentinho, até o momento em que ele resolve escrevê-la?

2. Quais seus parentes mais chegados e qual o papel que os mesmos desempenharam em relação a ele?

3. Como se desenvolveu, em resumo, a relação entre Bentinho e Capitu?

4. Como se poderiam definir a relação e as personalidades de Bentinho e Escobar?

5. Quais os argumentos concretos que o texto oferece a favor da tese do adultério? E contra?

6. Qual o papel desempenhado por Sancha na origem da desconfiança de Bentinho em relação a Capitu?

7. Quais os elementos que a narrativa apresenta em relação à concepção e ao nascimento de Ezequiel? Analise as cenas em que este aparece.

8. Que opiniões tinha Bentinho a respeito das pessoas que com ele conviviam?

9. Qual o papel que a personagem José Dias desempenha no contexto da família de Bentinho?

10. Qual o panorama político e social da época apresentado pelo narrador? Quais eram as principais atividades das personagens centrais? Qual o papel representado pela Igreja?

Temas para dissertação

1. *Dom Casmurro*: a história de um adultério, a meditação sobre a vida ou o romance de uma época?

2. Adultério e traição: problemas de um tempo passado. Ou não?

3. *Dom Casmurro*: o romance da dúvida ou a história de uma certeza?

4. Bentinho e Escobar: dois tipos diferentes.

5. Sancha e Capitu: a observância e a não-observância dos limites impostos pela sociedade.

6. Capitu, personagem feminista?

7. Casamento indissolúvel e convenções sociais.

8. José Dias, o homem livre sem posses numa sociedade escravista.

9. *Dom Casmurro*: a decadência do Rio de Janeiro em fins do século XIX.

10. *Dom Casmurro* e o sentido da vida.

O ALIENISTA

Enredo

As crônicas da vila de Itaguaí dizem que em tempos remotos vivera ali um certo médico, o Dr. Simão Bacamarte, filho da nobreza da terra e o maior dos médicos do Brasil, de Portugal e das Espanhas. Estudara em Coimbra e Pádua. Aos trinta e quatro anos regressou ao Brasil, não podendo el-rei alcançar dele que ficasse em Coimbra, regendo a Universidade, ou em Lisboa, expedindo os negócios da Monarquia.

– A ciência, disse ele a Sua Majestade, é o meu emprego único; Itaguaí é o meu universo.

Dito isto, meteu-se em Itaguaí, e entregou-se de corpo e alma ao estudo da ciência, alternando as curas com as leituras, e demonstrando os teoremas com cataplasmas. Aos quarenta anos casou com D. Evarista da Costa Mascarenhas, senhora de vinte e cinco anos, viúva de um juiz de fora, e não bonita nem simpática. Um dos tios dele, caçador de pacas perante o Eterno, e não menos franco, admirou-se de semelhante escolha e disse-lho. Simão Bacamarte explicou-lhe que D. Evarista reunia condições fisiológicas e anatômicas de primeira ordem, digeria com facilidade, dormia regularmente, tinha bom pulso, e excelente vista; estava assim apta para dar-lhe filhos robustos, sãos e inteligentes. Se além dessas prendas, – únicas dignas da preocupação de um sábio –, D. Evarista era mal composta de feições, longe de lastimá-lo, agradecia-o a Deus, porquanto não corria o risco de preterir os interesses da ciência na contemplação exclusiva, miúda e vulgar da consorte.

Contudo, o casal não conseguiu ter filhos. Então, para curar sua mágoa, Simão Bacamarte mergulha inteiramente nos estudos e na prática da medicina. Como em Itaguaí os dementes não eram tratados adequadamente, ele decide enfrentar o problema. E, apesar de ter quase todos contra si, consegue que a Câmara de Vereadores aprove a construção de uma casa de orates (doidos) e um subsídio para sustentar os loucos cujas famílias não tivessem recursos. Assim foi que se construiu um amplo prédio, denominado Casa

Verde, por causa da cor de suas janelas. A inauguração do hospício, já com muitos hóspedes, se transforma em uma apoteose e dura uma semana: D. Evarista, coberta "de joias, flores e sedas, foi uma verdadeira rainha naqueles dias memoráveis".

Praticar a caridade era de fato um dos objetivos de Simão Bacamarte quando resolvera construir a Casa Verde. Mas havia outro, o principal, como revela ele um dia ao boticário Crispim Soares, seu amigo: "...estudar profundamente a loucura, os seus diversos graus, classificar-lhe os casos, descobrir enfim a causa do fenômeno e o remédio universal". E foi assim que "de todas as vilas e arraiais vizinhos chegaram a Itaguaí loucos de todos os tipos, em número tal que a Casa Verde teve que ser ampliada. Isto permitiu a Simão Bacamarte fazer um amplo e profundo estudo de todos os tipos de loucura, o que lhe consumia todo o tempo de que dispunha. Posta à parte e praticamente abandonada, D. Evarista começa a definhar e a dizer ao marido que se sentia viúva como antes de conhecê-lo. Preocupado, Simão Bacamarte propõe que realizasse seu grande sonho: conhecer o Rio de Janeiro. Como D. Evarista se mostrasse preocupada com os gastos da viagem, ele lhe mostra o que ganhara depois de construir a Casa Verde: uma verdadeira fortuna em joias, ouro e moedas! Meses depois, diante de um marido impassível, partem D. Evarista e sua grande comitiva. Passado algum tempo, Simão Bacamarte manda chamar Crispim Soares, que fica apavorado, julgando tratar-se de algo relacionado com sua querida mulher, Cesária, que acompanhara D. Evarista ao Rio de Janeiro. Mas o assunto era outro: uma nova visão da loucura, ampliando seu território, com o objetivo de "demarcar definitivamente os limites da razão e da loucura". Tanto Crispim Soares como o padre Lopes, o vigário, não entendem a nova teoria de Simão Bacamarte, que, misteriosamente, nada revela de seus planos. Quatro dias depois, "Itaguaí e o universo ficam à beira de uma revolução", pois "um certo Costa fora recolhido à Casa Verde", para espanto de toda a vila.

Rico e estimado por todos em Itaguaí, Costa, um homem rico, fora lentamente empobrecendo, pois emprestava prodigamente a todos tudo o que tinha e ninguém lhe pagava. Este era motivo suficiente, segundo Simão Bacamarte, para recolhê-lo à Casa Verde. Para lá de fato o levou, depois de prendê-lo à traição, juntamente com uma prima, uma senhora cordata que se atrevera a interceder por ele. Então o espanto dos itaguaienses transformou-se em pavor. O seguinte foi Mateus, antigo albardeiro, que enriquecera e que fazia muita questão de exibir-se, a si e aos seus bens. Nada detinha a fúria de Simão Bacamarte. Na semana seguinte foram recolhidas outras vinte e tantas pessoas. Foi então que D. Evarista tornou de sua viagem, transformando-se na "esperança de Itaguaí", já que seu marido fizera da Casa Verde um cárcere privado, como já se murmurava entre a população. Mas a esperança foi vã, pois logo a seguir foi a vez de Martim Brito, que se excedera em galanteios poéticos a D. Evarista. Ciúmes? Talvez. Mas e os outros inúmeros que logo o seguiram? Como explicar? O terror crescia a cada dia que passava. Os que podiam deixavam a cidade, apavorados. Mas alguns eram presos ao fugirem, trazidos de volta e internados. Aos poucos, os suspiros, os murmúrios e os protestos transformaram-se em gritos de revolta e logo em rebelião, comandada pelo barbeiro Porfírio. À frente de cerca de trinta pessoas, o barbeiro levou um ofício à Câmara de Vereadores, exigindo a demolição da Casa Verde, "esta bastilha da razão humana". A Câmara nega a soli citação, ainda que Sebastião Freitas, um vereador dissidente, provocasse comoção perguntando se, diante dos fatos, não se poderia afirmar que o verdadeiro alienado era o alienista. Deixando a Câmara de Vereadores, Porfírio e seus seguidores, já então em número de uns trezentos, marcham para a residência de Simão Bacamarte, gritando em uníssono: "Morra o dr. Bacamarte! Morra o tirano!" Da varanda de sua casa, o alienista enfrenta com firmeza a multidão furiosa, negando-se a aceitar suas exigências. A multidão fica perplexa. Mas, naquele "momento decisivo... o barbeiro sente despontar em si a ambição do governo" e com palavras candentes lhe infunde novo ânimo. Nesta ocasião, no entanto, entrava na vila um corpo de dragões. Porfírio os enfrenta e os desafia. O capitão dá ordens de atacar, criando o caos. A derrota da rebelião parecia iminente quando uma parte dos dragões se une aos revoltosos. Aos poucos, quase todos assim o fazem e o capitão "não teve remédio, declarou-se vencido e entregou a espada ao barbeiro". Este invade a Câmara e manda prender todos os vereadores, assumindo o poder "como protetor da vila em nome de Sua Majestade e do povo". Sem oposição, Porfírio festeja a vitória, enquanto Simão Bacamarte não perde tempo: encerra na Casa Verde mais sete ou oito pessoas, inclusive um parente do protetor... No dia seguinte, o barbeiro se dirige à casa de Simão Bacamarte, provocando o pavor em Crispim Soares, que julga que, depois do alienista, será ele, seu notório amigo, o próximo a ser preso. Dividido entre a fidelidade a seu amigo e a sua sobrevivência, o boticário, alegando tratar-se de "questão puramente científica", decide aliar-se a Simão Bacamarte, não sem antes, é claro, "dar alguma satisfação ao povo", como, por exemplo, libertar os quase curados, "os maníacos de pouca monta" etc. Na conferência, Simão Bacamarte pede ao barbeiro alguns dias para tomar suas decisões e em seguida o leva até a porta, convencido de que estava perante "dois lindos casos": o do barbeiro, dúplice e descarado, e o dos tolos que o tinham apoiado...

E foi assim que "o alienista, em poucos dias, meteu na Casa Verde cerca de cinquenta aclamadores do novo governo", deixando o barbeiro atarantado e gerando nova rebelião, comandada por João Pina, o barbeiro rival de Porfírio. João Pina assume logo o poder e entrega ao alienista o líder deposto e mais setenta seguidores. Este episódio marcou o "grau máximo da influência de Simão Bacamarte". Nem o boticário Crispim Soares, nem o próprio presidente da Câmara de Vereadores, então reaberta, escaparam, seguindo-se "uma coleta desenfreada", pois "tudo era loucura". Nem D. Evarista foi poupada, sendo recolhida à Casa Verde, diante da estupefação geral da população. Mas o assombro atingiu o limite máximo quando a vila ficou sabendo que Simão Bacamarte resolvera, por já estarem na Casa Verde quatro quintos dos itaguaienses, colocá-los todos na rua, convicto de que "a verdadeira doutrina não era aquela mas a oposta". No ofício enviado à Câmara de Vereadores, Simão Bacamarte declarava, no parágrafo 4º, que, em vista de sua nova teoria, "iria dar liberdade aos reclusos da Casa Verde e agasalhar nela as pessoas" com "equilíbrio ininterrupto". Sem dar atenção a tal parágrafo, todos festejaram a volta da paz à vila e o retorno dos reclusos às suas famílias. E eis que então, inesperadamente, com permissão da Câmara de Vereadores, Simão Bacamarte começa a colocar em prática o estabelecido pelo referido parágrafo, recolhendo todos os que fossem considerados perfeitamente normais. Ao cabo de alguns meses, conseguira recolher apenas dezoito, entre eles o padre Lopes, a mulher de Crispim Soares, o juiz e o próprio Porfírio, que, sondado pelos principais da vila, se recusara a liderar nova rebelião, argumentando que não desejava ser novamente o responsável por violências e mortes. Foi o quanto bastou para que Simão Bacamarte o considerasse perfeitamente são e o recolhesse à Casa Verde. Aplicando variados e eficientes métodos de cura para transformar os modestos em pretensiosos, os honestos em corruptos e assim por diante, Simão Bacamarte curou-os a todos e ao final de alguns meses a Casa Verde estava vazia.

Mas a mente febril de Simão Bacamarte não se deteve nem mesmo ao ver deixar a Casa Verde seu último hóspede. Por isto, aprofundando ainda mais suas indagações, entrou em profunda crise, da qual emergiu vinte minutos depois, "envolto em suave claridade". Afinal completara sua teoria:

– A questão é científica, dizia ele; trata-se de uma doutrina nova, cujo primeiro exemplo sou eu. Reúno em mim mesmo a teoria e a prática.

– Simão! Simão! Meu amor!, dizia-lhe a esposa com o rosto lavado em lágrimas.

Mas o ilustre médico, com os olhos acesos da convicção científica, trancou os ouvidos à saudade da mulher, e brandamente a repeliu. Fechada a porta da Casa Verde, entregou-se ao estudo e à cura de si mesmo...

Personagens principais

Simão Bacamarte – Monomaníaco e frustrado, Simão Bacamarte é a exarcebada caricatura do *cientista louco* que perde a noção da realidade e passa a viver em um mundo particular, desligado completamente do senso comum.

D. Evarista – No pólo oposto ao do marido, D. Evarista é a perfeita encarnação da média mental, do vulgo e do senso comum. Intelectualmente limitada, é dominada pela ambição rasteira, que Simão Bacamarte identifica como sinal de loucura, recolhendo-a à Casa Verde.

Porfírio – O barbeiro é talvez a personagem mais interessante da obra. Guindado casualmente a líder de uma rebelião que o coloca no poder, é picado pela mosca azul da ambição. Deposto, demonstra o surpreendente equilíbrio de quem aprendera com a experiência e, mais do que isto, entendera os mecanismos e o preço do poder.

Estrutura narrativa

Composta de treze capítulos e construída segundo o esquema clássico do narrador onisciente em terceira pessoa – que incidentalmente parece confundir-se com o autor (v. cap. XI) –, *O alienista* é uma obra de estrutura completamente simples e transparente, não apresentando qualquer complicação no que a isto se refere. Quanto ao tempo e ao espaço da ação, esta se desenrola ao longo de quatro ou cinco anos, na vila de Itaguaí, na província do Rio de Janeiro, na segunda metade do século XVIII, depois que esta cidade passara a capital da Colônia. Em termos rigorosos – ainda que isto tenha pouca importância (v. comentário crítico) –, o *terminus ante quem* é a chegada de D. João VI, podendo, portanto, a ação ter também lugar no início do século XIX.

Comentário crítico

Conto longo, novela ou romance – pouco importa como seja classificado –, *O alienista* é uma das obras mais lidas da vasta produção de Machado de Assis e, talvez, de toda a ficção brasileira, sempre agradando e até fascinando a todos aqueles que apreciam uma boa história. Paradoxalmente, porém, a este sucesso de público não corresponde idêntica fortuna crítica. Isto é, ainda que muito lida e sempre citada, *O alienista* foi objeto de poucas análises críticas. O que é compreensível, pois se trata de um texto que, inversamente ao seu tamanho, é extremamente complexo e, diriam alguns, até mesmo bastante confuso e contraditório. Não no enredo em si, que é de linearidade e clareza meridianas, mas nos conceitos apresentados e nos temas envolvidos, que se sobrepõem, se interpenetram e se modificam à medida que a história avança, como se fosse um caleidoscópio cujo aspecto se altera a cada movimento do observador – ou do leitor, no caso. Mas se não bastasse isto em relação aos elementos do enredo, em *O alienista* a ironia e o sarcasmo jorram irrefreados, como se o Autor jamais estivesse disposto a perder a oportunidade de uma piada, mesmo às custas da coerência do enredo ou de um suposto plano da obra. Para não cair neste jogo e no redemoinho da confusão armada pelo Autor, que, mais do que em outras obras suas, parece querer divertir-se às custas do leitor desorientado, tentaremos estabelecer: a) Que tipo de história é contada na obra; b) O esquema básico do enredo; e c) As várias linhas possíveis de interpretação.

Quanto ao tipo de história – isto é, os dados fornecidos por seu enredo –, não resta qualquer dúvida: *O alienista* é uma obra que segue rigorosamente o modelo tradicional da narrativa realista/naturalista. Todos os eventos narrados são verossímeis – semelhantes à verdade –, não havendo a intervenção de forças exteriores à realidade do mundo físico nem de princípios estranhos à lógica científica. Os loucos existem, Simão Bacamarte é um médico, Itaguaí é uma vila do Rio de Janeiro, a Câmara de Vereadores se comporta segundo as normas políticas vigentes no período colonial brasileiro etc. Inclusive a época em que se desenvolvem os eventos está perfeitamente delimitada: segunda metade do século XVIII, depois da elevação do Rio de Janeiro a capital da Colônia. Em resumo, tratase de uma obra que pode perfeitamente servir como paradigma da tradição narrativa realista/naturalista. No entanto, se tecnicamente *O alienista* segue rigorosamente as regras da verossimilhança, próprias do modelo narrativo citado, *sociologicamente* (ou politicamente) a realidade é diferente. Porque o enredo de *O alienista* é, sob este ângulo, total e absolutamente inverossímil. Em outros termos, é inconcebível que possam ter ocorrido ou possam vir a ocorrer, na prática social e política, episódios iguais ou semelhantes a alguns narrados na obra. Nem o mais sanguinário dos ditadores, nem o mais absolutista dos monarcas que já existiu realizou tarefa semelhante à de encerrar num hospício quatro quintos da população submetida e à de criar a seu bel-prazer critérios variáveis que definissem seus membro como psiquicamente *normais* ou *anormais*. Nem mesmo a Alemanha de Hitler e a Rússia Soviética, talvez os dois maiores modelos do totalitarismo absolutista na história da espécie, atingiram a escala em que opera Simão Bacamarte em Itaguaí. E se algum dia alguém o conseguiu ou vier a consegui-lo, não foi nem será a partir de um punhado de ideias esdrúxulas de um simples médico de duvidoso equilíbrio mental. Assim, *O alienista* deve ser visto como uma anedota, uma parábola, uma fábula ou um apólogo. Isto é, uma história que simplesmente diverte, sinaliza, ensina ou exemplifica, não tendo, além destes, qualquer outro compromisso ou relação com a realidade. Na obra de Machado de Assis, tal não é novidade nem exceção. Pelo contrário, parte considerável de seus contos, por exemplo, seguem tal modelo. Avançando nesta linha de raciocínio, pode-se perguntar: que verdade ou lição se pode extrair das páginas de *O alienista*? Para tentar responder, é necessário antes identificar com precisão os dados essenciais do enredo, ou seja, seu esquema básico.

O esquema básico do enredo de *O alienista* é simples. Na vila de Itaguaí, o grande médico e cientista Simão Bacamarte decide construir uma casa para loucos, os quais não eram objeto de preocupação e atenção das autoridades. A Câmara de Vereadores concede licença. A casa é construída e Simão Bacamarte começa a encerrar nela os que eram considerados loucos. No início, os critérios utilizados por Simão Bacamarte para definir a loucura são mais ou menos semelhantes aos do senso comum. Aos poucos, porém, operando a partir de uma nova teoria, que buscava demarcar "definitivamente os limites da razão e da loucura", os critérios de Simão Bacamarte vão se modificando e ampliando e ele começa a considerar loucas pessoas que o senso comum considerava sãs. Isto provoca desconforto na população, que logo se transforma em tensão e em seguida em rebelião. Porém os rebeldes, vitoriosos, não fecham o hospício nem destituem Simão Bacamarte. Pelo contrário, é sob o novo governo que seu poder se torna absoluto. Assim é que, em determinado momento, quatro quintos da população da vila são considerados loucos por terem algum desvio no comportamento ético, segundo os critérios de Simão Bacamarte, e encerrados no hospício. Inesperadamente, neste momento o médico inverte radicalmente sua teoria e liberta os quatro quintos considerados até então loucos e recolhe o quinto restante, composto pelos que até então eram considerados normais por não terem nenhum desvio em sua conduta ética. A seguir, os cura a todos, induzindo-os a praticar alguma patifaria, o que passa a ser sinal de normalidade absoluta. Quando o último hóspede, curado, deixa o hospício, Simão Bacamarte tira a última e mais radical das conclusões: o único normal e, por isto, o único louco é ele próprio. Recolhe-se então ao hospício e ali morre, sendo enterrado "com muita pompa e rara solenidade". Esta exposição sucinta do enredo permite concluir que *O alienista* não é mais que a narração de uma sucessão de ações doidas praticadas por um doido, conclusão, aliás, que ao final o narrador aceita como possivelmente verdadeira, atribuindo-a ao padre Lopes. Esta linha de análise, porém, é inútil, pois, como foi visto antes, não interessa o que a obra *é* mas o que ela *significa*. Este problema não tem uma resposta única e é possível que não tenha nenhuma satisfatória, surgindo apenas, conforme já foi dito, como mais um exemplo do jogo de ambiguidades e sutilezas com que Machado de Assis em suas obras parece querer divertir-se às custas de seus leitores.

Apesar disto, o texto permite várias linhas de interpretação, umas óbvias e tradicionais, outras nem tanto e talvez nunca levantadas. Eis algumas das principais:

Uma sátira ao pensamento científico e à sua pretensão de erigir-se em princípio único de compreensão da realidade. Esta é, por suposto, a mais óbvia e a menos controversa das interpretações, principalmente se, como dado extratextual, for considerada a ampla difusão, no final do século XIX, do comtismo, com sua concepção ao mesmo tempo vulgar e pretensiosa da realidade.

Uma sátira contundente e feroz (ao estilo dos antigos *moralistas*, isto é, com o objetivo de ensinar) sobre o multifacetado e constrangedor espetáculo oferecido pela natureza humana, uma espécie de longa e sarcástica peroração sobre a famosa constatação de Shakespeare em *Hamlet*: "Se todos fossem tratados segundo seus méritos, ninguém escaparia de umas chicotadas..." Tão óbvia quanto a primeira, esta interpretação tem dois pontos básicos de sustentação: de um lado, ela engloba a totalidade do texto, inclusive as digressões e contradições, que, obviamente, passam a não sê-las, já que óbvios e adequados comentários ao grande espetáculo que é o mundo; de outro, ela reforça a ideia de que *O alienista* é uma obra típica da chamada *segunda fase* do Autor, toda ela marcada pelo sarcasmo, pela ironia e pelo pessimismo sobre a natureza humana.

Uma sátira feroz às instituições políticas e sociais, seja especificamente do II Império, seja das sociedades pós-Revolução Francesa, sempre ameaçadas pela anarquia. Esta interpretação encontra apoio explícito nos títulos de alguns capítulos, clara paródia às várias etapas da história da França revolucionária e pós-revolucionária (O terror, A restauração).

Uma invectiva sarcástica, sempre na forma de parábola, contra os valores de uma sociedade, específica ou genérica, na qual o normal é ser patife e o anormal é ser honesto. Tal interpretação obriga a desconsiderar grande parte do texto (o início), mas encontra indiscutível e óbvio apoio a partir do cap. XI.

E a lista das interpretações possíveis poderia continuar. Apenas para citar mais algumas, *O alienista* apresenta elementos suficientes para interpretá-la como:

Exposição satírica dos mecanismos e das várias instâncias do poder político e social (Sua Majestade, a Câmara dos Vereadores, a Igreja, a ciência, o dinheiro etc.).

Exemplificação dos riscos do absolutismo político.

Apólogo sobre a impossibilidade de estabelecer a verdade (uma espécie de longo comentário à famosa pergunta de Pôncio Pilatos a Jesus: "O que é a verdade?").

Sátira bem humorada sobre a dificuldade ou impossibilidade de estabelecer com precisão os limites entre normalidade e anormalidade, seja em termos psíquicos, seja em termos éticos.

E assim por diante. Para terminar, apesar da ambiguidade, marca típica das mais importantes obras de Machado de Assis, parece evidente que o padre Lopes está com a razão: o único louco de Itaguaí era Simão Bacamarte. Mesmo porque esta conclusão remete ao cap. I, no qual se encontra um dado fundamental, que até hoje recebeu pouca ou nenhuma atenção: Simão Bacamarte se entrega de corpo e alma à ciência e à construção de suas teoria não como produto de uma vocação verdadeira mas como compensação para a grande frustração de sua vida: não ter filhos. O fundamento das teoria e da ação de Simão Bacamarte estão mortalmente viciados pela confusão entre espaço da ação privada e espaço da ação pública. E assim como ocorre com todos os que não têm suficiente argúcia para fazer tal distinção, Simão Bacamarte fracassa: sua esterilidade biológica (privada) desemboca na esterilidade social (pública), marcando os limites de um comportamento que não é estatisticamente incomum, mas que traz sempre as marcas do fracasso, quando não do desastre e da tragédia. Tenha tido disto consciência ou não, a verdade é que foi sobre este falso fundamento que Machado de Assis assentou a infausta vida de Simão Bacamarte, construindo um conto – ou novela – de valor imperecível e de importância indiscutível no contexto da moderna ficção ocidental.

Exercícios

Revisão de leitura

1. A que causas atribui o narrador a extinção dos Bacamarte?
2. Como eram tratados os loucos em Itaguaí antes da construção da Casa Verde?
3. Com que impostos foram reunidos os recursos para a construção da Casa Verde?
4. Para que servia a matraca em Itaguaí?
5. De que distúrbios, segundo Simão Bacamarte, sofria o albardeiro Mateus?
6. Qual a vocação de Gil Bernardes?
7. Por que Porfírio qualifica a Casa Verde de "bastilha da razão humana"?

8. Por que a rebelião liderada por Porfírio recebe o nome de "a revolta dos Canjicas"?

9. Qual o número de vítimas da revolta dos Canjicas?

10. Como Simão Bacamarte trata a loucura dos namorados? Seu conceito é ainda atual?

Temas para redação

1. A estrutura política e social de Itaguaí (órgãos públicos, autoridades, profissões, cargos, grupos sociais etc.).
2. A personalidade de Simão Bacamarte.
3. As bases da verdade científica.
4. Ciência e política.
5. As instâncias de poder em Itaguaí.
6. Loucura e normalidade: como distingui-las?
7. Simão Bacamarte e D. Evarista: os motivos de seu casamento.
8. Simão Bacamarte e a busca da verdade.
9. O que é a verdade?
10. Conhecimento e poder (pessoal e social).

Aluísio Azevedo

O Cortiço

Vida e obra

Aluísio Tancredo Gonçalves de Azevedo nasceu em São Luís do Maranhão no dia 14 de abril de 1857, sendo filho do vice-cônsul português Davi Gonçalves de Azevedo e de Emília Amália Pinto de Magalhães. Depois de completar seus estudos primários, é encaminhado pelo pai às atividades do comércio, tornando-se caixeiro de um armazém de propriedade de um amigo da família.

Em 1871 matricula-se no Liceu Maranhense e dedica-se ao estudo da pintura. Com o intuito de seguir a carreira de pintor, embarca, com 19 anos, para o Rio de Janeiro, onde já se encontrava seu irmão mais velho, Artur Azevedo. Por seu intermédio passa a trabalhar como caricaturista e ilustrador de jornais políticos. Em 1878, tendo falecido o pai, retorna à sua cidade natal e em 1880 publica *Uma Lágrima de Mulher*, com o que inicia sua carreira de ficcionista. Um ano depois, ainda em São Luís do Maranhão, publica *O Mulato*, muito elogiado pela crítica do Rio de Janeiro.

Retornando em seguida à capital do país, passa a dedicar-se completamente à sua carreira literária, escrevendo crônicas, contos e romances, além de peças teatrais em colaboração com seu irmão Artur. Aderindo à moda do folhetim, que então dominava o Rio de

Janeiro, escreve *Memórias de um Condenado* e *Mistério da Tijuca*, ambos em 1882. Posteriormente, ambas as obras são editadas em livro, tendo seus títulos alterados, respectivamente, para *A Condessa Vésper* e *Girândola de Amores*. Em 1884 publica *Casa de Pensão*, um de seus romances mais conhecidos, e *Filomena Borges*. Em 1887 é editado *O Homem* e em 1890 aparecem *O Coruja*, *O Cortiço*, considerada sua obra-prima, e *O Esqueleto*, em colaboração com Olavo Bilac. *A Mortalha de Alzira* é publicado em folhetim na *Gazeta de Notícias* em 1894 e no ano seguinte vem à luz seu último romance, *Livro de uma Sogra*. Neste mesmo ano, 1895, é nomeado vice-cônsul em Vigo, na Espanha. Em 1897 publica um volume de contos intitulado *Pegadas*, no qual são repetidos alguns já editados em uma coletânea anterior, de 1893, que levava o nome de *Demônios*. Ainda em 1897 é transferido para Iokoama, no Japão, e em 1899 segue para La Plata, sempre como cônsul. Em 1903 é promovido em sua carreira diplomática e vai para a Inglaterra. Sobe de posto novamente e retorna a Assunção em 1910. A 21 de janeiro de 1913 falece em Buenos Aires.

O CORTIÇO

Enredo

João Romão, empregado de uma taverna no bairro do Botafogo, Rio de Janeiro, entra na posse da mesma quando seu patrão, que enriquecera rapidamente, se retira "para a terra" (Portugal), deixando-lhe o estabelecimento comercial e mais uma quantia em dinheiro como pagamento dos ordenados vencidos.

A partir do momento em que se torna proprietário, João Romão inicia uma carreira de ascensão social que, ao término, o coloca lado a lado com seu grande rival, Miranda, um português seu vizinho, negociante de tecidos por atacado. O instrumento pelo qual João Romão ascende socialmente, e que se torna a causa da rivalidade entre os dois comerciantes, é a estalagem, que Miranda qualifica pejorativamente de "cortiço". Começando com algumas casinhas, localizadas entre a taverna e o sobrado do atacadista de tecidos, a estalagem de João Romão cresce rapidamente e se torna sua grande fonte de renda. Trabalhando furiosamente, no que é ajudado por Bertoleza, uma escrava com a qual se amigara, o antigo empregado expande cada vez mais seus negócios, o que faz aumentar a irritação de seu rival, já atribulado com problemas familiares. Este chega a desprezar a própria filha, Zulmira, pois em virtude da reconhecida infidelidade de sua mulher, Estela, não tem certeza de que a mesma seja de fato sua. Além disto, Miranda vê-se também obrigado a suportar o velho Botelho, um parasita ranzinza que se arruinara economicamente em especulações malsucedidas.

Por seu lado, o cortiço continua crescendo e adquire vida própria, tornando-se um mundo à parte, estranho à ambição de João Romão e à riqueza de Miranda. Neste mundo, o corre-corre tem início ao raiar do dia, quando seus habitantes começam a luta pela sobrevivência. Os homens vão para o trabalho e as mulheres dirigem-se às tinas de lavar roupa. O cortiço é um verdadeiro formigueiro no qual explodem os conflitos e se cruzam os destinos individuais, sempre dentro dos limites impostos pelas condições sociais de seus habitantes.

Entre estes, alguns sobressaem de forma acentuada, seja por suas habilidades, seja por exemplificarem os caminhos possíveis dos que vivem no cortiço de João Romão, à sombra do sobrado de Miranda e sob a ameaça contínua da miséria e da violência. A bela Pombinha, ainda impúbere aos 18 anos, é a esperança de sua mãe, que se sacrifica ao máximo para dar-lhe uma educação aprimorada e arranjar-lhe um bom casamento. Rita Baiana, a mulata, é a encarnação da sensualidade brasileira e da vida livre. Jerônimo, um português recentemente chegado ao Brasil, vive tranquilamente com sua mulher e sua filha mas, a partir de determinado momento, sente-se enfeitiçado por Rita Baiana, que então vivia com Firmo, mulato ágil e destemido e grande tocador de violão. Machona, uma mulher enérgica e um tanto masculinizada, e a Bruxa, que realizava curas através de feitiçarias, estão também entre dezenas de outras personagens que sobressaem no dia-a-dia do cortiço. Decorrido certo tempo, Pombinha, que se tornara púbere depois de ser iniciada sexualmente por Léonie, uma prostituta de alta classe que conhecera fora do cortiço, consegue finalmente realizar o sonho de sua mãe. Seu casamento, contudo, fracassa e ela, pela mão de Léonie, também entra para a prostituição.

À medida que o cortiço vai crescendo, João Romão vai enriquecendo, favorecido ainda pelo surgimento de outro cortiço, o Cabeça-de-Gato, nas imediações do que fundara. Entre os dois aglomerados humanos a rivalidade cresce rapidamente e a violência explode de forma esporádica. A morte de Firmo por Jerônimo é o estopim de uma verdadeira batalha, que acaba num incêndio provocado pela Bruxa.

Apesar do progresso de sua antiga estalagem e do enriquecimento rápido, João Romão continuava insatisfeito, pois ainda não conseguira integrar-se nos círculos sociais frequentados por Miranda, apesar de já namorar-lhe a filha, Zulmira. E Bertoleza, a escrava com quem vivia há anos e explorava até às últimas consequências, não dava mostras de deixar-lhe o caminho aberto para casar-se com a filha de seu antigo rival.

Auxiliado por Botelho, João Romão consegue encontrar o filho mais velho do antigo dono de Bertoleza e decide entregar-lhe a escrava, que não comprara sua alforria. Entra em contato com a polícia e Bertoleza, no momento em que vai ser presa, reconhece o filho de seu antigo dono e suicida-se abrindo o ventre.

O caminho fica livre para o casamento com Zulmira, o último ato de sua ascensão social. E no exato momento em que Bertoleza se suicida, uma comissão de abolicionistas chega à residência de João Romão trazendo-lhe o diploma de sócio benemérito, o que o integra definitivamente às camadas mais altas da sociedade e lhe permite aspirar ao título de visconde, superior ao de barão, conseguido por Miranda, seu ex-rival e futuro sogro.

Personagens principais

João Romão – Todas as ações desta personagem são orientadas pela obsessão de enriquecer rapidamente. Na busca de tal objetivo, faz qualquer sacrifício e abre mão de qualquer compromisso moral. É extremamente racional em todos os seus atos e perseverante em suas aspirações. Os raros momentos de dúvida ou conflito se dissipam rapidamente diante do desejo feroz de acumular riquezas a qualquer custo.

Miranda – É o ideal social de João Romão. Pessoalmente, contudo, tende a ser seu oposto. Fraco, sem personalidade, é explorado pelo velho Botelho e desprezado por sua mulher, Estela, que chega ao ponto de ser amante de um estudante que residia com a família. Não tem certeza de que Zulmira seja sua filha e considera João Romão um arrivista grosseiro e inescrupuloso. Miranda pode mesmo ser visto como um fracassado, pois João Romão constrói o cortiço, entra-lhe casa adentro e acaba casando-se com a filha, além de construir um sobrado maior e aspirar a um título nobiliárquico superior ao seu.

Bertoleza – É o símbolo da coisificação do ser humano gerada pelo sistema escravista e pela exploração. Raramente manifesta algum sentimento ou vontade própria. Tudo o que se conhece a seu respeito provém de João Romão ou da narração de sua incessante atividade nos trabalhos domésticos. Aceitando passivamente sua condição, ao final, contudo, ao sentir-se injustiçada, reage como um animal acuado e, ao perceber que não há saída para ela, pratica seu primeiro ato totalmente autônomo, que é também sua destruição física.

Pombinha – A partir de uma educação sofisticada para o meio em que vive, Pombinha, "a flor do cortiço", é uma das poucas personagens femininas que conseguem refletir sobre sua própria condição. Impedida, no início, de casar por não estar fisicamente apta e, depois, incapaz de submeter-se a uma vida familiar insuportável, Pombinha acaba por adquirir uma visão até certo ponto crítica do meio em que vive e do futuro que no mesmo lhe está reservado. Prostituir-se significa até certo ponto, para ela, revoltar-se contra as condições impostas pelo meio em que vive. A beleza é a arma que lhe permite trilhar outros caminhos que não os delimitados pelo espaço social e econômico do cortiço.

Rita Baiana – Caracteriza-se pelo absoluto descompromisso em relação às exigências da sociedade. Não possui paradeiro certo nem companheiro fixo. Sua única convicção é de que não deve nada a ninguém. Neste sentido, opõe-se ao casamento mais pelas contingências de sua vida que por uma atitude racionalmente formulada. É afetuosa e se deixa levar facilmente pelos sentimentos. No romance personifica a sensualidade da mulata brasileira, tema que, independentemente do fato de possuir ou não base na realidade, voltaria a ser amplamente tratado na ficção de Jorge Amado.

Jerônimo – Inicialmente calmo e equilibrado, aos poucos sofre profundas transformações, influenciado pelo novo meio geográfico e social em que se integra, a ponto de perder completamente a razão e a sensatez que haviam impressionado os moradores do cortiço. Transparece claramente no texto a ideia de que estas transformações são produto de um "abrasileiramento" da personagem.

Estrutura narrativa

Em seus 23 capítulos, *O Cortiço* narra a trajetória da ascensão social de João Romão, que de empregado de uma taverna chega a tornar-se rico e poderoso. A história é contada por um narrador onisciente em terceira pessoa, dentro dos moldes da narrativa realista/naturalista tradicional. Toda a ação da obra desenvolve-se tendo por local da cena um subúrbio do Rio de Janeiro em fins do século XIX, ainda durante o Império e antes de 1888.

Comentário crítico

Considerada a obra-prima de Aluísio Azevedo e um dos melhores romances brasileiros do século XIX, *O Cortiço* se caracteriza, no contexto da tradição literária brasileira, por dois elementos básicos. Em primeiro lugar é uma obra conhecida por todos ou quase todos os brasileiros escolarizados, pois sempre foi um dos títulos mais indicados nas disciplinas de língua e literatura brasileira nos cursos de nível médio. E, como tal, um romance detestado por muitos dos que foram obrigados a lê-lo sem ter interesse ou apreciado por outros que nele identificaram uma visão crítica da realidade social ou foram atingidos pela sensualidade que emana de personagens como Estela, Rita Baiana, Pombinha, Firmo e Jerônimo.

Em segundo lugar, *O Cortiço* é uma obra "catalogada". Isto significa que, na visão dos manuais tradicionais de literatura brasileira, o elemento fundamental a partir do qual o romance é analisado é o conjunto das características de uma determinada *escola*, no caso a chamada *escola naturalista*. Nesta perspectiva, o que caracteriza de forma preponderante o romance de Aluísio Azevedo é sua adequação aos cânones desta escola literária, que pregava a descrição *científica* da realidade social e sua exposição de forma *fotográfica*, a partir dos princípios das *ciências naturais* (experimentais). A esta visão da realidade, nascida no contexto do grande desenvolvimento científico dos países capitalistas europeus na segunda metade do século XIX, vinha acoplada uma outra ideia fundamental, a do determinismo biológico e social, segundo a qual o indivíduo não tem liberdade porque, de um lado, já nasce com determinadas tendências (que o levarão ao crime ou à prostituição, por exemplo) e, de outro, é influenciado pelo meio em que vive. No campo da ficção, estas são as ideias que estão na base das personagens-tipo criadas por muitos romancistas da época, na Europa e nos países periféricos de cultura europeia, entre os quais o Brasil.

Independente da validade ou não de tais teorias e dos resultados gerados pelas mesmas no setor da produção literária das sociedades em questão, é certo que a concepção dos manuais tradicionais de literatura brasileira tende a dar uma visão falseada de *O Cortiço*. Isto porque, ao insistir fundamentalmente na submissão de Aluísio Azevedo aos preceitos da *escola naturalista* e ao pretender, a partir daí, catalogar e explicar o romance, esta visão passa a ignorar a complexidade do mesmo e a contundência da crítica social nele presente.

Sem dúvida, pode-se perceber, aqui e ali, na construção de personagens como Pombinha, Rita Baiana, Estela e, principalmente,

Jerônimo, a utilização dos princípios da *escola naturalista*. Contudo, isto tem reduzida importância no conjunto da obra. Principalmente porque a personagem fundamental da obra é o próprio cortiço, como instituição social que traz dentro de si os elementos que ordenam e reordenam as trajetórias das várias personagens individuais. Portanto, *O Cortiço* é mais do que um simples documentário sobre um subúrbio carioca de fins do século XIX.

É, antes de tudo, "um dos melhores retratos que já se levantaram do Brasil do II Império, em que a sobrevivência da estrutura colonial punha à mostra uma numerosa casta de portugueses enriquecidos a empolgar as posições de comando e uma legião mal-definida de pretos, mulatos e brancos, em pleno processo de caldeamento e formação, constituindo o escalão mais inferior da sociedade. A independência havia chegado como que antes da hora e não passava, àquela altura, de uma realidade quase que puramente formal. O abolicionismo era uma campanha em marcha, mas em bases muito ilusórias, deixando em evidência que a emancipação do preto pouco representaria desde que desacompanhada da transformação da estrutura de classes vigente. A demagogia essencial que comprometia aquela luta surge estigmatizada nas palavras finais do romance, que se fecha logo depois de João Romão forçar o retorno de Bertoleza à escravidão e levá-la ao suicídio..." (R. Mourão)

Assim, numa leitura atual, pouca importância tem a discussão sobre o caráter *naturalista* de *O Cortiço* e sobre as influências que seu autor teria sofrido da referida *escola*. Pois é inegável que a obra desvela os mecanismos da sociedade brasileira da época, materializados no processo de formação do cortiço e de ascensão social de seu grande beneficiado, João Romão, que, como informam as sarcásticas frases finais, se tornara abolicionista:

"Nesse momento parava à porta da rua uma carruagem. Era uma comissão de abolicionistas que vinha, de casaca, trazer-lhe respeitosamente o diploma de sócio benemérito.

Ele mandou que os conduzissem à sala de visitas".

Exercícios

Revisão de leitura

1. Quais são as mulheres mais importantes na vida do cortiço? A que tarefas se dedicam?

2. Quais são as mulheres que mais se destacam no sobrado? A que tarefas se dedicam?

3. Como se pode explicar a relação entre João Romão e Bertoleza? Que interesses havia de parte a parte?

4. Como é vista a relação entre portugueses e brasileiros na obra? Qual a personagem-tipo que reflete um processo de abrasileiramento?

5. Como e por que evolui a relação entre João Romão e Miranda?

6. O que simboliza a personagem Pombinha?

7. A partir da leitura da obra de Aluísio Azevedo, qual a imagem que se tem da sociedade carioca do final do século XIX? Quais são os principais grupos sociais apresentados?

8. É possível ver na personagem Firmo o protótipo do "malandro"? Por quê?

9. Quais são os dados mais importantes apresentados na obra sobre a vida do cortiço?

10. Qual a explicação para o desfecho do romance?

Temas para dissertação

1. O cortiço e o sobrado: pobres e ricos na sociedade do Rio de Janeiro.

2. A mulher na vida cotidiana do subúrbio brasileiro: trabalhos, lutas e ideais.

3. Romão e Bertoleza: o senhor e o escravo.

4. *O Cortiço*, um romance que analisa os tipos humanos que caracterizam uma determinada sociedade.

5. A difícil integração do estrangeiro em seu novo lar.

6. Rita Baiana: a representante da mulher brasileira?

7. A prostituição de Pombinha: tendência biológica ou fuga da miséria social?

8. O velho Botelho.

9. Os sonhos da mãe de Pombinha e os de João Romão. Quais se realizam na prática? Por quê?

10. Trabalho e divertimento no cortiço e no sobrado.

Raul Pompéia

O Ateneu

Vida e obra

Raul d'Ávila Pompéia nasceu em Jacuecanga, localidade do município de Angra dos Reis, na então província do Rio de Janeiro, no dia 12 de abril de 1863, sendo seus pais o magistrado Antonio d'Ávila Pompéia e Rosa Teixeira Pompéia, ambos descendentes de tradicionais famílias mineiras. Com 10 anos de idade transfere-se, juntamente com a família, para a cidade do Rio de Janeiro, onde se matricula como interno no curso primário do Colégio Abílio, dirigido por Abílio César Borges, o Barão de Macaúbas. Ali, já manifestando sua vocação de jornalista e romancista, colabora no jornal manuscrito *O Archote*. Em 1879 ingressa no Imperial Colégio D. Pedro II para completar seus estudos secundários.

Seu primeiro romance, *Uma tragédia no Amazonas*, é publicado em 1880. No ano seguinte vai para São Paulo a fim de cursar Direito, matriculando-se na Faculdade de Direito do Largo de São Francisco. Como acadêmico, participa ativamente, ao lado de Luís Gama, de campanhas a favor da abolição e da república. Em 1883 publica *Canções sem metro* no *Jornal do Comércio*, do qual era redator-chefe. Reprovado no curso de Direito, juntamente com outros 93 colegas, vai para Recife a fim de concluir seus estudos.

De lá continua colaborando em jornais do Rio de Janeiro. No dia 8 de abril de 1888 começa a publicar, em folhetins, na *Gazeta de Notícias* o romance *O Ateneu*, editado em livro ainda no mesmo ano. Adepto das ideias republicanas, desenvolve intensa atividade jornalística a favor da mudança de regime.

Em 1890 assume o cargo de secretário da Academia de Belas Artes e no ano seguinte passa a professor de mitologia da Escola Nacional de Belas Artes. Em 1894 é nomeado, pelo marechal Floriano Peixoto, diretor da Biblioteca Nacional. Por ocasião da morte de Floriano, publica em *O Nacional* um artigo exaltando a figura do falecido presidente. Logo depois de tomar posse o primeiro presidente civil, Prudente de Morais, Raul Pompéia é demitido sob a acusação de ofensas ao mesmo. Profundamente descontente e amargurado, humilhado pela indiferença com que os jornais tratam seus artigos, suicida-se no dia 25 de dezembro de 1895.

Além da grande quantidade de crônicas e artigos, Raul Pompéia escreveu ainda *As joias da coroa* (romance, 1882) e *Microscópicos* (contos, 1881).

O ATENEU

Enredo

Aos onze anos de idade, depois de uma formação escolar inicial no Caminho Novo, o menino Sérgio afasta-se do aconchego da família e parte para o Rio de Janeiro a fim de ser aluno interno do Ateneu, um famoso colégio dirigido pelo Dr. Aristarco Argolo de Ramos. Este, que tinha ganho a confiança das famílias mais abastadas do país, as quais disputavam para seus filhos as vagas no internato, era uma personalidade de ideias conservadoras e autoritárias mas sabia vender muito bem a imagem do colégio, de tal forma que o mesmo se tornara famoso em todo o Brasil. O próprio

Sérgio, que antes visitara duas vezes o Ateneu, ficara empolgado pela possibilidade de nele estudar.

Ao ali ingressar, contudo, as imagens idealizadas começam a ruir por terra. Como o avisara o pai à porta do *Ateneu*, este era o mundo no qual não poderia contar com a proteção com que a família o cercava. Aos poucos, começa seu aprendizado, principalmente através do conhecimento da verdadeira índole do diretor, a encarnação da empáfia, dos professores, dos colegas e dos que circulam em torno da instituição.

Conhece Rebelo, o aluno exemplar, para o qual todos os demais eram perversos, e Franco, seu oposto, a imagem do fracasso, um menino raquítico que fora escolhido pelos colegas como uma espécie de bode expiatório. O colégio, encarnado em seus habitantes, desfila à sua frente e Sérgio, ao perceber que ali reinava um clima desenfreado de competição e guerra, começa a ser dominado pelo desânimo e pelo desespero. Assediado por Sanches, que se tornara uma espécie de seu protetor nos primeiros tempos, tem as primeiras noções de sexualidade. Voltando a isolar-se, escolhe o caminho da fuga através de um misticismo pouco consequente. Logo a seguir começa a identificar-se com Franco e, finalmente, escolhe seu próprio caminho: a independência e a revolta, que o levam a entrar em choque com a autoridade, personificada em Aristarco. Seu caminho pessoal, sua identidade no mundo representado pelo Ateneu, fora escolhido.

À medida que o tempo passa, o aprendizado continua a ampliar-se. Surgem as mulheres. D. Ema, a esposa do diretor, que despertara em Sérgio grande atração desde a primeira vez que a vira, e Ângela, a camareira, pela qual descobre o amor e a morte ao mesmo tempo. E nas sessões do *Grêmio Literário Amor ao Saber* novos temas fazem sua aparição: a literatura e a política. O Ateneu não era uma instituição isolada, aparecendo cada vez mais como parte de um mundo mais amplo.

Ao retornar para o internato, depois de suas primeiras férias, Sérgio já não vê o Ateneu como algo de novo, de obscuro, algo de desconhecido a descobrir. Agora sabe que ele é, simplesmente, um cárcere, o que faz com que trilhe com maior segurança o caminho já escolhido da revolta e da independência. Ao mesmo tempo, a atmosfera do internato começa a desagregar-se progressivamente. D. Ema, sua fada protetora, e Egbert, que representa para Sérgio a descoberta da verdadeira amizade, são forças impotentes contra o cataclisma que principia a desenhar-se no horizonte.

Franco, vítima de castigos e maus tratos, passa longo tempo na *mafua*, a prisão do colégio. Um dia sai de lá adoentado. Seu estado de saúde piora gradativamente e no amanhecer de um domingo o menino está morto. O acontecimento provoca certo pânico no colégio mas não abala o diretor, cujo grande sonho é inaugurar seu busto no dia da premiação bienal dos alunos. Neste dia, o anfiteatro do Ateneu recebe enorme multidão e altos dignitários do governo, incluindo a Princesa Regente. Depois da cerimônia da entrega dos prêmios e dos discursos, finalmente chega o grande momento. O busto de Aristarco é desvelado e coroado. Cheio de ciúmes por ser o busto o coroado e não ele, o diretor arranca-lhe a coroa, ato que a todos aparece como de grande humildade.

Iniciadas as férias, Sérgio permanece, com outros alunos, no internato, já que sua família, por motivo de saúde de seu pai, encontrava-se de viagem pela Europa. Sérgio adoece e D. Ema acompanha-o com desvelo de mãe até a completa convalescença. Era a paz reencontrada depois de uma longa travessia pelo mundo do qual seu pai lhe falara ao deixá-lo às portas do Ateneu. Mas "tudo acabou como um fim brusco de mau romance..."

Inesperadamente, o Ateneu ardia. Américo, um aluno que fugira do internato e tivera que retornar sob ameaças e violências do pai, provocara o incêndio que em breve reduz o Ateneu a uma imensa fornalha diante dos olhos de Aristarco, que, impassível, vê as chamas consumirem a obra de sua vida.

Personagens principais

Sérgio – É a personagem central, em torno do qual gira o mundo do Ateneu. Caracteriza-se, sobretudo, pela fragilidade e pela inconstância, explicáveis pela pouca idade e pelas circunstâncias em que ocorrem seus primeiros contatos com o mundo externo à família. Com dificuldades para enfrentar e mesmo para compreender a nova situação, insatisfeito com as regras que lhe são impostas, desiludido com as primeiras impressões que o marcam e descrente do mundo, tende a permanecer no isolamento. A partir de determinado momento opta pela sua independência, mas não raro recai e sente a necessidade de proteção, que procura nos amigos e na figura de D. Ema. Em termos de comparação com o nível de consciência de indivíduos de sua idade, Sérgio, com sua lucidez diante dos acontecimentos, tem um perfil psicológico que pode ser considerado extremamente precoce.

Aristarco – É o símbolo do pensamento conservador. Sua visão de negociante, ao difundir a imagem e exaltar o renome de seu colégio, leva-o a personificar o autoritarismo e a assumir atitudes de ilimitada pretensão e vaidade. Apesar disto, contudo, tem qualidades de bom administrador, contornando com habilidade os problemas que o colégio enfrenta.

D. Ema – Apesar de sua reduzida participação no desenrolar do romance, sua presença torna-se marcante pela influência que exerce sobre Sérgio. É extremamente afetuosa, o que não se ajusta à relação de quase indiferença que mantém com o marido, segundo fica implícito no texto. O carinho que demonstra por Sérgio, e que é correspondido, se situa numa zona de sombra entre a proteção maternal e o contido desejo físico.

Ângela – "Grande, carnuda, sanguínea e fogosa", Ângela é a materialização do primitivismo biológico, do sexo em estado natural, não atingido pelas repressões da civilização. Sua posição no mundo do Ateneu é a de serviçal de uma classe social superior, seja no plano do trabalho físico propriamente dito, seja no do exercício de sua sexualidade.

Os colegas – Os colegas de Sérgio apresentam-se, essencialmente, como *tipos*, isto é, personagens nas quais se concentram características específicas que os definem. Rebelo, por exemplo, é o aluno modelo, exemplar, para o qual todos os demais são inferiores e sem importância. Franco é a vítima, o mártir, o alvo sobre o qual se descarrega toda a violência contida no internato. Sanches é o "sedutor", e assim por diante.

Estrutura narrativa

Em doze longos capítulos, Sérgio, o protagonista de *O Ateneu*, já adulto, conta sua história, qualificada por ele mesmo de "crônica das saudades". O tempo da ação narrada não supera dois anos, que vão do momento em que o protagonista ingressa no *Ateneu*, um colégio para meninos da elite, até o momento do incêndio deste. A ação se desenrola no próprio colégio, localizado na cidade do Rio de Janeiro, na penúltima década do século XIX, antes da proclamação da República.

Comentário crítico

Considerado unanimemente um dos melhores romances do século XIX, *O Ateneu* é uma das obras, entre várias outras, que comprovam a não-funcionalidade da chamada *periodização por estilos* (*romantismo*, *realismo* etc.), que impregna a concepção teórica dos manuais tradicionais de literatura brasileira, concepção segundo a qual toda obra pode e deve ser enquadrada em uma *escola* qualquer.

Além das controvérsias claramente teóricas que envolveram a obra de Raul Pompéia – seria *O Ateneu* um romance *naturalista* ou *realista*? Ou seria um novo estilo, um *naturalismo poético*?, como alguém o qualificou –, a confusão diante do texto foi tanta que foram feitas até as mais absurdas e incongruentes ilações sobre a própria vida particular do autor. Motivadas, evidentemente, pelo espanto diante da clareza com que são expostas as relações de natureza afetiva e sexual das personagens, em particular entre os próprios alunos do Ateneu. Para o leitor de hoje é difícil imaginar este espanto perante as "cenas cruas" do romance, mas não se pode esquecer a extrema rigidez que norteava a moral sexual da sociedade patriarcal brasileira do passado. As transformações econômicas, sociais e comportamentais ocorridas no país nas últimas décadas do século XX relegaram ao esquecimento as análises do romance baseadas sobre as concepções inaceitáveis do biografismo. Contudo, as controvérsias nascidas da *periodização estilística* continuaram a repercutir ao longo do tempo, apesar de não apresentarem mais no presente o vigor que tinham no passado. De fato, a ampliação dos horizontes históricos, a descolonização dos intelectuais e a própria produção literária mais recente deixaram claro que o Brasil jamais fora homogêneo social e culturalmente, resultando daí a certeza de que pretender enquadrar a produção literária brasileira dentro da rigidez dos *estilos* e das *escolas* torna-se tão inútil quanto teoricamente insustentável.

No que diz respeito especificamente a *O Ateneu*, em 1941 Mário de Andrade publicou um ensaio que provocou grande impacto. Partindo de um pressuposto em que há nítida influência do biografismo, pressuposto segundo o qual o romance de Raul Pompéia seria produto do desejo de vingança do Autor em relação ao seu próprio passado, Mário de Andrade apontou uma série de características da obra, acentuando que as mesmas faziam de *O Ateneu* uma obra sem similar dentro da literatura brasileira, uma vez que reunia marcas tão díspares como: a) a valorização da infância em detrimento da juventude e da maturidade (*romantismo*); b) a criação de um *tipo* social na personagem Aristarco (*realismo*); c) a concepção pessimista da vida humana, dominada pelos *baixos instintos* do homem-besta (*naturalismo*) e d) a presença de exaustivos torneios de linguagem (*barroco*). Mais tarde, por volta de 1950, um novo qualificativo foi aplicado a *O Ateneu*, o de *romance impressionista*.

Na verdade, a própria controvérsia e o sem-número de rótulos utilizados em relação ao romance de Raul Pompéia indicam que a análise do mesmo deve ser feita a partir da obra como um todo e da visão de mundo que ela reflete.

Em primeiro lugar, *O Ateneu*, ao contrário de tantos outros romances brasileiros da época, apresenta-se como a narrativa de uma personagem central que faz questão de registrar suas emoções e sensações, sem levar em conta a *neutralidade do narrador* em face dos fatos narrados. Neste sentido, Raul Pompéia rompe com a *moda* predominante em seu tempo e que tecnicamente se materializava na presença de um narrador onisciente em terceira pessoa, o que, em princípio e por definição, descartava a interferência da chamada *subjetividade do narrador*. Contudo, *O Ateneu* é mais complexo ainda, mais sofisticado. Pois Sérgio, ao narrar sua própria história, já é *adulto*, o que garantiria, tecnicamente, a *neutralidade do narrador*, pois supõe-se que os anos que decorreram entre o período em que o protagonista vivia suas experiências no internato e aquele em que ele as narra sirvam como um filtro de racionalização. Ao mesmo tempo, porém, como que desmentindo a preocupação com este filtro representado pelo tempo, o menino Sérgio ainda se faz sentir no Sérgio/adulto/narrador, de tal maneira que este não abre mão de emitir juízos acerca dos fatos narrados. É exatamente aqui que parece residir a marca diferenciadora de *O Ateneu*: uma clara percepção, mais emotiva do que racional, do passar do tempo e da ação que este passar exerce sobre as coisas e as pessoas. Disto nasce "a crônica das saudades" e a constatação de que "o tempo é a ocasião passageira dos fatos, mas sobretudo – o funeral para sempre das horas".

Em segundo, numa perspectiva histórica, *O Ateneu* é o romance brasileiro do século XIX que da forma mais clara, se bem que sutil, revela a fossilização de uma elite parasitária cujo papel histórico há muito se encerrara e que por isto mesmo se reflete no Ateneu através de uma estrutura de tirania e de violência. Impermeável às mudanças que se desenhavam no horizonte, sua rigidez a condenava à desagregação e ao rápido desaparecimento. Da mesma forma que o próprio Ateneu desapareceria devorado pelas chamas. Pois como diz o narrador no cap. XI: "Não é o internato que faz a sociedade; o internato a reflete". E qual era a sociedade que o internato refletia? Lá está ela, desenhada sem meios tons, logo nos primeiros parágrafos:

... não havia família de dinheiro, enriquecida pela setentrional borracha ou pela charqueada do sul, que não reputasse um compromisso de honra com a posteridade doméstica mandar dentre seus jovens um, dois, três representantes abeberar-se à fonte espiritual do Ateneu. Fiados nesta seleção apuradora, que é comum o erro sensato de julgar melhores famílias as mais ricas, sucedia que muitas, indiferentes mesmo e sorrindo do estardalhaço da fama, lá mandavam seus filhos. Assim entrei eu.

Em terceiro, finalmente, a obra de Raul Pompéia ultrapassa o caráter de uma crítica demolidora às elites do Brasil litorâneo da época e alcança maior amplitude como dimensão simbólica de um grito de diferenciação e revolta diante da vigência de uma visão de mundo dependente e colonizada. O Ateneu, apresentado como verdadeiro antro de uma erudição, europeizada e, portanto, falsa, já que importada e desligada da realidade histórica brasileira, é incendiado num verdadeiro ritual de violência e purificação. Não por coincidência, com certeza, o aluno incendiário leva o nome de Américo.

Exercícios

Revisão de leitura

1. Como podem ser definidas as relações de Sérgio com sua família?

2. Quais os fatos mais importantes da vida escolar de Sérgio?

3. Qual a importância da escola na vida das personagens principais? Como se manifesta esta importância em cada uma delas?

4. Quais são os colegas mais importantes de Sérgio? Como se relacionam com ele?

5. O que faz de Aristarco uma figura autoritária?

6. O que pensa Sérgio do dia-a-dia da escola (aulas, laboratórios, brincadeiras)?

7. Como são apresentados os professores?

8. Quais os dois fatos mais importantes que ocorrem no Ateneu?

9. Como são apresentadas as figuras femininas (a filha, a empregada do diretor e, sobretudo, D. Ema)?

10. Como o menino Sérgio via o mundo? E Sérgio/adulto? Houve mudança de perspectiva?

Temas para dissertação

1. As classes sociais em *O Ateneu*.

2. Aristarco e a autoridade: quem dá a ele o direito de exercê-la?

3. Os colegas de Sérgio e suas características principais.

4. A mulher em *O Ateneu*.

5. D. Ema e Ângela: as diferenças entre ambas e as causas destas diferenças.

6. A escola como instituição da civilização.

7. A violência no internato descrito por Raul Pompéia.

8. A amizade na escola.

9. *O Ateneu*: romance/vingança que cada aluno gostaria de escrever? Ou não?

10. Propor uma dissertação sobre a vida escolar passada e presente de cada aluno, narrada à maneira de Sérgio em *O Ateneu*.

Adolfo Caminha

A Normalista
Bom-Crioulo

Vida e obra

Adolfo Ferreira Caminha nasceu em Aracati, Ceará, no dia 22 de maio de 1867, sendo filho do negociante Raimundo Ferreira dos Santos Caminha e Maria Firmina Caminha. Perdendo a mãe quando criança, transferiu-se para o Rio de Janeiro, ficando aos cuidados de um tio materno, o advogado Álvaro Caminha. Aos 13 anos matriculou-se na Escola Naval, saindo como guarda-marinha em 1885, ano em que partiu a bordo do *Almirante Barroso* em viagem pela América Central e do Norte. Pelo final de 1888 retorna ao Ceará e serve na Escola de Aprendizes de Marinheiros. Por esta época envolve-se em um rumoroso caso sentimental com a mulher de um oficial do Exército, o que o leva, no ano seguinte, a deixar a Marinha, passando a escriturário do Tesouro Nacional. Permanece na capital cearense até 1891, quando é transferido para o Rio de Janeiro. Na então capital do país, dedica-se ao jornalismo, à crítica literária e a construir sua obra de romancista.

A vida literária de Adolfo Caminha começara já por volta dos 19 anos, com a publicação de *Versos incertos* e duas pequenas novelas, *Judite* e *Lágrimas de um crente*. Contudo, faz-se notar mesmo em 1887, ao deixar a Escola Naval, quando publica na *Gazeta de Notícias*, do Rio de Janeiro, um conto, *A chibata*, que reflete as experiências da vida de bordo. O conto provocou controvérsias e grande mal-estar na Marinha. Segundo o próprio Adolfo Caminha o referido conto teria colaborado para que os castigos físicos, até então prática comum na corporação, viessem a ser logo abolidos. Ao ser transferido para Fortaleza, sua vida literária continuou intensa, lançando a *Revista Moderna*, em 1891, e organizando um livro de impressões de viagem. *No país dos ianques*, reunindo crônica e artigos escritos para os jornais da terra.

A carreira de romancista de Adolfo Caminha se inicia quando, depois de deixar a Marinha, se desloca para o Rio de Janeiro, onde continua com sua grande atividade jornalística e literária. *A normalista*, que, segundo seus biógrafos, fora escrita ainda em Fortaleza, é publicado em 1893, seguindo-se *Bom-Crioulo*, em 1895, e *Tentação*, em 1896, além de um livro de contos. Ao falecer, de tuberculose, no dia 1º de janeiro de 1897, deixou planos para várias obras, entre as quais *Ângelo* e *O emigrado*.

Considerado um dos grandes nome das ficção brasileira do séc. XIX, Adolfo Caminha sempre foi mais citado, e lido, como autor de *A normalista*. Quanto a *Bom-Crioulo*, talvez pela violência das denúncias que contém, ficou quase esquecido até recentemente, apesar de muitos considerarem este romance como sua obra -prima. O pouco conhecido *Tentação* é também, segundo alguns, uma obra bem construída e de indiscutível importância.

A NORMALISTA

Enredo

João Maciel da Mata Gadelha, ou simplesmente João da Mata, ex-professor de matemática no interior do Ceará, vive em uma casa na Rua do Trilho, em Fortaleza, com sua amásia, D. Teresinha, e Maria do Carmo, bela adolescente de 15 anos de idade e afilhada, estudante do Curso Normal. Ao fixar-se na capital, João da Mata passara a trabalhar na política, mas apenas para obter vantagens pessoais. Depois de alguns anos cansara-se da atividade, reclamando que conseguira apenas um miserável emprego de amanuense, passando, a partir de então, a cuidar quase que exclusivamente da afilhada, por quem nutre verdadeira e não tão secreta paixão, que se traduzira várias vezes em carinhos ardentes que nada tinham de cuidados de padrinho ou pai. Maria do Carmo, que estava sob sua guarda desde tenra idade, sempre dócil e submissa, submetia-se a tudo, sem qualquer resistência.

Certa noite, durante uma costumeira roda de víspora, João da Mata, cujas façanhas de ateu, anticlerical, aproveitador, chicaneiro e namorador de criadinhas corriam de boca em boca, irrita-se furiosamente com José de Souza Nunes, mais conhecido por Zuza, um rapaz de 20 anos, quintoanista de Direito em Recife, que também estava presente e cujas visitas vinham se tornando cada vez mais frequentes. O estudante, filho do coronel Souza Nunes, homem rico e politicamente importante de Fortaleza, andava, sem qualquer dúvida, de olho em Maria do Carmo e, o que era pior, parecia evidente que era correspondido. Mas, segundo pensava João da Mata, não seria por sua fama de rapaz da moda, elegante e frequentador das altas rodas que ele iria roubar-lhe Maria do Carmo... Era preciso tomar providências urgentes...

Maria do Carmo chegara a fortaleza aos seis anos de idade, quando a família deixara Campo Alegre, no sertão cearense, durante a grande seca de 1877. Seu pai, o capitão Bernardino de Mendonça, depois de ver seu gado todo morrer, decidira viajar para a capital, acompanhado da mulher, D. Eulália Furtado, do filho Casemiro e de Maria do Carmo, a caçula. Lourenço, o outro dos três irmãos, entrara para o Exército. Logo ao chegarem à cidade, D. Eulália morrera repentinamente de ataque cardíaco e Bernardino, triste e desanimado, resolvera, depois de algum tempo, partir novamente, desta vez para os seringais do Pará, em busca da fortuna, acompanhado pelo filho. Quanto a Maria do Carmo, a deixava aos cuidados do compadre João da Mata, que o capitão, em sua ingenuidade e boa fé, acreditava ser um homem honrado e bom que cuidaria melhor do que qualquer outro da felicidade e do futuro da afilhada... E então, para tristeza de Maria do Carmo, o pai morrera nas florestas do Pará e Casemiro nunca mais dera notícias.

Em companhia do padrinho e de D. Teresinha, a vida de Maria do Carmo não podia ser considerada tão má. Terminados seus estudos primários em um colégio de irmãs, ingressara na Escola Normal e se dedicava a estudar, tocar piano e ler romances de Alencar e, principalmente, de Eça de Queiroz – como *O primo Basílio*, por exemplo, – emprestados por sua amiga e vizinha Lídia Campelo, moça de 20 anos com fama de não ser muito "séria". Quanto a Zuza, o namoro estava apenas no começo, pelo menos até a noite do jogo de víspora, quando ele, de fato, como desconfiava João da Mata, entregara a Maria do Carmo uma carta de amor que falava em "olhos de madona" e voz com timbre de "harpa eólica"... Já na manhã seguinte o namoro é noticiado em *A Matraca*, um pasquim dedicado a mexericos, o que deixa Maria do Carmo assustada e ansiosa ao mesmo tempo.

E enquanto o aristocrático coronel Souza Nunes fica furioso ao saber do namoro do filho com uma simples normalista sem família e sem posses, João da Mata remói seu desejo de possuí-la o quanto antes... E Zuza, deixando Maria do Carmo com ciúmes, parte em viagem para o interior, acompanhando o presidente da província, não sem antes publicar na imprensa local um soneto: *Adeus...*

Certa tarde, ao chegar em casa quase bêbado, João da Mata não resiste e abraça a afilhada, beijando-a na boca. Maria do Carmo tenta resistir mas o padrinho a ameaça e ela silencia, passando aos poucos, apesar de nervosa e com saudades de Zuza, a adotar a tática de dobrar-se às investidas do padrinho, na esperança de que o mesmo se acalmasse e reduzisse sua oposição ao namoro com o filho do coronel Souza Nunes. D. Teresinha, porém, começa a perceber a situação e certa ocasião acusa João da Mata de pretender abusar de Maria do Carmo, o que lhe custa violenta bofetada e a ameaça de ser mandada simplesmente embora, pois nem casada era... Uma semana depois Zuza retorna e diz-se disposto a dar uma lição ao Guedes, o mexeriqueiro de *A Matraca*, que informara em seu pasquim sobre o namoro da Rua do Trilho. Contudo, a conselho de seu amigo José Pereira, também jornalista, desiste do intento.

Enquanto isto, a cidade continua na sua rotina modorrenta e provinciana, com seus poetas, seus fuxicos e futricas. Loureiro, o namorado de Lídia, vai aos poucos se tornando de fato o dono da casa da viúva Campelo, D. Amanda, mesmo antes de se casar com a Campelinho. Zuza lembra as mulheres de Recife, comparando-as com as de Fortaleza, entre as quais, é claro, a tola e inocente Maria do Carmo, que tornara a ver por ocasião da visita do presidente da província à Escola Normal mas que nem respondera à sua carta. Um domingo, porém, no Passeio Público, Maria do Carmo o encontra e lhe entrega uma carta, depois do que, em companhia de Lídia e José Pereira, bebe cerveja e passeia, abraçada ao estudante. Ao voltar para casa já tarde da noite, mostra-se carinhosa para com padrinho, o que o deixa desarmado e o impede de ralhar com ela. Contudo, na casa a situação se deteriorava cada vez mais e as brigas de D. Teresinha e João da Mata provocavam verdadeiros escândalos na Rua do Trilho. Estas brigas, que tinham como causa as acusações de D. Teresinha contra João da Mata e deste contra Zuza, haviam acabado com a roda de víspora e o próprio Loureiro aconselhara a Campelinho a cortar suas relações com aquela família...

E Maria do Carmo, sozinha e impotente, pensa em Zuza como seu futuro salvador e tenta ganhar tempo, submetendo-se às carícias cada vez mais ousadas do padrinho, que já lhe toca seios e lhe acaricia as coxas. Quanto a Zuza, tendo percebido a frieza e a implicância de João da Mata, já não frequentava há algum tempo a casa mas, em compensação, passara a encontrar-se com a namorada na Escola Normal, ocasião em que trocavam cartas.

E os rumores voltam a correr. Segundo alguns, Zuza pretendia, de fato, casar com a normalista, o que era visto como uma loucura ou, então, como um ato de caridade. Segundo outros, ele pretendia apenas desfrutar da normalista, sendo provável até que um Zuzinha já estivesse a caminho... *A Matraca* aproveita o assunto e o coronel Souza Nunes se mostra cada vez mais preocupado, pois o filho não demonstra intenção de viajar a Recife para prestar exames de fim de ano nem rompe suas relações com Maria do Carmo. Pelo contrário, aos poucos parece apaixonar-se por ela e chega à conclusão de que bem poderia pedi-la em casamento.

Depois do casamento da Lídia Campelo com Loureiro, grande acontecimento social e até poético da Rua do Trilho, a que está presente certo alferes Coutinhos, Maria do Carmo se torna ainda mais triste, pensando em sua vida desgraçada, sozinha no mundo, entregue aos caprichos do padrinho e sem que Zuza resolva de uma vez por todas se casar com ela. De fato, o namoro avançara bastante e a normalista, apesar de algumas dúvidas, passara a confiar no estudante. Contudo, este vai protelando a decisão e Maria do Carmo se torna cada vez mais nervosa. Isolada, sem amigas, vivendo no verdadeiro inferno em que se transformara a casa de João da Mata depois que este brigara com D. Teresinha e deixara de dormir no quarto do casal, ela se apavora diante do padrinho, que continuava a demonstrar furiosa oposição ao namoro com o estudante. Na madrugada que se segue ao casamento de Lídia, João da Mata entra em seu quarto e a possui, prometendo não mais se opor ao casamento com Zuza se ela cedesse. Maria do Carmo se entrega sem muita resistência e até com certo gosto pelo desconhecido e pelos mistérios da vida, além de certa piedade pelo padrinho... Não tarda, porém, o arrependimento e ela compreende a que extremo chegara sua tragédia. Deixa de ir à aula e passa dias de cama, praticamente abandonada, já que D. Teresinha faz como se ela não existisse. Um dia, reagindo ao desânimo que dela tomara conta, vai com João da Mata visitar Lídia e Loureiro na agradável residência, localizada em um bairro distante, em que haviam passado a morar depois do casamento. Ali estupefata, é informada de que Zuza partira há alguns dias, obrigado pelo pai, como se saberia depois. A desgraça completa-se com os primeiros sinais de gravidez, o que leva Maria do Carmo ao desespero por entrever o futuro terrível que a espera, como mãe solteira e desonrada. Ao comunicar o fato ao padrinho, este não se mostra muito abalado, dizendo-lhe apenas que as coisas deveriam resolver-se de alguma forma, como acontecera tantas vezes antes no mundo. Ela teria seu "trambolho" em algum lugar afastado, o entregaria a alguém e a vida recomeçaria como se nada tivesse acontecido... Meses depois a normalista sente-se mal e D. Teresinha não tem mais dúvidas do que estava ocorrendo...

Preocupado, João da Mata nota que a afilhada engorda a olhos vistos e passa os dias tentando encontrar uma saída para evitar o escândalo. Finalmente, com a desculpa de ela estar precisando descansar, a envia para a casa de uma tia, Joaquina, que vivia com o marido, Mestre Cosme, em local distante da cidade. O casal, ao qual João da Mata prestara favores na seca de 1887, se prontifica a aceitar Maria do Carmo, que chega acompanhada do padrinho. E ali, junto aos simpáticos Joaquina e Mestre Cosme e em meio ao bucolismo da natureza, ela se recupera, reencontrando o gosto pela vida, relembrando o passado feliz e as vicissitudes por que passara. E João da Mata a visita todos os domingos, satisfeito por perceber que "triunfavam as qualidades procriadoras da rapariga"...

Enquanto isto, em Fortaleza, o desaparecimento da normalista provoca mexericos, com muitos insinuando que a culpa era, obviamente, de Zuza... João da Mata aproveita a ocasião e diz ao Guedes, o fuxiquento redator de *A Matraca*, que de fato o filho do coronel Souza Nunes engravidara a Maria do Carmo. A notícia se espalha pela cidade como um rastilho de pólvora, provocando grandes discussões sobre a educação da mulher, os costumes modernos, etc. D. Teresinha, que, não deixara de desconfiar de que o verdadeiro responsável por tudo era João da Mata, calava, enquanto este, cada vez mais submisso à mulher, já não reagia ao ser qualificado de "sem vergonha" e "sedutor de filhas alheias".

Certa manhã, Mestre Cosme avisa João da Mata de que Maria do Carmo, já assistida por uma parteira, estava para dar à luz. O amanuense se dirige rapidamente à casa da tia e ao anoitecer a criança nasce. Por descuido, rola da cama para o chão, morrendo em seguida. Apesar de desgostoso, João da Mata consola-se: talvez fosse melhor assim, um filho natural sempre é assunto para as más línguas... Maria do Carmo se desespera, exige ver o cadáver do recém-nascido. Diante dos soluços da mãe, João da Mata chora as primeiras lágrimas de sua vida. E enquanto uma graúna canta no alto de um coqueiro, Mestre Cosme, tendo ao lado o amanuense, cava, junto ao coqueiro, a tumba para a criança falecida.

Seis meses depois, entre cochichos e mexericos, Maria do Carmo, alegre e "com uma estranha chama de felicidade nos olhos", retorna à Escola Normal. O mundo retomava seu curso de sempre. E, indiferente à agitação provocada pela proclamação da República, a normalista, agora noiva do alferes Coutinho, vê "diante de si um futuro largo, mansamente luminoso, com um grande mar tranquilo e dormente".

Personagens principais

Maria do Carmo – Aproximando-se muito de um *tipo* clássico da ficção folhetinesca – a órfã abandonada e solitária que, pela beleza física e/ou bondade de caráter, enfrenta os azares da fortuna e supera todas as dificuldades, alcançando ao final a felicidade –, Maria do Carmo reúne traços da inconsistência "romântica" – superficialidade, ingenuidade, pieguice, infantilidade – com outros de natureza "realista" (V. final do comentário crítico), como, por exemplo, a estudada submissão ao padrinho, seus desejos de tornar-se mulher e a capacidade de sobreviver a qualquer preço, o que, afinal, consegue. Neste sentido, em termos técnicos, Maria do Carmo é uma personagem frouxa e contraditória, sem a consistência, primária mas nem por isto menos evidente, de figuras secundárias como Lídia Campelo, Loureiro etc.

João da Mata – Aparentemente projetado para ser o óbvio vilão da história, João da Mata vai se transformando, à medida que a narração avança, em pobre-diabo que termina alcoólatra, dominado pela mulher e agarrado a seu miserável emprego de pequeno funcionário público. Seu perfil de patife e aproveitador, desenhado no primeiro capítulo, não tem continuidade e o próprio defloramento da afilhada, longe de aparecer como ato de poder consciente ou de prepotência de um canalha, adquire os contornos de ação irresponsável de um bêbado frustrado e descontrolado. Como Maria do Carmo, também João da Mata é personagem mal construída que parece ocupar no romance demasiado espaço para seu primarismo moral.

Zuza – Outro *tipo* clássico, Zuza é o rapaz bem nascido, elegante, mimado e com certa consciência de sua superioridade social. Contudo, não pode ser considerado como mau caráter irrecuperável ou como canalha consumado. Seu perfil é mais o de um jovem rico e irresponsável cujos "bons sentimentos" latentes são recalcados pela "sociedade", ou seja, pelo grupo social a que pertence.

Os demais – Uma das características que mais chama a atenção em *A normalista* é a extrema consistência que possuem as personagens secundárias, desenhados, às vezes até em poucas linhas, com grande nitidez em suas particularidades pessoais e sociais. É como se, para o Autor, fosse mais fácil captar na superfície os variados tipos da heterogênea fauna provinciana de Fortaleza do que construir personagens complexas e sólidas. Entre estes inesquecíveis perfis de atores secundários devem ser lembrados José Pereira, Lídia Campelo, D. Amanda, D. Teresinha, o Guedes, Loureiro, D. Sofia etc.

Estrutura narrativa

Dividido em 15 capítulos de extensão variável, *A normalista* é um dos mais clássicos exemplos, na ficção brasileira do séc. XIX, de obra estruturada segundo o esquema tradicional da narrativa realista/naturalista, com um narrador onisciente em terceira pessoa. Apresentando linearidade quase absoluta – a única exceção importante é o *flashback* do cap. II –, o romance de Adolfo Caminha é perfeitamente transparente quanto ao espaço, tendo sua ação localizada, a rigor, exclusivamente em Fortaleza. Contudo, no que diz respeito ao tempo ao longo do qual se desenrolam os eventos narrados, há alguns problemas. Com efeito, se Maria do Carmo nasce em 1871 (cap. II) e tem 15 anos ao começar a narração (cap. I), o ano deve ser, obviamente, o de 1886, com certeza no segundo semestre, pois Zuza, devido à fugaz paixão pela normalista, vai prolongando sua permanência em Fortaleza e adiando sua viagem a Recife (para realizar os exames, cap. VIII) até dezembro, depois do casamento de Lídia Campelo. Ora, é na madrugada da noite que se segue a este casamento (cap. X) que João da Mata deflora a afilhada, então com 15 anos de idade, segundo as informações fornecidas nos dois primeiros capítulos. Logo, quatro meses depois (cap. XIII) ela não teria 18 mas 16 anos incompletos. Em sequência, o filho nasce em agosto/setembro de 1887 e seis meses depois, quando

Maria do Carmo retorna à Escola Normal, está-se em março de 1888 e não em março de 1890, quando, segundo o texto, a recente proclamação da República é o assunto do dia na capital cearense. Há, portanto, no que diz respeito ao tempo, uma "sobra" de dois anos entre os primeiros e os últimos capítulos. Tudo indica que, ao pretender – para criar o interessante contraponto entre plano pessoal e plano social – fazer coincidirem o retorno de Maria do Carmo à Escola Normal e a agitação pela proclamação da República, Adolfo Caminha não se tenha dado conta da incongruência cronológica, acentuando apenas que se a heroína nascera em 1871 era lógico que tivesse 18 no início de 1889, logo depois de engravidar. De fato, mas neste caso Maria do Carmo deveria ter, no início da narração, 17 e não 15 anos, o que é dito explicitamente no cap. I e de forma indireta no cap. II ("havia oito anos que isto fora...")

Como simples curiosidade, apenas para que não se julgue a questão como mais um erro do Autor, é preciso lembrar que se Maria do Carmo, ao ser desflorada pelo padrinho, estava a um dia dos "incômodos" (as regras, cap. X), é evidente, pelos conhecimentos médicos atuais, que ela não poderia ter engravidado, levando-se em conta que a relação sexual ocorreu apenas uma vez. Na época, é claro não haviam sido descobertos ainda o ciclo da fertilidade e suas consequências.

Comentário crítico

Considerando unanimemente uma das melhores obras de toda a ficção brasileira do séc. XIX, especialmente – ao lado de *O mulato*, de Aluízio Azevedo, e *D. Guidinha do Poço*, de Manuel de Oliveira Paiva – daquelas cuja ação se desenrola em outro espaço geográfico que não o do Rio de Janeiro, a então a capital federal, *A normalista* é o mais conhecido e lido dos três romances de Adolfo Caminha, se bem que muitos o considerem, por vários motivos, inferior em qualidade ao contundente e surpreendente *Bom-Crioulo*. Esta popularidade entre o grande público – popularidade de que nem *Bom-Crioulo* nem *Tentação* jamais desfrutaram – deve-se, sem dúvida, a certa ambiguidade temática: de um lado, um romance considerado “forte” para os padrões morais presentes na ficção brasileira no séc. XIX e, portanto, “impróprio para menores”, na visão dos ingênuos leitores do Brasil urbano da era pré-televisiva; de outro, uma tradicional e ao mesmo tempo interessante crônica de costumes, quase ao estilo de *Memórias de um sargento de milícias*, de Manuel Antônio de Almeida, de *A Moreninha*, de Joaquim Manuel de Macedo, e de algumas obras de temática urbana do próprio Alencar. Com a diferença, é certo, de que a ação se desloca do Rio de Janeiro para provinciana Fortaleza dos últimos anos da era imperial. Apesar de ser um texto óbvio, quase poder-se-ia dizer simplório, e, em consequência, pouco propício a interpretações que não estejam tematicamente explícitas, é possível levantar alguns elementos importantes e marcantes em *A normalista*.

Em primeiro lugar – e nisto a crítica é mais ou menos unânime: *Bom-Crioulo* é a verdadeira obra-prima de Adolfo Caminha –, *A normalista* é, tecnicamente, um romance com enredo frouxo e cheio de altos e baixos, com personagens mal acabadas (V. personagens principais) e com pontos de vista ambíguos e contraditórios, o que, apenas para dar um exemplo, pode ser muito bem observado na visão que o narrador e algumas personagens, entre os quais Zuza, têm a respeito da leitura de romances e da educação da mulher. Contudo, apesar destes verdadeiros ou supostos defeitos, o fato é que *A normalista*, quase um século depois de escrito, se sustenta como leitura interessante e como retrato vivo de um tempo passado, historicamente muito distante se se levar em conta as profundas transformações ocorridas na sociedade brasileira desde o final do séc. XIX. De onde provém este inegável *charme* da obra? Com que técnicas o Autor o cria?

Em segundo lugar, é exatamente este o mais importante aspecto que deve ser destacado em qualquer análise do romance. Pois Adolfo Caminha não é apenas um grande estilista, como fica claro nas belíssimas e lamentavelmente poucas e rápidas descrições que faz do ambiente bucólico do porto e das imediações da capital cearense. Ele é também um mestre do instantâneo fotográfico, da captação de cenas urbanas e da fixação viva e detalhadas de uma pequena cidade provinciana, limitada em sua visão de mundo e, consequentemente, ocupada apenas, ou quase, com mexericos e futricas. Sob este ângulo, a história da Maria do Carmo acaba se transformando em algo como um simples argumento para a descrição da sociedade fortalezense, o que Adolfo Caminha faz com rara maestria e surpreendente colorido. À semelhança do que ocorre em *O cortiço*, de Aluízio Azevedo, as personagens e o próprio enredo ficam em segundo plano e Fortaleza passa à frente da ribalta, assumindo o papel de verdadeira e principal personagem. Numa sequência de cenas e quadros justapostos e a rigor desconexos, se a questão for analisada do ponto de vista rigoroso de uma narrativa bem estruturada – em que as personagens parecem adquirir vida e materialidade, Adolfo Caminha leva o leitor a uma instrutiva viagem ao Brasil urbano da era pré-industrial, fotograficamente captado e fielmente transmitido para a posterioridade. E, desta maneira, a referida frouxidão do enredo perde importância como defeito e, antes, se revela perfeitamente adequada, se não às pretensões do Autor, pelo menos ao resultado final da obra, que, assim, surge como um amplo painel histórico-literário. O mesmo, e com tanto ou mais vigor ainda, deve ser dito da visão de mundo ambígua e contraditória que resulta do entrechoque das posições díspares e/ou opostas das várias personagens. Intencional ou não, a técnica do Autor é, *a posteriori*, bastante clara: o narrador se retira para o fundo da cena e, à frente, as personagens e suas visões da realidade se digladiam, provocando aparente confusão e impedindo que o leitor tenha certeza sobre a verdadeira posição do narrador ou, no limite, do próprio Autor. Mas é esta confusão que se torna o penhor da sobrevivência da obra, pois é através dela que se sente o pulsar vital da provinciana sociedade cearense de então, gravada vividamente para sempre nas páginas de *A normalista*. Não, é claro, com o rigor e a precisão de um genial gravurista como Machado de Assis em suas obras da maturidade sobre o Rio de Janeiro da mesma época, mas seguramente com um vigor e uma fidelidade raramente alcançados no romance brasileiro do séc. XIX.

Tal visão de *A normalista* não quer, e nem poderia, transformar em qualidades os defeitos da obra. Mostra, contudo, que estes são secundários e que o valor e a permanência do romance estão ancorados em elementos que se sobrepõem às possíveis, e visíveis, falhas próprias de um principiante (Adolfo Caminha completara apenas 25 anos ao escrever este romance, vindo a falecer cinco anos depois), cuja capacidade criadora não chegou a revelar-se completamente, se bem que se mostre mais consolidada em *Bom-Crioulo*.

Em terceiro lugar, o mesmo pode ser dito tanto em relação às personagens claramente calcadas sobre teorias expostas por Emile Zola em *Le roman expérimental* – o homem está submetido à pressão de seus instintos e é produto do meio em que vive – quanto em relação àquelas de um tom que lembra o *bom selvagem* rousseauano: o homem é bom por natureza, a sociedade é que o torna degenerado (caps. II e XI, por exemplo). Tanto no primeiro caso quanto no segundo, tais passagens – mais uma vez à semelhança do que ocorre em *O cortiço* – destoam do conjunto, por não se ligarem organicamente ao enredo, de tal forma que se fossem eliminadas nenhuma falta fariam, até pelo contrário. Se a isto se acrescentar que Maria do Carmo ora revela possuir uma visão ingênua, superficial e piegas do mundo – e é isto que os manuais de literatura brasileira qualificam, pedestremente, de "romantismo" –, ora demonstra ter uma percepção mais sólida e coerente da realidade social – e é a isto que os mesmos manuais denominam, tolamente, "realismo"... –, pode-se chegar à conclusão de que *A normalista* é, também em termos de concepção ética de mundo, uma obra bastante caótica. E sem dúvida o é. Mas, paradoxalmente, aí é que reside um de seus méritos, um dos motivos que a fazem legível até hoje: o ser receptáculo de um fervilhar de ideias e concepções confusas, conflitantes e heterogêneas próprias de um núcleo urbano e litorâneo do Brasil de então, que apenas começava a modernizar-se e a evoluir. Ainda dentro da velha moldura semicolonial e dependente, sem dúvida, mas já receptivo e logo submetido à influência cosmopolita, ou que assim se pretendia, das elites da Corte, por sua vez caudatárias da Europa. Não é mera coincidência, portanto, que a obra termine com a viva agitação provocada em Fortaleza pela proclamação da República e com a reintegração da protagonista à sociedade.

Repetindo, fosse ou não intenção do Autor – é certo que não –, é precisamente esta fluidez temática, esta desordem ética e esta confusão social – é curioso como as classes se relacionam entre si como se não houvesse barreiras! – que dão os tons de um quadro que mostra uma estrutura social fechada e limitada que começa a agitar-se, a transformar-se e a tomar consciência de seu lugar na História. Mesmo sem a lucidez privilegiada de Machado de Assis, sem o ódio escancarado de Raul Pompéia e sem a profunda consciência histórica de Euclides da Cunha – os expoentes máximos da elite cultural do Brasil pré-industrial –, em *A normalista* Adolfo Caminha consegue fixar, entre a rebeldia e o conformismo, um afresco detalhado e minucioso de uma época que em poucas décadas desapareceria para sempre.

Exercícios

Revisão de leitura

1. Qual o nome dos pais de Maria do Carmo e por que eles se dirigem a Fortaleza à procura de João da Mata?
2. Por que Maria do Carmo é entregue a João da Mata?
3. Para onde se dirigem, já no séc. XIX, segundo Adolfo Caminha, os emigrados do Ceará devastado pela seca?
4. Qual a visão que Lídia Campelo tem do namoro e do casamento?
5. Por que o pai de Zuza não quer que ele se case com Maria do Carmo?
6. Qual o escândalo que ocorre no casamento de Lídia Campelo?
7. Qual a visão que o romance fornece a respeito dos poetas de Fortaleza?
8. Como reage o presidente da província aos ataques da oposição?
9. Quem é José Pereira e qual a causa de sua importância?
10. Quais os principais jornais da capital cearense referidos em *A normalista*?

Temas para dissertação

1. O perfil de João da Mata no início da obra.
2. Zuza: mau caráter ou desmiolado elegante?
3. Os namoros de antigamente e os de hoje.

4. Casamento e classes sociais.

5. Zuza e Maria do Carmo: casamento, sexo e classes sociais.

6. A sociedade: aparência e realidade.

7. A política e os políticos segundo a visão fornecida em *A normalista*.

8. O papel da imprensa: ontem e hoje.

9. O poder e a reação às críticas.

10. O caminho de Maria do Carmo: da ingenuidade triste de órfã à maturidade relativamente tranquila.

BOM-CRIOULO

Enredo

Solitária e imóvel devido à rara e longa calmaria em alto mar, uma corveta da Armada brasileira balança ao sabor das ondas, em meio a uma situação já crítica, pois os víveres começam a escassear. O tenente de plantão, um oficial jovem e distinto, manda um marinheiro negro tocar corneta, convocando a todos para a revista no convés, sob o sol escaldante do meio-dia. Diante de oficiais e marinheiros perfilados, o comandante então ordena que os presos sejam trazidos à sua presença. Estes, algemados, imediatamente aparecem: dois grumetes jovens – um branco, de tez amarelada, e outro mais amorenado – e um negro alto e espadaúdo, todos os três condenados à chibata. O primeiro, de nome Herculano e conhecido pelo apelido de *Pinga*, tímido, fraco e esquivo, fora surpreendido se masturbando e por isto condenado a receber 25 golpes do instrumento, manejado, aliás, com rara maestria pelo guardião Agostinho, que sentia prazer especial em aplicar o castigo; o segundo, de nome Sant'Ana, condenado ao mesmo número de chibatadas, um pobre diabo gago, marinheiro de terceira classe, fora quem surpreendera Herculano em flagrante, sendo por ele atacado e revidando, em luta que acabara com a prisão de ambos; finalmente, o terceiro, de nome Amaro, conhecido como *Bom-Crioulo*, um negro colossal, musculoso, alto e forte, marinheiro de primeira classe e gajeiro da proa, tinha fama na Armada. Depois de desembarcar, tornava-se verdadeira fera no cais, de navalha em punho, provocando a todos e a todos fazendo correr, até que a polícia chegasse. Fora condenado a 150 golpes por ter esmurrado violentamente um marinheiro de segunda classe por este ter ousado maltratar o grumete Aleixo, um jovem e belo marinheiro de olhos azuis, querido por todos, e do qual se diziam certas coisas... Preso, aceitara o castigo sem reclamar, com a calma que o caracterizava sempre que não estivesse alcoolizado. E ali estava ele agora, entregue à sanha de Agostinho, que passa a cumprir sadicamente sua tarefa, até o comandante ordenar o término dos castigos e o reinício dos trabalhos, pois uma leve brisa estava a indicar que a calmaria, finalmente, chegava ao fim.

Procedente jamais viera a se saber de onde, Amaro, ou Bom-Crioulo, chegara ao Rio de Janeiro muitos anos antes da abolição da escravatura. Teria então cerca de 18 anos de idade. Apesar de ser "negro fugido", figura que, à época, aterrava a população e era alvo de todas as formas de caça, Amaro, talvez pelo seu porte atlético, tivera sorte e se engajara na Fortaleza de Villegaignon, sem que alguém perguntasse por sua origem ou por seus antecedentes. Algum tempo depois, quando já se mostrava nervoso por não ser destacado para algum navio, finalmente embarcara e se adaptara rapidamente à nova vida e à disciplina dos homens do mar, vida bem menos dura que a dos cafezais em que trabalhara e principalmente bem mais suportável, pela relativa liberdade e pela dignidade que proporcionava. Sentira alguma saudade dos velhos tempos, é verdade, mas isto passara sem demora. Sua inteligência e seu bom comportamento lhe haviam granjeado a simpatia dos oficiais e companheiros, do que resultara que em pouco tempo ninguém mais o conhecesse por Amaro. Tornara-se simplesmente *Bom-Crioulo*. Além do mais, sua força hercúlea o fazia respeitado e temido entre a marinhagem. Teria uns 30 anos de idade quando, já gajeiro da proa, embarcara para a viagem da qual agora retornava. Fora então que conhecera Aleixo, um grumete de 15 anos e de belos olhos azuis, filho de pescadores de Santa Catarina. A princípio receoso, Aleixo aceitara aos poucos a proteção e os carinhos de Bom-Crioulo, que demonstrara sua fidelidade de maneira eficiente ao esmurrar sem piedade um marinheiro que maltratara o grumete. Há algum tempo, aliás, Bom-Crioulo, de início submisso e bem comportado, vinha mudando lentamente, aos poucos adquirindo consciência de sua força e transformando-se em um marinheiro violento, revoltado e mesmo crítico em relação a seus superiores. Alguns diziam que isto era resultado de suas bebedeiras no cais. Outros simplesmente atribuíam tais mudanças à sua recente amizade com Aleixo, amizade que era assunto de constantes murmúrios. Apenas murmúrios, pois se Bom-Crioulo mudara aos poucos, o terror que impunha aos outros continuava o mesmo e ninguém se arriscava a provocá-lo, nem mesmo por brincadeira.

Agora que a calmaria terminara e todos se alegravam com a chegada dos ventos, que dentro em pouco permitiriam à corveta navegar até a Baía de Guanabara, Bom-Crioulo mostra-se tenso e nervoso. O aguilhão de sua paixão por Aleixo e a consequente fome de sexo o agitam. Ele, Bom-Crioulo, que nunca se envolvera muito com mulheres e até em suas poucas experiências fora um fracasso, já não consegue mais sufocar sua brutal atração pelo grumete, ao qual ensinara a vestir-se e a mostrar-se atraente. E na noite que se segue, após violenta borrasca e forte aguaceiro, o ato se consuma, na escuridão da proa, sem resistência de Aleixo, em parte por deixar-se levar pelas promessas de uma vida tranquila no Rio de Janeiro, em parte por mostrar-se agradecido pela proteção oferecida por Bom-Crioulo. Afinal, ele recebera 150 chibatadas por sua causa...

Na manhã seguinte, um belo dia de sol, a corveta chega à Baía da Guanabara, que se desenhava no horizonte, com seus acidentes geográficos e suas fortalezas visíveis de longe. Enquanto a marinhagem se mostra alegre, se preparando para desembarcar depois de uma viagem que parecia interminável, Bom-Crioulo se impacienta. Que seria de seu futuro, agora que descobrira que só em outro homem poderia encontrar o que em vão procurara nas mulheres? De qualquer maneira, ele não era uma exceção... Se até mesmo oficiais brancos, sem falar dos marinheiros,praticavam tais atos, quanto mais um negro... A natureza cobrava seu preço! O jeito era arrumar um quarto antes de que Aleixo se arrependesse... À noite, ambos desembarcam e se dirigem para Rua da Misericórdia, onde morava D. Carolina, uma gorda portuguesa de 38 anos, amiga de Bom-Crioulo. D. Carolina tivera vida agitada. Quando ainda jovem, abrira casa própria, adoecera, aparecera em desfiles de carnaval, voltara a Portugal, retornara novamente ao Brasil, se amigara várias vezes e, finalmente, acabara ali, num velho sobrado alugado, sublocando quartos por hora ou por mês, a quem quisesse e pagasse. Conhecera Bom-Crioulo por acaso, quando, certo dia, ele pusera a correr dois ladrões que pretendiam assaltá-la. A partir daí nascera grande amizade entre os dois, sem qualquer outro interesse, pois ela se dera conta imediatamente de que as mulheres não o atraíam... E agora percebia que seu velho amigo finalmente encontrara seu caminho... Um quartinho não seria problema, ainda mais que, como era evidente, uma só cama bastaria...

E assim foi. Aproveitando os longos meses em que a corveta permanece atracada na baía, em reparos, Bom-Crioulo e Aleixo vivem felizes em seu refúgio, um quartinho no sótão. Ali se encontram e dormem duas ou três vezes por semana, sempre que obtêm licença para deixar o navio, coisa fácil, pois Bom-Crioulo voltara a ser o marinheiro calmo e tranquilo de antigamente e seus pedidos, como os de Aleixo, nunca deixavam de ser atendidos. Bom-Crioulo, cuja paixão ardente se transformara em um sentimento calmo e numa afeição sem a fúria do ciúme, vive feliz e satisfeito, admirando a beleza de seu marinheirinho e desfrutando de uma paz jamais antes encontrada. Segundo gracejava D. Carolina, íntima de ambos, eles iam acabar tendo filhos, pois nunca vira dois homens se gostarem tanto... Um dia, porém, uma notícia caiu como um raio sobre Bom-Crioulo: fora destacado para servir em um cruzador e seria obrigado a deixar a corveta e, consequentemente, Aleixo. Furioso mas realista, Bom-Crioulo se submete às ordens. Afinal, negro cativo e marinheiro são a mesma coisa... Com profunda tristeza e com o ciúme a renascer no coração, parte para seu novo posto, deixando atrás de si um pedaço de sua alma...

Com a ausência de Bom-Crioulo, que agora só raramente vinha à terra, D. Carolina concebe o plano de conquistar Aleixo.

Cansara-se de marmanjos. Queria agora um rapaz novo que lhe fizesse todas as vontades e a quem pudesse dar tudo o que fosse preciso: roupas, sapatos, comida etc. Quanto ao negro, sem dúvida, a coisa era meio arriscada! Mas talvez fosse possível arranjar-se sem que ele de nada soubesse... Era preciso aproveitar a vida e, se comparada com outras, ela ainda era jovem e sem rugas! Com tais ideias na cabeça, D. Carolina aproveita as longas ausências de Bom-Crioulo e começa a insinuar-se junto a Aleixo, deixando a porta de seu quarto aberta, mostrando-se em roupas íntimas etc... Aleixo, que sabia dos amores da portuguesa com vários homens, inclusive um açougueiro com o qual ela se encontrava frequentemente, não podia imaginar que ela o estivesse cercando. Até que um dia, depois de convidar o grumete a entrar em seu belo quarto, D. Carolina se declara apaixonada e, sem lhe dar tempo, praticamente o violenta, urrando cheia de sensualidade "como uma vaca do campo extraordinariamente excitada"... Aleixo, apesar de inicialmente espantado com tudo aquilo, sente-se agradavelmente envolvido pela fúria animalesca da portuguesa e com ela passa a noite. E ao dirigir-se à corveta, na manhã seguinte, imagina como seria bom se Bom-Crioulo desaparecesse para sempre...

Enquanto isto, no encouraçado, os oficiais, informados de que Bom-Crioulo era arruaceiro e violento quando bebia, haviam decidido dar-lhe licença de ir à terra apenas um dia por mês. Inconformado, certo dia se oferece para remar no escaler que ia às compras e foge para ir até o sobrado da Rua da Misericórdia. Ali encontra D. Carolina e pergunta por Aleixo. A portuguesa desconversa, informando que este quase não aparecia ultimamente. Bom-Crioulo começa a refletir sobre sua situação, perguntando-se se não seria melhor juntar-se com uma mulher de sua raça e esquecer Aleixo para sempre? Saindo do sobrado, causa espanto entre a vizinhança ao carregar nas costas, até a Santa Casa de Misericórdia, um homem que fora acometido de ataque e caíra na rua. A seguir, começa a beber e depois se dirige de volta ao cais, resolvido a retornar ao navio. No cais briga com um português, é preso por policiais sob as ordens de um oficial e é reconduzido à força ao encouraçado, onde é lançado em uma jaula, amordaçado. Na manhã seguinte enfrenta a chibata, sendo conduzido depois ao hospital, na ilha. Por este tempo, no sobrado da Rua da Misericórdia, Aleixo, recém chegado da corveta, e a portuguesa divertem-se, tomando banho "escandalosamente nus, pecadoramente bíblicos", no tanque do quintal...

No hospital, Bom-Crioulo, enfraquecido mas sofrendo a tortura do desejo, revive suas lembranças, furioso e desesperado de ciúme porque Aleixo não o procura. E se consola contemplando, quase misticamente, uma foto do grumete... Certo dia, envia-lhe um bilhete carinhoso, pedindo-lhe que venha visitá-lo. Ao não receber qualquer resposta, compreende, enfurecido, que Aleixo o abandonara e jura possuí-lo, vivo ou morto. E começa a pensar em fugir do hospital. Por sua vez, no sobrado da Rua da Misericórdia, D. Carolina e Aleixo, que se transformara em forte e rijo marinheiro queimado do sol, vivem seus dias de idílio, dormindo juntos na ampla cama de casal no quarto da portuguesa... E Aleixo chega a sentir ciúmes do açougueiro português que há algum tempo sustentava D. Carolina com carne e boa mesada mensal... A solução era manobrar entre os dois para manter a paz e continuar tranquila, pensava a portuguesa. Mas eis que chega o bilhete de Bom-Crioulo, por sorte num momento em que Aleixo não se encontrava no sobrado. Inquieta, cheia de pressentimentos e recordando crimes provocados pelo ciúme, D. Carolina rasga o bilhete e decide fechar todas as portas, inclusive a da rua. À tarde, ao chegar, Aleixo estranha que a porta esteja fechada e exige explicações. Depois de relutar, a portuguesa conta-lhe o caso do bilhete. Aleixo pensa em visitar Bom-Crioulo, mas a portuguesa o desaconselha. E saem a passear.

No hospital, cheio de chagas e tomado por fúria insana de animal, Bom-Crioulo passa a noite pensando em vingar-se de Aleixo, em persegui-lo e aniquilá-lo. Certo dia aparece no hospital Herculano, o *Pinga* da corveta, aquele que fora castigado por masturbar-se e que agora, de rapazinho amarelado e fraco, se transformara em marinheiro forte e musculoso. Através dele, que continuava na corveta, Bom-Crioulo fica sabendo que Aleixo tem vida regalada a bordo, sendo amigo de todos os oficiais, estando, inclusive, amigado em terra. Bom-Crioulo leva um choque, mas dissimula o ódio que o assalta. E na noite seguinte foge do hospital, possesso de fúria e ciúme. Pela madrugada deixa a ilha no bote de um português e, ao chegar à cidade, dirige-se apressadamente à Rua da Misericórdia, onde, a espumar de cólera, contempla o sobrado, que era "como o túmulo mesmo de suas ilusões"... Trêmulo, quase em delírio, com um vago desejo de matar, de ver sangue, Bom-Crioulo conversa com um empregado da padaria vizinha, que confirma a história de Herculano a respeito de Aleixo e D. Carolina... Ainda um tanto incrédulo, Bom-Crioulo vê o grumete aproximar-se... Agarra-o num ímpeto e, depois de uma breve discussão, o degola com a navalha, diante do olhar horrorizado da portuguesa, que a tudo assiste da janela do sobrado... Com o rebuliço criado, chegam soldados, policiais e marinheiros. E enquanto dois marinheiros carregam rua abaixo o corpo inanimado de Aleixo, entre baionetas, preso, vai Bom-Crioulo, triste e desolado. Mas logo, aos poucos, na Rua da Misericórdia, tudo cai "na monotonia habitual, no eterno vaivém".

Personagens principais

Bom-Crioulo – Como personagem que encarna a tese implícita mas claramente presente no romance segundo qual o indivíduo é fruto do meio e de seus instintos, Bom-Crioulo assume os contornos clássicos de um estereótipo. Para perceber isto basta observar os adjetivos aplicados a ele e suas ações. Negro fugido, Bom-Crioulo é um ser primitivo, animalesco, furioso, sádico, violento, possessivo e sexualmente anormal. E são tais características que fazem dele, é claro, o portador do mecanismo que desencadeia a tragédia, segundo se pode depreender do projeto global da obra. No entanto, personagem e projeto entram em evidente conflito quando Bom-Crioulo, em suas atitudes, se revela também ingênuo, calmo, gentil e até mesmo frágil. Deste ponto de vista – desbastado da tese e da adjetivação que lhe são impostas (v. comentário crítico) –, Bom-Crioulo pode ser visto como personagem próxima de Otelo, aliás lembrado no texto: o protótipo de todo indivíduo acuado que vê no objeto de sua paixão o único sentido de sua existência e que o destrói, ao objeto, no momento que em que percebe tê-lo perdido.

Aleixo – No polo oposto de Bom-Crioulo, que é, em todos os sentidos, a parte ativa e a mola que dá partida à ação, Aleixo é o objeto desta, o que o transforma em vítima de mecanismos estranhos a ele. Ingênuo, mas capaz de perceber que sua submissão pode lhe render vantagens, aos poucos toma consciência de seus interesses, sem jamais perceber, contudo, os riscos que ocorre. Por isto, não controla os acontecimentos, sendo por eles levado de roldão, o que fica evidente tanto em suas relações com Bom-Crioulo quanto com D. Carolina. Ele é o objeto da carência afetiva e da consequente fúria possessiva de ambos. Socialmente, Aleixo é, de maneira muito explícita, a vítima de interesses conflitantes e implacáveis.

D. Carolina – Vivida, hábil e sem qualquer escrúpulo, a portuguesa encarna a civilização, entendida esta como a capacidade de sobreviver em sociedade tirando proveito de tudo e de todos, mas sem jamais ultrapassar os limites que podem levar a situações incontroláveis e perigosas. Não por nada é ela que, para além do ponto final da obra, continuará sua vida de sempre, consolando-se com seu açougueiro...

Estrutura narrativa

Composto de doze capítulos de tamanho mais ou menos idêntico, *Bom-Crioulo* é constituído rigorosamente segundo o modelo da narrativa realista/naturalista e de acordo com sua estrutura linear, da qual fogem apenas algumas cenas em *flashback*, destacando-se entre elas o cap. II – o passado do protagonista – e parte do cap. IV – o passado de D. Carolina. Quanto ao tempo da ação, esta se desenrola, a rigor, ao longo de um ano e alguns meses, espaço que medeia entre o episódio da calmaria e o assassinato de Aleixo. No entanto, se for considerada a chegada de Amaro/Bom-Crioulo à Fortaleza de Villegaignon, são na verdade 13 anos e alguns meses, pois o protagonista tinha aproximadamente 18 anos por aquela época e está na casa dos 30 na viagem em que conhece Aleixo. É preciso ressaltar, porém, que o Autor não se preocupa muito com a marcação exata do tempo, como se pode observar no cap. V, em que não se sabe se a expressão "quase um ano", repetida em dois parágrafos próximos, se refere apenas ao tempo que se segue à noite em que Bom-Crioulo dorme com Aleixo na proa da corveta ou engloba também os meses antecedentes ao fato, transcorridos durante a viagem ao sul.

No que diz respeito ao tempo histórico, necessariamente a ação se desenvolve entre 13 de maio de 1888 e 15 de novembro de 1889, pois (cap. II) o narrador informa que a Abolição já aconteceu mas deixa claro também (cap. VII) que a República ainda não fora proclamada.

Comentário crítico

Por muitos considerado a obra-prima de Adolfo Caminha – que o preferem a *A normalista*, tematicamente mais ameno e historicamente mais abrangente –, Bom-Crioulo é um romance que permaneceu quase esquecido e pouco lido ao longo de muitas décadas, passando a circular em colégios e cursos de Letras apenas a partir do início do último quartel do séc. XX. O que é compreensível. Afinal, seu tema explosivo – o homossexualismo – e sua linguagem crua, verdadeiramente surpreendente para uma obra do séc. XIX, faziam dele uma espécie de *romance maldito* para os conceitos morais da sociedade brasileira da era pré-industrial. Maldito até mesmo politicamente, já que, com ou sem razão, fora visto, ao ser publicado, como um violento libelo contra a Armada, quer pela denúncia dos brutais castigos físicos aplicados aos marinheiros, quer por referir a presença da prática do homossexualismo entre a tripulação, não poupando nem mesmo a oficialidade. Foram, portanto, as transformações econômicas e sociais ocorridas no país na segunda metade do séc. XX, com a urbanização acelerada, o advento da televisão e as mudanças comportamentais daí resultantes, que fizeram com que o romance de Adolfo Caminha deixasse de ser considerado uma obra imoral e escandalosa, permitindo assim analisá-lo numa perspectiva equilibrada e despida de prevenções.

Independente da questão de saber se o Autor tinha ou não a intenção de construir a obra como um panfleto dirigido contra a

Armada e seus integrantes – questão que, além de ser hoje pouco interessante, de fato nem chega a despertar a atenção do leitor atual –, é preciso reconhecer que *Bom-Crioulo* é um romance que deve ter provocado brutal impacto por ocasião de sua publicação. De fato, como se não bastasse abordar de forma clara e direta a questão do homossexualismo – fato incomum para a época –, tal tema é exposto numa linguagem que, descontado certo exagero retórico em alguns momentos, bem pode ser qualificada de crua e sem véus, chegando às vezes ao limite da vulgaridade e da patologia. É de se imaginar o escândalo de uma sociedade patriarcal e conservadora como era a do Brasil de finais do séc. XIX, que considerava como extrema ousadia *A carne*, de Júlio Ribeiro – verdadeira leitura para noviças se comparado com *Bom-Crioulo* – e como inaceitáveis as insinuações de Raul Pompéia em *O Ateneu*. Contudo, a passagem do tempo e as transformações sócio-históricas tornaram desimportantes tais questões, ao passo que *Bom-Crioulo*, por sua parte, tende a se consolidar como um romance surpreendente e profundo, sem dúvida entre os melhores de toda a ficção brasileira do séc. XIX. E isto por vários motivos. Em primeiro lugar, é preciso destacar e acentuar um aspecto ao qual até hoje a crítica – mais preocupada com a efetiva contundência temática e com a pouco interessante questão teórica de saber a que corrente literária a obra se filiaria – praticamente não deu atenção: a linguagem. Não há nem pode haver qualquer dúvida de que Adolfo Caminha se revela em *Bom-Crioulo* como um dos três grandes mestres da língua e do estilo na ficção brasileira do séc. XIX, ao lado de José de Alencar e Machado de Assis. Esta qualidade, que já podia ser percebida em alguns momentos – poucos, é verdade, mas nem por isto menos evidentes – de *A normalista*, aqui desabrocha com raro vigor em passagens que, não seria exagero dizê-lo, revelam fulgurante beleza, além de extraordinária funcionalidade na economia da narrativa, conjunção que é a marca inconfundível do grande narrador. Como exemplo basta referir a antológica descrição da borrasca em alto mar na tarde que antecede a noite em que Bom-Crioulo possui Aleixo. Nesta passagem, que por sua insuperável plasticidade mereceria figurar em qualquer antologia da língua portuguesa, a fúria dos elementos inanimados que se abate sobre a corveta prenuncia e ao mesmo tempo simboliza, em contraponto, a explosão dos instintos animais que se desatam, consumando-se na posse de Aleixo. E é curioso observar que passagens como esta, quase sempre ligadas à descrição da paisagem e do meio físico e geográfico, apresentam-se livres daqueles traços de artificialismo e até de mau gosto retórico que caracterizam os momentos em que se explicitam as teorizações calcadas sobre o cientificismo da escola positivista – o que em literatura foi chamado de *naturalismo*.

Aliás, sob este ponto de vista – e este é o segundo aspecto importante que deve ser destacado – Adolfo Caminha não é exceção se comparado com Aluísio Azevedo (*O cortiço*) e Emile Zola (*Germinal,* por exemplo). Em todos eles há o que se poderia chamar de *esquizofrenia da narrativa*, pois, em seu incontido afã de buscar uma justificativa para a realidade narrada, recorrem a teorias que com ela nada têm a ver ou que, pelo menos, são totalmente prescindíveis e desimportantes. Por isto, tais passagens são marcadas por um tom retórico falso e extemporâneo. De fato, não é necessária qualquer teoria para dar credibilidade à existência da miséria moral e física dos mineiros do norte da França, dos habitantes de cortiços brasileiros ou dos marinheiros da Armada na época da chibata. Eles simplesmente estão aí, envoltos em desespero e degradação. Basta descrevê-los. Não é preciso na visão de hoje, porque à época, para tais autores, talvez fosse imprescindível firmar-se em uma âncora qualquer – no caso, as teorias cientificistas – para vencer a pressão do meio social, então impermeável a tais análises, e para ter a coragem de, baseados dialeticamente em argumentos então considerados irrespondíveis pela própria concepção cientificista, expor os mecanismos de poder que regem a sociedade.

É sob este aspecto, aliás, que Adolfo Caminha pode ser considerado um autor moderno e é daí que procede, sem dúvida, seu tom de permanente atualidade. Porque *Bom-Crioulo* não é simplesmente a história de uma paixão e de um crime que se gestam nas escuras regiões em que se traçam os tênues limites entre a sanidade e a patologia de indivíduos isolados. É mais, muito mais. *Bom-Crioulo* – e este é o terceiro ponto importante – é uma espécie do microcosmos em que são expostas as leis do mundo, quer dizer, é a apresentação de um sistema de poder que se desenvolve no plano das relações estritamente pessoais mas que, em miniatura e em contraponto, desvela as leis que regem o organismo social como um todo. Com efeito, os oficiais dominam Bom-Crioulo, este domina Aleixo, o qual, por sua vez, para fugir ao controle do primeiro, procura estabelecer um pacto com D. Carolina, que, de sua parte, procura controlá-lo e subtraí-lo ao poder daquele. Estabelecido o conflito, Aleixo, a parte mais fraca do sistema, perde e é destruído. Este complicado jogo de poder se apresenta como uma exemplificação, no plano prático das relações entre personagens, da famosa *teoria da equivalência das janelas*, enunciada por Machado de Assis em *Memórias póstumas de Brás Cubas*. Assim, o romance de Adolfo Caminha deixa de ser apenas uma obra de contundência brutal e até certo ponto escandalosa por abordar os temas do homossexualismo e dos castigos físicos na Armada, além da questão racial, e se transforma num documento que revela clara e aguda percepção dos mecanismos de poder que ordenam a sociedade como um todo. Percepção, aliás, que é a marca identificadora das melhores obras da ficção brasileira surgidas por volta da virada do séc. XIX e escritas por Aluísio Azevedo, Machado de Assis, Raul Pompéia e Lima Barreto, além do próprio Adolfo Caminha.

Uma análise mais ampla de *Bom-Crioulo* permitiria a abordagem de vários outros temas. Um deles, por exemplo, é o da possibilidade de identificar traços racistas na obra, o que logo de início poderia ser rebatido com o argumento de que a animalidade do instinto não está encarnada apenas em Bom-Crioulo mas também em D. Carolina, como se pode perceber na antológica cena e hilariante sequência do defloramento de Aleixo. Outro é a curiosa e interessante dualidade do – como o chamam os linguistas – registro de linguagem, ora vazada em tom elevado e quase sublime – nas descrições do meio físico-geográfico –, ora marcada por traços de viva oralidade, que lembram *Memórias de um sargento de Milícias*, de Manuel Antônio de Almeida – do que é típica a acima mencionada sequência do defloramento. E assim por diante. Tudo indica, porém, que, pelo menos na perspectiva do presente, *Bom-Crioulo* permanecerá como marco importante na história do romance brasileiro por revelar simbolicamente a existência de forças sociais que já dispunham, no final do séc. XIX, de consciência crítica e de viva percepção dos mecanismos que comandavam uma sociedade escravista, arcaica e patriarcal que se desintegrava rapidamente diante das forças da inevitável modernização.

Exercícios

Revisão de leitura

1. Quem denuncia Herculano, um dos marinheiros que é castigado junto com Bom-Crioulo?

2. Quais os tipos raciais dos integrantes da tripulação descritos no cap. I?

3. Qual a diferença, para Bom-Crioulo, entre os cafezais e a vida de marinheiro?

4. A que se pode atribuir a mudança no comportamento de Bom-Crioulo e qual seria a verdadeira origem da mesma? Seria apenas a cachaça ou haveria alguma relação com a percepção das relações de poder?

5. Qual a relação insinuada por Adolfo Caminha entre a tempestade (cap. III) e o que ocorre na noite que se segue?

6. Como se comportam o comandante e os oficiais em relação aos marinheiros?

7. Como Bom-Crioulo e D. Carolina se tornam amigos?

8. Quais os adjetivos mais utilizados por Adolfo Caminha para qualificar Bom-Crioulo? Liste-os.

9. Quem é Otelo e por que Adolfo Caminha compara Bom-Crioulo a ele?

10. O homossexualismo, para Adolfo Caminha, é exceção ou regra entre os marinheiros?

Temas para dissertação

1. A vida de D. Carolina.

2. D. Carolina e Bom-Crioulo: as origens da amizade e do conflito.

3. Homossexualismo: destino genético ou consequência da vida solitária?

4. A natureza do ciúme.
5. Quem ama não mata?
6. As relações sexuais e as relações de poder entre as pessoas.
7. A vida em caserna ou internato.
8. O escravo e o operário: semelhanças e diferenças.
9. A Revolta da Chibata.
10. Escravismo: o processo abolicionista no Brasil.

Domingos Olímpio

Luzia-Homem

Vida e obra

Domingos Olímpio Braga Cavalcanti nasceu na cidade de Sobral, Ceará, no dia 18 de setembro de 1850, sendo filho de Antônio Raimundo de Holanda e de Rita de Cássia Pinto Braga. Depois de fazer seus estudos primários na mesma cidade de Sobral, época em que assimilou também rudimentos de francês, transfere-se para Fortaleza, onde inicia seus estudos preparatórios no Ateneu Cearense, dedicando-se à música, ao desenho e à pintura, além de ser um dos redatores do jornal do colégio. Em 1866 parte para o Recife, onde termina seus estudos preparatórios e entra para Faculdade de Direito, vindo ali a conhecer Castro Alves, Tobias Barreto e outros representantes daquela geração de intelectuais. Ainda estudante, escreveu alguns dramas, apresentados por grupos teatrais ligados à Faculdade de Direito. Depois de bacharelar-se, retorna, em 1873, para o Ceará, sendo nomeado promotor público de Sobral, ali permanecendo até 1878. Tendo a esposa falecido três anos antes e também em virtude de conflitos com o governo cearense de então, Domingos Olímpio transfere-se para Belém do Pará. Ali pratica advocacia, colabora em vários jornais e participa da política, tendo sido deputado da Assembleia Provincial. Em 1890 muda-se para o Rio de Janeiro, onde permaneceria até sua morte. Na antiga capital do país atua intensamente na imprensa. Em 1892 casa-se em segundas núpcias com Ana Torres e no mesmo ano participa de uma missão especial nomeada para resolver a Questão das Missões, com a Argentina. Em 1903 publica *Luzia-Homem* e é nomeado para um cargo público, demitindo-se logo em seguida à vitória eleitoral de Campos Sales e passando a dirigir a revista *Os Anais*, na qual colaboravam os maiores nomes da intelectualidade brasileira da época. Na mesma revista publica seu segundo romance, *O almirante*, e os onze primeiros capítulos de *O uirapuru*, que ficou incompleto. Em 1905 candidata-se à Academia Brasileira de Letras, sendo derrotado por Márcio de Alencar. Em 1906, ao terminar de defender e ganhar uma causa perante o Supremo Tribunal Federal, vem a falecer.

De toda a obra de Domingos Olímpio – dramas, contos, crônicas, polêmicas, ensaios e os três romances, um dos quais inacabado –, a que mais se destaca é *Luzia-Homem*, considerado um dos romances mais importantes da ficção brasileira de temática ligada à seca do Nordeste. Outro elemento que colaborou para esta obra permanecesse viva na tradição literária brasileira é o fato de a protagonista (v. comentário crítico) estar marcada por clara dualidade: de um lado a camponesa castigada pela seca, e por isto condenada a enfrentar o mundo ombro a ombro com os homens, e, de outro, a mulher com traços da "fragilidade" típica de suas congêneres urbanas num mundo patriarcal pré-industrial.

LUZIA-HOMEM

Enredo

No morro do Curral do Açougue – assim chamado porque no passado ali houvera um abatedouro –, nas imediações da cidade de Sobral, no Ceará, um grande número de retirantes trabalha afanosamente na construção do prédio da cadeia. Assim determinara a Comissão de Socorros, que decidira substituir a simples esmola à multidão de homens, mulheres e crianças esquálidos e famintos – que fugiam da seca que então devastava o sertão – por salário em troca de trabalho. E quando a tarde cai o sino da cidade toca a Ave-Maria e a massa de trabalhadores, lembrando os cativos de antigas eras, retira-se para seus rústicos acampamentos, onde a comida fumega em grandes caldeirões e onde alguns desafogam sua tristeza em músicas e canções.

Entre as mulheres que trabalham na construção destaca-se Luzia-Homem da Conceição, jovem tímida, recatada e de grande beleza, com longos cabelos negros e anelados e força física extraordinária, que trabalha mais do que o exigido, para assim ter direito a dupla ração, pois Zefa, sua mãe, encontrava-se há algum tempo praticamente inválida, sofrendo de reumatismo e dificuldades respiratórias. Apesar de seu comportamento moral irrepreensível, reconhecido por todos, e de sua vida quase solitária, Luzia não deixa de ser alvo da maledicência do vulgo – que a ridiculariza chamando-a de *Luzia-homem* e *macho-e-fêmea* –, e do assédio galante e insistente do soldado Crapiúna, que sente seu orgulho arranhado diante da frieza e da passividade de Luzia. Esta não só repelira sua aproximação como, ainda, se queixara ao comandante do destacamento, que transferira o soldado para tarefas que não mais lhe davam oportunidade de cortejar as retirantes, especialmente as mais jovens. Crapiúna, apesar de muito moço, era mal-afamado entre os homens por já ter em seus ativos três mortes, o que não impedia que fizesse sucesso entre as mulheres, exibindo seu porte garboso e seu belo fardamento... E seu despeito por ser rejeitado por Luzia cresce ainda mais ao ser informado de que um jovem educado e calmo, de nome Alexandre, a cortejava silenciosamente, sendo por ela aceito como amigo.

A massa de retirantes famintos, miseráveis e doentes crescia assustadoramente, cercando Sobral e ocupando até as praças centrais da cidade. Luzia, que pensa chegar até a costa, levando sua mãe, para experimentar nela os efeitos benéficos dos banhos de mar, desiste em vista das dificuldades de transporte e vai ficando, morando em uma casinha razoável, cedida pelo capitão Francisco Marçal, um dos homens importantes da região. Em sua tarefa de sustentar e ajudar a mãe doente, encontra apoio em Alexandre, em Raulino Uchoa – um sertanejo forte e um tanto temerário, a quem ela própria, Luzia, com extraordinária coragem, tomara nos braços e salvara da morte certo dia, quando ele se desastrara ao participar de uma aposta para derrubar um boi pelo rabo – e em Teresinha, moça vivida e sofrida que saíra de casa, fugindo da seca, em companhia de seu namorado Cazuza, depois falecido, sendo então obrigada a vender seu corpo para sobreviver. Mas Crapiúna não para de insistir, escrevendo a Luzia uma carta de amor e lhe dirigindo novos galanteios ao encontrá-la um dia, de madrugada, junto à cacimba de água, no leito seco do rio.

Receando o futuro por causa do soldado, Luzia não sabe o que fazer mas também não se decide a ir embora, apesar de Alexandre declarar-se a ela e pedi-la em casamento, propondo que se mudassem para outra frente de trabalho, na região da Mata-Fresca, a duas léguas de distância da cidade, longe, portanto, de Crapiúna. Com a seca se prolongando e cada vez mais violenta, Luzia permanece sempre na dúvida entre dirigir-se para a costa, aproveitando uma possível melhora da mãe, e aceitar a proposta de Alexandre, que passara a ser o responsável pelo armazém de víveres, o que lhe permitia viver folgadamente e ainda entregar parte de sua ração a Luzia.

Novas cartas de Crapiúna, cada qual mais violenta e apaixonada, chegam às mãos de Luzia e ela não sabe o que fazer, ainda mais que, diante da tímida insistência de Alexandre para que lhe desse uma resposta a seu pedido de casamento, se limitara a olhar para a mãe, como querendo indicar que lhe era impossível tomar tal decisão enquanto esta continuasse doente. E apesar de considerar o ato vergonhoso e quase um crime, a curiosidade a impele a abrir as cartas de Crapiúna, que já se atreve não só a rondar a casa como também a fazer serestas junto à janela. Uma tarde, quando, já inquieta com a demora de Alexandre, presta à mãe enferma os cuidados necessários, chega à conclusão de que é preciso dar um basta à situação. Neste momento se sobressalta com a chegada de

Teresinha, que a informa sobre uma desgraça acontecida: Alexandre fora preso, acusado de furto! Imediatamente, em corrida desvairada, parte rumo à cidade, dirigindo-se para o armazém de distribuição de alimentos e outros socorros para os retirantes. Ali, diante de uma multidão já inquieta pela demora da distribuição das rações, a Comissão de Socorros analisava o furto de duzentos mil réis e de certa quantia de alimentos e interrogava Alexandre, o principal suspeito, já que tinha as chaves do armazém e naquele dia chegara atrasado. Além do mais, Crapiúna e outro soldado, Belota, haviam deposto afirmando que Alexandre ou alguém muito parecido com ele fora visto à meia-noite retirando-se do armazém carregando uma trouxa volumosa. Alheia aos insultos da multidão, Luzia invade a sala da Comissão e depõe a favor do acusado, ocasião em que, diante da pergunta do promotor, que era um dos membros da Comissão, explica a origem do apelido *Luzia-Homem*, que lhe fora dado pelo fato de, sendo filha única, ter sido obrigada a ajudar seu pai, um vaqueiro, em todas as lides do campo, como se fosse um rapaz. Em seguida acusa Crapiúna como responsável pela prisão de Alexandre e mostra a última carta dele recebida, na qual diz que Luzia haveria de se arrepender se não cedesse aos seus desejos. O promotor, impressionado com Luzia e com a carta, interroga Crapiúna e diz aos demais integrantes da Comissão que o mesmo deve ser posto sob vigilância. Alexandre permanece preso e Luzia o visita todos os dias, levando-lhe alguma comida e conversando com ele.

Os dias passam. Teresinha se muda para a casa de Luzia, fazendo-lhe companhia e ajudando-a a cuidar da mãe. Alexandre, adoentado devido à atmosfera infecta da prisão, não vê perspectivas de sair, enquanto o processo se arrasta lentamente. Nada se descobrira de novo e a vigilância em torno de Crapiúna não dera resultados. Mãe Zefa, graças a alguns remédios receitados pelo médico que a visita, começara a melhorar e Luzia já pensa em partir para a costa tão logo Alexandre deixe a prisão. Um dia, porque Teresinha diz precisar de dois mil réis para consultar a adivinhadeira e feiticeira Rosa Veado – que, em troca, prometera descobrir o verdadeiro ladrão –, vai à casa do promotor vender seus cabelos. A mulher do promotor, D. Matilde, os compra por cinco mil réis mas exige que Luzia não os corte e passe a cuidar deles melhor ainda. Ela fica feliz e recebe ainda a promessa do promotor de que haveria novidades sobre o processo contra Alexandre. Ele acrescenta, porém, que surgira uma pequena complicação, assunto a que também se referira Alexandre em uma conversa com Luzia na prisão, conversa interrompida pela chegada de Crapiúna, violento e importuno como sempre.

Certa noite, Luzia e Teresinha ouvem passos e vozes em torno da casa e percebem dois homens e uma mulher a conversarem. Logo depois os três se afastam. No dia seguinte, ao levar comida para Alexandre, Luzia é informada por este de que haviam levantado uma calúnia contra ele, dizendo que entregara cortes de fazenda e outros presentes a uma moça chamada Gabrina, para que ela casasse com ele. Alexandre jura inocência mas Luzia fica furiosa e enciumada, deixando ali os cravos com que um dia fora presenteada por ele e que trazia sempre ao seio. Ao retirar-se, passa pela residência do promotor e D. Matilde a chama. Estando a par de tudo, inclusive da história de Gabrina, a mulher conversa com Luzia e percebe que ela está perdidamente apaixonada, apesar de, por orgulho, não querer admiti-lo. Compadecida de Luzia, a mulher do promotor promete que fará tudo que lhe for possível para resolver o problema de Alexandre. Na rua, Luzia se cruza com Crapiúna, que lhe lança um de seus tradicionais galanteios. A seguir, em um diálogo com outro soldado, Crapiúna confessa estar completamente enfeitiçado por Luzia e jura que ela não escapará dele, acrescentando ainda que andava tentando, com a ajuda de certa Joana Cangati, colocar dormideira em sua água de beber, à noite, o que não fora possível devido à presença contínua da mãe Zefa e de Teresinha na casa (com isto o leitor tem explicação para o fato de pessoas rondarem a casa de Luzia; contudo, uma explicação diversa é dada pela rezadeira Chica Seridó no cap. XX, quando informa o promotor de que, a pedido de Crapiúna, também fora, com ele e Belota, até a casa de Luzia para fazer rezas que lhe abrandassem o coração etc.)

Deste dia em diante Luzia não mais visita Alexandre na cadeia e volta a trabalhar na sobras do Curral do Açougue, depois de ter sido dispensada por algum tempo da tarefa pelo administrador, a fim de que pudesse cuidar da mãe doente. Teresinha a substitui na missão de levar comida ao preso, mas este, magoado com a atitude de Luzia, recusa. E no Beco da Gangorra, um bairro de casas velhas onde se alojavam soldados, dos quais alguns, entre eles Crapiúna e Belota, haviam montado uma banca de jogo, Teresinha, que ali tinha um quartinho com seus trastes, assiste, apavorada, a uma cena reveladora: Crapiúna, nos fundos do quintal da casa, desenterrando uma bolsa de couro de onça cheia de dinheiro... Afinal, pensa ela, tinha mesmo valido a pena gastar dois mil réis com Rosa Veado... Ali se materializavam as visões loucas e incompreensíveis que a feiticeira lhe havia proporcionado! Ao retornar para casa de Luzia, Teresinha decide não revelar o acontecido, apesar da piedade que sente por ela, que continua enciumada e sem querer reconhecer que fora ingrata com Alexandre e o tratara com demasiada dureza exatamente por estar apaixonada.

Ciente de que, por não ter prestado atenção ao fato de Crapiúna ter ou não deixado a bolsa no lugar quintal, sua descoberta podia não ter qualquer valor, Teresinha volta no dia seguinte ao beco e, apesar do medo que sente, investiga o local. A bolsa estava lá! Tal, porém, não seria suficiente para desmascarar Crapiúna! Era preciso apanhá-lo em flagrante! Refletindo sobre o assunto, chega à conclusão de que a melhor coisa a fazer seria procurar o sargento Carneviva, conhecido por sua dureza e por andar prevenido contra Crapiúna e Belota, já que sabia serem os dois jogadores incorrigíveis.

Enquanto isto, no Morro do Curral do Açougue, Luzia, que passara a trabalhar na oficina de costura, é informada por Quinotinha – uma menina a quem um dia Alexandre defendera contra o mal intencionado Crapiúna, que por isto passara a odiá-lo – que Gabrina, em uma discussão com Crapiúna, ameaçara ir até a delegacia dizer que não fora Alexandre e sim ele quem lhe dera presentes, tendo mentido apenas por despeito, já que gostava de Alexandre, e por acordo com Crapiúna em troca dos referidos presentes. Diante do relato de Quinotinha, Luzia compreende tudo e passa a acreditar na inocência de Alexandre. Animada e feliz, volta para casa e começa a contar a novidade, quando Teresinha a interrompe e informa que Crapiúna já se encontrava na cidade, pois o sargento Carneviva, a quem procurara para revelar o que ouvira no Beco da Gangorra, obrigara, a ele e Belota, a confessarem tudo.

Procedidas as investigações necessárias, as autoridades aceitam os fatos relatados por Teresinha e Luzia e confirmam prisão de Crapiúna e Belota, determinando também a libertação de Alexandre, que, apesar de continuar adoentado, é reconduzido a seu cargo no armazém e recebe, além dos salários atrasados, certa quantia de dinheiro como indenização. Por sua parte, na oficina de costura, no Morro do Curral do Açougue, Luzia não vê a hora de ir para casa e falar com Alexandre. Ao chegar, porém, só encontra sua mãe e, entre desesperada e triste, pondera que ele tinha razões para não procurá-la, pois, com seu orgulho e seu ciúme, ela própria o afastara... Enquanto isto, Teresinha, que, agora, depois de libertado Alexandre e feita justiça, via-se sem nada a fazer na vida, caminha, triste e desanimada, em direção à residência de Rosa Veado, perto da qual havia uma casa assombrada, cujas chaves lhe haviam sido entregues para o caso de aí desejar alojar-se. A certa altura do caminho, não consegue acreditar no que seus olhos veem: retirantes como os outros, puxando um burro quase morto de sede e cansaço, aí estão seus pais e sua irmã... De uma maneira ou de outra, Teresinha ajeita a todos na referida casa assombrada, enquanto o pai, duro e inflexível, não a perdoa por considerá-la filha ingrata e perdida que abandonara o lar para nunca mais voltar. E Luzia, a esperar Alexandre, que não vem, já imagina, quase doente e louca de ciúmes, que a estas horas ele está com Teresinha. Completamente transtornada pela paixão, é orgulhosa demais para procurar o namorado.

No domingo que se segue, ao receber a visita de Raulino Uchoa, que lhe leva fartas porções de comida, enviada por Alexandre, Luzia veste sua melhor roupa para ir à missa, na secreta esperança de encontrá-lo, e também a Teresinha, que ainda não aparecera depois dos últimos acontecimentos. Ao passar pela prisão, ouve os gritos furiosos de Crapiúna, que lhe pede perdão e exige falar com ela. Luzia não lhe dá ouvidos e, depois de assistir à missa, volta para casa, encontrando Quinotinha lendo para mãe Zefa, em *O sobralense*, as últimas notícias, nas quais o nome de Luzia-Homem aparecia com destaque. Definitivamente, pensa Luzia, o cruel apelido não a largaria mais. Neste momento vê chegar Alexandre. Quando este se despede, depois de conversar com mãe Zefa, Luzia não resiste e lhe pede perdão por fazê-lo sofrer. Os dois abraçam-se, reconciliados...

Dias depois, informada por Raulino Uchoa sobre o paradeiro de Teresinha, Luzia, acompanhada do sertanejo, vai visitá-la, ficando a par do que ocorrera, inclusive de que Teresinha passara a trabalhar de empregada para a própria família, a fim de pagar suas culpas... Mas o pai já se tornara um pouco mais flexível e se dispunha a contratar uma moça para ajudá-la... Luzia conta então que ela, Alexandre, mãe Zefa e o próprio Raulino Uchoa estavam de mudança para a Mata-Fresca, na serra da Meruoca, onde estavam sendo executadas algumas obras, e convida Teresinha e toda a família para acompanhá-los. Lá, pelo menos, estariam distantes da triste miséria dos retirantes e teriam água com fartura... Dias depois, em busca da serra, onde já se encontravam Alexandre e alguns trabalhadores preparando a nova morada, as duas famílias partem, acompanhadas de Raulino Uchoa e outros seis fortes sertanejos, que se revezam na tarefa de carregar a rede com a mãe Zefa. Quase chegando ao destino, Raulino Uchoa diz a Luzia para tomar o atalho, pelo qual seguiria Teresinha e a família, pois ele e os carregadores seriam obrigados a seguir pelo trilho principal por causa da rede com a mãe Zefa. A certa altura, quando já ouvia os gritos alegres de Alexandre, Luzia se depara com Crapiúna – que conseguira fugir da prisão – a rugir e a ameaçar matar Teresinha. Luzia avança e o fugitivo, surpreso, implora que o deixe com Teresinha, para ajustarem suas contas. Mas Luzia o enfrenta e o derruba. Crapiúna, vendo-a quase nua, tenta violentá-la. Ela resiste e crava-lhe as unhas no rosto, arrancando-lhe um dos olhos. Crapiúna, então, a esfaqueia e em seguida rola precipício abaixo, enquanto Luzia morre, tendo ao seu lado, amargurado e triste, o fiel Raulino Uchoa.

Personagens principais

Luzia – Ocupando um lugar de certo destaque na galeria das personagens femininas do romance brasileiro de temática agrária, Luzia possui, no contexto da obra, dupla importância. De um lado, além de mártir da seca, ela pode ser vista como pivô e vítima, ao mesmo tempo, de um triângulo amoroso. Mesmo que tal interpretação seja considerada demasiado superficial, é indiscutível que a busca desesperada da felicidade pessoal a despeito de todos os obstáculos faz de Luzia uma personagem trágica e comovente que, ao final, às vésperas de concretizar seu sonho, vê tudo esboroar-se diante de um golpe traiçoeiro do destino. No entanto, permanecer neste nível de análise, apesar da inegável sustentação no texto, seria, de fato, muito superficial se, de outro lado, não se avançasse, perguntando pelas origens da tragédia. Não parece existir dúvida de que a tragédia de Luzia nasce de sua superioridade em relação ao meio em que vive, superioridade que provém, por sua vez, de uma trajetória pessoal que, por corresponder socialmente a um desvio, lhe impõe a solidão. Com efeito, como filha única de vaqueiro forçada, para sobreviver, a exercer funções exclusivas do mundo masculino, Luzia é exceção na sociedade agrária de que procede. Mas uma exceção, dir-se-ia, minimamente funcional, já que, mesmo que seja a única saída, é uma saída que se origina do próprio meio agrário e nele teria que encontrar seu equacionamento. Contudo, ao transferir-se, em virtude do flagelo da seca, para o espaço urbano, suas habilidades "masculinas", desenvolvidas por injunção das circunstâncias, deixam de ser simples exceção para se tornarem verdadeiro estigma. Não só um estigma social, que a marca como estranha, mas, principalmente, um estigma sociocultural, que a coloca acima das mulheres e no mesmo nível dos homens em termos de poder. Daí se origina sua consciência de superioridade e sua capacidade de enfrentar não apenas o poder masculino como, ainda, o próprio poder administrativo, ambos encarnados – o último de forma arbitrária, é obvio – em Crapiúna. E daí se originam também sua solidão e sua tragédia, que são, portanto, fruto não apenas de um acaso – o de ser filha única numa sociedade agrária e ter sido por isto obrigada a desenvolver habilidades próprias dos homens – mas também de um choque de culturas, choque evidente na completa disfunção, no espaço urbano, destas habilidades desenvolvidas no espaço agrário.

Por certo, o Autor não consegue equacionar técnica e literariamente todos estes problemas. Seu romance é um tanto tosco e Luzia surge como justaposição esquizoide de duas mulheres, uma rural e outra urbana, sendo a última, indiscutivelmente, a preferida do narrador... Apesar disso, ou por isso mesmo, é nesta obra de Domingos Olímpio que se encontra a única personagem feminina de toda ficção brasileira que faz pensar em Maria Deodorina da Fé Bettancourt Marins, a *Diadorim*, genial criação de João Guimarães Rosa em *Grande sertão: veredas*. Porque também Diadorim é uma solitária que parece buscar a tragédia em que se consuma seu destino, o destino de uma filha única de fazendeiro criada como homem e entre homens e, portanto, detentora do poder do clã familiar, poder que de nada lhe serve. Nem mesmo para prender aquele em quem, por ser seu igual culturalmente, talvez encontrasse a identidade indispensável para sobreviver, Riobaldo (v. *Guia de Leitura* sobre *Grande sertão: veredas*).

Crapiúna e ***Alexandre*** – Projetados, explicitamente, para serem os dois polos de oposição, segundo a clássica concepção maniqueísta – bom/mau, mocinho/bandido – dos relatos populares e dos folhetins, Crapiúna e Alexandre permanecem rigorosamente delimitados por tal esquema, não fugindo em momento algum à previsibilidade daí decorrente. Disto resulta que ambos apareçam como personagens bastante superficiais, seja no caso de Alexandre – pouco expressivo e fraco, em todos os sentidos – seja no caso de Crapiúna – com sua maldade caricata e não muito convincente.

Teresinha e ***Raulino Uchoa*** – Curiosamente, em termos de personagens, as mais coerentes e convincentes criações de Domingos Olímpio em *Luzia-Homem* são Teresinha e Raulino Uchoa, e não a protagonista ou qualquer um de seus dois pretendentes. Quanto a Teresinha, em determinados momentos parece ser ela, e não Luzia, a verdadeira heroína, a mulher do povo cedo lançada na vida e fundamente marcada pelos azares da fortuna. Alma simples e sem conflitos, sua visão de mundo é de um realismo primário e direto que é responsável por parte do encanto que a obra mantém até hoje, como se pode observar no relato que faz da tragédia amorosa de que fora o pivô, relato de insuperável frescor e vivacidade e sem dúvida um dos melhores momentos do romance. O que revela, caso muito comum nos ficcionistas brasileiros do séc. XIX, um desencontro entre o projeto do Autor e o resultado final obtido.

O mesmo se pode afirmar, apesar de suas rápidas aparições, de Raulino Uchoa. Tipo clássico do sertanejo ingênuo e até um tanto bronco, ele é delineado com extrema naturalidade, parecendo adquirir vida própria exatamente por não estar submetido ao esquematismo predeterminado de Crapiúna e Alexandre, enquadrados à força no projeto do Autor.

Macaco – Mesmo que o Autor não lhe dispense mais do que algumas linhas, o sestroso, simpático e sofrido burro da família de Teresinha está entre os animais mais famosos da ficção brasileira, ao lado de Quincas Borba, o cachorro da obra homônima de Machado de Assis, Camurça, a mulinha de *Chapadão do Bugre*, de Mário Palnério, e a cadela Baleia, de *Vidas secas*, de Graciliano Ramos. Ele é, talvez, a melhor prova do talento de Domingos Olímpio e de sua proximidade com a cultura caboclo-sertaneja, proximidade que se torna evidente nas personagens secundárias ou até aparentemente sem importância – como no caso de Macaco –, isto é, quando o Autor "esquece" sua retórica fortemente marcada pela tradição letrada urbana e se aproxima da realidade objetiva do sertão nordestino.

Estrutura narrativa

Composto de 28 capítulos de dimensões diversas, *Luzia-Homem* é construído, basicamente, de acordo com o padrão clássico da narrativa realista-naturalista tradicional, com um narrador onisciente em terceira pessoa. Contudo, sob o ponto de vista da estrutura, a obra apresenta algumas particularidades que ora revelam um autor que parece não dominar completamente a técnica narrativa – mudanças bruscas de assunto, intervenções extemporâneas de uma *voz* que parece ser do Autor em si e não do narrador etc. –, ora deixam entrever a existência de elementos culturais estranhos à racionalidade que ordena a narração, ou seja, o principio da verossimilhança, que informa, por definição, todo romance realista/naturalista. É o caso – apenas para citar os exemplos mais óbvios e, sem dúvida, os mais importantes – das visões de Teresinha na casa de Rosa Veado e da história de Raulino Uchoa sobre a mãe d'água. É interessante observar que se no caso de Raulino a veracidade do relato é posta em dúvida por mãe Zefa e pelo próprio narrador – como sempre acontece, indefectivelmente, no romance realista/naturalista – no caso das visões de Teresinha isto não ocorre, dando a impressão de um esquecimento do Autor... No que se refere especificamente a este ponto, *Luzia-Homem* (v. comentário crítico) ocupa um lugar de destaque na história da ficção brasileira, pois de certo modo prenuncia o que viria a acontecer nas obras da *nova narrativa épica.*

Quanto ao tempo e ao espaço em que se desenvolve a ação, a obra de Domingos Olímpio não apresenta maiores dificuldades. Mesmo que a marcação do tempo não seja rigorosa – pelo contrário, é até mesmo deficiente –, fica bastante claro, a partir da observação do começo do cap. VI, que a ação tem início nos primeiros meses de 1878, prolongando-se, no mínimo, por outros oito ou nove. No caso do espaço da ação, as informações fornecidas no texto são suficientemente claras para dispensar qualquer comentário.

Comentário crítico

Quase desconhecido do grande público leitor, apesar de possuir qualidades que poderiam ser por este apreciadas, e pouco lido até recentemente mesmo entre estudantes de Letras – o que gerou a absurda lenda, recolhida por autores desavisados e irresponsáveis, de que a obra teria por tema o homossexualismo feminino –, *Luzia-Homem* é o único romance importante legado por Domingos Olímpio e um dos mais curiosos e interessante títulos da ficção brasileira. E não deixa de ser interessante que, quase meio século depois da publicação de *Grande sertão: veredas*, nenhum crítico tenha lembrado que Maria Deodorina da Fé

Bettancourt Marins, a Diadorim, possua em Luzia uma precursora, ainda que distante (v. personagens principais). Seja como for, mesmo apresentando uma série de problemas de estrutura, *Luzia-Homem* é uma obra que, apesar de nunca ter tido adequado destaque, merece ser analisada sob vários ângulos.

Em primeiro lugar, à parte o fato historiográfico do estar entre aquelas obras da ficção brasileira que fixam o fenômeno da seca no Nordeste – das quais as mais conhecidas são *Os retirantes* (1879), de José do Patrocínio, *A fome* (1890), de Rodolfo Teófilo, *A bagaceira* (1928), de José Américo de Almeida, *O Quinze* (1930), de Raquel de Queiroz, e *Vidas secas* (1938), de Graciliano Ramos –, *Luzia-Homem* se liga à tradição do romance brasileiro de temática agrária (ou *sertanista*, ou *regionalista*, segundo a confusa e inadequada terminologia utilizada pela crítica e pelos manuais de literatura brasileira do passado), na linha de José de Alencar (*O sertanejo*, *O gaúcho* etc.), Bernardo Guimarães (*O garimpeiro*), Taunay (*Inocência*) e outros. No que a isto se refere, o romance de Domingos Olímpio supera de longe a superficialidade e o artificialismo de gabinete dos autores citados, aproximando-se de dois contemporâneos seus, Manuel de Oliveira Paiva, com *D. Guidinha do Poço*, e Afonso Arinos, com *Pelo sertão*, nos quais a realidade do mundo agrário e da cultura caboclo-sertaneja do Nordeste deixa de ser simples argumento para a elaboração de enredos socialmente mais ou menos inverossímeis e fantasiosos e passa, de fato, a ser fixada, ligando-se, esta realidade, íntima e indissoluvelmente aos eventos que compõem a narrativa. É claro que esta fixação, como não é difícil perceber, está muito distante tanto do realismo cru e não raramente crítico de alguns títulos do chamado *romance de 30* como também dos elementos que marcam e singularizam as obras da chamada *nova narrativa épica* – *Grande sertão: veredas*, *Os Guaianãs*, *O coronel e o lobisomem*, *Sargento Getúlio*, *A pedra do reino* e *Chapadão do Bugre* –, nas quais o mundo caboclo-sertanejo deixa de ser visto à distância, revelando-se não apenas através dos eventos relatados como principalmente através da perspectiva ética e técnica que os informa.

E isto leva ao segundo aspecto, decorrente do primeiro, a ser ressaltado do ponto de vista temático, pois tanto a descrição do fenômeno da seca quanto a introdução de elementos da cultura popular – melhor, caboclo-sertaneja – apresentam em *Luzia-Homem* características muito peculiares. No caso da seca, ela é vista de acordo com uma concepção de mundo claramente fatalista e estática, como um flagelo inevitável e implacável que a todos afeta ciclicamente. O tempo histórico a rigor não existe ou, pelo menos, perde qualquer importância diante do espetáculo da sociedade agrária em desagregação e da terra, literalmente, quase em combustão, sobre a qual se arrastam as intermináveis levas de retirantes, como condenados a um suplício cujas causas não só ignoram como, pior ainda, nem procuram entender, submetendo-se, num ritual atávico, aos fenômenos de uma natureza da qual são simplesmente parte, tal como os animais, as árvores etc. Sem dúvida, o mundo urbano existe e, mais, é povoado por seres que parecem ser de outro tipo e de outro tempo, seres descritos, aliás – numa perspectiva socialmente também estática e conservadora –, como justos, benemerentes e com vida muito confortável, a tal ponto que quase se poderia dizer que os retirantes existem apenas para que os ricos da cidade pratiquem a caridade, sem que se saiba exatamente de onde tiram os recursos para tanto. Contudo, paradoxalmente, não é este mundo urbano que interessa a Domingos Olímpio. É a seca e suas consequências, transformadas em argumento, que permitem que ele faça uso de seu estilo grandiloquente, como se sua retórica tivesse encontrado, finalmente, no monstruoso flagelo, um tema à altura de seu talento e de suas pretensões. No entanto, apesar disso, *Luzia-Homem* sobreviveu ao tempo e, acima de tudo, impressiona e até comove. Tal ocorre porque apesar do tom altissonante, que estabelece como que um fosso entre o narrador e a realidade narrada, o romance de Domingos Olímpio está muito distante do artificialismo de gabinete ou da simples descrição de fatos mais ou menos exóticos. Pelo contrário, apesar de um estilo pomposo e em princípio pouco adequado, a realidade da seca e da sociedade agrária do Nordeste emergem vivas do texto, a tal ponto que às vezes parecem comprometer o implícito projeto do Autor de ver tais fenômenos à distância, de descrevê-los apenas. O que fica claro no tropeço do narrador no caso dos *respônsios* de Rosa Veado (afinal, comprovaram sua eficiência ou não passavam de truques de rezadeira/feiticeira para tirar dinheiro de Teresinha?), tropeço que coloca em questão a própria perspectiva lógico-racional em que se embasa a narração como um todo. Tudo se passa como se Domingos Olímpio, formado no contexto de uma estrutura urbana e racionalista, momentaneamente perdesse suas referências, deixando-se levar pelas realidades do mundo caboclo-sertanejo e de sua cultura marcada por uma concepção mítico-sacral de mundo. E se a questão dos *respônsios* de Rosa Veado é um caso extremo e paradigmático, personagens como Teresinha e Raulino Uchoa também dão a impressão de não se enquadrarem muito bem no projeto da obra, fugindo, se assim se pode dizer, ao controle do Autor e revelando marcas de uma autêntica cultura agrária, que não é, por suposto, a que determina a concepção global do romance. É esta "esquizofrenia" estrutural que faz de *Luzia-Homem* um dos títulos mais interessantes da ficção brasileira de temática agrária e uma das duas obras – a outra é a já referida *Pelo sertão*, de Afonso Arinos – em que se poderiam encontrar, com alguma razão, certas semelhanças com *Grande sertão: veredas*, *Os Guaianãs* etc.

No que diz respeito a Luzia em si, como personagem, também se percebe a presença de certa "esquizofrenia", que, neste caso, diz respeito não à obra como um todo mas especificamente à protagonista e ao papel social que desempenha. Tal divisão não está ligada, como se poderia superficialmente crer – e como referem até alguns críticos que nunca leram a obra – à identidade sexual de Luzia. Como é transparente no texto, esta é uma questão absolutamente irrelevante, que serve apenas para alimentar os mexericos do vulgo, o qual, sem condições de entender a realidade, não vai além da superfície e das aparências, confundindo força muscular com função sexual. Ora, o problema é bem mais complexo e profundo, ligando-se à função social da protagonista e, portanto, às relações de poder entre ela e o meio que a cerca. O comportamento de Luzia – que irrita o vulgo por manter-se solitária e distante de todos, como se a todos fosse superior – é resultante das condições específicas de sua formação. Pois desde criança, como filha única de um vaqueiro, fora obrigada a trabalhar lado a lado com o pai nas lides do campo, adquirindo não apenas a força física – fato que todos percebem e estranham – mas também a consciência implícita da função social destas habilidades, que, por não serem disponíveis às mulheres, tendem necessariamente a fazer de Luzia uma integrante do mundo masculino e, portanto, possuidora de certo poder. Este é o fato fundamental. Apenas que, não tendo posses – ao contrário de Guida, em *D. Guidinha do Poço*, de Manuel de Oliveira Paiva –, não tem como nem sobre quem exercer tal poder. Além disso, Domingos Olímpio não consegue dar-lhe unidade como personagem, mostrando-a ora como sertaneja rústica, forte e quase viril, ora como típica mulher urbana, dengosa, frágil e à procura de um homem que a domine. É como se – e certamente o é – Luzia encarnasse, sem qualquer consciência explícita do Autor, um conflito não resolvido entre o mundo agrário e o mundo urbano e entre suas respectivas culturas, nos quais e nas quais a mulher tem – ou tinha – funções sociais bastante diversas e até opostas. Numa interpretação sofisticada mas não carente de base no texto, seria possível afirmar que a tragédia e a morte de Luzia resultaram não simplesmente de sua recusa em submeter-se ao poder masculino – encarnado em Crapiúna – mas do certeiro instinto do Autor, que, depois de ter criado um ser culturalmente híbrido e socialmente sem espaço, o elimina para livrar-se do problema... O que, afinal, não apenas dá no mesmo como, principalmente, faz de *Luzia-Homem* uma das mais belas e comoventes histórias de amor trágico do romance brasileiro. É este aspecto que, inegavelmente, apesar de todos os problemas de concepção, execução e em particular de linguagem, torna a obra legível até hoje, mesmo para o público não especializado. Luzia não é somente uma espécie de vítima estética das conflitantes concepções ético-culturais do Autor. Ela surge para o leitor, em primeiro lugar, como verdadeira mártir da seca e heroína sem mácula que, por fatal destino, vê desvanecer-se a felicidade no momento em que quase podia tocá-la com as mãos. Este é o traço fundamental que lhe garante permanência entre os mais importantes perfis femininos da ficção brasileira do séc. XIX.

No que tange a Luzia, seria possível, ainda, destacar o tratamento tipicamente folhetinesco que lhe é dado pelo Autor ao ressaltar suas qualidades, que são privilégio exclusivamente seu e não das demais mulheres que a cercam: força, coragem, beleza, pureza etc. etc. Este caráter folhetinesco, porém, não é a marca apenas de Luzia mas, de uma forma ou outra, de grande parte das personagens femininas importantes do romance do séc. XIX no Brasil, bastando lembrar, como caso limite, Lucíola, do romance homônimo de Alencar.

Finalmente, como último aspecto a ressaltar, do ponto de vista linguístico Domingos Olímpio é um dos primeiros ficcionistas brasileiros a registrar em suas obras, ainda que de maneira muito tímida, a existência de variantes em relação ao código do narrador, que no caso é, obviamente, a *norma urbana culta*, e num tom à *outrance*. A presença de outra variante, que poderia ser chamada de *caboclo-sertaneja*, é quase imperceptível nas falas de Luzia, por motivos evidentes, pois ela é a protagonista e como tal não poderia diferenciar-se substancialmente, em termos linguísticos, do narrador. Contudo se acentua, num crescendo, nas falas de Teresinha, Belota e Crapiúna, atingindo seu ponto máximo em Raulino Uchoa, que para o Autor/narrador é, explicitamente, um verdadeiro sertanejo, como se lê várias vezes no texto. É porém sintomático – e altamente coerente com a "esquizofrenia" cultural antes analisada – que o uso desta variante não tenha o objetivo de discriminar Raulino Uchoa como socialmente inferior, ao contrário do que viria a acontecer em toda a ficção brasileira posterior, em particular no *romance de 30,* o que é mais um aspecto a aproximar *Luzia -Homem* de *Grande sertão: veredas* e das demais obras da *nova narrativa épica*, em algumas das quais a variante caboclo-sertaneja assume caráter determinante.

Ainda no que tange à linguagem, e quase que apenas como curiosidade, é interessante referir que lá está duas vezes, no cap. XX, – na boca de seres desprezíveis como Belota e Crapiúna – a fatídica palavra *menas*, variante *popular* de *menos,* que na década de 1980 serviu para estigmatizar como indivíduos culturalmente inferiores nada menos (!) do que o mais importante jogador brasileiro de futebol de todos os tempos e o candidato do PT à presidência da República... O que está a indicar que ao longo do séc. XX a língua portuguesa no Brasil não sofreu grandes transformações... Nem, *ça va sans dire*, a visão e os preconceitos das elites, apesar da impressionante mobilidade social gerada pelo processo de urbanização e industrialização iniciado nas primeiras décadas do século, mobilidade, aliás, comprovada pela presença de tais atores no mundo real dos meios de comunicação de massa... Há lógica nisso: quanto mais organizada uma sociedade, tanto mais a língua resiste às mudanças.

Exercícios

Revisão de leitura

1. Quais os sinais que indicam ter sido o Morro do Curral do Açougue um abatedouro de reses?
2. Por que Alexandre enfrenta Crapiúna e passa a ser odiado por este mesmo antes de namorar Luzia?
3. Onde nasce Luzia e de que fazenda seu pai era vaqueiro?
4. Quem são os integrantes da Comissão de Socorros?
5. Cite o nome das três feiticeiras e rezadeiras que aparecem na obra de Domingos Olímpio?
6. Conte a história da vida de Teresinha.
7. Como se chama o francês citado no texto e qual a impressão que ele tem de Luzia?
8. Quais são os parceiros de jogo de Crapiúna e Belota?
9. O que disfarça o local em que Crapiúna tem o dinheiro escondido?
10. Quais os nomes dos pais e da irmã de Teresinha?

Temas para dissertação

1. Luzia: a camponesa deslocada da cidade.
2. Luzia e Teresinha: semelhança e diferenças.
3. Casamento: união de interesses ou afinidade de temperamentos?
4. O homem e a mulher no trabalho: semelhanças e diferenças.
5. A posição da mulher na sociedade agrária e na sociedade urbano-industrial.

6. Esmola: bondade ou ofensa?

7. Feminilidade X força física: oposição real ou simples resultado da imagem social da mulher?

8. O tema da seca na ficção brasileira.

9. O drama da seca: fatalidade ou descaso das autoridades?

10. A modernização do Brasil e o desaparecimento da cultura caboclo-sertaneja.

Manoel de Oliveira Paiva

Dona Guidinha do Poço

Vida e obra

Manoel de Oliveira Paiva nasceu em Fortaleza, na então província do Ceará, no dia 2 de junho de 1861, sendo filho do português/açoriano João Francisco de Oliveira e de Maria Isabel de Castro Paiva, de ilustre família cearense. Depois de estudar algum tempo no Seminário do Crato (1875) e na Escola Militar do Rio de Janeiro (1881-83), Manoel de Oliveira Paiva retorna ao Ceará. Apesar de estudos muito irregulares, desde cedo demonstra inclinação para as atividades literárias, publicando composições poéticas e até um pequeno drama no jornal da Escola Militar. Ao voltar a Fortaleza, se dedica completamente à vida literária e jornalística, colaborando em vários órgãos da imprensa local e publicando artigos, crônicas, contos e poesias. Abolicionista e republicano convicto e membro incansável de organizações cívicas e literárias, seu nome tornou-se uma legenda em todo o Ceará, sendo muito estimado por seus conterrâneos. Atacado de tuberculose, procurou os ares do sertão para enfrentar a moléstia. Contudo, veio a falecer, ainda muito jovem, em 1892.

Segundo se afirma, foi no período em que viveu no interior cearense, nas imediações de Quixeramobim, que Manoel de Oliveira

Paiva teria concebido e escrito *Dona Guidinha do Poço*, tendo por base tanto um fato verídico ocorrido naquelas regiões quanto a vida econômica, social, política e cultural do mundo sertanejo. Isto, aliás, pode ser perfeitamente observado no romance, que, por azares do destino, permaneceu desconhecido do grande público brasileiro até 1952. Foi neste ano que Lúcia Miguel-Pereira, a conhecida autora de *Prosa de ficção (1870-1920)*, conseguiu fazer publicar a obra, da qual a *Revista Brasileira*, dirigida então por José Veríssimo, estampara em suas páginas apenas alguns capítulos por volta de 1892.

Praticamente inédito, portanto, até 1952, *D. Guidinha do Poço*, tão logo publicado, deu notoriedade nacional a Manoel de Oliveira Paiva, cuja memória e fama estavam até então restritas quase que exclusivamente ao Ceará. Autor também de *A afilhada* – que teve sua primeira edição em 1961 –, o escritor cearense ficará na literatura brasileira como o criador de Margarida Reginaldo de Oliveira Barros, personagem central da tragédia sertaneja que relata. "Senhora de suas ventas", "coração bravio" e "extremada no proteger ou no perseguir", a herdeira dos Reginaldo – no forte perfil delineado pelo Autor – paga o preço de sua desmedida, tornando-se vítima de seu próprio poder, porque, louca de furor, rompe os limites da função que socialmente lhe era destinada (v. comentário crítico).

DONA GUIDINHA DO POÇO

Enredo

Na Fazenda Poço da Moita, na região de Cajazeiras, no alto sertão cearense, à margem esquerda do rio Curimataú, afluente do Jaguaribe, vive Margarida Reginaldo de Oliveira Barros, mais conhecida como *Guidinha do Poço*. Filha, ao que se supõe única, do capitão-mor Venceslau de Oliveira e neta do fundador da fazenda, o português e também capitão-mor Reginaldo Venceslau de

Oliveira, Guidinha, tendo perdido a mãe muito cedo, fora criada pela avó, que lhe fazia todas as vontades, e pelo pai, que "tinha desgosto de que ela não fosse macho". Com a morte deste, Guidinha entrara na posse de todos os bens móveis e imóveis, encontrando-se entre as últimas cinco casas na vila e seis fazendas, ali incluída a Poço da Moita, de onde lhe viera o apelido. Não muito dotada de beleza física, mas voluntariosa e independente por ter sido "criada como vitela de pasto", Guidinha casara-se aos 22 anos de idade com o major Joaquim Damião de Barros, vulgo *Quinquim*. Muito pobre, o major, natural de Pernambuco, viera à região comprar cavalos e fora um dos vários que se haviam deixado enfeitiçar pelos encantos da jovem, encantos, aliás, que o padre visitador negava existirem, preferindo acreditar que Guidinha tinha "as artes do Capiroto"...

Corria o ano de 1847 e a seca castigava o sertão. Levas e levas de retirantes do Ceará, do Rio Grande do Norte e da Paraíba passam pela Fazenda Poço da Moita rumo à costa. Guidinha ajuda a todos mas, ao mesmo tempo, os força a marchar adiante, para que não fiquem em sua fazenda. A Quinquim desagrada o que lhe parece excesso de liberalidade. Contudo, ao manifestar isto à mulher, ela retruca com dureza, afirmando que dava do que era seu, lembrando-lhe assim seu passado de pobreza... Em determinada ocasião, aparece entre os retirantes um certo Antônio Silveira, do Rio Grande do Norte, velho conhecido de Quinquim. A pedido do retirante, o major o deixa ficar na fazenda, junto com toda a família, composta de vinte pessoas, o que é motivo para nova discussão com Guidinha.

Passado um ano, o sertão reverdescera um pouco, graças a algumas chuvas. E um dia chega à Fazenda Poço da Moita, procedente de Goianinha, Pernambuco, e acompanhado de alguns arrieiros, o jovem Secundino de Sousa Barros, sobrinho de Quinquim. Apresentando-se inicialmente como vendedor ambulante, logo vem-se a saber que embrenhara-se no sertão por ter sido acusado de cúmplice na morte de seu padrasto e tio, Belmiro, também irmão de Quinquim. Por acaso, Secundino encontra na fazenda o antes referido Antônio Silveira, que fora arrieiro de seu pai e que viajara com ele de Recife a Goianinha exatamente naqueles dias em que ocorrera, na cidade de Mossoró, o crime de cuja cumplicidade era acusado. Antônio Silveira, portanto, poderia servir de testemunha de defesa, o que, aliás, fica logo combinado,

Guidinha, na ausência do marido, que fora até a vila, recebe muito bem o recém-chegado, o que também faz Quinquim, ao retornar ao anoitecer. Logo em seguida fica decidido que Secundino estabeleceria negócio em uma das casas da vila para colocar à venda as fazendas e miudezas que trouxera consigo na viagem. Aos poucos, ele vai se tornando parte da família e Guidinha começa a demonstrar interesse pelo jovem bem falante e bem apessoado... A chuva cai forte ao longo de vários dias, impedindo Secundino de viajar até a vila, o que o deixa de início um tanto nervoso. Os dias passam. Aproveitando uma estiada, Secundino, apesar dos protestos da tia, finalmente parte, acompanhado de Quinquim... E Carolina, mulher de Antônio Silveira, conversando neste dia com Guidinha, não entende bem por que esta lhe pergunta se gostava de seu marido...

Secundino se estabelece com seu negócio, rapidamente adaptando-se à nova situação e fazendo boas relações com a vizinhança, a ponto de já se espalhar o boato de que estaria de namoro com Eulália, a Lalinha, filha do juiz de Direito. Ao saber disso, Guidinha reage, discutindo com o marido e protagonizando uma cena de ciúmes à distância... No último dia de abril, data de seu aniversário, Secundino vem à Fazenda Poço da Moita, onde também se encontrava, a convite de Guidinha, a filha do juiz, que trazia ao pescoço uma pedra em forma de coração, presente de Secundino. A fazendeira se irrita novamente, mas nada deixa transparecer, mesmo quando a ingênua Lalinha lhe confidencia que Secundino estava prestes a pedi-la em casamento. Passados três dias, Secundino retorna à vila. E Lalinha também.

Pouco tempo depois, Antônio Silveira, que, por insistência de Guidinha, fora enviado a Goianinha com os arrieiros de Secundino, retorna, informando que chegara tarde para impedir que este fosse pronunciado por cumplicidade no crime, devendo, portanto, ir a julgamento. Imediatamente, Guidinha manda um bilhete ao sobrinho, informando-o a respeito do fato e prometendo impedir, a qualquer custo, que o levassem dali. E ao final de uma festa na casa de Antônio Silveira, à qual comparecera também Secundino, Guidinha lhe pede que a acompanhe até a casa da fazenda. Ele se prontifica e os dois saem, a sós, em meio à noite...

Em junho, Guidinha e Quinquim vão para vila, a fim de participarem das festas de Santo Antônio. Nas noites de dança e diversão que precedem o dia do padroeiro, Secundino está sempre acompanhado de Lalinha, sob o olhar duro de Guidinha. A filha do juiz já percebera quem era sua rival, mas ingenuamente julgava que dali não viria perigo, pois a fazendeira já tinha o Quinquim por dono... Contudo, quem dava as cartas mesmo era Guidinha, até mesmo no caso do delegado de Polícia local, que na véspera da festa é obrigado a soltar Antônio Silveira e mais alguns homens que haviam protagonizado um incidente durante um baile! E na missa do dia de Santo Antônio, Guidinha não perde um movimento de Secundino, que, por sua vez, só presta atenção às moças, começando por Lalinha...

Aconselhado pelo vigário, Quinquim decide entregar a Secundino os cuidados de uma fazenda, afastando-o assim da vila, para evitar falatórios. Afinal, fora pronunciado por cumplicidade em um crime de sangue... Mesmo sendo possível garantir que o mandato de prisão não chegaria a Cajazeiras, argumentava o padre, era preciso entender que para ele, vigário e chefe do partido, não ficava bem permitir que ele permanecesse ali. A decisão agrada a Secundino, já cansado da pasmaceira da vila, novamente deserta depois dos festejos de Santo Antônio. O negócio da venda não lhe agradava muito e, assim, via na decisão do tio e do vigário uma ótima ocasião para ganhar dinheiro com gado e poder depois casar com Lalinha. Além disso, como se não bastasse seu enfado com a monotonia da vila, houvera ainda uma rixa com o pai de Lalinha, resultado, aliás, de intrigas engendradas por Guidinha. Desta forma, pouco tempo depois da festa, enquanto a filha do juiz mergulhava em tristeza, Secundino parte para a Fazenda Goiabeirinha e ali se estabelece, comprando algum gado com o dinheiro que apurara com a venda do negócio na vila, além de um pequeno empréstimo concedido pelo tio.

Aos poucos a imagem da filha do juiz vai se esmaecendo na cabeça do novo fazendeiro, sendo substituída pela figura bem mais real de Guidinha, que também sentia crescer sua paixão secreta e até decidira mudar de tática com Lalinha, fazendo-a crer que seu casamento com Secundino teria todo seu apoio. E quando, depois de uma mudança política favorável ao sobrinho, este parte para ir a julgamento, Guidinha, saudosa e poética como uma menina de quinze anos, expressa seus sentimentos em cartas, enviadas e recebidas – com a ajuda de Antônio Silveira – às ocultas do marido. Em consequência, exulta de satisfação ao saber que Secundino, absolvido, em pouco tempo estaria de volta. Tendo isto ocorrido, Guidinha decide promover uma vaquejada e, com a desculpa de convidá-lo para os festejos, vai visitá-lo na Fazenda Goiabeirinha, quando protagoniza uma cena de ciúmes.

Secundino começa a preocupar-se com a situação. De um lado, via maldade em Guidinha, que desprezava um homem tão bom e sério como Quinquim. De outro, estranhas ideias passavam por sua cabeça: quem sabe não viria ele a ser sucessor do tio... Montando a cavalo, segue para a Fazenda Poço da Moita, onde encontra Lalinha, que fica toda feliz, apesar de já estar de partida, depois de vários dias passados ali, a convite de Guidinha, que, espertamente, preferia ter a rival a seu lado e sob seu controle... A vaquejada, com a participação de todos os fazendeiros da região, se realiza num local denominado Tabuleiros do Padre, a algumas léguas da Fazenda Poço da Moita. Ao entardecer, retornando à fazenda, depois de terminada a vaquejada, Quinquim vai beber água em um riacho. A pouca distância, sem o terem percebido, alguns vaqueiros conversam. É então que tem a prova definitiva do que já desconfiava há algum tempo: a traição de Guidinha e Secundino. Perturbado, afasta-se do local, sem ser notado. À noite, ao ver a tristeza estampada no rosto do marido, Guidinha imagina que o fato se deve ao pesar pela morte de um vaqueiro das redondezas, que se acidentara ao perseguir uma rês. Logo Quinquim, pensa Guidinha, que sempre tivera coração duro... Desesperado, Quinquim decide suicidar-se e só não leva à prática tal ato porque, ao se dirigir para o local em que escolhera para morrer, junto ao rio, se assusta, imaginando ter visto ali uma assombração... Guidinha, depois que Quinquim vai dormir em outro quarto que não o do casal, se dá conta de que algo acontecera. Logo a seguir, vai até a vila a fim de participar dos festejos de São João. Ali, em conversa com Lalinha, procura fazer crer que Secundino é vadio e pouco interessado pelo trabalho da fazenda... Terminadas as festas, Guidinha, Lalinha, o juiz e mais algumas pessoas se dirigem até a Fazenda Poço da Moita, onde Quinquim dera em vagar pelos campos, como vaqueiro solitário, absorto em seus pensamentos...

Depois da partida das visitas, Guidinha, receosa do que poderia acontecer, passa os dias se desmanchando em atenções para com o marido, que, diante disso, começa a se perguntar se as conversas que ouvira dos vaqueiros não seriam apenas calúnias. Mas Guidinha não sossega e continua rapidamente "na viagem do crime", mantendo Secundino sempre dentro de casa e já se atracando com ele aos beliscões... Ao final das festas de Sant'Ana, em um lugarejo próximo à fazenda, Guidinha procura Quinquim para retornarem juntos. Este, porém, sem nada dizer, partira para vila, em companhia do vigário, que, ao ver o enrabichamento de Guidinha e Secundino – também presente –, se dera conta do que estava acontecendo. Durante a viagem até a vila, constrangido e sem jeito, Quinquim expõe seus problemas ao vigário, informando-o de sua pretensão de abrir novo processo contra o sobrinho, já que em vão escrevera a seus parentes em Pernambuco para que viessem buscá-lo. Lá ninguém o queria. Para o vigário, não há solução. Afinal, quem mandara o próprio Quinquim colocar Secundino para dentro de casa e, ainda por cima, dar-lhe dinheiro e a fazenda? A partir daí, os dois marcham quase em silêncio até o povoado. Quanto a Guidinha e Secundino, haviam voltado sozinhos à fazenda, fato que provoca admiração em todos. À noite, um homem chega informando que em outra festa nas redondezas um homem assassinara a mulher, surpreendida em flagrante com outro...

Na vila, depois de uma longa conversa com o dr. Sampaio, médico e amigo, Quinquim decide viajar até Fortaleza, com o objetivo secreto de obter o divórcio. Retornando à fazenda, informa Guidinha de sua decisão de partir imediatamente, dando a desculpa de estar doente. Guidinha, porém, já alterada, imagina que a viagem não passa de um pretexto para uma armadilha. Quinquim expulsa Secundino da fazenda. A seguir, desconfiando de que Guidinha e Secundino se encontravam na casa de Antônio Silveira, o manda chamar e o qualifica de *cabra ruim*. Este quase o esfaqueia e, passados poucos dias, o ameaça através de uma carta. Certo de que por trás de tudo estava o dedo de Guidinha, Quinquim viaja a Fortaleza, onde trata de encaminhar o divórcio e pede garantias de vida ao chefe de Polícia, fazendo-o ver a necessidade de prender Secundino. Ao retornar da viagem, permanece na vila, sem coragem de ir até a fazenda.

O vigário, prevendo o escândalo que se armava, vai falar com Guidinha, que se faz de desentendida e não levanta qualquer objeção a uma reconciliação. No seu íntimo, porém, já decidira assassinar o marido, a quem passara a odiar depois de saber que ele queria o divórcio. Quanto a Lalinha, já um tanto esquecida de Secundino, estava de casamento marcado com um coronel da Guarda Nacional e importante político da região. Para o pai, tudo se resolvera a contento, ainda mais agora, com o escândalo a respeito do que se passava na Fazenda Poço da Moita – pois a situação se tornara pública.

Enquanto isto, Guidinha tenta contratar dois cabras para assassinar o marido. Ambos se recusam, alegando razões várias, o que a obriga a mandar buscar Lulu Venâncio, o homem que assassinara a mulher por flagrá-la em adultério e que se tornara foragido para não ser preso. Lulu Venâncio recebe de Guidinha um punhal para executar a tarefa, mas recua na hora decisiva, descobrindo que, apesar de ter matado a mulher, o fizera por questões de honra e não a sangue frio. E ainda mais o major Quinquim! Antes de deixar a fazenda, manda devolver a Guidinha o punhal e algum dinheiro que recebera, o que é feito por Antônio Silveira. Na ocasião, Guidinha oferece a este uma fazenda para realizar o serviço. Silveira, contudo, recusa, indicando o negro Naiú, afilhado do próprio Quinquim. Guidinha aceita. Naiú vai à vila e, à traição, assassina Quinquim com o mesmo punhal que fora entregue a Lulu Venâncio. Naiú tenta fugir, mas é preso, fazendo confissão completa ao juiz e ao vigário. Em consequência, uma tropa vai até a Fazenda Poço da Moita prender Guidinha. Não havia dúvidas de que fora ela a mandante, pois Naiú, na hora do crime, carregava ao pescoço uma oração para *fechar o corpo*. E a letra com que fora escrita era a de Guidinha... Além disso, o próprio Lulu Venâncio se entregara à Polícia e também fizera sua confissão.

No dia seguinte, escoltada pela tropa policial, Margarida Reginaldo de Oliveira Barros, a *Guidinha do Poço*, a herdeira dos Reginaldo, entra na vila, mantendo-se ereta e sobranceira em sua montaria. E no julgamento mostra-se impassível diante da acusação de mandar assassinar o próprio marido. Mas derrama abundantes lágrimas ao saber que Secundino, que julgava longe dali, também fora preso como cúmplice...

Personagens principais

Guidinha – Apesar de desempenhar papel fundamental no enredo, surgindo como núcleo de toda a trama, Guidinha não recebe um tratamento muito aprofundado, pouco se destacando dos demais atores principais neste aspecto. Contudo, seu perfil está bastante bem delineado, centrando-se basicamente, em seu caráter autocrático e, por vezes, arbitrário. Poder-se-ia dizer que Guidinha tem exata noção de seu poder, exercendo-o de forma adequada até determinado ponto. Contudo, ela não tem a noção dos limites do mesmo, até porque, segundo se evidencia em algumas passagens, é uma personalidade psicologicamente imatura e quase infantil, não adequada, portanto, à função social que desempenha. Sob este aspecto, a Guidinha se poderia aplicar a afirmação de Sófocles em *Édipo-rei*: "A quem os deuses querem perder, a estes primeiros enlouquecem". De fato, no momento em que começa a tramar o assassinato do marido, Guidinha rompe os limites da lógica social que preside o mundo no qual se insere, "enlouquecendo" e se encaminhando para a autodestruição, processo no qual são arrastados também Quinquim e Secundino. Enquanto isto, ao derredor, os espectadores da tragédia a tudo observam e – incluindo o próprio Autor/narrador – parecem nada entender.

Quinquim – Em evidente posição de inferioridade econômica diante da mulher, Quinquim é o arrivista ingênuo que paga com a vida sua ascensão social. Bonachão, submisso e com certa percepção de sua situação vulnerável, Quinquim tem o perfil clássico do *perdedor*, tanto é que, coerentemente, tenta suicidar-se para resolver o drama em que se vê envolvido. Contudo, seu caráter fraco e indeciso, é atropelado pelos acontecimentos, tornando-se vítima de uma tragédia cujas raízes ele próprio havia plantado ao casar-se com Guidinha, a rica, poderosa e voluntariosa herdeira dos Reginaldo. Civilizado, ou, simplesmente, fraco demais para servir-se das leis do sertão, vai protelando o dia do ajuste de contas e, assim, sofre o efeito destas mesmas leis, *aplicadas ao inverso* pela própria mulher! Da qual, ingenuamente, pretendia divorciar-se e, mais ingenuamente ainda, ficar com uma parte dos bens...

Secundino – Representando, ainda que de forma não muito elaborada, o papel de forasteiro educado, de hábitos urbanos, que por força do acaso se vê integrado na sociedade sertaneja, a ele estranha, Secundino tem um comportamento um tanto irresponsável e inconsequente, não fugindo, porém, àquilo que mais ou menos seria de esperar de um jovem de sua idade e de sua condição social. Na verdade, sua função essencial no enredo é a de um mero catalisador de uma situação já explosiva em si própria (v. comentário crítico) pela clivagem entre função social e poder real da protagonista. Sob este ponto de vista, Secundino não passa de um figurante secundário que, involuntária e inconscientemente, se vê envolvido numa tragédia cujos mecanismos não percebe nem, muito menos, entende. Em última instância, ele também é, ainda que apenas em sentido figurado, uma vítima de Guidinha, cujas garras percebe mas das quais não tem capacidade ou vontade suficientes para safar-se.

Estrutura narrativa

Composto de 31 capítulos distribuídos desigualmente por cinco livros, *Dona Guidinha do Poço* é construído segundo o esquema da narrativa tradicional realista/naturalista, com um narrador onisciente em terceira pessoa. Este narrador, em alguns momentos, tece comentários que tendem a confundi-lo com o Autor, chegando mesmo a uma identificação completa no cap. II do livro IV, quando ele, nos moldes consagrados pela épica antiga, invoca as musas (divindades) para que o ajudem na descrição de uma vaquejada. Apresentam também alguma importância estrutural a existência de relatos dentro do relato – o que dá oportunidade à apresentação de histórias de clara origem popular que fogem à verossimilhança inerente à narrativa realista/naturalista – e a presença do discurso indireto livre, marcados, em alguns momentos, pela *variante não-culta* da língua portuguesa, o que, talvez, não tenha paralelo na ficção brasileira (v. comentário crítico).

Quanto ao tempo, sua marcação é bastante rigorosa, não apenas internamente mas também externamente. Com efeito, a partir da observação feita no cap. V do livro III sobre a "dissolução das Câmaras", é possível concluir, com a ajuda de dados históricos externos ao texto – D. Pedro II dissolve as Câmaras em setembro de 1848 – e de informações esparsas ao longo da obra, que a ação se desenvolve, basicamente, de fevereiro de 1847 a julho/agosto de 1849. Além disso, a partir destes mesmos dados e do detalhe do cap. III do livro I sobre a idade de Guidinha (35 anos), deduz-se ainda que a protagonista nascera em 1813, tendo casado em 1835 e mandado assassinar Quinquim em 1849, tendo este à época – já que era 16 anos mais velho que ela – cerca de 52 anos de idade.

No que diz respeito ao espaço em que se desenrolam as ações – fundamentalmente a Fazenda Poço da Moita e a vila de Cajazeiras –, o texto apresenta suficiente clareza para dispensar maiores considerações, excetuada a questão da distância entre a fazenda e a vila. Com efeito, se esta fica a 12 léguas daquela, segundo informa o texto, é praticamente impossível que Quinquim cubra esta distância a cavalo em um dia, em ida e volta, como está no cap. III do livro I. A não ser que no séc. XIX, no Nordeste, *légua* fosse uma medida diversa da atual (aproximadamente 6.600m), o que possivelmente é o caso. De qualquer maneira, este problema não tem maior importância no enredo.

Deve ser ressaltado ainda que na última página há um evidente lapso no referente ao nome de Guidinha. Pois se Quinquim se chamar apenas Joaquim Damião de Barros, Guidinha não pode chamar-se Margarida Reginaldo *de Sousa* Barros, já que *de Sousa* aparece como sendo nome de Secundino (de Sousa Barros). Na verdade, o nome completo de Guidinha, levando-se em conta o do pai, Venceslau de Oliveira, deve ser Margarida Reginaldo *de Oliveira* Barros, como, aliás, está no cap. I.

Comentário crítico

Escrito por volta de 1891/92, *Dona Guidinha do Poço* permaneceu inédito por mais de meio século, não sendo conhecido senão de alguns críticos, cujas opiniões a respeito do romance sempre foram marcadas por um tom elogioso. Ao ser publicado, finalmente, em 1952, a obra de Manoel de Oliveira Paiva foi recebida com grande entusiasmo pelos estudiosos do setor, sendo considerada a partir de então uma das mais interessantes e importantes criações da ficção brasileira do séc. XIX, em particular daquela que fixa temas agrários. Apesar disso, o romance é até hoje praticamente desconhecido do grande público e até mesmo dos estudantes dos cursos de Letras, ainda fortemente marcados por uma tradição literária e crítica que, compreensivelmente, se levadas em conta as condições históricas, quase sempre deu preferência às obras açucaradas de temática urbana ou ao *indianismo* e ao *sertanismo* de opereta de José de Alencar, Bernardo Guimarães, Visconde de Taunay etc. Com efeito, *Dona Guidinha do Poço* – assim como é o caso, em parte, de *Luzia-Homem*, de Domingos Olímpio, e de *Maria Dusá*, de Lindolfo Rocha – está muito distante da visão idealizada, abstrata e não raro fantasiosa que caracteriza a ficção brasileira de temática agrária – ou que assim poderia ser qualificada – do séc. XIX. Neste sentido, a obra de Manoel de Oliveira Paiva, de um lado, aproxima-se antes do *romance de 30* e, de outro, apresenta características das obras da *nova narrativa épica*, pelo menos no que diz respeito à presença de alguns elementos da cultura caboclo-sertaneja. Seja como for, três parecem ser os aspectos principais que devem ser considerados ao se analisar a obra: o conflito *civilização* versus *barbárie*, as origens da tragédia que se desenrola na Fazenda Poço da Moita e as características da linguagem utilizada pelo Autor.

Em relação ao primeiro tema, está explícito no texto que o romance tem como projeto abordar o conflito, ou a oposição, entre mundo urbano e o mundo rural, entre a cultura do litoral e a cultura caboclo-sertaneja. Ou, para utilizar os termos da própria obra, entre *civilização* e *barbárie*, cujos produtos são, respectivamente, o *praciano* e o *matuto*. Coerente e consequentemente, não subsiste qualquer dúvida a respeito da identidade dos atores que desempenhariam os papéis deste mundo dual em choque: de um lado está Secundino, explicitamente, já que surge inicialmente como vendedor ambulante de produtos do litoral – as marcas da civilização; de outro estariam todos os demais habitantes da Fazenda Poço da Moita, incluindo Quinquim e Guidinha, supostamente imersos na barbárie. Contudo, como não raramente acontece em tais casos, se o projeto está verbalizado de maneira transparente, sua execução redunda em fracasso, em vários sentidos. Em primeiro lugar, esta oposição entre pracianos e matutos fica apenas no nível da enunciação pelo narrador, que se comporta contraditoriamente, pois em outros momentos, até mais numerosos, o mundo sertanejo é visto sob uma ótica francamente positiva, seja pelo bucolismo e pela beleza da paisagem física, seja pela simpática presença de seus habitantes, alguns dos quais marcados até por traços heroicos, como é o caso de alguns participantes da vaquejada organizada por Guidinha. Em segundo lugar, o próprio conflito entre civilização e barbárie não se materializa no enredo. É evidente que o Autor pretende transferir para Secundino, o civilizado, a tarefa de mostrar-se superior a "eles, os matutos, coitados", assim definidos pelo narrador logo nos primeiros parágrafos da obra. Cá e lá, de fato, a ideia retorna, marcando a visão do forasteiro, que, em alguns momentos, ironiza o mundo sertanejo e seus integrantes. Contudo, Secundino, antes que paradigma de civilização, é apenas um jovem ambicioso e um tanto irresponsável que, sem o perceber, atua como mero catalisador da tragédia e não como um protagonista da ação, cuja natureza ele não entende, – aliás, como os demais, à exceção, em parte, do vigário, com seu realismo um tanto pedestre mas objetivo. E Quinquim, antes que o bárbaro, parece ser ele o civilizado que busca as vias legais para resolver o impasse em que se encontra. Não há, portanto, qualquer coerência entre o projeto enunciado pelo autor/narrador e o resultado final obtido. Dir-se-á, porém, que a barbárie está encarnada em Guidinha. Neste caso, onde está a civilização, o outro elemento do conflito? Em Secundino, a quem Guidinha deseja? Em Quinquim, a quem odeia e manda assassinar? Na verdade, esta equação é totalmente falsa. E este é o terceiro e mais importante ponto em que se revela o fracasso do projeto de construir a obra sobre o conflito entre civilização e barbárie. Com isto se passa à análise do segundo aspecto fundamental do romance: as origens da tragédia.

Diversamente do que pretende fazer crer o autor/narrador, não é pela oposição entre pracianos e matutos que se gesta a tragédia que ensanguenta a Fazenda Poço da Moita. Ao contrário, suas raízes estão fincadas exclusiva e fundamente no duro solo do mundo caboclo-sertanejo e da atividade pastoril extensiva que o caracteriza, nada tendo a ver nem com o praciano forasteiro, que, sem saber, dá partida ao mecanismo fatal, já perfeitamente montado, nem – seria possível afirmar – com a visão do Autor, que, também praciano, teoriza sobre matéria que desconhece. Como, diga-se de passagem, o mundo urbano do litoral desconhecia o sertão. No entanto, se, ao nível do consciente, Manoel de Oliveira Paiva sugere a existência de um conflito que, a rigor, nem é tratado efetivamente como matéria ficcional, sua intuição de artista não deixa de captar e de referir os verdadeiros móveis da tragédia, tanto em termos genéricos quanto específicos. Genericamente, *Dona Guidinha do Poço* é uma obra cujo resultado final mais expressivo é a fixação da sociedade caboclo-sertaneja baseada numa atividade econômica específica, a pecuária extensiva. Tanto é assim que o estilo quase sublime das passagens em que o autor/narrador descreve poeticamente a natureza contrasta violentamente com o rude mundo que emerge do texto como um todo, a tal ponto que, em alguns momentos, o enredo parece não passar de um simples argumento para descrevê-lo. Especificamente, isto é, no que se refere a Guidinha, ao longo da obra estão semeados alguns dados que devem ser vistos como os verdadeiros móveis do conflito.

Como se sabe, historicamente a atividade da pecuária extensiva tradicional sempre se baseou sobre uma estrutura social sedentária caracterizada por uma família rigidamente patriarcal, na qual o trabalho econômico produtivo – e, portanto, o poder – eram tarefa exclusiva do homem. Pela natureza intrínseca deste trabalho – que envolvia grandes riscos e exigia o exercício de força física considerável, em espaços amplos – à mulher da sociedade baseada sobre a pecuária extensiva sempre foram reservadas apenas as tarefas da procriação e das lides domésticas em geral. Tarefas estas, é claro, não remuneradas monetariamente e, portanto, condicionadoras da submissão completa ao homem na estrutura familiar. Por isto, não é mera coincidência que as três grandes figuras femininas trágicas da ficção brasileira de temática agrária do Norte/Nordeste procedam de regiões de pecuária extensiva, sejam filhas únicas, tenham sido criadas como homens e terminem como pivôs de eventos dramáticos nos quais, de uma ou de outra forma, são destruídas: Luzia, do já citado romance de Domingos Olímpio, Guidinha e Maria Deodorina da Fé Bettancourt Marins, a Diadorim, de *Grande sertão: veredas*, de João Guimarães Rosa. É aí que reside o cerne da questão. Porque em *Dona Guidinha do Poço* não há uma oposição entre civilização e barbárie mas um choque de poder entre a protagonista e o mundo masculino que a cerca, como de resto acontece, com nuances diversas, nas outras duas obras referidas (v. respectivos *Guias de leitura*). Guidinha, por azares do destino (como Maria Deodorina, perde a mãe cedo e é filha única, sendo que seu pai "tinha desgosto de que não fosse macho"), herda o poder do clã e o exerce como se fosse homem, inclusive para escolher um marido, o mais fraco e o mais pobre dos pretendentes, por suposto. Enquanto exerce este poder sob a proteção ou por delegação, pelo menos aparentes, de Quinquim, não há conflito. Este explode ao pretender exercê-lo autonomamente para, no extremo, desfazer-se do marido, que, a seu ver, já para nada lhe servia. É neste momento que Guidinha "enlouquece", pois ultrapassa os limites da função da mulher na sociedade sertaneja. No entanto, não se poderia afirmar que rompa o código do sertão. A rigor – e o paradoxo é apenas aparente – quem o rompe é Quinquim, *por não ter coragem de assassiná-la*. Guidinha, ao decidir eliminá-lo, inverte as leis da sociedade masculina em que se insere e a partir deste momento não mais se reconhece nesta sociedade nem é mais por ela reconhecida, sendo expelida e condenada, em perfeito contraponto com Lulu Venâncio, que, apesar de pobre, será absolvido sob a alegação de ter matado a própria mulher em defesa da honra. Pois acima do poder econômico, que Lulu Venâncio não tem, está a cultura nascida das entranhas deste poder. Cultura para a qual, coerentemente, o poder de mando da mulher é(ra) tão inimaginável quanto incompreensível, o que Guidinha, em sua inconsciente solidão, não entendera. Ao contrário de Maria Deodorina da Fé Bettancourt Marins, a Diadorim, que, no final, consciente de ser estranha ao mundo, marcha contrita para a autoimolação. Para Guidinha, restrita e limitada em sua visão, só resta a loucura, insinuada em sua última fala e bastante evidente em sua última ação diante do tribunal. Loucura que é o epílogo coerente e necessário da tragédia cujos prenúncios o velho Antônio – o vaqueiro, não o ex-retirante – há muito tempo percebera no ar, o que o levara, prudentemente, a retirar-se antes que a mesma se consumasse.

Finalmente, no que diz respeito à linguagem, *Dona Guidinha do Poço* – pelo menos como intenção, já que é difícil, se não impossível, a comprovação através de testemunhos técnicos da época – é um dos mais completos inventários do que se poderia chamar de *variante popular sertaneja,* ou *caboclo-sertaneja,* da língua portuguesa. É de fato impressionante o espaço que esta variante ocupa no texto, sendo notável também a *condescendência* que o autor/narrador parece demonstrar em relação a ela e aos que a falam, alguns dos quais, é preciso notar, são fazendeiros e não simples vaqueiros, empregados ou escravos. Além disso, não há qualquer evidência de um conflito entre a linguagem dos civilizados – a chamada *norma urbana culta* – e a linguagem dos bárbaros, da mesma forma que no enredo não se materializa o choque entre pracianos e matutos (v. acima). Pois mesmo existindo um abismo entre as duas variantes, a primeira é reservada não apenas a Secundino e aos habitantes letrados da vila – e, obviamente, ao narrador – mas também a Guidinha e Quinquim! Por outro lado – caso raro, se não único, na ficção brasileira –, o uso, em alguns momentos, da variante popular nos discursos indireto e indireto livre é um curioso dado estrutural que revela o que se poderia qualificar de *aderência* do autor/narrador culto às formas linguísticas e à cultura sertaneja como um todo. Seja como for, também sob este ângulo *Dona Guidinha do Poço* é uma das mais significativas e interessantes obras da ficção brasileira do séc. XIX, revelando a crise e o mal estar do *praciano* – e de sua carga cultural litorânea e letrada – diante do *matuto* e seu mundo. Com efeito, percebe-se, e não apenas na questão da linguagem, que Manoel de Oliveira Paiva se mostra inseguro e desconfiado sobre a propalada superioridade daquele sobre este, ou, em seus próprios termos, da civilização sobre a barbárie. No plano da análise racional – como *história* –, Euclides da Cunha, seu contemporâneo e não por nada também contraditório, resolveu a questão no prefácio e na terceira parte de *Os sertões*. No plano simbólico – como *arte* – seria preciso esperar a segunda metade do séc. XX para que autores fortemente marcados pela cultura do mundo caboclo-sertanejo dessem a ele, de maneira definitiva mas também derradeira, forma e voz antes de ser varrido da face da terra pelo avanço avassalador da costa e de sua cultura urbano-industrial.

Ainda no referente à linguagem, é impossível deixar de observar que a vocalização do *l (sou, méu* etc. em vez de *sol*, *mel* etc.), que tem revelado forte presença no falar urbano brasileiro das últimas décadas do séc. XX, já está registrada em *Dona Guidinha do Poço*, da mesma forma que *menas* em *Luzia-Homem*. Na boca dos matutos e analfabetos, por suposto, mas não necessariamente pobres ou socialmente inferiores. Porque – velho drama enfrentado pelos ficcionistas do litoral ao localizarem a ação de suas obras em espaços não-urbanos – no mundo agrário nem sempre havia correspondência automática entre *norma culta* e estratos sociais dominantes ou superiores e *variações não-cultas* e estratos sociais dominados ou inferiores. Também neste aspecto, apenas as obras da *nova narrativa épica* solucionariam o impasse através da revelação do mundo caboclo-sertanejo a partir de si próprio e não a partir da perspectiva dos pracianos do litoral.

Contraditório quanto à adequação entre projeto e resultado final, pouco elaborado e até primitivo quanto à técnica e desigual quanto ao estilo, apesar de tudo isto, ou por isto mesmo, o romance de Manoel de Oliveira Paiva permanecerá na história da ficção brasileira como um dos raros e convincentes painéis do mundo agrário nordestino do séc. XIX. Da mesma forma que Maria Reginaldo de Oliveira Barros, a Guidinha, junto com Luzia Maria da Conceição, a Luzia-Homem, será citada algum dia como distante predecessora de Maria Deodorina da Fé Bettancourt Marins, a Diadorim.

Exercícios

Revisão de leitura

1. O que provoca a primeira desavença entre Guidinha e Quinquim?

2. Como Secundino se informa sobre a vida e os bens de Guidinha e de Quinquim?

3. Qual a decisão de Guidinha que deixa bem claro seu interesse por Secundino?

4. Por que Secundino é sobrinho de Quinquim e ao mesmo tempo enteado do irmão deste?

5. Em que ano é edificada a capela de Cajazeiras? E em que ano a povoação passa a vila?

6. Como Guidinha consegue intrigar Secundino com o pai de Lalinha?

7. Qual o nome do vaqueiro que morre perseguindo uma rês? E dos dois filhos de Quinqum?

8. Por que o juiz de Direito apoia o casamento de sua filha com um inimigo político?

9. A que partido pertence Guidinha? E Secundino?

10. Como reage Guidinha às vaias do povo quando entra presa em Cajazeiras?

Temas para dissertação

1. Os conceitos de *barbárie* e *civilização*, supostamente representados, na visão do narrador, por Quinquim e Secundino, respectivamente.

2. A função dos escravos em *Dona Guidinha do Poço*.

3. A descrição da seca e dos *pés de poeira*.

4. Casamento: amor ou união de interesses?

5. A inferioridade da mulher no casamento: destino ou condicionamento econômico?

6. Cultura popular e cultura erudita: conceitos de valor ou simples questão de dominação social?

7. O *certo* e o *errado* em língua.

8. Religião institucionalizada e crenças populares.

9. Política e religião no tempo do Império.

10. A economia do Nordeste no séc. XIX e na atualidade.

TERCEIRA PARTE
PRÉ-MODERNISMO E MODERNISMO

Contexto histórico

O ocaso da Europa

Ao contrário do que acontecera no final do séc. XVIII – quando a Revolução Francesa, o Terror e, alguns anos depois, as guerras napoleônicas haviam ameaçado subverter os alicerces da Europa –, ao terminar o séc. XIX o continente se encontrava na mais absoluta paz e alimentava a expectativa de um progresso sem limites. A guerra franco-prussiana não passara – perto do que estava por vir – de uma escaramuça sem importância e a Comuna de Paris fora rapidamente esmagada, para a tranquilidade da burguesia francesa e de suas congêneres de toda a Europa. A Inglaterra, às expensas de seu império planetário, se permitira melhorar consideravelmente a vida de seu proletariado. A Alemanha e a Itália haviam conseguido ultrapassar a fase de um aglomerado de pequenos Estados independentes – que representavam uma séria barreira para o desenvolvimento das forças capitalistas – e buscavam, ainda que tardiamente, desempenhar o papel de potências continentais, exportando, via emigração, a mão-de-obra excedente e já acalentando a ideia de estruturar impérios coloniais na África, à semelhança da Inglaterra e da França.

É verdade que as fiandeiras indianas podiam ter seus dedos cortados se insistissem em manter o hábito milenar de tecer sua seda – em vez de comprar a que era fabricada pelos teares mecânicos de Liverpool e Manchester – e que nas praças da China liam-se cartazes com os dizeres: "É proibida a entrada de cachorros e chineses". Por outra parte, na própria Europa, há muito Karl Marx escrevera *O capital* e em parceria com Engels lançara o *Manifesto comunista*, conclamando o proletariado a sacudir os grilhões e a tomar o poder, e romancistas como Émile Zola – em *Germinal* – denunciavam a miséria e a exploração dos trabalhadores. A oriente, no subcontinente russo, os *narodniks*, terroristas e visionários, assassinavam czares e pregavam a reformulação total da sociedade. Ainda na virada do século, Wladimir Ilich Ulyanov, que mais tarde seria conhecido por Lênine, já nascera há muito e dedicava sua juventude a estudar as táticas revolucionárias destinadas a derrubar a decrépita dinastia dos Romanov.

Mas nada disto parecia perturbar a segurança, a paz e o desmedido otimismo da burguesia industrial e financeira capitalista, que conquistara ou herdara, literalmente, todo o planeta. Sobre os domínios da Europa branca, colonialista e imperialista, o sol jamais se punha, motivo mais do que suficiente para que sua classe dirigente festejasse o início do novo século como se a vida fosse uma festa interminável que jamais seria perturbada. No entanto, o grande cataclisma, prenúncio do ocaso irreversível, estava às portas.

Em junho de 1914, o arquiduque Francisco Fernando, herdeiro do trono da Áustria-Hungria, foi assassinado por um nacionalista sérvio em Saravejo, na ex-Iugoslávia. Este episódio, produto do clima de disputa austro-húngara e russa pelo controle das pequenas nações dos Bálcãs, colocou em movimento um mecanismo que levou ao envolvimento de praticamente todas as nações da Europa – além dos Estados Unidos – numa guerra de proporções nunca vistas até então e que ficou conhecida como I Guerra Mundial. Na verdade, a denominação não é muito adequada, pois tratou-se de um conflito essencialmente europeu, que, além disso, só atingiu proporções de fato continentais em virtude da participação das grandes potências capitalistas da época – Alemanha, Inglaterra e

França –, que aproveitaram a ocasião para levar ao campo de batalha a surda competição por recursos e mercados que então travavam, não só em solo europeu como também nos espaços coloniais dos demais continentes. Desta forma, o que inicialmente não passava de uma disputa localizada e sem maior importância entre duas monarquias atrasadas da Europa do leste – Áustria-Hungria e Rússia – transformou-se em uma operação gigantesca que mobilizou dezenas de milhões de homens e utilizou uma sofisticada tecnologia bélica recentemente desenvolvida, como aviões, submarinos, tanques, canhões de longo alcance, metralhadoras e gases mortíferos. A Alemanha, sempre com os olhos voltados para os grandes recursos minerais do leste, apoiou a Áustria-Hungria e invadiu a Rússia, que, por sua vez, teve o apoio da França. Os alemães invadiram então a Bélgica – dando argumento à Inglaterra para entrar na guerra – e deslocaram-se rapidamente até Paris, mas foram barrados antes, não conseguindo atingir a capital francesa. Enquanto na frente oeste a guerra se estabilizava em longa e desgastante luta de trincheiras, na Rússia os bolcheviques assumiram o poder em 1917 e logo em seguida assinaram um tratado de paz em separado, o que permitiu à Alemanha lançar todas as suas forças contra a França.

Foi então que os Estados Unidos, que apoiavam a Inglaterra e a França, também declararam guerra à Alemanha, alegando que esta punha em prática uma guerra submarina indiscriminada que lhes causava grandes perdas. Algum tempo depois os alemães pediram a paz, concedida no final de 1918, o que levou à queda da dinastia prussiana dos Hohenzollern e à instauração da frágil República de Weimar.

O balanço do conflito tornou evidente que o mesmo fora uma verdadeira hecatombe para a Europa, que jazia parcialmente destroçada, num aterrador prenúncio do que seria, um quarto de século depois, a II Guerra Mundial, que, ali, se gestaria sobre os escombros da anterior. Era o início do fim da era europeia na política mundial e começava a desintegração do colonialismo clássico, que chegara a dominar todo o planeta. Quatro impérios liquidados – Alemanha, Áustria-Hungria, Rússia e Turquia –, dez milhões de mortos e mutilados, milhares de fábricas destruídas, incalculáveis prejuízos de todo tipo e uma dívida monstruosa, para a época, com os Estados Unidos dão a medida do desastre europeu. Os Estados Unidos, a nova potência emergente, haviam passado de devedores de três bilhões de dólares antes da guerra a credores de onze bilhões ao final da mesma! Não havia dúvida, o eixo da história do planeta deslocava-se para fora da região do Mediterrâneo. E, como se isto não bastasse, sobre os escombros da velha Rússia czarista e sob o comando dos sovietes operários de Lênine, o nascimento do primeiro Estado industrial centralmente planificado desafiava o capitalismo, que até então jamais tivera um sistema rival com que medir-se. À distância, não parece fora de propósito afirmar que o surgimento da União Soviética talvez tenha sido, pelas consequências futuras que daí adviriam, o resultado mais importante do conflito em que as potências capitalistas europeias se haviam entredevorado. Pois é evidente que foi a derrota da Rússia na frente de batalha que criou as condições para que os bolcheviques assumissem o poder, do qual não mais seriam desalojados, apesar de toda a ajuda prestada aos contra-revolucionários pelas nações capitalistas, apavoradas diante do novo fenômeno que surgia como resultado de suas próprias lutas autofágicas.

Por fim, a crise política e social que se seguiu à guerra em toda a Europa, em particular na Alemanha, na Itália e na França, criou as condições propícias para o surgimento do nazismo, que, com suas pretensões de fazer da Alemanha uma potência hegemônica no continente, provocaria novo conflito, incomparavelmente mais destruidor que o primeiro, selando definitivamente a sorte da Europa, dividida meio a meio e transformada, a partir de 1945, em província dos Estados Unidos e da União Soviética.

São Paulo e o início da industrialização no Brasil

À semelhança do que ocorreu em muitos países da periferia capitalista, em particular na América Latina, no Brasil também se manifestaram as consequências do grande conflito que envolveu as potências europeias da época. A mais direta e imediatamente visível destas consequências foi de natureza econômica.

Desde meados do séc. XIX a economia brasileira dividia-se basicamente em dois setores. O primeiro, em crescimento contínuo e ligado ao mercado internacional, era constituído pela produção cafeeira, centrada, a partir do esgotamento das terras do Vale do Paraíba do Sul, em São Paulo, que então produzia cerca de 3/4 de todo o café comercializado no mundo inteiro. O segundo setor compunha-se de um conjunto heterogêneo de sistemas produtivos espalhados pelas demais regiões do país e vinculados todos – com exceção do breve ciclo da borracha no Norte e do caso particular do surto cacaueiro na Bahia – ao mercado interno. Estagnados, em decadência ou em lento crescimento, estes numerosos e heterogêneos sistemas produtivos periféricos – se referidos ao centro dinâmico cafeeiro – vinculavam-se a extensas zonas de economia de subsistência e abrangiam a pecuária tradicional, o açúcar, o algodão, o sal, além de outros produtos de menor importância, e até mesmo uma área de incipiente mas não desprezível industrialização no extremo sul, ligada à zona colonial imigrante. A reduzida ou quase nula capacidade de acumulação de capital – as *sobras* de qualquer atividade econômica, que, reaplicadas, podem criar novos bens e novos empregos, ampliando a produção e gerando o desenvolvimento – era o traço comum a todos estes núcleos produtivos periféricos do Brasil de então.

Evidentemente, e por definição, o contrário ocorria com o pólo dinâmico cafeeiro. Situadas na mais recente fronteira agrícola conquistada, a das férteis terras roxas do oeste paulista, integrado a partir das últimas décadas do séc. XIX, e amparadas já não mais no custoso e raro braço escravo mas no trabalho assalariado, as novas regiões cafeeiras expandiram-se rapidamente, dispondo de uma elevadíssima capacidade de acumulação de capital. A melhor prova desta importância é o *Convênio de Taubaté* (1906), no qual os cafeicultores estabeleceram uma política de defesa de seu produto, tanto no plano interno quanto no externo, para forçar a elevação dos preços. Este fato significou a contrapartida política do grande poder da nova burguesia agrária paulista, que, assim, ao definir as regras da economia nacional – cuja base era o café –, assumia na prática o controle do governo central, que, a partir de então e até 1930, seria o gestor e o defensor de seus interesses. O Estado se tornara o representante dos cafeicultores paulistas, com todas as consequências daí advindas.

É fácil perceber, portanto, o motivo pelo qual São Paulo transformou-se, nas primeiras décadas do séc. XX, no berço do Brasil moderno e industrial. Detendo quase o monopólio da produção de um produto nobre e gerador de divisas, controlando o poder central e moldando-o segundo seus interesses, favorecida por uma extensa rede de estradas, por um bom sistema bancário e pela entrada maciça de imigrantes, muitos deles trabalhadores qualificados procedentes de zonas industrializadas da Europa, a economia paulista era a que reunia as melhores condições para aproveitar-se da momentânea desorganização da indústria europeia e da paralisação do comércio internacional e decolar, dando início ao primeiro grande surto de substituição de importações no país. Na base deste processo, como condição primordial e resumo de tudo, estava a enorme capacidade de acumulação, citada anteriormente, da cafeicultura paulista. Grande parte do capital excedente assim gerado foi então alocado nos setores industrial, financeiro, de transportes, de armazenagem etc. Com isto, São Paulo disparou, passando a ser a locomotiva do novo Brasil industrial e urbano, lugar que desde então não perdeu mais.

As estatísticas e os dados fornecidos por economistas e historiadores que estudaram este processo são quase inacreditáveis. De uma cidade provinciana e dedicada quase que somente às atividades comerciais, a capital de São Paulo passa, em alguns anos, a metrópole moderna. De 1910/15 em diante, as novas plantas industriais contam-se aos milhares, multiplicando-se como cogumelos. Os meios de transporte e as comunicações expandem-se vertiginosamente. E a população – via imigração e migração interna – cresce sem parar. O Brasil, através de São Paulo, entrava na era industrial, sob o signo do capitalismo e impulsionado pela rápida desvalorização da moeda, que era, paradoxalmente, o instrumento utilizado pela oligarquia para se manter no poder (v. a seguir).

A crise política e social

Superada a instabilidade institucional que caracterizara o Brasil da última década do séc. XIX, o poder do núcleo cafeicultor paulista consolidou-se definitivamente, aprofundando ainda mais a crise política e social em que se encontravam as grandes cidades litorâneas desde a queda do Império.

Até 1889, o antigo regime, sedimentado sobre o latifúndio monocultor escravista, mantivera inconteste seu poder e em torno dos senhores de terra do Vale do Paraíba do Sul nascera o Brasil litorâneo como uma nação centralizada em termos administrativos e políticos. Esta centralização era, não raro, de caráter apenas formal, já que, nas condições da época, o poder central, instalado no Rio de Janeiro, era obrigado a barganhar o apoio dos grupos dominantes das demais regiões do país e a conceder-lhes uma relativa autonomia. O episódio da República e a crise institucional que se seguiu tenderam a acentuar ainda mais a fragilidade do poder central e das instituições nacionais, o que, por sua vez, gerou o fortalecimento dos núcleos oligárquicos regionais. Atuando neste vácuo de poder, os cafeicultores paulistas, associados a segmentos dirigentes de Minas Gerais, passaram a controlar o governo central e a manobrá-lo segundo seus próprios objetivos.

Sem interesse maior em fortalecer a centralização e obter as vantagens disto resultantes, o novo grupo dirigente fixou-se no uso de uma arma fundamental para a consolidação de seu poder: a taxa de câmbio, a qual, como já lembrado anteriormente, tornar-se-ia uma das molas fundamentais a impulsionar a industrialização brasileira nas primeiras décadas do século e, em consequência, um agente acelerador da crise da própria oligarquia cafeeira. Para compreender em profundidade a natureza deste mecanismo seria necessária uma longa, árdua e árida exposição. Reduzindo, porém, a seus elementos básicos, é possível perceber, ainda que de forma simplificada, seu funcionamento.

O nó da questão é o mecanismo de *câmbio*, de *conversão da moeda*, no processo de troca de mercadorias realizado por uma nação com as demais. Em termos mais simples, no processo do comércio internacional. Quando uma nação exporta mercadorias, seu interesse é receber o respectivo valor em *moeda forte*, ou seja, em uma moeda aceita por todas as demais nações em pagamento de mercadorias por elas fornecidas. Esta moeda forte, normalmente, é a da nação ou das nações que são economicamente poderosas. Na história do capitalismo ocidental há exemplos clássicos: primeiro a libra (Inglaterra), depois o dólar (Estados Unidos). Portanto, quando qualquer nação – excluída aquela cuja moeda é a própria moeda forte – exporta determinado volume de mercadorias, recebe em troca determinada quantia de moeda forte, isto é, moeda estrangeira. Contudo, a firma exportadora destas mercadorias, por suposto, não recebe o valor em moeda forte, estrangeira, mas em *moeda nacional*, operação realizada através do mecanismo de câmbio ou conversão monetária, controlado pelo governo por meio da *autoridade monetária*, materializada em um órgão específico, que pode ter qualquer nome mas que, na atualidade e nos países capitalistas, é o mais das vezes denominado Banco Central. Supondo-se uma situação fictícia em que haja *um estoque* (quantidade) fixo de moeda nacional e em que uma unidade desta valha, em mercadorias, o mesmo que uma unidade da moeda estrangeira (forte), é fácil perceber por que o exportador será favorável à *desvalorização* da moeda nacional diante da moeda estrangeira: porque assim ele, o exportador, receberá por uma saca de café – ou por um par de sapatos – mais moeda nacional. Em consequência o exportador terá maior *poder de compra* internamente, deterá em suas mãos uma parcela maior da *renda nacional*. Ou, mais vulgarmente, ficará mais rico que os outros membros da sociedade, ou seja, do país como um todo. Pelo mesmo motivo, apenas que invertido, todos os segmentos que importam mercadorias são contra a desvalorização da moeda nacional. De tudo isto se deduz, facilmente, a extrema importância do controle do mecanismo de câmbio como instrumento de poder econômico e político.

É claro que uma análise tão linear e simplificada não corresponde mais de maneira exata à complexidade da estrutura econômica e da composição social das nações industriais como o Brasil a partir da segunda metade do séc. XX. No período da República Velha, porém, a situação era diferente, por três razões fundamentais.

Em primeiro lugar, o café era, a rigor, o único item importante da pauta de exportações brasileiras, atingindo um volume muito expressivo em termos absolutos, além de representar a parcela mais significativa, em termos relativos, de toda a produção nacional em conjunto; em segundo, o setor cafeeiro controlava diretamente o governo e, em consequência, o mecanismo de câmbio; finalmente, em terceiro, o Brasil, na época, importava quase todos os produtos manufaturados de que necessitava, além de quantidades consideráveis de alimentos e bebidas. O setor cafeeiro, portanto, era, na prática, o único que exportava e o volume exportado era grande. Nestas condições, encontrava-se, para usar a expressão corriqueira, com a faca e o queijo na mão: detinha o controle sobre o único produto capaz de gerar divisas – ou moeda forte – para o país; estava em condições de desvalorizar a moeda nacional para defender seus interesses; e, além de tudo, enfraquecia com isto todos os demais segmentos produtivos e grupos sociais em virtude do encarecimento das importações que lhes eram necessárias. Como os antigos *barões do café* da época imperial/escravista, os cafeicultores paulistas davam as cartas, formando a moldura essencial do período histórico conhecido como *República Velha*. O café era a nação e a nação era o café.

Este é também o quadro que permite compreender por que a partir da segunda década do séc. XX explode o processo de industrialização no Brasil, processo que, apesar dos percalços e contradições, não se deteria mais e que, ao findar o século, assombraria pelo gigantismo e pelas contradições num país que se tornou em pouco tempo a oitava potência industrial do mundo. Dispondo de quase toda a renda nacional numa economia em que – pela necessidade de enfrentar os baixos preços do café no mercado internacional e o surgimento de concorrentes, como, entre outros, a Colômbia – a moeda era rapidamente desvalorizada, encarecendo as importações. E assim, em uma situação em que estas tornavam-se difíceis ou impossíveis de serem obtidas em virtude da guerra na Europa, São Paulo reunia condições ideais para liderar a primeira fase da industrialização brasileira e a consequente substituição de importações. Ali se gestava e nascia o Brasil moderno, urbano e industrial.

Mas a hegemonia do grupo cafeeiro paulista não poderia durar indefinidamente. Sua base era frágil, política, econômica e socialmente. Politicamente, o controle do Estado e as medidas tomadas para defender os cafeicultores e aumentar seu poder não levavam em conta os interesses dos demais grupos oligárquicos regionais, relegados a um plano secundário, quando não diretamente prejudicados. A chamada *política dos governadores*, posta em prática na primeira década do século, foi a solução encontrada para enfrentar o problema. Através dela, o governo central, pela pressão, pela fraude ou diretamente pela força, entregava o poder às facções oligárquicas regionais que estivessem dispostas, em troca, a dar sustentação política e legal ao grupo cafeicultor. Este é o pano de fundo dos fenômenos do coronelismo, da jagunçagem e, em última instância, também do cangaço. Distante e omisso, o governo central, interessado apenas na própria sustentação política, criava as condições para que, no vácuo de poder, este passasse às mãos de um sem-número de núcleos e facções, que o exerciam de forma absoluta e quase "feudal" nos territórios sob sua "jurisdição" (em alguns destes "feudos" chegou a existir o *jus primae noctis* – o direito da primeira noite, consuetudo da época medieval que estabelecia o direito do senhor feudal de dormir com a mulher de todo súdito que casasse). Neste contexto, era natural que surgissem os exércitos particulares dos *coronéis* e o cangaço, sintoma claro, este último, da revolta, ainda que desorganizada e sem objetivos definidos, dos "súditos" submetidos à exploração, à violência e ao arbítrio. O Brasil litorâneo dos *senhores do café* paulistas e dos aglomerados urbanos europeizados estava muito distante do Brasil das inúmeras e às vezes minúsculas oligarquias rurais regionais e dos coronéis do interior e do sertão. A unidade do país era apenas uma ficção legal.

A base de sustentação do grupo cafeeiro era também frágil economicamente, porque seu poder baseava-se em um único produto vendido no exterior e submetido, portanto, às injunções incontroláveis do mercado internacional. Quando seu preço começou a cair sensivelmente e surgiram os primeiros concorrentes, as medidas tomadas para enfrentar o problema – desvalorização da moeda e formação de estoques – provocaram uma crise de grandes proporções, que tornou evidente o terceiro ponto fraco do grupo então no poder: a reduzida base social em que se assentava.

Com efeito, a restrição ao crédito – o governo utilizava quase todo o dinheiro em circulação para a formação dos estoques de café – e a desvalorização da moeda – o que, como foi visto, encarecia as importações – atingiam drasticamente todas as regiões e todas as classes sociais, com exceção do núcleo cafeeiro e dos eventuais setores a ele ligados. Nas cidades os preços começaram a subir vertiginosamente e muitos produtos simplesmente não eram mais encontrados. Era a *carestia*, como se dizia então. E o descontentamento foi crescendo de forma muito rápida entre os novos grupos sociais emergentes: as chamadas *classes médias* – que haviam feito sua primeira aparição no cenário político brasileiro durante o período do governo de Floriano Peixoto, na última década do séc. XIX – e o proletariado, que se tornava dia a dia numericamente mais importante. À medida que a urbanização e a industrialização avançam, a partir de meados da segunda década do séc. XX, a agitação se espalha e cresce com rapidez. Em 1916, por exemplo, uma greve geral paralisa São Paulo, num país em que muitos jornais não tinham nem mesmo ouvido falar em tal palavra. As organizações e os grêmios operários, tratados então como caso de polícia, se multiplicam e se fortalecem. Não apenas em São Paulo, onde era grande a influência dos operários espanhóis e italianos, politizados e combativos, mas também nas demais cidades da costa. O país estava mudando.

A desintegração do Exército: o tenentismo

Às sucessivas crises políticas e sociais e às profundas e rápidas transformações econômicas – principalmente nas regiões sudeste e sul – que haviam afetado o Brasil litorâneo desde a queda do Império e nas primeiras décadas do séc. XX deve somar-se outro elemento fundamental: a progressiva desintegração da instituição militar.

Estruturado a partir da Guerra do Paraguai, o Exército assumira papel essencial no processo de substituição do antigo regime imperial pela nova ordem republicana. E a partir da Revolta da

Armada, em 1893, se envolvera em uma série de episódios traumáticos. A desastrada participação na campanha contra Canudos – "um crime da nacionalidade", no dizer de Euclides da Cunha em *Os sertões* –, o papel de gendarme nas expedições punitivas – as *salvações* – contra os segmentos rebeldes das oligarquias regionais periféricas ao núcleo de poder central e as sedições e divisões internas solaparam rapidamente a disciplina castrense e explodiram em sucessivas e violentas rebeliões, culminando com insurreições como as do Forte de Copacabana, em 1922, a Coluna Prestes, em 1923, e a revolução paulista de 1924.

O fenômeno de rebeldia da oficialidade mais jovem passaria à história sob o nome genérico de *tenentismo*. Independente de ter causas variadas e efeitos um tanto dispersos, o *tenentismo* pode e deve ser considerado um sinal típico da profunda crise do Brasil litorâneo da época, no qual era evidente o abismo existente entre o país da ficção legal, ao qual se aferrava desesperadamente, na defesa de seus interesses, o grupo cafeeiro, e o país real, que sofrera profundas transformações em cerca de duas décadas, sem que estas mudanças pudessem, nem minimamente, se refletir no plano político.

Era natural que este mal-estar profundo atingisse também o Exército. Já nas crises que haviam se seguido à proclamação da República, em particular no período florianista, ficara claro que o Exército, mesmo sem uma ideologia claramente definida, tendia a apresentar-se como alternativa de poder para o país, alternativa até então inexistente. Reagindo rapidamente, o grande latifúndio se recicla e, através da *política dos governadores*, implementada por Campos Sales no início do século, retoma o controle da situação. Mas não detém o processo de mudanças nem consegue enquadrar totalmente o Exército. Nas escolas militares, a jovem oficialidade, quase toda originária de segmentos sociais intermediários, recebia uma formação técnico-científica de alto nível e o domínio do conhecimento era a mola propulsora da perigosa tentação de discutir a realidade. O poder até então fora sinônimo incontestado de *terra*. A partir do momento em que o conhecimento técnico-científico tomara assento nas escolas militares, esta identificação começara a ser posta em questão. Aí se inicia o longo ciclo de envolvimento direto da instituição militar nos destinos do país, ciclo que se encerraria – ou seria apenas uma retirada estratégica? – no início da década de 1980.

Mas é evidente que a inquietação militar só adquiria importância porque ressoava profundamente entre amplos setores da população urbana litorânea: os grupos sociais intermediários – as *classes médias* – e o operariado, à medida que o tempo passava, cresciam em número e em importância política e exigiam mudanças. Se os *tenentes* não se ligavam diretamente a estes novos segmentos sociais, histórica e politicamente marchavam lado a lado com eles. E não era de admirar, pois nem aqueles nem estes tinham qualquer motivo para se manterem fiéis à velha ordem republicana comandada por um governo que era lugar-tenente dos cafeicultores paulistas. Sua chance estava nas mudanças. Mas como a velha ordem nada tinha a oferecer-lhes, a não ser a repressão – e por isto se recusava a mudar –, travava-se uma guerra de posições.

A crise capitalista de 1929, com a queda vertical do preço do café, desequilibrou a situação e apressou o processo. Se já então o Brasil oligárquico era um anacronismo, o poder absoluto dos *senhores do café* era um anacronismo duplo. As oligarquias dissidentes, os militares, o capital urbano/industrial, as classes médias e o proletariado – cada um por suas próprias razões – não tinham por que ser fiéis à República Velha e esta, como no caso do Império, também caiu por não ter mais quem a defendesse. A revolução de outubro de 1930 não só vinha para tentar preencher a brecha entre o país legal e o país real como, principalmente, era a prova de que, pela primeira vez em quatro séculos, o poder dos *senhores da terra* já não era mais absoluto nem único.

Cultura e arte: entre o passado e o futuro

Mais ou menos em correspondência com o panorama econômico e social, a produção cultural e artística das elites urbanas do litoral nas primeiras décadas do séc. XX reflete, de um lado, a crise do Brasil arcaico e agrário e, de outro, o nascimento do Brasil moderno e industrial.

No Rio de Janeiro – e, por extensão, nos demais centros urbanos ao longo da costa atlântica – a cultura mumificada do passado semicolonial e europeizado revelava sua impotência numa produção intelectual e literária de horizontes limitados, provinciana, como nas construções ideológicas de Alberto Torres, Oliveira Viana e outros, ou na pedestre, apesar de pretensiosa, lírica dos chamados *parnasianos*, caçadores de palavras antigas que não encontravam mais qualquer referencial na realidade concreta do mundo. Alguns, não por nada os melhores deles – os ditos *simbolistas* –, levaram ao extremo esta dissociação entre significante e significado, criando poemas com visões oníricas e símbolos não raro incompreensíveis. Afinal, o Brasil arcaico era um mundo condenado ao desaparecimento e já incompreensível. Só restavam os sons do passado, e a melhor forma de usá-los criativamente era absolutizar seu valor, trabalhando-os como se fossem a única realidade.

À margem, acima e, até, contra esta generalizada mediocridade sobressaem a ficção de Lima Barreto e os ensaios de Euclides da Cunha. O primeiro é o grande cronista do estertor do Brasil litorâneo europeizado, particularmente do Rio de Janeiro. As personagens de seus grandes romances são lúcidas mas ingênuas e parecem perdidas na grande cidade, não tendo destino nem futuro. Cientes dos males do mundo mas sem uma visão coerente para ordenarem a realidade, estão, portanto, condenadas à inação ou à destruição.

Quanto a Euclides da Cunha, nada fica a dever, em muitos momentos, aos grandes historiadores e ensaístas da tradição ocidental, a começar com Tucídides, aliás, por ele lembrado no prefácio de *Os sertões*. Dividido, ele próprio, entre o passado de uma erudição europeizada e em boa parte já inútil – que transparece nas duas primeiras partes da obra citada – e o presente que exigia um instrumento de análise verdadeiramente autônomo e adequado ao meio, Euclides da Cunha dá o grande salto na terceira parte, na qual, de forma insuperada e para sempre insuperável, constrói uma análise genial do episódio de Canudos e, por extensão, de toda a realidade brasileira, que abordaria posteriormente, sempre com igual acuidade, em outros ensaios.

Em São Paulo, por outro lado, a partir de meados da segunda década do século, se desenvolve um violento e acelerado processo de renovação e transformação, que atinge as áreas da atividade cultural e artística. As artes plásticas, a música, a literatura e a ensaística passam a refletir os novos tempos a partir de uma dupla vertente de influências: de uma parte, dando continuidade ao passado semicolonial dominado pela França e pela Inglaterra, eram absorvidas rapidamente as influências de uma Europa revoltada e em crise desde o início da guerra; de outro, à semelhança do que ocorrera nas décadas seguintes ao rompimento político-administrativo com a metrópole portuguesa no século anterior, as ideias nacionalistas faziam sentir seu peso, marcando uma época turbulenta, renovadora e criadora. Uma época talvez não ainda de radical descolonização cultural e intelectual mas, sem dúvida, de "reatualização da consciência nacional", na expressão de Mário de Andrade.

Na área da produção literária e da ensaística quase tudo o que foi produzido de importante pode ser resumido em dois nomes: Mário de Andrade e Oswald de Andrade. Da ficção ao teatro, da sátira ao ensaio, e sem esquecer poemas e memórias, ambos são verdadeiramente o símbolo de um tempo de crise e mudanças, de descobertas de novos valores e de propostas as mais radicais. Um novo Brasil surgia e sua imagem se delineava, confusa e agitada, mas nem por isto menos nítida, na produção simbólica da metrópole nascente que era São Paulo.

Lima Barreto

Triste fim de Policarpo Quaresma

Vida e obra

Afonso Henriques de Lima Barreto nasceu no Rio de Janeiro no dia 13 de maio de 1881, sendo filho de João Henriques de Lima Barreto e Amália Augusta Barreto. Depois de aprender a ler com sua mãe, que era professora, começa seus estudos em uma escola pública, transferindo-se a seguir, em 1891, para o Liceu Popular Niteroiense, em Niterói, e ali permanece como aluno interno, às custas de seu padrinho, o visconde de Ouro Preto, até 1896, quando, feitos os primeiros exames no Ginásio Nacional, ingressa no Colégio Paula Freitas, no Rio de Janeiro. Tendo frequentado os preparatórios para a Escola Politécnica, faz os exames e é aprovado, começando a cursar Engenharia. Contudo, devido a problemas de ordem familiar – a mãe falecera em 1887 – abandona a Escola Politécnica e ingressa por concurso, em 1903, na Secretaria (Ministério) de Guerra, para poder sustentar a família.

A primeira colaboração de Lima Barreto em jornal aparece em 1902, dando início a uma carreira de jornalista que o levaria, em 1905, a entrar para o *Correio da Manhã* e também a frequentar assiduamente os meios intelectuais e boêmios da então capital da República. Em 1909 é publicado em Lisboa *Recordações do Escrivão Isaías Caminha*. Dois anos depois, *Triste fim de Policarpo*

Quaresma começa a aparecer em folhetim no *Jornal do Comércio*. Em 1914, Lima Barreto é recolhido ao Hospício Nacional, de onde sai após alguns meses. Em 1915 *Triste fim de Policarpo Quaresma* é editado em volume, juntamente com *Numa e a Ninfa*. Nos dois anos seguintes, muito doente, abandona temporariamente as atividades literárias e jornalísticas, reaparecendo com o "Manifesto Maximalista" no semanário anarquista ABC em 1916. Aposentado no ano seguinte em seu emprego na Secretaria de Guerra por invalidez, Lima Barreto, enfrentando grandes dificuldades, consegue publicar em 1919 *Vida e morte de M. J. Gonzaga de Sá* e logo em seguida retorna novamente ao hospício. Ainda em 1919, seu nome é indicado para a Academia Brasileira de Letras mas recebe apenas dois votos. No ano seguinte, após deixar o hospício, apresenta *Vida e Morte de M. J. Gonzaga de Sá* ao prêmio anual da Academia. Recebe menção honrosa. No dia 1º de novembro de 1922 falece em sua casa no Rio de Janeiro, dois dias antes que seu pai, que também ali residia.

Em 1923 começa a aparecer, em revista, *Clara dos Anjos*, um romance considerado inacabado e que seria publicado em volume somente em 1948. Sua obra completa é editada apenas em 1956, contendo alguns fragmentos do romance *Cemitério dos Vivos* e *Histórias e sonhos* e contos publicados ainda em vida, além da totalidade de seus ensaios, crônicas, sátiras, cartas etc. Entre as coletâneas mais conhecidas de crônicas e sátiras estão *Os Bruzundangas* e *Coisas do Reino de Jambon*.

TRISTE FIM DE POLICARPO QUARESMA

Enredo

I Parte

Policarpo Quaresma, mais conhecido por Major Quaresma, subsecretário do Arsenal de Guerra, residia no Bairro de São

Januário, na cidade do Rio de Janeiro, há cerca de trinta anos. Muito conhecido entre a vizinhança, principalmente por seus hábitos metódicos e por seu extremado nacionalismo, sentia-se realizado em sua função burocrática no Exército, escolhida quando, ao apresentar-se para o serviço militar, fora recusado pela Junta de Saúde. Sua pontualidade era tal que a vizinhança podia marcar o tempo por seus movimentos diários. E seu nacionalismo era tão extremado que em sua mesa, em sua biblioteca e em seu jardim havia lugar exclusivamente para comidas, livros e flores genuinamente nacionais. Na música só apreciava a modinha, a seu ver a mais autêntica e completa expressão musical da alma brasileira.

Foi devido exatamente às suas preferências musicais que começaram a ser notados sinais de profundas mudanças na vida do metódico subsecretário do Arsenal, sinais logo detectados pela vizinhança. Ocorria que, depois de quase trinta anos de estudos e de silencioso devotamento à causa da Pátria, Quaresma começara a sentir dentro de si uma força que o impelia a colocar em prática suas ideias, a colaborar para que o Brasil se tornasse rapidamente uma nação até mesmo superior à Inglaterra, que na época se encontrava no apogeu de seu poder. A primeira decisão tomada foi a de aprender a tocar violão. Para tanto contratou como seu professor Ricardo Coração dos Outros, famoso violonista e cantador de modinhas, que passou então a frequentar assiduamente a casa, para desgosto de Adelaide, a irmã de Quaresma, que com ele residia, e para surpresa e espanto da vizinhança. Com a colaboração do general Albernaz, um vizinho que tinha cinco filhas para casar, e de Cavalcânti, um dentista, noivo de Ismênia, uma delas, Quaresma descobre também um velho poeta popular que lhe fornece novos dados relativos à cultura do povo. Em seu entusiasmo, porém, o subsecretário não se satisfaz com isto e se dedica ao estudo das manifestações culturais indígenas, chegando a assustar Olga, sua afilhada, e o compadre, o rico imigrante italiano Vicente Coleoni, ao saudá-los à moda tupinambá quando, certa ocasião, estes vão visitá-lo. E um dia deixa intrigado Ricardo Coração dos Outros ao qualificar a inúbia e o maracá como instrumentos musicais muito superiores ao violão.

Assim, ninguém se surpreende quando, no dia do há tanto tempo esperado noivado de Ismênia, uma notícia se espalha rapidamente: Quaresma ficara louco e se encontrava internado. Tudo começara, segundo os presentes à festa, com um requerimento que o subsecretário enviara à Câmara de Deputados solicitando a adoção do tupi como língua oficial do país. O fato provocara risos, fora o assunto do dia em todos os jornais e atraíra sobre o metódico Quaresma a ira dos colegas de repartição. A situação tornara-se, porém, completamente insustentável quando o subsecretário, por distração, traduzira para o tupi um requerimento que fora parar no Ministério da Guerra. O incidente gerara sua suspensão – que apenas não se transformara em demissão por intervenção de Vicente Coleoni – e o levara a tomar a decisão de internar-se no hospício, localizado na Praia das Saudades. Ali, Quaresma recebia periodicamente a visita de Ricardo Coração dos Outros, de Vicente Coleoni e da filha. Em uma destas visitas, na companhia do pai, Olga percebe que o padrinho está bem melhor e aproveita a ocasião para informá-lo, sem muito entusiasmo, de que em breve casaria. Ao retornarem à casa de Quaresma, encontram Ricardo Coração dos Outros em conversa com Adelaide, que lhes dá notícias do desconsolo de Ismênia, cujo noivo viajara há meses e nunca mais mandara notícias.

II Parte

Depois de seis meses de internamento Quaresma deixa o hospício aparentando ter-se recuperado, apesar de demonstrar tristeza e abatimento. Certo dia, Olga, vendo-o assim, pergunta-lhe se comprar um sítio não seria uma boa solução para ele. Quaresma mostra-se tão entusiasmado com a ideia que a afilhada quase se arrepende de ter falado no assunto. Passando imediatamente à ação, vende sua casa em São Januário, compra o "Sossego", um sítio localizado no município de Curuzu, a duas horas de trem do Rio de Janeiro, e começa a fazer planos de produzir grandes quantidades de feijão, milho, frutas, verduras etc. No "Sossego", em companhia de Adelaide e de Anastácio, um antigo escravo que se esforça para ensiná-lo a capinar, Quaresma passa o tempo a trabalhar, limpando o pomar e as imediações da residência. Apesar do isolamento do sítio, ali também chega a política e Quaresma recebe um dia a visita do Tenente Antonino Dutra, escrivão da coletoria, que vem pedir-lhe uma ajuda para a festa da padroeira e sondá-lo a respeito de sua posição quanto às lutas políticas do município. Quaresma mostra-se disposto a dar ajuda para a festa mas deixa claro que não pretende envolver-se na política local, o que faz com que o escrivão fique surpreso e insatisfeito.

Enquanto isto, no Rio, em seu quarto de pensão, Ricardo Coração dos Outros reflete, amargurado, sobre o fato de que outro tocador de violão e cantador de modinhas, um negro, passara aos poucos a ocupar seu lugar, fazendo com que o povo esquecesse o antigo menestrel. Mas uma carta o anima: o general Albernaz finalmente conseguira marcar o casamento de uma das filhas, Quinota, e o convidava para a festa. Na ocasião, Ricardo Coração dos Outros revive seus dias de glória, o general aproveita para falar das batalhas das quais nunca participara e Ismênia chora ao recordar-se do noivo que nunca mais aparecera.

Uma semana depois Olga também casa, apesar de já estar um tanto desiludida do noivo, o doutor Armando Borges, que inicialmente aparentara ser uma personalidade séria e dedicada à ciência mas logo se revelara um carreirista sem muitos escrúpulos. Quaresma decidira não ir à festa do casamento da afilhada, pois a época da semeadura aproximava-se e ele não queria perder tempo. Contudo, enviara o peru e o leitão tradicionais. Em Curuzu, a chegada de Ricardo Coração dos Outros, que decidira visitar o "Sossego", movimenta a vila e o cantor vive novo período de glória em meio à sociedade local. Dias depois, Olga e o marido também aparecem no sítio. Certa manhã, Quaresma e todos os demais são tomados de surpresa: *O Município*, um semanário local ligado ao partido situacionista, publica um editorial atacando violentamente os intrusos, além de uns versos que ironizavam o antigo subsecretário do Arsenal. O espanto aumenta quando Ricardo Coração dos Outros relata o que ouvira, dias antes, na vila: todos acreditam que Quaresma viera ali para fazer política e o escrivão Antonino Dutra jurara desmascará-lo. Quaresma fica impressionado mas a presença dos amigos faz com que aos poucos o episódio seja esquecido. Durante os dias em que permanecem no "Sossego", Olga se choca, em seus passeios pela região, com a miséria da população e o doutor

Armando Borges chega à conclusão de que seria necessário adubar a terra para que ela produzisse, o que é violentamente negado por Quaresma, que em seu nacionalismo exacerbado defende a tese de que as terras do Brasil são as mais férteis do mundo.

Depois de quase um ano lutando contra as ervas daninhas, as formigas, as pestes e toda a sorte de contratempos, Quaresma, finalmente, consegue produzir aipim, abacates, abóboras e outros alimentos. Mas ao vendê-los percebe que seu lucro é quase nulo, já que a ação dos atravessadores faz com que o preço pago ao produtor seja ínfimo e o cobrado do comprador seja alto. Isto o leva a pensar na necessidade de modernizar a agricultura, de comprar implementos e talvez até de usar adubos, como o aconselhara o marido da afilhada. Quaresma se dá conta também de que as condições em que viviam as populações do interior e que tanto haviam chocado Olga eram o resultado de uma política consciente dos grupos que detinham o poder há séculos, os quais não possuíam qualquer interesse em realizar reformas, pois as mesmas só serviriam para atrapalhar e até destruir seus esquemas de dominação política e social. Disso tem pessoalmente a prova quando percebe a rede de intrigas que os grupos políticos de Curuzu armam a seu redor por ter-se mantido equidistante dos mesmos. Na perspectiva destes grupos, ele é um intruso que com suas ideias ameaça a tranquilidade do município, sendo necessário afastá-lo a qualquer custo.

Diante de tudo isto, os olhos do ex-subsecretário do Arsenal se abrem e ele compreende quanto fora ingênuo com suas ideias a respeito da modinha, do folclore e, até mesmo, da agricultura. Os remédios necessários para os males do país eram de natureza bem mais drástica. Era preciso um governo forte, faziam-se necessárias reformas profundas e leis sábias, principalmente no setor agrícola. Então sim a terra daria frutos, a população toda viveria em melhores condições e a Pátria seria feliz. Quaresma refletia sobre tais assuntos quando Felizardo, um de seus empregados, o informa que não viria trabalhar no dia seguinte, 7 de setembro, não por ser feriado mas porque decidira fugir para o mato a fim de escapar a um possível recrutamento forçado. Ao ler os jornais, Quaresma, que ficara surpreso com o fato, entende tudo. A esquadra revoltara-se e exigia que o presidente, o Marechal Floriano Peixoto, deixasse o poder. Os olhos de Quaresma brilham: um governo forte, reformas profundas, leis sábias... Era chegado o momento! Imediatamente vai até o telégrafo e passa uma mensagem:

"Marechal Floriano. Rio. Peço energia. Sigo já. Quaresma."

Enquanto isto, a cidade do Rio de Janeiro fervia. Em meio à agitação, o General Albernaz não só falava de suas batalhas como pensava em ver aumentado seu soldo, o que lhe possibilitaria casar outra das filhas; o doutor Armado Borges, por sua parte, preparava um novo salto em sua carreira; Vicente Coleoni mantinha-se, prudentemente, afastado da política; Ismênia enlouquecia aos poucos e Olga conformava-se com um casamento infeliz. Só Ricardo Coração dos Outros, desligado das contingências terrenas e satisfeito com mais um período de fama, cantava sua última composição: *Os lábios de Carola*!

III Parte

Passados alguns dias, que ocupara colocando em dia seus negócios e procurando alguém para fazer companhia a Adelaide, Quaresma viaja ao Rio, contra os conselhos da irmã e sob o olhar assombrado de Anastácio, que parecia prenunciar desgraças. Chegando à cidade, agitada pela revolta, vai ao Palácio presidencial, carregando um memorial em que expunha as medidas necessárias para reformar e modernizar a estrutura agrária do país. Floriano, que o conhecera nos tempos do Arsenal, o saúda e, um tanto a contragosto, recebe o memorial mas não lhe dá muita importância, chegando a rasgar a primeira folha para escrever um bilhete ao ministro da Guerra. A conselho do marechal, Quaresma passa a integrar o batalhão patriótico "Cruzeiro do Sul", comandado pelo Major Inocêncio Bustamante, agora tenente-coronel, com quem já se havia encontrado na casa do General Albernaz. Deixando o Palácio, sai em direção à residência de Vicente Coleoni, cruza com o general, o qual, interrogado sobre o estado de Ismênia, mostra-se contrafeito, não o informando de que a mesma enlouquecera completamente. Na casa de Coleoni, Quaresma discute a situação do país com Olga e o doutor Armando Borges, ocupado então com seu último truque de carreirista: traduzir seus artigos para uma linguagem difícil, diante da qual seus colegas de profissão e o público ficavam extasiados. Ao entardecer, segundo determinara o Tenente-coronel Bustamante, dirige-se ao quartel provisório em que se instalara o batalhão, na Ponta do Caju, e ali encontra Ricardo Coração dos Outros, recrutado a força e que se recusa a servir. Quaresma intervém a favor do cantor mas Bustamante mostra-se irredutível e o incorpora ao batalhão como cabo, concedendo, porém, que possa ficar com o violão. Agora como major de fato e não apenas por ter tido certa vez seu nome incluído em uma lista de integrantes da Guarda Nacional, o ex-subsecretário do Arsenal passa a comandar a guarnição do quartel provisório do batalhão patriótico "Cruzeiro do Sul". Entre seus comandados estão o próprio Ricardo Coração dos Outros e o Tenente Fontes, positivista fanático e noivo de Lalá, a terceira filha do General Albernaz. Responsável pelo canhão da guarnição, o Tenente Fontes mostra-se duro e autocrático, proibindo Ricardo Coração dos Outros de fazer suas serestas.

Com o tempo, a guerra passa aos poucos a integrar a vida da cidade e do próprio Quaresma, que tem no estudo da artilharia sua nova paixão. Às vezes, contudo, aborrecido da rotina, costumava deixar o posto entregue ao comando do Tenente Fontes, quando este ali se encontrava, ou de Polidoro, o imediato, e ir até a cidade. Certo dia, andando até São Januário, visita o General Albernaz, em cuja residência estavam jantando o Almirante Caldas, o Tenente-coronel Bustamante e o Tenente Fontes. Na discussão que então tem lugar, o tenente mostra-se um idealista que pensa no futuro da nação e da sociedade como um todo, ao contrário do almirante e do general. O primeiro, cujo velho sonho era comandar uma esquadra, mostra-se pessimista com o futuro e o segundo tem como preocupação fundamental o problema de Ismênia. Pouco depois de Quaresma retornar ao quartel, ali chega Floriano, que tinha por hábito visitar à noite as guarnições. Na saída, o ex-subsecretário do Arsenal cria coragem e pergunta ao marechal se lera seu memorial. Este responde que sim mas não se mostra muito disposto a discutir as questões nele levantadas, encerrando o diálogo com a frase: "Você, Quaresma, é um visionário".

Por esta época já fazia quatro meses que a revolta se iniciara e a situação continuava indefinida. Na Ponta do Caju, Ricardo Coração dos Outros, apesar de promovido a sargento a pedido do

Tenente Fontes, entristecia cada vez mais em virtude da proibição de tocar violão. Quaresma, por sua vez, recordava com desânimo a forma como fora tratado por Floriano, em quem depositara a esperança de que viesse a ser o grande líder capaz de reformar e reorganizar o país. E na casa do General Albernaz, Ismênia definhava a olhos vistos, apesar de terem sido tentados todos os recursos para salvá-la, inclusive médiuns e feiticeiros. Informado desta situação, Quaresma solicita ao doutor Armando Borges que a trate. Mesmo não se mostrando muito entusiasmado, o médico acede ao pedido. Seus esforços, contudo, também nada resolvem e certo dia Ismênia, depois de manifestar à mãe seu desejo de ser enterrada vestida de noiva, põe o vestido há tanto tempo guardado, o véu e a grinalda e cai sobre a cama, morta.

Enquanto isto, em Curuzu, o "Sossego" regredia rapidamente. Anastácio continuava trabalhando mas de forma totalmente desordenada e assim o sítio voltara aos poucos ao abandono em que se encontrava antes da chegada de Quaresma. Na vila, os partidos adversários haviam feito as pazes por algum tempo diante da situação criada com o surgimento de um terceiro candidato, imposto pelo governo. O desfile dos que iam votar na secção eleitoral localizada quase diante do "Sossego" servira pelo menos para distrair um pouco Adelaide. Esta, que não tinha qualquer gosto pela roça e, inclusive, passara a comprar na venda os alimentos de que necessitava, vivia desolada, apesar da companhia de Sinhá Chica, a mulher de Felizardo, o qual continuava escondido no mato, temendo o recrutamento forçado. Nas cartas que escrevia ao irmão, Adelaide pedia que retornasse o quanto antes, mostrando-se inconsolável pela situação. Nas respostas, Quaresma lhe pedia calma. A última destas, porém, fora diferente. O irmão contava que participara de uma batalha feroz, tendo chegado a matar inimigos, e revelava-se desesperado tanto por seu próprio destino quanto pela natureza humana. E acrescentava que fora ferido, tendo acontecido o mesmo com Ricardo Coração dos Outros.

Apesar do ferimento não ser grave, a convalescença de Quaresma foi longa, tendo a mesma servido para que ele meditasse sobre sua vida e suas desilusões. O período de inatividade chegou ao fim mais ou menos ao mesmo tempo que a revolta. As forças leais a Floriano dominaram a baía da Guanabara, os oficiais revoltosos refugiaram-se em navios portugueses e os marinheiros foram presos. Por esta época, Quaresma e Ricardo Coração dos Outros recebem alta. Este vai para a ilha das Cobras e o major é destacado para comandar a guarnição da ilha das Enxadas, assumindo a contragosto o papel de carcereiro, pois ali se encontravam detidos os marinheiros abandonados por seus oficiais. Sozinho, sem ninguém para conversar, Quaresma fica profundamente deprimido ao refletir sobre o inesperado e melancólico final de uma aventura que o levara a ser o carcereiro de pobres seres humanos que estavam à mercê dos vencedores pelo crime de terem obedecido a seus superiores, que os haviam deixado à própria sorte. E certo dia, ao assistir a uma cena em que alguns dos prisioneiros eram escolhidos ao acaso e retirados da ilha para serem fuzilados, não resiste e escreve uma carta protestando violentamente contra o ato. Imediatamente é preso como traidor e levado para a ilha das Cobras para ser executado. Ali, diante da morte, mais uma vez medita sobre a inutilidade de sua vida, sobre o desastre a que o havia levado a causa republicana, sobre a própria ingenuidade ao acreditar no idealismo de homens que buscavam antes de tudo vantagens para si próprios e não a transformação e a felicidade da Pátria. Pátria, aliás, que lhe parecia agora não ser mais que um mito, um fantasma que criara no silêncio de seu gabinete. Sem amores, sem filhos, abandonado por todos, diante do vazio de sua vida e da morte próxima, Quaresma chora.

Quaresma enganara-se, porém, pelo menos no que dizia respeito a Olga e Ricardo Coração dos Outros. Este, tão logo soubera da detenção, fazia tudo para conseguir a libertação, mesmo ciente de que corria grandes riscos, pois fora informado de que a carta de Quaresma provocara grande indignação no Palácio presidencial, onde o massacre dos prisioneiros era visto como uma necessidade destinada a servir de exemplo e, assim, a fortalecer o regime. Contudo, seus esforços de nada resolvem. Nem o General Albernaz, nem seu genro Genelício, nem o Tenente-coronel Bustamante aceitam interceder em favor de Quaresma. Sem saber o que fazer, Ricardo Coração dos Outros vai à casa de Olga. Esta mostrase desorientada, pois também não tinha noção do que fazer. Em determinado momento, porém, o menestrel a lembra de que ela própria poderia ir ao Palácio. Surpreendendo-se inicialmente com a ideia, decide enfrentar a situação. Ao saber disto, temeroso das consequências deste ato para suas ambições de carreirista, o doutor Armando Borges fica furioso e quer impedi-la de fazer o que pretende. Olga, porém, não o atende e sai da residência determinada a falar com o presidente. No Palácio, um ajudante de ordens de Floriano, depois de qualificar Quaresma de traidor e bandido, a informa de que não será recebida.

Olga não insiste e retira-se orgulhosamente, chegando à conclusão de que talvez fosse mais coerente deixar o padrinho morrer só e heroicamente do que humilhá-lo com um pedido de clemência que diminuiria sua grandeza moral diante de seus verdugos. Olhando a cidade e pensando nas profundas modificações que tudo sofrera ao longo de quatro séculos, consola-se pensando que o futuro trará mudanças. E nutrindo esta frágil esperança segue ao encontro de Ricardo Coração dos Outros.

Personagens principais

Policarpo Quaresma – A história de Policarpo Quaresma, como personagem central da obra, é a história de um erro. E este erro é, fundamentalmente, a incapacidade do protagonista em detectar as estruturas de poder. Na verdade, ele percebe as consequências destas estruturas mas não chega a descobrir como as mesmas funcionam. Seu nacionalismo, seu desejo de transformar a agricultura e seu projeto de reorganizar o próprio país partem de uma adequada análise da realidade mas não levam em conta os mecanismos geradores desta realidade.

Assim, Quaresma aparece como frágil e solitário porque sua confiança nas instituições políticas não é mais do que um equívoco, pois se baseia no falso pressuposto de que os homens que as representam possuam um idealismo que vá além de seus próprios interesses imediatistas. Floriano, encarnando o próprio poder, o define com frieza e completa propriedade: “Você, Quaresma, é um visionário...” Um visionário não porque seja louco ou porque seus projetos sejam absurdos em si, mas porque o são por não se adequarem e até serem contrários aos interesses dos grupos que detêm o poder.

Ao final, como ao longo de toda a obra, Quaresma, mais uma vez, percebe os fatos com realismo mas não entende por que sua aventura termina em tragédia. Este conflito é a própria essência da personagem. Se ele entendesse as leis que regem o mundo, permaneceria à margem dos acontecimentos – como o imigrante Coleoni – ou a eles se amoldaria, deles se aproveitando. Mas neste caso não seria Policarpo Quaresma nem personagem de Lima Barreto. Pertenceria antes à galeria dos *discretos canalhas* que povoam a ficção de Machado de Assis, por exemplo.

Ricardo Coração dos Outros – O trovador suburbano é, no conjunto da obra, uma personagem complexa, possuindo uma importância somente inferior à de Policarpo Quaresma e podendo ser analisada a partir de, pelo menos, três pontos de vista bastante distintos, se bem que não excludentes entre si.

Como personificação do artista nacional na visão de Policarpo Quaresma, Ricardo Coração dos Outros representa a cultura popular, isto é, as formas de expressão dos grupos sociais inferiores, já que os grupos dirigentes, por definição e sempre na visão de Policarpo Quaresma, possuem formas de expressão artística alienígenas, não-nacionais. Como tal, desconsiderada momentaneamente a idealização de que é objeto por parte do nacionalismo do protagonista, ele pode ser considerado como símbolo da rígida estratificação cultural – produto da estratificação econômica e social da sociedade brasileira.

Por outro lado, em termos estritamente sociais, Ricardo Coração dos Outros tipifica amplos segmentos da sociedade carioca da época: os moradores dos subúrbios, segundo diz o narrador/comentarista, também divididos, por sua vez, em estratos. No contexto desta sociedade, *o trovador suburbano* utiliza sua habilidade de músico como instrumento de ascensão social, deixando claros tanto sua pretensão de alcançar com sua arte também os bairros ricos quanto seu mal disfarçado racismo.

Finalmente, Ricardo Coração dos Outros pode ser tomado ainda como o protótipo do *artista*, mergulhado em seu trabalho criador, afastado das contingências mundanas e das preocupações práticas e dedicado a ser *o coração dos outros*, isto é, o porta-voz dos sentimentos e emoções dos demais.

Olga – Na ficção brasileira Olga surge como a primeira personagem feminina a dissecar logicamente e a verbalizar claramente sua posição no mundo a partir de uma perspectiva crítica coerente. Esta análise não chega a adquirir grande profundidade mas é suficientemente ampla para englobar tanto sua função social específica como mulher quanto a própria realidade política.

No primeiro caso, rebela-se contra o oportunismo do marido, preocupado exclusivamente com sua própria carreira. No segundo, a partir da crise desencadeada pelo trágico destino do padrinho, revolta-se contra as instituições, que determinam o caminho dos indivíduos dentro delas. E é somente ao juntar os dois planos, o pessoal e o social, que Olga, abandonando o conformismo a que se entregara por entender que não havia alternativas para ela, manifesta corajosamente sua rebeldia. Contudo, também realista como o marido, apenas que com interesses diversos, não tira todas as consequências de sua atitude e entrega ao processo histórico-social o papel de desencadeador das necessárias e inevitáveis mudanças. Na verdade, apesar de pertencer a uma geração de mulheres que começam a não aceitar mais um papel submisso e secundário – como o de Maricota, a esposa de Albernaz, ou de Adelaide –, é preciso acentuar que Olga, como filha de um abastado imigrante, tem todas as condições econômicas e sociais para comandar seu próprio destino e fugir ao trágico final de Ismênia.

Floriano – Apesar de aparecer apenas incidentalmente, a personagem do marechal e presidente Floriano Peixoto adquire importância não apenas por ser transportada do mundo real da história para a ficção mas principalmente por representar o poder. Alvo de violentas críticas nas intervenções do autor/narrador, que nestas ocasiões o identifica com o próprio Floriano do mundo real da história e não como personagem de ficção, o marechal é visto como um feroz tiranete doméstico, intelectualmente limitado e politicamente despreparado.

Esta imagem, contudo, contradiz sua ação como personagem de ficção em si, pois nesta condição mostra compreender muito bem o poder que possui, os atos que pratica e o papel que desempenha. Afinal, é ele que, ao tomar conhecimento dos projetos do major, o define com uma precisão inapelável: "Você, Quaresma, é um visionário..." Da mesma forma que é ele que o condena, segundo a fria e brutal lógica do poder, de acordo com a qual não havia outra saída. Porque, de fato, Quaresma nada entendera.

Os militares – Os militares dividem-se claramente em dois tipos. O primeiro é o dos burocratas, representados pelo General Albernaz, pelo Almirante Caldas e pelo Major, depois Tenente-coronel, Inocêncio Bustamante. Para estes, a carreira militar é sinônimo de um cargo rendoso e de uma função isenta de perigos. O segundo tipo é encarnado pelo Tenente Fontes, que parece desempenhar o papel de símbolo da oficialidade jovem do Exército do início do século: idealista, radical e capaz de, equivocadamente ou não, ver um pouco além de seus interesses estritamente pessoais.

É perfeitamente perceptível no texto a posição ambígua do autor/narrador em suas observações sobre esta nova geração de militares, ora apresentados como extremistas capazes de tudo, ora como idealistas merecedores de respeito.

Estrutura narrativa

Composto de três partes, cada uma dividida em cinco capítulos, *Triste fim de Policarpo Quaresma* narra a história do Major Quaresma, um nacionalista bem intencionado mas ingênuo que pretende reformar o país, principalmente o setor agrícola. Ao longo da narração, organizada segundo o esquema de um narrador onisciente em terceira pessoa, este às vezes assume a posição de autor/comentarista, apontando e selecionando ideias e fatos relevantes, principalmente quando se trata de fornecer elementos que possibilitem uma análise política do período histórico no contexto do qual se desenrola a história do protagonista. A ação tem por palco o Rio de Janeiro e suas imediações nos anos imediatamente seguintes à proclamação da República, mais especificamente durante o governo do marechal Floriano Peixoto, que aparece na obra como personagem.

Comentário crítico

Considerada por muitos a obra-prima de Lima Barreto, *Triste fim de Policarpo Quaresma* não fugiu ao destino que marcou seu autor e toda sua produção ao longo dos anos no contexto do *establishment* intelectual e literário brasileiro.

Ignorada e até desprezada por muitos, tolerada por críticos menos ortodoxos e defendida com paixão por uma que outra voz dissidente, a produção de Lima Barreto, tanto no campo da ficção propriamente dita quanto da crônica e da sátira, foi, durante décadas, um referencial ideológico. Isto significa que a partir da posição assumida por alguém diante dela tornava-se possível, com certa segurança, determinar o lugar ocupado pelo mesmo no espectro ideológico da elite cultural do país. Exatamente o fato de sua obra ter provocado polêmica e ter-se transformado numa espécie de sinal de contradição mostra a extrema importância de Lima Barreto como romancista, contista, cronista e satírico. E acentua a importância que sua obra teve tanto no momento em que foi escrita como nas décadas seguintes e até o presente.

A controvérsia é compreensível. Vivendo e escrevendo no ambiente provinciano e intelectualmente colonizado do Rio de Janeiro nos anos que antecederam e sucederam a virada do século, ambiente dominado, na literatura, pelo culto exacerbado às palavras vazias e às formas poéticas ultrapassadas e impregnado, no plano ideológico, por um racismo obcecado pelo "branqueamento" da nação, um suburbano bêbado e maximalista escreve romances, contos, sátiras e crônicas e neles levanta e analisa sem meias-palavras os problemas cruciais da sociedade brasileira pós-escravista. Como se isto não bastasse para marcá-lo, sua dissidência ideológica era socialmente acrescida de um comportamento pessoal com ela coerente: mulato e pobre, Lima Barreto permaneceu sempre à margem da sociedade estabelecida e jamais ultrapassou, como outros haviam feito graças à formação e à inteligência, que ele também possuía, a linha demarcatória das raças e das classes sociais. Pelo contrário, sempre fez de sua produção literária um explícito campo de batalha no qual eram apresentadas causticamente as chagas e as mazelas do tecido social brasileiro.

Um dos melhores exemplos desta característica marcante de sua produção é *Triste fim de Policarpo Quaresma*, talvez não seu romance formalmente mais bem acabado mas certamente o de maior amplitude temática em termos históricos e sociais. Ao ser publicado, Lima Barreto sofreu críticas por usar uma linguagem pouco formal e nada "limpa", inadequada, portanto, a obras literárias, as quais deveriam se submeter aos critérios da Academia Brasileira de Letras, criada poucos anos antes com o exato objetivo de estabelecer normas para a produção literária no país. Depois, aos poucos, como o próprio Autor e tudo o que escrevera, o romance foi caindo no esquecimento, jamais tendo sido, até recentemente, uma obra indicada para leitura nas escolas ou mesmo nas próprias Faculdades de Letras. Contudo, dada sua temática política explícita, periodicamente o romance era lembrado pelas vozes dissidentes da área literária e hoje *Triste fim de Policarpo Quaresma* pode ser considerado uma das obras clássicas da ficção brasileira.

Nela Lima Barreto coloca em cena a vida do Brasil urbano de sua época, mais explicitamente do Rio de Janeiro, onde repercutiam os problemas de toda a nação. Através de um grupo de personagens representativas de setores importantes da sociedade carioca de então, o romance apresenta uma espécie de síntese das tensões e ajustamentos de um país que há pouco passara de escravista a republicano. E entre todas estas personagens sobressai a figura de Policarpo Quaresma, o Major Quaresma, que, encarnando o país, chama a si a missão de regenerar e salvar a sociedade nacional através da transformação de seus valores e de sua própria estrutura socioeconômica. Seu projeto é o de eliminar os valores falsos, inadequados e antinacionais e substituí-los por outros, autênticos, funcionais e realmente brasileiros. Enquanto sua ação permanece no plano estritamente das formas culturais, não chega a ser incomodado, apesar de passar por excêntrico e até por louco ao pretender fazer do tupi a língua oficial do país. Ao avançar rumo à proposta de transformação da estrutura agrária, contudo, as tensões crescem consideravelmente. Finalmente, ao declarar-se firme partidário de um governo forte, já que apenas um regime deste tipo poderia realizar as mudanças que considerava essenciais, Quaresma prepara o ato final de sua própria tragédia.

Ao criar sua personagem com tais características, Lima Barreto é o primeiro ficcionista brasileiro a abordar uma temática político-ideológica de forma explícita e direta, o que muitos romancistas e dramaturgos fariam com igual ou maior vigor em anos posteriores, principalmente a partir da década de 1920 (os chamados "modernistas" e os romancistas de 30). Por isto mesmo, não raro, nos manuais, Lima Barreto é chamado de "pré-modernista". À parte o rótulo, que nada explica, o fundamental é perceber que em toda a sua obra, e em particular em *Triste fim de Policarpo Quaresma*, Lima Barreto percebe e expõe de forma clara, tensa e não raro angustiada os problemas mais críticos de uma nação atrasada e dependente. Uma nação politicamente modernizada mas econômica, social e administrativa mente ligada a um passado escravista e colonial, uma nação a exigir reformas urgentes que permitissem o uso de todas as suas potencialidades e a integração de todos os seus cidadãos.

E a importância de *Triste fim de Policarpo Quaresma* no âmbito da ficção brasileira pode muito bem ser medida pelo fato de que o visionário Quaresma, a criação mais genial de Lima Barreto, toca em questões tão básicas e permanentes da sociedade brasileira que as mesmas permanecem praticamente tão atuais quanto não resolvidas até hoje.

Contudo, se isto faz com que o Major Quaresma e os problemas que personifica dominem amplamente a galeria das várias dezenas de personagens que figuram em *Triste fim de Policarpo Quaresma*, o romance não se limita exclusivamente a este tema central, o que aumenta ainda mais sua importância, tornando-o um verdadeiro retrato do Brasil urbano do início do séc. XX. Entre os temas que poderiam ser chamados de secundários, mas apenas pelo fato de o serem em relação àqueles encarnados por Quaresma, sobressaem o da mulher na sociedade brasileira (Olga, Adelaide, Ismênia etc.), o das estratificações culturais (Ricardo Coração dos Outros), o dos militares (Albernaz, Caldas, Tenente Fontes, etc.), o da importância da ideologia positivista na cultura brasileira e o dos imigrantes (Coleoni).

Por isto, atualmente, numa época em que a sociedade brasileira adquire progressivamente maior consciência histórica de si própria, é natural que *Triste fim de Policarpo Quaresma* finalmente tenha passado a ocupar aos poucos o lugar que lhe competia na ficção brasileira, seja pela importância crucial das questões abordadas, seja pela amplitude e pela profundidade com que nele é retratada a sociedade nacional das décadas que precederam sua integração definitiva nas estruturas do capitalismo industrial moderno.

Exercícios

Revisão de leitura

1. Quais as propostas do Major Quaresma para resgatar a "brasilidade" esquecida?
2. Como são recebidas tais propostas?
3. Qual a posição que transparece no romance em relação à conhecida tese de que "o poder corrompe"? Dar exemplos.
4. Por que Quaresma resolve integrar-se ao Exército para combater a Revolta da Armada?
5. Como se pode explicar a "marginalidade" de Quaresma e de Ricardo Coração dos Outros?
6. Qual o papel e o significado de personagens femininas como Olga, Ismênia e Adelaide?
7. Qual a visão de Quaresma sobre as convenções sociais?
8. Qual o universo das relações sociais de Quaresma? Com que tipo de pessoas ele tem maior afinidade? Por quê?
9. Politicamente, Quaresma tem uma consciência crítica ou ingênua?
10. Como reagem as várias personagens no capítulo final diante da prisão de Quaresma?

Temas para dissertação

1. A participação dos militares na vida política brasileira a partir da República.
2. O que é nacionalismo? O que é patriotismo?
3. A participação política do cidadão: dever ou possibilidade?
4. A história e a cultura do Brasil na visão de Quaresma.
5. Quaresma: sonhador ou idealista?
6. Quaresma: o herói sem família.
7. A solidariedade humana (Ricardo Coração dos Outros e Quaresma).
8. A vida urbana e a vida no campo.
9. Vicente Coleoni: a visão do mundo de um imigrante.
10. A figura da mulher em Triste fim de Policarpo Quaresma: Olga, Ismênia e Adelaide.

Mário de Andrade

Macunaíma

Amar, verbo intransitivo

Vida e obra

Mário Raul de Morais Andrade nasceu na cidade de São Paulo no dia 9 de outubro de 1893, sendo filho de Carlos Augusto de Andrade e de Maria Luisa Leite de Morais Andrade. Depois de cursar o primário no Grupo Escolar da Alameda Triunfo, ingressa, em 1905, no Ginásio Nossa Senhora do Carmo, ali completando o então chamado *bacharelado*, em Ciências e Letras. No ano seguinte começa a frequentar a Escola de Comércio Álvares Penteado, mas não progride, saindo em seguida, depois de um conflito com alguns professores. Em 1911 entra para o Conservatório Dramático e Musical de São Paulo, diplomando-se como professor de piano em 1917. No mesmo ano estreia literariamente com *Há uma gota de sangue em cada poema*, um livro de poesias inspirado na I Guerra Mundial. Temperamento irrequieto e inteligência brilhante, a partir de então Mário de Andrade não deixa mais o palco das atividades literárias e artísticas, destacando-se logo nos anos que se seguiram como um dos grandes animadores daquela que seria um marco definitivo na história cultural do Brasil – a Semana de Arte Moderna, que dá início oficialmente ao que se convencionou chamar de *movimento modernista*. Em 1922, no mesmo ano em que ocorre a

Semana, publica *Paulicéia desvairada*, a primeira obra realmente importante tanto do próprio Mário quanto do movimento modernista. Ainda em 1922 é nomeado para a cátedra de História da Música e de Estética no Conservatório Dramático e Musical de São Paulo, sem porém deixar de participar ativamente da efervescência artística, ideológica e até política daqueles anos. Pelo contrário, dedica-se cada vez com mais afinco ao estudo dos vários aspectos da cultura brasileira, mantém intensa correspondência com escritores e artistas de todo o país e em suas viagens deixa marcas por onde passa, como ocorre em 1924 em Minas Gerais. Em 1925 publica *A escrava que não é Isaura*, verdadeira súmula da teoria poética modernista. No ano seguinte aparecem *Losango cáqui* (poesias) e *Primeiro andar* (contos), que encerram, segundo os estudiosos de sua obra, a fase mais radical e experimentalista. Seguem-se então, em 1927 e 1928, *Amar, verbo intransitivo* e *Macunaíma*, consideradas as obras mais importantes de sua produção literária. Participando ativamente da vida política, Mário de Andrade ajuda a fundar o Partido Democrático em 1929, época a partir da qual abandona suas preocupações com o experimentalismo e o radicalismo modernistas para tornar-se mais reflexivo e preocupado com aspectos sociais e históricos. Paralelamente, envolve-se a fundo com a vida pública, em particular na área cultural e artística, e participa da Comissão Reformadora da Escola Nacional de Música do Ministério da Educação. A seguir, em 1935, cria, com a ajuda de Paulo Duarte, o Departamento Municipal de Cultura de São Paulo, do qual se torna o primeiro diretor, organiza o I Congresso da Língua Nacional Cantada, elabora a lei que dispõe sobre a criação do Serviço do Patrimônio Histórico e Artístico Nacional do Ministério de Educação e cria a Sociedade de Etnografia e Folclore, tendo sido seu primeiro presidente.

Em 1938 transfere-se para o Rio de Janeiro e passa a ocupar o cargo de diretor do Instituto de Artes da Universidade do então Distrito Federal e de professor de História e Filosofia da Arte. Em 1939 torna-se chefe de secção no Instituto Nacional do Livro, quando elabora o anteprojeto da Enciclopédia Brasileira. No ano seguinte retorna a São Paulo como funcionário do Serviço do Patrimônio

Histórico e Artístico Nacional. Em 1941 viaja pelo norte do Brasil e realiza pesquisas de caráter histórico, linguístico e artístico. Em 1942 faz uma palestra no Salão de Conferências do Ministério de Relações Exteriores, do que resultou seu famoso ensaio "O movimento modernista", publicado no ano seguinte em *Aspectos da Literatura Brasileira*, uma coletânea de trabalhos que se tornou obra de referência obrigatória na área. Falece em 25 de fevereiro de 1945.

A personalidade multifacetada – "eu sou trezentos", como ele próprio dizia – de Mário de Andrade marcou profundamente a cultura brasileira. Seu brilho intelectual, sua seriedade, sua dedicação aos temas brasileiros e a profundidade de suas análises fazem dele, indiscutivelmente, um dos nomes mais importantes de toda a história da literatura e da cultura nacionais, seja no plano da criação propriamente dita, seja no da ensaística, como é o caso do antes referido "O movimento modernista", um trabalho definitivo e insuperável sobre as origens, a natureza e os resultados da Semana de Arte Moderna e de toda a agitação da década de 20. Além disto, sua obra abrange o folclore, a música, a educação, a história e até a medicina, demonstrando uma personalidade intelectual extremamente poderosa, que rompe radicalmente com o estereótipo do literato limitado apenas a questiúnculas de natureza "artística" e "literária". Incansável batalhador, em sua vasta correspondência com escritores e artistas de todo o país e em seu trabalho junto aos integrantes do movimento modernista, Mário de Andrade mostrou-se um incentivador de talentos e um homem aberto a todas as tendências dos movimentos culturais do Brasil de então, que de país semicolonial e agrário dava seus primeiros passos para integrar-se na era da industrialização e da cultura urbana de massas e ocupar um lugar de destaque no contexto das nações mais importantes do planeta.

MACUNAÍMA

Enredo

À semelhança dos relatos épicos ditos *populares*, Macunaíma é uma longa sequência de lendas variadas e justapostas e de numerosas ações, quase todas praticadas pelo herói homônimo e não raro apresentadas de forma um tanto desconexa. Dada a grande quantidade de eventos relatados e, mais ainda, dado o fato de quase todos terem, na economia da obra, importância mais ou menos igual se comparados entre si, torna-se praticamente impossível condensar organizadamente o enredo. De toda maneira, parecem ser os seguintes os principais eventos que formam a moldura narrativa da obra:

Às margens do Uraricoera, filho de uma índia da tribo dos tapanhumas, nasce Macunaíma, um menino preto retinto e feio. Apenas aos seis anos começa a falar e uma das poucas coisas que repete continuamente é: "Ai, que preguiça!". Contudo, é muito ativo em seus *brinquedos* com as mulheres. Tem dois irmãos mais velhos, chamados Maanape e Jiguê, e uma cunhada, Sofará, mulher do segundo. Quando esta o leva a passear, Macunaíma transforma-se em um belo príncipe e *brinca* com ela, o que irrita Jiguê, que a devolve aos pais e faz de Iriqui sua nova mulher, a qual, por sua vez, também *brinca* com Macunaíma. Desta vez, porém, Jiguê se conforma.

Por artes da cutia, que lhe dá um banho de água envenenada de mandioca, Macunaíma se transforma em homem, mas sua cabeça, a única parte do corpo que não fora molhada, fica pequena. Um dia sai à caça e encontra uma veada com cria e a mata. Fora uma peça que Anhangá lhe pregara, pois ao aproximar-se do animal morto vê que é a própria mãe. Aflito, chama Maanape, Jiguê e Iriqui e todos choram muito. Em seguida partem "por este mundo". A certa altura, Macunaíma encontra e, com a ajuda dos irmãos, possui Ci, a Mãe do Mato, rainha das icamiabas (uma tribo de "mulheres sozinhas", ou amazonas), transformando-se, em virtude disto, em Imperador do Mato-Virgem. A viagem continua e Ci, que os acompanha, ao final de seis meses tem um menino de cor encarnada e cabeça chata. A cobra preta morde o peito de Ci. O menino suga o leite da mãe e morre. Depois do enterro do menino, Ci entrega a Macunaíma uma muiraquitã e sobe aos céus, utilizando-se de um cipó. Ao visitar o túmulo do filho no dia seguinte, Macunaíma vê que sobre ele nascera uma planta: era o guaraná.

Continuando a caminhada, Macunaíma e os irmãos enfrentam a boiúna Capei (cobra-grande). Na fuga, o herói perde a muiraquitã. Os três irmãos a procuram, mas sem resultado. Afinal, o Negrinho do Pastoreio envia a Macunaíma um uirapuru e este revela que a sua pedra-amuleto está nas mãos de Wenceslau Pietro Pietra, um regatão peruano que mora em São Paulo. Infeliz com a perda da muiraquitã, o herói resolve sair à sua procura e parte para a cidade referida. Os irmãos decidem partir com ele. No dia seguinte Macunaíma vai à ilha de Marapatá para ali deixar sua consciência e reunir o maior número possível de bagos de cacau, que têm valor de dinheiro. Ali encontra uma poça de água, que, por ser a marca do pé de São Tomé – o apóstolo que andara pela América –, é encantada. Macunaíma entra nela e fica branco. Jiguê também se banha mas fica de cor vermelha, porque a água estava suja. E Maanape, como a poça ficara quase seca depois do banho de seus irmãos, consegue branquear apenas as palmas das mãos e dos pés.

Depois de assim transformados, chegam a São Paulo, se instalam em uma pensão e vão à casa de Wenceslau Pietro Pietra, que na verdade é Piaimã, o gigante comedor de gente. Piaimã mata o herói e dele faz torresmo para comer com polenta. Porém Maanape, com a ajuda de uma formiga e de um carrapato, consegue fazê-lo reviver, salvando-o do gigante. Depois de várias desavenças com os irmãos, durante a construção de um rancho – quando inventa uma brincadeira chamada *futebol* –, Macunaíma telefona a Piaimã, disfarçando sua voz e fazendo-se passar por uma *francesa*. Marca um encontro com ele e, travestido de mulher, vai à casa do gigante, que começa a namorá-lo e lhe mostra a muiraquitã, comprada, segundo diz, da imperatriz das icamiabas. Macunaíma, assustado com as pretensões do gigante, resolve fugir. Contudo, Piaimã o agarra e o coloca num cesto. O herói consegue fugir de novo e é perseguido por um cachorro do regatão e pelo próprio, até chegar à Ilha do Bananal, onde se esconde em um formigueiro. Em determinado momento, quando o gigante já está fora de si e ameaça colocar uma cobra no formigueiro, Macunaíma põe fora o seu "sim senhor" (pênis) e Piaimã, sem dar-se conta, o agarra e o joga longe. O herói, é claro, vai junto... E chega a São Paulo novamente.

Aborrecido por não ter recuperado a muiraquitã, Macunaíma vai ao Rio de Janeiro pedir proteção a Exu, em um terreiro de macumba, no Mangue, onde Tia Ciata é mãe-de-santo. Uma polaca entra em transe e o herói é consagrado filho de Exu. Um a um os presentes fazem seus pedidos, a que Exu atende ou não. Macunaíma pede vingança contra o gigante Piaimã. Exu promete ajudar o herói e, ato contínuo, o gigante sofre, no corpo da polaca, uma série de torturas que Macunaíma vai solicitando. Enquanto isto, em São Paulo, Piaimã vai, paralelamente, sendo massacrado: surra, chifrada de touro, coice de bagual etc. Depois que a polaca volta a si, os macumbeiros saem pela madrugada. Entre eles estavam Manu Bandeira, Raul Bopp, Blaise Cendrars, Ascenso Ferreira e outros. Em seguida, por vingança da árvore Volomã, da qual fizera cair todos os frutos, Macunaíma é lançado em uma pequena ilha deserta da Baía da Guanabara. Chega então Vei, a Sol, com suas três filhas. Todos juntos entram em uma jangada e aportam ao Rio de Janeiro. A Sol, que deseja casar uma de suas filhas com o herói, recomenda-lhe que se comporte direito, e em seguida parte. Contudo, vendo as mulheres da cidade, ele não aguenta. Grita: "Pouca saúde e muita saúva os males do Brasil são", salta em terra e traz para a jangada uma portuguesa, vendedora de peixe. Vei, a Sol, volta e, encontrando o herói com a varina, diz-lhe que se tivesse se comportado se casaria com uma das suas três filhas e ficaria jovem para sempre. Não o tendo feito, envelhecerá, como todos. Vei, a Sol, vai para a cidade, enquanto Macunaíma fica na jangada, com a portuguesa. À noite dorme em um banco, no Flamengo. Vê uma assombração medonha e foge. No outro dia está novamente em São Paulo, de onde escreve, num estilo que pretende ser clássico, uma carta para as icamiabas, contando sobre os costumes dos habitantes da cidade e pedindo-lhes dinheiro (bagos de cacau), pois gastara todo o que trouxera, principalmente com as *donas* paulistas, que cobram caríssimo por seus carinhos. Informa ainda que está para recuperar a muiraquitã.

Enquanto isto, Piaimã, que ficara doente com a surra, as chifradas e os coices resultantes da macumba, cuida muito bem da muiraquitã, deitado em cima dela. O herói não consegue reaver a pedra-amuleto. Em suas andanças por São Paulo, Macunaíma interrompe a cerimônia do Dia do Cruzeiro, quando conta a lenda indígena do pai do Mutum, que é o verdadeiro Cruzeiro do Sul. Em seguida mete-se em um tumulto de rua, é preso e foge, passeando por todo o Brasil e voltando novamente a São Paulo, onde tenta, mais uma vez, entrar em contato com Piaimã. Pega sarampo e, ao melhorar, vai outra vez à casa do gigante, mas não o encontra, pois este tinha ido passear na Europa. Jiguê propõe ir atrás do gigante, mas a falta de dinheiro impede a realização da ideia. Os três, então, percorrem o Brasil novamente. A certa altura, encontram um macaco, que está comendo coquinhos. Este diz a Macunaíma que são seus próprios testículos. O herói acredita e, devido à grande fome, pega uma pedra e esmaga os seus, morrendo em seguida. Contudo, ressuscita logo e pede um palpite a Maanape para jogar no bicho. Maanape acerta e a partir de então os irmãos vivem da habilidade dele, e ficam morando sempre na pensão.

Macunaíma não abandona seu gosto pelas estripulias, roubando Suzi, a nova mulher que Jiguê arrumara. Certo dia porém, Maanape lê nos jornais uma extraordinária notícia: Wenceslau Pietro Pietra, o gigante, voltara da Europa. A partir daí Macunaíma fica observando de longe a casa dele. O gigante, porém, agarra o chofer do carro em que Macunaíma chegara. O chofer cai em um tacho de macarrão fervendo. Percebendo que seu destino seria o mesmo, o herói entra em luta com o gigante, o engana e faz com que o próprio caia no tacho. Macunaíma recupera a muiraquitã, retorna para a pensão e, logo em seguida, parte com os irmãos para a região do Uraricoera. Quase ao final da viagem, cheia de eventos de vários tipos, Maanape e Jiguê morrem. Macunaíma consegue chegar à antiga tapera. Contudo, atacado de impaludismo, vive triste e só, tendo como companheiro apenas um papagaio, um aruaí falador, ao qual o herói, ao passar dos dias, vai contando suas aventuras. Certo dia de janeiro, sofrendo intensamente com o calor, Macunaíma não resiste e se atira em uma lagoa, sendo atacado por um cardume de piranhas. Estas lhe comem os lábios – onde sempre trazia pendente a muiraquitã – e a pedra desaparece novamente. Desgostoso com o fato, planta um cipó, sobe ao céu e se transforma na constelação da Ursa Maior.

A terra do Uraricoera ficara deserta. Certa ocasião, um homem chega até lá e ouve uma voz. Era o aruaí falador, velho companheiro de Macunaíma. O papagaio conta ao homem toda a saga do herói e em seguida voa para Lisboa. E o homem era o autor do livro, Mário de Andrade.

Personagens principais

Macunaíma, o herói sem nenhum caráter – Nem mesmo forçando os conceitos literários correntes se poderia falar em *personagens* em *Macunaíma.* Estes, na obra, não possuem qualquer parentesco com os heróis dos romances ou novelas da tradição narrativa realista/naturalista – no contexto da qual é utilizado o termo –, surgindo antes como representações de funções, ideias ou comportamentos, à semelhança do que ocorre nas fábulas, lendas ou mitos, como se pode perceber claramente naquelas partes em que é mais marcante a presença das lendas indígenas nas quais Mário de Andrade buscou inspiração. Isto posto, é impossível – seja porque esta era a intenção explícita do autor, seja porque a obra foi assim depois interpretada – deixar de observar que a "personagem"/protagonista Macunaíma tem sido e continua sendo vista como símbolo do homem brasileiro, que teria sua natureza psicológico-cultural identificada no subtítulo: "sem nenhum caráter". Mas seria isto verdade? E em que sentido? A expressão significaria apenas "sem características próprias, sem identidade definida", como, ao que parece, era a ideia de Mário de Andrade? Ou – numa visão pessimista que revelaria baixo nível de auto-estima – seria sinônimo de *canalha*, *safado* e *mau caráter*? Ou, ainda – numa visão otimista –, significaria *matreiro*, *manhoso* e *aproveitador*? Por outro lado, tais estereótipos – tanto um quanto outro – teriam alguma base na realidade ou não passariam de generalizações superficiais, levianas e sem qualquer fundamento histórico, principalmente se se levar em conta a extrema heterogeneidade social e cultural da população brasileira? Finalmente, aceitar tais interpretações não seria a expressão de uma atitude equivocada por levar a sério demais uma brincadeira, não desprovida de sentido, é claro, mas que exatamente por ser uma brincadeira não pode ser tomada ao pé da letra?

Seja como for, obras literárias e personagens não raro extrapolam os limites do tempo, do texto e das intenções do autor e, com ou sem respaldo na realidade, transformam-se em símbolos ou referências de uma coletividade ou de parte dela. E, assim, é inegável que para todo brasileiro possuidor de certa cultura – e, portanto, de certo *status* socioeconômico – Macunaíma, o herói criado por Mário de Andrade, é a personificação de um comportamento amoral, desabusado e carnavalesco, aproveitador e furiosamente individualista. Um estereótipo que, transcendendo o plano literário e extrapolando o texto, está, sem dúvida, em íntima relação com a auto-imagem que de si têm os grupos dominantes da civilização urbano-industrial do Brasil da segunda metade do séc. XX. O que não deixa de ser fato interessante e, talvez, mais um paradoxo (v. comentário crítico) diante do qual, provavelmente, Mário de Andrade se surpreenderia.

Estrutura narrativa

Um homem – o próprio autor/Mário de Andrade, por suposto – chega às margens do Uraricoera, já desertas, e encontra apenas um papagaio falador, que, antes de voar para Lisboa, lhe conta a saga de Macunaíma, a qual, por sua vez, lhe fora por este contada. Esta saga é, também supostamente, o livro, composto de 17 capítulos de tamanhos diversos e um pequeno epílogo. Quanto ao espaço e ao tempo, a ação se desenvolve no Brasil – principalmente em São Paulo –, com algumas incursões pelas regiões fronteiriças do continente, nas primeiras décadas do séc. XX.

Isto, porém, apenas em princípio e numa visão extremamente superficial, pois, à maneira do que ocorre nas fábulas e lendas, tanto o espaço como o tempo são conceitos completamente fluidos na estrutura narrativa, não estando, em absoluto, submetidos às normas resultantes da noção de *verossimilhança*, quer dizer, não existe atrelamento ao modelo realista/naturalista (a não ser no fato de a narrativa estruturar-se, com exceção do epílogo, segundo o molde do narrador onisciente em terceira pessoa). Pelo contrário, os fatos narrados não raro assumem um *caráter fantástico, mágico, mítico-sacral* ou como se quiser qualificá-lo. Além disto, o cap. IX (a "Carta pras icamiabas"), com seu caráter de sátira/paródia, destaca-se radicalmente do restante do enredo e do núcleo temático, impedindo enquadrar a obra num *gênero* ou numa forma qualquer.

Comentário crítico

Considerada, na opinião mais ou menos unânime dos estudiosos da literatura brasileira, como a obra mais importante de Mário de Andrade, como uma das duas – ao lado de *O rei da vela*, de Oswald de Andrade – mais significativas do movimento modernista e um marco definitivo na história da narrativa brasileira, *Macunaíma* teve, e ainda tem, um destino marcado pelo paradoxo, em vários sentidos.

Se é fato que provocou comoção e impacto ao ser publicada, também é certo que, apesar de alguns equívocos e de algumas incompreensões, *Macunaíma* teve, no conjunto, uma fortuna crítica claramente favorável e surpreendentemente adequada. Tanto que seu *corpus* crítico é considerável em quantidade e quase sempre de alto nível em qualidade, abrangendo praticamente todos os planos, incluindo até – apesar de compreensíveis omissões e de alguns equívocos – o aspecto histórico-ideológico. O que, no caso do último, não deixa de ser surpreendente, considerada a tradição idealista dos estudos literários no Brasil, se bem que seja compreensível diante da força e do vigor do texto, que, por sua própria natureza, tendeu ou tende a impedir que tais aspectos fossem ou sejam camuflados ou esquecidos.

Se, como é clara sua intenção, Mário de Andrade pretendia fazer de *Macunaíma* uma obra *popular*, é inegável que fracassou:

quase ninguém a lê. E a explicação é simples, representando um segundo e grande paradoxo: o texto, quase todo construído em cima de lendas indígenas e do folclore caboclo/sertanejo e caipira brasileiro, é hoje, salvo algumas partes, impenetrável, a não ser para eruditos, ou pouco menos. Sem dúvida, ninguém mais do que o próprio autor se surpreenderia com o estranho destino de uma obra que, escrita da forma mais próxima possível da língua oral – o "brasileiro falado" – e buscando ser popular, mal consegue, quando consegue, ser lida por estudantes de Letras, os quais, com certa razão, a consideram difícil, quando não chata e ininteligível. Claro que é possível dizer que Mário de Andrade não tem culpa do descalabro da educação brasileira no torvelinho de um processo de industrialização capitalista dependente e subdesenvolvido. Mas não há como negar, pelo menos, que a sátira – e sua presença é uma constante em *Macunaíma* – quase sempre surge de referenciais históricos imediatos e familiares ao leitor. Em virtude disto, esta obra de Mário de Andrade não pôde fugir às consequências das rápidas transformações – econômicas, sociais, políticas, culturais e ideológicas – das quais foi produto e em virtude das quais, mais uma vez paradoxal mas inegavelmente, sofreu um rápido processo de envelhecimento. Seja como for, o que resta é mais do que suficiente para fazer de *Macunaíma* um extraordinário monumento da língua, da literatura, da arte, da cultura e da própria história do Brasil.

No plano da linguagem, *Macunaíma* é um verdadeiro manifesto, implícito – pelas características da linguagem utilizada e pela discussão delas no próprio texto –, a favor de uma língua *nacional*, isto é, uma forma de expressão própria que possa ser qualificada de *brasileiro falado* em oposição ao *português escrito*, na definição do próprio autor. Este objetivo não era propriamente uma novidade entre a *intelligentsia* literária brasileira e já no séc. XIX José de Alencar – por quem, e não por mera coincidência, Mário de Andrade tinha grande admiração – o havia incluído em seu programa de *abrasileiramento* da língua e da literatura do país. Contudo, a teoria e, principalmente, a prática alencarianas não passam de tímidas e até risíveis tentativas se comparadas com a radicalidade das propostas presentes em *Macunaíma*.

De fato, a começar pela pontuação e pela morfologia, que procuram reproduzir a oralidade, até a sintaxe, a semântica e o léxico, que apresentam construções e expressões calcadas nos vários falares regionais, num verdadeiro mapeamento linguístico do país, a obra é um autêntico repositório do que se poderia chamar de – com ou sem razão, esta é outra discussão – *língua popular brasileira.* Contudo, não apenas no sentido afirmativo, Mário de Andrade vai muito além, tanto na teoria quanto na prática, da tímida proposta alencariana. Na contundente paródia que é a "Carta prás icamiabas" fica bem claro qual o linguajar que é alvo do ataque e deve ser substituído. Ocorre que, tivesse ou não consciência disso Mário de Andrade, grande parte da ficção alencariana é atingida de forma contundente por esta crítica. Nada a admirar que assim fosse, pois a língua de Alencar e a visão de mundo explicitada através dela eram as de uma pequena elite provinciana, agrária e colonizada. Ao passo que, bem ao contrário, no caso de Mário de Andrade a língua e a visão de mundo refletem uma época de convulsão e desintegração daquele mesmo mundo alencariano, restrito, oligárquico-senhorial e escravocrata, que estava sendo velozmente substituído pela democrática, ainda que caótica e nada igualitária, sociedade urbana de massas de um país que queimava etapas rumo à industrialização e à modernização. Alencar pretendia *fundar* uma língua brasileira, Mário de Andrade propõe apenas *usar* a já existente.

Paradoxalmente, contudo, tanto a língua dos sonhos de Alencar quanto a dos de Mário de Andrade continua sendo a de Camões, quer se queira, quer não. Não que isto comprove o fracasso das propostas linguísticas de *Macunaíma.* Pelo contrário. O que ocorre é que esta obra não pode ser vista como causa, como deflagrador de mudanças, sendo, na verdade e muito antes, produto de determinada situação histórico-cultural. Neste sentido, *Macunaíma* é verdadeiro símbolo – antes que proposta – que nasce de um mal-estar da linguagem, mortalmente afetada pela clivagem entre o nome e a coisa nomeada. O mundo mudara e era urgente e imprescindível mudar a língua que o nomeava, quer dizer, não buscar outra língua ou alterar suas estruturas mas, dentro delas, adequá-la ao mundo nomeado. Assim, à medida que a língua foi se adequando às transformações e readquirindo sua capacidade original de nomear o mundo, o manifesto/proposta radical que é *Macunaíma* – fruto de um momento também radical – perde sua força de elemento escandalizador e se integra naturalmente ao processo sócio-histórico-cultural. E assim desaparece sua função original, permanecendo apenas como um documento – extraordinário documento, aliás – de uma época em que, devido às rápidas transformações, a superestrutura que é a linguagem crispara-se e envelhecera, destacando-se do real e perdendo sua função de nomeá-lo.

Mais ou menos o mesmo pode-se dizer da obra no plano literário-artístico. Neste aspecto – como também é o caso da produção de outros escritores e de pintores, músicos etc. do período – *Macunaíma* rompe a tradição que caracterizava a produção do setor no espaço das elites urbanas da costa. Este rompimento se dá em dois planos: temático e formal/estrutural. Tematicamente, Mário de Andrade monta sua obra tendo por base as lendas indígenas da região amazônica e o rico folclore da sociedade cabo-clo/sertaneja e caipira, e é isto o que, unido às suas características linguísticas, faz de *Macunaíma* uma obra completamente estranha no panorama da narrativa brasileira de até então e, pelo menos em parte, mesmo da posterior. Sem dúvida – como no caso da linguagem – também aqui é possível afirmar que o indianismo de Alencar e Gonçalves Dias e a narrativa de temática agrário-sertaneja do próprio Alencar, de Bernardo Guimarães, Taunay e outros são precedentes que devem ser levados em conta. Do ponto de vista histórico-ideológico (v. a seguir), isto talvez seja realmente verdadeiro, mas no aspecto estritamente literário não. Porque tanto Alencar quanto os demais autores do séc. XIX não fazem mais do que transportar os supostos índios e os também supostos habitantes do *hinterland* brasileiro para os salões europeus da sociedade da costa atlântica, num processo que historicamente pode ter – e tem – importância mas que em termos especificamente literários é de um artificialismo evidente e não raro insuportável.

Se no plano da temática *Macunaíma* representa clara ruptura na tradição da produção literária das elites urbanas da costa, no da estrutura – isto é, a maneiras como se organizam os elementos técnicos da narrativa: tempo, espaço, personagens etc. – tal ocorre de forma ainda mais radical. Deixando à parte como secundária, e até bizantina, a questão de saber em que gênero literário a obra pode ser enquadrada, importante, de fato, é observar que Mário de Andrade, em *Macunaíma*, afasta-se radicalmente da tradição realista/naturalista tradicional e da norma da verossimilhança a ela intrínseca, as quais, herdadas do romance europeu, haviam até então determinado a natureza da ficção brasileira. Assim, por exemplo, espaço e tempo em *Macunaíma* são elementos que nada têm a ver com o mundo real e suas leis. As personagens passeiam a seu bel-prazer, num tempo indeterminado e não mensurado, pelos amplos espaços do país – com algumas escapadas através das fronteiras –, sem limites de qualquer tipo. Mas isto não é tudo. Lançando mão de dados da realidade histórica e factual, das lendas da tradição indígena e das criações do folclore de várias regiões do país, Mário de Andrade faz sátira e crítica social, elimina as barreiras entre o verossímil e o inverossímil, manipula sem restrições o real e o fabuloso, antropomorfiza animais e seres inanimados, transforma outros, os faz morrer e os ressuscita etc., num processo verdadeiramente caótico e ao mesmo tempo precursor, já que em parte antecipa, não só formal como também tematicamente, os narradores brasileiros e latino-americanos que, a partir de meados do séc. XX, produzem obras de natureza radicalmente diversa daquelas que, mesmo nascidas em espaço não-europeu, se haviam atido ao esquema narrativo nascido no espaço europeu. Claro que este caráter precursor de *Macunaíma* não pode ser entendido segundo a concepção idealista e totalmente falsa da visão tradicional, segundo a qual se afirma que Mário de Andrade influenciou os autores posteriores. O que ocorreu é que ele percebeu de maneira clara, aguda e incisiva – e com várias décadas de antecedência em relação aos que o seguiram – que o Brasil, e o continente, não eram apenas o espaço urbano da costa europeizada e de suas elites, numericamente restritas e culturalmente colonizadas, mas também o interior dos grupos estagnados de origem portuguesa/europeia ou africana e das sociedades ameríndias primitivas.

E talvez seja exatamente este o aspecto – que se poderia qualificar de histórico-ideológico ou simplesmente histórico – em que se revela com maior vigor a importância de *Macunaíma*. Quer se acentue a importância dos elementos linguísticos e literários, quer se tenda a reduzi-la, argumentando que a obra não passa de uma exceção ou de um amontoado mais ou menos caótico de elementos desconexos e contraditórios, será impossível, de qualquer maneira, negar sua função de símbolo de uma era conturbada de transição e mudanças. De um lado, externamente, a sociedade semicolonial da costa e suas elites observavam estarrecidas a crise dos impérios capitalistas europeus e o naufrágio da matriz cultural em que buscavam sua identidade histórico-cultural. De outro, internamente, não era mais possível ignorar que a velha ordem oligárquico-senhorial do Império e das primeiras décadas da República chegara ao fim e estava sendo rapidamente substituída por uma incipiente sociedade urbano-industrial de massas que, mais cedo ou mais tarde, levaria à integração e à homogeneização de todo o país. País que até então – e por longas décadas ainda em muitas regiões – não passava de um somatório de ilhas econômicas, sociais, culturais e até linguísticas dispersas pelo vasto espaço do subcontinente brasileiro. Neste sentido, o movimento modernista, a obra de Mário de Andrade e, particularmente, *Macunaíma* são produto e símbolo da busca, talvez apressada, confusa e desorientada, mas nem por isto menos significava, de uma identidade nacional. A identidade de um país que, como o próprio Macunaíma, em curto espaço de tempo saltava da idade da pedra para a moderna era industrial. Assim, esta obra de Mário de Andrade pode ser vista como símbolo não apenas do Brasil, e do continente latino-americano, mas também de todo o conjunto da então periferia dos impérios europeus, que começava a integrar-se numa sociedade planetária cujo melhor elemento caracterizador é a moderna e avançada tecnologia dos meios de transporte e comunicação, que tornaram relativas as barreiras do espaço e do tempo.

Em pouco tempo – num processo iniciado nas primeiras décadas do séc. XX – não mais apenas as margens do Uraricoera ficarão desertas e verão desaparecer os grupos primitivos não integrados à sociedade tecnológica... O planeta inteiro será palco deste fenômeno.

Exercícios

Revisão de leitura

1. De quem Macunaíma é filho? Quem são seus irmãos? Qual o relacionamento do herói com eles?

2. Em que situação Macunaíma escreve a "Carta prás icamiabas"?

3. O que está relatado na referida carta?

4. Qual a diferença entre o estilo da carta e o restante do livro?

5. Qual o dinheiro que Macunaíma usa? Qual seria a relação entre o tipo de dinheiro usado e o Brasil da época em que o livro é escrito?

6. Quem é Wenceslau Pietro Pietra e quais as transformações que sofre?

7. Como se comportam Macunaíma e seus irmãos em São Paulo?

8. Como é apresentada a cidade na obra?

9. Em que episódios pitorescos Macunaíma e os irmãos se envolvem em São Paulo? Citar alguns.

10. Qual a última frase de Wenceslau Pietro Pietra/Piaimã antes de morrer?

Temas para dissertação

1. Linguagem "coloquial" e linguagem "literária" em *Macunaíma.*

2. Os desníveis estilísticos e sua função na narrativa (a "Carta prás icamiabas").

3. Mário de Andrade e José de Alencar: uso e função da temática nacionalista/indianista.

4. Macunaíma no conjunto da obra de Mário de Andrade.

5. Macunaíma e sua relação com a obra de artistas plásticos como Tarsila do Amaral e Di Cavalcanti.

6. Macunaíma: é possível vê-lo como arquétipo do homem brasileiro em geral?

7. Mário de Andrade e seu lugar no conjunto da literatura brasileira.

8. A agitação do período *modernista* e o contexto histórico em que ocorre.

9. As transformações econômicas e sociais no Brasil nas primeiras décadas do séc. XX.

10. O processo de industrialização e urbanização de São Paulo nas primeiras décadas do séc. XX, suas causas e consequências.

AMAR, VERBO INTRANSITIVO

Enredo

Felisberto Souza Costa, rico fazendeiro e industrial paulista, católico, casado com Laura Souza Costa, reside com a família no bairro Higienópolis, em São Paulo. Preocupado com seu filho, Carlos Alberto, de 15 anos de idade, resolve contratar Elza, uma imigrante alemã de 35 anos, não muito bonita, para a missão de iniciar o herdeiro nas coisas do amor. Na ocasião em que são acertados os detalhes do contrato, Elza impõe uma condição: a esposa de Souza Costa, e mãe de Carlos, Laura, deve ser informada a respeito dos objetivos de sua presença na residência da família. Souza Costa resiste, mas, para não criar problemas, promete, falsamente, que porá a esposa a par do assunto. Logo em seguida, numa terça-feira, nos primeiros dias de um setembro qualquer, Elza chega à residência dos Souza Costa, onde é recebida como se fosse a nova governanta com a missão de cuidar das três irmãs de Carlos Alberto: Maria Luísa, de 12 anos, Laurita, de 7, e Alda, de 5. Elza logo assume, de fato, ares de governanta, não sem antes refletir sobre o fato de que os oito contos de réis que Souza Costa lhe pagaria pelo trabalho permitiriam, com mais uma ou duas missões deste tipo, juntar uma soma de dinheiro suficiente para retornar à Alemanha, caso a situação deste país melhorasse, e ali realizar seu sonho de casar com alguém que idealizava como sendo um erudito, possivelmente professor de uma Universidade, apreciador de música e óperas etc.

Integrando-se eficiente e rapidamente na família, Elza passa a ensinar alemão às crianças, inclusive a Carlos, e exige que de então em diante seja chamada por todos de *Fräulein* (senhorita). Carlos mostra-se de início um tanto arredio a ela e ao estudo, frustrando todos os esforços da nova "governanta" no sentido de insinuar-se junto a ele. Isto não a impede de sentir-se bem no meio da família Souza Costa, o que talvez não fosse produto de suas reais tendências mas de sua grande capacidade de adaptação, própria dos alemães. Finalmente, depois de alguns meses, Carlos começa a dedicar-se com afinco ao estudo do alemão, manifestando, inclusive, o desejo de aprender a tocar piano e começando, com isto, a aproximar-se de *Fräulein*, que observa, satisfeita, a mudança. Sua tarefa estava começando a fazer progressos, o que a leva a divagar sobre o amor. Contudo, recupera-se rapidamente desta fraqueza, pois tem consciência de que o que tinha a fazer era simplesmente iniciar Carlos no amor, de modo a prevenir ciladas e doenças... No mais, *Fräulein* continuava a dedicar-se bastante a ensinar música às crianças, mas apenas a boa e elevada música alemã. Nada de maxixes e foxtrotes, e muito menos de samba, ritmo desprezível que, contudo, lhe dá certos arrepios na espinha...

Aos poucos a situação evolui. Carlos começa a aproximar-se de *Fräulein*, apesar de ainda mostrar-se receoso. Um dia, no cinema, quase a abraça e sente que a deseja. A partir de então passa a não sair mais de casa, vivendo sempre em torno da "governanta". Esta começa a sentir algo estranho, percebe que desta vez, com Carlos, seu trabalho está adquirindo um tom diferente, um ar de desejo e paixão. Enfim, começa o *idílio*. Certo dia, durante uma lição de alemão, ela não resiste e os dois abraçam-se como se fossem namorados... Percebendo que a atmosfera se tornava carregada e que Carlos não saía mais do lado de *Fräulein*, Laura resolve pedir a esta que deixe a casa. *Fräulein* logo se dá conta de que Souza Costa nada contara à esposa, descumprindo a promessa feita durante o encontro em que seus serviços haviam sido contratados. Comportando-se friamente como profissional, pede a presença dele. Souza Costa, irritado mas sem saída, explica à esposa a história toda. Inesperadamente, *Fräulein* se descontrola e chega a chorar, exigindo que a considerem não como uma "perdida" mas como uma mestra do amor verdadeiro, acrescentando que deixará imediatamente a casa. Laura, que conseguira entender perfeitamente a história relatada pelo marido, fica confusa com a cena protagonizada por *Fräulein*, ficando com a impressão de não compreender direito o que estava fazendo em sua casa... O casal discute a situação e Souza Costa, apesar de já estar disposto a deixar *Fräulein* partir, diz a Laura que falará com ela para tentar convencê-la a ficar. Em seguida, sem muita vontade, pede a *Fräulein* que não parta, alimentando, no fundo, o desejo de que ela recuse e vá embora. Esta, porém, aceita o pedido e fica, em parte, talvez, por não conseguir reprimir seu desejo por Carlos... Os Souza Costa, refletindo sobre os grandes perigos que rondam o filho, convencem-se de que assim talvez seja melhor... E o *idílio* recomeça, com *Fräulein* entregando-se cada vez mais ao desejo pelo aluno.

Começa, então, um verdadeiro namoro, que se prolonga, num crescendo, por alguns dias e acaba, finalmente, em certa meia-noite, no quarto de *Fräulein*, que, depois de consumado o ato, chega a assustar-se, sentindo-se um tanto desorientada. Carlos, apaixonado, toma ares de homem. Certo dia, em parte como profissional competente, em parte como amante irritada com a traição, *Fräulein* faz uma cena de ciúmes e descobre que não fora a primeira, como já desconfiava. Houvera uma vez uma prostituta, mas uma vez só, jura Carlos, completamente apaixonado... E a família Souza Costa segue em sua vida feliz, as crianças continuam com suas tradicionais brigas e Carlos e *Fräulein* guardam seu suposto segredo...

Um dia, Maria Luísa adoece e *Fräulein* assume o papel de enfermeira ideal, o que faz com que ela se integre ainda mais na família. Maria Luísa convalesce e, por esta época, chega julho e com ele o inverno, fazendo com que os Souza Costa partam para o Rio de Janeiro, escapando ao frio da estação. Entre um passeio e outro o tempo passa, sempre com a família em *idílio* feliz – *idílio* que se estende a *Fräulein* e Carlos, naturalmente, com Souza Costa mostrando-se já cansado da situação, cada vez mais evidente e embaraçosa. De fato, os dois amantes quase nem mais tomavam o cuidado de disfarçar suas relações. *Fräulein* adquiria uma *alma vegetal*, a razão desaparecia... O *idílio* aproximava-se do fim inevitável...

Os Souza Costa retornam a São Paulo, em meio aos pavorosos solavancos do trem e às traquinagens das crianças. Na residência de Higienópolis os encontros noturnos voltam ao seu ritmo normal. Carlos já demonstra muita experiência e a *Fräulein* nada mais resta a ensinar, a não ser mostrar, como última lição, os *perigos do amor...* Assim, *Fräulein* reassume sua frieza profissional e sente-se tranquila. Mais uma missão, é verdade que com características um tanto particulares, estava chegando ao fim. E, como fora combinado desde o início com Souza Costa, o *idílio* tem que acabar com certa violência. Souza Costa titubeia – o filho iria sofrer, deveria haver outro meio etc. – mas *Fräulein* se mantém firme, não admitindo qualquer fraqueza. É preciso mostrar também os perigos... Laura, desta vez avisada de antemão, aceita, por entre suspiros. E lamenta perder a excelente governanta e professora de música... Mas, como não há remédio, se conforma.

E assim, segundo o acertado, um dia Souza Costa irrompe pelo quarto de *Fräulein* adentro e expulsa Carlos, que defende a amante, isentando-a de qualquer culpa. Mas Souza Costa, em belo papel dramático, o aterroriza, dizendo-lhe que *Fräulein* poderia vir a ter um filho e, inclusive, a querer casar... Carlos, mesmo apavorado, quer voltar à noite ao quarto de *Fräulein*. Mas Laura e Souza Costa o enfrentam. Afinal, ele cede. Na manhã seguinte, *Fräulein* parte sem destino certo, não sem antes dar em Carlos o derradeiro beijo e um longo abraço, talvez longo demais... E um olhar de saudade que Souza Costa não entendeu... Desta forma, com uma vaga ternura e oito contos de réis, encerra-se o *idílio* de *Fräulein*. E encerra-se também o livro.

Contudo, para além da palavra *fim*, a vida continua. Carlos, aos poucos, se recupera do choque e a imagem de *Fräulein* vai lentamente se distanciando, perdendo-se no esquecimento. Ele tornara-se um homem completo: agora fuma, bebe e paga chopes para os amigos. E um dia, no corso da Avenida Paulista, *Fräulein* – começando, desta vez com Luís, outro idílio – e Carlos, acompanhado de uma holandesa, se encontram. *Fräulein* tem um choque. Carlos mal a saúda. Assim é a vida... "Carlos casaria bem, na mesma classe"... *Fräulein* descansa seu ombro no peito de Luís – aliás, um amigo de Carlos –, deixando-se amparar e ensinando desta forma "o mais doce, o mais suave dos gestos de proteção"...

Personagens principais

Como em todos os romances-tese – e *Amar, verbo intransitivo* certamente se aproxima muito deste tipo de ficção – as personagens são estereótipos que identificam ou encarnam uma ideia, uma função social, um comportamento etc.

Fräulein – É a personagem mais importante, sem qualquer dúvida. É nela que o romance-tese se realiza ou, pelo menos, pretende realizar-se. *Fräulein* é, de um lado, a profissional alemã típica, consciencioa e instruída, a serviço de uma rica família burguesa e, de outro, a encarnação de uma auto-imaginada superioridade racial e da frieza anglo-saxã, superioridade e frieza que parecem esboroar-se diante do meio físico – os trópicos –, do meio social – a necessidade de sobrevivência – e do meio racial-cultural adverso ou diverso – a emotividade latina. Contudo, *Fräulein* carrega, como personagem-estereótipo, também a outra tese da obra: o conflito, supostamente específico dos alemães, entre realidade – a vida prática – e o sonho – a vida idealizada e impossível. E nela este conflito se manifesta no choque entre sua função social de serviçal – função a que está condenada pela necessidade de sobrevivência – e sua visão pequeno-burguesa de um impossível casamento feliz. Restaria perguntar, evidentemente, até que ponto é verdadeiro este estereótipo do *tipo* alemão encarnado por *Fräulein*.

Souza Costa – Felisberto Souza Costa é o clássico pai de família em uma estrutura patriarcal, "femeeiro irredutível", o centro de poder da família burguesa tradicional, sempre preocupado com o futuro do filho varão, herdeiro do clã etc.

Laura – Laura Souza Costa é a também tradicional mãe de família submissa, sempre às voltas com os serviços de manutenção e administração da casa, o comando dos empregados e o controle dos filhos e filhas, verdadeiras "pestinhas" sempre a brigar etc.

Estrutura narrativa

Tendo por subtítulo *idílio*, sem divisões em capítulos e construído, em princípio, segundo o esquema clássico do narrador onisciente em terceira pessoa, de acordo com a tradição do romance realista/naturalista, *Amar, verbo intransitivo* apresenta duas particularidades que marcam fortemente sua estrutura narrativa. A primeira delas, de fundamental importância, é a "intromissão" frequente de um narrador em primeira pessoa que pode ser identificado claramente como o próprio Autor, narrador que não só teoriza sobre literatura, arte, filosofia, história etc. como ainda, de forma um tanto estranha e curiosa, parece em determinados momentos assumir traços de verdadeira personagem que guia o leitor ao longo do relato. A segunda particularidade, também importante, é o fato de que, após a palavra *fim*, que, supostamente, põe término ao *idílio* e, consequentemente, à narração, a obra continua por mais uma dezena de páginas, que assumem a feição de uma *coda*, de um comentário à parte sobre o referido *idílio*.

No que diz respeito ao tempo e ao espaço da ação, esta se desenvolve ao longo de "um ano e pico", possivelmente no início da década de 1920 – depois do fim da I Guerra Mundial –, tendo por local a cidade de São Paulo, salvo no episódio da viagem de férias da família Souza Costa ao Rio de Janeiro.

Quanto ao título propriamente dito, parece evidente que a qualificação do verbo *amar* como *intransitivo* quer referir-se ao fato de que *Fräulein* ama profissionalmente, isto é, o *objeto* de seu amor não existe... Em outros termos, o verbo *amar*, par *Fräulein*, não é *transitivo*, não possui *objeto direto*.

Comentário crítico

Integrando o grupo dos quatro grandes textos emblemáticos da ficção *modernista* – ao lado de *Macunaíma*, *Memórias sentimentais de João Miramar* e *Serafim Ponte Grande* –, *Amar, verbo intransitivo* apresenta alguns aspectos muito singulares, seja em relação ao grupo de obras referido, seja no que diz respeito às suas próprias características.

No primeiro aspecto, *Amar, verbo intransitivo* é o mais tradicional ou, o que vem a dar no mesmo, o menos "revolucionário", em termos formais, dos quatro romances citados, o que faz dele certamente o mais lido de todos pelo grande público, aí incluídos os estudantes de Letras, e, ao mesmo tempo, o de fortuna crítica mais limitada, nunca tendo alcançado entre os estudiosos e historiadores da literatura brasileira a fama de *Macunaíma*, de *Memórias sentimentais de João Miramar* ou mesmo de *Serafim Ponte Grande*. Se este relativo desinteresse pode ser atribuído ao fato de *Amar, verbo intransitivo* não ser um verdadeiro monumento literário, como é o caso de *Macunaíma*, nem possuir o apelo do radicalismo vanguardista dos dois romances citados de Oswald de Andrade, talvez não seja de todo errado explicá-lo também pelo que se poderia chamar de *traços de indefinição* e por certa sofisticação teórica nele presentes. Sofisticação, aliás, que não diz respeito à estrutura narrativa – marcada pelas não tão inovadoras intervenções do autor-personagem – mas aos temas ali discutidos, que abrangem, além da ficção e da literatura, também a filosofia, a história, a antropologia etc.

Deixando de lado a questão da linguagem, que apresenta algumas características inovadoras na morfologia – uso de formas como *milhor*, *prá* etc. – e na pontuação, características estas presentes com muito maior vigor em *Macunaíma*, uma análise de *Amar, verbo intransitivo*, mesmo que sucinta, não pode deixar de levantar dois temas importantes.

Em primeiro lugar, *Amar, verbo intransitivo* é construído como um romance-tese, um ensaio ficcional ou, vice-versa, como uma ficção ensaística. E esta tese ou ideia que preside à obra e que lhe dá ou, pelo menos, pretende dar-lhe unidade é a de que existe uma oposição de caracteres entre os habitantes do Norte europeu (os anglo-saxões, especificamente os alemães) e os dos trópicos (os latinos, especificamente os brasileiros), com aqueles revelando-se frios, determinados e profissionais e estes demonstrando serem vitais, emotivos etc. Mais do que isto, há a curiosa insinuação, de matriz *tainiana* ou "naturalista", de que tais características são produto do meio físico, o que faz o autor-personagem – com razão ou sem ela – recorrer até ao inusitado exemplo de raças bovinas, afirmando que lá, na Europa, criam *durhams* e *polled angus* ao passo que aqui, no Brasil, proliferam *caracus* e *zebus*...

Obviamente, *Fräulein* é o paradigma portador da tese, como bem indica a progressiva desintegração da imagem do casamento ideal por ela sonhado, desintegração que é o símbolo do progressivo e inevitável "abrasileiramento" da personagem. Neste ponto, porém, entra uma segunda ideia ou tese, referida, é claro, diretamente à primeira: nos alemães e, é evidente, em *Fräulein* há um conflito entre o *homem-vida* – o lado prático, racional – e o *homem-sonho*

– o lado especulativo, filosófico. Em outros termos, uma oposição entre sonho e teoria, de um lado, e vida e realidade de outro. O mais curioso e até intrigante, porém, é que a partir de determinado momento este conflito bipolar deixa o campo do fenômeno racial-cultural para entrar claramente no campo social. A partir de então, *Fräulein* não só parece esquecer suas ideias de superioridade racial-cultural como também tende a deixar de ser paradigma do conflito, supostamente alemão, entre *homem-vida* e *homem-sonho*. Tudo acontece como se os termos da oposição bipolar perdessem sua carga racial-cultural e se rendessem à realidade socioeconômica, tornando-se *Fräulein* não mais do que um elemento integrante de uma classe social explorada numa sociedade determinada no tempo e no espaço. Como consequência disso, tem-se a impressão de que, na verdade, ocorre não um "abrasileiramento" de *Fräulein*, sob pressão do meio, mas sim um "abrasileiramento", do próprio Autor ou, então, de sua tese inicial, sob pressão dos fatos sociais, da realidade da existência de classes diferenciadas. Do que resulta uma radical metamorfose de ambos os termos integrantes do conflito bipolar: o lado prático, o *homem-vida*, tende a identificar-se com a semiprostituição imposta por necessidade de sobrevivência, e o lado teórico, o *homem-sonho*, com a idealização pequeno-burguesa, irrealista, de um casamento socialmente impossível. E, nesta perspectiva, a obra como um todo, em vez de corroborar e comprovar a tese inicial segundo pretendia o Autor, acaba se transformando, inversamente, na prova da falsidade de seu enunciado.

Se não for o mais importante, este aspecto é o mais interessante de *Amar, verbo intransitivo*, que, no que a ele se refere, remete, no campo da ficção, a *O cortiço*, de Aluísio Azevedo, e, no campo da história, a *Os sertões*, de Euclides da Cunha: em ambas estas obras a realidade se impõe violentamente às teorias, que flutuam, inúteis, sobre os fatos. Em *O cortiço* a tese "naturalista" da força do meio se rende à brutalidade dos fatos sociais em si e do próprio estatuto da escravidão e em *Os sertões* as sofisticadas construções teóricas de matriz europeia se desintegram frente à realidade do sertão e diante da epopeia dos guerreiros de Antonio Conselheiro.

Em segundo lugar, *Amar, verbo intransitivo* possui uma importante característica de natureza teórico-literária, que se apresenta de duas formas diversas, se bem que conectadas entre si. A primeira é rigorosamente estrutural e a segunda se liga a ela mas se revela tematicamente. Estruturalmente, *Amar, verbo intransitivo* traz a contínua intervenção do autor, que expõe e discute suas teses. Tais intervenções, porém, não se limitam, tematicamente, à problematização da própria atividade do escritor de ficção mas vão muito além, estendendo-se, como foi visto, à abordagem de teorias raciais, históricas, filosóficas, antropológicas etc. Quer sejam vistas como elementos indissociáveis e fundamentais da estrutura da obra, quer o sejam como falhas a comprometerem sua unidade, tais digressões fazem de *Amar, verbo intransitivo* um dos textos mais interessantes não só da ficção dita *modernista* como também de toda a narrativa brasileira, na qual há outros exemplos (*Quincas Borba*, de Machado de Assis, e *Triste fim de Policarpo Quaresma*, de Lima Barreto), dos quais se aproxima, é fato, mas com os quais não simplesmente se identifica. O mesmo se poderia dizer de um terceiro aspecto importante, aqui referido apenas *en passant*: *Amar, verbo intransitivo* permite que o consideremos um *romance de formação*. De uma perspectiva irônica ou parodística, é óbvio, pois nele temos um romance de formação sexual!

Seja como for, numa visão de conjunto referida tanto à tese central, encarnada em *Fräulein*, quanto às teorias desenvolvidas ao longo do relato, *Amar, verbo intransitivo* pode até ser considerado dispersivo, confuso, ambíguo, sem unidade e, portanto, fracassado. Isto, porém, jamais poderá impedir de se perceber que a obra, na visão de hoje, transformou-se num verdadeiro e importante documento histórico, tanto sobre a velha e sempre traumática questão da *identidade nacional* – muito mais candente em *Macunaíma* –, questão que sempre foi uma das preocupações primeiras dos *modernistas*, como – talvez à revelia do próprio Autor – sobre a preponderância das realidades socioeconômicas em relação às de ordem racial-cultural.

Exercícios

Revisão de leitura

1. Por que *Fräulein* deixa seu país natal?

2. Qual o sonho sempre presente em sua mente? Descreva-o.

3. Qual a relação entre este sonho e a profissão que exerce?

4. Qual a preocupação de Souza Costa ao contratar os serviços de *Fräulein*? E qual a preocupação desta?

5. Quais as expressões utilizadas por Mário de Andrade para identificar a atividade prática e a atividade teórica?

6. Qual a teoria racial-cultural que subjaz a algumas passagens da obra? Identifique e discuta uma destas passagens.

7. O autor acredita em tais teorias?

8. Qual o subtítulo da obra? Qual o sentido dele?

9. É possível – ou não – identificar o tema central de *Amar, verbo intransitivo*?

10. Que insinuação faz o autor ao final sobre o futuro de *Fräulein*?

Temas para dissertação

1. Características da linguagem em *Amar, verbo intransitivo*.

2. A estrutura narrativa de *Amar, verbo intransitivo*: os elementos "estranhos".

3. Personagem, narrador e autor em *Amar, verbo intransitivo*.

4. Raça e cultura: conceito e relação.

5. A estrutura familiar em *Amar, verbo intransitivo*.

6. Iniciação sexual e contexto histórico-familiar: a função do homem e da mulher em sociedades diferentes.

7. Adolescência e sofrimento.

8. O lugar de *Amar, verbo intransitivo* na ficção brasileira.

9. O contexto histórico nacional e internacional presente no enredo de *Amar, verbo intransitivo*.

10. O movimento modernista e a realidade histórica do Brasil na década de 1920.

Oswald de Andrade

Memórias sentimentais de João Miramar

Vida e obra

José Oswald de Andrade nasceu em São Paulo no dia 11 de janeiro de 1890. Depois de cursar o primário no Ginásio São Bento, ingressou na Faculdade de Direito, tendo se formado quase aos 30 anos de idade, após estudos muito irregulares, entremeados de viagens à Europa (1912 e 1924), períodos de boemia e uma atividade jornalística e literária muito intensa. Ainda em 1911, fundou um jornal de caráter satírico e panfletário, chamado *O pirralho*. Em 1920 esteve à frente de outro órgão de natureza mais ou menos semelhante, *Papel e tinta*, destacando-se sempre como brilhante articulista, polemista e crítico literário, tendo tido papel importante na divulgação da obra de Mário de Andrade, de Anita Malfatti – a quem defendeu no famoso episódio do virulento ataque de Monteiro Lobato – e de todo o grupo modernista, do qual foi um dos principais incentivadores. Esta atividade, desenvolvida durante a década de 20, tanto antes da Semana de Arte Moderna quanto nos anos que se seguiram, fez dele um dos mais conhecidos integrantes do grupo modernista de São Paulo, sendo responsável pelo Manifesto Pau-Brasil, de 1924, e pelo Manifesto Antropofágico, de 1928. Nascido em uma família relativamente rica, pôde dedicar-se à agitação e à divulgação de suas ideias, que não raro eram influenciadas por suas frequentes viagens à Europa, principalmente a Paris, onde tinha a oportunidade de informar-se sobre os movimentos vanguardistas europeus, como o surrealismo, por exemplo. A crise capitalista de 1929 e a consequente queda nas cotações do café o deixam em situação bastante difícil, da qual procurou evadir-se através de negócios e especulações, nem sempre bem sucedidos, segundo seus biógrafos.

De temperamento anárquico e boêmio, teve uma vida agitada não apenas sentimentalmente mas também politicamente, tendo se ligado a posições claramente de esquerda a partir da Revolução de 30, participando de forma muito ativa das lutas a favor das transformações sociais e contra o fascismo, tendo com este objetivo fundado um novo jornal, *O homem do povo*. Tornando-se livre-docente de Literatura Brasileira na Universidade de São Paulo, em 1945, afastou-se da atividade política nos últimos anos de sua vida, tentando, por duas vezes e sem sucesso, tornar-se membro da Academia Brasileira de Letras. Em 22 de outubro de 1954 falece em São Paulo.

Oswald de Andrade é autor de uma das mais vastas e heterogêneas obras de todo o período modernista brasileiro, a ela podendo apenas comparar-se a de Mário de Andrade. Deixando à parte sua ampla produção como jornalista, panfletário e ativista literário e político, sua obra se divide em ficção, teatro, memórias e poesia. Na ficção publicou *A trilogia do exílio*, composta de *Os condenados*, *A estrela de absinto* e *A escada vermelha*, nos anos de 1922, 1927 e 1934, respectivamente; *Memórias sentimentais de João Miramar* (1924); *Serafim Ponte Grande* (1933) e *Marco zero*, dividido em *A revolução melancólica* (1943) e *Chão* (1945). De sua produção teatral destaca-se, como verdadeira obra-prima do teatro brasileiro e ocidental, *O rei da vela* (1937), devendo ainda ser citadas *O homem e o cavalo* (1934) e *A morta* (1937). Pouco antes de falecer foi publicado o primeiro volume de suas memórias, *Um homem sem profissão*, que ficaram incompletas. Sua poesia recebeu uma edição conjunta em 1945, sob o título de *Poesias reunidas*.

Com sua personalidade inquieta e anárquica, sua atividade incansável de jornalista e panfletário e sua ampla e multifacetada obra, Oswald de Andrade permanece e certamente permanecerá, ao lado de Mário de Andrade, como um dos grandes testemunhos de um período agitado e de profundas transformações na sociedade brasileira. Sem a vasta erudição de Mário de Andrade e de temperamento menos inclinado ao estudo organizado e aprofundado da cultura em suas várias facetas, o autor de *Memórias sentimentais de João Miramar* transformou-se em uma espécie de antena de sua época, aparecendo aos pósteros não apenas como o criador de uma extraordinária obra-prima como *O rei da vela* mas principalmente como protótipo e repórter da época em que o Brasil, através de São Paulo, começava a integrar-se na civilização industrial e urbana do séc. XX, deixando para trás seu passado econômico agrário e a cultura semicolonial e dependente própria das cidades da costa, sempre ávidas das últimas novidades vindas de Paris.

MEMÓRIAS SENTIMENTAIS DE JOÃO MIRAMAR

Enredo

Tendo nascido dentro de uma família de tradição católica e vivido uma infância mais ou menos comum na cidade de São Paulo, João Miramar, o protagonista, recorda os rituais religiosos, a morte do pai, o tradicional circo, com seus palhaços, seus estudos primários com D. Matilde, a professora, os amores infantis com Madô e o colégio no qual ingressara e onde viera a conhecer José Chelinini, um colega que mais tarde faria parte de sua família.

Depois da morte do pai, Joãozinho e a mãe, de poucas posses, mudam-se para a casa de uma tia, Gabriela da Cunha, também viúva, que tinha a fazenda de café Nova-Lombardia, no interior, e quatro filhos: Pantico (José Elesbão), mal educado e pouco interessado em estudar, Nair, Cecília e Cotita (Maria dos Anjos), todas as três estudando, à época, num internato de freiras. João Miramar, já com intenções de ser literato e poeta, e José Chelinini, este se encaminhando para as atividades comerciais, terminam seus estudos no colégio e partem "na direção da vida", das viagens, das pensões, dos teatros, das atrizes, dos cabarés e outras aventuras próprias de sua idade. Dalbert, músico, um dos companheiros do protagonista, parte para Santos e daí para Paris. Pantico viaja aos Estados Unidos. Pouco tempo depois, por decisão da mãe já doente, João Miramar também vai à Europa, embarcando no navio *Marta*, no qual conhece Madama Rocambola e sua protegida, Rolah. Em Barcelona despede-se de Madame de Sevri, uma italiana a quem se ligara durante a viagem, e ruma para Paris, onde Dalbert o espera. Logo depois, em companhia da filha de um dono de restaurante, "a Madô do começo", percorre a Europa, visitando Munique, Milão, Roma, Sorrento, Veneza, Aix, os Alpes, Londres etc. Na capital inglesa os alcançam um telegrama e dinheiro para o retorno urgente ao Brasil. Passando por Dover e Calais, chegam a Paris. Ali, já com saudades do Brasil, João Miramar se despede da companheira de viagem, dá uma escapada até Pigalle, assiste às festas do 14 de Julho e retorna, via Ceuta e Las Palmas, chegando a São Paulo sob chuva torrencial. Sua mãe falecera. Acompanhado da tia Gabriela, parte para a fazenda Nova-Lombardia, em Aradópolis, na região dos cafezais, onde nascera seu pai. Ali começa o namoro com a prima Célia, com a qual se casa logo depois, em regime "de separação precavida de bens", imaginando um futuro feliz, de romântica e tranquila vida a dois. Os primeiros anos não o decepcionam, pois, enquanto a sogra e as primas viajam à Europa para visitar Pantico – que, depois de sua viagem aos Estados Unidos, se dedicava a seus estudos de comércio –, o feliz "fazendeiro matrimonial" vai levando sua boa vida no Rio de Janeiro, enquanto os cafezais rendem o suficiente para cobrir todas as despesas. Com Célia já grávida, o casal retorna a São Paulo, instalando-se no bairro de Higienópolis.

Apesar de estar mais interessado em praticar boxe, jogar bilhar e frequentar cabarés, João Miramar entra para o Instituto Histórico e Geográfico e conhece os medalhões da (pseudo)cultura local, como o escritor Machado Penumbra, o "fino poeta Fíleas" e outros. Nasce Celiazinha, e mãe e filha retiram-se para a fazenda, em Aradópolis, deixando João Miramar sozinho em São Paulo, às voltas com altas e baixas da cotação do café. Em carta enviada da Europa, Nair informa que tia Gabriela conhecera o "piratão" José Chelinini. Começa a guerra de 1914 e Pantico é preso na Bélgica, pelos alemães, acusado de ser espião. Fugindo da guerra, Mlle. Rolah, agora "jovem estrela cinematográfica" segundo os jornais, reaparece em Pernambuco. A situação econômica começa a tornar-se difícil, as cotações do café ameaçam despencar e a sogra, às voltas com Pantico e José Chelinini, pede que seja enviado mais e mais dinheiro para a Europa. Chelinini, agora "conde" Della Robia Grecca, e Gabriela Miguela da Cunha casam-se, provocando mal estar na família e deixando Célia furiosa. Contudo, "mãe é mãe" e a nova "condessa" é perdoada.

Madama Rocambola chega a São Paulo, acompanhada de Rolah. Esta, apesar do interesse do "fino poeta" Fíleas, aceita a corte de João Miramar, que instala, a ambas, numa casa no bairro de Perdizes. A Empresa Cinematográfica Cubatense propõe um contrato para a "jovem estrela" Rolah e João Miramar a transfere, juntamente com Madama Rocambola, para Santos. Além disso, entra de sócio na empresa, agora transformada em Piaçaguera Lightning & Famous Around, com um sírio e um uruguaio, pensando em ficar rico com os lucros dos filmes. Para tanto faz vultuoso empréstimo junto à firma Carvalho Trancoso, que cuidava dos negócios da sogra. E enquanto a burguesia dos novos ricos, usurários, corretores e arrivistas de toda espécie progride vertiginosamente, os filhos das tradicionais famílias paulistas vão dilapidando suas fortunas com carros flamantes, nos bordéis e nas mesas de jogo, onde o assunto obrigatório são as cotações do café, duramente afetadas pela guerra na Europa.

João Miramar, envolvido com a empresa cinematográfica e a "estrela" Rolah, esquece Célia e Celiazinha, que permanecem em

Aradópolis, entregues aos cuidados, talvez demasiadamente solícitos, do Dr. Pepe Esborracha. Cotita, Nair, a "condessa" Gabriela e o "conde" José Chelinini chegam da Europa e instalam-se na casa de Higienópolis. O "conde" pretende montar uma empresa mas a Trancoso Carvalho nega o empréstimo solicitado, obtido, depois, de um agiota. A Piaçanguera Lightning vai à falência. Informado de que Célia levara uma chifrada e estava entregue aos "cuidados solícitos" do Dr. Pepe Esborracha, João Miramar vai a Aradópolis. Célia lhe diz saber de seu caso com Rolah e o acusa de não importar-se com a filha, já grandinha. Retornando, continua na mesma vida, junto com Rolah. Algum tempo depois, Célia instala-se novamente em São Paulo e pede divórcio. Os títulos de João Miramar começam a ser protestados. É o fim do casamento e a falência. E o fim também de seu caso com Rolah, que o abandona por nunca ter recebido os cinquenta contos prometidos... Os negócios do "conde" também naufragam e ele foge, depois de ter falsificado a assinatura da "condessa", a quem despachara para o Rio de Janeiro. Na mesma cidade, Nair casa-se com o filho de um grande capitalista. Célia obtém o divórcio e fica com a guarda da filha. É o desastre completo para João Miramar, que, devido a sua fama de poeta e literato, vai trabalhar no jornal dirigido por Machado Penumbra. D. Gabriela, a ex-sogra, morre e Célia e Nair ficam com a maior parte dos bens deixados, pois, com a ajuda do marido desta e do sempre solícito Dr. Pepe Esborracha, ambas tinham conseguido ser as grandes beneficiárias do testamento da falecida mãe. Pantico, Cotita, agora casada, em Minas, e o desaparecido José Chelinini pouco recebem. A guerra termina. As cotações do café sobem. Célia morre e José Elesbão da Cunha, o Pantico, agora um homem sério e trabalhador, chega da Europa. Celiazinha, tornada rica por herança, é levada por Nair para Aradópolis, mas João Miramar, com a ajuda de Pantico, obtém a guarda da filha. Em viagem pela Itália, um amigo de João Miramar informa que José Chelinini é professor de dança em Gênova. João Miramar, apesar da insistência dos amigos, recusa-se a continuar suas "memórias sentimentais", o que determina o fim da obra, à qual, ao ser editada, é apenso um prefácio de Machado Penumbra.

Personagens principais

Seja pela natureza elíptica da narrativa, que reduz ao mínimo as informações fornecidas, seja pelas suas próprias características intrínsecas, as personagens de *Memórias sentimentais de João Miramar* são básica e essencialmente *estereótipos*, isto é, seus traços, extremamente simplificados e genéricos, identificam *tipos* ou *padrões* de comportamento no contexto de um grupo social e de um momento histórico definidos.

Sob este ângulo, João Miramar é o típico filho de uma família empobrecida da elite socioeconômica paulistana das primeiras décadas do séc. XX, o qual, depois das estripulias próprias dos jovens de seu meio e apesar ou por causa de suas veleidades literárias e artísticas, consegue casar com uma prima rica, tornando-se um "fazendeiro matrimonial". José Chelinini é o arrivista vulgar e sem escrúpulos que fracassa em seus golpes. Gabriela é a viúva rica que se deixa envolver pelo "piratão". Pantico é o rapaz estabanado e vagabundo que, com a idade, se torna sério e assume suas responsabilidades sociais e familiares. Nair, Cotita e Célia, apesar de suas diferenças, são jovens da elite cujo destino é o casamento mais ou menos bem sucedido com homens de seu meio. E assim por diante.

Destaque à parte merecem o Instituto Histórico-Geográfico e o Clube Recreio Pingue-Pongue, que, com seus característicos integrantes – Machado Penumbra, Fíleas, Mandarim Pedroso etc. –, são típicos *sodalícios de casta*, ou instituições que funcionam como aglutinadores da elite intelectual do grupo. É fundamental sublinhar a atitude ambígua e contraditória do protagonista, João Miramar, em relação às citadas instituições e seus integrantes. De um lado, distancia-se deles, ou mesmo os ataca, ao parodiar seus comportamentos e sua linguagem, apresentando-os como ultrapassados. De outro, porém, deles faz parte, recebendo e aceitando sua proteção sempre que a mesma tenha utilidade. É desnecessário dizer que este é um comportamento clássico, seja na vida real, seja na arte e na literatura, dos indivíduos ou grupos contestadores que se formam dentro das próprias elites e procuram, supostamente, destruí-las, conseguindo, via de regra, apenas renová-las e prolongar seu poder e sua influência. Do que, aliás, o chamado *movimento modernista* brasileiro é um clássico exemplo.

Estrutura narrativa

Composto de um prefácio e 163 curtos capítulos, cujos títulos são, quase sempre, tão fundamentais quanto o texto propriamente dito para a compreensão do enredo, *Memórias sentimentais de João Miramar*, apesar de narrativamente elíptico e extraordinariamente inovador em termos linguísticos, tem um enredo bastante convencional, que não foge, temática e tecnicamente, à tradição da ficção brasileira e europeia de caráter real/naturalista. Construído quase como um diário e alternando o esquema do narrador onisciente em primeira pessoa com a introdução de cartas, discursos e até poemas, a obra tem sua ação localizada na cidade de São Paulo e suas imediações, no interior do mesmo estado (Aradópolis), em Santos, no Rio de Janeiro, em navios de cruzeiro e na própria Europa.

Quanto ao tempo da ação, tanto no sentido histórico como no de sua duração, tudo é bastante transparente, bastando extrapolar a datação externa da obra e fazer a identificação para marcá-lo de forma rígida. Pois se – cap. 163 – o protagonista tem 35 anos em 1923, é evidente que os eventos se situam num período que vai do final da penúltima década do séc. XIX – a infância do protagonista-narrador – até o início da década de 1920 – os anos de reflexão e maturidade.

Comentário crítico

Destinado, por suas características específicas, a ficar desconhecido do grande público não especializado e talvez mesmo – o que ocorreu, sem qualquer dúvida, até a década de 70 – dos próprios estudantes dos cursos de Letras, *Memórias sentimentais de João Miramar* não é apenas uma das obras mais importantes de Oswald de Andrade e do chamado *modernismo brasileiro*; é também um dos romances – se assim pode ser qualificado – mais intrigantes e instigantes de toda a ficção brasileira, o que só recentemente tem sido reconhecido em análises críticas, que, apesar de pouco numerosas, geralmente fazem justiça ao Autor e à sua obra.

Esta inegável importância e este lugar específico ocupado por *Memórias sentimentais de João Miramar* no panorama da ficção brasileira até o presente são resultado de suas características linguísticas, estruturais e temáticas, profundamente marcadas pelo paradoxo do rompimento quase brutal com uma tradição e, ao mesmo tempo, da aceitação desta.

Linguisticamente, *Memórias sentimentais de João Miramar* ocupa um lugar praticamente único na, se não longa, pelo menos sólida tradição do romance brasileiro. Com efeito, nesta área e com esta obra, Oswald de Andrade realiza e, indiretamente, propõe a transformação ou até mesmo a subversão da língua portuguesa com procedimentos de uma radicalidade nunca antes e raramente mesmo depois vista. Partindo, implícita mas claramente, do reconhecimento da existência de uma norma linguística – obviamente, o chamado *código urbano culto* –, norma parodiada em capítulos de clara conotação satírica (o discurso de Mandarim Pedroso, por exemplo, sem esquecer o próprio prefácio) ou rompida em outros, também em termos satíricos (cartas e discursos em *caipira natural* ou em caipira que se pretende *culto*), o Autor constrói um verdadeiro idioleto que domina grande parte da obra. Este idioleto possui três características fundamentais. A primeira, já mencionada, é ter como ponto de partida a *norma urbana culta*. A segunda é submeter tal norma a uma profunda subversão sintática e lexical, de tal maneira que – com o auxílio, ainda, de um sistema de pontuação muito particular – a própria semântica do texto se torna muitas vezes, se não impenetrável, pelo menos de difícil compreensão. O mais curioso em tudo isto – eis a terceira característica linguística – é que a morfologia das palavras, mesmo quando desconectadas, subvertidas e deslocadas em sua ordem sintática, se atém rigorosamente ao padrão da referida *norma urbana culta*. Esta terceira característica faz com que *Memórias sentimentais de João Miramar* se afaste e se diferencie nitidamente de outras obras, fossem anteriores, contemporâneas – é o caso de *Macunaíma*, de Mário de Andrade – ou posteriores, em que aparecem fortes traços de um linguajar popular, de tradição caipira ou caboclo-sertaneja. Neste sentido, *Memórias sentimentais de João Miramar* é, em termos linguísticos, por paradoxal que isto possa parecer, uma obra altamente subversiva e ao mesmo tempo profundamente conservadora.

Sob o aspecto da estrutura narrativa também se manifesta uma contradição, paralela à anterior. De um lado temos uma forma nova, verdadeiramente revolucionária, fragmentária ao extremo, com seus *flashes* de aparente inspiração cinematográfica, técnica que representa um profundo rompimento com a tradição do romance brasileiro. De outro, porém, estão presentes não só a tradicional divisão em capítulos como, ainda, um enredo com início, meio e fim bem definidos e, portanto, bem tradicional. O que remete ao terceiro elemento paradoxal da obra: sua temática.

Por mais estranho que isto pareça à primeira vista e na primeira leitura, *Memórias sentimentais de João Miramar* é, do ângulo de seu conteúdo, um clássico *romance de formação*, ou seja, uma obra na qual é narrada a vida de um protagonista que, através das vicissitudes pelas quais passa, caminha de seus tempos de infância até sua maturidade, seguindo uma trajetória comum aos filhos da burguesia brasileira da época: estudos, viagens à Europa, aventuras amorosas, casamento, atividades literárias etc. Argumentar que esta trajetória recebe, nas mãos do Autor, um tratamento muito particular e específico em nada muda o fato de que João Miramar avança linearmente em sua vida, segundo padrões sociais bem definidos, fazendo ao final dela, ao atingir a maturidade, um balanço que se materializa na própria obra em si.

Em resumo, *Memórias sentimentais de João Miramar* – e o prefácio e os demais textos parodísticos não deixam dúvida quanto a isto – se propõe a destruir a velha tradição da prosa brasileira de ficção e a criar uma nova forma de narrar. Contudo, esta subversão pretendida, por mais radicais e panfletárias que sejam as formas com que se apresenta, é uma subversão que pode ser considerada conservadora, já que, em sua essência, não rompe com os marcos linguísticos, narrativos e temáticos desta mesma tradição, nascida e nutrida no espaço urbano culto, fazendo com que, paradoxalmente, tal tradição seja até mesmo reforçada.

Numa interpretação um tanto sofisticada mas não injustificada, poder-se-ia dizer que a radicalidade das propostas contidas em *Memórias sentimentais de João Miramar* é uma compensação para a impossibilidade de sua aplicação efetiva. E, de fato, numa visão *a posteriori*, as "propostas" de Oswald de Andrade não se consolidam em uma *tradição*, reaparecendo, contudo, momentaneamente e de forma dispersa, em algumas obras publicadas na década de 70, elas também reflexo de uma profunda crise histórico-cultural, à semelhança daquela por que passava São Paulo na segunda década do séc. XX.

Enfim, mas não por fim, é preciso deixar claro que explicitar a natureza paradoxal de *Memórias sentimentais de João Miramar* não é fazer uma crítica que negue a obra ou que reduza sua importância e seu valor. Pelo contrário, as referidas características paradoxais do romance de Oswald de Andrade refletem, de forma coerente e luminosa – como é a função da arte –, uma época contraditória de "modernização conservadora" da sociedade brasileira, modernização esta da qual, em termos econômicos, São Paulo do início do séc. XX era a ponta de lança. É isto, aliás, que determina a importância fundamental não só de *Memórias sentimentais de João Miramar* como de outras obras tanto literárias quanto plásticas do período: a importância de se fixarem para sempre como símbolos de uma era em que o Brasil – refletido no microcosmo paulista – começava a deixar de ser uma sociedade agrária e arcaica, de estrutura pré-capitalista, para transformar-se rapidamente em uma sociedade urbano-industrial e capitalista.

Exercícios

Revisão de leitura

1. Quais os dados que identificam a família de João Miramar como católica?

2. Quais as informações que deixam claro que a família do protagonista é relativamente pobre e a de sua tia é rica?

3. Quais os nomes dos amigos de juventude do protagonista?

4. Quais as cidades que João Miramar visita na Europa?

5. Mlle. Rolah é mesmo filha de Madama Rocambola? O que sugere o texto?

6. Como e em que capítulo o narrador insinua que sua mulher o trai com o Dr. Pepe Esborracha?

7. Qual a doença que leva Célia à morte?

8. Em que condições morre Britinho, um dos amigos de João Miramar, e quais os prováveis motivos?

9. Por que fracassa o golpe do baú tentado por José Paludo?

10. Por que João Miramar decide interromper suas memórias?

Temas para dissertação

1. A linguagem de *Memórias sentimentais de João Miramar*: tradição e ruptura na ficção brasileira.

2. As principais inovações linguísticas da obra.

3. A estrutura narrativa na ficção de Oswald de Andrade: de *Os condenados* a *Memórias sentimentais de João Miramar.*

4. Memórias sentimentais de João Miramar: um retrato de São Paulo no início do séc. XX?

5. Oswald de Andrade e o *movimento modernista.*

6. A importância de *Memórias sentimentais de João Miramar* no conjunto da obra de Oswald de Andrade e no contexto da produção do Modernismo paulista.

7. São Paulo no início do séc. XX: transformações econômicas, sociais, culturais e artísticas.

8. Memórias sentimentais de João Miramar: reflexo das transformações históricas.

9. O Modernismo brasileiro: resultado da influência europeia ou necessidade interna?

10. A crise dos impérios coloniais europeus e a emergência das nações periféricas a partir de 1914.

QUARTA PARTE
ROMANCE DE 30

Contexto histórico

A ascensão dos Estados Unidos. A crise de 1929

Nas primeiras décadas do séc. XX o processo de desintegração da Europa industrial-capitalista – que por cerca de dois séculos fora o centro de poder mundial, dominando praticamente o planeta inteiro através da Inglaterra, França e outras potências menores – corre paralelo ao da rápida ascensão dos Estados Unidos à posição de nação hegemônica do sistema capitalista internacional.

A guerra de 1914, ponto culminante das rivalidades entre as nações europeias que haviam montado e liderado o sistema do colonialismo clássico a partir do séc. XVII, deixou o velho continente destroçado. Se os recursos naturais e os mercados já eram objeto de acirrada disputa antes do conflito, depois deste os problemas agravaram-se de maneira acentuada, quer diretamente, pela destruição de homens e recursos e pela conversão de amplos setores industriais exigida pelas atividades bélicas, quer indiretamente, pela perda de mercados externos e pelo enfraquecimento do poder político. Este enfraquecimento, que vinha se evidenciando já há algum tempo através do crescente sentimento de rebelião em regiões coloniais como a China e a Índia, teve como consequência mais drástica o surgimento, dentro da própria Europa, de um Estado que renegava os princípios sagrados do capitalismo liberal: a União Soviética. O golpe bolchevique de 1917 e a solidificação – apesar da intervenção estrangeira – do poder dos sovietes de Lênine são parte integrante do processo autofágico do capitalismo europeu e de seu consequente enfraquecimento.

No outro lado do Atlântico, a nação fundada três séculos antes por imigrantes ingleses passava por um processo de natureza inversa. Solucionada de forma cruenta a questão interna, com a vitória do norte industrial sobre o sul agrário na Guerra de Secessão (1861-65), os Estados Unidos iniciaram um rápido processo de conquista e expansão em direção ao sul e às Antilhas, ocupando grande parte do México e liquidando em pouco tempo as possessões espanholas remanescentes. Dispondo de um, para a época, grande parque industrial, de recursos naturais abundantes, de mão-de-obra barata e de amplo mercado interno, o capitalismo norte-americano expandiu-se vertiginosamente e a guerra de 1914 veio acelerar ainda mais esta expansão. Em pouco tempo, graças à conversão e à destruição de grande parte do parque industrial europeu, os produtos e o capital norte-americanos começaram a invadir não apenas áreas periféricas outrora sob controle das potências europeias como também a própria Europa em convulsão. Terminado o conflito – cujos grandes beneficiários foram os sovietes de Lênine e o capitalismo norte-americano –, este movimento de expansão acelerou-se ainda mais nos Estados Unidos, liquidando as estruturas pré-capitalistas no campo, homogeneizando o país e fazendo dele a maior potência industrial do planeta. O capitalismo marchava, assim, rapidamente para a completa internacionalização e os anos que precederam a grande crise de 1929/30 representaram os últimos momentos da livre expansão dos vários centros do sistema como se cada um deles fosse independente e pudesse crescer sem afetar os demais. Na louca euforia dos anos 20 – *the roaring twenties* – e diante do espantoso crescimento econômico então em curso era inimaginável que alguém pudesse pensar em crise. No entanto, a Grande Depressão estava às portas.

A posteriori, sua eclosão pode ser vista como coerente e óbvia. O móvel do sistema capitalista é o lucro. Este é obtido através da margem – ou diferença – positiva entre o preço de custo do produto e o preço de venda do mesmo. Contudo, para que isto ocorra é preciso que existam mercados consumidores capazes de absorver a produção. Sendo esta crescente, os mercados também devem ampliar-se continuamente. No caso desta última condição não existir, as consequências se materializam num movimento de sentido inverso: o comércio se paralisa, o lucro cessa, as fábricas param, o desemprego torna-se geral e as convulsões sociais explodem.

A Grande Depressão – que se iniciou em 1929, com a quebra da Bolsa de Valores de Nova York, e se prolongou por boa parte da década de 30 – foi, portanto, uma crise gerada por uma conjuntura de superprodução aliada à impossibilidade momentânea de ampliação dos mercados consumidores.

As saídas encontradas para a superação da crise foram de natureza variada, indo desde a integração de novos mercados, a intensificação da obsoletização ou obsolescência planejada (os produtos são feitos para durar somente um determinado período de tempo) e do intervencionismo do Estado até a guerra propriamente dita (esta, a partir de 1939, pôs fim à recessão norte-americana e levou à liquidação do império inglês).

No entanto, é fundamental acentuar que a Grande Depressão teve duas consequências importantes para as nações integrantes do sistema capitalista. No que diz respeito às economias das nações centrais – as potências europeias e os Estados Unidos – ela significou o fim do capitalismo liberal clássico, pois a intervenção moderadora do Estado, até então vista como uma horrenda heresia, passou a ser encarada como uma necessidade incontornável. Por outra parte, em não poucas nações da periferia, em particular na América Latina, a crise criou condições para que ocorressem profundas mudanças políticas e econômicas, cujas consequências continuariam a ser sentidas nas décadas seguintes.

A Revolução de 30. O fim da República Velha

A crise gerada pela Grande Depressão no final da década de 1920 não pode ser considerada, de forma mecânica, como a causa das transformações políticas, sociais e econômicas ocorridas no

Brasil na década seguinte. Contudo, ela agiu como o catalisador de um processo que vinha se desenvolvendo ao longo de muitos anos. Em termos simplificados, é possível afirmar que na sociedade brasileira de então manifestavam-se os sinais de uma profunda defasagem entre a infra-estrutura econômica e social e a superestrutura política.

Depois de um período de turbulência, a República consolidara-se a partir de arranjos políticos entre o Exército e a poderosa oligarquia cafeeira de São Paulo, a qual, em associação com os produtores de carne e leite de Minas Gerais, aos poucos encampou o poder, exercendo-o segundo seus interesses específicos. Entre estes estava, em primeiro lugar, a defesa do café, que representava na época não só a mais importante atividade produtiva do país em termos de estrutura econômica interna como, ainda, o item fundamental na pauta das exportações brasileiras.

Ao final da década de 1920, contudo, o Brasil já não era mais o mesmo dos primeiros tempos da República. O rápido processo de industrialização e de substituição de importações, que recebera impulso a partir de 1914-18, a consequente expansão da urbanização no litoral e, principalmente em São Paulo, o incremento acelerado tanto da imigração quanto das migrações internas (no sentido campo-cidade) haviam mudado a face do Brasil litorâneo. Estas mudanças refletiam-se na difusa inquietação social que se manifestava nas primeiras greves, nas revoltas militares, na agitação intelectual e no crescimento das pressões populares nos centros urbanos a favor do voto secreto e universal e da implementação de reformas políticas e econômicas amplas. A estrutura política da chamada *República Velha*, porém, mostrava-se impermeável a quaisquer transformações, sustentando-se pela força da inércia e pelo controle sobre aquela que continuava sendo a atividade mais rentável do país: a produção de café. Neste sentido, a Grande Depressão de 1929, ao bloquear as vias internacionais de comércio e, consequentemente, reduzir drasticamente as exportações de café, foi um fato decisivo, representando um golpe de morte nos interesses das oligarquias paulista e mineira, que há décadas vinham se alternando no poder.

Enfraquecidas pela repentina mudança da conjuntura internacional e privadas de sua grande fonte de recursos, não resistiram diante da rebelião comandada pelas oligarquias dissidentes do Sul e do Nordeste, que contavam com o apoio militar dos *tenentes* e com a simpatia das massas urbanas. Assim, em outubro de 1930, Getúlio Vargas, no comando de um movimento armado, assumiu o poder, encerrando um período da história política do país. *A Revolução de 30*, como ficou conhecido o episódio, punha fim, simbólica e praticamente, à era do Brasil arcaico, agrário e pré-industrial, e marcava o início do Brasil moderno, urbano e industrial, que há muito começara a estruturar-se, principalmente em São Paulo, mas que até então não possuía existência em termos institucionais e políticos.

Vargas no poder: nasce o Estado nacional moderno

Comandando a rebelião das oligarquias dissidentes que haviam permanecido em plano secundário durante a República Velha diante do eixo hegemônico São Paulo-Minas Gerais, Getúlio Vargas passou a enfrentar, tão logo assumiu o poder, a tarefa nada fácil de reorganizar as estruturas econômicas e políticas e adequá-las aos novos tempos. Era preciso montar um Estado moderno e industrial, administrativamente centralizado e politicamente capaz de, sem chocar-se diretamente com os interesses heterogêneos e não raro divergentes dos variados agentes econômicos, integrar as novas forças sociais num amplo e viável acordo político de âmbito nacional. Era o início do chamado *populismo*, que caracterizou, no Brasil e em vários outros países do continente, a emergência de governos típicos de uma época de relativa modernização interna, nos marcos, no plano internacional, da desintegração das potências europeias e da progressiva solidificação da hegemonia norte-americana na região ao sul do Rio Grande.

Manobrando habilmente dentro das margens criadas pela crise do capitalismo europeu-norte-americano, Getúlio Vargas, em seus quinze anos de governo, lançou, na medida do possível, as bases do Brasil industrial, procurando ordenar o já existente e planejar o futuro. Para tanto – como já estava acontecendo, se bem que com um sentido bastante diverso, nos países capitalistas centrais – utilizou o poder de intervenção do Estado, dando-lhe, a partir de então e pela primeira vez no Brasil, o papel de árbitro no choque dos interesses econômicos e das forças sociais em jogo. Foi neste setor, isto é, no plano no interno, que Getúlio Vargas enfrentou as maiores dificuldades, já que seu governo nascera da confluência de tendências momentaneamente convergentes que, dentro de pouco tempo, passaram a divergentes. Tornava-se, de fato, difícil organizar o país como um Estado moderno tendo que harmonizar os interesses das classes médias e do proletariado urbano, dos *tenentes* idealistas e não raro radicais e das oligarquias dissidentes, politicamente renovadoras no plano nacional mas socialmente conservadoras no plano regional. Além do mais, era preciso controlar as facções oligárquicas alijadas do poder, as quais continuavam a manter intato seu nada desprezível poder econômico, como ficou evidente com o levante paulista de 1932, o qual, apesar de sufocado, deixou claras as dificuldades enfrentadas pelo novo governo para consolidar seu poder.

Marcado por marchas e contramarchas políticas, por ações extremistas como a insurreição militar de 1935, de inspiração comunista, e a tentativa de golpe de Estado de 1937, de orientação fascista, o período em que Getúlio Vargas ocupou o poder pode ser considerado como uma época em que foi montada uma solução de compromisso. Um compromisso entre o Brasil arcaico pré-industrial, cuja estrutura agrária permaneceu intocada, e o Brasil urbano, no qual o capital industrial começou a contar com a proteção do Estado e as classes médias e o proletariado passaram a ter, pelo menos, a sensação de participar do poder. E muitas vezes não se tratava apenas de sensação. Afinal, as classes médias, além do ato simbólico de votar secretamente, foram consideravelmente beneficiadas com a ampliação do acesso à educação secundária e superior e, principalmente via Estado, com novas oportunidades de emprego. Por sua parte, o proletariado, antes considerado um caso de polícia, viu-se protegido pela criação das leis trabalhistas e pela regulamentação de suas atividades, ainda que sob tutela oficial.

Quando Getúlio Vargas, em 1945, no contexto do pós-guerra, foi obrigado a deixar o poder, o Brasil litorâneo apresentava um aspecto bastante diverso de quinze anos antes. Internamente haviam sido lançadas as bases de um Estado moderno e de uma sociedade industrial de massas. O poder dos coronéis da República Velha continuava existindo – e continuaria pelas décadas seguintes, em particular no centro-norte e no nordeste agrários – mas invertera-se o vetor. Não era mais o poder dos coronéis que legitimava o poder central, desde que este não interferisse em seus interesses. Pelo contrário, a partir de então o poder central apenas aceitava tolerar a existência, em termos relativos, de núcleos regionais de poder desde que estes se submetessem aos interesses centralizadores do Estado, que se ligara estreitamente ao capital industrial urbano e aos novos segmentos sociais emergentes: as camadas médias e o operariado. A agonia do coronelismo, típico do Brasil agrário arcaico, significou também o fim dos fenômenos da jagunçagem e do cangaço, a ele intimamente ligados.

Externamente, o país – apesar de alguma resistência – fora obrigado a alinhar-se de forma rigorosa com os Estados Unidos, que de potência continental passavam a potência mundial e à liderança do sistema capitalista. A participação da Força Expedicionária Brasileira na guerra na Europa e o alinhamento rígido com Washington durante os anos da *guerra fria* com a União Soviética deixavam evidentes as profundas alterações ocorridas no sistema de poder mundial e as consequências daí advindas para o país.

Em outros termos, em 1945, ao cair Getúlio Vargas, já se encontrava montado, em linhas gerais, o cenário que cerca de dez anos depois o levaria ao suicídio. Antes de ser deposto, Getúlio Vargas conseguiu, em hábil manobra política, através da organização de novos partidos, preparar seu retorno ao poder em 1950. Ele não poderia imaginar então que as contradições sociais internas, amortecidas momentaneamente pelo populismo, e as pressões externas desencadeariam um processo cujo controle lhe escaparia das mãos. Sua morte em 1954 encerrou temporariamente as indefinições e ambiguidades de uma nação internamente viável como potência industrial capitalista autônoma mas externamente inviável em virtude do novo sistema de poder no plano internacional.

O povo nas ruas

Em termos de seu significado político e social, a *Era de Vargas* e o populismo foram – e continuam sendo até hoje – motivo de controvérsias, o que representa a comprovação de sua importância e da intensidade com que marcaram a história do país.

À parte considerações de ordem ética, que envolvem sempre interesses implícitos ou explícitos de grupos afetados de forma positiva ou negativa pelo processo de transformação e mudança do período em questão, o populismo marcou a irrupção de um componente novo na história do Brasil: as massas urbanas, que passaram a atuar como um fator de grande importância política e social.

Tal fenômeno se liga intrinsecamente às alterações da estrutura econômica ocorridas a partir da consolidação do processo de industrialização e urbanização do Brasil litorâneo. No passado, a preponderância absoluta de uma economia tipicamente agrária e a consequente inexistência de aglomerados urbanos importantes em termos de produção permitiam às elites dirigentes limitar de forma drástica a participação política dos demais grupos sociais.

A extrema diluição da população rural num país de dimensões continentais e a não-existência de segmentos urbanos capazes de ameaçar a estabilidade do sistema favoreciam soluções do tipo clientelístico, nas quais a fidelidade de caráter pessoal determinava a natureza das relações entre os restritos segmentos dirigentes e as grandes massas. As crises, materializadas nas eventuais explosões de insatisfação das populações urbanas ou nas revoltas camponesas, eram facilmente superadas, não tanto por não terem importância – os episódios de Canudos e do Contestado mostram que, pelo menos no campo, não era o caso – mas principalmente por tais movimentos não conseguirem romper o isolamento a que, pelo processo histórico, estavam condenados: de um lado era impossível ampliar a extensão regional dos mesmos e, de outro, sua destruição não afetava o sistema como um todo.

A industrialização e a urbanização alteraram drasticamente este quadro. A progressiva redução da população rural e sua contrapartida, o crescimento dos núcleos urbanos, com a consequente dissolução dos laços de fidelidade pessoal e sua substituição por instituições como salário, emprego, organizações sindicais etc., modificaram a fisionomia do Brasil litorâneo. As elites dirigentes foram forçadas a tomar conhecimento da nova realidade e a integrar socialmente, de uma ou de outra forma, os novos grupos emergentes.

Não havia outra alternativa. No contexto do Brasil agrário e pré-industrial os despossuídos do campo e as massas urbanas podiam ser ignorados ou reprimidos sem maiores consequências, pois o papel que desempenhavam na estrutura do sistema produtivo era muito limitado, quando não nulo. Com o avanço da industrialização, a situação tendia forçosamente a modificar-se de forma radical. Não apenas pelo crescimento numérico e pela concentração das massas trabalhadoras no espaço urbano mas principalmente pelo fato de as mesmas representarem um fator essencial no novo sistema de produção e consumo de mercadorias. Em outros termos, o capital industrial existe e se reproduz acoplado ao trabalhador e ao consumidor. Normalmente estes dois últimos se identificam e sob hipótese alguma podem ser substituídos ou eliminados em proporções consideráveis, sob pena de o sistema desintegrar-se.

É claro, portanto, que as alterações que afetaram, a partir de 1930, o quadro político e social brasileiro não foram nem uma concessão das elites dirigentes nem uma imposição revolucionária a partir de baixo. Foram apenas a consequência inevitável das mudanças ocorridas no sistema produtivo. Isto, porém, não altera a importância de um fenômeno até então sem precedentes na história do país: pela primeira vez contingentes consideráveis da população não-proprietária assumiam, via política de compromisso do populismo, um outro papel que não simplesmente o de espectadores ou vítimas do processo histórico. O povo, literal e metaforicamente, saía às ruas.

O romance de 30: a nova face da nação

A industrialização e a progressiva modernização do Brasil litorâneo refletiam-se imediatamente na área cultural e artística. Se antes a aguda visão histórica de homens como Euclides da Cunha e Lima Barreto permanecia como exceção no contexto de uma sociedade estratificada, colonizada e culturalmente pobre, a partir da década de 20 a situação se modifica, atingindo profundamente as elites urbanas e seus intelectuais, que começam a analisar e a procurar entender o país em todos os seus aspectos.

Historiadores e economistas, artistas e publicistas, poetas e romancistas protagonizam como que uma redescoberta do Brasil, de sua realidade e de seus problemas. As transformações políticas externas e internas, o crescimento das fábricas e do proletariado, a ampliação do ensino, a criação das primeiras faculdades de Ciências Humanas, os modernos meios de comunicação e transporte, tudo isto caracterizava um novo tempo. Restritas ainda às áreas litorâneas e suas imediações, estas mudanças significavam o início da inserção do país no Ocidente industrial e já prenunciavam o avanço rumo ao interior, que ocorreria a partir do início da segunda metade do século.

Na literatura, a lírica, o teatro e a ficção refletiam esta era de agitação e mudança. Se os poemas de Carlos Drummond de Andrade, Manuel Bandeira, Cecília Meireles e Mario Quintana elevam, pela primeira vez, a lírica brasileira ao nível da grande tradição ocidental no setor e se o teatro de Oswald de Andrade, Jorge Andrade e outros renova a dramaturgia, é a ficção que parece marcar mais fortemente o período através de um grupo numeroso de romancistas e de vigorosas obras-primas.

Estes *romancistas de 30*, como foi qualificado o grupo de ficcionistas que produziu a partir daquela época, tomam por tema a realidade das várias regiões geo-econômicas do país, criticam as estruturas sociais e políticas vigentes e insinuam soluções. Em Graciliano Ramos, em Erico Verissimo, em Jorge Amado, em José Lins do Rego e nos demais, o que se vê é a nova face de uma nação que começava a olhar decididamente para si própria e a projetar seu futuro. As velhas estruturas se desintegravam e sobre elas nascia o novo Brasil litorâneo, urbano e industrial, com todas as suas potencialidades e suas contradições.

Graciliano Ramos

São Bernardo
Vidas Secas

Vida e obra

Graciliano Ramos nasceu em Quebrângulo, estado das Alagoas, no dia 27 de outubro de 1892. Como filho de magistrado, acompanhou a família em numerosas mudanças, incluindo um período de estadia no estado de Pernambuco. Contudo, passou grande parte de sua infância e adolescência nas Alagoas, em particular nos municípios de Viçosa e Palmeira dos Índios. Com pouco mais de vinte anos deslocou-se para o Rio de Janeiro, onde trabalhou em vários jornais, retornando depois para Palmeira dos Índios, estabelecendo-se como pequeno comerciante e casando-se. Em 1927 é escolhido para prefeito da cidade, destacando-se como bom administrador. Sua primeira obra, *Caetés*, é publicada em 1933, no Rio de Janeiro, seguindo-se *São Bernardo* (1934), *Angústia* (1936) e *Vidas secas* (1938). Em 1936 é preso em Maceió, acusado de ser comunista e levado para o Rio de Janeiro, onde sofre grandes privações, vendo, como consequência, abalada sua saúde, que nunca fora muito boa. Deste período de sofrimento e meditação resultou sua última grande obra, *Memórias do cárcere*, publicada em 1953. Graciliano Ramos faleceu no dia 20 de março do mesmo ano.

Não muito extensa e bastante heterogênea, a obra de Graciliano Ramos é integrada por contos, crônicas, ficção para crianças, memórias e romances. Com o já citado *Memórias do cárcere* e, ainda, *Infância* (1945), ocupa um dos primeiros lugares na relativamente exígua memorialística nacional. É, porém, a ficção que lhe dá o destacado lugar de um dos principais romancistas brasileiros de todos os tempos. Se *Caetés* é uma obra até certo ponto menor, os três títulos restantes são considerados unanimemente clássicos do chamado *romance de 30* e da ficção brasileira como um todo, seja pela técnica narrativa empregada e pela temática abordada, seja por revelarem um verdadeiro mestre da língua portuguesa.

SÃO BERNARDO

Enredo

Sentado na sala de jantar de sua residência, tendo ao lado o filho de cerca de três anos, Paulo Honório, fazendeiro nas imediações de Viçosa, estado das Alagoas, dedica-se à árdua tarefa de escrever sozinho a história de sua vida, pois as tentativas de fazê-lo com a ajuda de conhecidos seus haviam fracassado completamente devido a divergências tanto políticas como, em particular, de linguagem. Em vista de tais percalços, o fazendeiro decide executar ele próprio seu projeto de autobiografia e entra direto no assunto.

Não tendo sequer conhecido seus pais, Paulo Honório pouco recorda de sua meninice, à parte o fato de ter sido guia de um cego que o maltratava e ter recebido a proteção da negra Margarida, uma velha que, na idade de aproximadamente 100 anos, ainda vive, residindo na própria fazenda.

Aos 18 anos, já tendo trabalhado na enxada para vários patrões, em várias fazendas, aprendera a ler na cadeia, onde permanecera quatro anos em virtude de ter esfaqueado um rival na disputa por uma moça sarará de nome Germana, que depois se tornaria prostituta. Ao ser libertado, resolvera concentrar todo seu esforço no objetivo de ganhar dinheiro, correndo o sertão atrás de negócios variados e, não raro, perigosos. Finalmente, cansado de tal vida, tomara a decisão de fixar-se no município de Viçosa, acalentando a intenção de adquirir a fazenda S. Bernardo, onde havia trabalhado quando jovem, e cujo proprietário, Salustiano Padilha, falecera há algum tempo, depois de não ter podido realizar seu sonho de dar ao filho, Luís, um diploma de doutor. Este, sem título nem vontade de trabalhar, entregara-se à bebida, ao jogo e à farra com mulheres, deixando a fazenda em completo abandono. Paulo Honório vai aos poucos cercando o infeliz herdeiro: empresta-lhe dinheiro, põe-lhe na cabeça projetos inexequíveis de modernização agrícola e termina por comprar-lhe a propriedade por um preço ínfimo. Imediatamente dá início ao seu próprio projeto de modernização da fazenda: constrói nova sede, planta mamona e algodão, planeja fazer empréstimos e, paralelamente, com a ajuda do fiel capanga Casimiro Lopes, liquida numa tocaia o vizinho Mendonça, que se recusava a devolver as áreas de terra tomadas ao antigo dono.

Não satisfeito com isto, Paulo Honório começa a aplicar o mesmo método de Mendonça e avança para além dos limites de S. Bernardo, invadindo as terras do vizinho morto e de outros proprietários. Em consequência, perde dois de seus homens e ele próprio leva um tiro, que o atinge apenas de raspão. Nada, porém, o detém em sua fúria modernizadora: compra máquinas, introduz gado de raça, faz um açude, instala rede elétrica, constrói uma igreja e uma escola e envolve-se na política, chegando a receber a visita do governador do estado. E para professor contrata Luís Padilha, apesar das ideias socialistas e radicais que este começara a apoiar logo depois de ter perdido a propriedade.

Por outro lado, tendo sido informado de que a velha Margarida ainda vivia, residindo em lugar não muito distante, na região, manda buscá-la e a instala na fazenda.

Por esta época, Paulo Honório decide que precisa casar para ter um herdeiro que viesse a tomar conta de S. Bernardo. Certo dia, em Viçosa, na casa do juiz, dr. Magalhães, conhece uma jovem loira e bonita, acompanhada de uma senhora, d. Glória. Impressionado, quer buscar informações sobre a jovem, mas desiste, temeroso de passar por ridículo. Algum tempo depois, contudo, ao retornar de uma viagem à capital, encontra no trem, por acaso, a mesma d. Glória e fica sabendo que a jovem, sua sobrinha, é professora primária em Viçosa e se chama Madalena, de cuja beleza, aliás, sem ligar o nome à pessoa, Paulo Honório já ouvira falar. Ao descerem na estação, Madalena está à espera da tia. Um tanto sem jeito, Paulo Honório as convida para passarem uns dias na fazenda. Madalena recusa e Paulo Honório despede-se. Aos poucos, no íntimo, seu projeto de casamento com Madalena vai amadurecendo. Pretextando que Luís Padilha não servia mais para professor em virtude de suas ideias políticas, convida Madalena para ser professora em S. Bernardo. Em vista da recusa, Paulo Honório confessa que o motivo do convite era, na realidade, outro e declara sua disposição de casar com ela. Apesar de não se surpreender, Madalena mostra-se indecisa durante algum tempo mas, afinal, aceita a proposta e o casamento realiza-se em seguida na capela da fazenda, onde d. Glória também passa a residir.

Passados não mais que alguns dias, as divergências entre o casal começam a aparecer, devido, principalmente, às ideias sociais avançadas de Madalena em relação aos empregados, para os quais deseja melhor tratamento e salários mais altos. Apesar dos esforços de ambos para conviverem pacificamente, as discussões se sucedem e o conflito se aprofunda, chegando a um ponto crítico quando Madalena, já grávida, vê um empregado ser espancado por Paulo Honório. Para agravar ainda mais a situação, este começa a nutrir profunda antipatia por d. Glória.

Cerca de dois anos depois do casamento, Madalena tem um filho. No dia em que se comemoram os dois anos de casamento, Paulo Honório encontra Luís Padilha colhendo flores no jardim a pedido de Madalena. Uma ideia estranha se infiltra em seu cérebro, mas desaparece em seguida. No jantar – com a presença do jornalista Azevedo Gondim, do advogado João Nogueira e do padre Silvestre – todos discutem a situação política do país, ficando evidente que Luís Padilha e Madalena são partidários de mudanças. A ideia estranha retorna e adquire forma no cérebro de Paulo

Honório: ambos são comunistas e materialistas e estão conluiados para afastar do bom caminho os empregados da fazenda! Logo em seguida é tomado pelo sentimento de ciúme, não só em relação a Luís Padilha mas também a João Nogueira, a Azevedo Gondim e até mesmo ao dr. Magalhães, que certo dia vem à fazenda em visita. O ciúme cresce e transforma-se em ódio. Madalena começa a definhar fisicamente. As discussões e brigas aumentam em número e intensidade, atingindo extrema violência, a ponto de Madalena, depois de ofendida pelos palavrões de Paulo Honório, chamá-lo de assassino, sabedora que era do caso Mendonça. Paulo Honório se enfurece, lança toda a culpa sobre Luís Padilha e o demite. O ciúme doentio atinge então o auge, dominando-o completamente, e fazendo com que chegue a desconfiar do padre Silvestre e dos próprios caboclos da fazenda.

Um dia, já no limite da loucura, Paulo Honório encontra no pomar uma folha de papel com o rascunho do que julga ser uma carta de Madalena a algum homem. Enfurecido, a agride e pensa em matá-la. Margarida mostra-se serena e como que desligada do mundo, o que o intriga, principalmente por ela pedir-lhe que, no caso de vir a morrer de repente, trate bem de d. Glória e distribua seus objetos de uso pessoal entre pessoas conhecidas. Na noite seguinte Madalena se suicida e Paulo Honório encontra uma longa carta a ele dirigida na qual faltava uma folha: exatamente aquela que encontrara perdida no pomar.

Passado não muito tempo, d. Glória e *seu* Ribeiro, o idoso contabilista que se afeiçoara a Madalena, deixam a fazenda. A Revolução de 30 explode. Padre Silvestre e Luís Padilha, este acompanhado de uma dezena de caboclos de S. Bernardo, aderem. Paulo Honório sente que os ventos haviam mudado de direção. Isto, porém, não o preocupa muito, pois, segundo pensa, as alterações não seriam grandes e seus inimigos pouco poderiam fazer contra ele. Contudo, a profunda crise econômica que se abate sobre o país atinge também S. Bernardo e Paulo Honório começa a enfrentar dificuldades em vista da queda dos preços dos produtos agrícolas, da alta do dólar e do corte do crédito. Para agravar ainda mais esta situação, os vizinhos, animados com a queda do governo e a transferência do juiz, dr. Magalhães, para outra comarca, decidem ir à forra e levam à justiça a questão das divisas. Desanimado, Paulo Honório perde o interesse pelo trabalho e o mato começa a tomar conta da fazenda.

É por esta época – enquanto a crise econômica se aprofunda e as cercas dos vizinhos avançam – que lhe vem à cabeça a ideia de escrever a história de sua vida. Tenta executar o projeto com a ajuda de Azevedo Gondim, de João Nogueira e do padre Silvestre, mas fracassa em seu intento. Passado algum tempo, a ideia retorna e em quatro meses, sozinho, escreve a obra, sempre ao entardecer, às vezes avançando noite adentro, na sala de jantar da sede da fazenda. Ao final, tendo ao lado o filho, pelo qual não sente afeto, encerra a obra confessando-se descontente com seu passado e infeliz com seu presente. E chega à conclusão de que seu erro fundamental fora o ter-se elevado, ao tornar-se fazendeiro, por sobre a classe social a que pertencera durante o tempo de sua juventude.

Personagens principais

Paulo Honório – Presença obrigatória na relação das grandes personagens da ficção brasileira que, pela preponderância de seu papel, terminaram identificando-se com a própria obra (Bento Santiago, Sérgio, Policarpo Quaresma, Ponciano, Riobaldo), Paulo Honório é comumente visto como a encarnação, primária e brutal, do desejo de acumular bens e de exercer o poder sobre as pessoas. Esta visão, contudo, apesar da sustentação que lhe dá o texto, é limitada e simplificadora. Limitada porque *São Bernardo* não é apenas o relato de um drama intimista, do fracasso de uma prosaica história de amor ou, melhor, do fracasso de um casamento. Pelo contrário (v. comentário crítico), a obra está ligada inapelavelmente a um momento histórico definido e a um estágio específico da evolução da sociedade brasileira. Simplificadora porque a crise do protagonista/narrador não é produto da posse de bens e do exercício do poder em si mas *das condições de sua trajetória rumo à conquista dos mesmos*, condições estas responsáveis pela lucidez alcançada em relação ao seu papel social em particular e à condição humana em geral. Neste sentido, Paulo Honório, como personagem, possui uma complexidade e uma profundidade imensamente maiores do que aquelas que geralmente lhe são atribuídas na tradição de crítica literária brasileira.

Madalena – Todas as restantes personagens de *São Bernardo* estão rigorosamente condicionados à função exercida em relação a Paulo Honório e isto é verdadeiro, em primeiro lugar, no caso de Madalena. De origem humilde, tendo suportado grandes privações e vendo, à maneira de Paulo Honório, o casamento como um negócio ("O seu oferecimento é vantajoso para mim... muito vantajoso"), Madalena marcha rumo ao desastre final pelo fato de ser ela a única a ter condições – por sua instrução e por ser "moderna", urbana – de enfrentar o marido e, em consequência, de mostrar-lhe as limitações e ameaçá-lo, mesmo sem querer, em sua posição. Contudo, social e culturalmente isolada, não resiste ao confronto com o mundo masculino e acaba pagando com a morte sua rápida ascensão econômica, o que faz dela um dos mais clássicos perfis femininos da ficção brasileira.

Estrutura narrativa

Narrado em primeira pessoa, no passado e segundo os moldes clássicos do esquema realista/naturalista, *São Bernardo*, em seus curtos 36 capítulos, apresenta três elementos bastante singulares em sua estrutura.

Em primeiro lugar, o narrador discute, logo no início da obra, seu próprio projeto e as dificuldades encontradas para colocá-lo em prática. Em segundo, o narrador também marca, de forma clara e precisa, o tempo gasto para escrevê-la (quatro meses). Em terceiro, por fim, o último capítulo se identifica, na economia interna da obra, com *o último a ser escrito*. Em consequência, *São Bernardo* possui uma estrutura interna rigorosamente fechada – mas absolutamente não estática. Pois a história do protagonista/narrador – e particularmente a da sociedade na qual se insere, aí incluído o próprio filho – continuará sua marcha para além do ponto final.

No referente ao espaço, à época e ao arco de tempo em que se desenrolam os eventos – inclusive os quatro meses em que é construída a própria narrativa! –, não há maiores dificuldades para determiná-los. Deixada à parte a questão do espaço, de total transparência (v. cap. 4, 1º parágrafo), restam as da época e do arco de tempo. No caso da época, o texto é também bastante preciso. O último evento – que, como foi visto, é o último capítulo da obra – data de 1932, aproximadamente, pois Madalena morre pouco antes da eclosão da Revolução de 30, o que se coaduna com as informações fornecidas pelo protagonista/narrador a respeito de sua idade, já que tinha 45 anos ao casar e completa 50 pela época em que termina de escrever sua autobiografia, tendo, assim, nascido por volta de 1882.

Em resumo, a época e o arco de tempo identificam-se na prática, devendo-se apenas acentuar que há uma óbvia concentração de eventos nas décadas de 1910 e 1920. É razoável supor que a compra de S. Bernardo tenha sido realizada em meados da década de 10, pois a nova sede da fazenda termina de ser construída logo no início da década de 1920. Maior precisão é impossível em virtude do texto não informar por quantos anos Paulo Honório exerceu a profissão de mascate, iniciada em 1904, aos 22 anos de idade.

Comentário crítico

Qualificado por muitos como o melhor romance de Graciliano Ramos – alguns têm preferência por *Angústia*, outros por *Vidas secas* – e considerado unanimemente uma das obras máximas do ciclo conhecido como *romance de 30*, *São Bernardo* ocupa, indefectivelmente, um dos primeiros lugares em qualquer listagem dos grandes títulos da ficção brasileira de todos os tempos. Além de ser – pela simplicidade da história, pela linearidade do enredo e pelo despojamento e clareza de estilo – um dos mais populares, tanto no conjunto do romance brasileiro como um todo quanto, principalmente, em relação aos demais *romances de 30*, dos quais, segundo tudo indica, é o mais lido. Isto faz com que, considerada a alta conta em que é tido pela chamada crítica literária, *São Bernardo* surja como um dos raros exemplos de obra conhecida e apreciada pelo grande público e admirada pelos leitores especializados.

Do ponto de vista de uma análise mais aprofundada e, consequentemente, da forma como *São Bernardo* é visto, tanto isoladamente quanto no conjunto da ficção brasileira, três linhas de interpretação podem ser referidas como fundamentais, pelo menos até o momento.

A primeira delas, claramente marcada pela corrente crítica do biografismo, vê em *São Bernardo*, bem como no conjunto de toda a obra de Graciliano Ramos, o produto da tendência confessional do Autor. Em outros termos, a arte seria para ele uma forma de protesto diante da violência e das imposições da estrutura social, protesto este não apenas entendido genérica e simbolicamente mas também pessoalmente, quer dizer, como resultado direto da experiência social e política de Graciliano Ramos (ativista de esquerda, prisioneiro na época do Estado Novo etc.). Marcada pelo acacianismo presente em qualquer análise de tendência biografista – é óbvio que toda arte possui uma componente confessional mais ou menos explícita –, esta interpretação não ultrapassa o limite das generalidades, principalmente quando busca sustentação em argumentos externos ao texto em si.

Bem mais sofisticada – ainda que, também, segundo parece, não totalmente livre de matizes biografistas – é a linha interpretativa que vê em *São Bernardo* um violento libelo contra as estruturas socioeconômicas capitalistas da sociedade brasileira, personificadas em Paulo Honório e em sua fúria obsessiva de possuir bens, dinheiro e até pessoas. Surgida na esteira do grande debate ideológico da *intelligentsia* brasileira nas décadas de 1950/1960, esta interpretação vê em Madalena, por contraposição, a encarnação do humanismo, da solidariedade e do desejo de transformação social. Paulo Honório seria, portanto, ao reduzir coisas e pessoas a simples instrumentos de lucro, o protótipo do capitalista desumano e impiedoso em conflito com uma Madalena progressista e socialista.

Finalmente, uma terceira linha de análise surgida mais recentemente mantém-se no terreno da segunda, com a característica, porém, de inverter o sentido do vetor interpretativo no que diz respeito à identificação do protagonista/ narrador com o *entreprenneur* capitalista brasileiro. Acentuando que considerar *São Bernardo* simplesmente um *libelo contra o capitalismo* é restringir drasticamente a amplitude da obra, esta interpretação propõe que a mesma seja vista como uma *descrição do capitalismo brasileiro*, alinhando uma argumentação cujos pontos principais são os seguintes:

◆ em *São Bernardo* a ascensão social de Paulo Honório não é vista de um ângulo puramente negativo. O arrivismo em si não é sancionado pelo protagonista/narrador, tanto que, não raro, o sentimento de auto-admiração está presente. O que existe é mais um lamentar-se pelo fracasso que um punir-se pela ascensão.

◆ a visão de mundo de Madalena é de profunda ingenuidade. Paulo Honório entende, pelo menos, o processo econômico em seus rudimentos e as manobras da baixa política. Madalena não compreende nada disto e muito menos o processo histórico sobre o qual tem a pretensão de atuar. Deste emaranhado de conflitos nasce o desastre. Mas este desastre não é, em absoluto, uma necessidade intrínseca da concepção capitalista de Paulo Honório. Isto é um equívoco em relação ao texto. O desastre, pelo contrário, provém exatamente do lado oposto: isto é, do fato de Paulo Honório não ser um capitalista completo. E da ingenuidade social e política de Madalena, incapaz de entender a realidade histórica e, muito menos, os esquemas de dominação e de poder.

◆ Paulo Honório como empresário, como puro agente econômico, é um capitalista mas sua alma – seus valores, sua maneira de comportar-se em relação aos outros e, em particular, seus métodos de ação – é a de um primitivo. A forma como quer possuir as coisas e as pessoas não tem nada de capitalista. É, bem antes, uma forma de posse que caracteriza a dominação e o poder em uma estrutura agrária primitiva, "feudal". É este o problema central que o leva ao desastre final. Porque ele também não entende o processo histórico e as transformações de que Madalena é produto. Em consequência, não sabe transigir. Daí resulta um diálogo de surdos a três: a alma *arcaica*, "feudal", pré-capitalista de Paulo Honório; seu papel de agente econômico capitalista e modernizador; e a alma "moderna" – isto é, urbana – mas histórica e politicamente ingênua de Madalena. Um diálogo impossível entre o Brasil antigo, das regiões agrárias próximas da costa atlântica, e o Brasil capitalista e urbano que avançava em direção àquelas.

É evidente que tais interpretações não esgotam a profundidade e a complexidade de uma obra como *São Bernardo*, que oferece material para análises sobre a solidão do poder, a questão do destino, os conflitos do deslocado social, o drama prometeico da consciência do mundo e dos limites do ser humano etc.

No referente à posição de *São Bernardo* no contexto da ficção brasileira há, entre vários outros, um tema, já abordado *en passant* por alguns ensaios, que mereceria um estudo mais aprofundado: o da linguagem e da consequente solução encontrada por Graciliano Ramos para equacionar a questão dos desníveis linguísticos. Pois o Autor não apenas utiliza um linguajar muito próximo do coloquial e o submete a uma rígida filtragem pelas normas gramaticais do chamado *código urbano culto*, como o fizeram praticamente todos os romancistas de 30. Graciliano Ramos vai além, discutindo o problema no texto, e as páginas iniciais são, sob este ponto de vista, antológicas e resumem o dilema enfrentado pelos narradores brasileiros a partir das primeiras décadas do séc. XX diante das profundas transformações econômicas e sociais que estavam ocorrendo no país. Transformações estas que colocavam grupos sociais e, por consequência, também variantes linguísticas do português frente a frente, exigindo dos romancistas uma tomada de posição, implícita ou explícita, diante da questão. A posição escolhida por Graciliano Ramos em *São Bernardo* ressente-se de certa artificialidade – a perfeição formal da linguagem do ex-trabalhador e autodidata Paulo Honório – mas revela, sem dúvida, extrema originalidade e coerência interna, o que, neste particular, nem todos os *romancistas de 30* alcançaram.

Exercícios

Revisão de leitura

1. Qual a razão fornecida pelo texto para a escolha, por parte de Paulo Honório, dos que deveriam ajudá-lo a escrever o romance?

2. Por que o projeto acima referido fracassa?

3. Qual a posição política do padre Silvestre?

4. Qual o método utilizado por Paulo Honório para que a imprensa e a Justiça lhe sejam favoráveis?

5. Quais as principais semelhanças e diferenças entre Paulo Honório e Madalena?

6. Qual o sentido da inclusão da história de *seu* Ribeiro na obra?

7. Como Paulo Honório e Madalena vêem o casamento?

8. Como poderia ser definida a orientação ideológica de Paulo Honório? E a de Madalena?

9. Assinalar algumas passagens que indicam a época histórica em que se desenrolam os últimos eventos relatados.

10. Quais os dois grandes acontecimentos históricos – um interno, outro externo – que tornam crítica a situação econômica de Paulo Honório no final do romance?

Temas para dissertação

1. Linguagem e realidade.
2. A decadência de Luís Padilha e a ascensão de Paulo Honório.
3. As formas de obter bens, dinheiro e posição social.
4. A natureza do ciúme.
5. As causas do fracasso do casamento de Paulo Honório e Madalena.
6. O casamento como operação comercial.
7. Ideias políticas e conflitos familiares.
8. Lucro e solidariedade social.
9. A posição política do padre Silvestre e a Igreja no Brasil atual.
10. O *romance de 30* e a realidade histórica (a Revolução de 30, a modernização e a industrialização do país etc.)

VIDAS SECAS

Enredo

Sob o sol causticante e sobre o solo calcinado da catinga, "de um vermelho indeciso, salpicado de manchas brancas que eram ossadas", o vaqueiro Fabiano avança para o sul, sem destino definido, acompanhado de sua família: Sinha Vitória, o filho mais velho, o filho mais novo e a cadela Baleia. O papagaio, o sexto integrante do grupo, fora sacrificado no dia anterior e devorado pelos demais, que agora, famintos e cansados, chegam a uma fazenda abandonada. Baleia encontra então um preá, "...caça bem mesquinha, mas que adiaria a morte do grupo". E enquanto o preá chia sobre as brasas, no espeto de alecrim, Baleia sonha com os ossos. E Fabiano sonha com a chuva, que faria renascer o sertão. A noite cai, com poucas estrelas, porque uma nuvem começara a escurecer o céu, prometendo chuva.

A chuva vem. Fabiano, de novo vaqueiro, feliz à procura de gado extraviado, lembra como ele e a família se haviam arranchado na fazenda abandonada. Um dia, depois da chuva, o dono retornara e o expulsara. Fabiano se fizera de desentendido e acabara sendo aceito como peão. A vida mudara a partir de então. Engordara. E agora fuma em paz seu cigarro de palha. "Fabiano, você é um homem..." – ousa dizer de si para si. Mas contém-se, ao lembrar que está apenas a guardar coisas dos outros: "Você é um bicho, Fabiano". Sim, retraído, solitário, taciturno, quase um bicho, como Baleia. Os meninos falavam demais! E adiantava falar? O mundo sempre fora o mesmo! Ali estavam apenas de passagem! Um dia o patrão atual, que só sabia gritar e estava sempre ausente, os mandaria embora e eles, de novo sem rumo, de novo ganhariam a estrada... Sinha Vitória queria uma cama. Para quê? Se viesse a seca, tudo acabaria de novo. Os meninos precisavam de educação. Mas de que adiantaria? "Um dia, quando a seca desaparecesse..." Mas será que iria acabar? Será que o mundo iria mudar? Enquanto isto, na casa da fazenda, Sinha Vitória prepara o jantar.

Certo dia, já com dinheiro no bolso, Fabiano se dirige à feira da cidade para comprar mantimentos. E chega na venda de Seu Inácio, onde toma uma pinga. Ali, forçado por um soldado amarelo, joga baralho, perde todo o dinheiro no jogo e fica confuso. Que diria a Sinha Vitória, que pedira para comprar querosene e um corte de chita vermelha? Na rua, o soldado amarelo o provoca. Fabiano o xinga e é imediatamente preso pelo destacamento policial. Lançado na cadeia, é espancado pelos policiais. Revoltado, Fabiano tenta entender o que acontecera. Mas não consegue. Pensa em Sinha Vitória, nos filhos, na cachorra Baleia. E em seu passado de retirante... Tinham até comido o papagaio! Que não sabia falar, como ele, Fabiano, que não sabia explicar-se. Que fazer? Entrar no cangaço e matar a gente do governo? "Mas havia a mulher, havia os meninos, havia a cachorrinha..."

Sinha Vitória anda de mau humor. Quer extravasá-lo, encontrar um motivo para xingar alguém. Não encontra. Dá então um pontapé em Baleia. O verdadeiro problema é a cama de casal. Sinha Vitória quer uma cama de lastro de couro. Mas o dinheiro é pouco e não há mais em que reduzir as despesas. Fabiano perdera dinheiro no jogo e tomara uma pinga... E ela, lembra o marido, comprara ridículos sapatos de verniz... E tinha pés de papagaio. Sinha Vitória está furiosa. Fuma seu cachimbo. E tem medo da seca. O papagaio, coitado, fora comido. Mas a seca não voltará: "Deus não havia de permitir outra desgraça". Fabiano dorme. Está tudo em paz: "O patrão confiava neles – e eram quase felizes". Só faltava uma cama...

Vendo o pai vestido de vaqueiro tentando domar uma égua alazã, o menino mais novo desenvolve aos poucos a ideia de fazer uma coisa importante. Vai ao chiqueiro das cabras. Lá está o bode velho. Bem que poderia montá-lo. Ficaria parecido com Fabiano na égua alazã e assustaria o irmão mais velho e a cachorra Baleia. No alto da ribanceira, no bebedouro das cabras, o menino mais novo espera o bode chegar. De repente, salta sobre ele, que escaramuça furioso e o atira longe, no barro. A aventura termina. O irmão mais velho ri, divertido. Estirado no chão, humilhado, o irmão mais novo pensa que tem que crescer, ficar como o pai, vestir gibão e montar um cavalo brabo: "O menino mais velho e Baleia ficariam admirados".

O menino mais velho quer saber o que é o inferno. Sinha Vitória, sem saber responder direito às perguntas do filho, fica irritada e lhe dá um cascudo. O menino mais velho sente a injustiça e se retira para a beira do lago, seguido da cachorra, que tenta consolá-lo. Ele não acredita que uma palavra tão bonita como *inferno* sirva "para designar coisa ruim", como lhe disse Sinha Vitória, referindo-se a fogueiras e espetos chiando! Ela não tinha ido até lá... E ela tentara convencê-lo com um cascudo! Baleia acha tudo natural. Para não levar pancadas, a solução era fugir... A noite cai. O menino mais velho continua a matutar. Mas Baleia já sente um cheiro bom vindo da cozinha. E na panela há um osso bem grande, que sobe e desce, sobe e desce, no caldo...

É inverno. Faz frio. Todos estão em torno do fogo. Chove: "O barulho do rio era como um trovão distante". Fabiano está feliz. A ameaça de seca acabara. Sinha Vitória tem medo da enchente, que ameaça a casa. Fabiano, animado, conta histórias que os meninos não entendem direito. "Tudo estava mudado. Chovia o dia inteiro." E os sapos coaxam sem parar. Baleia quer apenas que Sinha Vitória retire os carvões e a cinza. E fica imaginando o chão quentinho em que irá dormir, "ouvindo rumores desconhecidos, o tique-taque das pingueiras, a cantiga dos sapos, o sopro do rio cheio".

No Natal, Fabiano, Sinha Vitória, os meninos e Baleia vão à festa na cidade. A roupa que usam é nova, mas apertada. Sinha Terta, a costureira, reclamara que Fabiano comprara pouco pano, mas ele não dera atenção, desconfiado de que ela queria ficar com os retalhos. Pouco habituados às roupas e aos calçados, logo no início da caminhada Fabiano tira as botinas e o paletó, Sinha Vitória os sapatos de salto alto e os meninos as chinelas, que depois recolocam, na entrada da cidade, ao chegarem ali, à noitinha. Para os meninos e para Baleia é um mundo novo e desconhecido. Mas Fabiano sente-se mal com sua roupa apertada e suas botinas, no meio da multidão. Ele não gostava da gente da cidade, que, a seu ver, eram todos ruins. Sentia-se inferior... Terminada a novena na igreja, todos vão ver os cavalinhos, mas, devido à desaprovação de Sinha Vitória, Fabiano não se arrisca a jogar. Ele toma uns tragos de cachaça, sente-se alegre e começa a falar e a imprecar contra todo o mundo. Desafia o soldado amarelo. Mas o soldado nem está na festa. Meio bêbado, com os pés doendo, Fabiano tira as botinas, o paletó e a gravata e desabotoa o colarinho, faz de tudo um travesseiro e deita no chão, adormecendo logo em seguida. Sinha Vitória, depois de procurar desesperada e encontrar um lugar para fazer suas necessidades, sente-se feliz e fuma seu cachimbo longamente. E, lembrando-se dos horrores da seca, pensa que agora a vida é boa. A única coisa que faltava era uma cama de lastro... Baleia se extravia, mas logo volta. Os meninos se maravilham com a festa, com tanta gente e com tantas coisas cujos nomes não sabem. Enquanto isto, Fabiano dorme, sonhando com o soldado amarelo...

Velha e doente, Baleia já está à morte. Fabiano resolve sacrificá-la e prepara a espingarda. Os meninos se agitam. Sinha Vitória os fecha no quarto e tenta tapar-lhes os ouvidos. Coitada da Baleia, era como uma pessoa da família... Fabiano dispara a arma mas só acerta a perna esquerda da cachorra, que foge, latindo desesperadamente. Tenta alcançar uma toca junto a um juazeiro. Não consegue e deita-se perto de um monte de pedras. Tem sede e treme. E pensa nos preás do morro. O que acontecera? Ela não sabe. Só ouvira um estrondo. Agora já é noite. Todos dormem. Baleia também quer dormir: depois, "acordaria feliz, num mundo cheio de preás gordos, enormes"...

Na hora de fazer as contas com o patrão, Fabiano sempre se sente lesado. A parte que lhe toca é sempre inferior àquela que era calculada por Sinha Vitória, que sabe fazer contas. Deve haver um erro. O patrão diz que não, que são os juros que fazem com que Fabiano receba uma ninharia ou até fique devendo. Revoltar-se não adianta: o patrão ameaça despedi-lo. Fabiano então se desculpa. Sinha Vitória deve ter se enganado em suas contas. Fabiano sente-se humilhado. E lembra que uma vez, logo antes da seca, quisera vender um porco na cidade. Mas o fiscal aparecera para cobrar o imposto. Tentara fugir e vender o porco escondido: além do imposto ainda fora obrigado a pagar multa! Então a Prefeitura também tinha parte no porco? Como o patrão nas vacas e nos cabritos? Que fazer? Nascera para trabalhar para os outros. Era o destino, como fora com seu pai e seu avô. Mas nem lhe davam o que era seu! Fabiano conta as poucas notas de dinheiro: o patrão roubara mais que da vez anterior. Tem vontade de entrar numa bodega. Mas lembra do que acontecera da outra vez, com o soldado amarelo. E volta para casa, olhando as estrelas e pensando na mulher e nos filhos. E em Baleia: "Era como se ele tivesse matado uma pessoa da família."

Fabiano anda em busca da égua ruça e da sua cria. De repente, no meio da capoeira, surge o soldado amarelo, o mesmo que o prendera. Num impulso de defesa, Fabiano levanta o facão e a lâmina pára a pouca distância da cabeça do soldado, que treme apavorado. Que engraçado! Era o mesmo que maltratava as pessoas na cidade, que o espancara... Agora estava ali, franzino, batendo os dentes de pavor. E agora? Fabiano não sabe o que fazer. Avança para o soldado, que se esconde atrás de uma árvore. Pensa em matar aquele ser ridículo, que usava de sua autoridade para maltratar as pessoas. Mas não vai estragar sua vida por causa dele. O soldado cria coragem e pergunta pelo caminho: "E Fabiano tirou o chapéu de couro... curvou-se e ensinou o caminho ao soldado amarelo."

As aves de arribação cobrem o bebedouro dos animais, num prenúncio de uma provável nova seca. Sinha Vitória tem razão, pensa Fabiano, as aves vão matar o gado. Vão beber toda a água que resta. Com tiros de espingarda, Fabiano tenta espantar as aves. Mata várias. Mas não adianta. Elas são muitas. E anunciam a seca que se aproxima. E agora? O mundo era uma desgraça. O patrão, o soldado e, agora, as aves de arribação, que, na visão de Fabiano, "eram a causa da seca". Elas iam devorar tudo. Coitada da Baleia! Iria se fartar com as aves abatidas... Malditas! Fabiano tem que consultar Sinha Vitória. É hora de ir embora da fazenda.

Os animais morrem. Não há solução. Fabiano mata um bezerro que era seu, salga a carne e parte de madrugada com a família. Nunca poderia pagar a dívida com o patrão. A solução era "jogar-se no mundo como negro fugido". Rumo ao sul. Até o amanhecer, Fabiano tenta retardar a marcha. Não quer deixar a fazenda. Mas o sol nasce, vermelho, e o céu está limpo, sem sinal de nuvens. A viagem não tem volta. E agora sem Baleia. Sinha Vitória reza. Depois puxa conversa com Fabiano, enquanto o chão vai sumindo sob os pés e os meninos correm na frente. O que será deles? Que fariam? Voltariam a ser o que tinham sido? Por que sempre seriam infelizes? O mundo era grande. E o que seria dos filhos? Vaqueiros, diz Fabiano. Que horror, pensa Sinha Vitória. E vão falando, falando. E caminhando, léguas e léguas. A fome vem. Comem. Fumam. E conversam. Do outro lado há um outro mundo. Não mais voltariam para o sertão. E recomeçam a andar. Encontrariam um bebedouro na estrada. Depois se arranchariam num sítio, cultivariam um pedaço de terra e "os meninos frequentariam escolas, seriam diferentes deles". Fabiano fica feliz, encantado com as palavras de Sinha Vitória. E acreditava em outra terra, "porque não sabia como ela era nem onde era". E caminhando e conversando, Fabiano, Sinha Vitória e os meninos "...andavam para o Sul".

Personagens principais

Fabiano – Protótipo do vaqueiro sertanejo (nordestino, supõe-se) e do retirante a fugir da seca, Fabiano é uma personagem marcada pela ambiguidade, como a própria obra, aliás (v. comentário crítico). Ora é um filho da catinga que já adquiriu comportamentos atávicos e instintivos (como afastar os arbustos com as mãos), ora desenvolve raciocínios sofisticados (a hidrofobia de Baleia) e é capaz de conversar longa e civilizadamente com Sinha Vitória e de sonhar com o futuro dos filhos. Neste sentido e a partir de suas próprias contradições, Fabiano poderia ser considerado o paradigma de uma cultura específica e secular que em virtude das injunções do meio jamais conseguiu desenvolver-se completamente. É assim, aliás, que Euclides da Cunha, em o prefácio de *Os sertões*, vê os conselheiristas de Canudos, o episódio mais importante de toda a história da sociedade caboclo-sertaneja brasileira.

Sinha Vitória – Desempenhando o papel milenar reservado à mulher na divisão do trabalho em uma família de camponeses sedentários, Sinha Vitória se ocupa dos afazeres da casa, cuida dos filhos e tem um grande sonho: ter uma cama de lastro, símbolo, por excelência, de conforto e de melhores condições de vida. Sua saia estampada e seus sapatos de salto alto destoam do ambiente em que vive mas demarcam sua grande ambição: ser uma mulher como as outras em alguma cidade do Sul...

Os demais – Os filhos, inominados, são, da mesma forma que Fabiano e Sinha Vitória, personagens com fortes traços de *tipos*, ainda que, também como eles, não marcados por qualquer artificialidade. O menino mais novo é caracterizado pela traquinagem, própria da infância, e o menino mais velho surge como o adolescente inquieto, curioso e rebelde que começa a perguntar-se pelo sentido das coisas e da vida. Baleia e o papagaio, como o cachorro Quincas Borba (do romance homônimo de Machado de Assis), e Camurça (a mulinha de *Chapadão do Bugre*, de Mário Palmério) estão entre os mais famosos animais-personagens de toda a ficção brasileira. A primeira sofre um tal processo de humanização que chega a ter "sentimentos revolucionários", uma ironia, a única aliás, que data politicamente o texto de *Vidas secas*. Quanto ao papagaio, ele é sacrificado, em uma cena tão rápida quanto arquetípica e paradigmática, em aras da necessidade de sobrevivência de uma espécie superior. Melhor dizendo, de duas, já que Baleia também participa dos restos do holocausto...

Estrutura narrativa

Composto de treze capítulos titulados e não numerados, com tênue ligação entre si – podendo, por isto, ser mais adequadamente denominados *quadros* – e com um narrador onisciente em terceira pessoa, *Vidas secas* é construído rigorosamente segundo o modelo clássico da narrativa realista/naturalista ocidental. Os eventos se desenrolam no sertão, em uma região não nominada (mas, obviamente, o Nordeste brasileiro, pois o cangaço existe), assolada pela seca, da qual as personagens fogem rumo ao Sul. O período de tempo ao longo do qual a ação se desenvolve também é indefinido, estendendo-se pelo menos por um ano (de uma seca a outra), podendo abarcar, porém, vários anos, já que os dados contidos no texto são contraditórios ou, pelo menos, pouco claros – por exemplo, ao mesmo tempo em que se fala em "um ano" ou "um ano antes", Baleia envelhece e tem que ser sacrificada, o que absolutamente não é compatível com tão curto período. Quanto à época em que os eventos ocorrem, há pelo menos um dado seguro: ela deve ter como *terminus ante quem* o final da década de 1940, já que Fabiano vê o cangaço como alternativa para sua situação. Como *terminus post quem* pode-se adotar a data em que as forças públicas (estaduais, possivelmente) passaram a utilizar fardamento de cor amarela. O texto não fornece outros dados que permitam maior precisão.

Comentário crítico

Considerada, quase unanimemente, a obra mais importante de Graciliano Ramos depois de *São Bernardo* e uma das mais importantes do chamado *romance de 30*, *Vidas secas*, ainda que de menor fortuna crítica em relação à que conta a história de Paulo Honório e Madalena, é hoje nas escolas um dos títulos mais indicados da ficção brasileira do séc. XX, resultado, possivelmente e em conjunto, de seu tamanho reduzido, de sua linguagem simples, de seu enredo transparente, de sua temática social e da própria fama do Autor, visto tanto como um romancista clássico quanto como uma personalidade política da primeira metade do referido século. Uma análise, ainda que sucinta, de *Vidas secas* deve necessariamente tratar da temática, do enredo e da linguagem da obra, ampliando a visão a partir daí para abranger o contexto histórico e literário.

Do ponto de vista da temática, *Vidas secas* aborda a questão da seca na região do Nordeste brasileiro, ligando-se assim a uma tradição ficcional integrada por, pelo menos, três outros romances muito conhecidos: *Luzia-Homem*, de Domingos Olímpio, *A bagaceira*, de José Américo de Almeida, e *O Quinze*, de Raquel de Queiróz. Tomando, como as outras obras citadas, este fenômeno climático como núcleo dos eventos narrados, *Vidas secas*, do ponto de vista do tema, se diferencia claramente delas em pelo menos dois aspectos, que, a rigor, poderiam ser considerados um só. Em primeiro lugar, no romance de Graciliano Ramos, a seca não é um elemento a mais a integrar uma história complexa e multifacetada que nasce e se constrói a partir deste flagelo climático regional. Não. Em *Vidas secas*, a seca *é* o tema, *é* a personagem, *é* o enredo, *é* a obra, assumindo o papel de uma entidade superior, de uma fatalidade (des)ordenadora do mundo. Em segundo lugar, e por decorrência, os demais elementos que integram este mundo, sejam eles pessoas, animais ou coisas, existem apenas em função do flagelo climático, em um círculo férreo, sendo por ele determinados *ab origine*. Evidentemente, pode-se argumentar que a cama de lastro de Sinha Vitória, a admiração de Fabiano por Seu Tomás da bolandeira e a "visão do paraíso" que encerra a obra são instrumento e símbolo da resistência da espécie contra o meio inóspito e cruel. É verdade (v. abaixo), mas eles são sonhos que nascem do próprio fenômeno da seca e que, mesmo sendo penhor da sobrevivência das personagens, flutuam num horizonte distante e inatingível, quais miragens nascidas do revérbero da luz ofuscante sobre um solo adusto e calcinado em um mundo regido pela desesperança e pela fatalidade.

Do ponto de vista do enredo – e coerentemente com o aspecto temático –, ele pode a rigor ser considerado, se analisado numa perspectiva tradicional, como quase inexistente ou, pelo menos, extremamente rarefeito. Os capítulos não são elos de uma história concatenada nem partes de um todo contínuo e ordenado. Eles são *quadros* justapostos e autônomos, como instantâneos de um mesmo mundo, é verdade, mas independentes entre si. No entanto e apesar disto, paradoxalmente, *Vidas secas* possui uma unidade compacta e sufocante que se forma exatamente a partir de um enredo rarefeito e construído fragmentariamente. Isto porque personagens e eventos se resumem em um único elemento: a seca, que, desde tempos imemoriais e de forma implacável, tudo submete e tudo condena, num movimento cíclico ininterrupto.

Do ponto de vista da linguagem, não é necessário lembrar, por serem um lugar-comum na análise de Graciliano Ramos, a precisão e o despojamento estilísticos, qualidades que fazem do Autor um dos mestres da ficção brasileira e da língua portuguesa. Mais importante talvez seja assinalar que em *Vidas secas* atinge ponto culminante e forma extrema um velho problema que sempre acompanhou a ficção brasileira desde sua origem nas primeiras décadas do séc. XIX: como lidar com a complexa realidade linguística, resultado óbvio e natural da complexidade e das diversidades socioculturais e geográficas do país? Dado que a ficção brasileira é, por definição, produto orgânico das classes dirigentes urbanas brasileiras do litoral, herdeiras da língua normatizada durante o apogeu do Império português nos séculos XVI e XVII, não havia para os ficcionistas brasileiros qualquer possibilidade de fugir a esta norma, mesmo porque, se o fizessem, não encontrariam leitores. Por outro lado, como representar nas obras o complexo mundo sociocultural e linguístico do país? As tentativas de solucionar o problema foram variadas mas, de uma ou de outra forma, sempre revelaram a marca da artificialidade ou, pelo menos – para fugir ao sentido pejorativo deste termo –, do desconforto. Em Graciliano Ramos, como em tantos outros autores, e até mais do que neles, uma das soluções é levada ao extremo: o autor onisciente, cujo linguajar, por suposto, é regido pela norma culta das classes dirigentes urbanas do litoral, *assume* as personagens e, consequentemente, estas assumem o seu, dele, linguajar. Mais do que em *São Bernardo* – afinal, Paulo Honório possui certa instrução –, em *Vidas secas* está presente uma absoluta esquizofrenia. Fabiano, qualificado de *matuto* e apresentado como um primitivo, aplica, nas poucas frases que pronuncia, as rígidas regras da morfologia e da sintaxe da referida norma urbana culta. Este é um tema importante na história da ficção brasileira, pois ele reflete a secular clivagem entre o litoral e o interior, entre as urbes e o sertão, clivagem, aliás, que começa a diluir-se apenas a partir das décadas de 1960/1970, com a homogeneização urbano-industrial do país. Não por nada, é por esta época que surgem obras como *Grande sertão: veredas*, *O coronel e o lobisomem*, *Sargento Getúlio* e *Os Guaianãs*, nas quais a esquizofrenia antes referida se atenua ou desaparece. Fabiano – isto é, Graciliano Ramos e *Vidas secas* – ainda pertence a um mundo cujas raízes estão fincadas nas primeiras décadas do séc. XIX. Não é o caso do caboclo Riobaldo, de *Grande sertão: veredas*, e de seus similares das obras acima citadas.

Por fim, ampliando a análise para o campo histórico, é interessante lembrar que *Vidas secas* – da mesma forma que *São Bernardo* – sofreu as consequências das vicissitudes políticas e ideológicas do país e nos anos 50 do séc. XX foi objeto de uma leitura equivocada a partir da visão populista/esquerdista típica do utopismo infantil das classes médias urbanas do litoral. Da mesma forma que Paulo Honório não é o protótipo de um capitalista explorador mas sim um arcaico que tenta modernizar-se e fracassa exatamente por ser arcaico e não um capitalista, *Vidas secas* também não é um libelo social, um panfleto político, um manifesto a favor da reforma agrária ou coisa parecida. É fato que, cá e lá, aparecem temas como o patrão que rouba nas contas e as diferenças de classe, mas estes são elementos incidentais na arquitetura da obra, que se constrói efetivamente sobre uma ambiguidade integradora: de um lado, é a saga dolorosa de homens e animais impiedosamente esmagados pela força dos elementos incontroláveis da natureza; de outro, é um verdadeiro cântico de celebração à vida e à resistência da espécie humana diante da fatalidade brutal e da inefugível adversidade.

Sob este ângulo, *Vidas secas*, já livre da pátina das injunções políticas de meio século atrás, surge hoje, nos inícios do século XXI, como uma luminosa elaboração poética da famosa afirmação de Euclides da Cunha: "O sertanejo é, antes de tudo, um forte." E este sertanejo adquire assim, em *Vidas secas*, a inegável dimensão de símbolo da espécie.

Exercícios

Revisão de leitura

1. O que é o aió?

2. Por que o soldado é *amarelo*? Por que o patrão é *branco*?

3. Qual o grande sonho de Sinha Vitória? Por quê?

4. Qual a alternativa que Fabiano tem, na visão dele, além de ser um retirante? Por quê?

5. Para que serve o monte de pedras ao lado da casa da fazenda?

6. Quem é Seu Tomás da bolandeira e o que ele representa para Fabiano e Sinha Vitória?

7. Qual o argumento do soldado amarelo para prender Fabiano?

8. O que faz Fabiano com as aves de arribação que mata?

9. Qual o principal brinquedo dos meninos? O que eles fazem?

10. Através de que dados do enredo o Autor define o menino mais novo como criança e o menino mais velho como adolescente?

Temas para dissertação

1. A seca como personagem principal em *Vidas secas*.

2. Os dois aspectos da seca: fenômeno climático e os problemas sociais resultantes.

3. Comparar a função e a importância de Baleia e Quincas Borba (de *Quincas Borba*, de Machado de Assis).

4. As relações familiares em *Vidas secas*.

5. Os sonhos de Fabiano e Sinha Vitória.

6. O papagaio e Baleia: função e destino.

7. O soldado amarelo: o poder e a prepotência.

8. Discussão: superpopulação, ação do homem, devastação do meio ambiente e consequências.

9. As regiões Nordeste e Sul na história do Brasil.

10. Comparar o enredo, as personagens principais e a perspectiva do narrador em *Luzia-homem* (Domingos Olímpio), *O Quinze* (Raquel de Queiróz), *A bagaceira* (José Américo de Almeida) e *Vidas secas*.

Jorge Amado

Capitães da Areia
Terras do sem fim

Vida e obra

Jorge Amado de Faria nasceu na Fazenda Auricídia, em Ferradas, município de Itabuna, no estado da Bahia, no dia 10 de agosto de 1912, sendo filho de João Amado de Faria e de Eulália Leal Amado. Em 1914, em virtude de uma enchente do Rio Cachoeira, que arrasou a fazenda, a família viu-se obrigada a transferir-se para Ilhéus, onde Jorge Amado cursa o primário. A partir de 1923 passa a residir em Salvador, sendo aluno interno do Colégio Antônio Vieira, dos padres jesuítas. Depois de ter abandonado o colégio e feito uma viagem pelo interior do estado, retorna aos estudos em 1925, como interno do Colégio Ipiranga, também em Salvador. É aí que começam suas atividades de escritor, colaborando em jornais do grêmio estudantil. Contudo, em 1926 já trabalha no *Diário da Bahia* e em outros órgãos da imprensa baiana e em 1927 estreia com alguns poemas, publicados na revista *A luva*, intensificando suas atividades literárias a partir de então, principalmente devido a suas ligações com o grupo "Academia dos rebeldes", que editava a revista *Meridiano*. É nesta época, em 1929, que escreve, em parceria com Edison Carneiro e Dias Costa, a novela *Lenita*, publicada em folhetim pelo *O jornal*, órgão da Aliança Liberal. Um ano depois, insatisfeito com a vida de boemia literária do filho, que praticamente abandonara os estudos regulares, o pai o manda ao Rio, com o objetivo de concluir os estudos secundários e fazer a Faculdade de Direito. De fato, Jorge Amado termina o curso secundário e em 1931 ingressa na Faculdade de Direito, publicando, no mesmo ano, seu primeiro romance, *O país do carnaval*, que obteve retumbante sucesso, e escreve, logo em seguida, *Rui Barbosa número dois*, inédito.

Em 1933 casa-se com Matilde Garcia Rosa, com quem tem uma filha, Lila, que veio a falecer no período em que o escritor esteve exilado na Europa. Nesta época liga-se a grupos de esquerda como participante da Aliança Nacional Libertadora, em parte por influência de Rachel de Queiroz. Em 1933 lança *Cacau*, que teve apreendidos vários exemplares. Em 1934 publica *Suor* e começa a trabalhar na Livraria José Olympio e também em jornais. Em 1935 é publicado *Jubiabá.* No início de 1936, Jorge Amado é preso por dois meses, sem jamais ter sido interrogado. Quando, finalmente, é posto em liberdade resolve viajar até Sergipe, onde escreve *Mar morto.* Segue-se *Capitães da areia*, em 1937. O governo, novamente, apreende exemplares de seus livros e os manda queimar em praça pública. Jorge Amado resolve, então, viajar pela América Latina, retornando ao Brasil em outubro de 1937, sendo preso em Manaus. Posto em liberdade, viaja para São Paulo, Bahia e Sergipe. Em Sergipe escreve seu livro de poesias *A estrada do mar*, em 1938. No final do ano volta ao Rio de Janeiro e trabalha como redator-chefe num órgão literário chamado *Dom Casmurro* e na revista *Diretrizes*, que em 1940 publica em capítulos o seu *A B C de Castro Alves.* Nesta época, seus livros começam a ser traduzidos para vários idiomas. Em 1941, entrega o *A B C de Castro Alves* à Editora Martins e viaja à Argentina (Buenos Aires) e ao Uruguai a fim de coletar material para sua pesquisa acerca da vida de Luís Carlos Prestes. Começa também a escrever *Terras do sem fim.* Em 1942 retorna ao Brasil e é preso em Porto Alegre. Por ordem da polícia é obrigado, em 1943, a fixar residência na Bahia, onde trabalha no jornal *O imparcial* e publica *Terras do sem fim*, romance considerado pela crítica em geral como sua obra-prima e um dos grandes clássicos do *romance de 30.* Seu casamento com Matilde

Garcia Rosa acaba em 1944 e, neste mesmo ano, escreve a primeira versão do *Guia da Bahia de Todos os Santos* e, a pedido de Bibi Ferreira, a peça teatral *O amor de Castro Alves*, que foi reeditada com o título *O amor do soldado*. Ainda em 1944 é publicado *São Jorge dos Ilhéus*. Em 1945 vai para São Paulo, onde é eleito deputado federal pelo Partido Comunista Brasileiro. Trabalha como diretor do jornal *Hoje*, órgão do partido. Ainda em 1945, publica o *Guia da Bahia de Todos os Santos* e *A vida de Luís Carlos Prestes, o Cavaleiro da Esperança* e casa-se com Zélia Gattai. Em 1946 é editado seu romance *Seara vermelha*. Tendo tido seu mandato na Câmara cassado em 1948, exila-se na Europa, residindo em Paris por dois anos, quando é eleito vice-presidente do Congresso de Escritores e Artistas pela Paz. Em 1950 vai morar em Praga (Tchecoslováquia) e escreve *O mundo da paz*, um livro de reportagens sobre os países socialistas, cuja reedição ele próprio viria a proibir em 1953. Ainda em Praga, trabalha em *Os subterrâneos da liberdade*, que seria seu último romance de grande apelo social. Seus livros alcançam grande sucesso nos países socialistas e por isto recebe, em 1951, o Prêmio Internacional Stálin pelo conjunto de sua obra. Em 1952 retorna ao Brasil e em dezembro do mesmo ano vai novamente à Europa. *Os subterrâneos da liberdade*, inspirado nos fatos ocorridos durante o período repressivo do Estado Novo, vem à luz em 1954. Novamente no Brasil em 1956, Jorge Amado dirige o semanário *Para todos*. A partir de 1958, com a publicação de *Gabriela, cravo e canela*, começa a chamada *segunda fase* de sua obra, caracterizada pelo abandono do panfletarismo político e da preocupação explícita com temas sociais. Em 1960, candidata-se à vaga de Otávio Mangabeira na Academia Brasileira de Letras, sendo eleito por unanimidade e passando a ocupar a cadeira 23, que tem como patrono José de Alencar. Em 1961 são publicados seus romances *A morte e a morte de Quincas Berro D'água* e *Os velhos marinheiros*. Em 1963 deixa o Rio de Janeiro definitivamente e vai residir em Salvador, onde passa a viver com sua família. Em 1964 sai *Os pastores da noite* e em 1966 *Dona Flor e seus dois maridos*. *Tenda dos milagres* é de 1969, sendo, segundo o próprio Jorge Amado, o romance de que mais gosta. Em 1972 é publicado

Tereza Batista cansada de guerra, agraciado na Itália, em 1976, com o Prêmio Lila. Ainda neste mesmo ano é publicada a obra infantil *O gato malhado e a andorinha Sinhá*. O romance *Tieta do agreste* é de 1977, seguindo-se *Farda fardão camisola de dormir*, em 1979. *Tocaia grande*, sua última obra publicada, é de 1984.

Jorge Amado, o escritor brasileiro mais conhecido e mais lido fora do país, era também um dos poucos, e de sua geração talvez o único, que conseguia viver exclusivamente de sua produção literária, o que, segundo muitos, deve estar relacionado com a qualidade inegavelmente desigual de sua obra, em particular a partir dos anos 50. Apesar de terem garantidos a venda e o louvor da crítica e de parte da imprensa, não poucos de seus romances ressentem-se em sua qualidade, talvez em virtude da pressa, da repetição de alguns temas e do recurso a um erotismo comercial e nem sempre de bom gosto. Por outro lado, sua folclorização do negro e, particularmente, da mulher mulata – vista como estereótipo de sensualidade e de intensa atividade sexual – carrega paradoxalmente uma clara conotação racista. O que não é um defeito, pois a arte apenas reflete a realidade, mas um dado que fica oculto por ninguém se atrever a levantar a questão em virtude do *lobby* formado ao longo das décadas e que confunde a pessoa e as atividades político-partidárias do escritor com a sua obra de ficção. Tal fato prejudica, sem dúvida, a compreensão da mesma como um todo, principalmente no que diz respeito à sua inserção no contexto da evolução econômica, social e cultural da sociedade brasileira a partir da terceira década do séc. XX. Neste particular é interessante observar o pequeno número e, ainda mais, a reduzida qualidade dos estudos críticos que abordam a obra de Jorge Amado, que está à espera de uma análise adequada e profunda que faça justiça à sua importância mas sem que, por isto mesmo, deixe de enfrentar corajosamente os problemas que levanta.

De qualquer maneira, Jorge Amado é um dos escritores mais importantes de toda a literatura brasileira e em particular do séc. XX, sendo que algumas de suas obras – em particular *Terras do sem fim* – estão entre os grandes clássicos da ficção brasileira.

CAPITÃES DA AREIA

Enredo

"A noite é alva frente ao trapiche abandonado". Ali, onde antigamente era o porto e onde os ratos tinham seu reino, dormem agora mais de 40 crianças, "moleques de todas as cores e das idades as mais variadas." São os conhecidos Capitães da Areia, que moram em um velho armazém abandonado e vivem de furtos, integrando, juntamente com outros grupos, um total de mais de 100 crianças espalhadas por toda a cidade. No velho trapiche também mora Pedro Bala, um moleque de cerca de 15 anos de idade, que nunca conhecera a mãe e cujo pai fora morto a bala. Ativo e esperto, soubera impor-se ao bando dos Capitães da Areia. Sua liderança era incontestada.

A noite vai alta e os moleques se preparam para dormir. Os retardatários retornam apressados para o trapiche. João Grande, um negro musculoso, vem chegando. De pouca inteligência mas de bom coração, protege os mais fracos e os novatos e gosta de espiar João José, o Professor, que costuma ler à noite, num canto isolado do casarão do trapiche. O Professor rouba e lê livros, mas não os vende. Tem influência sobre Pedro Bala, pois sabe planejar os roubos. João Grande procura Pedro Bala e, com ele, o Sem-Pernas, que é o espião do grupo, e o Professor planejam as operações do dia seguinte: furtar joias, chapéus, relógios etc. Antonio, o Pirulito, o devoto do grupo, reza em um canto. Seu grande sonho é ser padre. Sem-Pernas o observa de longe, pensando que Pirulito busca no céu o que ele, Sem-Pernas, queria ter na terra: felicidade, alegria e carinho de alguém. Já apanhara tanto da polícia...

Um novo grupo vem chegando, entre os quais Boa-Vida, "mulato troncudo e feio", que tentara conquistar Gato, logo que este, com seu tipo elegante e malandro, se integrara aos Capitães da Areia procedente de Aracaju. Mas o Gato não era maricas, logo arrumou uma dona na rua das mulheres e por isto não dorme mais no trapiche. Alguém se levanta na noite. É o negrinho Barandão.

Sem-Pernas, angustiado, o segue. Barandão sai e vai ao encontro de Almiro, um gordinho preguiçoso. E rolam abraçados na areia... Todos procuram carinho, pensa o Sem-Pernas...

No trapiche, Pedro Bala se acorda com um rumor. É um dos meninos que quer abrir o baú do Pirulito. Pedro Bala pensa que o menino quer roubar. Mas ele quer apenas uma medalhinha para dá-la a uma menina que fora carinhosa com ele. Todos querem carinho! E Pirulito, acordado com a discussão, entrega a medalhinha ao menino. E já é quase madrugada quando entra Volta Seca, que viera da caatinga. Traz um jornal e acorda o Professor para que ele leia uma notícia: é sobre o ataque de Lampião a uma vila da Bahia...

Pedro Bala, João Grande e o Gato passam a tarde no pátio do bar Porta do Mar, recebendo lições do Querido-de-Deus, marinheiro e capoeirista exímio. Estão esperando um homem, para um negócio grande. Cansados, se sentam no bar e, com a ajuda do baralho marcado do Gato, limpam dois marinheiros desavisados... O homem não vem mas manda um emissário marcar novo encontro para a madrugada. Os três voltam ao trapiche, depois vão ao mercado jantar e em seguida se dirigem para o Porto das Pitangueiras para encontrar o homem, Joel, que, ao ver que eram "uns meninos", resiste mas acaba acertando o negócio: o furto de um embrulho, logo ali adiante, em uma chácara. A operação é um sucesso e Pedro Bala, o Gato e João Grande "soltaram a larga, livre e ruidosa gargalhada dos Capitães da Areia, que era como um hino do povo da Bahia."

A chegada de um velho e decadente carrossel anima a cidade, especialmente o Sem-Pernas e o Volta Seca, que passam a ajudar Nhozinho França, o proprietário, um bêbado de bom coração que aos poucos fora perdendo seu parque de diversões e ficando cada vez mais pobre. Enquanto Sem-Pernas e Volta Seca se divertem, o padre José Pedro visita o trapiche. O padre não era muito versado em coisas intelectuais e teológicas mas, através de Boa-Vida, que um dia entrara na sacristia para roubar um relicário de ouro, ganhara a confiança dos Capitães da Areia e os ajudava como podia, ciente de que seria muito difícil tirá-los da rua, pois se sentiriam limitados em sua liberdade. Quanto ao Reformatório de Menores, com seus métodos violentos, era melhor nem pensar. E, desta vez, o padre José Pedro pegou 50 mil réis, dos 500 doados à igreja por uma velha viúva para comprar velas, e veio ao trapiche convidar os Capitães da Areia para irem ao carrossel. Mas o dinheiro não foi necessário: Volta Seca e Sem-Pernas estavam lá. E então, esquecendo as críticas de uma beata, "foram iguais a todas as crianças, cavalgando os ginetes do carrossel, girando com as luzes".

Nas docas, Boa-Vida, Pirulito e Pedro Bala esperam o Querido-de-Deus. Então Pedro Bala, conversando com João de Adão, um negro forte, estivador e antigo grevista, e Luísa, uma velha negra que vende cocada, descobre, com orgulho, que é filho de Raimundo, apelidado *o Loiro*, que morrera baleado numa greve cerca de dez anos antes. Seus olhos brilham. Um dia será como seu pai: grevista valente e lutador. Depois, na macumba do Gantois, ouve Omulu, o santo dos negros e dos pobres, dizer que "o dia da vingança dos pobres não tardaria a chegar." Em seguida, ao voltar para o trapiche, sodomiza uma negrinha virgem, "uma criança também", que o amaldiçoa feroz, enquanto ele "tinha vontade de se jogar no mar para se lavar de toda aquela inquietação, a vontade de se vingar dos homens que tinham matado seu pai..."

Certo dia, a grande mãe-de-santo Don'Aninha recorre a seus amigos, os Capitães da Areia, porque a polícia, numa batida num candomblé, levara a imagem de Ogum, agora "detida" na Central de polícia. E enquanto um violento temporal com chuva cai sobre o trapiche e sobre a Bahia, Pedro Bala e o Professor conferenciam longamente, estudando um arriscado plano para recuperar Ogum. Pedro Bala, depois de avisar que partia para uma difícil missão e que poderia ser preso, se dirige para a Central. Ali, dizendo que seu pai é um marinheiro e está longe, em alto mar, pede a um guarda para dormir na cadeia. Como o guarda o enxota, Pedro Bala finge um assalto na rua. É preso e levado para uma grande cela. Lá, junto a um armário, está Ogum. Depois de inventar uma história sobre um saveirista, seu pai, Pedro Bala é libertado pelas autoridades. E sai, levando embaixo do braço, envolta em velho sobretudo, a imagem de Ogum... Enquanto isto, Pirulito furta de uma loja e das mãos da Virgem um menino Jesus, tão magrinho e feio, coitadinho, necessitado de carinho e amor...

Boa-Vida e Pedro Bala vão observar uma mansão, cujos donos, segundo se dizia, possuíam uma fortuna em objetos de ouro e prata. Em seguida, Sem-Pernas consegue conquistar a simpatia e a afeição de dona Ester, a proprietária, cujo filho único falecera ainda menino, e passa a morar na mansão. Alguns dias depois, já consumado o assalto, Sem-Pernas chora desesperadamente no trapiche, lembrando de dona Ester, que fora tão boa para ele. E apenas Pedro Bala e o Professor o entendem.

Pedro Bala e o Professor perambulam alegres pelas ruas, e para eles "os dias da Bahia parecem dias de festa", com o sol e as cores dominando tudo, a paisagem perfeita para pintar. "Mas tu espia os homens, tá tudo triste", diz o Professor, que quer ser pintor e até já conhece a Escola de Belas Artes. Um transeunte fica impressionado com sua habilidade de desenhar na calçada e lhe dá um cartão de visita. Pedro Bala o aconselha guardá-lo, porque um dia, quem sabe... Mas o Professor, com ódio, responde: "Deixa de ser besta, Bala! Tu bem sabe que do meio da gente só pode sair ladrão..."

Como vingança contra os ricos, Omulu, a deusa da floresta africana, manda a epidemia de varíola para a cidade. A Saúde Pública vacina os ricos; os pobres morrem. No trapiche, Almiro, um dos Capitães da Areia, é vítima da epidemia e o padre José Pedro se envolve na tentativa de acobertar o caso, levando o menino para a casa da mãe deste, já que os doentes que iam para o lazareto morriam todos. A Saúde Pública descobre o fato e o padre é chamado à presença de seus superiores. Estes, que há muito tempo não viam com bons olhos as relações dele com os Capitães da Areia, o acusam de comunista e ignorante e lhe negam a paróquia que solicitara, seu grande sonho, já que se esta lhe fosse concedida poderia ajudar mais sua velha mãe e sustentar os estudos de sua irmã na Escola Normal. Depois, Almiro morre no lazareto e Boa-Vida, também com varíola, deixa o trapiche dizendo que também vai para o lazareto. De onde, posteriormente, retorna, quase esquelético. No bar Porta do Mar, à espera do Querido-de-Deus, o Gato, Pedro Bala, João Grande, o Professor e Boa-Vida estão reunidos. E Pedro Bala, discordando de um velho e apoiando João de Adão, diz que "um dia a gente muda o destino dos pobres". João de Adão, observando a cena, afirma: "É o filho do Loiro, fala a voz do pai."

A menina Dora, de treze anos e já quase mulher, e seu irmão Zé Fuinha, de seis anos, perambulam pelas ruas em busca de emprego, "mas ninguém quer filha de bexiguento". João Grande e o Professor os encontram e os levam para o trapiche. Ao chegarem, os que ali se encontram querem violentar Dora, mas Pedro Bala, ao ver que ela era apenas uma menina e não uma prostituta, impõe-se aos demais e a salva. E Dora, integrada ao grupo, assume o papel de irmã e mãe dos Capitães da Areia, menos para Pedro Bala e o Professor, para os quais ela passa a ser a amada. Aos poucos, vestida de homem, Dora começa a participar das operações do grupo e ela e Pedro Bala acabam se apaixonando, ainda que "talvez mesmo não soubessem que era amor."

Ao tentarem assaltar um palacete, Pedro Bala, Dora, João Grande, Sem-Pernas e o Gato são presos, mas graças a Pedro Bala, que intencionalmente provoca um tumulto, conseguem fugir, com exceção dele e de Dora. A repercussão nos jornais é grande e eles destacam particularmente a prisão de Dora, que se declara noiva de Pedro Bala e é enviada para o Orfanato Nossa Senhora da Piedade. O destino de Pedro Bala é o Reformatório de Menores. Mas, antes disso, na Delegacia de Polícia, como se nega a falar, é espancado brutalmente, até desmaiar, na presença do diretor do Reformatório. No dia seguinte, este o manda buscar e o encerra na solitária, onde passa oito dias, depois dos quais, com a ajuda dos Capitães da Areia, consegue fugir. Em seguida, tira Dora, já muito doente, do Orfanato. E na grande noite de paz que envolve o trapiche, Dora e Pedro Bala se amam, pela primeira e última vez. Na madrugada, Dora morre e Pedro Bala chora desconsolado junto com os demais, pois eles haviam perdido a esposa, a irmã e a mãe. Envolto em uma toalha branca de renda doada por Don'Aninha, o corpo de Dora é colocado à noite no saveiro do Querido-de-Deus e parte para o mistério do mar. "Vai para Yemanjá", diz Don'Aninha.

Passam-se três ou quatro anos. O Professor parte para o Rio de Janeiro, onde vai estudar pintura com a ajuda do transeunte que admirara seus desenhos na rua e que, se sabe agora, é um poeta. O padre José Pedro recebe, finalmente, sua paróquia, mas no alto sertão, para que "desista de suas inovações soviéticas"... Pirulito, o protegido do padre José Pedro, se torna capuchinho, o irmão

Francisco da Sagrada Família, que ensina o catecismo para as crianças pobres. Boa-Vida, com seu violão, "é mais um malandro nas ruas da Bahia". Enquanto isto, os demais planejam um roubo e o Sem-Pernas se torna um menino de recados na casa de Joana, uma solteirona rica que possuía muitas joias. Solitária e quase louca por não ter um homem, dorme com Sem-Pernas, mas "sem entregar sua honra". Ainda que um tanto a contragosto, a fúria por não possuí-la completamente dá a Sem-Pernas a coragem de roubar as joias. E ambos se tornam infelizes e choram sua desgraça: a solteirona por julgar que o Sem-Pernas fazia sexo com ela apenas para roubá-la e o Sem-Pernas, defeituoso, feio e sempre escorraçado pelas mulheres, por saber agora que a solteirona "aumentou com seus vícios o ódio que vivia dentro dele". E Gato, "de gravata borboleta e chapéu de palhinha... o mais jovem vigarista da Bahia", com quase dezoito anos, parte com Dalva para Ilhéus, onde os coronéis e as prostitutas nadam em dinheiro com a alta do cacau.

E assim, todos já quase rapazes, os Capitães da Areia vão partindo. Volta Seca, depois de ser preso e espancado pela polícia, também parte, na rabada de um trem de Sergipe, com a certeza de que seu destino é "matar soldados de polícia". Afinal, ele sempre fora um estrangeiro entre os Capitães da Areia, um sertanejo perdido na grande cidade. Seu verdadeiro destino é o cangaço e seu chefe é Lampião, que era compadre de sua mãe. E eis que, repentinamente, o trem em que vai é parado e assaltado por Lampião no meio da caatinga. Volta Seca se integra ao bando e logo começa a cumprir sua missão: fuzila dois soldados. "Este menino é dos bons", diz Lampião. Enquanto isto, na cidade da Bahia, Pedro Bala, João Grande, Barandão e Sem-Pernas fracassam em um assalto a uma casa e Sem-Pernas, para não ser preso, se suicida jogando-se do alto do grande elevador da cidade, pondo assim fim a sua vida, na qual aprendera apenas a odiar a todos e a amar "unicamente seu ódio". E pelos jornais a população é informada do destino dos Capitães da Areia. No Rio, o pintor baiano João José, o Professor, faz sucesso com seus quadros de meninos pobres. Em Ilhéus e nas imediações, o vigarista Gato aplica golpes nos ricos fazendeiros da região, chegando a vender um rio como se fosse terra fértil para cacau... No bando de Lampião, um cangaceiro quase menino, chamado Volta Seca, já traz trinta e cinco marcas de morte na coronha de seu fuzil e é cruel ao extremo ao matar policias. Meses depois, ao ser preso e condenado a trinta anos de cadeia, seu fuzil já tinha 60 marcas...

Pedro Bala, com João Grande e Barandão, deixa o trapiche, que parece estar vazio, como também todo o cais. É a greve, "a mais bela das aventuras", "a festa dos pobres", que toma conta da cidade. E tendo à frente o estivador João de Adão e o estudante Alberto, os Capitães da Areia, agora *companheiros*, "a palavra mais bonita que (Pedro Bala) já viu", comandados por Pedro Bala – filho do legendário Loiro –, João Grande e Barandão, derrotam os fura-greves, garantindo a vitória do movimento. E a partir de então, orientados pelo estudante Alberto, se transformam em brigada-de-choque da revolução, que, "com sua voz poderosa como a voz do mar", chama Pedro Bala. Porque o samba que o malandro Boa-Vida fizera para seus antigos companheiros de trapiche é que estava certo: "Companheiros, chegou a hora..." Pouco depois, obedecendo à voz da revolução que o chama e seguindo as ordens dos altos dirigentes de uma organização inominada, Pedro Bala parte para Aracaju, a fim de organizar os Índios Maloqueiros, que eram os Capitães da Areia daquela cidade, e depois organizar também as "outras crianças abandonadas do país" inteiro. João Grande, também já membro da organização, embarca como marinheiro em um cargueiro.

No trapiche, antes de partir, Pedro Bala entrega a Barandão o comando da brigada-de-choque dos Capitães da Areia. E se despede, saudado pelas crianças, que, de pé, com o punho erguido, gritam: – Bala! Bala! O destino deles mudou. Pois "na noite misteriosa da macumba, os atabaques ressoam como clarins de guerra".

Anos depois, "perseguido pela polícia de cinco estados como organizador de greves", Pedro Bala é preso, como noticiam os pequenos jornais dos sindicatos de classe, os únicos que podem falar "no ano em que todas as bocas foram impedidas de falar". Mas um dia ele foge e passa a viver como clandestino, recebendo a ajuda de muitos. "Porque a revolução é uma pátria e uma família".

Personagens principais

Pedro Bala – Chefe incontestado dos Capitães da Areia desde que assume seu comando pouco depois de entrar no grupo, o loiro Pedro Bala é o grande herói da obra, como paradigma, portador e executor dos ideais do narrador. Líder nato e organizador eficiente, Pedro Bala tem como destino aceitar missões impostas pela "organização" para comandar operações fundamentais que têm por objetivo transformar o mundo e fazer nascer um radioso amanhã. Por isto, mais que os outros, ele é uma personagem-estereótipo, antes uma ideia que um indivíduo, resumo do revolucionário de escol, ideal, enfim, de todo ativista político. Ainda que atuando como resposta ao apelo do sangue (uma ideia, aliás, nada revolucionária e muito menos marxista!), pois seu pai fora um estivador morto em ação durante uma greve, Pedro Bala é a encarnação do projeto do narrador (e do Autor) para o futuro da Bahia, do Nordeste e do Brasil.

Os demais – Marcados também pela estereotipia que embasa a obra, os demais Capitães da Areia que têm presença destacada também são tipos perfeitamente definidos e previamente marcados por seu destino individual (outra ideia nada marxista!): o Professor é *intelectual*, *o artista*; Boa-Vida é o *malandro seresteiro*; Gato é o *vigarista*; João Grande é o *bruto de bom coração*; Volta Seca é o *sertanejo*; Pirulito é o *místico*; Sem-Pernas é *o derrotado*, e assim por diante. Contudo, por estarem em segundo plano e por não encarnarem a *ideia* e a *missão* superiores atribuídas pelo narrador a Pedro Bala, eles rompem em parte as cadeias que os prendem ao estereótipo, adquirindo assim traços mais fortes de humanidade e, consequentemente, de verossimilhança artística. Coerentemente, pois no projeto do Autor possivelmente eles não passam de paradigmas de tipos comuns, habitantes das ruas e integrantes da sociedade real brasileira. E nada têm, portanto, do tipo ideal e abstrato de revolucionário de que o Autor reveste Pedro Bala.

Dora – Se com Pedro Bala o Autor cria uma personagem inverossímil e idealizada, com Dora ele rompe todos os limites e extrapola todas as qualificações possíveis. Irmã, noiva, esposa e mãe,

Dora é a flor dos morros, a casta virgem (loira, é claro, como Pedro Bala!), a mãe dos deserdados, a consoladora dos aflitos, o arrimo dos desgarrados, o sonho dos apaixonados, a vítima da miséria e das injustiças que morre antes de ver raiar a aurora da redenção revolucionária. Uma das personagens mais espantosas e mais exacerbadamente românticas de toda a história da ficção brasileira, Dora lembra, imediatamente, a heroína de *Lucíola*, de José de Alencar. Mas, ao contrário de Lucíola, Dora, lá de cima, transformada em estrela, vela por seu povo, depois de um enterro em que o narrador, como merecido preito, lhe dedica aquelas que estão, sem dúvida, entre as mais belas páginas da ficção brasileira do séc. XX. Jorge Amado nunca antes conseguira, nem nunca conseguiria depois, escrever páginas de um romantismo tão ingênuo e de um lirismo tão comovente. E de uma inverossimilhança tão monumental, social e historicamente falando.

Padre José Pedro – Ainda que também pagando tributo ao projeto do Autor de criar estereótipos, o padre José Pedro é a mais realista e verossímil de todas as personagens de *Capitães da Areia*. Um tanto simplório e talvez por isto mesmo solidário e humano – o *tipo* oposto ao de seus superiores –, o padre José Pedro é uma espécie de modesto precursor das preocupações sociais que começariam a marcar profundamente alguns setores da Igreja católica no Brasil duas ou três décadas depois. Equilibrando-se com dificuldade entre a ortodoxia tradicional e retrógrada e a necessidade de uma renovação modernizadora, o padre José Pedro parece perder o último e decisivo *round* de sua batalha. Engano: lá está Pirulito para carregar a tocha e dar continuidade às suas ideias, que, de uma forma ou de outra, sobrevivem há dois mil anos, período bastante superior ao dos setenta anos ao longo dos quais se sustentaram os ideais da "organização" a que Pedro Bala se integra...

Estrutura narrativa

Composta de quatro partes, das quais a primeira, denominada "Cartas à redação", é apenas uma *colagem* de excertos de um jornal e as outras três, tituladas mas não numeradas, apresentam um número desigual de capítulos de tamanho muito variável,nominados mas também não numerados, *Capitães da areia* é uma obra construída segundo o padrão clássico realista/naturalista do narrador onisciente em terceira pessoa, apresentando, porém, alguns elementos bastante específicos. Em primeiro lugar, a narração propriamente dita é precedida da já referida *colagem* – técnica pouco usual em romances –, composta de cartas, reportagens, notícias e títulos de um órgão da imprensa, o *Jornal da Tarde*, da "Cidade do Salvador", segundo consta do cabeçalho de uma das cartas. Em segundo lugar, a linearidade da narração é ocasionalmente rompida por *flashbacks* (rememorações), ainda que estes não comprometam em nenhum momento a estrutura básica da obra. Em terceiro lugar, finalmente, há a presença de alguns elementos mítico-religiosos – as divindades africanas, seu poder e seu culto –, que, porém, também não chegam a comprometer a perspectiva global lógico-racional que está na base da obra. Estes elementos são vistos um tanto à distância, talvez até como exóticos, ainda que sempre de forma não-negativa, neutra e até simpática (v. cap. "Alastrim").

A ação de *Capitães da areia* – com exceção de breves passagens, como os episódios de Volta Seca na caatinga e do Gato em Ilhéus e imediações – se desenrola supostamente em Salvador, jamais nominada, à parte o já referido cabeçalho de uma das "cartas à redação", e sempre identificada como "a cidade da Bahia", "a cidade" ou até simplesmente "a Bahia".

Quanto à época em que se situam os eventos narrados, o *terminus ante quem* é, ao que se supõe pelo texto, o ano de 1937, quando é decretado o Estado Novo, identificado como o início de uma "noite de terror". Ano também, aliás, da publicação da obra. No que se refere ao *terminus post quem*, é difícil estabelecê-lo com precisão, já que o texto não fornece referências ou dados externos (históricos) que permitam fazê-lo. O mesmo se pode dizer do arco ou espaço de tempo que a narração abarca. A não ser que se considerem as referências ao cangaceiro Volta Seca como reais e rigorosamente históricas, pois um cangaceiro com este nome realmente existiu no bando de Lampião e sobreviveu à morte do chefe e à eliminação do grupo, tendo-se notícias de que ele residia na década de 1970 na Baixada Fluminense, onde *O Pasquim* o encontrou e fez com ele longa entrevista. Neste caso, investigando-se o ano exato do nascimento do Volta Seca histórico seria possível estabelecer uma cronologia mais ou menos rigorosa de *Capitães da areia*, pois, segundo a obra, ele devia ter entre quinze e dezesseis anos ao juntar-se a Lampião (é preso com dezesseis) e permanecera pelo menos quatro anos com os Capitães da Areia. Contudo, pretender aplicar tal metodologia à análise de um romance talvez fosse ir além das possibilidades e da própria necessidade, à semelhança de um erudito alemão que, segundo consta, trabalhou longos anos com o objetivo de descobrir quem teria sido o professor de Filosofia de Hamlet na Universidade de Heidelberg...

O que os dados internos da obra permitem afirmar com segurança é que a ação de *Capitães da areia* se desenrola ao longo de pelo menos quatro anos, pois o Gato "já tinha mais de treze anos" em "Noite dos Capitães da Areia" e "não fizera ainda dezoito e há quatro amava Dalva em "Na rabada de um trem".

Estes quatro anos se situam, supostamente, antes de 1937, e é ao longo deles que os Capitães da Areia se tornam adultos.

Como a expressão "anos depois" no último capítulo, apesar de se referir à greve geral, é imprecisa e como é impossível estabelecer o ano em que esta ocorreu, o máximo que se pode supor é que a ação de *Capitães da areia* se passe em quatro ou cinco anos situados entre fins da segunda metade da década de 1920 e inícios da segunda metade da década de 1930. O que poderia ser corroborado por uma referência externa, já que é por esta época que as atividades da "organização" (penúltimo capítulo), leia-se Partido Comunista, se tornam intensas no Brasil. Pois é ao deixar a cidade e o comando dos Capitães da Areia que Pedro Bala se engaja como ativista político, por ordem da "organização".

Comentário crítico

Queimado em praça pública ao ser publicado em 1937, pouco lido no início e, por motivos óbvios, até recentemente pouco valorizado pelo *establishment* literário do país, *Capitães da areia* transformou-se nas últimas décadas em um grande sucesso de público – pelo menos em termos do mercado editorial brasileiro –, alcançando a marca de quase uma centena de edições. Mas, independentemente de tudo isto e apesar de concorrer desvantajosamente com obras ideologicamente, pelo menos na aparência, mais asséptícas (como *São Bernardo*, *Fogo morto*, *O tempo e o vento* e até *Terras do sem fim*, do próprio Jorge Amado), *Capitães da areia* pode ser colocado hoje entre as grandes criações do chamado *romance de 30* e considerado como uma das duas obras mais importantes do Autor, ao lado da antes citada. Mais do que isto e graças, principalmente, ao seu final histórica e politicamente delirante mas literariamente antológico e insuperável, *Capitães da areia* talvez deva até ser qualificado como o único grande épico urbano da ficção brasileira do séc. XX. Épico que se constrói, paradoxalmente, sobre personagens estereotipadas, concepções políticas que beiram o delírio e uma visão de mundo maniqueísta, fantasiosa e romântica.

Para tentar compreender como Jorge Amado elabora uma verdadeira obra-prima sobre fundamentos tão frágeis e, até, tão falsos, é necessário analisar *Capitães da areia* sob três ângulos: o da temática do Autor, o da denúncia social e o de símbolo ideológico de uma era e de um grupo social e generacional dentro dela.

Quanto à temática, a produção ficcional de Jorge Amado gira basicamente em torno de três núcleos, que de forma recorrente e insistente a caraterizam: a denúncia social, o folclore regional baiano e o erotismo. Ainda que tais temas não sejam os únicos (alguém poderia dizer, por exemplo, que *Terras do sem fim* não se enquadra exatamente em nenhum deles) e ainda que seja problemático analisá-los isoladamente, sua preponderância maior ou menor nos romances do Autor é tão clara, pelo menos à primeira vista, que permitiu que muitos críticos dividissem a obra de Jorge Amado em pelo menos duas fases: a primeira, reunindo as obras publicadas até inícios da década de 1950, marcada pelos temas sociais e políticos, e a segunda, a partir de então, na qual os temas do folclore e do erotismo são preponderantes.

Ainda que tais divisões didáticas sejam precárias e não raro até inúteis, talvez não seja de todo equivocado afirmar que *Capitães da areia* apresenta um relativo equilíbrio entre denúncia social e folclore (as religiões afro, o candomblé, o mar etc.), não estando porém ausente o erotismo, que marcaria até a saturação a chamada *segunda fase* (as negrinhas derrubadas no areal, a fúria sexual da solteirona, as prostitutas etc.). Por isto, *Capitães da areia* é uma espécie de súmula da temática do Autor, súmula que permanece única no conjunto de sua obra. E é por isto que sua leitura nos deixa a impressão de um mundo completo em si próprio e em perfeito equilíbrio, ainda que a pairar no empíreo da fantasia. Ou por isto mesmo.

Quanto à temática social, *Capitães da areia* não apresenta, no contexto do chamado *romance de 30*, qualquer especificidade ou novidade. Pelo contrário, as diferenças de classe, a injustiça, a exploração e a miséria mais ou menos explicitadas e apresentadas com maior ou menor contundência estão presentes, de forma recorrente, na ficção brasileira desde seus primórdios e com particular intensidade no *romance de 30*. O novo, o específico, o sem precedentes em *Capitães da areia* é o enquadramento do tema num projeto literário claramente referido ao realismo socialista de matriz russa/soviética. E o fascinante é a naturalidade com que Jorge Amado, como se fosse um Dickens soviético, transfere São Petersburgo e Moscou para o litoral baiano e ali, nos amáveis trópicos de uma Salvador afro-brasileira e cordial, monta uma irresistível estratégia – literária! – que leva a greve geral à vitória completa, sob o comando de um estudante, um estivador e três brigadas de pivetes adolescentes e esfarrapados... O sucesso é absoluto! Tudo está preparado! Falta apenas a tomada do poder, que ocorrerá, com a mesma certeza com que nasce o sol a cada dia e com a decisiva participação dos *lúmpen* da "cidade da Bahia", num genial rasgo de inovação das táticas revolucionárias, pois a participação deles não é prevista nas lições das cartilhas da ortodoxia leninista e revolucionária... Mas como deixá-los de fora do momentoso e transcendente evento se eles, os *lúmpen*, são os "poetas da cidade", como diz o texto?... Completo delírio e absoluta loucura! Mas que lógica, como diria Shakespeare em *Hamlet*!

Pois é quanto à sua função de símbolo de uma era e da visão ideológica de um grupo social e de símbolo, até, do próprio país que *Capitães da areia* se revela insuperavelmente emblemático. E é ao nível deste delírio que surge também a grandeza do romance de Jorge Amado, este verdadeiro épico do imaginário e da utopia esquerdista brasileira e latino-americana, este surpreendente conto de fadas soviético-socialista na vastidão dos trópicos. Quanto a isto, *Capitães da areia* é mais que uma obra emblemática. Ela é didática. De um didatismo transparente e insuperável como repositório da ingenuidade psíquica, do romantismo político, do irrealismo histórico e da colonização mental de uma geração de almas socialmente bem nascidas e eticamente bem intencionadas mas desorientadas e perdidas num país continental, complexo, problemático, plural e inabarcável que, a cada década, ou até menos, parece devorar seus filhos e suas ilusões.

Contudo, esta é *apenas* a realidade... Porque na Bahia de *Capitães da areia* o Brasil é um mundo inabalavelmente cordial, onde tudo é possível e onde a greve geral triunfa, como ensaio geral e prenúncio da revolução vitoriosa, ao som dos atabaques que "ressoam como clarins de guerra" e sob a proteção de Ogum e de Omulu, a pobre deusa das florestas africanas. Por isto, no antológico e apoteótico final, *Capitães da areia*, verdadeira canção dos deserdados, surge também como visão romântica e idealizada de um país jovem que se debate em busca de seu caminho, visão nascida da mente em ebulição de uma classe média nascente e intelectualizada, tomada por sonhos ingênuos e boas intenções, dos quais e das quais este romance de Jorge Amado é um repositório nunca antes nem depois igualado.

Como *Terras do sem fim*, *Capitães da areia* também é uma obra-prima. E se o primeiro fixa o interior "bárbaro" da Bahia "civilizado" à força pelo dinheiro que mancha de sangue os dourados frutos do cacau, *Capitães da areia* rompe os limites dos temas folclóricos regionais para elevar-se às alturas de símbolo não apenas de um grupo social e de uma geração mas do próprio Brasil. E, de um delirante conto de fadas socialista nas exóticas terras da Bahia, *Capitães da areia* se transforma assim em documento e marco da história literária e da história política do país. O que não é pouco!

Exercícios

Revisão de leitura

1. Qual a origem da denominação Capitães da Areia?

2. É possível identificar os grupos sociais que escrevem as "cartas para a redação"?

3. Como Pedro Bala assume o comando do grupo?

4. Quem é o receptador dos roubos dos Capitães da Areia e como ele se comporta?

5. Como Don'Aninha e o padre José Pedro exercem influência sobre os Capitães da Areia?

6. Qual a visão das autoridades sobre os Capitães da Areia?

7. Quem é Zé Fuinha?

8. Qual é o papel dos Capitães da Areia na greve geral?

9. O que são os atabaques e por que ressoam como clarins de guerra?

10. Quais são os cinco estados em que Pedro Bala é perseguido pela polícia?

Temas para dissertação

1. As crianças abandonadas no Brasil. De quem é a culpa?

2. A relação entre nível social da família e o número de filhos. Causas e consequências.

3. Por que, geralmente, os ricos têm poucos filhos?

4. O Brasil dos Capitães da Areia e o Brasil de hoje.

5. Infância abandonada e criminalidade.

6. A posição da Igreja em *Capitães da areia* e a posição da Igreja hoje.

7. O padre José Pedro: um perfil.

8. Pedro Bala, o herói do narrador.

9. As classes sociais em *Capitães da areia.*

10. O sonho da revolução socialista em *Capitães da areia* e hoje.

TERRAS DO SEM FIM

Enredo

Um navio parte do porto da Bahia (Salvador), rumo ao sul, com destino a Ilhéus. Heterogêneos quanto às origens, à cor, à classe social e até mesmo quanto a seus interesses imediatos, os passageiros se identificam em um ponto: buscam, todos, o novo Eldorado, nas terras da região de Tabocas, município de Ilhéus, nas quais, quase que literalmente, o dinheiro nasce nas copas das árvores na forma de dourados frutos de cacau, cujo visgo mole adere aos pés dos homens e, uma vez chegados, os impede de partir.

No meio de murmúrios e conversas sob a noite que cai, iluminada pelo clarão agourento de uma lua vermelha como sangue, alguns passageiros se destacam: coronéis, aventureiros, trabalhadores, prostitutas e até indivíduos que viajam aparentemente sem destino. O "capitão" João Magalhães, aventureiro e jogador, foge da cidade por ter sido denunciado à polícia por um engenheiro de quem, trapaceando como sempre, tirara até o anel de formatura na mesa de pôquer. O coronel Juca Badaró aproveita a viagem para contratar trabalhadores – entre os quais o mulato sergipano Antônio Vítor – para sua fazenda em Tabocas e ao mesmo tempo procura conquistar Margot, que vai atrás de seu amante, o dr. Virgílio Cabral, um estudante pobre a quem ajudara formar-se advogado e que agora trabalha na região de Ilhéus. E um velho sertanejo relata a morte de seu filho Joaquim pelas mãos dos capangas do coronel Horácio, em Ferradas, perto de Tabocas.

A noite avança e no céu a lua sobe, cada vez mais vermelha, deixando um rastro de sangue no mar. Os passageiros dormem embalados pelo balanço do navio e pelos sonhos de fartura no Eldorado do cacau. Noite adentro, qual nau dos insensatos, a embarcação vai silenciosamente sulcando o mar em busca das terras de onde ninguém mais volta.

Enquanto isto, entre Tabocas e Ferradas, a mata do Sequeiro Grande dorme seu sono milenar, prestes a ser interrompido pelos machados dos homens que já começam a avançar sobre suas bordas, disputando seu solo fértil e sonhando transformá-lo em novas roças de cacau.

Entre as duas ou três dezenas de proprietários dispostos em torno da mata sobressaem, pela extensão de terras sob seu controle e pelo poder político, a família Badaró, dona da Fazenda Sant'Ana e composta dos coronéis Sinhô e Juca e de Don'Ana, filha do primeiro; o coronel Horácio da Silveira, da Fazenda Bom Nome; o coronel Maneca Dantas, da Fazenda dos Macacos, aliás Auricídia, nome de sua mulher; e o coronel Teodoro Martins, dito *das Baraúnas*, por ser este o nome de sua fazenda. De um lado da mata, dividida pelo rio, estão os Badaró, do outro está Horácio da Silveira, ficando entre eles, na parte da frente, a fazenda de Maneca Dantas, compadre e aliado indiscutível deste. Acima, na parte de trás, localiza-se a fazenda de Teodoro das Baraúnas, ainda sem tomar partido. Tanto Horácio da Silveira quanto os Badaró mostram-se firmemente dispostos a ocupar e derrubar a mata do Sequeiro Grande, e com razão, pois quem conseguisse tê-la sob seu controle se tornaria praticamente dono da região de Tabocas e de todos os povoados das imediações, incluindo Ferradas, o feudo de Horácio. No período que antecede a luta, os Badaró, apesar de terem o governo estadual a seu lado, parecem estar em desvantagem porque entre eles e a mata há um obstáculo: a roça de um pequeno proprietário, Firmo, eleitor e aliado de Horácio da Silveira. A conselho deste, ele se recusa a vendê-la aos Badaró, que o cercam com propostas altamente favoráveis de compra. Diante da recusa terminante de Firmo, só resta aos Badaró, mantida sua pretensão de ocupar a mata, recorrer a um método radical: eliminar o obstáculo. Sinhô vacila em ordenar a morte de Firmo, pois, religioso como é, não quer derramar sangue. Contudo, pressionado por Juca e não tendo alternativa em virtude da posição inamovível de Firmo, decide-se finalmente pela morte deste. O negro Damião, um dos escolhidos para a tocaia, entra em crise – ele ouvira a conversa de Juca e Sinhô, inclusive a relutância do último em mandar assassinar alguém – e, apesar de sua famosa pontaria, erra o tiro, enlouquecendo em seguida. Com este incidente, a tensão cresce e o conflito armado parece ser a única saída. Paralelamente, contudo, ambos os lados começam a movimentar-se também no plano legal.

Enquanto em Ilhéus os Badaró procuram um engenheiro para fazer a medição das matas do Sequeiro Grande, o dr. Virgílio Cabral, contratado por Horácio da Silveira, faz um *caxixe* muito engenhoso, dando um verdadeiro golpe de mestre. Utilizando-se de uma medição antiga, suborna o escrivão Venâncio, dono do cartório de Tabocas, e registra as matas do Sequeiro Grande em nome de Horácio. Teodoro das Baraúnas, que se aliara aos Badaró, é avisado por Don'Ana e incendeia o cartório. A guerra começa e a violência se alastra, alcançando Ilhéus, onde os jornais, de parte a parte, travam terríveis polêmicas através dos prepostos de ambos os lados. É nesta cidade que Juca Badaró, em busca de um técnico que faça a medição das matas do Sequeiro Grande, encontra, em uma roda de pôquer, nada menos que o agora "engenheiro" João Magalhães, o qual, depois de muito relutar e cobrando um preço alto, algo receoso por óbvios motivos, aceita a tarefa, realizada logo depois aos trancos e barrancos.

Paralelamente ao desenvolvimento do conflito entre os dois "partidos", os pares vão se formando, com os forasteiros e as mulheres inflamando-se pela paixão: o sergipano Antônio Vítor e Raimunda, o aventureiro e trapaceiro João Magalhães com Don'Ana e, principalmente, o jovem e refinado dr. Virgílio Cabral e Ester, a mulher de Horácio da Silveira. Esta, desde a primeira vez que o vê, nele encontra sua alma gêmea, o mesmo acontecendo com o advogado, que por ela se apaixona perdidamente, rompendo com Margot, a qual, por sua vez, aceita ficar com Juca Badaró, que a cercava insistentemente desde o encontro de ambos na viagem de volta de Salvador. Ester, que fora para o sobrado da família em Ilhéus logo no início da luta, entrega-se completamente a Virgílio, passando a alimentar o desejo de fugir com ele e abandonar definitivamente Horácio e o mundo "bárbaro" de Tabocas e Ferradas. O advogado, por julgar não adiantar tentar fugir de Horácio e também, principalmente, porque tal atitude comprometeria sua carreira política, não quer pensar nesta possibilidade. Enquanto isto, os rumores da perigosa paixão se espalham por Ilhéus e por toda a região e muita gente teme uma tragédia.

Horácio da Silveira, contudo, está mais preocupado com a luta, que atinge um ponto de não-retorno com a tocaia ordenada por ele contra Sinhô Badaró, que escapa ileso. Algum tempo depois, Virgílio, por insistência de Horácio, manda tocaiar Juca Badaró, com o qual se desentendera por causa de Margot. Juca também escapa.

Enquanto João Magalhães fica noivo de Don'Ana, integrando-se definitivamente à família e passando a assinar-se Badaró, o conflito continua, em marchas e contramarchas. Quando Horácio da Silveira é atacado pela febre tifoide, a luta parece sofrer uma inflexão. Contudo, ele consegue recuperar-se e manda continuar a derrubada. Os Badaró, por seu lado, também avançam rapidamente. Por sua vez, Ester, que cuidara de Horácio durante a doença, também adquire a febre e isto faz com que Horácio pareça perder o ímpeto, chegando mesmo a ordenar a suspensão dos trabalhos na mata. Com a morte de Ester, que ocorre pouco depois, deixando tanto Horácio quanto Virgílio desesperados, a luta se amaina durante cerca de um ano, enquanto na Fazenda Sant'Ana se realizam os casamentos de Don'Ana com João Magalhães e de Raimunda com Antônio Vítor. A estas alturas, da mata, atacada por um lado e outro, só resta a metade e a opinião generalizada é de que Horácio está derrotado. Alguns, contudo, julgam que ainda é cedo para fazer prognósticos, principalmente levando-se em conta a grande fortuna do coronel.

De fato, passado algum tempo, fica claro que, com a morte de Ester, Horácio se dedica totalmente à luta e reage nas duas frentes: leva adiante o processo iniciado contra os Badaró pelo incêndio do cartório de Tabocas e para o reconhecimento de seus direitos sobre a mata do Sequeiro Grande e avança cada vez mais na derrubada, além de mandar assassinar Juca Badaró em Ilhéus. As posições voltam a equilibrar-se e o resultado da luta parece indefinido. Depois da morte de Juca, Sinhô Badaró processa Horácio como mandante e ordena tocaias contra ele, para uma das quais se oferece, de livre vontade, o pai de Joaquim, pequeno proprietário que, como outros, fora há alguns anos ludibriado, roubado e posteriormente assassinado a mando do mesmo. Nenhuma das tocaias é bem sucedida e o pai de Joaquim é morto.

As escaramuças prosseguem e a derrubada está praticamente chegando ao fim: o som dos machados dos trabalhadores de um dos bandos já pode ser ouvido pelos do outro. O resultado da luta, porém, ainda parece incerto. Certa manhã, contudo, Ilhéus acorda com uma notícia sensacional: o governo federal decretara a intervenção no estado da Bahia. O governador, do partido dos Badaró, é obrigado a renunciar e um interventor assume o poder, com o que a balança se inclina definitivamente a favor de Horácio da Silveira. Em situação difícil, Sinhô Badaró tenta vender antecipadamente a próxima safra de cacau, mas consegue preços miseráveis, o que torna difícil financiar a continuidade da luta. Resolve então jogar seu último trunfo e dá carta branca a Teodoro das Baraúnas, que passa a devastar as propriedades de Horácio, inclusive as roças de cacau, até então preservadas, num acordo tácito, por ambos os lados.

Hábil, Horácio da Silveira, apoiando-se no interventor, mantém-se formalmente dentro da lei. Seus jagunços, vestidos rapidamente de soldados, atacam a casa grande dos Badaró, na Fazenda Sant'Ana, sob o argumento de procurar capturar o incendiário Teodoro das Baraúnas, que ali estaria acoitado. O cerco, comandado pelo próprio Horácio da Silveira, é o último ato de guerra pela posse das matas do Sequeiro Grande. Teodoro das Baraúnas, que de fato ali estava, pretende entregar-se, mas Sinhô Badaró não permite e o faz partir secretamente, com destino ao Espírito Santo. Sinhô ainda resiste quatro dias e quatro noites, depois do que é ferido e levado para Ilhéus, por ordens de Don'Ana. João Magalhães, depois de fazer partir também Olga – a viúva de Juca –, Don'Ana e Raimunda, acompanhadas de cinco jagunços, continua resistindo. Contudo, tendo perdido quase todos os seus homens, ele também bate em retirada, acompanhado de Antônio Vítor e mais três cabras sobreviventes.

Ao tentar incendiar a casa grande, um dos homens de Horácio quase é morto. Havia alguém entrincheirado, resistindo e tentando acertar o coronel, que avançava protegido pelos jagunços. A revista da casa nada revela. Só restava o sótão. Ao ser aberta a porta do mesmo, um homem cai, fuzilado por um tiro, o último, de Don'Ana, que, depois de partir, retornara sem ser percebida. "Vá embora, moça... Eu não mato mulher...", diz Horácio, e a deixa partir a cavalo, enquanto a noite se ilumina com as labaredas que consomem a casa grande.

A guerra terminara. Em Ilhéus, o processo movido por Horácio contra os Badaró e Teodoro das Baraúnas pelo incêndio do cartório chega ao fim. Obviamente com resultado favorável a ele, que tem reconhecido o direito de posse sobre toda a antiga mata do Sequeiro Grande. Por outro lado, no processo de Sinhô contra Horácio por acusação de ser o mandante da morte de Juca, o coronel é absolvido por unanimidade. Sua vitória é completa, nas armas e na lei, aquelas e esta manejadas a seu bel-prazer e segundo seus interesses.

Completamente derrotados, os Badaró jamais se recuperariam. O processo de Horácio da Silveira tem um detalhe interessante: a escolha dos jurados, por sorteio, é feita com a colaboração de um menino, o menino que, quando adulto, contaria as histórias daquela terra e das lutas pela posse das matas do Sequeiro Grande.

Passados alguns meses, Horácio chega inesperadamente à Fazenda dos Macacos, que Maneca Dantas sempre insistia, inutilmente, em alterar para Auricídia, nome de sua mulher. Horácio vai logo expondo os motivos da visita. Mexendo nos deixados de Ester, descobrira algumas cartas de Virgílio. E então entende que a mudança repentina de sua mulher – quando deixara de ser fria e de evitá-lo anos atrás, logo em seguida à chegada de Virgílio a Ferradas – fora produto dela ter-se tornado amante do advogado. Quase sem palavras, parte em seguida, não sem deixar de dizer a Maneca Dantas que mandaria liquidar Virgílio. Pouco tempo depois este também chega à fazenda e Maneca Dantas, que se apegara a Virgílio, tenta em vão demovê-lo de viajar à noite pelo caminho de Ferradas, feudo de Horácio, para visitar um cliente. Sem conseguir, joga seu último argumento e informa que Horácio tudo descobrira. Virgílio não se abala. O visgo do cacau mole também o fixara inapelavelmente à terra, através de Ester, e a morte não o assusta. Afinal, perdido o grande amor de sua vida, nada mais lhe restava. E à noite parte sozinho. Um tiro no peito, uma vela acendida por Maneca Dantas, uma cruz: são os derradeiros atos que fecham uma trágica história de amor, "uma história de espantar".

Indiferentes aos dramas pessoais, a história e o processo avançam. Ilhéus é elevada a sede de bispado e dos festejos participa também Sinhô Badaró, coxeando um pouco da perna direita, a que fora ferida no tiroteio final pela posse das matas do Sequeiro Grande. Acompanhado da filha e do genro, ele pede a bênção para o neto que vai nascer. Em Tabocas, agora Itabuna, o coronel Horácio da Silveira, tendo ao lado o bispo de Ilhéus, faz um brinde, bebendo em lembrança de Ester e de Virgílio Cabral, a esposa dedicada e o advogado que tanto fizera pelo progresso da região e que fora vítima de seus inimigos políticos...

Pouco tempo depois todos assistiam a um espetáculo inacreditável e inesquecível: os cacaueiros plantados na terra que fora a mata do Sequeiro Grande haviam demorado apenas quatro e não cinco anos para produzir seus dourados frutos. É que aquela terra fora adubada com sangue...

Personagens principais

Os coronéis – Iguais na condição de donos da terra e das almas, os *coronéis* diferenciam-se pelo *quantum* de poder que possuem, pelo "partido" a que pertencem, pela maior ou menor adequação ao processo de modernização e por características pessoais específicas.

◆ Sinhô, o chefe do clã e do "partido" dos Badaró, tem o estilo solene e hierático dos que foram moldados por uma longa tradição de poder. Pessoalmente comedido, justo e equilibrado em seus atos, e até religioso, nem por isto recua diante da inevitável decisão que dá início ao conflito. Em seu estilo ponderado, rude e inflexível, Sinhô personifica muito bem a desvantagem inicial em que seu "partido" se coloca diante da habilidade política e tática de Horácio da Silveira, bem mais "moderno" em seus caxixes e – pelo menos na aparência! – mais "civilizado" em seus métodos de conquista e manutenção do poder.

◆ Juca Badaró, irmão de Sinhô, curva-se à autoridade deste mas parece querer compensar sua situação de inferioridade através da violência e de suas estripulias. Neste sentido, é muito coerente, no enredo, que seja o único dos coronéis a ser assassinado.

◆ Teodoro Martins, dito *das Baraúnas*, o mais importante aliado dos Badaró, é o bárbaro por excelência, o bruto e incivilizado disposto e talhado para qualquer trabalho "sujo", o que é muito bem caracterizado pela antológica sequência que se desenrola em Tabocas nas comemorações do Dia da Árvore. Coerentemente, é também o único sobre quem recai, ao final, o peso de uma condenação.

◆ Horácio da Silveira, que comanda o "partido" inimigo dos Badaró, é hábil, astuto, frio e implacável. Com um perfil bem mais "moderno" – mais adequado aos tempos – que os integrantes do clã adversário, Horácio é capaz de fazer reverter a seu favor o conflito em que já aparecia como o grande derrotado. E, paradoxalmente ou não, este seu caráter mais "moderno" é o responsável por seu desastre no plano pessoal, já que a traição de Ester o marca indelével e irremediavelmente. Tal, porém, é o preço do poder, preço que ele, cerrando os dentes, paga consciente e solitariamente, tendo como vingança o sobreviver a todos.

◆ Maneca Dantas, aliado de Horácio, tem um papel pouco significativo ao longo de quase toda a obra mas sobressai ao final, quando, apesar de sua limitada inteligência, faz força para vislumbrar algo da verdadeira natureza do amor de Ester e Virgílio. Diante da decisão inabalável deste de ir em busca da morte, revela seu caráter compassivo e solidário, capaz até de passar por cima de sua fidelidade a Horácio.

O "capitão" João Magalhães – Aventureiro, jogador, trapaceiro e semimarginal, o "moço distinto" João Magalhães não consegue, como os demais adventícios, livrar-se do fatal "visgo do cacau mole" e num golpe de (má) sorte integra-se ao clã dos Badaró, assumindo, surpreendentemente, seu *ethos* e participando, também surpreendentemente, das ações bélicas ao final da luta pela posse das terras do Sequeiro Grande.

O negro Damião – Entre as dezenas de partidários, "vassalos", capangas e jagunços dos dois grupos em luta sobressai, por seu caráter de símbolo trágico ao mesmo tempo de sua classe e de sua raça, o negro Damião. Sua consciência, que mal desperta na encruzilhada de uma tocaia – seu caminho de Damasco –, fica emparedada entre a submissão, agora impossível, e a revolta, obviamente inviável. Sem saída, afunda na loucura, uma das "opções" de todo o marginalizado que consegue intuir o mundo mas que não alcança organizá-lo racionalmente nem, muito menos, transformá-lo efetivamente.

As mulheres

◆ Ester, filha da burguesia mercantil baiana, símbolo da mais refinada e sofisticada cultura europeia nos trópicos, é, como mulher de Horácio, uma verdadeira exilada, pois, a partir de seu casamento, não vive nas cidades da orla atlântica mas no interior "bárbaro".

É a rã que, no charco, se debate viva na boca da cobra que a devora, na brilhante imagem do autor – que mais tarde abandonaria este delicado e sutil erotismo para, não raro, cair no vulgar e no mau gosto. Violentada de forma contínua e em todos os sentidos, Ester renasce completamente ao encontrar Virgílio, sua outra metade, penhor da viabilidade de seus lindos sonhos juvenis. Mas a tragédia que se desenha claramente no horizonte tem sua marcha sustada pela morte, que antecipa, apenas que sem violência, o confronto final e, assim, ameniza o desenlace. E ela, que estava condenada a perder duplamente, como mulher e como "civilizada", ao morrer antecipadamente impõe-se, paradoxalmente, a Horácio, escapando à sua vingança de "bárbaro", que tem que contentar-se em executá-la em Virgílio.

◆ Don'Ana, no pólo oposto a Ester, tem, desde sempre, os pés fincados firmemente na terra do cacau e, apesar da improbabilidade, sobrevive ligando-se a um aventureiro, adventício e socialmente marginal como ela. Desta forma escapa à solidão que a ameaçava como possibilidade real, já que sua situação de filha única e possível herdeira do clã exigiria dela – como Margarida em *Dona Guidinha do Poço* e Maria Deodorina da Fé Bettancourt Marins/Diadorim em *Grande sertão: veredas* – que assumisse uma função social reservada aos homens em uma sociedade patriarcal. Contudo, a heterogeneidade da sociedade cacaueira – como a da sociedade do garimpo em *Maria Dusá*, de Lindolfo Rocha – é o trunfo que aumenta as probabilidades de um destino biológico e social normal e que, por fim, quase contra toda a esperança, lhe torna possível sobreviver e enquadrar-se sem grandes traumas na sua própria sociedade, que rapidamente se moderniza. Ao contrário de Ester, que mantém até o final seu perfil de personagem trágica, exilada e condenada, a épica Don'Ana se prosaiciza, integrando-se no grupo.

◆ Margot, prostituta e, portanto, integrando a classe dominada, benfeitora de Virgílio, amante deste e depois de Juca Badaró, elegante e sofisticada, vai sendo jogada de um lado para outro, segundo os azares da sorte e do poder que a usa. Culturalmente "exilada" como Ester, e como esta sonhando com a civilização das urbes da costa e de Paris, o que a diferencia dela é sua inferioridade na escala das classes sociais, característica milenar da função que exerce.

◆ Raimunda, apesar de um perfil psicológico pouco desenvolvido ao longo do enredo, é uma personagem contundente, arquetípica da famulagem familiar negra ou mulata do Brasil da casa grande e da senzala. Irmã de leite de Don'Ana e, possivelmente, sua meia-tia, ela recebe as sobras, nos carinhos e em tudo o mais, da caçula dos Badaró. Aliás, seu destino pessoal é o contraponto perfeito, na escala social inferior, ao de Don'Ana. Também Raimunda, criada com regalias estranhas à sua classe e à sua cor, parece condenada à solidão, do que é salva pelo aparecimento do também adventício, e também mulato, Antônio Vítor.

Virgílio – Ambicioso, inteligente e um tanto ingênuo, procurando fazer carreira política rapidamente a partir da então próspera zona cacaueira, Virgílio Cabral, protótipo de *doutor* civilizado pela cultura europeizada dos núcleos urbanos da costa, é vítima de uma armadilha do destino e não escapa à força do "visgo do cacau mole". O que o prende, contudo, não é o dinheiro nem a ambição mas o amor a uma "exilada", a qual, por sua vez, também está condenada à sina da fuga impossível. Transformado – ou transtornado! – pela experiência do amor e da completa identificação ética com Ester, estoica e romanticamente enfrenta a morte. Não só porque para ele a vida perdera qualquer sentido como, principalmente, porque tal ato é uma homenagem definitiva à memória da amante e uma prova cabal da vitória da "civilização" sobre a "barbárie" que os mantivera separados. E o último conforto que lhe resta é a solidariedade ingênua e inesperada do sentimental Maneca Dantas, não suficiente, contudo, para romper sua completa solidão.

Estrutura narrativa

Composto de seis partes – denominadas "O navio", "A mata", "Gestação de cidades", "O mar", "A luta" e "O progresso" –, cada uma das quais dividida em capítulos em número e de tamanho diversos, *Terras do sem fim* é, por sua vez, a primeira parte – "A terra adubada com sangue" – de uma história que tem continuidade com mais duas – “A terra dá frutos de ouro” e “A terra muda de dono” – em *São Jorge dos Ilhéus*.

Construída segundo o esquema clássico do narrador onisciente em terceira pessoa, a obra se mantém rigidamente fiel ao esquema realista/naturalista da verossimilhança e conta, não raro quase com o rigor de uma crônica histórica, as façanhas dos *coronéis feudais* – expressão do próprio Autor, na nota que precede o início da narrativa – que, movidos pela ambição, ocupam, desbravam e modernizam a região das férteis terras no sul da zona litorânea da Bahia durante o ciclo do cacau.

A ação do romance, diretamente referida à realidade histórico-econômica, se desenrola no início do séc. XX, ao longo de meia dúzia de anos, ou pouco mais, a partir do começo da segunda década, possivelmente. E tem por palco, à exceção da primeira parte (“O navio”), a cidade de Ilhéus e toda a região que, margeando o Rio Cachoeira, avança sertão adentro e vê, com o ciclo do cacau, o surgimento e o crescimento de povoados como Tabocas (depois Itabuna), Ferradas, Pirangi, Palestina e outros.

Como particularidade da estrutura narrativa deve-se destacar a presença do Autor como personagem, explicitamente identificado como o menino que sorteia os jurados no julgamento de Horácio da Silveira ao final do romance.

Comentário crítico

Reconhecido hoje como a melhor obra de Jorge Amado, como um dos mais típicos e bem realizados *romances de 30* e, ainda, como um título importante da história da ficção brasileira, *Terras do sem fim* – como *São Jorge dos Ilhéus*, que lhe dá sequência – teve um destino, se não estranho, pelo menos curioso, pois era, por mais inacreditável que isto pareça, quase desconhecido há uma ou duas décadas atrás, fosse entre o grande público, fosse mesmo entre professores e estudantes de Letras. Vários fatores contribuíram para tanto.

De um lado, este romance ocupa um lugar muito específico na obra do Autor, pois nem é marcado pelo caráter vigorosamente panfletário e pelo engajamento político, presentes, por exemplo, em *Cacau* e *Seara vermelha*, entre outros, nem ressuma o conveniente – e não raro de mau gosto – apelo erótico-comercial que marca praticamente toda a ficção de Jorge Amado a partir do final dos anos 50. Contudo, e por isto mesmo, como os cacaueiros que florescem vigorosamente na terra das antigas matas do Sequeiro Grande, *Terras do sem fim* tem o vigor de ter sido adubado com sangue.

De outro, pelo acima dito e pela sua inegável complexidade se comparado aos demais, este romance não servia aos intuitos catequéticos de algumas correntes de esquerda às quais o Autor se ligava, nem, muito menos, aos objetivos comerciais das casas editoras. Se a isto se somar o coerente conservadorismo das Faculdades de Letras e dos professores de Literatura Brasileira, quase todos, até recentemente, ligados ideologicamente a uma visão idealista, elitista e reacionária da arte, visão esta que se integrava coerentemente à herança da cultura colonial-oligárquica contrabandeada do século passado para o séc. XX, é fácil compreender por que *Terras do sem fim,* como outras obras do próprio Jorge Amado, e as de Lima Barreto e Amando Fontes, pouca ou nenhuma atenção recebiam: elas tratavam de temas política e socialmente candentes e espinhosos, para a época.

Finalmente, *Terras do sem fim* é o mais "bárbaro" dos *romances de 30* e é compreensível que não caísse no gosto dos leitores intelectualizados das cidades da costa, naturalmente propensos a apreciar obras em que o caráter intimista, psicologizante e "civilizado" fosse mais saliente e, assim, permitisse a identificação com eles.

Foi somente a partir da década de 1970, quando a expansão vertiginosa da industrialização capitalista dependente ampliou o mercado editorial, fez explodir os últimos redutos do conservadorismo ideológico-cultural da era pré-industrial e, principalmente, tornou ultrapassado o comportamento dos que ainda consideravam inadequado ou perigoso tratar de certos temas em aula, que obras como *Terras do sem fim* e outras similares foram integradas real e definitivamente ao *corpus* da ficção brasileira. Estabelecido o distanciamento histórico, a própria obra de Jorge Amado como um todo foi submetida, sem riscos e sem falseamento, a uma reavaliação que, muito rapidamente, tirou do ostracismo *Terras do sem fim*, a partir de então considerado seu melhor romance, o qual passou, assim, a ocupar, finalmente, um justo e merecido destaque, tanto literária quanto comercialmente.

Terras do sem fim é tradicionalmente tomado como uma obra completa em si mesma, pois, apesar de integrar formalmente uma trilogia – segundo o referido antes –, possui perfeita unidade, tanto do ponto de vista temático quanto do enredo. Aceito, portanto, este pressuposto, pode-se analisar a obra isoladamente, observando que, apesar de ser um dos mais típicos *romances de 30*, apresenta algumas características muito particulares.

Em primeiro lugar, do ponto de vista temático, ao contrário de quase todas as obras do período, *Terras do sem fim* não fixa uma formação socioeconômica agrária decadente. Ao inverso, a história das terras do cacau é a de uma região litorânea delimitada que, abruptamente, se integra ao circuito do comércio capitalista internacional, fornecendo uma mercadoria altamente valorizada e que, portanto, induz a uma rápida e violenta modernização do sistema produtivo regional, com a consequente e completa desintegração das antigas estruturas (o que, obviamente, não se processa apenas no plano econômico mas também em todos os demais). E neste processo – diretamente, como em quase todos os *romances de 30*, explicitado no texto – ocorre a substituição de uma produção artesanal – açúcar, fumo, aguardente etc. – por uma agricultura extensiva de exportação e impõe-se aos *coronéis feudais* a ocupação das matas remanescentes e a ampliação de suas propriedades como garantia da manutenção de seu poder.

Este é – e sobre isto não pode haver qualquer dúvida – o núcleo central do enredo de *Terras do sem fim* e é isto também que marca seu lugar histórico-literário, tanto no conjunto da obra de Jorge Amado quanto no contexto da produção romanesca da época.

Em segundo lugar, *Terras do sem fim* é um romance profundamente ambíguo em termos do que se poderia chamar de *perspectiva ética*, quer dizer, dos valores nele presentes. Evidentemente, sob este ponto de vista não se trata de exceção completa entre as obras que integram o *romance de 30*. Contudo, em nenhum outro deles esta ambiguidade é tão flagrante e tão profunda, além de ser assumida de maneira explícita pelo próprio autor/narrador. Qual é esta ambiguidade e qual é seu sentido?

Ninguém pode colocar em questão que, em parte considerável e de forma muito clara, *Terras do sem fim* narra a violência exercida e as injustiças praticadas contra os mais fracos e indefesos, tendo como o limite o esbulho, o roubo e o assassinato. Por outro lado, as personagens que parecem adquirir vida e saltar fora das páginas da obra – os que, pela sua ação, atingem a dimensão de heróis épicos e, portanto, são valorizados positivamente – são, precisamente, os *coronéis feudais*, os donos da terra e das almas, da vida e da morte. E é diante de um deles, o vencedor da guerra, que o menino, *alter-ego* explícito do autor/narrador, se confessa vivamente impressionado. Não que este caráter ambíguo da obra afete negativamente sua importância e seu valor. Pelo contrário até, pois se pode dizer que é através dele que se fixa – tenha ou não o Autor a consciência disto – a fluidez ideológico-política da época histórica que se segue à Revolução de 30, quando as elites que passavam a comandar a modernização industrial/urbana do Brasil mantinham seus pés firmemente fincados no passado oligárquico-coronelístico do país. Seja como for, o caráter ambíguo de *Terras do sem fim* em termos ético-políticos é um dos elementos que melhor o identificam e caracterizam no panorama do *romance de 30.* E para comprovar isto basta, até com sobras, o próprio texto, não sendo necessário lembrar a trajetória político-ideológica do Autor, num recurso ao desacreditado biografismo, ao qual, apesar de não ter qualquer sentido, poucos escapam em vista da importância e do peso da questão na vida de Jorge Amado.

Em terceiro lugar, do ponto de vista da linguagem *Terras do sem fim* se caracteriza por apresentar momentos de excepcional beleza, em particular nos trechos descritivos, ao lado de outros surpreendentemente mal cuidados. Contudo, o ponto mais importante no que tange à linguagem não é este mas o de, na contramão de todo o *romance de 30* e praticamente de toda ficção brasileira até então, personagens integrantes dos grupos econômica e socialmente dominantes falarem *errado*, isto é, sem se aterem às normas gramaticais do chamado *código urbano culto*. Coerentemente, na ficção brasileira o falar *errado* esteve, e está ainda, sempre reservado aos grupos sociais inferiores e o desvio de Jorge Amado em *Terras do sem fim* liga-se, é evidente, à própria temática, como foi visto antes: as terras do cacau não são palco de uma história de decadência socioeconômica de uma classe dominante mas de ascensão, na qual os grupos que detêm o poder ligam-se de forma imediata a um passado caboclo/sertanejo, ou "bárbaro", quer dizer, não polido pela civilização urbana da costa. O que se manifesta também no plano linguístico, através do falar *errado*.

Finalmente, inserindo *Terras do sem fim* no contexto da tradição da narrativa brasileira e ocidental, há, ainda, pelo menos dois temas interessantes que podem ser levantados. O primeiro, que se liga mais uma vez à temática da obra, é que, se seu caráter "bárbaro" – como foi visto – o singulariza entre os *romances de 30* e o aproxima de outras obras escritas em época posterior – como *Grande sertão: veredas*, *Os Guaianãs* etc. –, isto não afeta, em nenhum momento, sua estrutura narrativa, que segue rigorosamente a fórmula real-naturalista. Quer dizer, pode haver, e há, tematicamente nítida diferenciação em relação à grande tradição narrativa brasileira e, em particular, ao *romance de 30*. Tecnicamente, contudo, este mundo "bárbaro", ou caboclo/sertanejo, é fixado rigidamente segundo os parâmetros da ficção europeia ou da ficção brasileira dela caudatária. O que não ocorre nas obras citadas, e em muitas outras, seja no Brasil, seja na América Latina, a partir de meados do séc. XX.

Encerrando, o segundo tema que mereceria certa atenção diz respeito ao caráter "naturalista" da obra – a força do meio, o implacável "visgo do cacau mole" –, o que, mais uma vez, coloca um problema insolúvel para a visão tecnicamente pedestre e historicamente insustentável da *periodização por estilos*, para a qual, é claro, não pode haver obra "naturalista" depois do "simbolismo" e do "modernismo" etc. Ironicamente, pode-se dizer que isto se deve ao fato de autores como Jorge Amado, Amando Fontes (*Os corumbas*) e outros não terem sido avisados do problema...

Exercícios

Revisão de leitura

1. Além de Juca Badaró, qual o coronel que é passageiro do navio e que participará das lutas pelas matas do Sequeiro Grande?

2. Quais os principais integrantes dos dois bandos em guerra?

3. Qual o perfil psicológico e cultural de Ester traçado pelo Autor?

4. Que representa Virgílio para Ester? Por quê?

5. O que é *caxixe*?

6. Quais as atividades econômicas que são substituídas pelo cacau na zona de Taboca, Ferradas e imediações?

7. Qual a visão fornecida pelo Autor a respeito da Igreja Católica e de seus interesses? A quem ela se alia?

8. Quais podem ser considerados os momentos cruciais da luta pela posse das matas do Sequeiro Grande?

9. Quem era Frei Bento? Quem era Jeremias?

10. Qual o objeto que o Autor usa como símbolo da paz? O que mostra ele e qual seu destino, ao final?

Temas para dissertação

1. As mulheres em *Terras do sem fim*: perfil psicológico e função social.

2. Raimunda e Don'Ana: "destino" ou função social diferente?

3. Virgílio e Ester: o amor impossível num mundo "bárbaro" e primitivo.

4. Damião e sua trágica "opção": submissão ou loucura.

5. A "barbárie" do sertão e a "civilização" do mundo urbano.

6. A fidelidade pessoal como *ethos* e a violência direta como método do coronelismo.

7. A estrutura econômica e as classes sociais em *Terras do sem fim.*

8. A Igreja Católica no Brasil: do conservadorismo à teologia da libertação.

9. A República Velha, a política dos governadores e a questão do coronelismo.

10. O cacau e os ciclos econômicos na história do Brasil.

José Lins do Rego

Fogo Morto

Vida e obra

José Lins do Rego Cavalcanti nasceu no Engenho Corredor, município de Pilar, estado da Paraíba, no dia 3 de junho de 1901, sendo filho de João do Rego Cavalcanti e Amélia do Rego Cavalcanti, ambos pertencentes a tradicionais famílias da oligarquia do Nordeste açucareiro. Depois de viver sua primeira infância no próprio Engenho Corredor, ingressou no Instituto Nossa Senhora do Carmo, em Itabaiana, fazendo, a partir de 1912, seu curso ginasial no Colégio Diocesano Pio X na capital do estado, atual João Pessoa.

Ingressando na Faculdade de Direito do Recife em 1920, estabelece seus primeiros contatos com o mundo literário da capital pernambucana, dando continuidade, assim, a seu gosto pela leitura e pela atividade literária, que há muito tempo tinham-se revelado no adolescente que já se familiarizara com as obras de Raul Pompéia e Machado de Assis. A partir de 1923 assina seus primeiros trabalhos de natureza literária no semanário *Dom Casmurro* e forma-se em Direito. Um ano depois casa-se com Filomena Massa (Naná), descendente de uma tradicional família de políticos. Deste casamento nasceriam três filhas: Maria Elisabeth, Maria da Glória e Maria Christina.

Em 1925 é nomeado promotor público em Manhuaçu, Minas Gerais. Um ano depois desiste de fazer carreira de magistrado e transfere-se para Alagoas, onde exerce a função de fiscal de bancos em Maceió. Na capital alagoana entra em contato com Graciliano Ramos, Rachel de Queiroz, Aurélio Buarque de Holanda, Jorge de Lima e outros, que então também davam seus primeiros passos na carreira literária. Em 1932, ainda em Maceió, publica *Menino de engenho*, seu primeiro romance. Estimulado pela boa receptividade encontrada pelo livro tanto entre os críticos quanto entre o grande público, lança *Doidinho* no ano seguinte e *Banguê* em 1934. Em 1935 transfere-se para o Rio de Janeiro, depois de nomeado fiscal do antigo Imposto de Consumo. No mesmo ano publica *O moleque Ricardo* e em 1936 *Usina.* No Rio de Janeiro, José Lins do Rego passa a atuar ativamente no jornalismo, colaborando em *O Globo*, *Jornal dos Esportes* e nos vários órgãos dos *Diários Associados*. Amante dos esportes e torcedor fanático de futebol, exerceu vários cargos em organizações do setor, como Clube de Regatas do Flamengo, Confederação Brasileira de Desportos e Conselho Nacional de Desportos.

Em 1937 publica *Pureza*, o primeiro de seus romances que foge à temática do ciclo da cana-de-açúcar, seguindo-se nos anos subsequentes *Pedra bonita* e *Riacho doce.* Em 1941 aparece *Água-Mãe*, cuja ação se passa não no Nordeste, como todos os anteriores, mas em Cabo Frio, no estado do Rio de Janeiro. Dois anos após, contudo, retorna à temática nordestina e à região dos engenhos com *Fogo morto*. *Eurídice*, seu penúltimo romance, cuja ação se localiza no próprio Rio de Janeiro, é publicado em 1947, seguindo-se, já em 1952, *Cangaceiros*, sua última obra de ficção, aparecida inicialmente em folhetim e apresentada em volume um ano depois. Suas crônicas, conferências e impressões de viagem estão reunidas em *Gordos e magros*, *Pedro Américo*, *Conferências no Prata*, *Poesia e vida*, *Bota de sete léguas* e *Gregos e troianos*.

A partir de 1950, José Lins do Rego manteve intensa atividade, tanto no Brasil como no exterior, principalmente nos países do Prata e na Europa, dando palestras e conferências sobre literatura brasileira. Em 1955 é eleito para a Academia Brasileira de Letras e em 1956 faz sua última viagem à Europa, de onde retorna, já com a saúde abalada, no ano seguinte, quando é recebido oficialmente na Academia. A partir de então permanece no Rio de Janeiro, onde vem a falecer a 12 de dezembro de 1957.

FOGO MORTO

Enredo

I Parte

O mestre José Amaro

Nos arredores do Engenho Santa Fé, em terras pertencentes ao coronel Lula de Holanda, na Várzea do Paraíba, mestre José Amaro, seleiro ali instalado há mais de 30 anos, recebe a visita do pintor Laurentino. Do interior da casa vem um cheiro de comida que passa a se misturar com o cheiro característico de couro curtido. O pintor está a caminho do engenho Santa Rosa, de propriedade do coronel Paulino, para quem José Amaro, por motivos de ordem pessoal, se recusa a trabalhar. A casa do mestre fora erguida nos tempos do pai, um seleiro que, fugindo da região de Goiana por ter cometido um assassinato a mando de outros, ali se estabelecera ainda em vida do capitão Tomás, o fundador do Engenho Santa Fé. Em virtude dos serviços prestados ao engenho, o pai fora isentado do pagamento do foro pelas terras que ocupava, privilégio do qual José Amaro continuara a gozar. Esta situação de favor, em contraste com a personalidade agressiva e irreverente do mestre, estabelece uma relação extremamente problemática entre este e o herdeiro do capitão Tomás, o coronel Lula de Holanda.

Convidado a sentar à mesa, o pintor Laurentino presencia uma cena ordinária na vida familiar do seleiro. Sinhá, a esposa, serve a parca refeição, acompanhada de desculpas, enquanto Marta, a filha solteira, não tira os olhos do chão. O mestre José Amaro desfila suas costumeiras lamentações, intercalando-as com agressões gratuitas à mulher e à filha. O mestre mostra-se amargo e inconformado com a vida que leva, sempre na dependência dos favores e interesses dos senhores-de-engenho da região, e inveja os que vivem nas vilas, como a do Pilar, onde um homem pode ver valorizado seu ofício. Acabada a refeição, o pintor e o seleiro retornam à frente da casa, presenciando então a chegada de Alípio, o chefe de um comboio de aguardente, que precisa da ajuda do mestre para consertar uma cilha partida. Resolvido o problema, o seleiro relata ao pintor Laurentino com satisfação um episódio ocorrido no Ingá, ocasião em que Alípio enfrentara um cabo de destacamento em defesa do pai, numa atitude de valentia e insubordinação.

Despedindo-se da família, Laurentino segue seu caminho. Um carro de bois carregado de lã pára em seguida à porta da casa e o carreiro solicita os serviços do mestre José Amaro para o coronel Paulino. Respondendo que mesmo sendo pobre e atrasado não estava disposto a trabalhar sob gritos e má educação, o seleiro se recusa a atendê-lo. Novamente só, descarregando seu inconformismo nas batidas do martelo e lamentando intimamente a falta de um filho homem, o seleiro é interrompido pela chegada de Leandro, um negro, que estava a caminho do Pilar. O relato de um crime ocorrido nas redondezas, em função do que Leandro procurava o major Ambrósio, no Pilar, é motivo suficiente para que, como de costume, José Amaro discorra longa e agressivamente, desta vez acerca da Justiça, que, segundo ele, estava a serviço dos grandes interesses econômicos. Intimidado pela reação do mestre, Leandro despede-se humildemente e segue seu caminho, enquanto a noite vem caindo.

Dias depois, por intermédio de Pedro Boleeiro, outro agregado, o coronel Lula de Holanda solicita os serviços de José Amaro. O portador do recado ouve as costumeiras lamentações do seleiro, que lembra os bons tempos do capitão Tomás e critica a soberba do coronel Lula, o qual de dentro de seu cabriolé mal se digna cumprimentar a família que há tantos anos serve o engenho. Sem mais o que dizer, Pedro Boleeiro retira-se. Logo em seguida, o pintor Laurentino, tendo concluído as obras no Santa Rosa, pára em frente da casa para informar José Amaro a respeito das obras em andamento no engenho. Tomando a conversa como provocação, o seleiro manifesta sua contínua revolta e indisposição, afugentando Laurentino, que parte contrafeito rumo ao Pilar. Em direção oposta vem chegando, em sua pobre montaria, o capitão Vitorino Carneiro da Cunha, de quem o pintor tenta se desviar. O capitão, porém, chama sua atenção aos brados, reivindicando a devida reverência na qualidade de homem branco, livre, e de respeito, que, além de tudo, é primo do coronel José Paulino. O capitão desmonta da velha égua em frente à casa do seleiro, seu compadre. Sinhá vem à janela e pergunta pela esposa, a comadre Adriana. Assim que acabam os cumprimentos, Vitorino começa a discutir política, assunto de sua especial predileção. Aos olhos do seleiro, compadre Vitorino, vulgo Papa-Rabo, é ridículo em suas pretensões políticas. Contudo, este não externa suas ideias, enquanto Vitorino discursa, apresentando-se como cabo eleitoral do coronel Rego Barros para governador da Paraíba e solicitando o voto do seleiro para seu candidato, de cuja plataforma consta o exercício honrado do poder e o fim da corrupção. Logo a seguir o capitão Vitorino parte, ouvindo atrás de si gritarem "Papa-Rabo, Papa-Rabo", o que o deixa furioso. À noite, o mestre José Amaro, meditando sobre sua triste sina e a de sua família, sai a passear pelas terras do coronel Lula de Holanda, junto ao rio, sem saber que este hábito recente está provocando boatos de que é um lobisomem.

Dias depois, atendendo ao chamado do coronel Lula de Holanda, o mestre José Amaro vai ao Santa Fé para consertar os arreios do cabriolé. Durante a refeição, na presença de Pedro Boleeiro, a conversa gira em torno dos hábitos religiosos da família do coronel. O negro Floripes, afilhado deste, é quem comanda as atividades do oratório. O seleiro demonstra sua profunda irritação com esta religiosidade exagerada, responsável, segundo ele, pelo descuido com o engenho, que está em franca decadência. As recordações dos tempos de fartura da época do capitão Tomás deixam-no amargurado, além de intrigado com o que acontece no interior da casa grande, de janelas continuamente fechadas, de onde o dono, sempre de gravata, só se digna sair em seu cabriolé. Acordando para seus próprios problemas e tendo concluído o serviço, sai em direção à sua casa pensando na filha, Marta, que, com trinta anos, ainda continua solteira.

No Santa Fé, a filha do coronel Lula, Nenén, parece-se um pouco com Marta. Com mais de trinta anos, vive encerrada no quarto, solteira e solitária. Certo dia, Adriana, a esposa do capitão Vitorino, é chamada ao Santa Fé para castrar frangos, ocasião em que, já que lhe permitem entrar na residência, pode observar os comportamentos estranhos de Nenén e a velhice precoce de D. Amélia, a mãe, que continua manifestando sua bondade e delicadeza, virtudes que há muito a haviam feito benquista e admirada do povo da região.

Deixando o engenho, Adriana preocupa-se com seus próprios problemas. O fato de seu filho Luís, que se encontra no Rio de Janeiro, fazendo curso de marinheiro, estar longe a deixa satisfeita, pois assim não precisa envergonhar-se das loucuras e infantilidades do pai. Contudo, os boatos sobre o mestre José Amaro, que podem prejudicar Sinhá e Marta, além das imprudências do capitão Vitorino, deixam Adriana preocupada, principalmente em relação a Sinhá e Marta, que poderão sofrer as consequências da agressividade do seleiro, que mora de favor nas terras do Santa Fé.

Sinhá possui problemas semelhantes. Marta, objeto exclusivo de suas preocupações e a única pessoa capaz de minorar suas agruras de esposa infeliz no casamento, assume comportamentos cada vez mais estranhos. Sentindo-se a causa maior do descontentamento do seleiro, que nem procura esconder a frustração de não ter tido um filho homem, Marta fica cada vez mais arredia e sensível à agressividade do pai. Tornando-se também ríspida, passa a afastar-se da mãe, preferindo a solidão do quarto. Este comportamento da filha, por sua vez, afasta ainda mais Sinhá do marido.

Indiferente à sua carga de culpa na desintegração da família, o seleiro torna-se cada vez mais violento com a mesma, chegando a espancar a filha, e aumenta sua agressividade também em relação aos demais. Em determinada ocasião chega a expulsar de sua casa, de forma grosseira e imprudente, o negro Floripes, que a mandado do coronel Lula viera fazer uma reclamação em virtude dos boatos segundo os quais o seleiro votaria na oposição. Obstinado em seu desejo de manter, mesmo na situação de absoluta dependência do coronel Lula, uma posição de autonomia, o mestre José Amaro não esconde sua simpatia pelo capitão Antônio Silvino, líder de um grupo de cangaceiros. Certo dia, Marta tem uma violenta crise nervosa e o seleiro, irritado, faz mais uma de suas caminhadas noturnas. Desta vez, porém, um encontro inesperado preenche o vazio que o atormenta. Perto do rio, a serviço do capitão Antônio Silvino, o aguardenteiro Alípio procura juntar informações sobre a localização das tropas do tenente Maurício, implacável agente da repressão oficial às atividades dos cangaceiros. O seleiro, cada vez mais disposto a ajudar os cangaceiros, sente-se renovado ao ouvir o nome do capitão Antônio Silvino. Ao retornar, o mestre José Amaro ouve cantos e rezas numa casa vizinha, onde estava sendo velada a velha Lucinda, há pouco falecida. Aproxima-se do local e olha para dentro através da janela, provocando enorme susto nas pessoas que ali se encontravam, pois seu rosto desfigurado pelo cansaço e a pele amarelada, como era de seu natural, lembram a elas os boatos de que o seleiro era um lobisomem. Desconsolado, o seleiro vai para casa, onde a mulher o espera. Nesta noite, nenhum dos dois consegue dormir.

Desse dia em diante, por intermédio de Alípio, o mestre José Amaro, sob os protestos da mulher, estreita seus contatos com o bando de cangaceiros, passando a coletar informações, junto com outros, para o capitão Antônio Silvino. O cego Torquato, que também é simpatizante do cangaceiro, informa certo dia o seleiro a respeito dos desmandos do tenente Maurício em suas operações pela várzea em busca dos cangaceiros. O capitão Vitorino, descontente com a impunidade do tenente, ameaça-o publicamente. A campanha eleitoral se acirra, causando desentendimentos e brigas pessoais. Disposto a ajudar cada vez mais os cangaceiros, o mestre José Amaro trabalha na sola e faz compras para os mesmos. Findo o dia, parte sempre para suas caminhadas, numa das quais encontra junto ao rio as tropas do tenente Maurício. Sabendo que os cangaceiros se encontravam nas imediações, desavisados da presença do tenente, o seleiro se assusta e tem um ataque. No dia seguinte é encontrado e tido como morto. Contudo, ao ser levado para casa volta a si. Sinhá, impressionada pelos comentários sobre o marido e pelo agravamento das crises da filha, confessa à comadre Adriana que também a ela causa temor o estranho comportamento do mestre. As convulsões de Marta tornam-se tão violentas que parecem levá-la à perda da razão. Numa destas crises, o seleiro, como que desabafando sua revolta e seu desgosto, toma um pedaço de sola e a espanca violentamente, até silenciá-la. A partir de então Marta, quase em estado de torpor, passa a falar mecanicamente coisas sem nexo. Ainda como resultado do ataque que sofrera junto ao rio, o mestre José Amaro fica vários dias de cama, mas se recupera lentamente, o que permite que volte novamente a trabalhar para o capitão Antônio Silvino, sempre com a ajuda do cego Torquato. Enquanto isto, o capitão Vitorino continua com suas andanças e pregações políticas, sempre perseguido pelos moleques. Por sua parte, o coronel Lula de Holanda, cada vez mais irritado com o comportamento do seleiro, toma as dores do negro Floripes, seu afilhado, que fora expulso da casa do mestre e que a partir de então afirma estar sendo por ele ameaçado de morte. Argumentando com o fato de o seleiro, além de ser agressivo e ter magoado seu afilhado, ser também filho de um homem acusado de assassinato, o coronel o expulsa de suas terras. Mestre José Amaro, num primeiro momento, fica perplexo com a decisão. Gradativamente, porém, toma consciência de seu absoluto abandono, revoltando-se mais uma vez contra o poder e o arbítrio dos que detêm a terra. Consultados pelo seleiro, o aguardenteiro Alípio e o caçador Manuel da Úrsula, seus amigos, aconselham-no a permanecer na casa, a despeito das ordens do coronel. Na verdade, abandonando o ponto de confluência dos caminhos para os engenhos e para a vila do Pilar, José Amaro perderia uma posição estratégica como informante dos cangaceiros. Envolvido com a decisão de abraçar a causa dos cangaceiros, o seleiro parece esquecer sua expulsão das terras do coronel Lula de Holanda e nem chega a dar atenção à filha, que parte para Recife para ser internada, acompanhada da mãe, do capitão Vitorino e da esposa deste, Adriana. Logo a seguir o cego Torquato é capturado pelas forças oficiais e nas redondezas dos engenhos o destacamento do tenente Maurício enfrenta os cangaceiros. Pela estrada passa tilintando o cabriolé do coronel Lula. E, depois, vários homens, transportando o corpo de um cangaceiro morto na luta recente. Enquanto se afastam, o seleiro, que pensava que o defunto fosse o capitão Antônio Silvino, chora como uma criança.

II Parte

O engenho de Seu Lula

Logo após a Revolução Praieira, de 1848, chega à Várzea do Paraíba o capitão Tomás Cabral de Melo, ali se instalando com a família e fundando o Engenho Santa Fé, que rapidamente prospera graças ao trabalho pessoal do dono e dos escravos deste. Em vista disto, o capitão Tomás Cabral de Melo integra-se à sociedade local e inicia suas atividades políticas no Partido Liberal, passando a ser muito respeitado na região, dominada pelos conservadores.

Gradativamente, o Santa Fé vai assumindo seu lugar na sociedade oligárquica paraibana. As filhas do capitão recebem educação num internato de Recife. Amélia, a mais velha, destaca-se pelas suas qualidades, entre as quais está a de saber tocar piano. Olívia, a outra filha, em virtude de uma doença que lhe tira a razão, interrompe os estudos e é trazida de volta à casa, onde permanece fora de si pelo resto de seus dias. Com o passar do tempo, o capitão Tomás vê chegar a hora de casar Amélia. A visita oportuna de Luís César de Holanda Chacon, filho de Antonio Chacon, inseparável companheiro de Pedro Ivo na Revolução Praieira, traz a solução para o problema. Mas a estima do capitão Tomás pelo marido de sua filha não tarda a esmorecer. O genro, homem de delicadas maneiras, revela pouco interesse pelos assuntos da terra. Lula, como é chamado carinhosamente, comporta-se como um visitante, passando horas ao piano, ao lado da incansável Amélia, ou andando em seu cabriolé, que trouxera do Recife. O capitão Tomás, bastante debilitado, sobretudo após o episódio da fuga de um escravo, que Lula mostra-se incapaz de recuperar, também passa a mostrar pouco interesse pelo engenho, com o que começa a decadência deste. D. Mariquinha, a esposa, assume temporariamente as funções do marido. Mas a morte do capitão e o nascimento da filha de Amélia acentuam o temperamento difícil de Lula, que principia a mostrar-se intratável e violento com todos. D. Mariquinha, muito desgostosa com a situação, como que apressa sua morte, fato que desencadeia em Amélia um processo de autocensura e arrependimento que a vai distanciando do marido.

Em virtude destes acontecimentos, o Engenho Santa Fé entra na segunda fase de sua existência, acelerando-se de forma acentuada sua decadência ao mesmo tempo em que modificações profundas vão alterando o dia-a-dia da família. O piano de Amélia e o cabriolé de Lula jamais perdem sua posição de peças mais importantes do engenho, ao lado de Nenén, que é tratada pelo pai quase como um objeto de uso pessoal. A abolição abre as portas do Santa Fé e os escravos, desgostosos com os maus-tratos a que haviam sido submetidos após a morte do capitão Tomás, abandonam a casa. A decadência do Santa Fé e a prosperidade do Santa Rosa, comandado pelo coronel José Paulino, imprimem ao cenário da região uma situação de contraste marcante. Aos olhos silenciosos de Amélia o agravamento da crise do Santa Fé reflete-se nos mínimos detalhes da vida familiar. O desinteresse de Lula pelo engenho é completo e em determinado momento a produção deste simplesmente torna-se nula. A família, como último recurso, começa a utilizar as moedas de ouro deixadas pelo capitão Tomás, enquanto Amélia transforma a criação de galinhas e a produção de ovos, outrora um passatempo, no meio de sustentar a casa. O alheamento total de Lula traduz-se, ao final, na completa entrega ao misticismo religioso, sob a direção de Floripes, o negro seu afilhado, que passa a praticamente dirigir tudo no engenho. O oratório torna-se a peça mais importante da residência e a situação é motivo de profundo desgosto para Amélia. Lula, além disso, passa a ter ataques sempre que é obrigado a enfrentar algum problema mais grave. Seu sentimento de posse em relação a Nenén também se aguça, provocando violenta crise quando a filha, em determinada ocasião, manifesta seu interesse afetivo por um rapaz de origem humilde. O ataque que o acomete faz com que Lula se volte contra a filha e a esposa, interpretando a cumplicidade das duas como um complô armado contra si próprio. Nenén, depois deste episódio, fecha-se cada vez mais sobre si própria. Permanecendo solteira, com o passar dos anos torna-se alvo de riso e deboche da vizinhança.

III Parte
O capitão Vitorino

A residência do comendador Quinca Napoleão, prefeito do Pilar, é alvo de um ataque dos cangaceiros de Antônio Silvino. Encontrando caixotes de moedas, os cangaceiros distribuem-nas à população reunida diante da residência. Depois, dirigindo-se à casa de comércio do comendador, arrombam-na, entregando as mercadorias aos pobres. A notícia do ataque ao Pilar encontra o mestre José Amaro em casa, na companhia de José Passarinho, negro afeiçoado à família. Sinhá, abalada pelos acontecimentos recentes, não retornara à casa, permanecendo sob os cuidados da comadre Adriana, a esposa do capitão Vitorino. O saque dos bens de Quinca Napoleão deixa o seleiro satisfeito. O cego Torquato, já em liberdade, relata ao mestre os maus-tratos sofridos na prisão. No engenho Santa Fé, o coronel Lula de Holanda é advertido pelo capitão Antônio Silvino pelo fato de ter expulso o seleiro de suas terras. Também o capitão Vitorino, em suas contínuas viagens, passa pelo local e fica sabendo da expulsão, decidindo então ir até o Santa Fé para dissuadir o coronel Lula de Holanda de tal atitude. O coronel, já irritado com a ameaça do cangaceiro, recebe como um insulto a visita do capitão Vitorino, o que provoca violenta discussão entre ambos. O coronel sofre mais um de seus ataques e o capitão, no caminho de volta, encontra as tropas do tenente Maurício, a quem resolve enfrentar, sendo espancado e preso. A prisão do capitão Vitorino mobiliza todos os senhores-de-engenho da região, preocupados com as violências das forças do governo e com o destino do prisioneiro, por todos considerado inofensivo. Os proprietários do engenho Santa Rosa, seus parentes, imediatamente tomam sua defesa mas, apesar dos esforços, o capitão é enviado a Itabaiana, por decisão superior. Um telegrama do coronel Rego Barros, candidato da oposição, solidariza-se com o capitão Vitorino e elogia seu heroísmo. A imprensa divulga os desmandos das forças do tenente Maurício, colaborando para que pouco depois o capitão seja libertado e possa voltar ao Pilar. Estimulado pela repercussão de sua prisão, o capitão Vitorino envolve-se em novo incidente, desta vez com o delegado do Pilar, José Medeiros. A imprensa, mais uma vez, toma sua defesa. Contudo, os ardores políticos do capitão são interrompidos pela notícia da chegada de seu filho Luís, já suboficial da Marinha. Para surpresa da mãe, Luís, ao inteirar-se das aventuras do pai, não se envergonha. Pelo contrário, passa a admirá-lo profundamente. Animada com a presença do filho, Adriana começa a ver o futuro com olhos mais otimistas. A insistência de Luís em levá-la ao Rio deixa-a em posição difícil, já que Vitorino permanece inflexível em sua decisão de permanecer no Pilar. Ao final, o filho parte sozinho.

As forças do tenente Maurício, informadas do envolvimento do mestre José Amaro com os cangaceiros, prendem o seleiro. Libertado pouco depois, suicida-se com a faca de cortar sola. No Santa Fé, após o ataque dos cangaceiros, que marca o fim definitivo do engenho, resta apenas uma família desestruturada. O coronel Lula, separado de seu último vínculo afetivo – a filha Nenén, que se isola, como que em protesto contra o autoritarismo paterno –, afunda cada vez mais no misticismo. Olívia, privada da noção do tempo, permanece em seu estado de torpor e D. Amélia procura viver de lembranças. Desta forma, o Santa Fé chega ao fim e seu forno jamais voltará a ser aceso. Somente o capitão Vitorino, ao lado de sua mulher, continua nutrindo sonhos.

Personagens principais

Capitão Vitorino – Personagem mais importante de *Fogo morto* e responsável, em grande parte, pela popularidade da obra, o capitão Vitorino Carneiro da Cunha, vulgo Papa-Rabo, é um verdadeiro Dom Quixote em seu idealismo radical que pouco leva em conta a realidade da estrutura social e política em que age. De uma figura grotesca e ridícula na primeira parte – o que é acentuado por seu porte deselegante e pelo mau estado de sua cavalgadura –, o capitão Vitorino eleva-se, na terceira parte, a verdadeiro porta-voz de ideais políticos e ideológicos. Contudo, em sua profunda ingenuidade, é incapaz de perceber a complexidade dos fatos e acaba tornando-se extremamente contraditório. Sua visão de justiça, por exemplo, exclui a população de ex-escravos negros, adquirindo assim uma grande componente racista. Além do mais, incapaz de representar uma verdadeira ameaça às elites agrárias, que detêm o poder político, acaba tornando-se uma espécie de "herói popular" por elas manipulado segundo seus interesses.

Mestre José Amaro – A soma de componentes sociais, familiares e pessoais negativas fazem do mestre José Amaro uma personagem trágica, isto é, uma personagem para a qual parecem confluir todas as desgraças. De temperamento sensível e introvertido, mestre José Amaro, moldado pelos valores da família patriarcal, sente-se como que injustiçado tanto por não ter um filho quanto por ter que viver em companhia da filha solteira. Somando-se a isto sua posição social de homem livre sem posses, que o situa numa região indefinida entre o senhor e o dominado, o resultado é a revolta materializada na violência contra a família, sobre a qual descarrega sua irrealização, e na opção pela violência política, na qual deposita a esperança de dias melhores. Ao perceber, porém, sua incapacidade de opor-se, em qualquer plano, ao poder econômico das classes dirigentes, orienta, coerentemente com seu temperamento, a violência contra si próprio e suicida-se com o mesmo instrumento que representava sua sobrevivência: a faca de cortar sola.

Seu Lula – Encarnando a velha ordem em decadência, Luís César de Holanda Chacon – o *seu* Lula – reúne em si, como personagem, as principais características da mesma. Entre elas podem ser citadas a rígida fidelidade aos valores do passado, o exercício do poder na ordem social e familiar e um futuro sem perspectivas. Pouco interessado em modernizar o engenho, no qual se integra a partir do casamento com a filha do capitão Tomás, limita-se a mantê-lo em funcionamento, em condições cada vez mais precárias e, portanto, insuficientes para sustentar o nível de vida próprio da classe a que pertence. Em consequência, fecha-se cada vez mais sobre si próprio e vai exaurindo as poucas economias de que dispõe. Contudo, mantém a plena posse de seu poder social e familiar, no que é apoiado pelos demais senhores-de-engenho, que através desta fidelidade o reconhecem como integrante de seu grupo. Isto, porém, não resolve o conflito central da personagem, que se apega rigidamente ao passado em meio a um mundo em transformação.

Em vista disso, *seu* Lula entrega-se ao misticismo, o que coroa seu completo alheamento à realidade.

As mulheres – Apesar das diferenças e singularidades de ordem pessoal e social, as mulheres que se destacam como personagens em *Fogo morto* perseguem, todas elas, um objetivo comum: a felicidade familiar. Desta forma, as expectativas criadas em torno do casamento são, em um primeiro momento, a grande motivação que orienta seus caminhos, caminhos estes que, a despeito das especificidades pessoais, são definidos dentro dos quadros da estrutura social vigente.

A descrição da juventude de Olívia e Amélia se destaca como exemplo ilustrativo típico de uma formação cuja meta suprema era o casamento. A fatalidade leva Olívia a interromper o caminho traçado, mas Amélia atinge o ideal pretendido, o qual representa a concretização de uma longa espera e, ao mesmo tempo, o elemento detonador de novos conflitos. Além, é evidente, de garantir a transmissão da propriedade da terra e o controle social sobre os grupos socialmente inferiores.

A vida familiar depois do casamento constitui-se, por sua vez, num segundo momento de identificação entre as mulheres de *Fogo morto* que atingiram o ideal referido. Em todos os casos – Amélia, Sinhá e Adriana – configura-se uma situação de frustração, que leva à formação de uma nova consciência ou, pelo menos, à percepção do mundo de forma mais organizada. Assim, Amélia, em seu silêncio, analisa a decadência do Santa Fé e a desagregação da família; Adriana, principalmente depois da chegada do filho, procura uma alternativa para sua situação; e Sinhá, desligada, com a doença da família, dos últimos laços afetivos que a ligavam a esta, não aceita a reconciliação.

A educação para o casamento e a desintegração familiar determinam também as trajetórias de Marta e Nenén, as quais, por pertencerem à segunda geração, têm na própria família o exemplo que não desejam seguir. Na ausência de alternativas, a fuga à realidade constitui uma solução para o impasse.

Desilusão, conformismo e consciência silenciosa parecem ser as etapas fundamentais do caminho seguido pelas mulheres casadas em *Fogo morto*. Para as que não escolheram o casamento como projeto de vida ou não tiveram o privilégio de atingi-lo resta o isolamento ou a marginalização.

Personagens "secundárias" – A fixação da sociedade açucareira do Nordeste no romance de José Lins do Rego apoia-se, fundamentalmente, na caracterização das três personagens centrais: o capitão Vitorino, o mestre José Amaro e *seu* Lula. Em torno destes, porém, gravitam, além das mulheres, várias personagens "secundárias". São estas que, apesar de estarem individualmente em segundo plano, compõem, no conjunto, o amplo quadro da sociedade retratada, na qual cada uma delas representa um papel específico.

Sob este ponto de vista cabe destacar, em primeiro lugar, os negros. Através deles, duramente segregados e marginalizados, reflete-se a herança do período escravista/colonial, herança esta fortemente cristalizada nas relações sociais. José Passarinho, por exemplo, a mais importante destas personagens, parece ter no contexto narrativo função meramente ilustrativa: não tem trabalho, não tem filhos, não tem problemas pessoais de qualquer tipo. Contudo, é através dele que se expressa a posição da sociedade como um todo diante do negro. Tanto em José Passarinho, que por espontânea vontade zela pela saúde de José Amaro, como em Floripes, que não vê limites em seu desejo de ter as boas graças do senhor-de-engenho, percebe-se que o negro procura, antes de tudo, ser servil. Esta atitude nasce, obviamente, do instinto de defesa, pois, numa sociedade que o segrega e discrimina violentamente, o negro vê no servilismo a forma de obter favores, comida ou, no mínimo, a indiferença. E esta indiferença parece, de fato, ser um dado que passa a fazer parte integrante do próprio romance: em nenhum momento alude-se a famílias negras ou são apresentados os problemas e anseios deste grupo. De forma coerente com a herança escravista, o negro socialmente não existe. E quando existe individualmente é apenas para ser escorraçado ou para representar o papel de fâmulo.

O segundo grupo de personagens "secundárias" é formado pelos cangaceiros e pelas forças do governo que os atacam. Ambos os grupos representam as duas forças fundamentais que agiam, nas primeiras décadas do séc. XX, no seio da sociedade oligárquica nordestina em desagregação: a revolta, ainda que desorganizada, contra o arbítrio e a prepotência de uma ordem moribunda, incapaz de legitimar-se, fosse por que meio fosse, diante dos grupos sociais inferiores, e o avanço do poder centralizador do Estado, que somente após a Revolução de 30 tenderia a crescer de forma decidida e coerente nas regiões periféricas do país.

Finalmente, o terceiro grupo de personagens "secundárias" é representado pelos que exercem – sem terem a importância do mestre José Amaro – profissões específicas, geralmente já agregadas ao próprio nome. Entre estes os principais são o aguardenteiro Alípio, Pedro Boleeiro, o pintor Laurentino, o cego Torquato e o caçador Manuel da Úrsula. Envolvidos nos conflitos da sociedade em que vivem, alguns tomam claramente partido e utilizam-se da mobilidade própria de suas profissões para prestarem informações aos cangaceiros – como Alípio e Torquato – ou às forças do governo, como Laurentino. Manuel da Úrsula, que apesar de negro não aparece socialmente como tal, é uma personagem indiscutivelmente interessante, pois é o que exerce, se comparado com os seus iguais, a mais primitiva das profissões, ainda ligada à coleta. O que, aliás, é muito bem simbolizado por seu contínuo vaivém e por suas rápidas aparições.

Estrutura narrativa

Dividido em três partes, subdivididas em capítulos, cada uma das quais centradas sobre uma personagem principal – e intituladas, respectivamente, "O mestre José Amaro", "O engenho de seu Lula" e "O Capitão Vitorino" –, *Fogo morto* retrata o mundo decadente dos engenhos de açúcar na Várzea do Rio Paraíba, no estado do mesmo nome, apresentando um riquíssimo painel socioeconômico da região açucareira do Nordeste num momento em que as velhas técnicas de produção do engenho começam a ser substituídas pelas modernas usinas. Construído segundo o esquema clássico do narrador onisciente em terceira pessoa, *Fogo morto* apresenta eventos que se desenrolam, aproximadamente, por volta de 1915, num período de tempo indeterminado mas que não deve ultrapassar alguns meses. Excetuada, evidentemente, a segunda parte, na qual, numa visão retrospectiva, a história do engenho de *seu* Lula é contada desde seu início, em meados do séc. XIX.

Comentário crítico

Considerada a obra-prima de José Lins do Rego e um dos melhores exemplares do chamado *romance de 30*, *Fogo morto* engloba e coroa com extraordinária força artística a série de romances em que o Autor fixou tematicamente a sociedade açucareira nordestina, em particular aquela da Várzea do Paraíba, no estado do mesmo nome. Imortalizando na arte este espaço sócio-histórico-geográfico, José Lins do Rego transcende o mero registro factual do mundo que conhecera e inscreve na história literária do país alguns personagens cujo vigor o tempo não apagará tão cedo.

O mundo apresentado em *Fogo morto* é o da falência da sociedade patriarcal nordestina, que, tendo por base sempre a atividade econômica açucareira, pouco se modificara desde fins do séc. XVII. Funcionando segundo o esquema do latifúndio monocultor escravista e tendo o mercado externo como principal comprador do produto obtido, a sociedade açucareira nordestina se manteve, ao longo de cerca de dois séculos, quase imune às mudanças tecnológicas e às transformações estruturais. Este quadro começa lentamente a alterar-se apenas a partir do final do séc. XIX, quando a eliminação – pelo menos em termos oficiais – do sistema escravista e o avanço do processo de modernização do país determinam a progressiva reordenação do sistema produtivo brasileiro em geral. De um lado, em termos tecnológicos, o velho engenho cede lugar à moderna usina. De outro, em termos políticos, o poder dos coronéis senhores-de-engenho, apesar de não desaparecer completamente – mantendo-se, sob novas formas e em algumas regiões, até o dia de hoje –, começa a ser abalado pela modernização, modernização que avança do litoral urbanizado rumo ao interior, levando consigo se não os direitos pelo menos a notícia de novos modelos de vida e de participação política. Em resumo, este é o pano de fundo histórico diante do qual se movimentam as personagens de *Fogo morto*: uma região de exploração agrícola baseada no latifúndio monocultor e dispondo de uma mão-de-obra outrora escrava, tudo isso inscrito no quadro maior da falência do engenho como modo de produção de açúcar. Falência que, desde as últimas décadas do séc. XIX, dera ocasião ao surgimento de fenômenos sociais característicos como o cangaço e o misticismo, aliás presentes, se bem que em segundo plano, neste romance de José Lins do Rego.

Das três personagens principais da obra, o coronel Lula de Holanda, coerentemente com a posição que ocupa no mundo social apresentado, é a que melhor encarna toda a situação. Casado com a herdeira de um engenho (o Santa Fé), o coronel Lula é o próprio retrato da decadência. Sem futuro, seja em termos familiares ou econômicos, o coronel apega-se rigidamente ao passado e mantém, apesar de tudo, seu ar aristocrático em meio à desagregação total de seu mundo, no qual assume posição de destaque seu afilhado Floripes, um negro e ex-escravo que passa a dar ordens no engenho.

O mestre José Amaro, por sua parte, é, como Lula e Floripes, um remanescente da velha ordem. Seleiro por profissão – daí seu título –, Amaro representa o "homem livre na ordem escravocrata". Quer dizer, num contexto em que os dois pólos da estrutura econômico-social (senhores-de-escravos e escravos) definiam-se rigidamente pelo fato de serem proprietários ou propriedade, o artesão era o fator de desequilíbrio. Produto, de um lado, das necessidades do mundo do engenho e, de outro, da única alternativa que se oferecia ao branco não-proprietário, o artesão era um ser híbrido na ordem escravocrata, pois reunia a liberdade, própria apenas do senhor-de-engenho, à necessidade de trabalhar, função específica do escravo. Justamente por isto o mestre José Amaro é o único em condições de rebelar-se contra a situação vigente. Não é de estranhar, portanto, que ele assuma a posição de aliado dos cangaceiros, que andam continuamente a ameaçar a ordem constituída, mantida graças ao trabalho semi-escravo e à polícia. Deve-se destacar também que o racismo presente ao longo de todo o romance nasce das relações entre o negro semi-escravo e o branco livre, num típico conflito de retaliação entre dominados incapazes de se rebelarem contra o polo de dominação ao qual ambos estão submetidos, se bem que de formas diferentes.

Contudo, a personagem mais marcante e mais interessante de *Fogo morto* – responsável, inclusive, por grande parte da fama da obra – é Vitorino Carneiro da Cunha, o capitão Vitorino, também conhecido pela alcunha de Papa-Rabo. Misto de desequilibrado e de autoridade moral, Vitorino é certamente a personagem a partir da qual é possível fazer uma análise mais abrangente do romance de José Lins do Rego.

De extrema loquacidade e pretendendo demonstrar autoridade, Vitorino torna-se engraçado e contraditório na medida em que não sabe governar sua casa, vive correndo de um lado para outro e torna-se alvo do riso das crianças. Enfim, como já foi dito muitas vezes, é um tipo de Dom Quixote brasileiro, um ingênuo sonhador. Mas em que consiste seu sonho, seu delírio? Exatamente no fato de acreditar ser possível, pelo poder do voto, instaurar uma ordem constitucional num meio em que impera, sem grandes resistências, o poder dos coronéis latifundiários. Assim, seu projeto esbarra em obstáculos intransponíveis. O povo da região está acostumado a votar segundo a ordem dos coronéis, que mantêm rigidamente seus "currais eleitorais", a corrupção eleitoral e administrativa é uma constante e os políticos sequer sonham com reformas. Desta forma, se o idealismo utópico de Vitorino – em particular na terceira parte – consegue identificar com precisão os problemas cruciais da estrutura socioeconômica em que vive, a alternativa que dele decorre é totalmente inviável na prática. Haveria então outra saída?

Há, em princípio, e isto faz de *Fogo morto* uma das poucas obras da literatura brasileira em que aparece o tema da contestação armada à ordem vigente. O mestre José Amaro, em sua dramática revolta de homem livre mas sem posses, vê com clareza esta alternativa: o cangaço é a única forma de opor-se à ordem de um mundo estático e sem perspectivas para os pobres. Contudo, como no caso de Vitorino, esta saída também é utópica, tanto pela pressão política como, diretamente, pela pressão das armas. As forças legais estão presentes em toda a parte, os cangaceiros acabam tornando-se massa de manobra dos políticos e sua derrota é apenas uma questão de tempo. Isolado, sem identidade, o seleiro não resiste à pressão do meio e, sem condições de enfrentar os problemas existentes em sua família, suicida-se pouco tempo depois de ter levantado a possibilidade de aderir ao cangaço, única saída que parecia apresentar-se no horizonte social do latifúndio monocultor, do qual fora expulso.

Retomando a temática do mundo do engenho e da usina – que abordara em *Menino de engenho*, *Banguê, Usina* e *O moleque Ricardo* –, José Lins do Rego como que coroa em *Fogo morto* sua obra com um grito de denúncia contra a miséria e a exploração de que era – e ainda é – vítima grande parte da população nordestina. A solução implicitamente sugerida no texto – e materializada na ação de Vitorino – passa pelo respeito a uma ordem jurídica constituída em termos de um liberalismo igualitário sob cujo manto todos, ricos e pobres, são iguais. Como, porém, serão iguais no plano político se no plano econômico o mundo está dividido rigidamente entre possuidores e despossuídos? A partir desta contradição é que Vitorino pode ser considerado mais como um porta-voz indireto de importantes segmentos das "classes médias" urbanas brasileiras – que no início da década de 1940, ao final do Estado Novo, exigiam a abertura política e a queda do regime – do que como a voz simbólica da imensa legião de despossuídos do latifúndio nordestino. Seja como for, num e noutro caso, com a grandeza e a fragilidade próprias de toda utopia, o idealismo de Vitorino permanece e permanecerá intato em sua exigência de um mundo justo, igualitário e liberal que dê a todos um lugar adequado e que não impeça a solidariedade entre os homens. É assim que o Papa-Rabo aparece em *Fogo morto.*

Exercícios

Revisão de leitura

1. O que tinha levado o pai do mestre José Amaro a fixar moradia em terras do Engenho Santa Fé? Em que época?

2. Quais os problemas que afetam a família do mestre José Amaro?

3. Como Luís César de Holanda chegara a dono do Engenho Santa Fé? O que aconteceu por ocasião da libertação dos escravos?

4. Quais poderiam ser os motivos responsáveis pela decadência do Engenho Santa Fé?

5. Em termos de origem familiar, quem é o capitão Vitorino Carneiro da Cunha?

6. Qual o papel desempenhado pelas mulheres no mundo apresentado em *Fogo morto*?

7. Como são vistos no romance os cangaceiros?

8. Qual o relacionamento entre negros e brancos ao longo da obra?

9. Como atuam as forças do governo e qual a visão que delas tem a população, segundo os grupos sociais?

10. Por que o mestre José Amaro pensa em aliar-se aos cangaceiros?

Temas para dissertação

1. Os resquícios da escravidão no Nordeste.
2. Política, policiais, rebeldes e pobres em *Fogo morto.*
3. Os negros em *Fogo morto.*
4. As mulheres em *Fogo morto*, segundo as classes sociais a que pertencem.
5. O mestre José Amaro: orgulho, impotência e tragédia.
6. As opções dos pobres em *Fogo morto:* conformismo, misticismo ou marginalidade (cangaço).
7. Lula de Holanda: o retrato da decadência.
8. Vitorino: um solitário ou um louco?
9. Os cangaceiros: a rebelião sem objetivos definidos.
10. O ciclo econômico da cana-de-açúcar no Brasil.

Dyonélio Machado

Os Ratos

Vida e obra

Dyonélio Tubino Machado nasceu em Quaraí, no dia 21 de agosto de 1895, sendo filho de Sílvio Rodrigues Machado, funcionário de um saladeiro local, e de Elvira Tubino, ambos de modesta posição social, o que o leva, ainda na infância, a escrever, tomando as dificuldades enfrentadas como assunto de um pequeno poema, "As calças do Barbadão". Em 1902 perde o pai, assassinado, o que o obriga, logo a seguir, a começar a trabalhar, vendendo bilhetes de loteria para ajudar a sustentar a família. Apesar da situação, consegue estudar e aos dezesseis anos funda o jornal *O martelo*. Em 1912 deixa Quaraí e viaja a Porto Alegre, mas retorna no ano seguinte, dando início a intensa atividade como professor e colaborador de vários jornais da região. Ao final da Primeira Guerra retorna novamente a Porto Alegre e em 1921 casa-se com Adalgiza Martins. Em 1922 nasce Cecília, a primeira filha do casal. Nunca deixando de lado sua atividade como jornalista, e já como membro do Partido Comunista, Dyonélio Machado publica em 1923 *Política contemporânea* e em 1927 um livro de contos, *Um pobre homem.* Em 1929 forma-se na Faculdade Portoalegrense de Medicina, especializando-se em seguida em psiquiatria e integrando-se à equipe do Hospital São Pedro, no qual permaneceria até aposentar-se. Em 1934 é preso devido a seu ativismo político. Libertado, no ano seguinte é novamente preso e enviado ao Rio de Janeiro. Durante a viagem é informado de que seu primeiro romance, e sua obra-prima, *Os ratos*, recebera o Prêmio Machado de Assis. A obra é publicada no mesmo ano. Em 1937 regressa a Porto Alegre mas logo a seguir, para não ser preso novamente, foge a pé pelo litoral catarinense, experiência que seria refletida em seu segundo romance mais conhecido, *O louco do Cati*, publicado em 1941. Multiplicando suas atividades, Dyonélio Machado escreve obras sobre temas médicos, romances, artigos e panfletos. Em 1944 publica *Desolação* e em 1946 *Passos perdidos*. Em 1947 é eleito deputado estadual pelo Partido Comunista Brasileiro, sendo cassado logo depois, quando o partido é posto fora da lei. Ao longo dos anos, vêm à luz novos romances: *Deuses econômicos* (1966), *Prodígios* (1980), *Nuanças* (1981), *Sol subterrâneo* (1981) e *Ele veio do fundão* (1982). Em 19 de junho de 1985, Dyonélio Machado morre em Porto Alegre, aos 89 anos de idade.

OS RATOS

Enredo

É madrugada. Por detrás dos muros das casas, a vizinhança assiste à briga de Naziazeno Barbosa, funcionário público, com o leiteiro. "Lhe dou um dia!"– diz este, furioso. Naziazeno, que há um mês não paga, propõe à mulher, Adelaide, cancelar o leite. Afinal, o mesmo fora feito com a manteiga. Adelaide resiste. Sem leite, que será do filho, de nem quatro anos de idade? Pensando no Fraga, vizinho da frente e bem situado na vida, e no dos fundos, um amanuense da Prefeitura, o qual nunca paga suas contas, Naziazeno toma o bonde.

"Lhe dou um dia!" Tem que arranjar os 53 mil réis que deve ao leiteiro. O filho não pode ficar sem leite. Estivera doente há algum tempo. Felizmente se recuperara bem. E Naziazeno nem conseguira pagar o médico... O leite, o leite! Desce do bonde. Reanima-se. É preciso procurar Duque, que "tem a experiência da miséria". Dirige-se ao mercado. Não o encontra. Caminha até a repartição. Seu plano é pedir um empréstimo ao diretor, que tempos atrás o desapertara com 20 mil réis. Agora são 53 mil réis. Mas vai pedir 60! Ainda não são 9h, a repartição não abriu. Vai até a esquina para um cafezinho. São 200 réis. Vai até o cais, caminhando ao longo dele. E pensa no diretor. Com 60 mil réis todos os seus problemas estarão resolvidos. Adelaide se acalmará. Mas agora é preciso entrar na repartição. Naziazeno pergunta pelo diretor. Não chegou ainda. Está na Secretaria. E ninguém sabe quando chegará. Seu plano do empréstimo fracassa. Senta-se à mesa e começa a trabalhar. Mas muda de ideia. Sai, à procura de Duque. Volta ao mercado, ao café da esquina. Mas Duque não está. Encontra Alcides, seu amigo, conhecido "cavador". Reorganizam o plano. Naziazeno vai voltar à repartição para pedir o empréstimo e Alcides vai tentar a sorte no jogo do bicho.

Naziazeno volta à repartição. O diretor já chegara. Naziazeno cria coragem e solicita o empréstimo. O diretor nega. Naziazeno deixa de novo a repartição, indo à procura de Alcides, que fora jogar no bicho. Novamente reunidos, arquitetam o plano de, juntos, cobrarem uma dívida de 100 mil réis de um tal de Andrade. Este, que Naziazeno julgava ser rico, mora numa "casinha um tanto pobre". Andrade nega que a dívida seja de sua responsabilidade. O responsável mesmo é Mister Rees, alto funcionário de um banco estrangeiro. Já é 1h da tarde. Naziazeno volta a procurar Alcides. Não o encontra. Vai ao banco de Mister Rees. Este está viajando. É preciso almoçar, já são quase 2h. Mas Naziazeno esquece o almoço e começa a desenvolver novo plano para enfrentar a situação: encontra Otávio Conti, amigo do Duque, para tentar conseguir 5 mil réis. Quando chega à casa deste, não tem coragem de entrar. Ao retirar-se, topa com um conhecido, o Costa Miranda, que manda um recado para o Alcides: pagar a nota promissória no agiota, da qual ele, Costa Miranda, é avalista. Aproveitando habilmente uma oportunidade na conversa, Naziazeno pede a Costa Miranda 10 mil réis. Costa Miranda lhe dá apenas 5 mil réis.

Com 5 mil réis no bolso, Naziazeno fica em dúvida sobre o que fazer. Almoçar? Tomar um cafezinho? Tentar a sorte no jogo? Decide-se por um copo d'água... Logo adiante vislumbra Horácio, colega de repartição. Será que o diretor mandou procurá-lo? Certamente não, mas Naziazeno prefere não ser visto e esgueira-se, afastando-se. 5 mil réis! Arriscar na roleta? Caminhando em direção ao ponto de jogo, volta a ver Horácio e entra rápido. Aí está a roleta! Indeciso mas quase hipnotizado, Naziazeno não resiste. Joga os 5 mil réis no nº 28. E ganha 175 mil réis! E perde a noção do tempo, continuando a jogar, até perder tudo, menos os 5 mil réis que o Costa Miranda lhe dera. Numa última tentativa, joga a última ficha, a dos 5 mil réis... Perde. E Naziazeno sai para a rua, atarantado. Volta à tabacaria à procura de Alcides, com o qual ali fizera uma aposta no bicho. Decepção: o número não fora premiado. Naziazeno recomeça a andar. Vai a uma firma em que tempos atrás fizera um vale, que ainda não fora pago. Pede outro vale. O pedido é recusado. Recomeça a andar sem rumo. Retorna ao mercado. Alguém grita o seu nome. Lá está Alcides. Não muito distante, Duque, a última esperança de Naziazeno. Este conta a Alcides que Andrade se recusara a pagar a dívida. Alcides lhe paga um copo de leite. Duque vem à mesa deles e propõe-lhes ir ao Rocco, um agiota, levantar os 100 mil réis por conta de uma dívida que Rocco tem com ele. Alcides parte para a missão. No relógio da Prefeitura são 6,30h.

No Café Nacional, onde Naziazeno e o Duque aguardam Alcides, o "dr." Mondina conversa com eles e lhes conta que também se vira um dia em situação difícil, tendo saído dela movendo uma ação de despejo... Sua primeira causa! Alcides retorna. Rocco fora inflexível: suspendera os empréstimos... Duque se levanta e pede a Naziazeno que o acompanhe. Vão até um escritório. Duque pede 100 mil réis a um tal de Fernandes. Este nega. Pedem a outro, o Assunção, e o resultado também é negativo. E Duque arma novo plano: Alcides tem penhorado um anel por 180 mil réis.

Quem sabe se, com a ajuda do "dr." Mondina, não seria possível levantar o penhor e depois penhorá-lo por um valor mais alto? O "dr." Mondina mostra-se interessado. Dirigem-se à casa de penhores. Já está fechada! De uma agência de loterias, Alcides telefona ao dono da casa de penhores, o *seu* Martinez. Acendem-se as luzes da cidade. Já é quase noite. Martinez os recebe. Dirigem-se à loja de penhores. Com o dinheiro do "dr." Mondina, o anel de Alcides é resgatado. E agora? As lojas estão quase todas fechadas. Duque sugere procurar o joalheiro Dupasquier. O joalheiro ainda está na loja. Olha cuidadosamente o anel e oferece 350 mil réis. Ao saber que não querem vendê-lo mas penhorá-lo, manda-os embora, dizendo que este não é seu negócio... Que fazer? Duque apresenta mais um de seus planos: o "dr." Mondina empresta o dinheiro para Naziazeno e fica com o anel como garantia. O "dr." Mondina demonstra cobiça, mas resiste. E Duque dá o golpe final: o "dr." Mondina fica com o anel por 300 mil réis – o Dupasquier oferecera 350! Como já desembolsara 180 mil réis na casa de penhores, basta pagar a Alcides 120 mil réis. O "dr." Mondina não tem saída. O negócio é fechado. Depois de algum esforço para trocar a nota de 100 mil réis, Duque, que comanda a operação, entrega 65 mil réis – "Você vai levar um pouco mais" – a Naziazeno.

São 9h da noite. Naziazeno chega em casa carregado de pacotes: manteiga, queijo tipo holandês, dois leõezinhos de borracha para o filho, o sapato consertado de Adelaide, resultado dos 12 mil réis que Duque lhe passara às mãos, além dos 53 mil réis do leiteiro. Adelaide, que ficara preocupada por Naziazeno não ter vindo almoçar, serve-lhe a janta, acompanhada de uma garrafa de vinho, que ele mandara o filho da vizinha buscar no armazém. Adelaide quer saber como ele conseguiu o dinheiro. Naziazeno desconversa. Agora está tudo tranquilo, em paz. Naziazeno conta o dinheiro do leiteiro. E fica a imaginar a cara deste ao vê-lo: uma nota de cinquenta e os trocados, junto à panela de leite, na mesa da cozinha. Adelaide insiste: quer saber de onde veio o dinheiro. Naziazeno diz ter pedido emprestado ao Duque e ao Alcides. Tudo pronto. Depois da janta, Adelaide vai deitar. Naziazeno também deita, mas, cansado pelas longas caminhadas do dia, não consegue dormir. Nervoso, pensa no que lhe acontecera: o Andrade, o Costa Miranda, a roleta, o vale... Quer dormir. O filho chora um pouco, depois se acalma. O bonde passa. Meia-noite? 1h da madrugada? Agora o silêncio é completo. Naziazeno cochila, sonha. O "dr." Mondina... A repartição... Um cachorro late na noite. Acorda. Um relógio dá as horas: 2h! O "dr." Mondina foi a salvação. Que teria sido sem ele? O Rocco, o Assunção, o Martinez... O filho chora mais um pouco. A mãe o acalma em sua caminha e ele volta a dormir. Adelaide também. A noite avança. O leiteiro: "Lhe dou mais um dia!" Mas agora o dinheiro está lá, junto à panela, sobre a mesa da cozinha. O leiteiro vai ficar satisfeito. Já é quase madrugada. Naziazeno cochila. Não consegue dormir. Dói-lhe o corpo todo: "dor de cansaço". O "dr." Mondina. O Duque. O Alcides. O golpe final, o dinheiro. Foi difícil trocar a nota de 100 mil réis do "dr." Mondina... O Duque. O Alcides. Os 65 mil réis que Duque lhe entrega. O queijo, a manteiga, os leõezinhos. O bonde. O sapato de Adelaide. Que horas são? Naziazeno não ouviu mais o relógio. Todos dormem. Só Naziazeno está acordado. As carroças passam nas ruas. É madrugada. Chiados. Guinchos! Os ratos, os ratos! Um guincho fininho. São ratos no forro. Ratos! Estão roendo o forro. Vão roer o dinheiro na cozinha! Na mesa, junto à panela! E Naziazeno os vê, atarefados, roendo, roendo. E o dinheiro todo picadinho... Agora o dinheiro já está em seus ninhos. Os ratos roem, roem... Não devia ter deixado o dinheiro ali, na mesa da cozinha, junto à panela. Que fazer? Acordar Adelaide? O filho dorme um sono pesado. Os galos cantam na madrugada. Os ratos já não roem mais. Se foram, depois de feito o trabalho... A tristeza e o desânimo invadem Naziazeno. Agora os ratos voltam a roer a madeira do assoalho. Naziazeno, exausto, quer dormir. Mas o que é isto? Um golpe seco no portão do pátio... Uma volta completa na chave da porta. E Naziazeno ouve o leite, a cantar, festivo, sendo despejado na panela. Passos que se retiram pelo pátio... Naziazeno, enfim, dorme.

Personagens principais

Naziazeno Barbosa – Dois traços fundamentais definem Naziazeno Barbosa como personagem: sua preponderância absoluta e sua absoluta transparência. No que se refere ao primeiro, *Os ratos* é um romance – ou novela, se se quiser – centrado exclusiva e ininterruptamente sobre uma única personagem, a tal ponto que a obra poderia, com adequação, intitular-se "Um dia na vida do funcionário público Naziazeno Barbosa". De fato, apenas Naziazeno Barbosa importa e os demais só existem e só importam na medida em que a ele estão referidos e em torno dele circulam. Não há drama, a não ser o de Naziazeno Barbosa. Da mesma forma – e este é o segundo traço fundamental –, Naziazeno Barbosa é simples, linear, transparente. Uma típica *personagem plana*, para usar um termo da teoria da narrativa. Para Naziazeno Barbosa, nada, absolutamente nada importa e nada existe a não ser a busca pelos 53 mil réis, elevados à categoria de preocupação absoluta, de ideia fixa: a necessidade primal e inefugível da sobrevivência biológica, dele e da espécie, simbolizada no filho. Mais do que personagem – ainda que o seja, e de extremo vigor –, Naziazeno Barbosa surge em *Os ratos* como uma espécie de encarnação minimalista da lei da sobrevivência biológica. E como tal passou a figurar, e cada vez com maior importância, no rol das personagens clássicas da ficção brasileira do séc. XX.

Os demais – Por contraposição, à parte Adelaide e o filho, que, cada qual a seu modo, são uma extensão de Naziazeno Barbosa, todas as demais personagens existem apenas em função do protagonista. É assim com Alcides, Duque, Costa Miranda, Andrade, "dr." Mondina e os outros, os quais – embora cada um com sua própria e bem definida identidade – são apenas figurantes no drama protagonizado por Naziazeno Barbosa em sua busca pela sobrevivência biológica. Mesmo as personagens do estrato social superior e de comportamento escuso, como o diretor e seus amigos, desempenham a única função, aliás explicitada no texto, de fazer contraponto a Naziazeno Barbosa e seu calvário financeiro.

Estrutura narrativa

Seguindo o padrão clássico realista/naturalista, *Os ratos* se estrutura a partir de um narrador onisciente em 3ª pessoa, ainda que cá e lá possam ser identificados alguns elementos que indicam a modernização deste padrão (discurso indireto livre e, particularmente, a incidência de *flashbacks*, ou rememorações, concentrados nos capítulos finais da obra), mas sem representar uma alteração radical das características básicas do mesmo. Em consequência, o tempo e o espaço podem ser perfeitamente identificados na estrutura da narrativa, sem maiores dificuldades.

O espaço em que se desenvolve a ação do romance é uma cidade, que, pelos nomes de algumas ruas, alguns deles posteriormente alterados, pode ser identificada como sendo Porto Alegre, apesar de jamais ser explicitamente nominada. Contudo, o elemento estrutural mais importante de *Os ratos* é, indiscutivelmente, o tempo, marcado e demarcado – supondo-se que o leiteiro seja pontual! – rigorosamente nos limites de exatas 24 horas, que vão da madrugada da ameaça ("Dou-lhe mais um dia!") à madrugada da redenção, quando o leiteiro "despeja festivamente o leite" na panela.

Esta estrutura temporal transparente, simples, direta e, ao mesmo tempo, tensa, dramática e quase cruel é a responsável, ao lado de outros elementos importantes, tanto pelo fato de *Os ratos* ser a única das obras de Dyonélio Machado que resistiu galhardamente ao passar do tempo quanto pelo de sua crescente popularidade e importância na lista dos romances brasileiros clássico do séc. XX.

No referente ao tempo histórico em que se desenvolve a ação, o *terminus ante quem* é, obviamente, a publicação da obra (1935) e o *terminus post quem* é a data de instalação dos bondes elétricos na cidade ou, talvez – levando-se em conta uma observação *en passant* sobre os problemas da Alemanha –, o fim da Primeira Guerra Mundial. De qualquer maneira, não é fora de propósito pressupor que a ação deve desenvolver-se em um dia qualquer de um ano qualquer da década de 1920 ou da primeira metade da década de 1930.

Comentário crítico

Agraciado com o Prêmio Machado de Assis em 1935, em concurso de grande repercussão nacional, *Os ratos* desfrutou, sem percalços e desde o início, de ampla e incontestada fama, para o que, fora de dúvida, colaborou a militância política do Autor, nas décadas de 1930 e 1940, que chegou a ser deputado estadual pelo Partido Comunista Brasileiro. No entanto, ao contrário de tantas obras de tantos outros autores que adquirem fugaz notoriedade em circunstâncias semelhantes e logo desaparecem sem deixar vestígios, *Os ratos* sobreviveu incólume ao passar do tempo e às mudanças históricas.

Fazendo parte daquelas poucas obras – poucas em relação às de temática agrária – que no chamado *romance de 30* têm sua ação localizada exclusivamente no espaço urbano, como *Angústia*, *Os Corumbas* e *Capitães da areia*, o romance de Dyonélio Machado não raro foi comparado a obras de autores russos, como *Pobre gente*, de Dostoyevski, *O capote*, de Gogol, ou até mesmo a *Ulisses*, do irlandês James Joyce. Ainda que tais referências de pouco ou nada sirvam como instrumento de interpretação, levando quase sempre ao descaminho e à confusão, a verdade é que, no caso específico de *Os ratos*, tais referências, ainda que desnecessárias, possuem uma lógica indiscutível, por indicarem, com propriedade, pelo menos dois núcleos temáticos fundamentais: a vida dos deserdados numa sociedade urbana pré-industrial e o périplo de um indivíduo em sua luta pela sobrevivência.

Com efeito, no primeiro caso, o espaço físico em que se movimenta Naziazeno Barbosa e a temática que informa *Os ratos* são rigorosamente urbanos – "universais", diriam os críticos literários brasileiros do passado –, pouco ou nada se diferenciando, no que a isto diz respeito, de inúmeras obras e de tantas outras personagens da grande tradição narrativa ocidental, em particular do séc. XIX e XX. Não há, em *Os ratos* e em Naziazeno Barbosa, quaisquer elementos que os particularizem como produtos de outra sociedade que não seja a urbana – elementos "regionalistas", diriam, de novo, os críticos literários brasileiros do passado, utilizando o termo como sinônimo de "agrários". De fato, no círculo férreo da pobreza e no limite ameaçador da miséria, os deserdados de *Os ratos* se movimentam constante e exclusivamente pelas artérias de um espaço urbano definido e demarcado e nada os liga ao mundo agrário, a não ser o leite e a carroça do leiteiro e a fugaz lembrança de uma fartura idealizada (cap. II). Nesta prisão, cuja totalidade exata é impossível captar e na qual a riqueza é pouca e não há empregos bem remunerados, os ratos/personagens – a ambiguidade do título é óbvia – se dedicam a coletar níqueis que lhes garantam o pão, e o leite, à mesa. Não há conflitos, não há dramas, não há teorias, quaisquer que sejam.

Para os deserdados da sociedade urbana pré-industrial – que parece desconhecer a criminalidade – de *Os ratos*, a perambular, sem passado e sem futuro, pelos caminhos de um mundo adverso e inóspito, não há esperanças que transcendam a sobrevivência biológica, presença constante e opressiva a delimitar contínua e implacavelmente o horizonte de sua visão. Por isto, *Os ratos* pode, de fato, segundo uma terminologia já obsoleta, ser considerada paradigma de uma obra "universal" – isto é, de temática urbana – que descreve minuciosamente a vida de espécimes da fauna humana que povoava as metrópoles pré-industriais do passado. É por isto também, e não por mera coincidência, que lembra a Inglaterra de Dickens e a Rússia de Dostoyevski e de Gogol.

Contudo, em segundo lugar, mais do que fixar a vida de um grupo social específico do espaço urbano, "universal", do Ocidente moderno, *Os ratos* é o relato de uma viagem, um dos *tópoi*, ou temas, mais clássicos da narrativa ocidental, desde a *Odisséia*, de Homero, passando pelo *Satíricon*, de Petrônio, pelos romances medievais, pelos romances picarescos, pelo *Peregrino da América*, de Nuno Marques Pereira, por *Tom Jones*, de Fielding, e tantos e inúmeros outros, até *Ulisses*, de Joyce, e *Grande sertão: veredas*, de Guimarães Rosa. De fato, no exíguo tempo de 24 horas e no limitado espaço de uma cidade, Naziazeno Barbosa realiza um périplo desesperado em busca de 53 mil réis, elevando-se da condição de anônimo pai de família e pequeno funcionário público à de herói que retorna, vitorioso, à sua Ítaca familiar, na qual Adelaide e Mainho, quais Penélope e Telêmaco proletários da sociedade urbana pré-industrial, esperam ansiosos sua volta, garantia e certeza da comum sobrevivência. E nesta versão minimalista, prosaica e vulgar das aventuras mediterrâneas do Ulisses homérico não faltam nem mesmo o fatal canto das sereias, a que o herói, inadvertidamente, sucumbe, hipnotizado (a roleta), nem figuras misteriosas e assustadoras (o dr. Otávio Conti e o sujeito desconhecido).

Assim, Naziazeno Barbosa, paradigma insuperável da desimportância e do anonimato a que estão condenados milhões de seus pares nas megalópoles modernas, adquire inesperada e insuspeitada grandeza épica. E deste radical contraste e desta monstruosa desproporção entre o herói e seus feitos – que não mereciam nem mesmo uma nota avulsa em um jornal de bairro – e sua grandeza de símbolo do homem comum que sobe à ribalta da cena social e da arte, nasce o fascínio de *Os ratos*. Quer dizer, o fascínio de Naziazeno Barbosa, que, ao longo de seu ao mesmo tempo prosaico e dramático périplo em busca de 53 mil réis, se transforma em herói, iluminado pela aura de uma era, uma era em que os heróis não podem ter outra grandeza que não a de não tê-la.

Nesta perspectiva, *Os ratos* se eleva à dimensão de um clássico da ficção brasileira do séc. XX. E por isto, tal como seu protagonista, a obra sobreviveu e sobrevive, contra toda a esperança, ao mais devastador e impiedoso dos inimigos: o tempo.

Exercícios

Revisão de leitura

1. Qual o nome (ou apelido) do filho de Naziazeno?
2. Qual o sobrenome de Alcides?
3. De onde Alcides tinha um anel tão valioso?
4. Naziazeno é advertido por faltar ao trabalho?
5. O que é um “cavador”?
6. Por que o “dr.” Mondina compra o anel? Ele sai beneficiado ou não? Foi um golpe de Alcides e Duque?
7. Existe solidariedade entre Duque, Alcides e Naziazeno?
8. Quais as profissões das personagens pobres do romance?

9. E qual a profissão das personagens bem situadas na vida?
10. Qual a personagem que tem "a experiência da miséria"?

Temas para dissertação

1. A *viagem* de Naziazeno Barbosa.
2. As classes sociais em *Os ratos*.
3. As profissões em *Os ratos*.
4. Os principais tipos de *ratos*.
5. Traçar o perfil psicológico de Naziazeno Barbosa.
6. Traçar dois perfis psicológicos de duas outras personagens da obra.
7. A família em *Os ratos*.
8. A função dos amigos.
9. A profissão do "dr." Mondina.
10. *Os ratos*: uma sociedade sem criminalidade?

Cyro Martins

Estrada Nova

Vida e obra

Cyro Martins nasceu no interior do município de Quaraí, estado do Rio Grande do Sul, no dia 5 de agosto de 1908, sendo filho de Appolinário Martins e Felícia Martins. Começando ainda em Quaraí seu curso primário, transfere-se em 1920 para Porto Alegre e ingressa, como aluno interno, no Colégio Anchieta, dando início, nos anos seguintes, à sua carreira de escritor com produções em prosa e verso. Em 1924, seu primeiro artigo aparece no jornal *A Liberdade*, editado em Artigas, no Uruguai, sob a orientação de um grupo que se opunha ao governo estadual. Em 1928 entra para a Faculdade de Medicina de Porto Alegre e escreve seus primeiros contos. Formando-se em 1933, retorna a Quaraí no ano seguinte, onde clinica durante três anos. *Campo fora*, sua primeira obra, é publicada em 1934, reunindo contos escritos em sua época de estudante. Em 1937 desloca-se para o Rio de Janeiro a fim de estudar neurologia e retorna no ano seguinte a Porto Alegre, prestando em seguida concurso para a área de psiquiatria no Hospital São Pedro. No mesmo ano é editado no Rio de Janeiro seu primeiro romance, *Sem rumo*, que juntamente com *Porteira fechada* (1944) e *Estrada nova* (1954) forma a assim chamada "Trilogia do gaúcho a pé".

Em 1939 abre consultório em Porto Alegre e publica seu segundo romance, *Enquanto as águas correm*, seguindo-se, em 1942, *Mensagem errante*, também um romance. Em 1951 vai a Buenos Aires, formando-se em clínica psicanalítica no Instituto de Psicanálise da Associação Psicanalítica Argentina. Desenvolvendo grande atividade também como ensaísta, particularmente na área de temas psicanalíticos, Cyro Martins lança em 1964 seu primeiro livro de ensaios, *Do mito à verdade científica*, que seria seguido de vários outros nos anos seguintes. Na área da ficção, em 1968 aparece *A entrevista*, um novo livro de contos, e em 1979 *Sombras na correnteza*, outro romance. Em 1980 publica seu terceiro livro de contos, *A dama do saladero*, e em 1982 a novela *O príncipe da vila*. Cyro Martins tem três filhos, Maria Helena e Cecília, de seu primeiro casamento, com Sueli Castro de Souza, e Cláudio, de seu segundo casamento, com Zaira Meneghello. Cyro Martins faleceu em 1995.

ESTRADA NOVA

Enredo

Ricardo, um jovem contador nascido na região da campanha, no Rio Grande do Sul, assiste em Porto Alegre, onde trabalha, ao enterro do velho Policarpo, seu companheiro de pensão, que se suicidara. Recordando as histórias de Policarpo, tropeiro fronteirista e arrendatário de um pequeno campo, do qual fora expulso, Ricardo medita sobre a possibilidade de que seu pai, Janguta, morador do município de São João Batista, na campanha, e também um pequeno arrendatário, venha a terminar seus dias sozinho e na miséria.

Motivado por estas reflexões e pela saudade, Ricardo resolve visitar sua família, que não via desde que, anos antes, depois de dar baixa do Exército, deixara São João Batista rumo a Porto Alegre. Logo no início da viagem de trem encontra um velho conhecido da família, *seu* Fábio, um arrendatário obrigado a deixar o campo e que, em seguida a vários negócios mal-sucedidos, acabara na miséria, como Policarpo. Depois de um dia de viagem, Ricardo desembarca, à tardinha, em uma estação da fronteira, não muito distante da região em que nascera. Para conseguir um cavalo a fim de deslocar-se até a casa de seu pai, procura *seu* Osório, um pequeno proprietário que conhecera na infância. Durante a conversa, fica sabendo que este, pressionado por Leandro Antunes, um grande proprietário da região, que pretendia montar uma cabanha, modernizando a estância, vendera seu pedaço de campo. Os métodos de Antunes destinados a aumentar sua propriedade variavam desde a oferta de grandes somas de dinheiro até a pressão policial, para o que, como outros estancieiros interessados em ocupar mais terras, usava um tal de Lobo, subprefeito do distrito há muitos anos. Conversando longamente com *seu* Osório sobre estes e outros fatos, Ricardo vai se informando da situação que vive a zona da campanha, onde não há mais pobres, pois estão sendo rapidamente expulsos pelos grandes estancieiros. Durante a janta, nota a presença de Celeste, a filha de *seu* Osório, que conhecera ainda menina e que se tornara uma bela jovem. Na manhã seguinte, Ricardo parte a cavalo rumo às terras do coronel Teodoro, onde morava seu pai.

Enquanto isto, na Estância Velha, a fazenda do coronel Teodoro, o mundo segue seu curso normal, como há muito tempo. companhado de seu indefectível dicionário, Teodoro ouve rádio e lê o *Correio do Povo*, o que vai fazendo com que aos poucos a estância vá se integrando no Brasil moderno. E o fazendeiro lembra com saudade os tempos de Borges de Medeiros, quando ainda seu falecido sogro e ideal de sua vida, o coronel Januário, era o dono da Estância Velha e quando coisas como petróleo, greve, operariado, direito dos trabalhadores, reforma agrária e comunismo eram problemas, e até palavras, que não existiam. Debruçado à janela de sua residência, o estancieiro fita o frondoso umbu, o símbolo de sua personalidade conservadora, desconfiada dos métodos modernos, e da sua riqueza. No interior da casa, Almerinda, a esposa, com suas rezas incansáveis pelo marido descrente, e a negra Anastácia, atenta aos menores caprichos do coronel, vivem continuamente às voltas com as tarefas caseiras.

Meditando sobre a péssima e absurda invenção dos russos, o comunismo, que andava sempre presente no noticiário do jornal e do rádio, Teodoro esquecera de ligar o rádio para ouvir o costumeiro programa de notícias. Ao fazê-lo, fica estarrecido, pois o locutor está dando informações que são uma verdadeira bomba: em Porto Alegre a Polícia desbaratara um plano subversivo organizado pelos comunistas e prendera 50 pessoas. Apavorado, sem ter a noção exata da dimensão dos acontecimentos, Teodoro acredita que sua fazenda possa ser invadida imediatamente pelos comunistas. Manda Miguel, seu capataz, percorrê-la a fim de certificar-se de que tudo está em paz e toma providências para que o subprefeito do distrito, o famoso Lobo, venha até a fazenda. Sempre pronto a atender aos apelos dos fazendeiros, Lobo, acompanhado de Demenciano, seu ordenança, se apresenta a Teodoro e recebe o encargo de fazer com que Janguta, o pai de Ricardo, saia o quanto antes do campo arrendado. Lobo pernoita na Estância Velha e no dia seguinte, já informado por Teodoro do plano subversivo dos comunistas, parte para executar sua missão.

Ricardo, por sua parte, também avança rumo à casa de seu pai, pensando às vezes em Celeste e refletindo, principalmente, sobre os novos tempos que a campanha atravessava e sobre a miséria dos expulsos do campo. Chegando à casa de Janguta, encontra-a praticamente em ruínas. No mesmo dia, levado pela necessidade de rever os lugares em que passara a infância e começara a descobrir o mundo, Ricardo sai a passeio com o pai, desencontrando-se de Lobo, que pouco depois surge na residência de Janguta para comunicar à mãe, Francisquinha, a ordem de Teodoro no sentido de saírem imediatamente do local. Cumprida sua missão, Lobo retira-se, acompanhado do ordenança Demenciano, que sonha com a possibilidade de ter para si um pedaço de terra se os comunistas tomassem o poder.

Ao retornarem, Janguta e Ricardo são informados da visita de Lobo. Ricardo decide enfrentar pessoalmente Teodoro na manhã seguinte. Este fica furioso com a coragem de Ricardo, que, depois de tentar negociar, desafia seu poder, fazendo com que o estancieiro sinta ainda com maior violência que a velha ordem que representa está chegando ao fim. A notícia de que Prestes se encontrava há algum tempo no Uruguai e o incêndio de parte da estância, provocado acidentalmente por Ricardo ao retornar para casa, aumenta a tensão e Teodoro já se sente cercado pelos comunistas. Um temporal que se arma em hora oportuna faz com que a chuva apague o incêndio. Ao mesmo tempo, porém, um raio derruba o umbu que Teodoro admirava e que era o símbolo de seu poder. Almerinda, em sua ingênua religiosidade, atribui toda a série de contratempos a um castigo divino pelo ateísmo do marido.

No dia seguinte, Teodoro resolve tomar enérgicas providências para salvaguardar sua posição. Encarrega Lobo da captura de Ricardo e manda chamar o Dr. Serafim, advogado e político de São João Batista. Logo em seguida, ao remexer velhos papéis, Teodoro encontra cédulas do último pleito municipal, que haviam sido enviadas pelo Dr. Serafim. A eleição fora ganha pelo Dr. Abelardo, um homem prático, de muito bom senso, e que por isto era suspeito de ter simpatias pelo comunismo. Ao relembrar a eleição e ao observar o grande número de cédulas que haviam sobrado, Teodoro dá-se conta do reduzido número de eleitores que tinham votado nos candidatos por ele indicados e percebe que se aumentava sua riqueza ao expulsar pequenos proprietários e arrendatários tendia também a reduzir em proporção igual seu poder político, pois seu curral eleitoral esvaziava-se. São João Batista ia se tornando politicamente mais importante e o voto urbano começava a ter maior peso, favorecendo assim a ascensão de novos líderes políticos, como o astuto Dr. Serafim.

Com entrada em cena do Dr. Serafim Gonzaga dos Santos, surge também a pequena cidade de São João Batista, com suas festas, seu estilo de vida e seus habitantes, em sua maior parte economicamente dominados e politicamente manipulados. Alguns, contudo, como o guarda-livros Abílio e vários ex-companheiros de farda de Ricardo, começam a perceber as injustiças sociais, não tendo, porém, condições de reagir organizadamente contra elas. Quem comanda o espetáculo é o Dr. Serafim, que vê na agitação criada com a chegada de Ricardo e no pavor de Teodoro uma ótima oportunidade para atacar o prefeito, seu rival político, extorquir dinheiro do estancieiro e iniciar, com grande estardalhaço, sua própria campanha à deputação estadual. Aproveitando-se da iminente chegada à cidade do bispo diocesano, de orientação conservadora, o advogado habilmente se utiliza do apoio à religião e da suposta ameaça comunista, fazendo de tais temas o núcleo central do início de sua campanha. Através de Cabral, fiel executor de suas ordens, espalha pela cidade o boato da iminência de uma revolução comunista, já prevendo que seria fácil fazer de Ricardo ou de qualquer outro o bode expiatório de tudo. O plano do advogado acaba por envolver toda a polícia da cidade, começando por Alarico, o delegado, e chegando até a tropa federal ali sediada, cujo comandante solicita a presença do Dr. Abelardo, o prefeito, em seu gabinete. O prefeito, ciente de que tudo não passava de manobras de seu adversário político, nega-se a tomar parte na farsa, enquanto Alarico, prevendo uma promoção por mérito, prende o farmacêutico Orlando, conhecido simpatizante da "ideologia moscovita", e sai à caça de bêbados e prostitutas para reunir na prisão o maior número possível de comunistas e subversivos. O medo toma conta da cidade e, à noite, Abílio, o guarda-livros do bem-sucedido comerciante Cezimbra, não consegue dormir. Uma ideia estranha o domina, obsessivamente: e se, de fato, o mundo virasse, se a riqueza de Cezimbra se transformasse em pobreza e sua pobreza em riqueza? Não seria isto justo depois de trinta anos de dedicação e trabalho em benefício do comerciante? Enquanto isto, tranquilamente, o Dr. Serafim aproveita a noite, que para os demais é de terror, em casa de sua amante, Lolita.

Na manhã seguinte, contudo, não descansa e dá continuidade a seu plano, dirigindo-se à Estância Velha, acompanhado de uma força da Brigada Militar. O coronel Teodoro assusta-se à vista do destacamento mas ao reconhecer o Dr. Serafim manda imediatamente preparar um grande churrasco. Lobo sai à procura de Ricardo, não o encontrando, pois este se dirigira à cidade. Na falta do procurado, Lobo traz à fazenda a família, que se mostra completamente aterrorizada. O Dr. Serafim, logo depois de obter do estancieiro considerável soma de dinheiro, destinada supostamente aos fundos do partido, retorna à cidade, onde uma grande recepção o espera, pois a exaltação cívico-religiosa da população de São João Batista atinge o auge com a chegada quase simultânea do ilustre causídico, defensor número um da propriedade privada, e do bispo. Após inflamados discursos, entre os quais se destaca o do Dr. Serafim, em defesa da Pátria, da família, da religião e da propriedade, a população se dispersa, rumando, na maioria, para suas humildes residências ou para seus casebres, sem nada ter entendido do palavreado e pensando sobre sua miserável situação. Alguns, porém, próximos ao grupo do Dr. Serafim, comentam sua ascensão política e o desprestígio do prefeito, que não se dispusera a participar da encenação. E na casa do advogado, onde se hospeda o bispo, as famílias mais influentes da cidade reúnem-se para uma festa e comentam a novidade mais recente: a loucura de Abílio, o exemplar funcionário de Cezimbra.

Ricardo, a conselho de amigos, pede abrigo ao prefeito, pelo qual é recebido de braços abertos como mais um simpatizante das ideias de mudança. Ali dorme e no dia seguinte parte para Porto Alegre, decidido a parar na casa de *seu* Osório para pedir Celeste em casamento.

Enquanto isto, na Estância Velha tudo volta à normalidade. O coronel Teodoro, percebendo que o tempo trazia mudanças inevitáveis, recorda mais uma vez o porte altivo do coronel Januário, a quem tantas vezes tentara se igualar, pensa nos filhos, que haviam escolhido seu próprio caminho, e sente-se cada vez mais só. De fato, a expulsão dos pequenos proprietários e arrendatários permitira aumentar seus campos e povoá-los com seus rebanhos. Contudo, segundo pensa, isto trouxera-lhe a perda do poder político. E pela primeira vez cogita na possibilidade de mudar-se para a cidade.

Não longe dali, sobre o campo calcinado, Janguta, a mulher e a filha caminham, deixando para trás os campos da Estância Velha. Caminham sem rumo certo, mas nutrindo a esperança de um futuro melhor, aquele futuro do qual lhes falara Ricardo.

Personagens principais

Coronel Teodoro – Na estrutura quase didática do romance, o coronel Teodoro é a encarnação de uma ordem em decadência. Idealizando o passado e recusando sistematicamente as transformações do presente, parece carregar em si a própria estrutura da estância sul-rio-grandense, já em franca decomposição em meados do séc. XX diante das novas forças econômicas e sociais emergentes. Por sua coerência e integridade, não deixa de despertar certa simpatia no leitor, mesmo que, no esquematismo do enredo, represente o papel de vilão. É de ressaltar que possui suficiente realismo para, ao final, aceitar o inevitável e admitir a possibilidade de alterar sua vida, mudando-se para a cidade.

Ricardo – Representando as novas forças sociais e políticas surgidas no cenário político brasileiro a partir da Revolução de 1930, Ricardo sintetiza em si a visão crítica e modernizadora de tais forças, aplicada, evidentemente, a uma realidade específica: a estrutura econômica da campanha sul-rio-grandense. Evoluindo para um *ser urbano*, a partir do serviço militar, Ricardo fica entre o poder absoluto dos grandes proprietários e a completa marginalização dos grupos sociais inferiores da campanha. Ao apresentar-se, pelo poder de sua palavra, como esperança dos injustiçados e, consequentemente, como ameaça à propriedade, Ricardo, em sua ingenuidade, acaba se transformando num instrumento de jogo político dos grupos que realmente detêm o poder e aos quais ele não representa uma ameaça real. E, ao final, a doce figura de Celeste parece simbolizar que seu futuro se limitará à ação no plano pessoal e familiar. Afinal, pelo menos para ele, já existia um lugar reservado na grande cidade.

Janguta – A própria imagem do homem sem posses da campanha num momento de profundas transformações, Janguta é a vítima destas. Contudo, apesar de inconformado com a situação, não contesta diretamente a legitimidade do poder do grande proprietário, limitando-se a resistir passivamente por algum tempo. Ao final, sem alternativas, parte em busca de um novo lar, que, no esquema da obra, é fácil imaginar qual será: a favela da cidade mais próxima.

Dr. Serafim – A cidade invade a campanha e o Dr. Serafim Gonzaga dos Santos é o símbolo desta invasão, no plano político. Introduzindo novos elementos de manipulação, apresentando-se como líder moderno e dinâmico, o Dr. Serafim percebe a falência do antigo sistema e procura identificar-se com os novos detentores do poder. Para tanto, não conhece limites em sua atuação e sua grande arma é, indiscutivelmente, a capacidade de manipular a informação, dirigindo-a de maneira que favoreça a consecução de seus objetivos.

Lobo e Demenciano – O inegável esquematismo didático do romance, inclusive no simbolismo dos nomes, atinge seu ponto mais alto nas personagens de Lobo e Demenciano, o delegado e seu auxiliar. Lobo é o indivíduo violento e sem escrúpulos, cujo papel é o de aterrorizar os que não se dobram às imposições daqueles de quem está a serviço. Demenciano é o ingênuo que sofre um ataque de "loucura" ao imaginar como seria bom se os comunistas tomassem o poder e passassem a dividir as propriedades. Contudo, acaba ficando satisfeito com um bom churrasco.

As mulheres – Coerentemente com o fato de estarem inseridas numa sociedade pré-industrial, as mulheres, não importa a que classe social pertençam, desempenham três papéis fundamentais: esposas, amantes e serviçais. Contudo, este papel secundário torna-se mais evidente em D. Almerinda, a esposa do coronel Teodoro, já que este fora pobre, tendo-se tornado estancieiro graças ao casamento. Apesar disto, seu mundo fica restrito à cozinha da estância e às suas devoções.

Estrutura narrativa

Em trinta capítulos de tamanho variável, *Estrada nova* apresenta um painel extremamente rico das formas de produção e de vida da população da região da campanha, no Rio Grande do Sul, numa época de mudanças. A história é contada por um narrador onisciente em terceira pessoa, dentro do esquema da narrativa realista/naturalista tradicional. A ação, que se inicia em Porto Alegre, bem ao final da década de 1940, e se desloca, a partir do segundo capítulo, para o fictício município de São João Batista, na campanha, desenrola-se ao longo de cinco dias, aproximadamente.

Comentário crítico

Considerado a obra-prima de Cyro Martins, e um dos melhores exemplares do chamado *romance de 30*, *Estrada nova* é, tanto do ponto de vista do tema tratado quanto da perspectiva ideológica adotada, o símbolo das transformações pelas quais passou a campanha sul-rio-grandense (a região dos campos de criação de gado, na fronteira com o Uruguai e a Argentina) a partir das primeiras décadas do séc. XX.

Do ponto de vista temático, Cyro Martins, ao contrário de seus antecessores ou contemporâneos do estado do Rio Grande do Sul (Simões Lopes Neto, Alcides Maya, Erico Verissimo e Aureliano de Figueiredo Pinto), não delineia um panorama mais ou menos saudosista e melancólico da vida da campanha e das transformações que nela ocorrem nem descreve a grandiosa decadência do estancieiro e o doloroso parto de uma nova ordem econômica. Não que em Cyro Martins tais temas também não estejam aqui e ali presentes. Contudo, os protagonistas fundamentais da peça que ele coloca em cena são exemplares típicos de uma acanhada realidade interiorana para a qual vão se estreitando os antigos limites de sobrevivência ao mesmo tempo em que, no horizonte distante, parece ser vislumbrada uma esperança de futuro melhor. Em resumo, *Estrada nova* apresenta o processo de modernização da estância – unidade de produção da região da campanha – e as consequências daí decorrentes. De fato, à medida que, pela progressiva integração do estado – e do Brasil todo – no macrossistema do capitalismo internacional, novas técnicas e novos métodos de produção vão solapando as bases da velha ordem, alterações profundas começam a modificar dramaticamente a vida dos integrantes da formação econômico-social da campanha. A cadeia de acontecimentos responsável por estas está exposta de maneira bastante clara em *Estrada nova*. Tudo começa, no romance, com os frigoríficos e os exportadores de lã, que, favorecidos pela rapidez dos novos meios de transporte – o trem e o automóvel –, impõem aos estancieiros condições cada vez mais desfavoráveis de comercialização. Estes, procurando defender sua margem de lucro, reagem de formas diversas. Alguns

– como o coronel Teodoro – simplesmente procuram aumentar a escala de produção, sem alterar o antigo sistema. Isto é, compram mais campo para poderem criar mais gado e, assim, obter pelo menos o mesmo lucro, em termos absolutos, que no passado. Outros – como Alfeu Gomes – também têm como objetivo manter ou aumentar o lucro. Para tanto, contudo, não buscam, pelo menos não exclusivamente, agregar simplesmente novos espaços físicos à estância. Procuram, antes, torná-la mais moderna, quer dizer, aplicar novos métodos de produção – seleção de raças dos animais, uso de maquinaria, melhoria das condições de vida dos trabalhadores etc. – ou, até mesmo, diversificar a produção (trigo). Nos dois casos – tanto no do coronel Teodoro como no de Alfeu Gomes – o sistema produtivo da estância tende, se bem que com características diversas num e noutro, a aplicar mais capital, a concentrar a propriedade, a usar mais intensivamente a terra e, o que mais interessa na análise de *Estrada nova*, a reduzir a mão-de-obra utilizada. Disto resulta aquele que é o último elo na cadeia de acontecimentos que compõem a base temática do romance e que é também seu elemento central: a expulsão do pequeno proprietário, do pequeno arrendatário e do peão rumo às periferias urbanas e à miséria. Pois estes velhos figurantes da cena da campanha nela não têm mais espaço e resta-lhes aceitar fatalisticamente a sorte madrasta ou sonhar com uma longínqua e obscura esperança.

Também do ponto de vista da perspectiva ideológica, *Estrada nova* reflete as transformações que afetaram a região da campanha na primeira metade do séc. XX.

A partir de meados do séc. XIX, quando se consolida definitivamente no estado a hegemonia dos estancieiros, a sociedade sul-rio-grandense passa a ser retratada como imune, ou quase, aos conflitos sociais. Através de um mecanismo ideológico muito simples, destinado a legitimar o poder do grupo dirigente, o passado deste grupo começa a ser identificado como o passado da sociedade sul-rio-grandense como um todo. É então que nasce o *gaúcho*, verdadeiro ente de uma ficção étnico-ideológica, dotado de excepcionais qualidades como nobreza, altivez, coragem etc. Evidentemente, os fatos históricos não sustentavam tal visão. Se é verdade que, durante longos períodos, a sociedade sul-rio-grandense viu-se envolvida como um todo em tarefas bélicas, quer nas lutas de fronteira, quer nos conflitos internos, também é inquestionável que a acumulação da riqueza gerada pela atividade do latifúndio pecuarista jamais foi dividida equitativamente, nem muito menos, entre estancieiros e peões. A idealizada *democracia pastoril* sul-rio-grandense restringia-se, portanto, à participação nas atividades bélicas e, talvez, no chimarrão matinal e na demonstração de habilidades campeiras. O que Cyro Martins faz em *Estrada nova* é, exatamente, desmistificar o conceito de *gaúcho*. Esta palavra, no romance, deixa de ser um substantivo que nomeia genericamente membros de uma sociedade agropastoril supostamente igualitária e torna-se uma espécie de adjetivo gentílico que designa o integrante de uma formação econômico-social na qual as funções são as mais diversas e as mais desiguais. Há, portanto, vários *gaúchos*: o grande estancieiro, que tende a ampliar sua propriedade; o pequeno, que tende a ser absorvido pelo grande; o arrendatário e o agregado, que vão desaparecendo, da mesma forma que o peão e a famulagem familiar, diante da nova realidade da concentração da propriedade, das técnicas modernas e da tendência à urbanização da sociedade, propiciada pelos novos meios de transporte e comunicação.

Assim, ao desmistificar um conceito ideológico gerado no seio da sociedade sul-rio-grandense no período da hegemonia dos estancieiros da campanha, Cyro Martins revela a existência de novos grupos sociais para os quais a fidelidade aos antigos valores perdera ou nunca tivera sentido. Neste aspecto, *Estrada nova* é exemplar, quase didático: se nos campos, que tendem a despovoar-se, não de gado mas de gente, a paz só é abalada por uma fictícia e tragicômica *ameaça comunista*, nas cidades começam a germinar novas ideias, encarnadas por Abílio e, principalmente, por Ricardo. Estes, ao contrário de Demenciano, que acaba aceitando o churrasco na casa do coronel Teodoro como uma razoável consequência da ameaça *comunista*, começam a analisar, mesmo que toscamente, a realidade que os circunda. Tais personagens da cena imaginária são a voz das novas personagens que passam a atuar no Rio Grande do Sul que se moderniza, isto é, que se industrializa e se urbaniza, como, aliás, o Brasil inteiro da época. Para estas personagens de *Estrada nova*, já não mais exclusivamente dependentes da estrutura econômica própria da velha ordem oligárquica, o gaúcho antigo, à maneira que a classe dirigente do passado o idealizara para legitimar seu poder, de fato nunca existira. A diferença é que, agora, com o avanço da consciência política dos grupos médios urbanos, gerados pelo processo de expansão industrial privada e estatal, isto lhes assoma à consciência. O que faz com que se tornem personagens de um mundo ficcional em que são o símbolo de uma nova época, a época da desintegração do poder da oligarquia latifundiário-pecuarista sul-riograndense e da modernização urbano-industrial.

Exercícios

Revisão de leitura

1. Qual a trajetória de Ricardo, a personagem central? Que explicações podem ser dadas para suas atitudes (rebeldia, solidariedade etc.)?

2.Em quantos e quais grupos sociais se divide a sociedade do município de São João Batista? Exemplifique.

3. Qual é a estrutura familiar na sociedade de São João Batista? Exemplifique com as famílias de Teodoro, Dr. Serafim, Janguta etc.

4. Qual é o papel desempenhado pelas mulheres no romance? Exemplificar.

5. Como se estrutura o poder em São João Batista (prefeitura, partidos, polícia, exército etc.)?

6. Que linha de orientação adotam os representantes da Igreja Católica?

7. Quem é o Dr. Serafim Gonzaga dos Santos?

8. Como os vários grupos sociais reagem à notícia da suposta revolução comunista?

9. Teria Abílio enlouquecido mesmo? Por que motivo?

10. Quais as personagens do romance que são apresentadas de maneira simpática? E de maneira antipática?

Temas para dissertação

1. *Estrada nova*: o conflito entre atraso e modernização.

2. O umbu solitário como símbolo de uma época.

3. O simbolismo dos nomes no romance (Demenciano, Lobo, Celeste etc.).

4. A família de Teodoro e a religiosidade de D. Almerinda.

5. Dr. Serafim: a hipocrisia refinada.

6. A loucura de Abílio.

7. Os negros na estância.

8. A função de um boato.

9. A posição da Igreja Católica no romance e a posição da Igreja Católica no momento presente.

10. O final do livro: esperança ou ilusão?

Erico Verrisimo

O Continente

(1ª parte de O tempo e o vento)

Vida e obra

Erico Lopes Verissimo nasceu em Cruz Alta em 17 de dezembro de 1905, sendo filho de Sebastião Verissimo e Abegahy Lopes Verissimo. Sua infância foi relativamente tranquila, pois seu pai era dono de uma farmácia e ambos os avós tinham sido estancieiros.

Em 1920, Erico Verissimo viaja a Porto Alegre e começa a estudar, como aluno interno, no colégio Cruzeiro do Sul, no bairro Teresópolis, não concluindo o ginásio por sua família ter começado a enfrentar dificuldades econômicas. Em 1922 retorna a Cruz Alta e começa a trabalhar num armazém de secos e molhados para sustentar-se, tendo também que enfrentar a separação dos pais. Em 1926 torna-se funcionário do Banco Nacional do Comércio, mas logo a seguir funda uma farmácia em sociedade com um amigo. A empresa vai à falência. Em 1928, Erico Verissimo publica na *Revista do Globo* seu primeiro conto, "Ladrão de gado". No ano seguinte, "A lâmpada mágica", outro conto, sai no *Correio do Povo.* Em dezembro de 1930 deixa Cruz Alta e, depois de semanas em busca de emprego, Mansueto Bernardi abre-lhe as portas da *Revista do Globo*, da qual era diretor. O novo emprego é um momento decisivo na vida do futuro romancista, pois a revista era o grande órgão intelectual e literário do Rio Grande do Sul, com repercussão inclusive nacional. Eram os tempos da Revolução de 30. E na Livraria do Globo, fundada pelo italiano José Bertaso e dirigida por seu filho Henrique Bertaso, reunia-se a elite intelectual e política gaúcha. Ali Erico Verissimo começa sua vida de publicista, tradutor e romancista.

Em 1931, doente, Erico Verissimo retorna a Cruz Alta, casando-se ali, logo em seguida, com Mafalda Halfen Volpe, que há muito conhecia. No ano seguinte publica seu primeiro livro, *Fantoches*, uma coletânea de contos, e em 1933 seu primeiro romance, *Clarissa.* Seguem-se *Música ao longe* (1934), *Caminhos cruzados* (1935) e *A vida de Joana D'Arc* (infantil, 1935). Neste mesmo ano morre o pai de Erico Verissimo em São Paulo e nasce Clarissa, a primeira filha, seguida de Luís Fernando, em 1936. Ainda em 1936 são publicadas várias obras infantis e o romance *Um lugar ao sol.* Em 1938 *Olhai os lírios do campo*, novo romance, se torna um sucesso nacional de vendas, sendo várias vezes reeditado. Em 1939 são lançadas outras obras para o público infantil e em 1940 aparece *Saga.* Neste mesmo ano viaja por três meses aos Estados Unidos dentro do programa de "Política de Boa Vizinhança", do governo Roosevelt. A obra *Gato preto em campo de neve* reúne anotações sobre esta viagem. Em 1942 sai *Caminhos cruzados* e *O resto é silêncio*, que provoca polêmicas, o que faz o romancista retornar aos Estados Unidos, lecionando ali em várias universidades. *A volta do gato preto* reúne anotações dessa segunda viagem.

Em 1947 Erico Verissimo começa a escrever os capítulos iniciais de sua obra-prima monumental, *O tempo e o vento*, cujas primeira e segunda partes, "O Continente" e "O retrato", são publicadas, respectivamente, em 1949 e 1951. Em 1953 o romancista se torna adido cultural em Washington, fazendo como tal várias viagens pela América Latina e participando de conferências e encontros oficiais. Entre 1961 e 1962 é publicado "O arquipélago", a terceira e última parte de *O tempo e o vento.* Seguem-se *O senhor embaixador* (1965), *O prisioneiro* (1967), *Incidente em Antares* (1971), *Um certo Henrique Bertaso* (1972), obras infantis (1972) e *Solo de Clarineta* (1973). Erico Verissimo morre em 28 de novembro de 1975. *Solo de Clarineta II* é publicado postumamente em 1975.

O CONTINENTE (1ª PARTE DE O TEMPO E O VENTO)

Enredo

O SOBRADO – I

É noite de São João, 24 de junho de 1895. A revolução que eclodira em 1893 está chegando ao fim, com a vitória dos republicanos (ou chimangos) sobre os federalistas (ou maragatos). Mas em Santa Fé, cidade próxima a Cruz Alta, na Província do Rio Grande do Sul, Licurgo Cambará, republicano e chefe político local, resiste em seu Sobrado, cercado pelas tropas inimigas do coronel Alvarino Amaral. Com Licurgo Cambará estão sua avó Bibiana Terra, sua mulher Alice, que está para dar à luz, seus filhos Rodrigo e Toríbio, o pai e a irmã de Alice, Florêncio Terra e Maria Valéria, além dos demais homens que defendem o Sobrado, entre os quais o velho Fandango. Sob as cobertas, Rodrigo mostra a Toríbio a arma com que quer defender-se: um punhal de prata, que pertencera ao avô de ambos.

A FONTE

É madrugada de abril de 1745. Em São Miguel, uma das reduções dos Sete Povos das Missões, fundadas pelos padres jesuítas em terras de Espanha, na margem leste do rio Uruguai, o padre Alonzo, há pouco chegado de além-mar, e o padre Antônio, cura da aldeia, conversam sobre o passado daquele. Mas o sino toca e milhares de índios reduzidos começam o dia e vão até à noite, em contínua azáfama. Naquela noite, uma índia de cerca de vinte anos recém-chegada das terras do Continente de São Pedro, dominado por portugueses, dá à luz a um menino de pele clara e morre logo depois do parto. Na pia batismal, o menino recebe o nome de Pedro. Passam-se cinco ou seis anos. Os Sete Povos florescem. Mas o Tratado de Madri, assinado em 1750 entre Portugal e Espanha, pesa sobre eles como uma ameaça iminente de catástrofe.

Enquanto isto, Pedro cresce sob os cuidados do padre Alonzo e do cacique corregedor da aldeia. Um dia, Pedro conta ao padre que vira Nossa Senhora, sua Mãe, com a qual, montado em um cavalo branco, voara em direção ao Continente de São Pedro.

Aos poucos, o padre Alonzo vê com tristeza que São Miguel e as demais aldeias dos Sete Povos vão se transformando. Os índios se rebelam e não aceitam as decisões do Tratado de Madri, que estabelecia a troca da Colônia do Sacramento, que era dos portugueses e ficava às margens do Rio da Prata, pela região dos Sete Povos, que pertencia aos espanhóis, obrigando com isto os índios das reduções a passarem para o outro lado do rio Uruguai, em terras de Espanha. Começam os preparativos para a guerra e logo as batalhas dos índios contra as tropas conjuntas de Portugal e Espanha, destacando-se na luta o corregedor de São Miguel, Sepé Tiaraju. E um dia, quando Pedro vê o corregedor partir para dar batalha aos inimigos, diz: "O capitão Sepé vai morrer." O padre Alonzo, que por amarga experiência sabia que as premonições do menino, agora já com onze anos, sempre se cumpriam, fica desolado. Em fevereiro de 1756, o corregedor Sepé Tiaraju é morto em batalha contra as tropas unidas de Portugal e Espanha, o que marca o início do fim dos Sete Povos, cujas construções são incendiadas pelos índios antes de fugirem diante do avanço do inimigo. E Pedro, que com suas visões ajudara a construir a lenda de São Sepé e do lunar que lhe orna a testa, "montou um cavalo baio e fugiu a todo o galope na direção do grande rio", levando consigo um punhal de prata que pertencera ao padre Alonzo.

Enquanto os anos passam, açorianos da Ilha Terceira, gentes de Laguna, ladrões de gado, assaltantes, foragidos da Justiça e vagabundos vão ocupando o Continente do Rio Grande de São Pedro e avançam sobre os territórios espanhóis em que haviam florescido outrora os Sete Povos. E lá pelas bandas de Viamão, Chico Rodrigues, famoso chefe de um bando de assaltantes, tira de casa Maria Rita, uma açoriana ruiva e resolve mudar de vida e ser estancieiro, passando, por decisão própria, a chamar-se Francisco Nunes Cambará.

ANA TERRA

Era a primavera de 1777 – lembra Ana Terra a caminho da sanga para lavar roupa –, ano da expulsão dos castelhanos do território do Continente. Ela tinha vinte e cinco anos e o que então sucedera mudara radicalmente sua vida. Pouco tempo antes o major Rafael Pinto Bandeira passara pelo rancho em que ela residia com seus pais, Maneco e Henriqueta Terra, sorocabanos de origem portuguesa, e os irmãos na região do Botucaraí, a dias de carreta distante de Rio Pardo. O major dissera a seu pai: "Vossa mercê tem em casa uma moça mui linda." Agora ali, a contemplar seu rosto na água translúcida da sanga, lembra o major. Mas – que susto! – junto à sanga está um homem, deitado de bruços! Ana Terra chama os irmãos, Antônio e Horácio, e o pai. O homem, um mestiço, meio indiático, de cabelos longos e cor acobreada, tem no rosto traços da raça branca. Ele fora ferido a bala. Retirado o chumbo, volta a si e se dá a conhecer como Pedro, por apelido Missioneiro, nascido na missão de São Miguel. Ele traz consigo um punhal de prata e um documento comprovando que integrara as forças de Rafael Pinto Bandeira.

Aos poucos, Pedro Missioneiro conquista a confiança da família Terra. Atencioso e trabalhador, era exímio em domar potros, fazia cerâmica, tocava flauta e contava histórias sobre a Virgem Maria, sua mãe. Aos poucos, Ana Terra se apaixona por ele e, numa noite, junto à sanga, ocorre o inevitável: Ana Terra e Pedro Missioneiro se entregam um ao outro. Tempos depois, grávida, Ana Terra aconselha Pedro Missioneiro a fugir. Este afirma ser tarde demais – pois tivera uma visão em que dois homens o assassinavam e o enterravam junto a uma árvore – e entrega o punhal de prata a Ana Terra. Logo depois, pelas mãos de Horácio e Antônio, a visão se cumpre. Dentro da casa de Maneco Terra, naquela noite, "só se ouvia a voz do vento, porque ninguém mais falou". No fim do ano de 1778, Ana Terra dá à luz um menino saudável e o chama de Pedrinho. Os anos passam. Pedrinho vai crescendo. Dona Henriqueta morre, e descansa de uma vida em que apenas trabalhara. E, à noite, Ana Terra e Pedrinho pensam ouvir o tá-tá-tá da roca de dona Henriqueta a fiar: "Nem mesmo na morte a infeliz se livrara de sua sina de trabalhar, trabalhar, trabalhar..."

Corre o ano de 1789, ano em que, pela primeira vez, o trigo brota nas terras de Maneco Terra e avô e neto "conversam como bons amigos". Pedrinho vai crescendo e um dia pergunta pelo pai. Ana Terra responde apenas que ele morrera antes dele nascer e aceita entregar-lhe o punhal de prata que Pedrinho encontrara... Então, num inesperado ataque de castelhanos, Maneco, Antônio e dois escravos – Horácio casara e vivia em Rio Pardo – são mortos e o rancho e as plantações são destruídos. Ana Terra é violentada mas sobrevive, junto com Eulália, a mulher de Antônio, Rosa, a filha deles, e Pedrinho, que tinham sido mandados todos para o mato quando os castelhanos estavam se aproximando. Ana Terra e Pedrinho enterraram os mortos e pouco depois, com o carreteiro Marciano Bezerra, partem todos rumo ao norte, serra acima, na direção da zona missioneira, com a intenção de se fixarem nas terras do coronel Ricardo Amaral, dono da imensa estância de Santa Fé, que pretendia fundar um povoado. Depois de dias incontáveis, o grupo chega ao rio Jacuí. Balsas são construídas e todos o atravessam, alcançando tempos depois as terras do coronel, em um ponto em que havia cinco ranchos de taipa cobertos de capim santa-fé. Com permissão do coronel, ali ficam morando. Ana Terra torna-se a parteira da região. E Pedrinho se torna Pedro Terra, com o gênio do avô: "...calado, reconcentrado e teimoso."

O tempo passa. Pedro Terra já tem vinte anos e, justamente no dia em que ele se torna noivo de Arminda Melo, chegam notícias de uma guerra. Ele deixa Arminda e parte como integrante das forças do coronel Ricardo Amaral. E "de novo Ana Terra começa a esperar". Eulália vai viver com um viúvo, levando Rosa, e Ana Terra fica sozinha, sempre a esperar e a fiar na velha roca de dona Henriqueta, uma das poucas coisas que pudera salvar do ataque dos castelhanos. O coronel Ricardo Amaral morre em combate e pouco tempo depois Chico Amaral, seu filho, promovido a major, retorna com cerca de 25 homens dos quarenta e tantos que haviam partido. Entre eles está Pedro Terra, sempre silencioso. No início de 1803, Pedro Terra finalmente se casa com Arminda Melo e o major Chico Amaral, com licença do governo de Porto Alegre, decide fundar a vila de Santa Fé e manda construir uma capela dedicada a N. S. da Conceição. Em

1804 nasce Juvenal, filho de Pedro Terra e Arminda Melo e Rosa fica noiva do capataz do major Chico Amaral. Naqueles dias, "que foram tempos de grande paz", Ana Terra fiava e cantava velhas canções de ninar para embalar seu neto. E Santa Fé crescia. Em 1806 nasce Bibiana, irmã de Juvenal. Mas a paz dura pouco. Explode nova guerra com os castelhanos e Pedro Terra parte de novo, para nunca mais voltar, segundo ele pressente. Mas Ana Terra diz que ele voltará.

O SOBRADO – II

É madrugada, 25 de junho de 1895. Alice grita. O Sobrado inteiro a ouve. Licurgo, nervoso, espera o suceder dos fatos, dentro de casa e lá fora, onde rondam os federalistas. Maria Valéria o informa: "A criança nasceu morta. Era uma menina." E o silêncio domina o casarão, com "o vento nas vidraças e o tempo passando."

Enquanto isto, João Caré, um dos incontáveis miseráveis da Província do Rio Grande, chega a Rio Pardo no dia da Independência do Brasil e aluga a filha mais moça e virgem a um negociante, pois precisa dar de comer à família: "Minha filha, vai com o coronel, faça tudo o que ele mandar". Foi assim que nasceu Mingote Caré, ali mesmo em Rio Pardo, "onde a mãe, china de soldado, dormia com os dragões a dez vinténs por cabeça".

Perto de Porto Alegre, na antiga Feitoria do Linho Cânhamo, estranhos seres louros vindos de além-mar fundam uma colônia e dão-lhe o nome de São Leopoldo. E Carés, alemães e certo tenente Rodrigo Cambará, depois promovido a capitão, se misturam em nova guerra contra os castelhanos. Um dos Carés, Pedro, volta da guerra sem um braço mas ainda capaz de gerar incontáveis Carés: "Por esta e por outras foi que a raça dos Carés continuou".

O SOBRADO – III

Na tarde de 25 de junho de 1895 Licurgo Cambará enterra, no porão do Sobrado, Aurora Cambará, que nascera morta e cujo nome só ele sabia. Alice, ardendo em febre, grita desesperada pela filha, enquanto a velha Bibiana Terra diz: "Esta foi feliz".

UM CERTO CAPITÃO RODRIGO

Numa tarde de outubro de 1828, o capitão Rodrigo Severo Cambará, que tinha cerca de trinta e cinco anos, entra em Santa Fé, carregando um violão a tiracolo, e se encontra com Juvenal Terra, que tinha então cerca de vinte e cinco anos, no bolicho do Nicolau e vai logo dizendo: "Buenas e me espalho. Nos pequenos dou de prancha e nos grandes dou de talho". E, depois de contar façanhas de guerras e revoluções, põe-se a cantar modinhas.

Por esta época, Ana Terra já morrera e Pedro Terra, como ela dissera, voltara são e salvo da última guerra na Banda Oriental. No Dia de Finados, no cemitério de Santa Fé, Bibiana, a filha de Pedro Terra que recusara a mão do próprio Bento Amaral, filho de Ricardo Amaral Neto e senhor de Santa Fé, se encontra com Rodrigo Cambará e "seu corpo foi tomado de uma emoção estranha..." Ricardo Amaral Neto, que instintivamente vê em Rodrigo Cambará um adversário, tenta expulsá-lo de Santa Fé, mas sem resultado. Ele fica e no dia do casamento da filha de Rosa é esbofeteado por Bento Amaral, depois de tentar dançar com Bibiana Terra. Segue-se um memorável duelo de adagas em que Rodrigo Cambará marca o rosto de Bento Amaral com um R (inacabado) e em seguida, à traição, pois armas de fogo não tinham sido permitidas, é baleado por Bento Amaral. Mas Rodrigo Cambará sobrevive e um mês depois está tomando chimarrão com Juvenal Terra, que limpa as unhas com um punhal de prata...

No Natal de 1829, contra a vontade de Pedro Terra, Rodrigo Cambará e Bibiana Terra se casam. E às 4h da tarde do dia 2 de novembro de 1830 nasce Bolívar Terra Cambará. No dia 28 de dezembro de 1831 nasce sua irmã Anita Terra Cambará. E, enquanto Bibiana Terra cuida dos filhos, Rodrigo Cambará toma conta da venda que montara em sociedade com Juvenal Terra logo depois de casar. Mas, aos poucos, começa a se cansar de sua vida sedentária e volta a ser como era antes: bebe com fregueses, joga, aposta em rinhas de galo e cavalos e procura outras mulheres, continuando, porém, a ser um homem generoso e de bom coração, como sempre fora. Bibiana Terra faz de conta que não vê, resumindo seus sentimentos em uma frase: "É meu marido e eu gosto dele".

Em princípios de 1833 chegam a Santa Fé, procedentes de São Leopoldo, as famílias de Hans Schultz e Erwin Kuntz que, com seus hábitos "estranhos" de trabalhar na lavoura e plantar flores na frente de suas casas, causam espanto em Santa Fé, o que não impede, é claro, que Rodrigo Cambará logo se engrace por Helga, a bela filha de Erwin Kuntz. Pelo fim do mesmo ano começam a circular rumores de uma nova guerra, o que não perturba os festejos do Ano Novo, celebrados com grande regozijo pela população porque a Assembleia Provincial de Porto Alegre aprovara uma lei permitindo que Santa Fé fosse elevada a vila e tivesse sua Câmara Municipal. Naquela noite, atrás do muro do cemitério, na coxilha, Rodrigo Cambará e Helga Kuntz se amam furiosamente. Enquanto isto, a venda vai de mal a pior... O inverno de 1833 é muito rigoroso e Anita Terra Cambará fica doente e vem a morrer, enquanto seu pai, como fazia todas as noites, jogava e perdia. A morte da filha provoca uma mudança radical em Rodrigo Cambará e ele está firme junto à cabeceira da mulher quando nasce Leonor Terra Cambará em agosto de 1834.

Os rumores de guerra crescem. Em Santa Fé, o coronel Ricardo Amaral, legalista, começa a organizar suas forças. Na Câmara Municipal, Pedro Terra se manifesta a favor da revolução e é preso. Ao saber disto, Rodrigo Cambará parte para se unir às forças de Bento Gonçalves da Silva, o principal líder dos estancieiros descontentes com o Governo imperial do Rio de Janeiro, o qual cobrava cada vez mais impostos sobre o charque produzido na Província do Rio Grande. A revolução está a ponto de explodir. Em fins de outubro de 1835 um estafeta de Rio Prado chega a Santa Fé com a grande notícia: a revolução começara e os rebeldes, ou farroupilhas, haviam tomado Porto Alegre, expulsando as forças legalistas, ou caramurus. Em fins de abril de 1836 as forças rebeldes atacam Santa Fé e as forças legalistas, comandadas pelo coronel Ricardo Amaral Neto, se entrincheiram no casarão da família. Os rebeldes atacam à noite e o tomam. Rodrigo Cambará e o coronel Ricardo Amaral Neto morrem em combate. E o padre Lara, o velho vigário de Santa Fé, ao levar a notícia a Bibiana Terra, murmura: "Ele era (Rodrigo) um homem impossível." No Dia de Finados, pela manhã, acompanhada pelos dois filhos, Bibiana Terra visita o túmulo do marido na coxilha do cemitério. E se consola pensando que "afinal de contas tudo estava bem", pois "podiam dizer o que quisessem, mas a verdade era que o capitão Cambará tinha voltado para casa".

Anos depois, em Rio Pardo, entre um licor de butiá e um mate que oferece aos visitantes, dona Picucha Terra Fagundes, filha de Horácio Terra, que morrera na Guerra da Cisplatina, conta histórias da grande revolução que assolara a Província do Rio Grande e que tivera por líder o general Bento Gonçalves da Silva. E conta também que tivera sete filhos, todos mortos na revolução, mas que lhe haviam restado sete netos, todos homens também.

O SOBRADO – IV

25 de junho de 1895, à noite. O cerco continua. Os homens de Licurgo Cambará observam movimentos estranhos no campo inimigo, com alguns cavaleiros tomando, aparentemente, o rumo de Cruz Alta. O velho Fandango recita "A Nau Catarineta", enquanto, no andar de cima, a mulata Laurinda conta histórias para Toríbio e Rodrigo dormirem. Alice, com febre, dorme e Maria Valéria, vingativa, pensa quanto Licurgo Cambará deve sofrer por estar Ismália, sua amante, na fazenda do Angico, à mercê dos maragatos... E o filho que Ismália tem é de Licurgo! Homens nojentos!

A TEINIAGUÁ

Em 1850 Santa Fé é elevada a cabeça de comarca, passando a ter seu primeiro juiz, o maranhense Nepomuceno Garcia de Mascarenhas, que logo publica o *Almanaque de Santa Fé*, no qual se informa que a vila tem sessenta e oito casas, de alvenaria e madeira, trinta ranchos cobertos de capim e uma população total de seiscentas e trinta almas. Entre os mais importantes moradores da vila encontra-se Aguinaldo Silva, um pernambucano esperto e sovina que enriquecera emprestando dinheiro a juros altos e depois executando os devedores que não podiam saldar as dívidas. Fora assim que tomara as terras de Pedro Terra e demolira, diante dos olhos deste, a casa que ali existia, mandando construir no mesmo local o Sobrado, a maravilha arquitetônica da vila, que causava inveja até à família dos Amaral. Aguinaldo Silva, segundo ele próprio afirma, só pensa na neta, Luzia Silva – que na verdade é uma órfã adotada por ele e que por esta época estudava em um colégio na Corte.

E um dia Luzia Silva chega a Santa Fé, deslumbrando a todos com suas roupas e seus modos de cidade grande e sendo requestada por todos os rapazes bem situados da vila, principalmente Bolívar Cambará e Florêncio Terra, seu primo, filho de Juvenal Terra. Em princípios de 1853, a notícia se espalha como rastilho de pólvora: Luzia Silva escolhera o primeiro! Bolívar Cambará decide casar, contra os conselhos do tio, Juvenal Terra, que vê nela uma "moça da cidade... sem qualquer serventia". Mas Bibiana Terra mantinha em segredo um grande plano, que há muito acalentava: casar Bolívar com Luzia e retomar o Sobrado! Como Rodrigo Cambará, seu marido, no ano de 1836, tomara de assalto o casarão de Ricardo Amaral Neto... E no dia em que Severiano, um negro escravo companheiro de infância dos dois primos e que com o testemunho do próprio Bolívar Cambará fora condenado à morte, é enforcado na praça, diante do Sobrado, dentro deste se realiza o noivado, com a presençca do dr. Carl Winter, um médico alemão formado em Heidelberg. Com seu olhar arguto, ele vê em Luzia Silva a personagem de uma lenda da província que há pouco lhe havia sido contada. "Como era mesmo o nome do animal? Ah! Teiniaguá!", uma "bela e jovem bruxa moura que o diabo... transformara em lagartixa...". O dr. Winter, durante a cerimônia de noivado, olha com o horror e ao mesmo tempo com estranha fascinação para aquela jovem educada na Corte do Rio de Janeiro e que é capaz de dizer que "negro não é gente" e que "bondade é sinônimo de covardia"... E, no momento em que Severiano é enforcado, o dr. Winter vê, estarrecido, no rosto de Luzia "uma máscara de gozo que parecia chegar quase ao orgasmo", transformando-se em seguida "em uma luz de bondade que a transfigurava". A teiniaguá!

Em setembro de 1853 Bolívar Cambará casa com Luzia Silva. No início de 1854 Aguinaldo Silva morre depois de uma queda de cavalo em sua fazenda do Angico, nas proximidades de Santa Fé. O Sobrado começava a passar às mãos dos Terra-Cambará, segundo o plano arquitetado por Bibiana Terra, que nele vai morar com o filho e a nora... Mas no início as coisas parecem não andar bem, segundo conta, ao dr. Winter, Juvenal Terra, enquanto alisa a palha de seu cigarro com um punhal de prata... O dr. Winter vai visitar o Sobrado e um dia Bibiana Terra o informa de que Luzia Silva está grávida. Dizendo temer que a nora encontre uma forma de abortar, ela pergunta ao médico se não seria melhor enviá-la a um hospício, pois a julga louca. E dr. Winter pensa: "Com Luzia no hospício, dona Bibiana completa sua conquista do Sobrado"... Mas quando, em meados de 1855, nasce o filho, ao qual Luzia chama de Licurgo – porque "o nome tem um som escuro, um tom dramático" –, aparentemente tudo volta a acalmar-se, apesar da guerra contínua e silenciosa entre nora e sogra. Em 25 de setembro do mesmo ano Florêncio Terra casa com Ondina Alvarenga. Por esta época também, a três léguas de Santa Fé, é criado o povoado de Nova Pomerância, formado por imigrantes alemães.

Na primeira metade de 1856, Bolívar Cambará e Luzia Silva viajam a Porto Alegre, ficando Licurgo aos cuidados da avó, no Sobrado. E enquanto olha o neto pensa que aquele menino, em cujas veias corre o sangue de Rodrigo Cambará, viria a ser "o dono do Sobrado, dos campos do Angico e de milhares de cabeças de gado". Depois de quatro meses, Bolívar Cambará e Luzia Silva retornam de Porto Alegre, onde grassava a peste e onde Luzia se deliciara vendo o rosto dos mortos, inclusive o de um suposto amante seu, o que deixa o marido extremamente perturbado... Bibiana Terra não permite que os pais vejam Licurgo. Sogra e nora se enfrentam, trocando insultos. Bolívar esbofeteia Luzia. A situação parece insustentável. Logo a seguir, sob o argumento de impedir o contágio da população, o Sobrado é posto em quarentena pelo coronel Bento Amaral. Bolívar Terra resiste sete dias mas depois, transtornado, sai à rua para enfrentar os capangas dos Amaral. E morre baleado. No enterro, o dr. Winter vê a expressão de Luzia Silva: "Não era de gozo mórbido, como eu esperava e temia, mas de dor, de profunda dor".

Mingote Caré morre depois de ter recebido trezentas chicotadas e ser marcado com ferro em brasa, por ter roubado um cavalo.

Mas a raça dos Carés é inextinguível. Tem o Lulu, que é barqueiro, o Juca Feio, soldado e aventureiro, e o Chiru. Este, com dez filhos, pediu licença, teve, e se arranchou na fazenda do Angico, como protegido de Bibiana Terra e vivendo, com a família, das fressuras das reses carneadas. Recrutado pelas forças do governo, integrou os batalhões dos Voluntários da Pátria. Afinal, como sempre ocorria de tempos em tempos, rebentara outra guerra. E Chiru Caré gostou da guerra. Só não entendia uma coisa: por que é que os orientais e os argentinos lutavam agora do lado dos brasileiros? Em Uruguaiana viu Pedro II passando as tropas em revista. Ficou boquiaberto. Viu também o general Osório. A guerra era braba. Mas Chiru Caré gostava: "Sua vida nunca fora melhor". Afinal, "matar homens era bom". E certa feita descobre que seu companheiro de barraca é Florêncio Terra, "natural de Santa Fé, sobrinho da velha Bibiana, dona do Angico e do Sobrado. Mundo velho bem pequeno!" Um dia, numa carga de cavalaria, salva a vida de Florêncio. E este lhe diz: "Obrigado, companheiro!" E "foi por tudo isto que Chiru Caré gostou daquela guerra. Na paz vivia como bicho. Na guerra era um homem".

O SOBRADO – V

26 de junho de 1895, pela manhã. Uma sentinela informa Licurgo Cambará que, durante a madrugada, grupos de federalistas a cavalo haviam deixado Santa Fé no rumo de Passo Fundo. A situação está mais tranquila no Sobrado. Durante a noite fora possível armazenar água e laranjas à vontade. Licurgo Cambará pensa em Ismália, na fazenda do Angico e na revolução, que está chegando ao fim. O coronel Alvarino Amaral jamais poderá dizer que tomara o Sobrado! Maria Valéria continua ao lado de Alice. Felizmente, a febre baixou um pouco.

A GUERRA

É o início de 1869. Há cinco anos o silêncio reina em Santa Fé, onde "não havia família que não chorasse um morto" na Guerra do Paraguai. De repente, corre a notícia de que a guerra acabara. Os risos e os gritos de alegria são, porém, logo substituídos pelo choro e pela tristeza: fora apenas um boato falso. O governo da Província enviara, de fato, um comunicado à Câmara Municipal, mas apenas para prevenir contra as falsas notícias de que a guerra acabara. E pedir mais cem homens, cem cavalos e duzentas reses... Em dezembro de 1869, Florêncio Terra, ferido, retorna do campo de batalha. E no cemitério abandonado e tomado pelo inço, junto com a mulher, diante dos túmulos de seus pais, relembra os dias horríveis de 1864, "quando a bexiga preta grassava em Santa Fé". No curto espaço de uma semana, Juvenal Terra e Maruca haviam morrido. E quando a peste acabara viera a notícia da guerra... Ele tivera que partir. Agora está ali, ferido no joelho, talvez aleijado para o resto da vida... O desânimo o domina. Mas assim é a vida! E o Sobrado? Desde a morte de Bolívar nunca mais colocara lá os pés... No dia seguinte, Florêncio Terra vai consultar o dr. Winter, que lhe dá esperanças: a perna, possivelmente, vai ficar boa. E lhe conta que Luzia Silva está com um tumor maligno no estômago, sem esperança de cura. No Sobrado, Bibiana Terra e Luzia Silva continuam vivendo em guerra contínua. Quem ceder ou morrer antes perderá o jogo, isto é, Licurgo, o Sobrado e a fazenda do Angico... "Dona Bibiana é uma mulher prática", diz o dr. Winter a Florêncio Terra, que não quer acreditar "por medo de matar sua última ilusão"...

"Aos quinze anos Licurgo Cambará era já um homem": fuma, usa faca, faz a barba e conhece mulher. Estuda história, linguagem, aritmética, geografia e ciências com o dr. Nepomuceno Mascarenhas, com o padre Otero, o vigário, e com o dr. Winter. Mas seu grande mestre é mesmo José Menezes, dito Fandango, o capataz da fazenda do Angico, para o qual não há "nada como a experiência do indivíduo", que ele transmite continuamente a Licurgo Cambará através de *causos*, versos e ditados que correm a Província. Para Licurgo Cambará, a fazenda do Angico é sua própria vida, o que o leva a recusar terminantemente a proposta da mãe de ambos deixarem Santa Fé, ideia que causava pavor em Bibiana Terra, pois perderia o neto, o Sobrado e a fazenda...

Fandango, conhecedor exímio de todo o Continente do Rio Grande de São Pedro, percebe que "tudo anda demudando". Há alemão, há italiano, e "já não dançam tanto a chimarrita, o tatu e a meia-canha... O trem e o telégrafo atravessam o Continente", o que "é uma pouca vergonha... só falam em metro, quilo e litro... os homens estão ficando mui frouxos" e se não houver "logo uma guerra, uma revolução, vai tudo acabar ficando maricas".

O SOBRADO – VI

26 de junho de 1895, à noite. Fandango conta a Toríbio e Rodrigo a história do Negrinho do Pastoreio. Dona Bibiana Terra pergunta se os farrapos já chegaram para expulsar os caramurus... A febre de Alice volta a subir e Maria Valéria decide mandar chamar o dr. Winter. Licurgo Cambará fica furioso, mas afinal aceita que um de seus homens vá buscar o médico. E Fandango, para esquentar os pés gelados de Florêncio Terra, faz fogo com a única coisa que resta: coleções velhas de *O Arauto* e *O Democrata*, órgãos, respectivamente, dos federalistas e dos republicanos de Santa Fé.

ISMÁLIA CARÉ

Em 24 de junho de 1884, Santa Fé passa a cidade, ocasião em que, através de seus jornais *O Arauto de Santa Fé* e *O Democrata*, liberais monarquistas e republicanos abolicionistas, respectivamente, se digladiam com editoriais. Os festejos que comemoram o grande evento são presididos pelo coronel Alvarino Amaral, filho do já ancião coronel Bento Amaral. Licurgo Cambará não fica atrás e dá uma grande festa no Sobrado, quando, como prova de ser republicano e abolicionista convicto, liberta todos os escravos do Sobrado e da fazenda do Angico, o que, na opinião de dona Bibiana Terra, fará apenas com que morram todos de fome. Antes disto, durante os festejos da tarde, Alvarino Amaral e Licurgo Cambará, que comandam uma cavalhada entre cristãos e mouros, chegam a lutar de verdade e se ferem, ainda que levemente, num incidente que só não terminara tragicamente devido à intervenção do vigário, o padre Atílio Romano. Ferido na testa, Licurgo Cambará, que nunca participara de uma guerra, sente que naquele momento se tornara homem como seus antepassados.

À noite, no Sobrado, ao final da cerimônia na qual todos os escravos são libertados, dona Bibiana Terra ordena, brutalmente: "Agora abram as janelas para sair o bodum". Segue-se um jantar festivo, depois do qual Licurgo Cambará vai até o pátio, onde os escravos libertados cantam e dançam, à procura de Ismália Caré, que mandara buscar na fazenda do Angico. E ela lhe revela estar grávida. Nervoso, Licurgo Cambará não sabe o que fazer, já que dentro de um mês casará com Alice, sua noiva e prima, filha de Florêncio Terra e irmã de Maria Valéria. Obrigar Ismália Caré a abortar? Deixar como está? E se os inimigos políticos vierem a saber do caso?

É a primavera de 1893. O velho Maneco Lírio, major da Guarda Nacional, figura muito conhecida em Santa Fé, arranca a folhinha do calendário que tem na parede e diz: "Diacho! Hoje é 15 de novembro". Há quatro anos, portanto, o marechal Deodoro proclamara a República, destronando e expulsando do país D. Pedro II, o sábio e modesto imperador, e "o Brasil fora entregue à canalha positivista", dando início a um longo rosário de arbitrariedades e anarquia. Para Maneco Lírio, só o conselheiro Gaspar Martins, o grande homem diante do qual os republicanos tremem, tem condições de alterar esta situação. E fora para isto que o conselheiro lançara no Rio Grande o grito de revolução, que agora se expandia por toda a Província, com o objetivo de depor Júlio de Castilhos, o presidente (provincial) republicano.

O SOBRADO – VII

27 de junho de 1895, pela manhã. Fandango, no seu posto de observação na água-furtada do Sobrado, pensa na guerra, na violência, na morte. Licurgo Cambará vive dizendo que os federalistas são bandidos. Mas Fandango sabe que são todos iguais, federalistas e republicanos, pois a degola é praticada por ambos os lados. Na cozinha, Florêncio Terra dorme. O dia já vai raiando. No andar de cima, Licurgo Cambará acorda. Maria Valéria o informa de que a febre de Alice baixou. E de que não há mais comida. Aconselha, mais uma vez, a pedir trégua aos federalistas. Assim seria possível buscar pão e leite para as crianças e trazer o dr. Winter para tratar

de Alice. Surpreendentemente, desta vez Licurgo Cambará aceita o conselho. Mas, ao agarrar um lençol para erguê-lo como bandeira branca, ouve seus homens se agitarem: o padre Atílio Romano e o dr. Winter vêm chegando, à frente de um grupo, carregando uma bandeira branca... Os federalistas tinham abandonado a cidade! O Sobrado não se rendeu! Ainda tonto, Licurgo Cambará grita: "A cidade está livre!" E se dirige para a Intendência.

Sozinho na sala de visitas do Sobrado, Fandango tem a impressão de que algo estranho e grave aconteceu. Olha então para Florêncio Terra, que dorme, imperturbável, na cozinha. E logo descobre que ele dorme para sempre. Florêncio Terra falecera durante a noite.

Personagens principais

Ana Terra e Pedro Missioneiro – Elevando-se, pela própria função que desempenham, por sobre todas as demais personagens, Ana Terra e Pedro Missioneiro são o casal-mito original não apenas de "O continente" mas de *O tempo e o vento* como um todo; os fundadores não apenas de um clã mas de uma civilização; a pedra angular sobre a qual – na visão do Autor – se constrói, a partir de seus primórdios, no Continente do Rio Grande de São Pedro, a sociedade sul-rio-grandense que chegou aos meados de séc. XX. Originários e remanescentes, ambos, de processos civilizatórios incipientes baseados no sedentarismo clássico (as missões jesuíticas e a agricultura de pioneiros sorocabanos), processos estes abruptamente interrompidos e destruídos pela violência, Pedro Missioneiro e Ana Terra são o elo inicial de um clã-paradigma – sempre na visão do Autor, é indispensável sublinhar – da sociedade do Rio Grande do Sul. Clã, aliás, marcado por um matriarcalismo circunstancial e desviante mas nem por isto menos presente. São os fundadores míticos de uma civilização de fronteira, nômade e guerreira, na qual os homens assassinam e são assassinados e na qual as mulheres, com a fortaleza de viragos bíblicas, carregam em seus ventres a herança da espécie e o futuro de seus clãs. E a morte de Pedro Missioneiro é o ritual de sangue que funda esta civilização:

o nômade intruso que rompera a ordem dos Terra sedentários é por estes assassinado, os quais, por sua vez, também o serão (Horácio, que, ao que se supõe, só tem uma filha, também morre na guerra, como seu genro e seus sete netos). Mas Pedro Missioneiro, antes de ser assassinado, lançara no ventre de Ana Terra a semente do futuro clã. Por isto, depois da morte do pai e do irmão, Ana Terra se conforma e abranda sua revolta contra os assassinos daquele a quem amara. Por isto também aceita a dor e o papel que o destino lhe impõe, permanecendo para sempre fiel à memória daquele através do qual superara sua esterilidade (antropológica) e pudera ser mãe – de Pedrinho e de uma nova raça. Ana Terra, como Pedro Missioneiro, na grandiosa arquitetura de *O tempo e o vento*, é uma personagem-símbolo. Em consequência disto, seus traços de individualização psicológica, ainda que fortes, são remetidos a um segundo plano e perdem importância diante da função a ela – e a Pedro Missioneiro – destinada no conjunto da obra como um todo.

Bibiana Terra e Rodrigo Cambará – Formado pela terceira geração dos Terra e, ao que se presume, pela segunda dos Cambará, Bibiana e Rodrigo são o segundo casal-mito de *O tempo e o vento* e os (re)fundadores do clã-paradigma dos Terra-Cambará. Repetindo com traços mais nítidos o que com Ana Terra e Pedro Missioneiro fora apenas grosseira ainda que vigorosamente delineado, Bibiana Terra e Rodrigo Cambará (re)fundam o clã e dão início à segunda fase da saga mítica que – sempre na visão do Autor, é necessário insistir – gesta e forma em época primeva a sociedade do Rio Grande do Sul do séc. XX. Isto porque, um dia, ao pacífico povoado de Santa Fé – núcleo de uma civilização sedentária de contornos feudal-oligárquicos dedicada à pecuária extensiva e não à agricultura, ao contrário daquela dos pioneiros sorocabanos – chega um forasteiro, voluntarioso e rude, disposto a pôr fim, pelo menos temporariamente, à sua vida de aventureiro e guerreiro nômade. Imediata e instintivamente, o forasteiro escolhe a companheira adequada – e, mais do que isto, disposta – a ser o fértil solo do qual (re)brotará uma nova raça, o clã dos Terra-Cambará, que no futuro viria a enfrentar o clã até então ali dominante, como Ricardo Amaral Neto, com a argúcia atávica do poder, instantaneamente o percebe. Como

Ana Terra e Pedro Missioneiro, portanto, Bibiana Terra e Rodrigo Cambará são também personagens cujo perfil é dado antes pela função que desempenham na arquitetura de *O tempo e o vento* do que pelos traços que os identificam no conjunto das demais. Há, porém, em Bibiana Terra e Rodrigo Cambará, ao contrário do que ocorre com o primeiro casal-mito, uma certa distância entre esta função e os traços que os individualizam. Pois se Rodrigo Cambará também morre logo no início da saga do clã (re)fundado e se Bibiana Terra assim compartilha do amargo destino de Ana Terra, ele, "um homem impossível", deixa para sempre sua marca pessoal e indelével na história de Santa Fé. E ela, em conformado equilíbrio, reconhece que tudo estava bem: ela o escolhera e ele, afinal, voltara para casa. E viverá, ela, Bibiana Terra, até a chegada de um novo século, junto com seus netos e bisnetos. Em resumo, processa-se um incipiente, ainda que lento, aburguesamento – no sentido original do termo – do novo casal-mito que (re)funda o clã dos Terra-Cambará, estabelecendo assim o ponto de partida de seu apogeu como ator fundamental da saga heroica que – sempre na visão do Autor – embasa ou é a própria civilização pastoril-oligárquica do Rio Grande do Sul. E não é mera coincidência, na admirável arquitetura de *O tempo e o vento*, que Bibiana Terra e Rodrigo Cambará sejam coetâneos e partícipes, no plano da ficção, da Revolução Farroupilha, o grande evento que, no plano da história, representa o mais explícito e consistente ato de poder dos estancieiros da fronteira meridional do Brasil.

Com Rodrigo Cambará e Bibiana Terra assume forma definitiva e cristalina, em *O tempo e o vento*, o que, na concepção da antiga e desaparecida oligarquia pastoril, era a família ideal sul-rio-grandense: um marido fogoso, folgazão e aventureiro, "de bombachas brancas, esporas de prata, lenço vermelho no pescoço", sempre disposto a emprenhar chinas e a partir para a guerra; e uma mulher forte e impoluta como uma matrona romana e tolerante e submissa como uma gueixa, uma mulher cujo duro mas enobrecedor destino era gerar filhos para continuarem o clã e para morrerem nas batalhas. Assim, o que durante algumas décadas talvez fora, pelo menos em parte, a rude e chã verdade histórica, se transforma em *O tempo e o vento* em elaborada lenda a integrar o coerente arcabouço ideológico autoglorificador da classe dominante sul-rio-grandense na virada do séc. XIX (v. comentário crítico), lenda recolhida pelo Autor, que assim dá forma literária final ao *mito do gaúcho*. A evolução semântica da palavra *gaúcho* é, aliás, exemplar. Não por mera coincidência, o termo, que desde o séc. XVIII tinha o sentido de *ladrão de gado*, *bandido*, *vagabundo*, *desgarrado*, chega ao final do séc. XIX significando *peão* ou *pessoa vestida à moda de peão* e antes de meados do séc. XX se transforma em gentílico, ou seja, em sinônimo de *sul-rio-grandense* ou *habitante do Rio Grande do Sul*. Assim, a velha oligarquia deixava no léxico a derradeira marca de seu já então desaparecido poder.

Dr. Winter e Luzia Silva – Ainda que delineadas, como as demais, com grande vigor e fortemente individualizadas, o dr. Carl Winter e Luzia Silva são também, à semelhança das demais, personagens que alcançam a dimensão de símbolos, de representação de uma ideia. Mais do que o forasteiro e a intrusa, respectivamente, o dr. Winter e Luzia Silva encarnam o conceito bipolar de civilização/barbárie. Ele é a personificação do iluminismo e do racionalismo europeus: laico, agnóstico e cético. Fascinado, contudo, irresistivelmente, pelo mundo bárbaro, que a ele vai lentamente aderindo, como o barro pegajoso de Santa Fé. Ela é infantil, ingênua e, até certo ponto, psiquicamente perturbada. Contudo, Luzia Silva é muito mais do que uma jovem mimada e com problemas de comportamento, acostumada a ver tudo e todos se submeterem a seus caprichos. Ela personifica a própria barbárie da sociedade escravista e esquizoide dos trópicos que, rompendo o verniz da civilização que a fascina, expõe de forma brutal e sem filtros a estrutura de poder sobre a qual se assenta. Contudo, o dr. Carl Winter e Luzia Silva são ainda mais do que isto. Em conjunto, Luzia Silva, fria e implacável, e o dr. Carl Winter, lógico e contido, são a materialização visível da (não)-distância que medeia entre barbárie e civilização, como ele, perplexo mas impiedoso, tem a coragem de confessar a si próprio – mas só a si próprio, em uma das mais memoráveis sequências de *O tempo e o vento*: "Naquele momento... tive um vislumbre da besta que dorme dentro de cada um de nós, e o que senti me assustou, e até agora... ainda me perturba. É que me surpreendi a desejar violenta e carnalmente Luzia Cambará, ali no cemitério, naquele momento mesmo em que ela contemplava pela última vez o rosto do marido defunto. E... eu senti... náuseas... Fiz meia volta e saí do cemitério apressadamente".

Padre Lara – Construído de forma magistralmente sutil, e por isto mesmo pouco lembrado, o padre Lara é uma das personagens mais importantes e mais impressionantes de "O continente". Por um lado, ele parece ter reduzida importância na obra, pois sua participação no enredo é quase nula, tanto é verdade que, se fosse eliminado, a trama em nada se alteraria. Por outro, contudo, ele paira, onipresente e onisciente, acima de todos, como a voz da razão, a personificação da civilização e a craveira da História. Encarnando a sabedoria milenar não apenas da Igreja católica mas da própria espécie, e fundamente humanizado pelo seu inseparável cigarro de palha e sua crônica bronquite, o padre Lara, em nome de Deus, vela, piedoso e desconsolado, por seus filhos, impotente diante da angústia, do sofrimento e da loucura. Defensor intransigente da ordem e do poder constituído, mas não necessariamente dos poderosos, o padre Lara segue à risca a milenar lição paulina do cap. 13 da *Epístola aos romanos* e é por isto inevitavelmente ambíguo. O que não significa, em absoluto, ausência de princípios, como fica demonstrado de maneira emblemática na morte de Anita, quando, em uma cena de plasticidade majestosa e insuperável, o padre Lara emerge das sombras da noite para, diante do bruxulear das velas que iluminam o corpo da infanta morta, impor-se como a voz da razão a marcar com *imperatoria vis* os lindes da civilização.

Como o capitão Rodrigo Cambará – seu contraponto, pelo qual se sente irresistivelmente atraído – o padre Lara também é "um homem impossível".

Licurgo Cambará, Alice e Maria Valéria – Ainda que sucintamente apresentados, os três primos são personagens delineadas com rigor. Licurgo Cambará é o herdeiro do Sobrado, aquele rebento através do qual os Terra-Cambará alcançam o início de seu apogeu. Maria Valéria, em sua dura sina de preterida, dá sequência à linhagem das mulheres-heroínas dos Terra (Ana e Bibiana). Alice, apagada e submissa, é apenas aquela que conhece o seu lugar: gerar herdeiros para dar continuidade ao clã.

Padre Atílio Romano – De linhagem completamente diversa daquela do padre Lara, a personagem do padre Atílio Romano não atinge a dimensão da de seu antecessor, mas seu tipo expansivo e exuberante de peninsular o transforma em um tipo importante de "O continente". Bastante liberal, com ideias pouco convencionais mas com o realismo sólido de quem conhece o poder, o padre Atílio Romano – e seu sobrenome não é coincidência, por certo – parece representar a figura de sacerdote que, na visão do Autor, é ao mesmo tempo o símbolo da Igreja católica e o ideal a ser buscado.

Fandango e Ismália Caré – Repositório insuperável de todos os lugares-comuns da cultura popular da grande estância que, na visão do Autor, é o Rio Grande do Sul, Fandango é desenhado como a personagem-tipo do peão, melhor dizendo, do *gaúcho* idealizado e mitificado pelos Centros de Tradições Gaúchas (CTGs) a partir de meados da década de 1940. No entanto, em um momento, único, ele atinge a dimensão trágica, rompendo o círculo de ferro do estereótipo em uma das mais belas e dramáticas sequências de "O continente": quando recebe a notícia da morte do filho, Fandango Segundo. Depois de um breve *intermezzo*, porém, o estereótipo torna a impor-se com força absoluta.

Tal como Fandango, Ismália Caré traz a marca forte do estereótipo: é a *china* miserável que, por ser linda e submissa, alcança o *status* de *rabicho* do patrão. Transformada em *prenda* pelo folclore caricato dos CTGs, a *china* passou a frequentar nas últimas décadas o imaginário da cultura dita "gauchesca" e até os amplos e iluminados salões do Palácio Piratini e da Assembleia Legislativa... Claro que com saias rodadas, anáguas de renda, calçolas longas e lacinhos de fita... Muito à semelhança, como se vê, dos andrajos vestidos pela Ismália Caré da fazenda do Angico...

Estrutura narrativa

Primeira parte de *O tempo e o vento*, trilogia que continua com "O retrato" e se encerra com "O arquipélago", "O continente" é composto, por sua vez, de treze partes ou capítulos titulados e seis "intermezzos" não-titulados, estes, nas edições da Editora Globo de Porto Alegre, grafados em itálico. Construído rigorosamente, como, aliás, toda a trilogia, segundo os moldes da narrativa real-naturalista (as visões de Pedro Missioneiro são apresentadas como produto de uma mente religiosa perturbada ou pré-lógico-racional), "O continente" possui, contudo, algumas características muito específicas, que, aliás, marcam também as duas partes restantes da obra.

Em primeiro lugar, a estrutura temporal da narração, estrutura transparente para qualquer leitor, é a de um movimento pendular entre dois pólos, o presente (final de junho de 1895) e o passado (1745 em diante), movimento que vai como que se tornando progressivamente mais lento e praticamente desaparecendo no final, com a junção dos dois vetores (o que vem do passado encontra o que opera no presente). Em segundo lugar, a marcação dos movimentos destes vetores é de uma precisão e de um rigor raramente observados nas grandes obras da narrativa ocidental, moderna ou não. Pois não apenas o arco de tempo abrangido é explicitamente delimitado (de uma madrugada de abril de 1745 à manhã de 27 de junho de 1895) como também são datados nascimentos, casamentos, mortes e ações variadas das personagens principais, datação esta feita através de indicação explícita, segundo o calendário gregoriano, ou tomando como referência eventos da história do Rio Grande do Sul, do Brasil e até mesmo do continente. Em terceiro lugar, a datação a partir de eventos históricos faz com que toda a estrutura temporal da narração esteja referida a eles, daí resultando um efeito que, como se verá, é fundamental na obra: as personagens e os eventos de natureza ficcional parecem perder este caráter, transformando-se, inversamente, em personagens e eventos históricos (v. comentário crítico).

No que se refere ao espaço em que se movimentam as personagens e se desenrola a ação não apenas de "O continente" mas de toda a obra, ocorre o mesmo que em relação à questão do tempo. Os dados fornecidos são tão claros e precisos que analisá-los parece supérfluo, já que o espaço da ação se identifica com a geografia do Continente do Rio Grande de São Pedro e, depois, com a Província do Rio Grande do Sul. Contudo, da mesma forma que nos registros cartoriais não existem certidões de nascimento dos Terra-Cambará, a cartografia do Rio Grande do Sul também não conhece Santa Fé, o mítico povoado, depois vila e depois cidade, em que nasce e se desenvolve a ilustre progênie que reinará soberana em *O tempo e o vento*. Como resultado, volta-se aqui à confusão/identificação entre o ficcional e o histórico – Santa Fé existe. Os cartógrafos é que esqueceram de registrar seu nome e sua localização no mapa do Rio Grande do Sul... Pois quando Ana Terra e o que restara de sua família depois do ataque dos castelhanos partem da região do Botucaraí, tomam o rumo norte, sobem a serra, atravessam o rio Jacuí e chegam algum tempo depois ao povoado fundado pelo iniciador do clã dos Amaral e que viria a ser Santa Fé. Tendo como padroeira Nossa Senhora da Conceição (O Sobrado – I), Santa Fé está situada junto à estrada que liga Rio Pardo a Cruz Alta (A teiniaguá – 12) e posteriormente será servida de estrada de ferro ("O arquipélago"). Assim, pois, Santa Fé se localiza, na geografia do Autor, obrigatoriamente em algum ponto ao norte-noroeste da atual Júlio de Castilhos. E mais nos é impossível saber, pelo menos considerando os dados fornecidos pelo texto. Identificar Santa Fé com a atual Júlio de Castilhos não deixa de ser uma hipótese atraente (Santa Fé como berço do grande líder republicano de que leva o nome), mas o texto depõe contra ela, pois no séc. XIX muito dificilmente alguém poderia fazer uma viagem dali até Santo Ângelo em apenas dois dias (A teiniaguá – 10). Sob este ângulo, seria muito mais coerente identificar a mítica Santa Fé com Cruz Alta, cidade natal do Autor, não fosse ela também nominalmente identificada como localidade vizinha.

Comentário crítico

Uma das poucas grandes obras épicas da literatura brasileira e, sem dúvida, com lugar garantido também entre os grandes títulos da narrativa ocidental moderna, *O tempo e o vento*, da qual "O continente" é a primeira e a mais celebrada parte, não mereceu até hoje, por razões várias e variadas, a análise aprofundada e a atenção cuidadosa que sua importância exige no contexto do romance brasileiro e universal. Aqui, ainda que de forma sucinta e incompleta, talvez seja possível listar e comentar concisamente alguns temas que fariam parte de tal análise. Assim, abrangendo a totalidade da obra mas tomando, por outro lado, "O continente" como foco principal, será discutido brevemente a) – o que é *O tempo e o vento*; b) – os fundamentos sobre os quais a obra é construída; e c) – as contradições que a marcam.

a – O que é?

O tempo e o vento é uma obra monumental, tanto por sua extensão em páginas quanto pela ambição do projeto que a embasa.

Por sua extensão, porque a obra tem cerca de duas mil páginas em formato e corpo gráficos médios. Isto significa que é duas, três ou mais vezes maior do que *Grande sertão: veredas*, *A pedra do reino* e *Os Guaianãs*, ficando atrás apenas da hoje esquecida *A tragédia burguesa*, de Octávio de Faria. Também no âmbito da narrativa ocidental poucas obras superam *O tempo e o vento* em tamanho. *Guerra e paz*, de Tolstoi, e *A feira das vaidades*, de Thackeray, por exemplo, lhe ficam bem atrás. Pela ambição de seu projeto, porque *O tempo e o vento* é uma obra grandiosa e rara. Este projeto é explícito e completamente transparente: trata-se de narrar a heroica saga de uma família ao longo de dois séculos e de sete/oito gerações. Mais do que isto, trata-se de fixar, em um painel monumental, o nascimento, o desenvolvimento, o apogeu e a decadência de uma sociedade, melhor dito, de uma civilização que, na visão do Autor, a partir de frágeis sementes cresceu vigorosa e única na conflagrada fronteira meridional do Brasil a partir de meados do séc. XVIII. Se excetuarmos, além dos antes citados, Honoré de Balzac, com seu caleidoscópico e também monumental painel sincrônico da sociedade francesa pós-napoleônica, e, com menor amplitude, Thomas Mann, com *Os Buddenbrooks* e *A montanha mágica*, *O tempo e o vento* encontra poucos paralelos na ficção ocidental.

Estas observações não pretendem tomar a extensão física e a ambição do projeto de uma obra como craveira de sua importância – o que seria, mais do que falso, obtuso – mas indicar apenas que

O tempo e o vento, na grande tradição da narrativa ocidental moderna, para nem falar da brasileira, ocupa um lugar que não lhe foi ainda cogitado e muito menos atribuído.

b – Os fundamentos

Para o leitor médio, ainda que relativamente esclarecido, *O tempo e o vento* é visto como uma obra de história, isto é, o Autor exporia nela os fatos históricos que marcaram a formação, o desenvolvimento, o apogeu e a decadência da sociedade sul-rio-grandense. É compreensível que tal ocorra, por dois motivos. De um lado, o leitor, em particular o leitor sul-rio-grandense, já está predisposto a aceitar esta visão, pois ela é coerente com aquela recebida, mais ou menos conscientemente, em sua formação escolar e cultural; de outro, o enredo da obra é marcado, com insistência e precisão, por datas, personagens e eventos rigorosamente históricos. A impressão do leitor, portanto, se justifica – este é o *golpe de mestre* do romancista –, o que não altera o fato de ela ser absoluta e totalmente falsa. *O tempo e o vento* não é uma obra de história. É ficção, pura e exclusiva ficção. Mas como – perguntará, por exemplo, o leitor de "O continente" –, as missões não existiram, os jesuítas não foram expulsos, Rafael Pinto Bandeira e Bento Gonçalves da Silva não são figuras da história do Rio Grande do Sul, a Revolução de 93 não ocorreu de fato? Sim. E daí? Isto não impede – pelo contrário, apenas confirma – que *O tempo e o vento* seja um impressionante repositório de lendas e mentiras (históricas) sobre a formação do Rio Grande do Sul, é verdade que mais sutilmente destiladas e insinuadas do que grosseiramente explicitadas e impostas. Para entender isto faz-se necessário ampliar e aprofundar a análise da obra, buscando os fundamentos sobre os quais ela foi levantada.

c – As contradições

Para compreender *O tempo e o vento*, e muito particularmente "O continente", é mister perceber que o romance está impregnado – o que é próprio de todas as grandes obras épicas, desde a *Ilíada* até *Grande sertão: veredas* – de uma visão positiva dos eventos narrados, de um tom de celebração dos mesmos. Em palavras mais simples: *O tempo e o vento* é a glorificação da grande gesta perpetrada pelos *pais* (e mães) *da pátria* sul-rio-grandense, fundadores de uma sociedade de fronteira no séc. XVIII, e pelos seus sucessores, que a levaram ao apogeu no final do séc. XIX e a continuaram até meados do séc. XX. Esta glorificação dos ancestrais da raça adquire forma através de um artifício já empregado por Stendhal em *A cartuxa de Parma* – magistralmente trabalhado pelo Autor: personagens e eventos históricos e não-históricos coexistem lado a lado, sem marcas que os distingam, nivelando-se no âmbito do enredo e, portanto, da ficção. Este *golpe baixo* tem um efeito devastador sobre o leitor: Ana Terra e Rodrigo Cambará, por exemplo – por conviverem lado a lado com Rafael Pinto Bandeira e Bento Gonçalves da Silva –, assumem subrepticiamente a condição de personagens históricas e mais subrepticiamente ainda transferem a estas sua grandeza de personagens ficcionais. Eis um duplo e despudorado contrabando que prepara o terreno para o segundo estágio da sofisticada arquitetura ideológica de *O tempo e o vento*: a destilação sutil de todos os mitos autojustificadores elaborados pela oligarquia rural sul-rio-grandense ao longo de dois séculos de poder: o índio libertário (e co-fundador da estirpe!), a consequente miscigenação étnica, a democracia racial, o *gaúcho* heroico e guerreiro por excelência, as matronas exemplares, a escravidão benevolente etc. Assim, o amplo e piedoso manto da ideologia oligárquica se estende pleno sobre a história da sociedade sul-rio-grandense, obnubilando as diferenças e os conflitos e soldando a fidelidade de todos os seus membros sob a bandeira única do poder secular dos senhores rurais. É desta forma que em *O tempo e o vento* todos os lugares-comuns ideológicos da visão oligárquica são contrabandeados impudentemente via ficção travestida de história (o que terá continuidade, como farsa insuperada, nos CTGs): Luzia Silva, por exemplo, trata os negros com brutalidade e desprezo. Isto, porém, resulta do fato de ela ser uma estranha, uma intrusa, além de doente. Como se isto não bastasse, é do nordeste... No Rio Grande do Sul é diferente! Certo, negros são enforcados, mas é que a sentença foi proferida por um juiz maranhense... Também é verdade que os índios foram eliminados mas um deles (um! e ainda mestiço!), é co-fundador da raça (não por nada a parte que narra a história de Pedro Missioneiro e Ana Terra tem por título "A fonte")! É fato que os Carés existem, mas todos são iguais na guerra e uma deles (uma!) se torna amásia do patrão e se dá muito bem... O fundador do clã dos Amaral tinha sido ladrão de gado, sem dúvida, mas ele pertencia ao clã adversário do Terra-Cambará! Aliás, também o fundador do clã dos Terra-Cambará não era trigo limpo. Ele porém se redimira do passado e decidira ser estancieiro... E assim por diante.

Seria, porém, um equívoco brutal e imperdoável, próprio de ingênuos e/ou tolos, reduzir simplória e simplificadamente *O tempo e o vento* a um repositório de chavões e asneiras que circulam nos galpões dos CTGs por entre patrões, peões e prendas de fancaria. *O tempo e o vento* é uma das grandes obras épicas do Ocidente moderno e sua grandeza se revela exatamente em sua amplitude, que abarca a diversidade, a complexidade e as contradições de uma sociedade, e em sua capacidade de transformar mentiras históricas em verdades artísticas. Ora, é exatamente isto que define a grande obra de arte!

O tempo e o vento é uma obra extraordinária em seu gênero e, de acordo com as leis que regem as sociedades humanas, obras assim não nascem do nada ou descem do empíreo. Elas carregam em si, transfigurada em símbolo, a experiência secular e não raro milenar de um grupo humano específico, localizado no tempo e no espaço. O romance de Erico Verissimo tem atrás de si – e dele é produto, como já foi dito – o longo processo de nascimento, desenvolvimento, apogeu e decadência da oligarquia rural sul-rio-grandense, nucleada em torno dos grandes estancieiros da fronteira sudoeste, com seus caudatários, e depois concorrentes, das regiões periféricas (Missões, Planalto, Depressão Central, Vacaria do Mar), também dedicados à pecuária extensiva. Civilização de fronteira, nascida a partir da eliminação brutal da florescente experiência das reduções jesuíticas e destinada a servir de tampão entre os domínios de Lisboa e Madri, a nova sociedade consolidou-se rapidamente, a ponto de já na quarta década do século XIX levantar-se audaciosamente e com relativo êxito contra o Império comandado pelos latifundiários cafeeiro-escravistas do Vale do Paraíba do Sul e pelos burocratas herdados de Portugal. Mais do que isto, a sociedade sul-riograndense foi a única – à parte o fugaz e fracassado projeto autonomista mineiro do séc. XIX – a desenvolver, lado a lado com o latifúndio cafeeiro-escravista, não apenas um projeto de poder local como também um verdadeiro projeto de poder nacional, implementado com a Revolução de 30 e a decorrente estruturação do Estado Nacional moderno brasileiro. Não é de admirar – o contrário o seria – que nesta trajetória secular a sociedade dos estancieiros do extremo sul desenvolvesse um sólido e coerente arcabouço ideológico no qual pudesse ao mesmo tempo espelhar-se e haurir as forças necessárias à formação, consolidação e manutenção de sua hegemonia tanto sobre os demais grupos sociais internos quanto contra o Prata e o próprio Império, com o qual sempre manteve uma proveitosa mas não raro contraditória e conflituosa relação em virtude do papel de gendarme de fronteira a ela atribuído e por ela exercido.

Como a *Ilíada* em relação aos senhores feudais jônios dos séc. IX e VIII a.C., e como o cinema de John Ford em relação aos pioneiros do *far west*, *O tempo e o vento* é a reelaboração simbólica – isto é, através de ideias, imagens e lendas – da experiência histórica concreta de um grupo humano do passado, grupo cuja mesma experiência histórica concreta, exatamente através desta reelaboração, se pereniza como arte, superando a transitoriedade do tempo. "O continente" é, indiscutivelmente, a parte em que isto se torna mais evidente.

Não são muito numerosos os grupos humanos que deixaram atrás de si marcas tão indeléveis quanto aquelas da oligarquia dos estancieiros sul-rio-grandenses. Suas sombras, que ainda vagam insones e patéticas pelos CTGs do Continente de São Pedro quais fantasmas a assombrar os sonhos dos pósteros inocentes, estão presas para sempre nas páginas de *O tempo e o vento*. Esta é a função da arte.

Exercícios

Revisão de leitura

1. Qual a história que o padre Alonzo conta a seu superior a respeito do punhal de prata?
2. O que faziam o pai e o avô de Maneco Terra?
3. Onde nasceu Ana Terra?
4. Cite os nomes dos chefes do clã dos Amaral, desde o fundador de Santa Fé até o inimigo de Licurgo Cambará.
5. Sob que acusação o negro Severiano é enforcado?
6. Quem é o imigrante alemão com quem o dr. Winter troca correspondência?
7. Onde e quando morre Fandango Segundo?
8. Como Ismália Caré se torna amante de Licurgo Cambará?
9. Quando se revela a secreta paixão de Maria Valéria por Licurgo Cambará?
10. Que idade tem Bibiana Terra em 1895?

Temas para dissertação

1. As causas políticas que levam Portugal e Espanha a invadir as Missões.
2. A experiência civilizatória das reduções jesuíticas.
3. Os efeitos da ocupação das Missões pelos portugueses no Rio Grande do Sul.
4. As causas da Revolução Farroupilha.
5. O papel do Rio Grande do Sul durante o período imperial.
6. O escravismo no Rio Grande do Sul.
7. O sistema de produção da estância e da charqueada.
8. O papel dos imigrantes alemães e italianos no Rio Grande do Sul.
9. O Partido Republicano Riograndense e Júlio de Castilhos.
10. A influência do positivismo na política sul-rio-grandense.

QUINTA PARTE
NOVA NARRATIVA ÉPICA

Contexto histórico

A emergência do Terceiro Mundo. A nova estratégia do capital

A II Guerra Mundial foi o ato final da secular rivalidade entre as potências capitalistas europeias e, ao mesmo tempo, a última tentativa de uma delas exercer a hegemonia sobre o continente. A derrota da Alemanha de Hitler, com todas as consequências que daí resultaram, significou a liquidação definitiva do colonialismo clássico europeu e o início de uma nova era e de um novo sistema de poder liderado pela União Soviética e pelos Estados Unidos. Do lado soviético, o brutal esforço de industrialização forçada que se seguiu à Revolução de 1917 possibilitara o nascimento e a consolidação da primeira nação industrial centralmente planificada. Do lado norte-americano, o avanço rumo ao sul do continente americano e a progressiva desintegração das potências europeias abrira espaço à rápida expansão dos mercados, condição imprescindível para a sobrevivência do capitalismo.

Partindo de patamares diversos e com sistemas econômico-sociais estranhos entre si, se não totalmente opostos, a União Soviética e os Estados Unidos tinham em comum os elementos fundamentais que sustentaram a fase de formação das grandes potências modernas e que as distinguiram das nações industriais europeias do passado: abundantes recursos naturais dentro de suas próprias fronteiras, amplo mercado interno e mão de obra relativamente qualificada.

Nestas condições, encerrado o conflito, a União Soviética e os Estados Unidos apressaram-se em sacramentar o fim da era europeia, a respeito do que não havia qualquer discordância. Para a União Soviética, a eliminação da Europa capitalista como núcleo de poder era um imperativo de caráter político e militar: os sistemas econômico-sociais eram conflitantes e as fronteiras eram comuns. Para os Estados Unidos, o imperativo não possuía menos urgência mas era de natureza econômica: os mercados do Terceiro Mundo tornavam-se questão de vida ou de morte como instrumentos de manutenção e fortalecimento de sua liderança sobre o espaço capitalista. Apesar deste ponto de concordância básica entre a União Soviética e os Estados Unidos, a identidade de interesses das duas potências, como ficou evidenciado logo a seguir, terminava aí, onde começava. O rápido processo de desmantelamento dos impérios coloniais europeus patrocinado por Moscou e Washington, sob os auspícios das Nações Unidas, alterou profundamente a face política do planeta. Nascia o Terceiro Mundo, um conjunto heterogêneo de nações ligadas pelo fato de terem integrado no passado a área em que se exercia a hegemonia das potências capitalistas europeias, através da administração colonial direta – na Ásia e na África – ou através do poder econômico e financeiro, como no caso da América Latina. Para os Estados Unidos colocou-se imediatamente o problema de como administrar este espólio.

A conjuntura política do pós-guerra configurava-se extremamente complexa e com o agravante de abarcar a dimensão do planeta inteiro. A União Soviética e, depois, a China Popular, nascida na Revolução de 1949, encarnavam um novo modelo econômico-social e político que desafiava a secular ordem capitalista. A Europa e o Japão, arrasados pela guerra e por suas consequências, precisavam colocar novamente em pé sua estrutura econômica. E o Terceiro Mundo, que se delineava no horizonte como o futuro campo de disputas e tensões, tinha que ser rapidamente ocupado.

A primeira questão foi enfrentada através do isolamento total, política materializada na chamada *guerra fria*, método que se revelou, a curto prazo, bastante eficiente. A segunda teve uma solução nitidamente econômica através dos vários *planos de ajuda* facilmente implementados pelo fato de os Estados Unidos deterem o monopólio da emissão do dólar, convertido a partir de então em moeda internacional, em substituição à libra. O fenômeno monetário era apenas o reflexo de outro, de ordem econômica e política: o Império britânico cedia lugar ao Império norte-americano.

As condições de exercício deste novo poder hegemônico, porém, diferiam muito daquelas em que nascera e se consolidara o colonialismo clássico europeu. Nada melhor para evidenciar tais diferenças do que a terceira questão enfrentada pelos Estados Unidos: o controle do Terceiro Mundo.

A ocupação administrativa e/ou militar era uma impossibilidade óbvia em virtude das premissas político-ideológicas utilizadas pelos próprios Estados Unidos com o objetivo de desmantelar a hegemonia colonial das potências europeias. A possibilidade da aplicação de tal método restringia-se a nações minúsculas (Havaí, Porto Rico), aos poucos integradas como unidades da federação, ou a casos isolados e sempre politicamente espinhosos (Guatemala, São Domingos) ou decididamente traumáticos (Vietname).

Os mercados cativos, portanto, tendiam a desaparecer. Além disto, as vantagens de escala – o baixo custo de um produto fabricado em grandes quantidades – também já não se revelavam eficientes. No passado tinha sido fácil para a indústria europeia despejar seus produtos nos mercados da periferia, composta de nações de estrutura agrária e sem qualquer expressão no setor de transformação. No entanto, o quadro se alterara desde as primeiras décadas do séc. XX. Favorecida pela conversão ou destruição do parque industrial europeu e pela paralisação do comércio, em virtude da I Guerra Mundial, a incipiente indústria de algumas nações do Terceiro Mundo (Índia, Brasil, México, Argentina etc.) deslanchou e se consolidou, pressionando a favor de um protecionismo alfandegário rigoroso e capaz de defender seus interesses. Iniciava-se o processo de *substituição de importações.* Com um mercado interno relativamente amplo, abundantes recursos minerais e mão de obra muito barata, estas nações iniciaram então um caminho que, sob a égide e a orientação das autoridades governamentais – isto é, do Estado – as colocaria, ao avançar a segunda metade do séc. XX, na posição de potências industriais capitalistas de porte intermediário. Além disso, os investimentos até então feitos por empresas estrangeiras nestes países localizavam-se quase que exclusivamente no setor de serviços (luz, telefone, transportes), que começou muito cedo a tornar-se problemático em termos de lucro, pois a industrialização e a consequente concentração populacional nas zonas urbanas favoreciam o surgimento de fortes pressões no sentido de manter baixas as tarifas dos mesmos.

É neste momento que o capital estrangeiro altera radicalmente sua estratégia e dá o pulo do gato. Aproveitando habilmente o impasse gerado pela existência de uma incipiente infraestrutura industrial e pela resistência das elites destas nações em realizar as reformas necessárias – agrária, fiscal, tributária etc. – para viabilizar, mesmo em moldes capitalistas, a expansão do sistema, as grandes corporações trataram de instalar suas plantas *dentro das fronteiras* destas nações, utilizando-se da referida infraestrutura existente.

Com tal estratégia, o capital estrangeiro elidia os problemas criados pelo protecionismo alfandegário, ia ao encontro dos interesses de modernização e crescimento econômico das elites dirigentes, obtinha o direito de acumular e exportar legalmente lucros líquidos consideráveis e, *last but not least,* sepultava definitivamente a ameaça do surgimento de novos núcleos industriais autônomos que no futuro viessem a disputar recursos e mercados com os das suas – do capital – pátrias de origem.

A industrialização dependente e a crise do populismo

No Brasil este processo recebeu seu grande impulso inicial com a Instrução 113 da SUMOC (Superintendência da Moeda e do Crédito, a que sucedeu posteriormente o Banco Central) em 1955, logo no início do governo do presidente Juscelino Kubitschek. Em essência, a instrução permitia a entrada no país, com total isenção de tarifas alfandegárias, de plantas industriais completas e prontas para instalação. A medida, marco inicial e imprescindível do que depois ficou conhecido como *industrialização dependente,* não desatava o nó górdio diante do qual Getúlio Vargas se encontrara, anos antes, mas o cortava de um golpe, em benefício do capital estrangeiro.

De fato, Getúlio Vargas, durante seus vinte anos de governo, montara pacientemente uma incipiente mas sólida infraestrutura industrial (Companhia Siderúrgica Nacional, Vale do Rio Doce, Petrobrás etc.). Com grande habilidade e utilizando, inclusive, a relativa capacidade de pressão política do Brasil diante dos Estados Unidos – envolvidos com a Grande Depressão e, depois, com a guerra contra a Alemanha e o Japão –, ele estabelecera, sob controle do Estado, a base capaz de sustentar a ampliação e/ou a instalação nos centros urbanos do litoral de uma estrutura industrial destinada a produzir máquinas e bens de consumo duráveis indispensáveis ao crescimento e à modernização da economia nacional. Como o avanço do setor estatal nestas áreas implicava, a médio prazo, o solapamento do sistema capitalista, além de exigir novos e vultosos investimentos, e como o capital privado nacional não possuía suficientes condições de acumulação para chamar a si a execução de tal tarefa, a situação chegou a um impasse e a crise explodiu violenta. As pressões do capital estrangeiro, de seus aliados internos e da alta oficialidade militar, doutrinada nos campos de batalha da Itália e inequivocamente pró-norte-americana, encurralaram o presidente. Seu espaço de manobra se reduzira rápida e dramaticamente. Restavam-lhe duas saídas: apelar para a classe média e o operariado urbanos, que o apoiavam, e comandar uma espécie de revolução nacionalista, ou renunciar. A primeira deve ter-lhe parecido inviável, quer pela desfavorável correlação de forças naquele momento, quer por levar a consequências imprevisíveis e por exigir decisões para as quais ele próprio talvez nem estivesse preparado. Afinal, o impasse diante do qual então se encontrava era, a rigor, o produto de suas próprias ações do passado no governo, à frente do qual sempre se mostrara um caudilho modernizante mas profundamente conservador. A renúncia, porém, também não lhe servia, pois significaria sua anulação pessoal e política. Ciente de encarnar o destino histórico de uma nação contraditória em um período de indefinição, o presidente preferiu o suicídio, destruindo-se pessoalmente mas entrando para a História como um símbolo de resistência e como o maior estadista que a nação já teve.

Sua morte e as condições em que ocorreu deixaram furiosos seus aliados e atônitos seus adversários, adiando por cerca de dez anos o golpe militar que já se prenunciava e garantindo as eleições e a posse de Juscelino Kubitschek. Este marcou seu governo por duas medidas importantes: abriu de par em par as portas ao capital estrangeiro, decisão a que se negara seu antecessor e ao qual devia, paradoxalmente, sua eleição e posse, e deu partida à conquista do interior do país através da rápida expansão da malha de rodovias e da construção de Brasília. Para as elites dirigentes da costa era o caminho mais curto e menos oneroso para a expansão econômica e a modernização industrial.

Muito cedo, porém, ele revelou-se problemático. As vultosas emissões de moeda necessárias para financiar os investimentos públicos tiveram como consequência uma inflação acelerada, que corroeu salários e pequenas poupanças, incentivando a agitação social e política nos centros urbanos. Também no campo, aos poucos, espalhou-se a inquietação, principalmente no Nordeste, apavorando os grandes proprietários diante da possibilidade de uma reforma agrária. E a modernização trazia consigo a desintegração dos valores sociais e a corrupção, que açulavam o moralismo de expressivos setores da sociedade. Contudo, Juscelino Kubitschek conseguiu terminar seu mandato, passando o cargo a Jânio Quadros, que, sentindo-se incapaz de exercê-lo, renunciou pouco depois, fraudando as esperanças da ampla, e heterogênea, maioria que o havia eleito. Com isto, sucedeu-se nova crise política, com um interregno parlamentarista, ao final do qual o vice, João Goulart, assumiu a presidência. Representando, supostamente, as forças da esquerda reformista, o novo presidente tornou-se aos poucos refém dos setores populistas, dos quais sempre estivera próximo, pois fora ministro do Trabalho de Getúlio Vargas em seu último mandato. A agitação política e social ampliou-se consideravelmente, atingindo os próprios quartéis, e o presidente viu-se forçado a decretar, sem as mínimas condições de execução, a reforma agrária. A crise de autoridade tornava-se evidente, fazendo ressurgir os temas e o impasse de dez anos antes.

Era o momento que as forças conservadoras internas e externas e os militares, que sempre haviam visto com desconfiança as tendências populistas de Getúlio Vargas e do próprio João Goulart, esperavam há muito tempo. Em 31 de março/1º de abril de 1964, após grandes manifestações de rua contra o regime, eclodiu o golpe. O presidente foi obrigado a deixar o país e os militares assumiram o poder, liderados por generais e oficiais superiores firmemente identificados com as doutrinas da *guerra fria* e da *segurança nacional,* nascidas nos Estados Unidos logo após o término da II Guerra Mundial e na trilha do fortalecimento da hegemonia norte-americana sobre a América Latina e sobre todas as nações capitalistas do planeta. Tais tendências levariam o novo governo a romper com o bloco socialista e com Cuba, a participar da invasão de São Domingos em 1965 e a adotar, posteriormente, a *doutrina da contrainsurgência.*

O governo tecnocrático-militar e o novo salto industrial

Os dois primeiros anos do novo regime foram algo como um compasso de espera, com os partidos, as instituições políticas e a imprensa funcionando normalmente, apesar das restrições e da repressão contra tudo o que fosse considerado de esquerda. Contudo, as medidas econômicas adotadas para debelar a inflação – que em seu ponto mais alto alcançou 90 por cento ao ano – provocaram violenta recessão, a qual, aliada ao corte nos salários e à consequente perda de poder aquisitivo das classes médias e do operariado dos centros urbanos, gerou profunda insatisfação com o regime. Em consequência, a tensão política cresceu com rapidez, encontrou eco na grande imprensa liberal – porta-voz das lideranças civis que pretendiam recuperar imediatamente o poder – e os militares viram voltar-se contra si aliados da primeira hora (como Carlos Lacerda, um populista de extrema-direita, e outros). Implicitamente e, não raro, de forma aberta, as elites civis exigiam o retorno dos militares aos quartéis, como ocorrera nas crises periódicas do passado. Desta vez, contudo, eles tinham assumido efetivamente o poder e a reação foi fulminante. A 13 de dezembro de 1968 o Congresso foi fechado, as cassações de mandato atingiram antigos aliados em rebeldia, os partidos foram dissolvidos e os políticos relegados a segundo plano, a imprensa foi submetida a rigorosa censura e a repressão política tornou-se mais severa. O novo regime encontrara afinal seu caminho e iniciava-se uma nova fase na história do país.

Aliado à tecnoburocracia estatal, ao capital estrangeiro e aos grandes grupos privados nacionais, e sustentado em vultosos recursos fornecidos como empréstimos pelo sistema financeiro internacional, então em situação de grande liquidez, o governo militar deu início a um período de modernização e crescimento acelerados que, em última instância, era apenas o aprofundamento, até as últimas consequências, do projeto juscelinista da década anterior.

Diante do aumento da repressão instituída, necessária para colocar em movimento o projeto do regime militar, a oposição cindiu-se e grupos radicais de esquerda entraram para a clandestinidade, chegando alguns a desenvolver operações de guerrilha urbana e rural de certo porte. Contudo, isolados socialmente e entregues à própria sorte pelas elites políticas civis, que bateram em retirada logo depois do golpe branco da junta militar em setembro de 1969, tais grupos foram destruídos em meio a violências que marcaram a fundo a consciência das populações dos grandes centros urbanos do litoral.

Enquanto isto, sustentada pelos empréstimos e por novos investimentos externos, a economia crescia velozmente, batendo marcas históricas de 10/12 por cento ao ano. Favorecidos por um processo de concentração de renda, indispensável para fazer girar as máquinas da indústria de bens de consumo duráveis sofisticados (automóveis, eletrodomésticos etc.), consideráveis parcelas da população urbana e rural do centro-sul entregavam-se às delícias de um consumismo suntuário antes nunca visto. Por outro lado, nas periferias urbanas os limites de pobreza desciam também a níveis jamais alcançados até então, atingindo em grande proporção a população pobre que ali já se encontrava há muito tempo e os emigrados do campo, expulsos recentemente em grandes levas pela concentração da propriedade fundiária e pela mecanização da agricultura.

O modelo de industrialização dependente alcançava assim sua consolidação e transformava-se numa das características básicas do Brasil no limiar do séc. XXI. E já não apenas no litoral mas em toda a extensão do território nacional, integrado pelos modernos meios de transporte e de comunicações instantâneas. De norte a sul, de leste a oeste, o país sofria um rápido processo de homogeneização econômica e cultural, homogeneizando-se também as violentas disparidades sociais e as contradições de toda ordem.

No plano econômico, os resultados principais do processo iniciado no governo de Juscelino Kubitschek e aprofundado e completado a partir de 1968/69, sob o regime militar, podem ser assim resumidos:

– inserção definitiva do país como área periférica no macrossistema capitalista e nas vias do comércio internacional.

– conquista de amplas fronteiras agrícolas no interior, incluindo a região centro-oeste e norte, e avanço rápido e profundo do capitalismo no campo, que se integra completamente aos mercados de produção e consumo das áreas industriais do centro-sul e ao próprio mercado internacional de grãos, cereais, frutas tropicais e outros produtos.

– avanço e consolidação do capital estrangeiro nas áreas da chamada *tecnologia de ponta* (setores químico-farmacêutico, eletro -eletrônico, automobilístico etc.), com exceção da informática, onde foram desenvolvidos esforços para fortalecer a indústria nacional.

– ampliação da esfera de ação do Estado através das grandes empresas estatais de infraestrutura e serviços e das instituições financeiras oficiais.

– formação de grandes conglomerados financeiros de capital nacional, quase todos com base em São Paulo.

O avanço da ação do Estado na economia representava um paradoxo gritante se consideradas as tendências ideológicas e as claras manifestações de fé liberal/capitalista e antiestatizante do grupo militar e de seus aliados que haviam assumido o poder na década de 1960. Contudo, o aparente paradoxo encontra explicações satisfatórias na realidade.

A economia brasileira, a partir da implementação dos grandes projetos de Getúlio Vargas, sempre apresentara um forte componente estatal, responsável pela criação e pela consolidação de interesses dificilmente elimináveis, quer em virtude do próprio poder de pressão da tecnoburocracia estatal, reconhecidamente de alto nível, quer pelas posições assumidas pelo capital privado, nacional ou estrangeiro, quase sempre incapaz, no primeiro caso, e pouco interessado, no segundo, em arcar com os pesados investimentos nas áreas de infraestrutura, de lento ou nenhum retorno (energia, siderurgia, mineração, transportes, comunicações etc.). No que diz respeito ao setor bancário e a alguns segmentos industriais, a explicação é que a burguesia brasileira tornara-se suficientemente forte para, eventualmente, defender seus interesses em áreas específicas. Algo que só podia ser feito, ou tentado, na periferia do sistema capitalista por nações que possuíssem grandes recursos naturais, mão de obra qualificada e relativamente barata e amplos mercados, interna e externamente.

Não por mera coincidência, foi tendo em vista a defesa e a ampliação dos mercados externos para os manufaturados brasileiros (América Latina, Ásia, África, Oriente Médio e o bloco socialista) que ao longo do tempo o regime militar instalado em 1964 evoluiu de uma posição quase burlesca de alinhamento incondicional com os Estados Unidos ("O que é bom para os Estados Unidos é bom para o Brasil", na expressão de um ministro do primeiro governo militar) para uma orientação pragmática de relativa mas firme independência.

Esta alteração nas linhas da política externa começou a delinear-se com maior vigor em meados da década de 1970 – logo no início do governo do general Ernesto Geisel –, quando, exterminada a esquerda armada e controlados os agentes da repressão, o regime começou a fazer as contas, pressionado pelos sucessivos aumentos do petróleo, pelo volume do endividamento externo, pela inquietação social incipiente e pelos próprios Estados Unidos, inseguros diante dos rumos que o país poderia tomar no futuro (afinal, as burguesias do Terceiro Mundo são sempre aliadas, se não melhores, pelo menos muito mais previsíveis em termos de comportamento do que os militares, além de mais convenientes no que diz respeito aos custos políticos).

Feito o balanço e contabilizadas as perdas – a violência, a oposição da Igreja e da sociedade civil, a corrupção desenfreada e o desgaste da imagem –, o regime considerou cumprida a tarefa e começou a cogitar da entrega do poder aos civis. Mas já então o Brasil não era o mesmo de 1964 e muito menos de uma década antes.

Da crise à homogeneização: a aldeia global no Brasil

O país, em poucos anos, mudara drasticamente e nada melhor para comprová-lo do que a profunda e generalizada crise de valores que, como resultado das transformações ocorridas, afetou de alto a baixo a sociedade brasileira a partir do final da década de 1960. Isto não significa que antes não tivessem existido no Brasil épocas caracterizadas por grandes e rápidas mudanças, do plano econômico ao dos valores comportamentais. Em última instância, toda sociedade sofre algum tipo de alteração ao longo do tempo, mesmo no caso das civilizações agrárias do passado, apesar de nestas o ritmo lento e a pouca intensidade das mudanças darem a falsa impressão de imutabilidade. No caso brasileiro, a formação e a decadência da sociedade mineradora no séc. XVIII, o ciclo do cacau na Bahia e a explosão industrial de São Paulo nas primeiras décadas do séc. XX são exemplos de épocas de transformações rápidas e intensas. Contudo, neste e em outros exemplos as mudanças atingiam apenas áreas restritas do litoral ou de suas imediações e limitavam-se muitas vezes a grupos sociais e regionais específicos, não atingindo, ou apenas muito debilmente, o resto do litoral, para não falar do imenso interior.

O processo desencadeado a partir de meados de 1950 e acelerado vertiginosamente a partir da década seguinte diferenciou-se de todos os anteriores pelo ritmo veloz e pela grande intensidade, fenômenos resultantes dos novos e rápidos meios de transporte, da moderna maquinaria destinada à extração, produção e transformação de matérias-primas em todas as áreas e dos sistemas de telecomunicações instantâneas.

Em não poucas regiões do litoral e do interior passou-se, em alguns anos, da enxada e do arado aos modernos tratores e automotrizes; do transporte em lombo de burro e em carroças de bois às jamantas e aos aviões; da venda ou armazém da esquina às modernas redes de supermercados; do lápis e do papel ao computador; dos bailes e festas paroquiais à novela das 8h; e das procissões de Corpus Christi e da Semana Santa aos sem dúvida surpreendentes – para a maior parte da população brasileira de então – desfiles e bailes de carnaval colocados dentro de casa e transmitidos para todo o país, sempre via Embratel!

Como parte integrante da aldeia global industrial, o Brasil, pela primeira vez em sua história, tornava-se um todo homogêneo e o país geográfico identificava-se com o país econômico, social, político e cultural. Desta forma, as características próprias das várias regiões ou ilhas geoeconômicas iniciaram o caminho que as levou ou levará rápida e inexoravelmente ao desaparecimento diante do impacto avassalador da sociedade urbano-industrial litorânea, que passa a moldar tudo, dos sistemas de produção às formas de linguagem, das estruturas sociais aos comportamentos ético-familiares.

Este desaparecimento, contudo, não é instantâneo, implicando reações vinculadas às características específicas dos grupos atingidos e apenas o tempo possibilitará perceber e analisar todas as consequências de um processo de tal natureza. Alguns elementos que fazem parte da nova situação, contudo, já podem ser vislumbrados. Assim, no plano econômico-social, o conflito entre capital e trabalho, entre proprietários e despossuídos, antes específico das zonas urbanas, começa a alastrar-se pelo campo. Em certas áreas da produção simbólica – como na literatura e na música, para ficar apenas nestes dois exemplos – não raro tornam-se muito evidentes as influências de elementos culturais estranhos às formações urbanas do litoral e originários do *interior,* ou do *sertão,* hoje em extinção.

Arte e literatura: testemunho da heterogeneidade

Refletindo o agitado período de transformações que o país atravessava, a produção intelectual e artística revelou grande vitalidade a partir do início da segunda metade do século, tanto em qualidade como em quantidade.

Avançando para além dos esforços pioneiros da geração que redescobrira ou tentara redescobrir o Brasil (Mário de Andrade, Gilberto Freire, Paulo Prado, Sérgio Buarque de Holanda etc.), uma nova e numerosa geração de intelectuais formada nos grandes centros universitários do país ou do exterior e quase sempre ligada à área da economia e da política, lançou as bases de uma análise rigorosa do passado, distante e recente, e do presente (Caio Prado Jr., Celso Furtado, Nelson Werneck Sodré, Fernando Henrique Cardoso, Octavio Ianni etc.). Trabalhando com categorias analíticas da grande tradição historiográfica do Ocidente e lançando ao mar a carga de uma visão paroquial, ufanista e culturalmente dependente, esta nova geração de historiadores, economistas e sociólogos passou a ver o Brasil como resultado da expansão mercantil-capitalista da Europa e como integrante da América Latina e do Terceiro Mundo, ou seja, como parte da periferia capitalista na era dos monopólios industriais e financeiros. Em outros termos, através desta nova geração a elite intelectual do litoral descobriu-se *no Brasil.* Eliminada a visão de mundo dependente, sempre moldada pelo etnocentrismo das grandes metrópoles capitalistas europeias, depois substituídas pela hegemonia imperial norte-americana, um ciclo se encerrava e o Brasil passava a ser, sempre na visão das elites intelectualizadas do litoral, uma nação integrante da civilização planetária, sim, mas com suas características específicas. Aos poucos, esta visão foi atingindo também aqueles setores que, pela relativa desimportância e pela consequente maior força de inércia, são mais resistentes às mudanças, como a área dos estudos filosóficos, literários etc. Com isto, a antiga visão dependente e colonizada dos intelectuais do litoral urbano tornou-se obsoleta, tendendo rapidamente ao desaparecimento.

No campo da produção artística, além da quase imensurável quantidade e da não raro surpreendente qualidade, um dado fundamental que marca o setor na segunda metade do séc. XX é a extrema heterogeneidade, reflexo, mais uma vez, da própria realidade histórica brasileira. Tanto nas artes plásticas como na literatura e na música coexistem lado a lado formas e temas vanguardistas, importados ou aqui gerados como última moda da cultura urbano-industrial, e formas e temas *primitivos* ou *arcaicos,* ligados ao mundo do interior agrário e sertanejo: *concretismo* e *cordel; rock* e forró; música serial e samba; pintura abstrata e primitiva; e a Brasília monumental de Niemeyer ao lado das favelas. Se bem que estas últimas não possam ser propriamente consideradas como *arte,* a não ser que neste conceito seja incluída a mais antiga de todas: a da sobrevivência biológica!

Mas o panorama não ficaria completo sem referência ao cinema e à televisão. O primeiro, arte característica da era industrial, teve um papel destacado nas manifestações culturais das elites urbanas do litoral a partir de meados da década de 1950.

Até então limitando-se, salvo exceções esporádicas, a decalques e a contrafacções humorísticas do cinema norte-americano (os filmes da Vera Cruz e as chanchadas da Atlântida), às vezes de bom nível mas quase sempre sem qualquer outra pretensão que o lazer descompromissado, a partir do movimento do *Cinema Novo* o cinema brasileiro começa a refletir sobre si mesmo, se reconhece como meio de expressão artística e pretende influenciar política e culturalmente a sociedade. A partir daí surge um verdadeiro ciclo de produções de inegável importância, em que pese o eventual hermetismo, como documento da agitada era do grande salto industrial brasileiro, do apogeu e crise do populismo e da crise da cultura dependente (Nelson Pereira dos Santos, Glauber Rocha etc.). Enfrentando posteriormente a concorrência estrangeira – afinal, cinema é indústria pesada, em termos técnicos e financeiros – e da televisão, o cinema brasileiro sobreviveu, mostrando-se capaz de produzir tanto obras-primas de denúncia política e social quanto pornochanchadas de gosto e nível altamente discutíveis.

O mesmo ocorreu com a televisão, num sentido um pouco diverso. Deixado de lado o amadorismo inicial, na arte/indústria da *pequena tela* foram produzidos desde programas inqualificáveis de exposição e exploração da miséria das classes marginalizadas ou semimarginalizadas até obras-primas em seriados e novelas de grande impacto social e até mesmo repercussão política. A tal ponto que suas produções, como também no caso do cinema, passaram a representar, a partir da década de 1970, um item reduzido mas não desprezível na pauta das exportações brasileiras.

No que diz respeito à produção literária, a heterogeneidade, ao lado da qualidade e da quantidade, é também uma característica fundamental e indiscutível. Sem desconsiderar a lírica – que vai do experimentalismo *concretista* aos poemas de temática claramente social e histórica de Ferreira Gullar, Affonso Romano de Sant'Anna e outros – e o teatro, com uma produção copiosa mas dispersa, em que se misturam o vanguardismo formal e o engajamento político-social (Plínio Marcos, Guarnieri, Oduvaldo Viana Filho, Carlos Henrique Escobar etc.), é sem dúvida na ficção que está presente de forma mais ampla e profunda o Brasil da segunda metade do séc. XX. Em quantidade antes nunca vista, resultado da rápida expansão do ensino em todos os níveis – exigência da própria sociedade industrial –, a ficção brasileira desta época apresenta prodigiosa heterogeneidade, tanto no plano qualitativo quanto, antes de tudo, no temático e formal.

Era natural que assim fosse. Nunca antes os alfabetizados tinham sido tantos, em termos absolutos e relativos na sociedade brasileira, nunca tão díspares em suas origens geográficas, sociais, culturais e mesmo étnicas, nunca tão atingidos simultaneamente por um mesmo e tão intenso processo de transformação histórico-econômica como o representado pela homogeneização industrial/capitalista do país. Neste cenário, descontados os *romancistas de 30* que permaneceram ativos e outros que se mantiveram na linha da ficção realista/naturalista tradicional, de forma resumida e bastante simplificada podem ser citadas quatro tendências importantes na ficção brasileira da segunda metade do séc. XX:

– *A nova narrativa de temática agrária/sertaneja (Grande sertão: veredas, O coronel e o lobisomem* etc.), que fixa o mundo do interior do país, muito distante, em todos os sentidos, daquele dos agrupamentos urbanos do litoral. Algumas das obras que aqui podem ser incluídas permanecerão, sem sombra de dúvida, como das mais importantes da ficção brasileira do século XX.

– O *romance de feição histórica,* tendência que parece refletir a necessidade de fixar os *vários passados* da sociedade brasileira num momento em que todos eles desaparecem tragados pelo avanço da sociedade urbano-industrial. Não é sempre o caso, mas é interessante observar que, muitas vezes, as obras deste tipo se mantêm nos limites da linearidade narrativa tradicional, sem grandes novidades formais.

– *A ficção da crise da sociedade do litoral,* em que podem ser enquadrados centenas de autores de romances e, principalmente, de contos que apresentam, *grosso modo* e com intensidade variável, características temáticas como: a desordem e a desagregação dos mundos narrados, a ausência de valores éticos definidos, a violência física e moral, a fuga através do fantástico e do simbólico, a sátira amarga e uma crise completa e geral. Se tematicamente não existem mais núcleos em torno dos quais seja ordenado o real, tecnicamente há a correspondência: as características fundamentais da narrativa realista/naturalista são abandonadas e postas em questão. Ou, então, quando presentes, ocorre muitas vezes uma desproporção entre os dados fornecidos pelo enredo e os desfechos, não raro apocalípticos. As obras que aqui poderiam ser incluídas refletem, basicamente, a crise da sociedade urbana do litoral e de todos aqueles que, a partir do final da década de 1960, nela se integraram. De fato, a repressão política, o vertiginoso crescimento da economia e da riqueza de alguns e da miséria de muitos, a derrota dos Estados Unidos no Vietname, a invasão da Tcheco-Eslováquia pela União Soviética, a inserção da mulher no sistema produtivo com a consequente desmontagem da velha ordem familiar patriarcal, as mudanças na Igreja Católica, as tentativas de montar urna oposição armada ao regime vigente e a angústia das elites políticas e intelectuais tradicionais diante do caos geral, tudo isso compunha, nos grandes centros urbanos a partir de fins da década de 1960, um quadro dramático. Quadro que transparece nítido em grande parte da produção literária do período.

– O *romance como objeto de consumo.* Pelo início da década de 1980, com a modernização das editoras, surgiram indícios de que alguns autores dispunham-se a entrar no esquema da produção de obras diretamente para o mercado. A indústria editorial, no sistema urbano-industrial atual, se divide em vários setores – livros didáticos, obras clássicas, produtos de lazer etc. – e um deles é o da criação do chamado *best-seller,* que, em termos empresariais, é tratado como um produto industrial qualquer no que diz respeito à escala de produção, técnicas de propaganda e métodos de comercialização, sendo dirigido para as classes economicamente privilegiadas.

Funcionando geralmente como um sinal de *status* e de diferenciação social, tais obras até podem ter alto nível técnico e literário, se bem que esta não seja a regra geral. Contudo, de preferência devem tratar de temas do mundo urbano – é ali que se encontram os consumidores – e serem narrados em forma linear, além de terem uma extensão considerável. Esta última característica, a do tamanho, resulta do problema de escala de produção: um volume de 500 p. custa para as editoras menos do que dois de 250 p. e menos ainda do que cinco de 100 p. Assim, uma obra volumosa, reduzindo os custos tanto de produção como operacionais – frete, propaganda etc. –, permite um maior retorno do dinheiro investido se comparada a obras menores. Em consequência, tal tipo de literatura teria que surgir, mais cedo ou mais tarde, num país com um mercado potencial tão amplo como o Brasil. Se os autores brasileiros terão condições de entrar decididamente nesta área e de, inclusive, concorrer com os estrangeiros, é uma questão em aberto, dependendo muito do próprio futuro econômico e social do país.

Estas quatro categorias não têm, e nem poderiam ter, qualquer pretensão de rigor classificatório ao estilo científico. Apenas indicam, *a posteriori,* a existência objetiva de algumas tendências facilmente perceptíveis na ficção brasileira da segunda metade do séc. XX. De qualquer forma, indiscutível e inegável é que, mesmo ficando-se apenas com as obras que podem ser incluídas nestas tendências, é fácil demonstrar a impressionante heterogeneidade da produção literária brasileira desta época, heterogeneidade que é a da própria sociedade em que surge. Sociedade da qual, desde a metade do séc. XIX, a literatura e, principalmente, a ficção sempre deram vigoroso testemunho.

João Guimarães Rosa

Grande Sertão: Veredas

Vida e obra

João Guimarães Rosa nasceu em Cordisburgo, pequena cidade do interior do estado de Minas Gerais, no dia 27 de junho de 1908, sendo o primeiro dos seis filhos do negociante Florduardo Pinto Rosa e de Francisca (Chiquitinha) Guimarães Rosa. Revelando-se desde cedo aluno brilhante, com particular gosto pelo estudo de línguas, o menino João Guimarães Rosa aprendeu as primeiras letras com Mestre Candinho, em Cordisburgo, tendo estudado francês com o franciscano Frei Estêves. Em 1918 seu avô e padrinho Luís Guimarães o matricula no primeiro ano do Curso Ginasial do Colégio Arnaldo, em Belo Horizonte, onde continua e amplia seu estudo de línguas e história natural, matérias que também sempre o haviam interessado muito. Concluídos os preparatórios, João Guimarães Rosa matricula-se na Faculdade de Medicina de Minas Gerais, onde viria a conhecer o dr. Juscelino Kubitschek de Oliveira, futuro presidente da República, de quem se tornaria grande amigo. Foi por esta época que, em virtude de necessidades financeiras, começou a escrever contos para a revista *O Cruzeiro*.

Formado em Medicina, João Guimarães Rosa passa dois anos clinicando em Itaguara, município de Itaúna, também no estado de Minas, retomando em seguida a Belo Horizonte. Por ocasião da Revolução Constitucionalista de 1932 integra-se à Força Pública, como médico voluntário no início e depois como concursado. Nesta condição, em 1934 está em Barbacena. Daí parte, no mesmo ano, para o Rio de Janeiro e no concurso para a carreira de diplomata, no então Ministério do Exterior, obtém o segundo lugar, iniciando uma atividade que o levaria a várias partes do mundo. Em 1936 submete uma coletânea de poemas, *Magma*, ao prêmio da Academia Brasileira de Letras. A obra é classificada em primeiro lugar mas permanece inédita até hoje. Em 1937 começa a escrever os contos que integram o volume *Sagarana*, com o qual concorre ao Prêmio Humberto de Campos, perdendo o primeiro lugar para Luís Jardim. Finalmente, em 1946, totalmente refeito, o livro é publicado e obtém ruidoso sucesso. Paralelamente a seu trabalho de escritor, João Guimarães Rosa ascendeu rapidamente em sua carreira de diplomata, chegando a chefe do Serviço de Demarcação de Fronteiras, tendo sido também adido cultural na Alemanha durante o período nazista, quando ajudou muitos judeus a fugir do país. Como ficcionista, sua obra tem continuidade em 1956, com o conjunto de novelas publicado sob o título de *Corpo de baile*, que representa um novo sucesso. Contudo, ainda em 1956, a publicação de *Grande sertão: veredas* causa impacto tão grande que seu autor passa a ser um verdadeiro caso nacional e este seu primeiro e único romance um novo sucesso editorial. A fama de João Guimarães Rosa a partir de então correria mundo, juntamente com a dos heróis de *Grande sertão: veredas*, que foi traduzido rapidamente para várias línguas, ocorrendo o mesmo com seus contos e novelas. Um novo volume de contos, *Primeiras estórias*, é publicado em 1962. No ano seguinte é eleito por unanimidade para a Academia Brasileira de Letras, mas o dia da posse fica em aberto. Em 1967 é editada nova coletânea de contos, *Tutaméia*, com o subtítulo de "Terceiras estórias". No mesmo ano, quatro anos depois de eleito, portanto, decide tomar posse na Academia, o que ocorre no dia 16 de novembro. No dia 19, vítima de infarto, vem a falecer em sua residência em Copacabana, sendo sepultado no Cemitério de São João Batista, no Mausoléu da Academia.

GRANDE SERTÃO: VEREDAS

Enredo

Numa terça-feira qualquer, de mês e ano não especificados, um *doutor,* num jipe, chega à sede de uma fazenda pertencente ao ex-jagunço Riobaldo e localizada não distante do Rio São Francisco, no *sertão,* provavelmente, do noroeste de Minas Gerais. Momentos depois, Riobaldo, que estivera praticando tiro ao alvo, como o faz diariamente, aparece e começa a narração de sua vida enquanto o *doutor,* de caderneta em punho e completamente mudo, o ouve atentamente até quinta-feira, permitindo-se apenas alguns gestos e risadas.

Nascido no Sítio do Caramujo, filho de Bigri e de pai desconhecido, Riobaldo, mais ou menos aos 14 anos de idade, vai, com a mãe, pagar uma promessa às margens do Rio São Francisco, onde se encontra com o *Menino,* que tem mais ou menos sua idade e que o impressiona profundamente. Pouco tempo depois, Bigri morre e Riobaldo é enviado para a Fazenda São Gregório, de seu padrinho Selorico Mendes, que, por sua vez, o manda ao Curralinho, onde estuda gramática, aritmética, geografia e história com Mestre Lucas, com o qual passa a colaborar no ensino às crianças. No Curralinho se inicia sexualmente com Rosa'uarda, filha de Assis Wababa, comerciante turco ali estabelecido e fornecedor de Selorico Mendes.

Tempos depois, já tendo retomado definitivamente à Fazenda São Gregório, Riobaldo entra em contato com um grupo de jagunços da região do Grão Mogol, liderados pelo fazendeiro José Otávio Ramiro Bettancourt Marins, mais conhecido por *Joca Ramiro.* Riobaldo é encarregado de levar o bando a um esconderijo seguro e é então que vem a conhecer dois lugar-tenentes de Joca Ramiro; Hermógenes Saranhó Rodrigue Felipes, ou simplesmente *Hermógenes,* e Ricardão. Não se passa muito tempo e, certo dia, *Rio*baldo recebe de alguém a informação de que ele na verdade não é afilhado de Selorico Mendes mas sim seu filho natural. Desgostoso com os comentários a respeito de sua filiação, foge da Fazenda São Gregório e parte novamente para o Curralinho. Apesar de ser informado de que Rosa'uarda já está noiva, demora algum tempo na casa de Wababa e logo depois vai procurar Mestre Lucas, que o manda para a Fazenda Nhanva com o encargo de ser professor de seu proprietário, José Rebêlo Adro Antunes, alcunhado de *Zé Bebelo,* que luta ao lado das forças do governo contra os jagunços. Passando posteriormente de professor a secretário de Zé Bebelo, Riobaldo o acompanha em sua luta, sendo testemunha das batalhas em que os destacamentos de Hermógenes e Ricardão são derrotados e fogem. Animado com estas vitórias, Zé Bebelo decide avançar rumo ao Grão Mogol, domínios de Joca Ramiro, levando, portanto, a guerra à região do fazendeiro e líder de jagunços. É então que Riobaldo foge e vaga, mais ou menos sem destino, até chegar junto ao Rio das Velhas, na altura do Córrego do Batistério. Ali dorme com uma mulher, filha de Manoel Inácio, dito *Malinácio,* coiteiro dos jagunços de Joca Ramiro. Na casa deste Malinácio, que mora não distante da filha, Riobaldo está em conversa com três tropeiros quando, inesperadamente, outro tropeiro aparece na porta, provocando-lhe grande susto. De fato, o desconhecido que entra, como imediatamente Riobaldo percebe, não é outro senão o *Menino* que encontrara no Rio São Francisco quando sua mãe ainda vivia. Logo em seguida tudo se esclarece. Os tropeiros na verdade são jagunços, pertencentes às hostes de Joca Ramiro, e o *Menino,* agora moço, é Reinaldo. Ao lado deste, também jagunço, Riobaldo integra-se ao grupo, comandado por Titão Passos, que é, como Hermógenes e Ricardão, também lugar-tenente de Joca Ramiro. Aos poucos, Reinaldo, que tanto impressionara Riobaldo por ocasião do primeiro encontro, vai se aproximando deste e desta aproximação logo nasce uma grande amizade. A afeição entre ambos cresce ainda mais depois que Riobaldo conta a Reinaldo sua vida e este, por sua parte, lhe revela, em segredo, que seu verdadeiro nome é *Diadorim* e lhe solicita que o chame assim quando estiverem sozinhos.

O bando segue rumo ao norte, carregando armas para Joca Ramiro, e chega ao acampamento de Hermógenes e João Goanhá, também lugar-tenente. No acampamento, Riobaldo, principalmente depois de ser sondado por um jagunço muito ligado a Hermógenes, começa a desconfiar de que este é um traidor. Discute a questão com Reinaldo/Diadorim, que rejeita tal hipótese e que, pouco depois, em conversa, também o informa não ter irmão nem irmã. Contudo, a afeição que liga os dois jagunços não impede que Riobaldo, em crise completa e incerto de seu destino, resolva fugir mais uma vez. Ao comunicar a Reinaldo/Diadorim sua decisão, este o olha de tal forma que desiste de levar a ideia adiante e continua no bando.

No primeiro combate de que Riobaldo participa, contra as forças de Zé Bebelo, Reinaldo/Diadorim é ferido e desaparece durante alguns dias. Ao voltar, finalmente, ainda manquejando, recusa revelar a Riobaldo o que fizera durante o período em que estivera ausente. Pouco depois do retorno de Reinaldo/Diadorim, *Sô* Candelário, que entrara na jagunçagem porque sua família era portadora de lepra e receava também contrair tal doença, assume o comando do bando. Sucedem-se as refregas e os jagunços vão sendo aos poucos empurrados para o norte, para a divisa com a Bahia, pelas tropas de Zé Bebelo e do governo. A situação vai se tornando crítica mas em determinado momento surge o próprio Joca Ramiro, que na ocasião presenteia Riobaldo com um mosquetão, diante do olhar satisfeito de Reinaldo/Diadorim, que, pela deferência com que é tratado, parece possuir uma ligação especial com o fazendeiro e líder de jagunços. Sob o comando de Joca Ramiro, as forças de Zé Bebelo são derrotadas e Riobaldo, Reinaldo/Diadorim e outros recebem a missão de cercar um grupo de remanescentes, à frente dos quais, como logo se sabe, está o próprio Zé Bebelo. Por um estratagema de Riobaldo, que grita aos companheiros que Joca Ramiro o quer vivo, Zé Bebelo escapa da morte, é preso e levado a julgamento, presidido pelo próprio Joca Ramiro na fazenda Sempre-Verde, do dr. Mirabô de Melo, amigo deste. Na ocasião, Hermógenes e Ricardão votam claramente pela sua morte ao passo que Titão Passos, João Goanhá e Sô Candelário manifestam-se contrários. A palavra é concedida também a todos os que desejassem manifestar-se e Riobaldo fala, colocando-se ao lado dos três últimos, sob o olhar de aprovação de Reinaldo/Diadorim. É neste julgamento que Zé Bebelo revela os motivos que o levam a aliar-se às forças do governo para combater os jagunços.

Seu objetivo, segundo afirma em seu discurso de defesa, é redimir o Norte, reorganizando-o e proclamando um novo governo. Contudo, de forma muito hábil, reconhece ter perdido a guerra e pede clemência. Joca Ramiro, apoiado na opinião da maioria de seus lugar-tenentes, dá o veredito final: Zé Bebelo pode partir para Goiás, onde possui alguns parentes, sob a condição de jamais retornar, a não ser a pedido do próprio Joca Ramiro ou após a morte deste. E Zé Bebelo parte, encerrando a primeira guerra da qual participa Riobaldo.

Nos dias calmos que se seguem, nos quais Riobaldo se entrega a seus pensamentos acerca da realidade do mundo, é surpreendido por Reinaldo/Diadorim com a pergunta sobre se gostaria de viver n'Os-Porcos, onde se localiza a fazenda de Joca Ramiro. Mesmo sem entender nada mas não querendo magoar o amigo, Riobaldo diz que sim. Finalmente, os jagunços partem da Fazenda Sempre-Verde, aos grupos, a fim de não atrair sobre si o grosso dos soldados, que vinham nas pegadas das forças de Zé Bebelo. Riobaldo e Reinaldo/Diadorim continuam sob o comando de Titão Passos, que recebe ordens de descer ao longo do São Francisco, até Guararavacã do Guaicuí, posteriormente chamado de Caixeirópolis, segundo informa o próprio protagonista/narrador.

É em Guararavacã do Guaicuí que Riobaldo, mais uma vez, entra em crise e parte sem destino, pois não entende mais nada, já que se dá conta de que sua afeição por Reinaldo/Diadorim vai muito além da simples amizade. Reinaldo/Diadorim o persegue, retornando ambos ao acampamento, o que não impede que Riobaldo continue confuso, chegando ao ponto de pensar em suicidar-se. Resiste e a crise passa. Depois de cerca de dois meses de permanência no local, o bando recebe a inesperada notícia da morte de Joca Ramiro, assassinado à traição por Hermógenes e Ricardão. Ao saber do fato, Reinaldo/Diadorim desmaia. Riobaldo tenta abrir-lhe o jaleco de couro que sempre usava mas ele volta a si repentinamente e o repele de forma violenta.

A partir deste momento começa a segunda guerra da qual participa Riobaldo, agora contra *os Judas*, Hermógenes e Ricardão, para vingar a morte do grande chefe, Joca Ramiro. Todos os grupos que integravam as forças de Joca Ramiro, inclusive o de

Titão Passos, recebem ordens de se dirigir para a região do Grão Mogol, domínios do líder assassinado, a fim de planejar a luta. Contudo, antes que isto pudesse acontecer, as forças do governo, há muito sabedoras da derrota de Zé Bebelo, atacam os jagunços, empurrando-os, mais uma vez, para o norte, até um ponto não distante, como são informados, do local em que se encontravam Hermógenes e Ricardão, que haviam conseguido fugir. Sem condições de enfrentar as forças de Hermógenes e Ricardão e acossados pelos soldados, os bandos de Titão Passos – no qual Riobaldo e Reinaldo/Diadorim se encontravam –, João Goanhá e Alípio Mota, outro lugar-tenente do assassinado líder, decidem que o mais urgente é enviar um reforço de cinquenta a cem homens a Medeiro Vaz, fazendeiro que entrara para a jagunçagem por estar desgostoso com a situação de caos em que vivia o sertão e arrasara e incendiara sua casa para não ter mais possibilidades de voltar atrás em sua decisão. Depois da morte de Joca Ramiro, do qual era amigo, Medeiro Vaz integrara-se também na luta contra Hermógenes e Ricardão. Como seu campo de operações, em relação à posição em que se encontravam Titão Passos e os demais, ficava a sudeste, na margem esquerda do Rio São Francisco, os reforços partem, em pequenos bandos, rumo ao sul.

De um destes bandos fazem parte Riobaldo e Reinaldo/Diadorim. Avançando rumo ao sul, já nas serras dos *gerais,* o grupo se detém na Fazenda Santa Catarina, na região dos Buritis Altos. Esta fazenda era de propriedade de sô Amadeu, que também apoiava Joca Ramiro. É ali que Riobaldo conhece Otacília, a filha única do fazendeiro, e logo pensa em casar. Ao perceber isto, Reinaldo/Diadorim fica furioso e chega a ameaçá-lo com um punhal. Logo em seguida, porém, silencia. Depois de alguns dias na fazenda, o pequeno grupo parte em busca das forças de Medeiro Vaz. Antes da partida, Otacília promete esperar Riobaldo para casar. Logo depois, Riobaldo, Reinaldo/Diadorim e os demais integram-se no grupo de Medeiro Vaz, que passa a comandar a todos. É durante o tempo que se encontra sob o comando de Medeiro Vaz que Riobaldo conhece Nhorinhá, uma prostituta, pela qual se apaixona e da qual, oito anos depois, já casado, receberia uma carta. É também nesta ocasião que, em meio a uma cena de ciúmes, Diadorim o informa que Joca Ramiro era, na verdade, seu pai.

Medeiro Vaz decide, por sugestão de Diadorim, atravessar o Liso do Sussuarão, espécie de deserto situado no noroeste de Minas Gerais. Sua intenção era a de atacar de surpresa Hermógenes e Ricardão, o primeiro dos quais possuía fazendas e mulher legítima no sul da Bahia. A travessia, porém, fracassa e o bando desiste, voltando atrás com grandes perdas. É então que Medeiro Vaz é informado da morte de um mensageiro enviado por *Sô* Candelário e Titão Passos, que a esta altura estavam preparando a guerra contra os traidores na margem direita do Rio São Francisco. Diante da situação, decide enviar dois homens para entrar em contato com os bandos comandados pelos outrora lugar-tenentes de Joca Ramiro. Apresentando-se como voluntário, Riobaldo parte, depois de escolher, a pedido de Medeiro Vaz, um companheiro de viagem. A escolha recai sobre o jagunço Sesfrêdo, aparentemente para deixar Reinaldo/Diadorim com ciúmes, do que Riobaldo se arrepende em seguida. Ao despedir-se, procurando reconciliar-se com o amigo, diz que parte para vingar seu pai.

Logo em seguida, os dois viajam rumo ao leste, em longa jornada, e chegam a seu destino ao entrar em contato com o bando de João Goanhá, quando recebem péssimas notícias. *Sô* Candelário encontrara, afinal, a morte, cortado por uma rajada de metralhadora. Alípio Mota fora preso e Titão Passos, perseguido pelos soldados, tivera que procurar refúgio na Bahia, em região dominada pelo coronel Horácio de Matos, que os apoiava. Como se isto não bastasse, o pequeno bando remanescente é informado ainda de que Hermógenes e Ricardão haviam decidido atravessar, procedentes do norte, o Rio São Francisco, para exterminar as forças de Medeiro Vaz. João Goanhá toma então a decisão de partir em socorro de Medeiro Vaz. Não o consegue, porém, pois os soldados caem sobre o bando, que é obrigado a dispersar-se em pequenos grupos de dois ou três a fim de escapar à perseguição. Sempre acompanhado de Sesfrêdo, Riobaldo trabalha algum tempo de garimpeiro, no município de Araçuaí, mais ao sul do local em que se encontrava João Goanhá, à espera de que tudo voltasse à calma. Quando isto acontece, ambos decidem partir em busca do bando de Medeiro Vaz. No caminho, Riobaldo tem uma grande surpresa, pois encontra o comerciante alemão Emílio *Vupes/Wusp,* que conhecera no Curralinho e que o contrata e a seu companheiro também como guarda-costas para uma viagem até as margens do Rio São Francisco, exatamente na direção da região onde deveria encontrar-se Medeiro Vaz. Terminado o contrato, os dois atravessam o São Francisco, rumo à barra do Rio Urucúia, mas ali não localizam o bando. Descendo mais para o sul, vão encontrá-lo num local chamado Marcavão, à beira do Rio do Sono. Medeiro Vaz está à morte e as forças de Hermógenes e Ricardão estão nas imediações. Antes de morrer, Medeiro Vaz virtualmente indica Riobaldo como o novo chefe. Este, contudo, não aceita, apesar do apoio de Reinaldo/Diadorim e dos demais jagunços, que demonstram sua concordância dizendo *Tatarana, Tatarana,* apelido pelo qual passara a ser conhecido no grupo. Não aceitando a chefia, também não aceita a indicação de Reinaldo/Diadorim para o posto. Contudo, a rigor, é Riobaldo/Tatarana que passa a comandar o bando e, inclusive, a sugerir a eleição de Marcelino Pampa, o jagunço mais velho, para chefe. Tudo isto não passa despercebido a Reinaldo/Diadorim, do qual, aliás, Riobaldo/Tatarana recebe todo o apoio.

Contudo, mal fora eleito Marcelino Pampa para a chefia do bando, os jagunços recebem a notícia da chegada de Zé Bebelo, que, sabedor da morte de Joca Ramiro, ao qual devia a vida, voltara do exílio em Goiás para vingá-lo. Bem ao seu estilo espetaculoso, descera o Rio Paracatu numa balsa de buriti, acompanhado de cinco urucuianos, e ali estava para comandar a guerra. De fato, logo ao chegar Zé Bebelo vai avisando que só sabe ser chefe. Marcelino Pampa renuncia a seu posto e todos aceitam o *Deputado,* como era conhecido por causa de suas ambições políticas, como o novo líder.

Sob o comando de Zé Bebelo a guerra contra Hermógenes e Ricardão adquire, pelo menos no início, novo vigor. Da margem do Rio do Sono o bando parte em perseguição do inimigo, obtendo vitória nas batalhas iniciais. No combate ocorrido próximo ao Ribeirão Galho da Vida, Riobaldo/Tatarana é ferido, perdendo muito sangue e por isto recebendo as atenções de Reinaldo/Diadorim, que trata do ferimento. Continuando a perseguição a Hermógenes e Ricardão, o bando, sempre sob o comando de Zé Bebelo, chega à Fazenda dos Tucanos, não distante do Rio São Francisco. Ali recebem informações de que forças do governo estavam a dois dias de marcha do local, preparando-se para atacá-los. Contudo, são surpreendidos e cercados pelos homens de Hermógenes e Ricardão. Graças, porém, a um estratagema de Zé Bebelo – que, fazendo-se de traidor, envia dois emissários às tropas do governo informando-as de que, caso se apressassem, cercariam os dois bandos – conseguem escapar. De fato, com a chegada dos soldados, Hermógenes e Ricardão pedem trégua e desaparecem por um lado e Zé Bebelo com seus comandados foge por outro. É na Fazenda dos Tucanos que Riobaldo/Tatarana desafia claramente o poder de Zé Bebelo. Quando este o manda escrever as cartas destinadas às forças do governo, Riobaldo/Tatarana passa a imaginar, sem razão, como se viu depois, que o estratagema poderia ser, na verdade, uma traição. Contudo, Zé Bebelo impõe-se ainda desta vez, adiando sua deposição da chefia. Logo depois da partida, Riobaldo/Tatarana entra novamente em crise e pensa em abandonar a vida de jagunço. Reinaldo/Diadorim, a sombra que sempre o acompanha, tenta impedi-lo, adiando-se assim o desfecho que se aproxima.

Ao se retirarem da Fazenda dos Tucanos, sempre sob o comando de Zé Bebelo, os jagunços seguem para um lugar chamado Currais do Padre, para prover-se de montarias – que ali estavam desde a época de Medeiro Vaz –, pois seus cavalos haviam sido mortos no cerco pelo bando de Hermógenes. A seguir, perdem-se nas serras dos *gerais* e encontram o arraial dos catrumanos, habitantes dos grotões da região. Seguindo indicações de um destes, conseguem chegar a uma fazenda abandonada, propriedade de um tal Abrão, o qual, na verdade, como ficam sabendo depois, se chama *seô* Habão, capitão da Guarda Nacional. Partindo novamente, fazem alto na Coruja, um retiro taperado, próximo a uma encruzilhada denominada Veredas Mortas. Ali o bando todo adoece de febres, inclusive Riobaldo/Tatarana, que é atacado de um andaço de defluxo. Doente, começa a meditar sobre sua vida e percebe que até então nada fizera de importante. Durante a estadia no local por decisão de Zé Bebelo, que está à espera de que as febres passem, Riobaldo/Tatarana vem a saber, através de Lacrau, um jagunço que se bandeara de lado no episódio da Fazenda dos Tucanos, que Hermógenes é pactário, isto é, vendeu sua alma ao Diabo, o que lhe teria resultado em proteção e sucesso na vida. Ao tomar conhecimento disto, Riobaldo/Tatarana decide fazer o mesmo, mas vai adiando o momento do pacto. Depois de um mês, mais ou menos, chega ao local *seô* Habão, fazendeiro astuto, pragmático, verdadeira encarnação do capitalista, para o qual tudo, inclusive as pessoas, transformam-se em objetos. Quando Zé Bebelo, informado da proximidade de João Goanhá, que reorganizara suas forças, decide partir para unir-se ao grupo deste, Riobaldo/Tatarana percebe que não tem mais tempo e toma a decisão de fazer o pacto antes de sair para novas lutas. Certa noite, sem informar ninguém, nem mesmo Reinaldo/Diadorim, e fugindo o mais possível de Zé Bebelo, com medo de que este o ridicularizasse, caminha para a encruzilhada das Veredas Mortas e invoca o Demônio. Apesar de nada acontecer, Riobaldo/Tatarana presume que este o ouviu. Pela madrugada, retoma ao grupo e em seguida, como que transformado, começa a contestar, diante de todos, a autoridade e o acerto das ordens de Zé Bebelo. O choque decisivo é adiado por algum tempo com a chegada de *seô* Habão, que, intuindo em Riobaldo/Tatarana o novo chefe, o presenteia com um belo cavalo gateado. A chegada do grupo de João Goanhá, que na hierarquia da jagunçagem ocupava o mesmo posto que Zé Bebelo, faz explodir a crise e Riobaldo/Tatarana empalma o poder. O astuto Zé Bebelo aceita a deposição e se retira, não sem antes rebatizar Riobaldo/Tatarana com o nome de *Urutú-Branco,* apelido aceito pelos integrantes dos dois bandos, que a partir de então ficam sob comando único. Após a partida de Zé Bebelo, Riobaldo/Urutú-Branco, informado por João Goanhá da posição exata em que se encontram – margem direita do Rio Paracatu –, volta ao arraial dos catrumanos e conscreve todos os homens válidos, além de tomar sob sua proteção o menino Guirigó e o cego Borromeu, que também são obrigados a acompanhá-lo. Partindo do arraial, chegam à Fazenda Barbaranha, de *seo* Ornelas

– Josafá Jumiro Ornelas – e novas crises se manifestam em Riobaldo/Urutú-Branco, que tem a força vital e o poder e não sabe o que fazer com eles. Logo depois da chegada do jagunço Quipes – um dos emissários que Zé Bebelo enviara da Fazenda dos Tucanos para apressar a vinda das forças do governo – e da decisão dos cinco urucuianos de se retirarem, Riobaldo/Urutú-Branco toma, afinal, a grande decisão: atravessar o Liso do Sussuarão e atacar a fazenda de Hermógenes no sul da Bahia, o que fora tentado, sem êxito, por Medeiro Vaz. Em nove dias, com a ajuda do tempo, a travessia é realizada e a fazenda arrasada completamente, salvando-se apenas a mulher de Hermógenes, que é presa a fim de ser usada como isca, já que o assassino de Joca Ramiro não aceitaria a humilhação de ter a mulher legítima em mãos do bando rival. O retorno se dá pelos *gerais* de Goiás, com os jagunços cobrando dízimos de todos os fazendeiros.

É nesta viagem de retorno que Reinaldo/Diadorim confessa a Riobaldo/ Urutú-Branco não estar mais tão interessado na vingança contra os assassinos de seu pai, acrescentando ainda que apenas segue em frente para poder estar a seu lado. Riobaldo/Urutú-Branco não entende. Na Fazenda Carimã, de Timóteo Regimildiano da Silva, vulgo *do Zabudo,* outro fazendeiro astuto ao estilo de *seô* Habão, a mulher de Hermógenes pede para conversar com Reinaldo/ Diadorim. Tanto a longa duração da conversa como o fato de não ser informado do assunto da mesma irritam profundamente Riobaldo/Urutú-Branco. Tais preocupações, contudo, são logo substituídas por outras, de maior importância. Informações de batedores dão conta de que Hermógenes e Ricardão estão na região, o que faz com que o bando apresse a descida da serra, rumo aos campos do Tamanduá-tão, onde se travam as primeiras batalhas, com a vitória total de Riobaldo/Urutú-Branco sobre a facção comandada por Ricardão. Este é morto por Riobaldo quando, cercado em uma choça, decide render-se e Reinaldo/Diadorim avança sobre ele. Um tiro certeiro o deixa sem vida.

Já ao anoitecer, terminado o combate contra Ricardão, Riobaldo/ Urutú-Branco decide que o bando deve dirigir-se a uma passagem por entre os morros, num local chamado Cererê-Velho, julgando que

Hermógenes atacaria a partir daquele lado. Em vista disto, também, envia a mulher deste para o Paredão, um arraial das proximidades. Contudo, pela manhã recebe informações de que Hermógenes tentava atacar pela retaguarda, entrando pelo arraial em direção ao Cererê-Velho. O bando então divide-se. Os grupos chefiados por João Goanhá e João Concliz, que passara a lugar-tenente, vão para o Cererê-Velho e Riobaldo/Urutú-Branco, Reinaldo/Diadorim e Marcelino Pampa dirigem-se ao arraial do Paredão. A esta altura, Riobaldo/Urutú-Branco é informado de que Otacília, sua noiva, acompanhada de *seô* Habão, está à sua procura, dirigindo-se para o arraial. Apavorado, parte ao anoitecer com dois de seus mais fiéis jagunços, Quipes e Alaripe, para tentar cortar-lhes o caminho, informando-os da situação de guerra. A meio caminho, contudo, deixa a missão aos dois e retorna ao Paredão pela manhã. O dia é então dedicado aos preparativos para a grande batalha. E é na noite que se segue que Riobaldo/Urutú-Branco faz uma verdadeira declaração de amor a Reinaldo/Diadorim. Este se ofende, assustando-se, mas sem desafiá-lo. E tudo termina em paz. Ao amanhecer Riobaldo/Urutú-Branco vai banhar-se num riacho próximo quando, inesperadamente, o bando de Hermógenes ataca, pegando suas forças e ele próprio completamente desprevenidos. Vestindo-se às pressas, retorna ao arraial, que praticamente fora tomado pelos atacantes. O bando, apesar da morte de Marcelino Pampa, consegue recompor-se e dominar exatamente metade do arraial, incluindo, no limite, o sobrado, onde está presa a mulher de Hermógenes. Sempre dando mostras de uma tática muito superior à de Riobaldo/Urutú-Branco, Hermógenes ataca, a seguir, pela retaguarda da parte que não está em seu poder. Contudo, avisadas por um mensageiro, que partira logo no início da luta, as forças de João Goanhá e João Concliz vêm do Cererê-Velho em auxílio dos sitiados e do alto do sobrado Riobaldo/Urutú-Branco vê a batalha encaminhar-se para o fim. Incapaz de agir, impedido pela honra, assiste também, horrorizado, ao lance derradeiro da luta: os dois bandos entram em acordo e se desafiam para um duelo a arma branca. À frente dos mesmos, de cada um dos lados, vão Hermógenes e Reinaldo/Diadorim. Sua última visão, sempre do alto do Sobrado, é a do sangue que jorra do pescoço de Hermógenes, esfaqueado por Reinaldo/Diadorim. Em seguida desmaia.

Algum tempo depois, ainda não completamente restabelecido, é informado de que, logo após o duelo a arma branca, o bando de Hermógenes fora completamente dizimado pelos homens de João Goanhá. Os que haviam restado fugiam, perseguidos. E adivinha também que Reinaldo/Diadorim morrera. Neste momento chegam Quipes e Alaripe, informando que a moça que Riobaldo/Urutú-Branco pensara ser sua noiva era, na verdade, uma jovem chamada Aesmeralda, acompanhada por seu irmão, um fazendeiro de nome Adão Lemes. No meio da confusão que se segue, Riobaldo/Urutú-Branco, ainda tonto, escuta vozes e partes de conversa, com a mulher de Hermógenes perguntando pelas roupas de uma mulher nua e pedindo que trouxessem o corpo do rapaz moço de olhos verdes. Retornando completamente a si, ordena então que tragam *Diadorim.* O jagunço Alaripe, que casualmente certa vez ouvira Riobaldo/Urutú-Branco chamá-lo assim, entende logo que ele fala de Reinaldo.

É então que se dá a grande revelação: na verdade, Reinaldo/Diadorim é uma jovem mulher, o que, segundo se deduz, já era do conhecimento da mulher de Hermógenes, pelo menos desde a longa conversa na Fazenda Carimã. Arrasado, Riobaldo/Urutú-Branco atira-se sobre o corpo pelo qual nutrira, durante longos anos, profunda paixão. A seguir, sob os cuidados da mulher de Hermógenes, o corpo é preparado para o enterro, realizado no cemitério do arraial.

Depois de instruir a João Curiol, outro de seus fiéis jagunços, para levar a mulher de Hermógenes para onde quisesse ir, Riobaldo/Urutú-Branco, agora apenas Riobaldo, decide abandonar definitivamente a jagunçagem e parte como desesperado, acompanhado dos catrumanos que haviam sobrevivido, do menino Guirigó e do cego Borromeu, a fim de levá-los de volta à terra deles. Região, afinal, que era seu próprio destino imediato, já que sai em cavalgada louca rumo às Veredas Mortas. Acompanhado de Quipes, Alaripe, João Concliz e outros, que decidem segui-lo, já novamente atacado de febres Riobaldo chega às imediações das Veredas Mortas. E ali fica sabendo que, na verdade, o nome verdadeiro do local é *Veredas Altas.* Depois disto não resiste e vai perdendo aos poucos o conhecimento. Tempos depois volta a si e descobre estar, já convalescente, na Fazenda Barbaranha, de *seo* Ornelas, como hóspede deste e de sua família. Ali, certo dia, chega Otacília, acompanhada pela mãe, disposta a permitir que o casamento seja realizado imediatamente. Riobaldo, porém, pede algum tempo, argumentando com o fato de ter perdido recentemente outro amor, no que é atendido.

Na Fazenda Barbaranha, Riobaldo recebe também a visita de *seô* Habão, que novamente lhe traz um cavalo de presente e o informa de que Selorico Mendes falecera, deixando-lhe em herança duas fazendas. Riobaldo, apesar da insistência de *seô* Habão, adia a tomada de posse da herança e parte novamente, acompanhado apenas dos fiéis Alaripe e Quipes, rumo à região dos *gerais* de Lassance, ao lugar chamado Os-Porcos, onde reinara Joca Ramiro. Seu objetivo é o de buscar informações sobre o passado de Diadorim. Contudo, em suas andanças nada encontra, a não ser uma certidão de batismo na matriz de Itacambira. Era a certidão de Maria Deodorina da Fé Bettancourt Marins, a *Diadorim,* filha única de José Otávio Ramiro Bettancourt Marins, o *Joca Ramiro.*

No caminho de volta encontra Zé Bebelo, que então se encontrava em Porto-Passarinho, na região de São Gonçalo do Abaeté, mas que pretendia em breve partir para a grande cidade e escrever nos jornais os feitos das guerras passadas no sertão, o que não agrada a Riobaldo. Contudo, fica ali três dias e depois segue rumo a um lugar chamado Jijujã, a conselho de Zé Bebelo, para falar com um patriarca da região, Quelemém de Góis, o *Compadre Quelemém,* a quem conta a história toda de sua vida, interrogando-o sobre se de fato vendera a alma ao diabo. Para o Compadre Quelemém, contudo, o ato de vender e comprar se assemelham muito, segundo diz, o que tranquiliza Riobaldo.

Encerrando sua trajetória, Riobaldo parte novamente, casa com Otacília e passa a residir em uma das fazendas que herdara de Selorico Mendes, não distante do Rio São Francisco, rodeado de seus antigos companheiros de jagunçagem, que se tornam seus colonos e agregados. E é ali que o *doutor* vai encontrá-lo e passa a ouvir seu relato.

Personagens

Riobaldo – Como narrador e protagonista dos eventos relatados, Riobaldo é a personagem central da obra, que é, por recorrência, a história de sua própria vida. Isto significa que, em termos técnicos, à semelhança de algumas obras clássicas da narrativa ocidental, inclusive da brasileira, o protagonista/narrador, a partir de um ponto fixo – o tempo presente da narração e da reflexão – recupera o passado, o tempo da ação. A interpenetração destes dois momentos é a própria obra e as interpretações desta não raro variam de acordo com o peso maior ou menor que for dado a um ou outro deles. No centro, contudo, estará sempre o protagonista/narrador. A trajetória deste, no caso de *Grande sertão: veredas*, é bastante clara, podendo ser, apenas em termos didáticos, pois a rigor é uma só, dividida em três planos: o econômico-social, o cultural e o estritamente pessoal. No primeiro, Riobaldo passa da instável situação de filho oficialmente não reconhecido de um fazendeiro à confortável posição de rico proprietário, por herança direta e por casamento. No segundo, faz o caminho que vai de uma visão de mundo mítico-sacral, pré-racionalista, a outra, de natureza claramente racionalista e agnóstica, se bem que não cética. Este caminho interior, iniciado na escola de Mestre Lucas, no Curralinho, é o elemento que fornece verossimilhança intrínseca ao relato, isto é, o ex-jagunço narrador jamais fora um analfabeto, apesar de, ao contrário do *doutor* que o ouve, também jamais ter feito parte de uma cultura letrada. Finalmente, no terceiro plano, o das relações estritamente pessoais, o protagonista relata sua estranha experiência, gerada por um equívoco, resultado este, por sua vez, da ausência de um conhecimento completo da realidade: a experiência da paixão por um companheiro de jagunçagem, que na verdade era uma mulher.

No conjunto, pode-se dizer que o traço fundamental da personagem Riobaldo é sua própria trajetória intelectual/cultural, que o leva da insciência do mundo como um todo ao controle possível da realidade em todos os planos, inclusive o do poder. Esta é a *travessia*, com o detalhe de que apenas a sua foi bem sucedida. Talvez por acaso – este é o tema do *destino* que perpassa, em contraponto, toda a obra –, pois não raro, como na batalha final do Paredão,

Riobaldo surge mais como um espectador dos acontecimentos do que um ator propriamente dito.

Diadorim – A característica essencial da personagem Diadorim nasce de um "erro" primordial: não deveria ter nascido mulher nem ser filha única. Este elemento é o gerador dos conflitos e, em consequência, a chave para entender a personagem. Destinada – ou condenada – a exercer um papel social reservado, no contexto de seu mundo, apenas aos homens, Maria Deodorina da Fé Bettancourt Marins, exatamente por ser filha única, "nasceu para o dever de guerrear e nunca ter medo, e mais para muito amar, sem gozo de amor ..."

À parte interpretações de caráter simbólico, a diversidade de papéis desempenhados por Diadorim em relação a Riobaldo é consequência de um quebra-cabeças que este, por não possuir o conhecimento de todas as partes, consegue montar apenas no final, quando isto já não servia para nada. Assim, ao longo da *travessia,* ora Diadorim tenta, como mulher, conquistar Riobaldo, por ver nele alguém em condições de solucionar seu problema, biológica e socialmente, e se torna, assim, objeto de uma paixão incompreensível para o eleito e causa de sucessivas crises deste; ora, como filha de fazendeiro habituada ao mando, tenta exercer o poder sobre Riobaldo; depois, por não lhe restar outra solução, apresenta-se como igual e como amigo. E, afinal, acaba colaborando involuntariamente para conduzi-lo à glória, ao poder e à paz interior na Ítaca sertaneja em que o *doutor* vai encontrá-lo.

No conjunto, Maria Deodorina da Fé Bettancourt Marins aparece como uma personagem trágica – vítima do "erro" de ser mulher numa sociedade masculina – que no louco desafio final busca a morte como que por terrível e lógica decisão. De fato, perdidos, primeiro, a mãe, que nem chegara a conhecer; depois, o tio mais jovem, no campo de batalha; e, finalmente, o pai, assassinado à traição, nada mais lhe restava senão morrer, pois revelar-se em vida como mulher tornava-se tão inviável como inútil, já que não possuía mais identidade e não mais estava em condições de equacionar o drama resultante do conflito entre sua função biológica, que exigia um complemento masculino, e sua função social *desviada,* que a impedira de encontrá-lo. Riobaldo, sua única e última esperança, empalmara o poder e seguia, sem intermediários, rumo a seu próprio destino, que, como ela há muito vinha percebendo, acabaria necessariamente na Fazenda Santa Catarina, no casamento com Otacília.

Forçada a "ser diferente" pelo pai e pelo tio – com a cumplicidade do grupo social próximo a Joca Ramiro, grupo que, segundo é insinuado no texto, sabia de sua identidade feminina –, Maria Deodorina da Fé Bettancourt Marins chega a um beco sem saída e se convence de que o que começara errado não poderia acabar bem. O desfecho fatal, aliás, é por ela previsto com grande antecipação, pois, como o texto sugere, na longa conversa que tivera com a mulher de Hermógenes, a pedido desta, na Fazenda Carimã, de uma ou de outra forma caíra o véu que ocultava sua identidade. Parece ser a partir daí que, no impasse total em que se encontra, Maria Deodorina da Fé Bettancourt Marins decide marchar para a morte, segura unicamente de que havia outra mulher disposta a prepará-la para o ritual fúnebre.

Para Maria Deodorina da Fé Bettancourt Marins, em sua trágica e absoluta solidão, a solidariedade da mulher do assassino do pai era a única coisa que lhe restava.

Hermógenes** e **Ricardão – Hermógenes Saranhó Rodrigue Felipes e Ricardão, *os Judas*, não possuem, à parte a traição, características que os definam como personagens singulares e importantes (apesar do primeiro demonstrar, nos episódios finais, uma tática bélica muitíssimo superior à aparente improvisação de Riobaldo/Urutú-Branco). Fazendeiros muito bem situados, coronéis típicos, amigos de políticos, não são muito diferentes de Joca Ramiro. Sua importância é a de serem, com o ato pelo qual rompem o código de ética do *sertão* (o assassínio do chefe), os catalisadores da trajetória de Riobaldo. De fato, o assassínio de Joca Ramiro detona um conflito que acaba escapando ao controle dos que nele se veem envolvidos e Hermógenes – que não raro aparece no texto como o ideal social de Riobaldo, exatamente em virtude de sua boa sorte e da confortável posição econômica de que desfruta – e Ricardão passam a ser vistos como a personificação do mal, que deve ser eliminado. Assim, tornam-se um elo fundamental, se não o fundamental, da longa cadeia de eventos que culmina com o *happy end* na antiga fazenda de Selorico Mendes, onde o herói e sua eleita, deixados para trás perigos e borrascas, vivem felizes para sempre. *Os Judas*, em conjunto, são, portanto, apenas mais uma nota no tema do *destino,* que ressoa ao longo de toda a obra (v. comentário crítico). No que diz respeito especificamente a Hermógenes, a crença generalizada de que sua boa sorte procedia do fato de ser um pactário desempenha uma evidente função "propagandística" no contexto da visão de mundo sertaneja pré-racionalista, visão de mundo que é deixada para trás por Riobaldo no episódio das Veredas Mortas/Altas. A partir daí, Hermógenes e Ricardão passam a ser, para Riobaldo, simplesmente o poder desafiante a ser suplantado.

Os chefes – Na hierarquia da jagunçagem, segundo ela é apresentada em *Grande sertão: veredas,* oito são os chefes, à exceção dos Judas e de Riobaldo: Joca Ramiro, Medeiro Vaz, Zé Bebelo, Sô Candelário, Titão Passos, João Goanhá, Alípio Mota e Marcelino Pampa.

◆ Joca Ramiro é o grande chefe, o comandante ideal e idealizado, o líder nato, rei dos homens e da natureza. Em outras palavras, o *primum inter pares,* a instância suprema do poder mesmo entre iguais. Dele nada se sabe, a não ser que era fazendeiro na região do Grão Mogol, que possuía pelo menos um irmão (Leopoldo), morto em combate, e uma filha, Maria Deodorina, consagrada a Deus na pia batismal. O texto não informa o motivo deste ato. Contudo, o contexto leva a supor que a decisão tenha sido tomada por ser ela filha única e por ter perdido a mãe, possivelmente ao nascer.

◆ Medeiro Vaz, o *Rei dos Gerais,* é o chefe solene, hierático, leal e duro, se bem que em termos bélicos não muito eficiente. Ao entrar para a jagunçagem arrasa sua própria fazenda para jamais poder tornar atrás em sua decisão.

◆ Zé Bebelo, uma das personagens mais interessantes de *Grande sertão: veredas,* é o coronel com pretensões políticas, que tem a ideia da unidade nacional e da redenção do Norte. Em sua visão, o coronelismo e a jagunçagem – fenômenos correlatos – devem ser eliminados. Como tal, assume a função de representante do poder central e passa à luta. Derrotado, salva sua vida em memorável julgamento e se retira elegantemente, para voltar, após o assassínio de Joca Ramiro, e participar da guerra contra Hermógenes e Ricardão. Grande tático mas certamente não um bom estrategista, é deposto por Riobaldo, retirando-se novamente para retornar à cena ao final, quando, de aluno que fora, torna-se conselheiro de Riobaldo e o encaminha para o Compadre Quelemém. Intelectualmente brilhante, hábil, bem falante, está muito à frente de seus iguais e, por isto, bastante próximo de Riobaldo. Contudo, "raposa que demorou", não alcança o sucesso em sua carreira, talvez por sua integridade moral, como fica claro no episódio da Fazenda dos Tucanos, quando, ao enganar as forças do governo, enterra definitivamente suas pretensões políticas.

◆ Dos demais destaca-se principalmente *Sô* Candelário, que entra para a jagunçagem com o objetivo de buscar a morte, já que sua família era portadora de lepra e ele temia ser atacado do mesmo mal.

◆ Quanto a Marcelino Pampa, que morre na batalha do Paredão, não chega a exercer efetivamente o poder no breve período de transição entre a morte de Medeiro Vaz e o aparecimento de Zé Bebelo. Na realidade, sua escolha foi circunstancial e provisória, pois como simples jagunço teria que ceder sua posição tão logo chegasse alguém que lhe fosse superior na hierarquia do *sertão*. É o que de fato acontece.

As mulheres – Todas as mulheres que podem ser consideradas personagens importantes no enredo desempenham papéis secundários, em concordância com a estrutura de valores presente na obra. Contudo, este papel secundário não pode em momento algum ser identificado como situação de submissão pura e simplesmente.

◆ Otacília, a primeira – excetuado o caso particular de Diadorim – em importância, é uma verdadeira Penélope sertaneja. Não há dúvida, e nisto o texto é muito claro, que ela funciona para Riobaldo como via de acesso à classe dominante, pelo menos especificamente em termos sociais. Contudo, se o pacto nupcial de ambos não muda sua função no contexto de uma estrutura patriarcal, pelo menos a beneficia no limite máximo, pois através dele sua família, além de ter continuidade, agrega mais duas fazendas às posses anteriores.

◆ A mulher de Hermógenes, inominada, é uma figura solene e trágica, comportando-se à altura da posição de mulher de fazendeiro, apesar de odiar o marido. Depois de ver a fazenda arrasada e, segundo o texto insinua, seus filhos assassinados, é capaz de ouvir, também segundo o texto faz supor, a confissão de Diadorim e, ao final, chorar abraçada a Riobaldo após o terrível desenlace.

◆ Bigri, a mãe de Riobaldo, pertence à faixa social inferior, mas coloca-se em situação relativamente segura, segundo se pode inferir, em virtude da sorte: o filho que tem de Selorico Mendes é varão. Contudo, à parte este papel, o de dar um herdeiro ao rico fazendeiro, não possui qualquer importância, nem pessoal nem socialmente.

◆ Rosa'uarda, filha da burguesia mercantil sertaneja imigrante, depois de servir-se de Riobaldo e de a ele servir, integra-se normalmente em seu mundo, sem qualquer problema.

◆ Nhorinhá, "gosto bom ficado em meus olhos e minha boca", e a mulher filha de Malinácio, prostitutas, desempenham sua profissão de forma independente e sobrevivem como podem.

◆ O que não é o caso das duas mulheres da vila Verde-Alecrim (Paraíso), Maria-da-Luz e Hortência, as quais, além de viverem juntas, exercem sua profissão tranquilamente e detêm o poder no arraial e arredores, num curioso sistema de matriarcado. Acentue-se, contudo, o fato de que sua origem social é elevada.

O Compadre Quelemém – Quelemém de Góis, o *Compadre Quelemém,* é o patriarca do *sertão,* uma espécie de confessor leigo. Adepto fervoroso da crença da transmigração das almas, não chega a ter resposta para todas as perguntas de Riobaldo, o que, na função em que aparece, não é absolutamente necessário, pois a tarefa essencial que tal função implica é a de ouvir.

O doutor – Dono de um jipe, jovem, de caderneta em punho, *mudo,* no texto, possuidor de uma visão racionalista e cética, o *doutor* é, claramente, o representante de uma *cultura letrada* que procura fixar para a posteridade o *sertão* e sua *cultura oral.* Em outros termos, é a personificação do *autor,* genericamente tomado, que busca na realidade viva da História a matéria de sua criação literária.

Os demais – Das personagens restantes e que possuem certa importância no enredo podem ser ainda citados dois estrangeiros: Assis Wababa, o comerciante turco amigo de Selorico Mendes e pai de Rosa'uarda, e o alemão Emílio Wusp/*Vupes,* o mercador ambulante; Mestre Lucas, o professor de Riobaldo; e três figuras curiosas de fazendeiros: *seô* Habão, que é a própria personificação do capitalista hábil, previdente e, ao mesmo tempo, implacável (seu nome proviria de *habere?);* Timóteo Regimildiano da Silva, o *do Zabudo,* dono da Fazenda Carimã, também muito astuto mas certamente com uma visão bem mais restrita da realidade que *seô* Habão; e *seo* Ornelas, que fica numa posição intermediária entre ambos.

Estrutura narrativa

Em extenso e ininterrupto relato, feito ao longo de três dias, o ex-jagunço Riobaldo narra sua vida a um *doutor,* que o visita em sua fazenda e o ouve, de caderneta em punho, sem pronunciar qualquer palavra, reagindo apenas através de acenos e risadas, dos quais o leitor é informado, obviamente, pelo próprio protagonista/narrador. A narração apresenta duas características técnicas importantes. Em primeiro lugar, nela estão embutidos diálogos, citações e até pequenos relatos. Estes últimos apresentam-se na forma de discurso direto e/ou indireto. Em segundo, não possui, mais ou menos até à altura da metade, linearidade cronológica, isto é, os eventos não estão na ordem sequencial em que ocorreram, pois o protagonista/narrador faz amplo uso do que, na moldura do relato como um todo, poderia ser chamado de *flash back* invertido ou *antecipação.*

Quanto ao local em que se desenrolam as ações, abrange um amplo espaço que engloba, *grosso modo,* o norte de Minas Gerais, o sudoeste da Bahia e o leste de Goiás. É na região do centro-norte de Minas, contudo, ao longo das margens do Rio São Francisco, que tem lugar a maior parte dos eventos narrados e a própria narração deles.

No que diz respeito ao tempo em que se passam os eventos e em que a narração é feita, os dados estritamente intrínsecos ao texto são mais fluidos. Sabe-se que 1) Maria Deodorina da Fé Bettancourt Marins, a Diadorim, nasceu no séc. XIX; 2) ela e Riobaldo têm cerca de 14 anos quando se encontram pela primeira vez às margens do Rio São Francisco e são moços ao ocorrer o segundo encontro; 3) à época em que a Coluna Prestes atravessa a fronteira de Goiás Riobaldo já abandonara a jagunçagem, segundo se pode inferir de uma breve passagem, não muito clara, aliás. Ora, se a Coluna passa pela região por volta de 1925/6 e se a carta de Nhorinhá, que o protagonista/narrador conhecera pouco tempo depois de sua entrada para a jagunçagem e da morte de Joca Ramiro, o encontra casado, oito anos após ter sido escrita, deduz-se o óbvio, ou seja, que as ações bélicas relatadas desenvolvem-se por alguns anos ao longo da segunda década do séc. XX, com maior probabilidade ao longo da segunda metade desta.

Em consequência, se esta suposição, abonada pelo texto, está correta, o tempo em que a narração é feita deve situar-se por volta do final da década de 1940, pois Riobaldo já está velho. Evidentemente, os dados extrínsecos ao texto, referidos à história de Minas Gerais, por exemplo, poderiam estabelecer datas com maior precisão. Como é o caso da estrada de rodagem de Pirapora a Paracatu, que está sendo aberta, segundo informa o protagonista/narrador, pela época em que o *doutor* chega à fazenda.

Seja como for, o texto não deixa qualquer dúvida, e é isto que deve ser considerado fundamental, que, em primeiro lugar, as ações se desenrolam durante a época da República Velha e, em segundo, a narração é feita quando o *sertão* já se encontra invadido pelo litoral, tanto é que o *doutor* se desloca em um jipe.

Comentário crítico

Ao ser publicado em 1956, *Grande sertão: veredas* provocou profundo impacto na opinião pública brasileira, isto é, nas elites intelectualizadas dos espaços urbanos da costa, em particular naquelas ligadas de uma ou de outra forma à produção e à circulação da arte e da literatura. Este impacto, que se prolongou por toda a década de 1960, diluindo-se lentamente a seguir, refletiu-se na publicação de um número realmente considerável de artigos e ensaios das mais variadas tendências e, não raro, com as mais surpreendentes e até fantasiosas interpretações. Por quase duas décadas a obra de Guimarães Rosa foi um verdadeiro ponto de referência da *intelligentsia* nacional, fazendo com que o leque das manifestações atingisse uma impressionante abrangência temática. Este leque incluiu desde ataques à obra em si, feitas a partir da denúncia da posição ideológica conservadora da *pessoa* de Guimarães Rosa, até interpretações da obra na qual esta chegou a ser considerada como manifestação de um suposto homossexualismo latente do Autor; desde afirmações baseadas em leituras claramente pouco cuidadosas até as inevitáveis aproximações com autores estrangeiros que, também supostamente, teriam influenciado Guimarães Rosa.

Mesmo que o distanciamento no tempo, as profundas modificações históricas ocorridas na sociedade brasileira a partir do fim da década de 1960, o surgimento de outras obras semelhantes, tanto no Brasil como na América Latina, e a publicação, a partir do início da década de 1970, de ensaios que tendem a analisar *Grande sertão: veredas* numa perspectiva factualmente mais objetiva tenham colaborado para reduzir o grande impacto inicial, ainda hoje a leitura da obra permite compreender o porquê da comoção e das desencontradas reações por ela provocadas por ocasião de sua publicação. Era, pode-se dizer, o preço do novo. Pois se é verdade que também na estrutura, isto é, na forma como se apresentam os eventos narrados, *Grande sertão: veredas* significou à época algo de realmente novo no contexto da ficção brasileira, o impacto maior, sem dúvida, foi provocado principalmente pela linguagem e pela temática.

No que diz respeito à linguagem, não é de admirar e, além disto, sempre será possível compreender por que *Grande sertão: veredas* representou algo tão desconcertante quanto inesperado. Com efeito, uma análise mesmo superficial da ficção brasileira anterior demonstra que ela, em termos linguísticos, não se apartara jamais do chamado *código urbano culto,* em outros termos, das características específicas da língua falada pelas elites intelectualizadas das cidades da costa atlântica, mais particularmente do Rio de Janeiro. É verdade que ficcionistas de temática agrária – inadequadamente chamados de *regionalistas* – tanto do século XIX como do século XX não ignoraram elementos próprios de variantes linguísticas específicas das regiões geo-econômicas fixadas em suas obras, chegando mesmo à transcrição morfológica de expressões populares, quer dizer, de formas linguísticas próprias de grupos socioeconômicos inferiores. Contudo, ou tais elementos eram submetidos diretamente e de forma rígida ao *código urbano culto,* representando, portanto, mais um empréstimo do que um rompimento propriamente dito, ou, a partir do próprio *código urbano culto,* sempre utilizado pelo narrador, eram, de forma indireta mas nem por isto menos clara, apresentados como *desvios.* As exceções são poucas e, por isto mesmo, gritantes. É o caso de *Macunaíma,* de Mário de Andrade, onde o Autor propõe, claramente, uma fusão entre as formas *populares* e as formas ditas *cultas,* ou, em suas próprias palavras, entre o brasileiro falado e o português escrito. Mesmo em Mário de Andrade, porém, o espaço linguístico de referência é, fundamentalmente, o urbano, podendo-se dizer o mesmo do experimentalismo de Oswald de Andrade, que em *Memórias sentimentais de João Miramar,* por exemplo, tenta reconstruir o *código urbano culto* a partir dele próprio.

O que o autor de *Grande sertão: veredas* faz é radicalmente diverso. Em primeiro lugar, é óbvio que ele não toma o *código urbano culto* como norma de referência, seja para adaptá-la, seja para reconstruí-la. Parece evidente – e há indícios factuais suficientemente fortes para comprová-la – que Guimarães Rosa utiliza, como base, uma variante da língua portuguesa falada no Brasil, variante que poderia, sem muito rigor, ser qualificada de *linguajar sertanejo* e que dominou extensas regiões do centro-norte do país dedicadas à pecuária extensiva e à agricultura de subsistência. Em segundo, certamente pode ser verdadeira a afirmação de que Guimarães Rosa retrabalha este linguajar, mas é certo que o faz, sem dúvida, de forma bem menos ampla e bem menos profunda do que poderia pensar alguém cuja única referência seja o *código urbano culto.* De fato, o que caracterizou as regiões em que predominou esta variante sertaneja nem sempre foi a distância geográfica em si – elemento geralmente preponderante, é claro – em relação às cidades da costa mas principalmente o fato de estarem destas desligadas em termos econômicos, sociais e culturais e de constituírem uma cultura essencialmente *oral,* não *letrada.* Ora, em termos linguísticos isto quer dizer que tais formas orais jamais foram submetidas – pela sua própria natureza e ao contrário do *código urbano culto* – a uma norma gramatical sedimentada ao longo dos tempos, evoluindo antes ao sabor de influências circunstanciais e sem a referência de um padrão rigidamente estabelecido. Nestas condições, apenas para lembrar formas bastante comuns em *Grande sertão: veredas* e em toda a obra de Guimarães Rosa, não é de estranhar que de um verbo ou de um substantivo possam ser obtidos, por derivação, respectivamente um diminutivo e um advérbio de modo.

A incapacidade da maior parte dos *letrados* tradicionais do passado de analisarem de forma adequada os elementos de caráter histórico estranhos ao mundo urbanizado da costa foi e às vezes ainda é a responsável por um sem número de equívocos de todos os tipos, equívocos que, aos poucos, vão sendo considerados como tais. Tal incapacidade, contudo, é perfeitamente compreensível numa perspectiva histórica. O próprio Riobaldo, o narrador/protagonista de *Grande sertão: veredas,* discrimina linguisticamente os catrumanos ao atribuir-lhes um dialeto muito específico e um tanto quanto incompreensível em relação ao seu – dele – linguajar! Afinal, sempre numa perspectiva histórica, os habitantes dos grotões das serras próximas aos *gerais* representavam para Riobaldo e para os habitantes destes mesmos *gerais* algo muito semelhante ao que o próprio Riobaldo e seus pares significavam para os habitantes da costa urbanizada ... Nos dois casos está claramente presente a tendência fatal das culturas e das civilizações à adoção de uma visão etnocêntrica.

Não menos que no plano da linguagem foi o impacto provocado pela temática específica tratada por Guimarães Rosa, que já se prenunciara, é verdade, em *Sagarana,* mas que se manifesta de maneira completa em *Grande sertão: veredas.* É fato que em *O Cabeleira,* de Franklin Távora, e em *Fogo morto* e *Os cangaceiros,* de José Lins do Rego, os temas do coronelismo e da jagunçagem aparecem como elementos fundamentais do enredo e que em *Dona Guidinha do Poço,* de Manoel de Oliveira Paiva, e em alguns contos de *Pelo sertão,* de Affonso Arinos, é possível perceber a existência, de forma latente, de alguns dados estranhos ao mundo urbanizado da costa. Contudo, é fato também que no primeiro caso a perspectiva em que são vistos os eventos é inequivocamente externa a eles, ocorrendo o mesmo no segundo, apenas que neste caso os eventos parecem sobrepor-se à perspectiva em que são vistos, a ponto de fazer com que a mesma apareça como inadequada ou, pelo menos, como insatisfatória. Em Franklin Távora e José Lins do Rego a jagunçagem é vista como um claro desvio em relação à ordem vigente, mesmo que seja consequência desta. Por outro lado, em Manoel de Oliveira Paiva e Affonso Arinos a presença de elementos estranhos ao mundo urbanizado da costa não chega a ser sancionada negativamente mas também não é justificada internamente.

Guimarães Rosa não só escapa à evidente dualidade dos dois primeiros como ainda elimina o problema implícito nos dois últimos. Em *Grande sertão: veredas* ele simplesmente toma o tema do coronelismo e da jagunçagem como *núcleo central* da obra e numa *perspectiva intrínseca.* Isto é, inverte a perspectiva. Não é mais o mundo urbanizado da costa e de suas imediações que vê o *sertão.* É este que, a partir de si próprio, analisa sua própria realidade e o contexto global no qual se insere. Nunca ocorrera tal coisa na ficção brasileira até à época. Isto explica por que críticos e *letrados* ficaram perplexos então e porque muitos assim continuam até hoje diante de *Grande sertão: veredas* e de outras obras semelhantes aparecidas posteriormente. Condicionados historicamente pela visão de mundo própria dos aglomerados urbanos da costa atlântica, gerados pela expansão industrial-capitalista da Europa racionalista e burguesa a partir do início do século XVIII, haviam se tornado incapazes de perceber – com uma exceção, a de Euclides da Cunha – que o interior brasileiro, o *sertão* da pecuária extensiva e da pequena propriedade de subsistência, tornara-se, ao longo dos séculos, uma realidade autônoma em relação à costa, em todos os planos, inclusive no linguístico. E é esta realidade histórico-cultural específica, cuja base retroage à cultura ibérica dos primórdios da colonização e se apresenta, portanto, como algo completamente estranho à visão de mundo das elites da costa urbanizada e de suas imediações, que produz em 1956 esta obra grandiosa e aparentemente estranha que é *Grande sertão: veredas.* No campo específico da crítica e da história da literatura, *Grande sertão: veredas* só podia aparecer como uma obra insólita e pouco compreensível em virtude da concepção idealista e linear em que se baseia toda a teoria da *periodização por estilos (romantismo, realismo* etc.) em arte e em literatura. De fato, nesta perspectiva a obra de Guimarães Rosa tornava-se incompreensível, já que, por ignorar a existência da realidade histórica concreta e por desconhecer sua heterogeneidade no caso brasileiro, tal concepção idealista descartava, implicitamente, a possibilidade do aparecimento de personagens tão *estranhas* como Riobaldo e Diadorim *depois* de outros tão *normais* como Bento Santiago, Policarpo Quaresma, Paulo Honório etc.

No que diz respeito às interpretações, descontados evidentes equívocos e possíveis leituras mal feitas, *Grande sertão: veredas* possui tal riqueza temática que permitiu, permite e permitirá as dos mais diversos e variados tipos. De qualquer forma, tanto as já feitas como as possíveis de o serem classificam-se, *grosso modo,* em três tipos: *simbólicas genéricas, simbólicas historicamente referidas* e *textuais diretas.*

As do primeiro tipo, que predominaram claramente até, mais ou menos, o final da década de 1960, tomam *Grande sertão: veredas* como símbolo de um universo e de uma Humanidade genéricos. Assim, para tais interpretações, o *sertão* é o mundo em termos amplos e Riobaldo é simplesmente o arquétipo da Humanidade como um todo, um arquétipo no qual se digladiam o bem e o mal, o mito e o *logos* etc. Justificando-se teoricamente a partir de afirmações incidentais do protagonista/narrador, tais análises, independente do seu valor, tendem, sem dúvida, a ignorar a obra como um todo e a pôr de lado a matéria histórica nela presente, dando, muitas vezes, a impressão de não passarem, de fato, de generalidades ditadas pelas circunstâncias, isto é, pela perplexidade diante do novo, do insólito, e pela necessidade de tentar equacioná-lo a qualquer custo.

As do segundo tipo, as *simbólicas historicamente referidas,* aparecem principalmente a partir do início da década de 1970. De acordo com tais interpretações, ambiciosas em sua visão totalizante, o simbolismo genérico de *Grande sertão: veredas,* apesar de não ser negado, é colocado em plano secundário diante do simbolismo histórico da obra. Para tais interpretações, o *sertão* de *Grande sertão: veredas* é o sertão mesmo, o interior de um país da América Latina e do Terceiro Mundo, que evolui de um plano de consciência mítico-sacral para outro de natureza lógico-racional. Em resumo, é o produto de uma realidade histórica específica, a realidade da industrialização e da integração intempestiva no sistema capitalista internacional de áreas que durante séculos haviam ficado à margem das transformações geradas pela expansão do capitalismo europeu rumo aos núcleos urbanos da costa, em todo o continente. Assim, o tempo da ação – a época histórica em que se passam os eventos –, o tempo da narração – a época em que o protagonista/narrador os relata – e o tempo da publicação – a data do aparecimento da obra – representam, aproximadamente, em tal linha de análise, o arco cronológico percorrido por este processo de integração no caso brasileiro. Contudo, ampliando ainda mais a abrangência desta visão, nestas interpretações *Grande sertão: veredas* é considerado, juntamente com outras obras semelhantes, tanto do Brasil como da América Latina, como símbolo da homogeneização do planeta pelas estruturas de uma civilização tecnológico-industrial que em seu avanço vai arrasando implacavelmente os núcleos remanescentes de sociedades economicamente pré-industriais e culturalmente pré-racionalistas.

Quanto às interpretações do terceiro tipo – denominadas *textuais diretas* –, muitas delas, a rigor, estão contidas nas dos dois tipos anteriores, pois são, de forma mais ou menos explícita, sua própria base. Contudo, fazer seu levantamento no texto é de importância fundamental, porque isto representa sempre a garantia de uma leitura cuidadosa, base indispensável de qualquer análise mais abrangente, sob pena, como de fato tem ocorrido com *Grande sertão: veredas,* de inevitáveis equívocos. Seja como for, tais interpretações – excluídas as de caráter estritamente linguístico – também podem ser subdivididas em dois grupos: as de *temática genérica* e as de *temática historicamente referida.*

No primeiro grupo podem ser listados temas como *a luta entre* o *bem e* o *mal* (o que exige uma análise rigorosa de tais conceitos na obra, pois o texto não justifica um maniqueísmo simplista bem/mal em correspondência com Riobaldo/Hermógenes); o *destino* (será uma sequência mais ou menos aleatória de eventos que determina a trajetória do indivíduo na sociedade – e de Riobaldo na obra – ou há uma lógica que preside a esta sequência? Neste caso, de que natureza é tal lógica? Aparecendo incidentalmente mas em momentos críticos em *Grande sertão: veredas,* tal tema é claramente o núcleo central de *A hora e a vez de Augusto Matraga); a questão fáustica* (isto é, a possibilidade de superar as limitações da natureza humana através da venda da alma, o que em *Grande sertão: veredas* se apresenta invertido, pois no texto o protagonista/narrador acaba comprando-a em vez de vendê-la); o *poder* (o caminho de Riobaldo vai da total insciência do mundo à luta *pelo* e à tomada *do* poder); o *conflito entre reflexão e ação* (em alguns momentos Riobaldo aparece como um Hamlet sertanejo; em outros, contudo, surge como um Fortimbrás, as clássicas personagens contrapostas por Shakespeare em *Hamlet); a meditação sobre a essência do fenômeno humano* (o que é o homem? o que é o bem? o que é o mal? Deus existe? O Diabo existe?); o *arrivismo social de Riobaldo* (tema estreitamente ligado à questão do destino e do poder, pois é clara a intenção de Diadorim de usar Riobaldo para alcançar seus objetivos, primeiro como mulher e a seguir como filha de um fazendeiro assassinado. Contudo, o que acaba acontecendo é exatamente o inverso, pois Riobaldo é que atinge seu destino e o poder através de Diadorim); a infelicidade da mulher no sistema patriarcal (*"Mulher é gente tão infeliz"*, como diz Diadorim).

As interpretações textuais diretas do segundo grupo, as de temática historicamente referida, são relativamente poucas até agora, principalmente se se levar em conta a complexidade e a já referida riqueza de *Grande sertão: veredas*. Tudo indica, porém, que no futuro passarão a ter uma importância cada vez maior no estudo da obra. Entre outras, podem ser lembradas como fundamentais: *Grande sertão: veredas* como a epopeia do apogeu do coronelismo e da jagunçagem (a estrutura de poder na República Velha: o governo central com seus soldados e os coronéis com seus exércitos particulares); o sertão como civilização autônoma desligada do mundo da costa atlântica (como o vira Euclides da Cunha em *Os sertões*); uma cultura oral, não letrada (o que está presente na própria estrutura da obra, pois o protagonista/narrador não escreve, ao contrário de seus similares letrados da ficção urbana da costa, como é o caso em *Dom Casmurro, São Bernardo* etc., mas relata sua história); a cultura popular de base ibérica (não atingida pela Europa burguesa do Estado anglo-francês, daí a presença de elementos "medievais" como, entre outros, a visão pré-racionalista e religiosa); o trauma da falta do filho varão (tema muito caro às civilizações feudais e/ou agrárias de estrutura patriarcal, pois nelas a mulher não aparecia como apta a transmitir a herança e o poder, em particular em períodos de intensa atividade bélica ou em regiões baseadas sobre atividades econômicas específicas, como a da pecuária extensiva, por exemplo, no centro-norte do Brasil. Nestas condições, a filha única representava um verdadeiro desastre em termos de poder familiar patrilinearmente transmitido. Aliás, tanto Maria Deodorina/Diadorim como Otacília são filhas únicas e não por nada a família da primeira desaparece sem deixar vestígios e a da segunda tem continuidade em Riobaldo); a agonia do Brasil arcaico e os prenúncios do Brasil moderno e industrial (o *sertão*, com seus coronéis e jagunços, terminou, a civilização litorânea avança para o interior e Riobaldo, ao deixar a fazenda para ir até Sete Lagoas consultar um médico, tem que disfarçar-se a fim de não ser caçado pela polícia. É o fim de uma era, a do Brasil arcaico da República Velha, e o início de outra, a do moderno Estado industrial centralizado).

A simples relação, certamente incompleta, das interpretações possíveis e dos temas presentes em *Grande sertão: veredas* demonstra a importância desta extraordinária obra de Guimarães Rosa, que pode ser considerada, sem erro, não somente a verdadeira epopeia do Brasil antigo e pré-industrial como também uma obra-prima da ficção brasileira e da própria narrativa ocidental desde Homero. O tempo, ao que tudo indica, se encarregará apenas de ratificar tal julgamento.

Exercícios

Revisão de leitura

1. Como se poderia imaginar a cena em que Riobaldo, o ex-jagunço, narra ao *doutor* sua vida?

2. Quais as mulheres importantes na vida de Riobaldo e qual o papel desempenhado por cada uma delas?

3. Quais são as principais preocupações de Riobaldo manifestadas ao longo de sua narração ao *doutor?*

4. Qual é, afinal, o problema central de Riobaldo? Qual é a opinião do *doutor* a respeito disto?

5. Qual é a posição de Riobaldo a respeito do mal? Em sua opinião, de onde ele se origina?

6. Como poderia ser definido, em poucas palavras, o problema de Diadorim?

7. Qual o papel desempenhado por Otacília na vida do protagonista/narrador?

8. Qual a diferença fundamental entre Zé Bebelo e os demais chefes de jagunços?

9. Qual a relação entre jagunços, fazendeiros e governo central?

10. Quais as mudanças que ocorreram no *sertão* no período que vai do tempo das guerras de Riobaldo até o momento em que narra sua vida ao *doutor?*

Temas para dissertação

1. O fazendeiro Selorico Mendes e Bigri.

2. A família de Diadorim.

3. Riobaldo e Zé Bebelo: semelhanças e diferenças.

4. Rosa'uarda, Nhorinhá, Diadorim e Otacília: relações de natureza diversa.

5. Riobaldo e Diadorim: uma história de amor ou um conflito de poder?

6. As mulheres em *Grande sertão: veredas:* quais seus objetivos e quais delas os alcançam?

7. O coronelismo, a jagunçagem e o cangaço na República Velha.

8. O conflito entre o litoral e o *sertão* na história do Brasil.

9. As transformações e o desaparecimento do *sertão* e suas causas.

10. O pensamento mítico e religioso e o pensamento racionalista e tecnológico.

José Cândido de Carvalho

O Coronel e o Lobisomem

Vida e obra

José Cândido de Carvalho nasceu em Campos dos Goitacazes, estado do Rio de Janeiro, no dia 5 de agosto de 1914, sendo filho de lavradores emigrados do norte de Portugal. Por motivo de doença do pai, o pequeno comerciante Bonifácio de Carvalho, transferiu-se com a família para o Rio de Janeiro e no ano de 1922 o futuro romancista já trabalhava como estafeta da Exposição Internacional. Logo em seguida retornou a Campos dos Goitacazes, continuando a dividir sua vida entre o estudo em escolas públicas e o trabalho, principalmente durante as férias, quando fazia biscates como ajudante de farmacêutico, cobrador de fábrica de aguardente e funcionário de uma refinaria de açúcar. Por volta de 1930 entrou para a revisão de *O Liberal,* passando logo depois a articulista da *Folha do Comércio,* então dirigida por R. Magalhães Júnior. Em seguida trabalhou em *O Dia,* fazendo comentários sobre política internacional. Depois de cursar os preparatórios no Liceu de Humanidades de Campos dos Goitacazes, forma-se em Direito em 1937. Apesar de antes já ter escrito alguns versos, estreou mesmo em livro em 1939 com *Olha para o céu, Frederico,* quando já então se encontrava morando novamente na cidade do Rio de

Janeiro, integrando a redação de *A Noite.* Após uma passagem pelo Departamento Nacional do Café, em 1942 é convidado por Amaral Peixoto para dirigir *O Estado,* importante jornal de Niterói. Sua carreira de jornalista, porém, atinge o auge em 1957, quando passa a chefe de copidescagem de *O Cruzeiro,* na época a mais importante revista da América Latina. Em 1964 (edição revista em 1965) publica *O coronel e o lobisomem,* saudado por unanimidade como uma das obras-primas da ficção brasileira de todos os tempos. Continuando sua carreira iniciada na década de 1930, escreve em seguida *Porque Lulu Bergantim não atravessou o Rubicão* (1971), *Um ninho de mafagafes cheio de mafagafinhos* (1972), *Ninguém mata o arco-íris* e *Manequinho e o anjo da procissão* (1974). Em 1974 foi eleito para a Academia Brasileira de Letras, ocupando a cadeira que era de Cassiano Ricardo. Exercendo a partir de 1970 vários cargos públicos de importância, José Cândido de Carvalho foi diretor da Rádio Roquette-Pinto, diretor do Serviço de Radiodifusão Educativa do MEC, presidente do Conselho Estadual de Cultura do Estado do Rio de Janeiro e Presidente da Fundação Nacional de Arte (FUNARTE).

O CORONEL E O LOBISOMEM

Enredo

Ponciano de Azeredo Furtado, coronel da Guarda Nacional e único herdeiro de Simeão de Azeredo Furtado, seu avô, começa suas memórias informando ter sido criado por este nos currais do Sobradinho por ter perdido, ainda infante, o pai e a mãe, os quais residiam em Campos dos Goitacazes. Com o passar dos anos, Simeão se convence de que o neto deveria ser advogado e para dar início à formação do mesmo entrega-o aos cuidados de Sinhá Azeredo, uma prima solteirona e beata, que residia no Sossego, local ermo infestado de lobisomens, corujas e caburés. A estadia de Ponciano no Sossego termina quando é pego em intimidades com uma menina das redondezas. Sabedor do acontecido, o avô Simeão vem do Sobradinho e o envia, acompanhado da prima Sinhá, à chácara da Rua da Jaca, em Campos dos Goitacazes, e o matricula, a fim de moderar seus costumes, como aluno do colégio dos padres. Com o avô distante e a prima entregue às devoções, Ponciano aproveita o tempo que lhe sobra dos estudos para fazer traquinagens de todo tipo. Quando Ponciano tem cerca de quinze anos, a prima Sinhá falece e em seguida começa a aparecer à noite, sempre com a tossezinha seca que tinha em vida. A assombração, porém, desaparece tão logo a negra Francisquinha, enviada por Simeão para tomar conta da chácara, ali passa a morar. O rigorismo de Francisquinha, instruída pelo avô, de nada adianta e Ponciano vive na pândega, apesar de já estar fazendo o curso de alferes. Sua primeira grande paixão amorosa é Branca dos Anjos, moradora de Gargaú, para onde vai a fim de conquistá-la. O pai desta, porém, sabedor da má fama do pretendente, manda-a para o interior e Ponciano retorna a Campos dos Goitacazes e vai afundar suas mágoas num circo de cavalinhos. Ali enfrenta o desafio de um brutamontes, que era a principal atração do circo, e vence. O avô Simeão, que se encontrava na Rua da Jaca, sabedor da luta, corre com Ponciano, chegando à conclusão de que este aprendia apenas o que não prestava. O incidente, porém, o torna famoso, fazendo com que logo em seguida fosse promovido a capitão.

A vida descuidada da juventude por cafés, salas de bilhar, teatros e pensões de moças tem um fim com a notícia da morte do avô Simeão, trazida à Rua da Jaca por um portador vindo do Sobradinho. Com a assessoria do advogado Pernambuco Nogueira, Ponciano faz o levantamento de todas as propriedades integrantes da herança, que o tornam, de uma hora para outra, um grande proprietário rural. O trabalho de delimitação e regularização das fazendas herdadas provoca alguns incidentes com os vizinhos, em particular com Cicarino Dantas, dono da fazenda de Paus Amarelos, que afinal é vendida a Juca Azeredo, parente de Ponciano, solucionando a questão. Ao final, com a ajuda da habilidade de Pernambuco Nogueira e a docilidade da Justiça, sempre a serviço dos mais poderosos, tudo fica resolvido segundo os desejos de Ponciano, que se instala no Sobradinho, em companhia de Francisquinha e seu séquito de negras, encarregadas dos afazeres domésticos.

A partir deste momento sucedem-se os eventos em que a figura de Ponciano – sempre segundo seu próprio relato – ganha importância diante dos vizinhos e empregados. O primeiro deles é o da eliminação de uma onça que aterrorizava a população e os rebanhos da região. Participando da empresa destinada a eliminar o animal, comandada por um certo capitão Zuza Barbirato, Ponciano não demonstra grande coragem, escondendo-se rapidamente ao primeiro rugido do animal, mortalmente ferido logo em seguida pelo disparo de um moleque que caçava nas redondezas. Habilmente, Ponciano espanta o moleque e aparece diante de todos como o herói intimorato que se cobre de glória pela eliminação da onça.

Tempos depois, Ponciano vem a sofrer a segunda grande desilusão amorosa de sua vida. Interessado em deixar sua vida de libertinagem e constituir família, escolhe como futura esposa sua prima, D. Isabel Pimenta, professora de Santo Amaro. Esta, contudo, alegando já estar comprometida com um amigo de infância, faz ruir os sonhos do coronel, que já fazia planos de povoar o Sobradinho com seus descendentes. Abalado pela recusa, Ponciano contrai a maleita e como as poções de Francisquinha de nada resolvem viaja a Campos, instalando-se novamente na Rua da Jaca, onde se submete a tratamento médico. Durante a convalescença recebe a visita de Pernambuco Nogueira e sua mulher, D. Esmeraldina.

Já restabelecido, Ponciano viaja a Paus Amarelos, a fazenda de seu primo Juca Azeredo. Aí conhece o major Lorena, um proprietário das vizinhanças que vinha à procura de socorro para eliminar um ururau de olhos de fogo que ameaçava a região. Persuadido a dar cabo do jacaré gigante, o coronel envia mensagem ao Sobradinho solicitando o envio de suas armas de estimação. Enquanto estas não chegam, Ponciano e Lorena partem para uma caçada de capivara. Contudo, o coronel acaba encontrando, na beira da praia, uma sereia, com a qual conversa longamente e que, triste por este não querer acompanhá-la ao fundo do mar, desaparece, deixando em suas mãos um cacho de cabelos loiros, entregue a Lorena como prova do acontecido.

A fim de evitar os comentários sobre sua mais recente aventura, parte novamente para Campos, onde visita seus amigos, em particular Pernambuco Nogueira, que morava na Rua dos Frades. Notando ser alvo das atenções especiais de D. Esmeraldina, a esposa de Pernambuco Nogueira, Ponciano começa a interessar-se por ela e, com a promessa de retornar brevemente para visitá-la, volta dias depois ao Sobradinho. Ali, como presente por sua colaboração no caso do ururau encantado, recebe do major Lorena um galo de briga, batizado imediatamente com o nome de Vermelhinho. O galo torna-se com o tempo o centro das atenções do coronel, cada vez mais satisfeito pelas sucessivas vitórias conquistadas nas rinhas com os desafiantes das redondezas. A popularidade de Vermelhinho na região é tão grande que alcança os lugares mais longínquos, chegando aos ouvidos de Caetano de Melo, famoso criador de galos de rinha. Recusando o primeiro desafio de Caetano de Melo em virtude de Vermelhinho não encontrar-se em sua melhor forma, Ponciano cede afinal e trava-se a grande luta. Contudo, interessado que estava em D. Bebé, prima de Caetano, Ponciano informa sigilosamente o galo da situação, aconselhando-o a dar a vitória ao inimigo. No dia da luta, transformada em verdadeira competição, com torcedores de ambos os lados fazendo grandes apostas, Vermelhinho segue as instruções de Ponciano e no primeiro assalto perde vergonhosamente, tanto que sua derrota é dada como certa. Diante da situação, o coronel lembra-se inesperadamente das instruções que dera a seu galo. Convencido de que este era o problema, leva-o a um canto e retira as instruções dadas. O resultado é inacreditável para a plateia. Vermelhinho se transforma a ponto de parecer outro e ganha o segundo assalto, praticamente eliminando seu adversário.

Sem mesmo conhecer D. Bebé, que, segundo o informam, havia contraído doença e se achava acamada, Ponciano retorna ao Sobradinho em companhia de seu grupo. E com eles ia Vermelhinho, com ares de rei.

De volta ao Sobradinho, Ponciano enfrenta o trabalho rotineiro da fazenda e vai solucionando os problemas que surgem. Entre estes destacam-se a guerra com Jordão Tibiriçá, o cobrador de impostos que exorbita de suas funções; a aparição de uma cobra na casinha de madeira mandada construir para abrigar Vermelhinho; a fuga do agregado João Ramalho com uma moça roubada; as notícias das intenções do primo Juca Azeredo, que pretendia casar com uma das filhas do fazendeiro Pires de Melo, nas quais Ponciano também estava interessado; uma carta de D. Esmeraldina com um convite para uma festa de aniversário; a embaixada da vila do Pilar solicitando que Ponciano enfrentasse o lobisomem que aterrorizava a região e um convite do amigo e pândego Juju Bezerra para participar de uma formatura no Colégio de Santo Amaro. Tendo aceito o convite de Juju Bezerra, Ponciano cavalga em sua mulinha rumo ao Colégio quando, inesperadamente, ouve assobios que se aproximam cada vez mais. E se dá conta de que é dia de lobisomem, uma sexta-feira de lua cheia. A mula não obedece mais ao freio e dispara carrascal adentro, seguida de um enorme lobisomem. Ponciano cai e bate em retirada, pois se julga impedido, por não ter licença de patente superior, de entrar em luta com a aparição. O lobisomem, porém, não deixa de avançar e chega até junto da figueira, em cuja copa Ponciano se abrigara. Furioso pela fuga do adversário, o lobisomem começa a roer o tronco da figueira. Por sua vez, Ponciano dispara dois tiros de garrucha e permanece mais algum tempo no topo da árvore, na esperança de que o lobisomem logo se desencantasse. Ao descer, porém, este o enfrenta. Na fuga, Ponciano sente o focinho do animal morder-lhe a parte posterior e não aguenta a afronta, decidindo enfrentá-lo em luta corporal. Depois de agarrá-lo pelo pescoço, invoca Nosso Senhor Jesus Cristo; o lobisomem se rende e Ponciano, magnanimamente, o liberta.

No auge de sua popularidade, advinda do episódio da luta vitoriosa com o lobisomem, Ponciano é informado da morte de Juju Bezerra, consumada em plena vadiagem em quarto de moça. Com a perda do amigo e a pretexto de colocar em dia os negócios do falecido com a ajuda de Pernambuco Nogueira, Ponciano retorna a Campos dos Goitacazes e fixa residência no Hotel das Famílias. Aos poucos a aproximação com o advogado transforma-se em amizade e Ponciano, atraído pela crescente demonstração de interesse de D. Esmeraldina por sua pessoa, começa a frequentar assiduamente a residência do casal na Rua dos Frades. As conversas com a esposa de Pernambuco Nogueira evoluem rapidamente para uma relação de intimidade, principalmente a partir do momento em que o advogado, abalado em sua situação econômica por negócios malsucedidos, começa a recorrer ao dinheiro de Ponciano. Satisfeito com as novas amizades e envolvido pelo mundo urbano, Ponciano entrega progressivamente a direção do Sobradinho a seu capataz Juquinha Quintanilha. Sereias, lobisomens e outros assuntos semelhantes passam a ser apenas tema das suas conversas com D. Esmeraldina. Enquanto isto, no Sobradinho, Francisquinha, espera a volta sempre adiada de Ponciano.

Ingressando na área da comercialização do açúcar, por solicitação do pequeno comerciante João Fonseca, Ponciano passa a acumular mais e mais dinheiro. Pouco satisfeito com o comportamento de Fonseca, que não apreciava negócios arriscados e preferia manter-se como pequeno comerciante, Ponciano desfaz a sociedade e começa a operar sozinho, apoiando-se cada vez mais nas facilidades de crédito fornecido pelo Banco da Província, cujo diretor, Selatiel de Castro, chega a colocar à sua disposição os serviços do escriturário Fontainha, tipo subserviente e bajulador.

Aos poucos, apesar das advertências de Selatiel de Castro, Ponciano vai se deixando envolver por D. Esmeraldina, que manipula seus sentimentos, com a tácita aprovação de seu marido, sempre necessitado de dinheiro para seus planos políticos. Completamente absorvido pela cidade, Ponciano não dá muita atenção às notícias vindas do Sobradinho. Contudo, ao ser informado de que Juquinha Quintanilha estava doente, ajuda este a montar um pequeno negócio e logo depois emprega em seu lugar, a rogo de D. Esmeraldina, o engenheiro Baltazar da Cunha, primo desta. Irreverente e pretensioso, Baltazar da Cunha torna-se antipático a Ponciano. Este, contudo, atendendo sempre a todos os desejos de D. Esmeraldina, não só o suporta como ainda lhe fornece quantias cada vez maiores de dinheiro para supostas reformas na fazenda de Mata-Cavalo. Fontainha, visivelmente influenciado pelas ideias do engenheiro, convence Ponciano de que um homem de sua importância não poderia ficar hospedado no Hotel das Famílias, fazendo com que se mude para o luxuoso Hotel dos Estrangeiros. No Banco da Província, os créditos fornecidos a Pernambuco Nogueira passam a ser afiançados pelo coronel, já agora um nome importante e conhecido na cidade, graças ao trabalho exemplar – e evidentemente muito bem pago – do jornalista Nonô Portela. Cercado de aproveitadores de todo tipo, Ponciano entrega-se a grandes extravagâncias, em parte resultantes de seu crescente envolvimento emocional com D. Esmeraldina, a qual, em busca de favores para o marido e para o primo, manipula brilhantemente sua ingenuidade.

Com a ajuda financeira de Ponciano, Pernambuco Nogueira atira-se com toda a força à campanha eleitoral pela oposição e viaja pelo interior. Na casa da Rua dos Frades fica apenas D. Esmeraldina. Contraindo caxumba em hora inoportuna, Ponciano vê-se impossibilitado de desfrutar das atenções exclusivas de D. Esmeraldina, no que é substituído por Selatiel de Castro, pego em flagrante pelo tabelião Pergentino de Araújo, amigo de Ponciano, em intimidades com a mulher do advogado. Tido como caluniador, Pergentino rompe com os Nogueira e deixa a cidade. Com a habilidade de sempre, D. Esmeraldina sai totalmente impune do episódio, tanto diante do marido como diante de Ponciano, que intimamente já considerava ter alguns direitos sobre a dama de seus desejos.

Enquanto isto, o povo de Sobradinho e de Santo Amaro reage negativamente às informações sobre a vida de Ponciano em Campos dos Goitacazes, sempre às voltas com teatros, joias para D. Esmeraldina e outras delicadezas semelhantes. Em sua preocupação o povo dos pastos tinha razão, pois a sorte começa em breve a mudar para Ponciano. Mal refeito da tristeza de ter que dar permissão – exigida por Francisquinha – para o casamento de Nazaré, serviçal do Sobradinho e por longos anos desejada, Ponciano tem que enfrentar a derrota eleitoral de Pernambuco Nogueira, o desentendimento com Baltazar da Cunha e, como resultado disso, o rompimento com a Rua dos Frades. Com o prestígio sensivelmente abalado e tendo perdido grandes somas de dinheiro no comércio do açúcar, que começa a declinar, Ponciano é ainda informado de que uma enchente arrasara o Sobradinho. Contudo, a despeito dos avisos de Fonseca, o antigo sócio que nunca deixara de ser seu amigo, continua investindo em negócios sem futuro, tomando grandes empréstimos ao Banco da Província. Como não consegue pagá-los, o Banco começa o processo de execução e Ponciano, depois de tentar usar inutilmente seus métodos violentos, ao estilo do Sobradinho, vê-se obrigado a vender a fazenda de Mata-Cavalo e a chácara da Rua da Jaca. Com isto consegue saldar suas dívidas e as de Pernambuco Nogueira, por ele avalizadas. Contudo, aliado a Fontainha e defendido por Pernambuco Nogueira, o engenheiro Baltazar da Cunha também move um processo de indenização contra Ponciano, reivindicando pagamentos supostamente não feitos por trabalhos realizados em Mata-Cavalo.

A partir deste momento, Ponciano se transforma, abandona seu comportamento urbano e volta a ser o neto de Simeão e o filho dos currais do Sobradinho. Depois de vender os móveis do escritório que havia montado, contrata a duras penas um advogado pouco conhecido, já que o defensor de Baltazar da Cunha, Pernambuco Nogueira, perdida a eleição, se recompusera novamente com o governo e tornava-se assim um adversário praticamente imbatível. Contudo, Serafim Carqueja, o advogado que defende Ponciano por estar em dívida financeira e moral com este, assume a questão com toda a dedicação e consegue vencer a causa, julgada por um juiz recentemente instalado na cidade. Com isto rompem-se os últimos laços que ligavam Ponciano à Rua dos Frades ou, melhor, a D. Esmeraldina e, por extensão, à cidade.

Com a notícia da morte de João Fonseca, o ex-sócio, Ponciano desfaz-se de uma corrente de ouro, de um relógio e de uma medalha, que faziam parte da herança da família, para dar ao amigo um funeral respeitável. Em troca desta demonstração de amizade, recebe de D. Celeste, a companheira de Fonseca, um sabiá-laranjeira engaiolado. Com ele, Ponciano, expulso do Hotel dos Estrangeiros por atraso nos pagamentos e mau comportamento, segue para a casa de Juquinha Quintanilha, no Capão, a uma hora a cavalo de Campos dos Goitacazes. Montando um belo animal, presente do primo Juca Azeredo, Ponciano diverte-se viajando entre Capão e Campos dos Goitacazes, onde se vinga de todo mundo, humilhando os funcionários dos bancos e dando golpes de gurungumba em seus desafetos ou em quem tivesse a ousadia de atirar-lhe deboches, já que corria na cidade a fama de que o coronel não estava bom da cabeça. E em pleno Salão chicoteia Fontainha e Baltazar da Cunha. Também o desprestígio de Pernambuco Nogueira, qualificado de traidor pela imprensa de Campos dos Goitacazes, deixa o coronel Ponciano satisfeito. Nogueira, ao assumir um cargo do governo em Niterói, passara a desprezar seus amigos de antes, o que lhe é reprovado pelos ex-correligionários. Enquanto isto, D. Esmeraldina passeia pela cidade em companhia de Selatiel de Castro sem que isto provoque qualquer emoção em Ponciano. Tudo terminara.

Informado por Juquinha Quintanilha de que os exatores estavam fazendo o levantamento da situação fiscal do Sobradinho, Ponciano vai pela última vez a Campos dos Goitacazes para vender o que lhe restava da herança, um anel e duas alianças. Munido de dinheiro, volta ao Capão e na manhã seguinte Juquinha Quintanilha o acompanha até a estação, de onde toma o trem para Santo Amaro, carregando sempre consigo o sabiá-laranjeira, que viaja em banco numerado, o que provoca comentários sobre sua sanidade mental. Na viagem, Ponciano vai fazendo seus discursos contra o governo, culpando os impostos pela decadência dos engenhos de açúcar, no que é apoiado por um ou outro dos presentes. Descendo em Santo Amaro, compra munição, pede informações sobre o exator Jordão Tibiriçá e apavora todo mundo. Em seguida pede uma mula emprestado e parte para o Sobradinho, cujas instalações encontra completamente abandonadas e, além de tudo, danificadas pela enchente. Janjão Caramujo, seu antigo ajudante, quase não o reconhece mais. Pelo entardecer aparece o capataz, Antão Pereira, e Ponciano começa a distribuir armas para organizar nova guerra contra os cobradores de impostos. Um antigo conhecido de Ponciano, Tutu Militão, curador de picada de cobra, também chega logo depois, pois fora informado em Santo Amaro a respeito dos acontecimentos. Ao conversar com o coronel, vem ao assunto o nome de Jordão Tibiriçá. Diante disto, Ponciano tem um ataque de fúria e começa a ver, por entre a vegetação que cerca a fazenda, o meirinho da Justiça protegido por forças policiais e os moleques fazendo deboches. Correndo em direção ao paiol, para buscar as armas, Ponciano começa a subir os degraus da escada que leva ao compartimento em que as mesmas estão guardadas, quando tem um ataque e cai, em meio ao desespero de Antão Pereira e Tutu Militão. A partir deste momento, Ponciano, como por encanto, sai andando ora por entre as nuvens, observando as fazendas vizinhas, ora caminhando com extraordinária leveza e encontrando velhos conhecidos já mortos, entre os quais a alma penada de Felisberto das Agulheiras, que há muito tempo fora picado mortalmente por uma jararaca. Ao ser por ele informado das maldades do Capeta, Ponciano decide enfrentá-lo, como o fizera no caso do lobisomem. Nem bem toma a decisão, sente um cheiro de enxofre e, com a proteção de um anjo, um menino que fora seu colega de infância, parte para a guerra contra o Demônio, montado numa mulinha de São Jorge e vestido com a farda de coronel. Enquanto isto, do lado do mar chegava o canto da madrugada.

Personagens principais

O coronel Ponciano – Como narrador/protagonista e centro único de todos os eventos relatados, o coronel Ponciano constitui, a rigor, o próprio romance em si. Cindido entre o *mundo dos pastos* e o *mundo da cidade,* Ponciano, como se torna evidente ao longo da narração, domina o primeiro e é envolvido pelo segundo, que não entende e pelo qual, afinal, é destruído.

No Sobradinho, Ponciano exerce seu poder de forma coerente, pois não se trata de um poder econômico puro e simples. A relação de dependência que se estabelece entre o protagonista e o *povo dos pastos,* independente do fato de serem eles vizinhos, agregados ou serviçais, é de caráter global. Na verdade, apenas Ponciano possui o controle de toda a realidade, estando incluídos nesta até mesmo os seres que, para a visão do mundo lógico-racional, são chamados de *míticos.*

Em Campos dos Goitacazes, porém, a situação é diferente. Ali, apesar de deter por longo tempo o poder econômico e financeiro como um especulador bem sucedido, Ponciano não controla toda a realidade, o que o conduz, progressivamente, à perda deste poder e à desagregação total. E é coerente, portanto, que o último estágio atingido seja também o da perda absoluta da noção da realidade, que o leva a buscar o absolutamente impossível: o retorno do passado.

O povo do coronel – O levantamento do extenso rol de personagens que gravitam em torno do coronel Ponciano apenas tem sentido se seu objetivo for o de sistematizar, na medida do possível, o mundo do próprio protagonista. Individualmente desimportantes, tais personagens adquirem relevância se analisados em função da personagem central. Neste sentido, podem ser reunidos, *grosso modo,* em três grandes grupos: o *povo dos pastos, o povo da cidade* e *as mulheres.*

◆ O *povo dos pastos:* este primeiro grupo inclui os fazendeiros vizinhos: Caetano e Pires de Melo, Sinhozinho Manco, Cicarino Dantas, Badejo dos Santos, o próprio primo Juca Azeredo etc.; os agregados, protegidos, serviçais e outros: Saturnino Barba de Gato, Antão Pereira, Tutu Militão, Janjão Caramujo, Juquinha Quintanilha, Jordão Tibiriçá etc.; e, finalmente, os habitantes de Santo Amaro, vilarejo próximo ao Sobradinho, entre os quais se destacam fundamentalmente dois: Juju Bezerra e o padre Malaquias. A partir da caracterização exata de tais personagens e da função por elas desempenhada em relação ao protagonista, é perfeitamente possível delimitar os domínios do coronel bem como estabelecer as formas através das quais se exerce o poder dos grandes proprietários da região. Assim, o tipo de relacionamento existente entre Ponciano e os integrantes do *mundo dos pastos* revela, por exemplo, a existência de uma visão de mundo mítico-sacral, que serve de instrumento de manipulação do poder econômico, sobretudo através do misticismo dos agregados e serviçais; deixa claro que a mulher é vista essencialmente como objeto de uso pelos homens; apresenta a Igreja exercendo a função de auxiliar na manutenção da hierarquia social; valoriza o mulato como bom empregado etc.

◆ O *povo da cidade:* a transposição, a partir da decisão de Ponciano de estabelecer-se definitivamente em Campos dos Goitacazes, do desenrolar dos eventos do espaço agrário para o espaço urbanizado faz desfilar um elenco de personagens bastante diferentes do *povo dos pastos*. É o *povo da cidade* integrante, é claro, de um mundo completamente diverso daquele do Sobradinho e suas imediações. Campos dos Goitacazes e seus figurantes principais – Pernambuco Nogueira e D. Esmeraldina, Pergentino de Araújo, Selatiel de Castro, João Fonseca, Baltazar da Cunha e Fontainha, entre outros – são parte de um mundo já mercantilizado, dominado pela lógica do lucro financeiro proveniente da produção e das trocas comerciais (o açúcar). Ao contrário do que ocorre com o *povo dos pastos*, cuja função pode ser definida *a partir* da personagem de Ponciano e vice-versa, o *povo da cidade* é facilmente delimitado *por oposição* a Ponciano, e vice-versa, também aqui.

◆ *As mulheres:* casamento, satisfação sexual, adultério e prostituição são temas que, presentes ao longo de toda a obra, se confundem na visão da personagem central, em cuja concepção a mulher é um simples objeto de uso, seja estritamente sexual, seja como instrumento de transmissão da herança. No primeiro caso estão Nazaré, as demais serviçais e as moças das pensões e dos teatros. No segundo destacam-se D. Isabel Pimenta, D. Bebé de Melo e, em Campos dos Goitacazes, Mocinha Cerqueira. Há duas mulheres, contudo, que rompem claramente com o quadro de submissão total e absoluta ao sexo masculino. São elas D. Francisquinha e D. Esmeraldina, as quais, ainda que de formas completamente distintas, conseguem, em determinados momentos, sobrepor-se a esta ordem aparentemente imutável. No primeiro caso, Francisquinha exerce sobre Ponciano o que se poderia chamar de *poder pedagógico*, ou seja, uma influência resultante do profundo conhecimento da personalidade de Ponciano. No segundo, D. Esmeraldina usa o *poder de sedução sexual*. Contudo, não é possível esquecer que, também aqui, este poder não provém diretamente do fato da personagem ser mulher mas do que se poderia qualificar de superioridade cultural ou, simplesmente, conhecimento. Afinal, Ponciano é envolvido por ser um ingênuo, isto é, por desconhecer as regras do mundo urbano, no qual o jogo do adultério, como fica bastante claro na obra, pode envolver interesses econômicos e políticos imediatos.

Estrutura narrativa

Em treze capítulos que não chegam a representar verdadeiramente cortes no relato linear e ininterrupto de cerca de trezentas páginas – apresentadas no subtítulo como *deixados,* – o protagonista/narrador, coronel da Guarda Nacional Ponciano de Azeredo Furtado, conta sua vida desde a infância até sua loucura e sua própria morte, destruindo assim uma das mais clássicas regras da narrativa realista/naturalista, a verossimilhança. As ações narradas desenrolam-se no estado do Rio, basicamente no interior – a zona agrária da fazenda do Sobradinho e suas imediações, incluindo o vilarejo de Santo Amaro – e na zona urbana de Campos dos Goitacazes e arredores. Tanto os eventos como o próprio relato devem ter necessariamente, pelos dados fornecidos ao longo da obra, a República como *terminus post quem* e a Revolução de 30 – quando é extinta a antiga Guarda Nacional – como *terminus ante quem.*

Comentário crítico

Saudado com aplausos unânimes por ocasião de seu lançamento e surgindo posteriormente como um dos raros grandes sucessos editoriais da ficção brasileira na segunda metade do séc. XX, O *coronel e* o *lobisomem* não despertou maior interesse na área da crítica especializada, sendo poucos os estudos existentes sobre este romance, a obra-prima, sem dúvida, de José Cândido de Carvalho. Tal fato, contudo, é compreensível considerando-se que O *coronel e* o *lobisomem* – como algumas outras obras aparecidas a partir de meados da década de 1960 – rompe de forma radical e em vários planos com os parâmetros dentro dos quais até então se enquadrara a narrativa brasileira. Neste sentido talvez seja possível afirmar que a crítica tradicional, enredada nas armadilhas de seus ineficientes pressupostos idealistas (periodização estilística, influências etc.) e, portanto, pouco familiarizada com elementos de caráter histórico, deu-se conta de que os instrumentos teóricos de que sempre fizera uso mostravam-se – como ficara claro, por exemplo, no caso de *Grande sertão: veredas* – totalmente inadequados a obras que fugiam a seus conceitos usuais de "catalogação." Assim, tudo parece indicar que tanto em relação a O *coronel e* o *lobisomem* como em relação a outras obras semelhantes esta crítica preferiu retrair-se.

De qualquer forma, o rompimento representado pela obra de José Cândido de Carvalho em relação à narrativa brasileira anterior ao seu aparecimento é bastante claro no plano da linguagem, da temática e da estrutura narrativa.

No plano da linguagem, ao utilizar um estilo que parece reproduzir de maneira marcante as formas orais de uma determinada região, José Cândido de Carvalho, mesmo submetendo, quase sempre, tais formas às normas correntes da gramática, vai muito além das "audácias" praticadas pelos narradores que nos manuais tradicionais de literatura são genérica e inadequadamente chamados de *regionalistas.* Estes, ao localizarem a ação de suas obras em espaços agrários mais ou menos afastados da costa, procuravam geralmente reproduzir formas linguísticas dos grupos sociais neles estabelecidos, o que os levava a afastar-se, de maneira mais ou menos acentuada, do chamado *código urbano culto,* próprio das elites dirigentes das cidades litorâneas. Este afastamento se processava, *grosso modo,* de duas maneiras: ou eram utilizados vocábulos e expressões próprias do espaço geo-econômico-cultural descrito ou simplesmente grafava-se o linguajar da região de maneira supostamente fiel, fazendo com que as "transgressões" morfológicas e sintáticas saltassem à vista do leitor urbano letrado. No primeiro caso, os vocábulos e expressões próprias da região descrita eram submetidos às normas gramaticais do *código urbano culto.* No segundo, o narrador, que, por suposto, sempre fazia uso deste código, encarregava-se de, por contraposição, estabelecer as diferenças com o linguajar "errado", que identifica sempre, nos diálogos, as falas de personagens/indivíduos integrantes de grupos sociais inferiores.

Em O *coronel e* o *lobisomem,* porém, o que ocorre é algo completamente diferente. Ponciano, o protagonista/narrador, apesar de submeter-se em linhas gerais às regras gramaticais do *código urbano culto,* não raro se distancia bastante deste, homogeneíza o relato e, assim, elimina os desníveis linguísticos, cuja presença é tão marcante, por exemplo, em muitas obras dos chamados *romancistas de 30.* A partir disto talvez fosse possível concluir *a priori* e com certa margem de segurança que o linguajar do protagonista/narrador de *O coronel e* o *lobisomem* possui elementos de oralidade próprios da comunidade da qual se origina (no caso, os *pastos* do Sobradinho e suas imediações), a qual, é evidente, seria a representação simbólica da comunidade real/histórica do próprio autor ou, pelo menos, de um mundo por ele conhecido.

Seja como for, o processo de derivação de palavras e certas estruturas sintáticas, por exemplo, afasta-se tanto do *código-urbano culto* que a presença de influências estranhas a este pode ser considerada uma evidência na obra. Tal questão – pelo menos no que diz respeito a *O coronel, e* o *lobisomem* – jamais foi analisada de maneira mais acurada, sendo, porém, possível afirmar que tais influências indicam a existência, na base, de uma cultura *oral, não letrada,* em determinadas zonas agrárias do país. Em resumo, ao romper, no plano linguístico, com os parâmetros da narrativa brasileira do passado, José Cândido de Carvalho – como também é o caso de João Guimarães Rosa e outros – não o faz relação ao *código urbano culto,* desmontando-o e/ou reconstruindo-o a partir dele próprio (como o fizeram alguns dos chamados *modernistas*) mas o modifica a partir de uma variante específica de espaços não urbanos. Ou, o que no final vem a ser a mesma coisa, funde aquele e esta, construindo seu próprio código.

No plano da temática, o rompimento com a tradição narrativa brasileira se dá pela inserção, ao longo dos relatos, de eventos *inverossímeis* do ponto de vista de uma visão de mundo lógico-racional, mas que não são assim vistos pelo narrador/protagonista. Este, no caso da sereia e do lobisomem, por exemplo, elimina os limites entre o verossímil e o inverossímil, afastando-se radicalmente das normas que regeram, de forma explícita ou implícita, toda a narrativa realista/naturalista, sempre preocupada em explicar os fenômenos inverossímeis porventura apresentados como produto de uma *desordem* (doença, engano etc.) ou de forças estranhas ao mundo (demônios, fantasmas etc.). Mais uma vez, a presença destes elementos em *O coronel e o lobisomem* parece refletir a influência de uma cultura *popular,* isto é, não *letrada,* própria de espaços geo-econômico-culturais agrários não dominados pela visão de mundo lógico-racional das zonas urbanizadas ou daquelas por estas influenciadas. Neste sentido, poder-se-ia dizer que a obra de José Cândido de Carvalho é, também no plano temático, uma espécie de produto híbrido resultante da fusão da narrativa tradicional brasileira, integrante do mundo *letrado* urbano, com os relatos de cantadores, contadores de *causos* e mentirosos profissionais, integrantes, por sua parte, do espaço geo-econômico-cultural do interior brasileiro não urbanizado, que durante séculos manteve-se nos limites de uma cultura exclusivamente, ou quase, *oral.*

Finalmente, no plano da estrutura narrativa – isto é, na maneira como são apresentados os eventos narrados – é simplesmente abandonado o que ainda poderia ter restado, dado o visto ao se analisar a questão do rompimento no plano temático, da tradição narrativa brasileira, que remonta a meados do séc. XIX e que sempre se mantivera fiel aos parâmetros da narrativa realista/naturalista europeia clássica. De fato, em O *coronel e o lobisomem* não só coexistem lado a lado, sem limites definidos, o verossímil e o inverossímil como, ainda, a estrutura narrativa atinge o ponto da mais absoluta irracionalidade em termos dos esquemas da tradição realista/naturalista. Isto porque, apesar do relato ser apresentado como sendo o conjunto dos *deixados* (ou memórias) do protagonista/narrador, este narra sua própria morte, o que, a partir de uma concepção lógico-racional de mundo, é uma impossibilidade absoluta, um absurdo.

Tais elementos seriam suficientes para comprovar a indiscutível importância de *O coronel e o lobisomem* no contexto da narrativa brasileira. Contudo, não só de um ponto de vista estritamente técnico como também, e principalmente, de uma perspectiva histórica ampla, esta obra de José Cândido de Carvalho possui inegável importância. Esta importância resulta do fato de nela se refletir, simbolicamente, o choque – que pode ser visto em termos de conflito ou de integração – entre o Brasil agrário e o Brasil urbano. Deve-se observar, contudo, que *no enredo* este choque ocorre na fase do Brasil pré-industrial, do qual o protagonista/narrador é uma espécie de síntese absoluta, já que se apresenta cindido entre o mundo dos *pastos,* que é sua origem, e o mundo da *cidade,* na qual tivera, em sua juventude, a possibilidade de conhecer três instâncias fundamentais do poder de então: a Igreja, o Exército e o cartório. Já do ponto de vista do *momento histórico em que é escrito, O coronel e o lobisomem* pode ser visto como o símbolo de uma época em que se começava a assistir ao fim definitivo do *Brasil antigo,* agrário e pré-industrial, e a sua substituição pelo *Brasil moderno*, urbano-industrial e inserido no macrossistema capitalista internacional na era da expansão dos transportes, das comunicações instantâneas e da eletrônica.

À parte tudo isto, O *coronel e o lobisomem* é uma das mais importantes obras da literatura brasileira e Ponciano de Azeredo Furtado integra, desde já e indiscutivelmente, o rol das grandes personagens de ficção desta literatura. E tudo indica que o tempo e as análises críticas apenas tenderão a reafirmar o lugar de destaque que esta obra e seu Autor hoje ocupam dentro da evolução do romance brasileiro.

Exercícios

Revisão de leitura

1. Quais as atividades desenvolvidas pelos habitantes do Sobradinho e de Santo Amaro?

2. Como se diferenciam entre si, em termos de propriedade e trabalho, os habitantes desta região?

3. Qual o papel que desempenham as mulheres no Sobradinho e em Santo Amaro?

4. Quais os seres sobrenaturais com os quais Ponciano entra em contato? Qual é sua relação com os mesmos?

5. Por que Ponciano decide residir em Campos dos Goitacazes?

6. Quais as principais atividades desempenhadas pelos habitantes desta cidade?

7. Como se diferenciam as mulheres de Campos dos Goitacazes em relação às do Sobradinho?

8. Qual a trajetória social e econômica de Ponciano? (é possível fazer um gráfico em que sejam indicados os momentos mais importantes desta trajetória).

9. Quais as atitudes de Ponciano que poderiam ser consideradas como resultado direto de sua formação religiosa, de sua formação militar e de sua formação burocrática?

10. Qual é o verdadeiro final do romance e da personagem principal?

Temas para dissertação

1. A linguagem em *O coronel e o lobisomem*.

2. As características da estrutura narrativa.

3. As mulheres e as várias funções que elas desempenham, no Sobradinho e na cidade de Campos dos Goitacazes.

4. O padre Malaquias: autoridade moral em Santo Amaro.

5. A visão de mundo de Juju Bezerra.

6. O Sobradinho e suas imediações: atividades econômicas, estrutura social, valores morais e comportamentos de seus habitantes.

7. Campos dos Goitacazes: atividades econômicas, estrutura social, comportamento e valores morais de seus habitantes.

8. O Sobradinho x Campos dos Goitacazes: mundo agrário e mundo urbano.

9. A impotência de Ponciano diante dos homens do Banco: Brasil antigo agro-pastoril x Brasil moderno industrial e financeiro.

10. A loucura de Ponciano e seu significado no conjunto da obra.

João Ubaldo Ribeiro

Sargento Getúlio

Vida e Obra

João Ubaldo Osório Pimentel Ribeiro nasceu em Itaparica, Bahia, no dia 23 de janeiro de 1941, sendo filho do professor de Direito Manoel Ribeiro e Maria Felipa Osório Pimentel Ribeiro. Segundo o próprio, em seus documentos sua idade foi aumentada em um ano para poder ingressar mais cedo no curso ginasial. Logo depois de seu nascimento, a família mudou-se para Sergipe e João Ubaldo foi batizado na cidade de Japaratuba. Vivendo sua infância neste estado até por volta dos 12 anos de idade, considera-se culturalmente sergipano, apesar de ter depois se fixado novamente na Bahia.

Formado em Direito pela Universidade Federal da Bahia, nunca chegou a exercer a profissão, tendo-se dedicado à carreira de jornalista, começando aos 17 anos de idade, o que não o impediu de formar-se também em Administração Pública e Ciências Políticas pela Universidade da Califórnia do Sul, em Los Angeles, onde chegou a lecionar Ciência Política. Retornando a Salvador, assumiu a mesma disciplina na Pontifícia Universidade Católica da capital baiana mas posteriormente abandonou em definitivo o magistério, optando decididamente pela carreira de escritor e jornalista.

Tendo participado antes de algumas antologias, João Ubaldo Ribeiro começou sua carreira propriamente dita com *Setembro não tem sentido*, publicado em 1968 pela extinta José Álvaro Editora. Em 1971 saiu, pela Civilização Brasileira, *Sargento Getúlio*, considerada sua obra-prima e um dos mais importantes títulos da *nova narrativa épica* brasileira, traduzido em mais de uma dezena de países. Seguiram-se *Vencecavalo e o outro povo*, *Vila Real*, *Vida e paixão de Pandonar, o cruel*, *Viva o povo brasileiro* e *O dia do lagarto*, além de uma ou duas obras sobre política e economia. Contudo, apesar de, por sua produção literária e jornalística, ser um dos poucos autores brasileiros a viver de direitos autorais, a fama de João Ubaldo Ribeiro como romancista está indelevelmente ligada a *Sargento Getúlio*, que, ao lado de *Grande sertão: veredas*, *O coronel e o lobisomem*, *A pedra do reino*, *Os Guaianãs* e *Chapadão do Bugre* integra o grupo das grandes obras da ficção brasileira de temática agrária surgidas nas primeiras duas décadas da segunda metade do séc. XX, obras que refletem, como símbolo, o avanço arrasador da costa sobre o *sertão* e a liquidação da cultura caboclo-sertaneja via integração e homogeneização do Brasil sob o signo da sociedade industrial e tecnológica.

SARGENTO GETÚLIO

Enredo

Num velho *Hudson*, sacolejando pelas estradas poeirentas e esburacadas do interior de Sergipe, viajam, rumo a Aracaju, três homens: um preso, inominado; Amaro, o chofer; e Getúlio Santos Bezerra, sargento da PM de um destacamento sediado na capital e que, supõe-se por ter assassinado a mulher grávida, desertara e passara a trabalhar como "cabo eleitoral" – eufemismo para *capanga* – de Acrísio Antunes, líder político do Partido Social Democrático (PSD). Encarregado de prender o líder da União

Democrática Nacional (UDN) de Ribeirópolis, Getúlio viaja, com Amaro, a Paulo Afonso, no norte da Bahia, pois que o procurado ali se homiziara, procurando fugir à vingança dos correligionários daqueles que, segundo se informa, mandara assassinar. Na viagem de volta, depois de preso o líder udenista, Getúlio é interceptado inesperadamente por Elevaldo, um emissário de Acrísio Antunes. Este mudara de ideia e, através de Elevaldo, ordena que o preso seja levado para a Fazenda Boa Esperança, de Nestor Franco, seu aliado. É que a prisão do inominado líder udenista provocara grande rebuliço em Aracaju, a tal ponto que Acrísio Antunes começara a desmentir que o mandara prender. A mudança irrita profundamente Getúlio. Contudo, depois da partida de Elevaldo, segue as novas instruções e se dirige à fazenda, onde deveria permanecer até nova ordem.

Passam-se três dias sem qualquer novidade. Elevaldo não reaparece e Getúlio começa a ficar nervoso. Não tendo o que fazer, Getúlio coça seus bichos-de-pé e Amaro canta suas modinhas. De repente, ouve-se uma gritaria. É Osonira Velha, a empregada, que entrando inesperadamente na casa encontra a filha de Nestor Franco segurando o membro do preso, ali amarrado. Furiosos com o acontecido, o fazendeiro, Amaro e Getúlio analisam o que fazer. Depois de muito discutir, afastam a hipótese da morte ou da castração, optando por arrancar-lhe quatro dentes, tarefa executada ali mesmo por Getúlio. Pouco depois do sucedido, em vez de aparecer Elevaldo, chega às imediações da fazenda uma força policial de cerca de vinte homens, para buscar o preso e levá-lo a Aracaju, obviamente a pedido de Acrísio Antunes, ou pelo menos com sua concordância, pois só ele sabia que o líder udenista se encontrava na Fazenda Boa Esperança. Nestor Franco, furioso por terem os soldados entrado em suas terras sem licença, resolve resistir para possibilitar a fuga de Getúlio, com o preso e Amaro, até Japoatão, na casa do Padre de Aço da Cara Vermelha. O chefe da tropa, tenente Amâncio, ergue um lenço branco e vai parlamentar com o fazendeiro, exigindo a entrega imediata dos três homens. Nestor Franco, argumentando com o dever da hospitalidade, se nega a cumprir as ordens. Na discussão que se segue, o tenente qualifica Getúlio de “corno e desertor". Getúlio luta com o tenente, o degola e lança sua cabeça entre os soldados, que, segundo se presume, batem em retirada. Em seguida, Getúlio e Amaro, levando consigo o preso, conseguem fugir rumo a Japoatão, onde chegam à noite, disfarçados, à casa do Padre de Aço da Cara Vermelha, que os recebe e esconde, põe os três a rezar o ato de contrição, ordena que seja feita uma limpeza na boca do preso e os manda todos dormir. O padre, sempre de arma na mão, estranha mistura de fazendeiro e pastor de almas, compreende que a situação se tornara muito grave depois da degola do tenente e diz a Getúlio que restam duas alternativas: matar logo o preso ou soltá-lo, encerrando o caso de uma vez por todas. Contudo, não consegue convencê-lo nem fazê-lo entender que os tempos haviam mudado. Getúlio se aferra à primeira ordem recebida de Acrísio Antunes, que era a de levar o líder udenista preso até Aracaju, e decide partir rumo à capital caso não recebesse novas instruções. O padre consegue fazê-lo esperar até o dia seguinte, argumentando que tinha informações sobre a chegada de homens de Acrísio Antunes. De fato, os emissários – três pistoleiros – chegam e o chefe deles explica claramente a situação: as coisas tinham se complicado ainda mais depois da degola do tenente, as forças federais ameaçavam intervir no estado e Acrísio Antunes, por isto mesmo, estava sem condições de dar cobertura a Getúlio. Em virtude de tudo isto, o preso devia ser solto, depois do que Getúlio poderia desaparecer. Durante uma conversa tensa, com armas engatilhadas, Getúlio diz que só recebe ordens de Acrísio Antunes, pessoalmente, mas concorda, finalmente, em deixar o preso ir embora tão logo os emissários saiam da igreja. Os três pistoleiros, que, segundo se presume, pensavam em poder surpreender Getúlio desprevenido e eliminá-lo, não têm outra alternativa e saem. Getúlio fica em dúvida sobre o que fazer. Depois de algum tempo volta atrás no que decidira e não solta o preso, disposto a ir até o fim.

Com os três novamente no Hudson, que ficara escondido nas imediações de Japoatão, a viagem recomeça. Logo, porém, acaba a gasolina e a viagem tem que continuar a pé, sertão afora, sendo tomado cuidado para não passar perto de casas e povoados. À noitinha os três chegam em uma zona próxima a Japaratuba e se hospedam na casa de Luzinete, uma mulher, ao que se supõe, já conhecida de Getúlio. Enquanto Amaro toma leite de cabra, Getúlio deita-se com Luzinete e fica a pensar nas vantagens e desvantagens de ficar morando com ela e ter filhos. Depois de algum tempo, decide assaltar o destacamento policial de Japaratuba para roubar metralhadoras que pensa ali existirem. A ação é levada a cabo com o auxílio de Amaro e dois burros. Em vez das metralhadoras são encontrados apenas alguns fuzis velhos, com os quais Getúlio e Amaro fogem, depois de um tiroteio com os praças do destacamento. Após novo intervalo de tempo, a polícia cerca a casa de Luzinete, travando-se violenta batalha em que morrem vários soldados, Amaro e a própria Luzinete, esta quando se dedicava a preparar algumas bananas de dinamite para serem lançadas como bombas.

Getúlio, já em pleno delírio, consegue romper o cerco, arrasta o preso até a margem do rio Sergipe e desce com ele de canoa até a embocadura, em Barra dos Coqueiros, nos arredores de Aracaju para cumprir à risca a missão de que fora encarregado: prender em Paulo Afonso o líder udenista de Ribeirópolis e entregá-lo pessoalmente a Acrísio Antunes na capital. Não consegue, porém, seu objetivo e sua missão fica inconclusa, pois na chegada, ainda no rio, é interceptado por uma força militar e morre no tiroteio.

Personagens principais

Getúlio – Personagem principal e núcleo central, por definição, do enredo, o sargento Getúlio Bezerra pode ser visto a partir de vários ângulos, segundo se privilegiar este ou aquele elemento temático da obra. Contudo, no conjunto (*v. comentário crítico*), Getúlio é a vítima de um processo histórico cujos mecanismos, como dominado, ele não pode compreender e que, por isto, é por eles destruído. Getúlio é o símbolo de um mundo que desaparece para sempre, dominado por outros valores. Não o entendendo e não podendo fazer-se entender por este mundo que o substitui e, ao mesmo tempo, o destrói, a Getúlio só resta o desaparecimento definitivo e completo. Mas a revolta e a autodestruição são, em troca, o penhor de seu revelar-se como arte, como a fixação de um momento sócio-histórico fundamental: o momento em que dois mundos entram em choque sem a possibilidade de um compromisso.

O Padre de Aço da Cara Vermelha – Apesar do pouco espaço que ocupa na obra, o Padre de Aço da Cara Vermelha, misto de fazendeiro, pastor de almas e filósofo, é uma criação magistral de João Ubaldo Ribeiro, possuindo vigor insuperável como personagem que faz contraponto a Getúlio e à sua insciência do mundo. O Padre de Aço da Cara Vermelha, pode-se dizer, é a consciência do tempo, é a voz da História. Ele não sabe apenas que os tempos mudaram. Ele sabe também que não pode fazer com que Getúlio, com quem simpatiza por sua integridade e coragem, entenda isto. E dividido entre o passado, que admira, porque estático e mais simples, e o presente, do qual não gosta por causa das mudanças que, a seu ver, só pioram a situação dos homens, o Padre de Aço da Cara Vermelha entende e aceita sua impotência diante do mundo, e de Getúlio. Não podendo deter nem alterar o trágico rumo dos acontecimentos, cumpre o papel que julga ser a ele destinado, colaborando com ambos os lados e permanecendo neutro.

Acrísio Antunes – Mesmo sem aparecer diretamente como personagem – a não ser no diálogo imaginado por Getúlio ao final –, Acrísio Antunes é muito bem caracterizado como o típico *coronel* da política nordestina do passado, um passado muito recente e, em certo sentido, ainda presente. Seu poder absoluto, que não escolhe métodos, utilizando até mesmo a traição – é ele, supõe-se pelo relato, que informa a polícia de que Getúlio estava na Fazenda Boa Esperança –, volta-se contra ele próprio, porque Getúlio, acostumado a obedecer caninamente e a cumprir à risca e até o fim suas missões, não aceita alterações de rota nem intermediários.

Neste sentido, se Getúlio morre, Acrísio Antunes também sai destruído, pois é obrigado a enfrentá-lo e, assim, a explicitar seus métodos à vista das forças federais que ameaçam intervir. É como se o poder reciclado dos *coronéis* pós-30 começasse a pairar sobre o vácuo, já que não há mais sobre quem atuar com coerência e eficiência.

Amaro e ***Luzinete*** – O que une Amaro e Luzinete, inclusive na morte, é seu papel de *serviçais* em relação a Getúlio. Não serviçais por submissão mas por escolha, por verem instintivamente em Getúlio o líder, o portador da ação. Do que resulta – por motivos diferentes mas com as mesmas consequências – a absoluta fidelidade de ambos: ao chefe, da parte de Amaro, e ao homem/ macho, da parte de Luzinete.

Estrutura narrativa

Dividido em oito capítulos e construído aparentemente, de acordo com o esquema tradicional da narração em primeira pessoa, *Sargento Getúlio* apresenta uma estrutura narrativa caracterizada por duas particularidades muito específicas.

Em primeiro lugar, há uma óbvia e radical ruptura com a forma realista/naturalista e a verossimilhança a ela inerente. De fato, à semelhança de *O coronel e o lobisomem*, de José Candido de Carvalho, em *Sargento Getúlio* a narração em primeira pessoa se apresenta como tecnicamente inviável, em termos da forma realista/naturalista, já que o narrador morre ao final. Em segundo, a narrativa em si possui grande complexidade, não só pela sua natureza ambígua, que fica entre o diálogo e o monólogo – o que exigiria um estudo à parte – como, principalmente, pela desordem sequencial dos eventos, apresentados, não raro, à maneira clássica do *stream of consciousness*, ou *fluxo de consciência*. Aproximando-se, também nisto, de *Grande sertão: veredas*, de João Guimarães Rosa.

Quanto à questão do tempo e do espaço em que se desenrola a ação, os dados fornecidos no texto são, pelo menos em parte, bastante claros. Historicamente, as referências a Getúlio Vargas, Cristiano Machado e ao Brigadeiro (Eduardo Gomes), à p. 62, indicam que Acrísio Antunes envia seu cabo eleitoral a Paulo Afonso em data mais ou menos próxima a 3 de outubro de 1950, quando os três citados concorriam como candidatos à eleição presidencial daquele ano. No que se refere ao tempo de duração da ação propriamente dita, é certo que se prolonga por vários dias, não sendo possível saber-se exatamente quantos. Getúlio, na fazenda de Nestor Franco, antes da chegada da polícia, refere que haviam se passado três dias desde o encontro com Elevaldo. Supondo-se que a força policial chegue no quarto dia, seria preciso fazer elucubrações de vários tipos para deduzir o espaço de tempo necessário para ir de carro a Japoatão, o número de dias que os três ali se demoram na casa do Padre de Aço da Cara Vermelha antes da chegada dos pistoleiros e, novamente, o tempo gasto para alcançar, a pé, as imediações de Japaratuba – onde ficam, pelo menos um dia, e uma noite – e dali, agora só Getúlio e o preso, descer em canoa até Barra dos Coqueiros.

De qualquer maneira, se em relação ao tempo pelo qual se prolonga a ação há dúvidas, o mesmo não se pode dizer no referente ao espaço geográfico. O caminho de Getúlio é bastante evidente e qualquer mapa o fornece, em termos aproximados, através da indicação das localidades nomeadas ao longo do relato.

Comentário crítico

Causando relativamente pouca repercussão por ocasião de seu aparecimento no início da década de 70, *Sargento Getúlio* passou anos quase desconhecido do grande público e até mesmo dos estudantes da área de literatura, situação que foi se modificando depois rapidamente em virtude da atividade jornalística e dos lançamentos posteriores do Autor e, já na década de 80, da transposição da obra para o cinema. Apesar disso, e da fama adquirida por ter sido traduzido em várias línguas, o romance continua sendo pouco lido no Brasil – o que se explica pela complexidade de sua estrutura narrativa – e pouco analisado pelos estudiosos do setor. De fato, raríssimos são os estudos publicados sobre *Sargento Getúlio*, o que deve ser creditado – como no caso de *Os Guaianãs*, *Chapadão do Bugre*, *O coronel e o lobisomem* e *A pedra do reino* – à sua temática "estranha" e à consequente incapacidade dos leitores especializados lidarem, por falta de visão histórica, com uma obra que foge, em todos os sentidos, às características da ficção brasileira tradicional.

Seja como for, parece evidente que a obra-prima de João Ubaldo Ribeiro pode ser integrada, – com os outros quatros antes citados e mais *Grande sertão: veredas* – ao ciclo da *nova narrativa* de temática agrária, que fixa as realidades do mundo caboclo-sertanejo do interior do Brasil, mundo hoje em rápida extinção, quando não já completamente extinto, diante do avanço das estruturas da civilização urbana e tecnológicas das cidades da costa. Assemelhando-se muito a *O coronel e o lobisomem*, de José Candido de Carvalho, *Sargento Getúlio* possui três características fundamentais que se evidenciam à primeira vista e a respeito das quais pode ser dito mais ou menos o mesmo que a respeito daquelas obras acima citadas.

No que se refere à linguagem, o romance de João Ubaldo Ribeiro é marcado fortemente por aquela que poderia ser qualificada de *variante caboclo-sertaneja* do português, apresentando, portanto, consideráveis desvios em relação à dita *norma culta*, própria das elites dirigentes dos núcleos urbanos do litoral. Contudo – à semelhança do que fazem os autores de *Os Guaianãs*, *Grande sertão: veredas* e *O coronel e o lobisomem* –, João Ubaldo Ribeiro não se limita às "audácias linguísticas" dos narradores que nos manuais tradicionais de literatura são genérica e inadequadamente chamados de *regionalistas*. Estes, ao localizarem a ação de suas obras em espaços agrários mais ou menos afastados da costa, procuravam incidentalmente reproduzir formas linguísticas dos grupos sociais neles estabelecidos, ou supostamente estabelecidos, o que os levava a se afastarem, de maneira mais ou menos acentuada, da referida *norma culta* das cidades litorâneas. Este afastamento se processava, *grosso modo*, de duas maneiras: ou eram utilizados vocábulos e expressões próprios do espaço geo-econômico-cultural descrito ou simplesmente procurava-se grafar o linguajar destas regiões segundo uma forma que se supunha representá-lo com fidelidade, fazendo com isto que as "transgressões" morfológicas e sintáticas saltassem à vista do leitor urbano letrado. No primeiro caso os vocábulos e expressões eram submetidos à gramática da *norma culta*. No segundo, o narrador, que, por suposto, sempre fazia parte dos que utilizavam a *norma culta*, encarregava-se de, por contraposição, estabelecer as diferenças com o linguajar "errado", que identifica sempre, nos diálogos, as falas das personagens/indivíduos integrantes de grupos sociais inferiores, ou "incultos".

Em *Sargento Getúlio*, porém, o que ocorre é algo completamente diferente. Getúlio, o protagonista-narrador, se distancia bastante da *norma culta*, ou *código urbano culto*, homogeneizando linguisticamente o relato e assim eliminando os desníveis entre os dois códigos, desníveis tão evidentes, por exemplo, em muitas obras do chamado *romance de 30*. A partir disto talvez fosse possível concluir, a *priori* e com certa margem de segurança, que o linguajar do protagonista-narrador possui elementos de oralidade próprios da comunidade da qual se origina, a qual, é evidente, seria a representação simbólica da comunidade real/histórica do próprio Autor ou, pelo menos, de um mundo por ele conhecido. Como quer que seja, certas formas morfológicas e sintáticas presentes em *Sargento Getúlio* afastam-se tanto da *norma culta* que a presença de elementos estranhos a esta pode ser considerada uma evidência. Tal questão – pelo menos em relação a *Sargento Getúlio* e também a *Os Guaianãs* e *O coronel e o lobisomem* – jamais foi estudada e analisada de forma mais acurada, sendo possível, porém, afirmar que estas realidades linguísticas indicam a existência, na base, de uma cultura *oral*, *não letrada*, em determinadas zonas agrárias do país. Em resumo, ao romper, no plano linguístico, com os parâmetros da narrativa brasileira do passado, João Ubaldo Ribeiro – caso também dos demais autores das obras citadas – não o faz em relação ao *código urbano culto*, desmontando-o ou reconstruindo-o a partir dele próprio (como o fizeram alguns dos chamados *modernistas*), mas sim em relação a uma variante específica de espaços não urbanos.

No que diz respeito à estrutura narrativa – a forma como se interrelacionam e são apresentados os eventos narrados – em *Sargento Getúlio* há o abandono radical dos parâmetros da narrativa realista/naturalista europeia, à qual, desde seu nascimento em meados do séc. XIX, o romance brasileiro se mantivera fiel. Tal decorre de fato de a obra estar construída sobre uma irracionalidade absoluta se considerada da perspectiva da *verossimilhança* – que informa a narrativa realista/naturalista –, pois o narrador-protagonista em primeira pessoa narra sua própria morte. Isto, dentro de uma concepção lógico-racional de mundo, é uma absoluta impossibilidade, um absurdo completo.

Quanto ao tema propriamente dito, Sargento Getúlio deve ser analisado pelo menos sob três pontos de vista. Restritamente, como personagem (v. *personagens principais*), Getúlio Santos Bezerra é apenas um *profissional*, cabeça-dura e teimoso, que, acostumado a levar até o fim as missões de que é encarregado, se recusa a aceitar mudanças que não quer ou não pode entender. Contudo, analisar a obra como um todo sob tal perspectiva é permanecer ao nível da superfície por demais elementar. Por isto, ampliando-se um pouco mais a visão, Getúlio poderia ser considerado como mais um exemplo do antiquíssimo tema da revolta da criatura contra o criador, do dominado contra o dominador. Com efeito, Getúlio é *flagrado* no momento exato da rebelião contra aquele a quem sempre obedecera, no momento em que assume sua própria identidade, que sempre fora sufocada pela necessidade de sobreviver em um meio adverso, condição a que estava condenado não apenas pela inferioridade social em si mas também, e principalmente, pelo *uso* que Acrísio Antunes faz do seu passado (o assassinato da mulher e a deserção) com o objetivo de obrigá-lo a cumprir suas ordens. Sob esta perspectiva, a atitude de Getúlio – ao pretender, contra as ordens de Acrísio Antunes, levar até o fim sua missão – é em si secundária, fundamental sendo, na verdade, o significado de tal ato: a revolta contra o poder discricionário e o rompimento das grades da prisão simbólica em que por tanto tempo fora mantido.

Contudo, esta interpretação, sem dúvida coerente, enfrenta dificuldades para encontrar apoio no texto, já que em momento algum Getúlio explicita sua inconformidade ou seu desgosto por sua condição de capanga, sendo possível, até pelo contrário, afirmar que manifesta orgulho pelo papel que desempenha. Na verdade, pode-se dizer que Getúlio se rebela *pelo fato de Acrísio Antunes não mais querer que ele o desempenhe!* Aqui parece residir o ponto crítico da questão, que fornece uma terceira linha de interpretação, mais ampla e mais profunda que as anteriores. Pois Getúlio não se queixa de Acrísio Antunes *mas das mudanças que estão ocorrendo*, o que é perfeitamente possível comprovar e sustentar com várias passagens ao longo do texto. Para ele, que julga natural degolar um tenente, a política está se transformando "numa política maricona". Por isto manifesta o desejo de entrar para o cangaço. Mas o cangaço não existe mais na década de 50, eis o nó do problema! Getúlio é um homem do passado, pertence a uma espécie já extinta, cujas habilidades não são mais funcionais para a situação presente. Ele percebe, inclusive, que "o mundo está mudando", mas, ao contrário de Acrísio Antunes, que aceita as mudanças e transige para manter o poder, Getúlio não as entende. E não tem mesmo por que entendê-las, pois com elas sua função perde o sentido, tornando-se desnecessária.

É neste ponto que se juntam e se completam as três linhas de análise levantadas. Getúlio é um homem do passado, pertence a um mundo que está desaparecendo irremediavelmente. Sua revolta é sua recusa a aceitar estas mudanças e sua teimosia é o aferrar-se à sua identidade por perceber instintivamente que elas, as mudanças, o condenam ao desaparecimento. Como um primitivo nascido em outro tempo e em outro mundo, Getúlio não é mais necessário, não possui mais utilidade numa sociedade que se moderniza e, a partir das cidades da costa, avança implacavelmente rumo ao interior, destruindo e integrando o *sertão*. Se até então o poder o mantivera defasado para dominá-lo e dele servir-se, agora este mesmo poder o descarta por imprestável. Por isto, à personagem trágica de João Ubaldo Ribeiro só resta cumprir seu destino e desaparecer, deixando atrás de si, porém, a marca indelével de sua identidade ("Agora eu sei quem sou"), a identidade do condenado pela História, pela roda implacável do tempo.

Com seu caráter de verdadeiro epopeia trágica construída em cima das transformações históricas pelas quais passou o interior do país a partir do início do processo de centralização político-administrativa e de industrialização nos anos 30, *Sargento Getúlio* é uma das grandes obras da ficção brasileira dos séc. XX. E Getúlio dos Santos Bezerra, seu protagonista, se alça assim à mesma altura de Riobaldo e Diadorim (*Grande sertão: veredas*), José de Arimatéia (*Chapadão do Bugre*), Ponciano de Azeredo Furtado (*O coronel e o lobisomem*), Sinésio, o Aluminoso (*A pedra do reino*) e Pedro Guaianã, Cafaia e João do Vau (*Os Guaianãs*), seus pares nascidos da matéria bruta do sertão brasileiro e elevados à galeria dos grandes heróis da literatura universal.

Exercícios

Revisão de leitura

1. Qual o crime de que é acusado o preso buscado por Getúlio em Paulo Afonso?

2. Por que Getúlio não pode dormir na viagem?

3. Que fatos vêm à lembrança de Getúlio quando pensa em sua infância? Em que cidade ele nasceu e qual a situação dela?

4. Quem é Elevaldo e que missão executa?

5. O que prova que Acrísio Antunes trai Getúlio depois de mandar que fique na fazenda Boa Esperança?

6. Que informações sobre política brasileira contidas no texto permitem datar aproximadamente o tempo da ação?

7. Por que Getúlio pensa em entrar para o cangaço? Por que não pode?

8. Descrever o ataque à delegacia de Japaratuba.

9. De onde provinham as bananas de dinamite que Luzinete pretendia usar como armas?

10. Como Getúlio consegue fugir da casa de Luzinete? Há informações sobre isto?

Temas para dissertação

1. A linguagem utilizada por João Ubaldo Ribeiro em *Sargento Getúlio*: diferenças e semelhanças com outras obras da literatura brasileira.

2. A estrutura narrativa de *Sargento Getúlio*: uma comparação com *Memórias póstumas de Brás Cubas e São Bernardo.*

3. O Padre de Aço da Cara Vermelha: descrição e análise de sua visão de mundo.

4. Amaro e Luzinete: os serviçais do serviçal.

5. O fenômeno do cangaço na história do Brasil.

6. O fenômeno do coronelismo, sua época e seu significado.

7. A República Velha: período de duração e sistema de poder.

8. As mudanças da Revolução de 30.

9. O lugar de Getúlio na história do Brasil.

10. As mudanças no Brasil moderno: ainda há lugar para coronéis e capangas?